Leona Francombe

Madame Ernestine und die Entdeckung der Liebe

GOLDMANN
Lesen erleben

Leona Francombe

Madame Ernestine und die Entdeckung der Liebe

ROMAN

Deutsch von Doris Heinemann

GOLDMANN

Die Originalausgabe trägt den Titel DANCING WITH SWANS.

Das Zitat von Walt Whitman auf S. 441 folgt der deutschen Übersetzung von Jürgen Brôcan, zitiert nach: Walt Whitman: Grasblätter, München 2009, S. 610. Der Abdruck erfolgt mit freundlicher Genehmigung des Carl Hanser Verlags, München.

Die im Roman befindlichen Zitate aus Homers Odyssee folgen der deutschen Übersetzung von Johann Heinrich Voß, zitiert nach: Homers Odyssee von Johann Heinrich Voß, Abdruck der 1. Ausgabe vom Jahre 1781, mit einer Einleitung von Michael Bernays, Stuttgart 1881. Die Zitate wurden behutsam der neuen deutschen Rechtschreibung angeglichen.

Dieses Buch ist auch als E-Book erhältlich.

MIX
Papier aus verantwortungsvollen Quellen
FSC® C014496
FSC www.fsc.org

Verlagsgruppe Random House FSC® N001967
Das für dieses Buch verwendete FSC®-zertifizierte Papier *EOS* liefert Salzer Papier, St. Pölten, Austria.

1. Auflage

Umschlaggestaltung: UNO Werbeagentur, München
Umschlagmotiv: © Jarek Blaminsky/Arcangel Images;
Fince Pic®, München
Lektorat: Vera Thielenhaus
Satz: Buch-Werkstatt GmbH, Bad Aibling
Druck: GGP Media GmbH, Pößneck
Printed in Germany
ISBN 978-3-442-31354-9
www.goldmann-verlag.de

Besuchen Sie den Goldmann Verlag im Netz

For Dad,
in loving memory

Deine Heimat, dein Haus
und was dir irgendwo lieb ist
Homer

1

Coda

Es sollte ihr letzter Abend als Harry Bishops Haushälterin sein. Hätte sie es gewusst, hätte sie vielleicht sogar selbst Schubert gewählt: nüchtern und ehrlich. Ein angemessener Abschiedsgruß. Doch obwohl die Musik die Macht hat, jede Wendung des menschlichen Schicksals auszudrücken – und die ein oder andere, wie zum Beispiel den jähen Tod, sogar auszulösen –, hätte Ernestine diesen besonderen Dienstag mit seiner einzigartigen Katastrophe lieber schweigend begangen.

Der Abend begann absolut unauffällig. Wie jeden Dienstag kam Harry früher aus dem Konsulat zurück und erwartete, dass sein Abendessen um 18 Uhr 45 auf dem Tisch stand. Es war sein Streichquartett-Abend. Die übrigen Quartett-Mitglieder würden in einer knappen Stunde eintreffen, und dann würde es lebhaft zugehen in der verschlafenen Villa: das Gelächter und die Foppereien der Männer und, wenn die Wirkung des Burgunders eingesetzt hätte, einige heldenhafte Anläufe, Musik zu machen.

Ernestine servierte ihr köstliches Rippenstück am Granittresen in der Küche, wo Harry seine Mahlzeiten meistens einnahm.

»Danke, Ernestine«, sagte er und hob seinen freundlichen Spanielblick kurz von der Zeitung. Er wirkte müde und traurig.

»Bitte, Monsieur«, erwiderte sie mit einer leichten Verbeugung. Sie zögerte, normalerweise war er nicht so melancholisch. »Kann ich noch irgendetwas für Sie tun?«

»Nein, danke.«

»Heute Abend wieder Schubert, Monsieur?«

Bei dieser für Haushälterinnen eher untypischen Frage blickte er ein weiteres Mal auf. »Jetzt, wo Sie es sagen: Ja.«

Sie schenkte ihm ein großes Glas Grimbergen ein. »Schubert macht so vieles leichter, finde ich«, sagte sie sanft und überließ ihn seinem Abendessen.

An diesem Abend sprachen sie nicht mehr miteinander.

Sie sprachen überhaupt nie wieder miteinander.

Wie seltsam, sollte Ernestine später denken, dass sie an diesem Abend das Bedürfnis gehabt hatte, noch einmal eine Runde durch alle Räume des Hauses zu machen, so als hätte sie vielleicht nie wieder Gelegenheit dazu. Denn eigentlich hatte sie schon alles in Ordnung gebracht und geputzt. Harrys Unordnung war ebenso ausufernd wie seine Großzügigkeit, und Ernestine hatte jeden Euro, den sie als seine Haushälterin bekam, ehrlich verdient. Dennoch schritt sie noch einmal langsam durch alle vier Schlafzimmer (von denen nur eins benutzt wurde), strich hier einen Bettüberwurf glatt, zupfte dort an einem Samtvorhang und rieb mit dem Ledertuch, das sie immer dabeihatte, ein letztes Mal über die Wasserhähne und Duschköpfe. Sie trabte die Treppe hinunter und fuhr dabei mit dem Leder über das Messinggeländer. So war sie den ganzen Tag über tätig gewesen, und nun war sie rechtschaffen müde, kein Wunder bei einer Frau, die gerade die Untiefen des zweiundfünfzigsten Geburtstags umschiffte. Doch sie machte emsig weiter, ließ das Tuch über die Wandleuchter in der Eingangshalle wandern, richtete die Fransen des Persers im Salon aus und rückte die Karaffe auf der Mahagonibar zurecht. An jeder Schwelle blieb sie einen Augenblick stehen, als wollte sie Abschied nehmen.

Harrys Brüsseler Villa stand an der Avenue Alphonse XIII – eigentlich ein spanischer König, wie Ernestine von den Nonnen in der Schule gelernt hatte, die Straße jedoch war weder königlich noch spanisch, nur grün und prächtig. Wie fast alle Gebäude hier war auch diese Villa mit der Absicht gebaut worden zu repräsentieren. In der Eingangshalle und den Fluren hallten die Schritte wie in einem öffentlichen Gebäude, und in der Küche hätte man eine Fußballmannschaft unterbringen können. Ernestine hatte sich einmal ausgerechnet, dass sie als Harrys Haushälterin mehr als zehn Kilometer am Tag zurücklegte. Die letzten Meter waren stets schmerzvoll, aber tröstlich, denn sie führten sie durch den Flur zum Dienstbotentrakt und zu dem winzigen Zimmer, in dem sie lebte.

Das Zimmerchen umschloss sie wie eine Höhle. Hier pflegte sie die kleinen Dramen und Zwischenfälle des Tages Revue passieren zu lassen. Harry Bishop war ein anständiger und angenehmer Arbeitgeber. Doch er trank gern zu viel und redete dann zu laut, oft über Konsulatsangelegenheiten, die eigentlich nicht für die Ohren einer Haushälterin bestimmt waren. Und alle paar Wochen brachte er eine andere Dame mit nach Hause. Was nicht weiter schlimm gewesen wäre, wenn sich die betreffenden Damen bei ihren Liebesbemühungen aufs Bett beschränkt hätten, doch das taten sie nicht, sie zogen Sofas oder sogar den Fußboden vor, so dass Ernestine letzten Endes froh war, sich am Ende des Tages in ihre Zuflucht zurückziehen zu können. Sie hatte Belgien nie verlassen und schon gar nicht den großen Teich überquert, der Harry von seinen amerikanischen Landsleuten trennte, daher wusste sie nicht genau, was an Harry Bishop typisch amerikanisch war und was nur typisch Harry. Wie auch immer, sicher war es nicht Sache eines Hausmädchens, Kommentare abzugeben. Wie alle guten Dienstboten konnte auch Ernestine sich dumm stellen, wenn sie das Gefühl hatte, zu viel erfahren zu haben.

Sie sah auf ihre Uhr. 19 Uhr 18. Noch genug Zeit, die Bibliothek zu überprüfen, bevor Harrys Quartett ankam. Dieses holzvertäfelte Sanktuarium war für die Männer Probenraum, Trinklokal und Beichtstuhl zugleich. Manchmal fragte Ernestine sich, warum Harry dort überhaupt noch Bücher aufbewahrte. Sie strich über den roten Samtstuhl vor der Flügeltür und schloss voller Vorfreude kurz die Augen: Mit ein wenig Glück würde sie es sich in etwa einer Stunde auf genau diesem roten Samt bequem machen. Denn dann, vermutete sie, würde das Gläserklingen verstummen und die Musik beginnen.

Es war ein völliger Verstoß gegen jegliches häusliche Protokoll, vor einem Raum zu sitzen und zu horchen. Doch Ernestine war sicher, dass ihr niemand etwas Derartiges unterstellt hätte in den fast vier Jahren, die sie nun schon in Harrys Diensten stand. Wer käme auf den Gedanken, dass ein Dienstmädchen Streichquartette liebte – noch dazu, wenn das Quartett, wie in diesem Fall, aus einer Ansammlung trinkfreudiger Amateure bestand? Noch dazu nach einem harten Tag des Toilettenschrubbens und Staubbekämpfens! Sie öffnete eine der Eichentüren und atmete tief und befriedigt ein. Der Raum roch immer noch nach Zitrone und Lavendel, ihren Hauptwaffen gegen den Schmutz. (Bald würde es hier nach Zigarren und Schweiß riechen, aber das ging sie vor dem nächsten Morgen nichts an.) Wie wohltuend es war, mitten in einem Raum zu stehen, tief Luft zu holen und in Form dieses dezenten Duftes die Früchte seiner eigenen Arbeit zu ernten. Und dann war da noch dieser andere, so betörende Geruch, den kein Lavendel, keine Zitrone vertreiben konnte.

Das Leder alter Bücher.

Ach, Harry Bishops Bücher …

Die Bibliothek war ein Geschenk seines Vaters Howard Bishop gewesen. Der berühmte Senator wäre vermutlich eher traurig als erstaunt gewesen, wenn er erfahren hätte, dass sein Sohn, der mit Yale und der Washington University prunken konnte, dieses Geschenk nie genutzt hatte.

Ernestine lächelte in sich hinein. Was würde wohl Senator Bishop sagen, wenn er erführe, dass Harrys Haushälterin mehr Zeit in der Bibliothek verbrachte als ihr Arbeitgeber?

Sie umrundete Harrys Cello, das neben dem Flügel auf der Seite lag, und näherte sich der Heiligen Wand: Mahagoniborde vom Boden bis zur Decke. Vergoldete Buchrücken glänzten herunter, marmorierte Erstausgaben verströmten einen schwachen Schimmelduft. Philosophie, Lyrik, Geschichte, Literatur.

Die Stille hier war unvergleichlich: unterschwellig und übermächtig, das sanfte Rauschen der Worte in Warteposition. Sie wusste, man brauchte so einen Band nur zu öffnen, und schon brach es sprudelnd aus ihm hervor, enthüllte er all seine Geheimnisse. Diese Erfahrung hatte sie bereits als Kind auf dem Schoß ihres Vaters gemacht, und da waren es nur eselsohrige Taschenbücher gewesen. Aber hier, vor dieser Mahagoniwand …

Ernestine widerstand der Versuchung nicht länger.

Sie war klein und untersetzt und brauchte die Holzleiter, um das zu erreichen, wonach sie suchte. Sie schob sie an die richtige Stelle und kletterte hinauf, rasch, denn jeden Augenblick konnte es klingeln, und es gehörte zu ihren Aufgaben, Besucher in Empfang zu nehmen. Auf ihrem Weg nach oben schwenkte sie demonstrativ ihr Ledertuch, für den Fall, dass man sie auf diesen Abwegen ertappen sollte. Englische Titanen nickten ihr zu, als sie an ihnen vorbeikletterte, Shakespeare, die Geschwister Brontë, Thomas Hardy. Auch die großen amerikanischen Schriftsteller hatte der Senator nicht vergessen: Emily Dickinson, William Wharton, Scott Fitzgerald. Sie und viele andere versuchten sie zu verlocken, aber heute hatte sie keine Zeit für sie.

Ah, da war sie schon: Harrys in rotes Leder gebundene Homer-Ausgabe. Ernestine wünschte sich jetzt nur ein paar Minuten Muße, um ihre rauen Hände über das Kalbsleder gleiten zu lassen und den süßen Holzgeruch einzuatmen, sie blätterte durch die Seiten, sah auf den Stichen flüchtig Odysseus, muskulös und gramgebeugt, und ihre Lieblingsgöttin Athene, die, ganz Faltenwurf und Entschlusskraft, ihren Speer emporreckte.

Eine Klingel hallte durch die weite Eingangshalle.

Ernestine seufzte. Schade, auch für Homer würde sie heute keine Zeit haben.

Hastig kletterte sie die Leiter hinunter und eilte in die Halle, unterwegs zupfte sie das Kittelkleid ihrer Dienstbotentracht zurecht und strich die Schürze glatt.

Sie schob noch ihre grauen Locken zurück, dann öffnete sie einem blassen, nüchtern wirkenden Mann mit einem Instrumentenkasten die Tür.

»*Bonsoir*, Monsieur«, sagte Ernestine und nahm ihm Schirm und Bratsche ab.

»*Bonsoir*, Madame«, antwortete er und neigte höflich den Kopf.

Walter Goossens war das einzige Mitglied in Harrys Quartett, das sie mit »Madame« anredete. Er war zudem der einzige echte Gentleman unter den vieren und zufällig ein belgischer Landsmann.

Walter blieb noch vor der Tür stehen, um sich die Wassertropfen von den Ärmeln zu klopfen. Seine fischige Blässe leuchtete fahl unter der Haustürlampe.

»Scheußliches Wetter heute Abend.« Seine Augen zuckten hinter den dicken Brillengläsern hin und her. Sein Haar war sorgfältig gescheitelt, und er brauchte einen Moment, um ein paar verrutschte Strähnen wieder über eine kahle Stelle zu legen.

»Ja, Monsieur«, erwiderte Ernestine. »Aber wir haben ja auch schon Ende Oktober.«

Sie führte ihn hinein, nahm ihm den Mantel ab und gab ihm seine Bratsche zurück. Diese kleine Choreographie hatte Harry Zeit gegeben, in der Halle zu erscheinen und seinem Gast die Hand zu schütteln. Die beiden hatten so ziemlich nichts gemeinsam, abgesehen von Schubert (also mehr als genug in Ernestines Augen). Walter fand wenig Gefallen am Smalltalk – und gar keinen an Harrys bissigen Bemerkungen –, Harry wiederum fehlte die Geduld für vornehme Höflichkeit. Sollte Walter irgendwo einen Funken Humor besitzen, so würde Harry verdammt noch mal nicht nach ihm suchen.

Walter ging direkt in die Bibliothek, um sein Instrument zu stimmen.

Ernestine blieb in der Nähe der Tür, denn gleich würde der nächste Teil der immer gleichen Choreographie beginnen. Wieder klingelte es, und vor der Tür standen Harrys Landsleute, die dieselben Prestige-Schulen und -Hochschulen besucht hatten wie er: Marshall Ross III. und Irving Geist. Die Herren brauchten eine Weile, um sich aus ihren nassen Mänteln zu schälen, wobei sie pikante Einzelheiten vom Tage austauschten. »Hey, wie geht's?« – »Prima!« – »Warst du gestern Abend bei Victor?« – »Nee, verpasst.« – »Du wirst es nicht glauben …« Die tiefen Stimmen hallten über die schwarzen und weißen Fliesen und hinauf ins Treppenhaus. In das Stimmengewirr mischte sich der klagende Ton von Walters Bratsche. Ernestine sah von ihrer Beschäftigung auf und warf durch die Tür einen Blick auf den ernsten Mann, der seinem widerspenstigen Instrument Musik entlockte. Sie wusste, dass Walter der einzige ausgebildete Musiker des Quartetts war. In seiner Vergangenheit hatte das Königliche Konservatorium in Brüssel eine nicht mehr genau zu bestimmende Rolle gespielt, und das verschaffte dem Quartett eine gewisse Legitimität, vermutete Ernestine, obwohl Walter eine weit bescheidenere Stellung bekleidete als seine Mitspieler. Sie hatte nie darüber zu spekulieren gewagt, was aus einem Bratschisten den Chauffeur der Adelsfamilie de Wasseige gemacht haben mochte, der bei Wind und Wetter draußen darauf warten musste, dass er einen Baron oder eine Baronin heimfahren durfte.

Ernestine bewegte sich zwischen den plaudernden Männern, sammelte Mäntel und Regenschirme ein und lief immer wieder zum Garderobenschrank. Für die Männer war sie so sichtbar wie eine Amsel, die am hintersten Ende des Gartens nach Würmern pickt. *Sie bemerken nur den Raum, den ich einnehme,* dachte sie. *Sie fragen sich, was ihren Ellbogen im Weg ist. Dann sehen sie nach unten und stellen fest, dass da jemand steht.*

»Du hast also Victors Porsche gestern Abend nicht bewundern können?«, fragte Marshall Ross und wand sich aus seinem Schal. »Wirklich schade. Aber er fährt sicher damit an die Küste.« Ohne hinzusehen, hielt er den bordeauxroten Kaschmirschal in die Luft. Ernestine hatte ihn gerade von seinem teuren Wollmantel befreit, und er nahm an, dass sie noch da war. Zufällig war sie es. Sie nahm den Schal und gönnte sich noch einen kleinen Aufschub, bevor sie Marshalls Dunstkreis verließ.

Er war groß und kräftig, seine Züge waren so energisch geschnitten wie die aller durch und durch amerikanischen Athleten und Politiker. Eine elegante weiße Tolle in dem ansonsten dunklen Haar fiel geschickt arrangiert in die Stirn. Marshall füllte Harrys Eingangshalle mit der überwältigenden Energie und natürlichen Autorität eines geborenen Anführers. Und tatsächlich, seine beiden Landsleute tanzten willig nach seiner Pfeife, bewunderten großzügig seine Ansichten und lachten über seine Witze. Die drei Männer waren Spielgefährten auf dem internationalen Tummelplatz Brüssel: Harry, ein kleinerer Diplomat; Marshall, Marketingleiter; Irving, Juniorpartner in der Brüsseler Niederlassung der Kanzlei Geist, Geist & Sons. Alle drei, vom schönen Schein geblendet, umkreisten fasziniert die Zwillingsgötzen Geld und Prestige. Doch Marshall Ross war derjenige, der die Umlaufbahnen der beiden anderen bestimmte. Die schienen damit zufrieden zu sein, ihn zu umkreisen: Harry auf einem engeren, Irving, der Harvard gerade erst entwachsen war, auf einem weit entfernten Orbit.

Ernestine, Marshalls Mantel und Schal über dem Arm, trödelte noch ein bisschen im Epizentrum herum. Jeden Dienstag schloss sie eine kleine Wette mit sich selbst ab, wie lange sie bei den Männern verweilen konnte, bis es jemand bemerkte. Wenn sie mit einem Mantel oder Schal beschäftigt war, stiegen ihre

Chancen. In der vergangenen Woche war es eine Minute oder etwas mehr gewesen, in der davor fast zwei. Wie nahe konnte sie der Welt dieser Männer kommen, ohne tatsächlich in sie einzutreten? Zwischen ihnen war ein feines Netz gespannt, mit bloßem Auge nicht erkennbar, doch sie spürte, wie es leicht nachgab, als sie sich zu den Männern hinneigte – so weit, dass sie deren lauwarmen Atem wahrnahm, während das Netz bereits straff gespannt war und sie jederzeit zurückschnellen lassen konnte.

Und tatsächlich hatte sie sich zu weit hinübergelehnt. Ihr Fuß landete auf einem fremden Fuß.

Sie sah nach unten: Ihr abgestoßener Straßenschuh stand auf Marshalls glänzendem Slipper. Wütend starrte er sie an. Tiefes Schweigen legte sich über die Eingangshalle. Ernestine fing seinen Blick in einer Anwandlung von Tollkühnheit mit ihren hellen grauen Augen auf. Ein Moment, den sie beide nicht vergessen würden. Denn in der kurzen Zeit, die sie brauchte, um ihren Fuß zurückzuziehen, erkannte sie das Unbehagen in Marshalls Blick – als wäre ihm gerade aufgegangen, dass ihn die vereinten Kräfte von Eliteschulen, Vorstandserfahrung und gutem Aussehen möglicherweise nicht gegen dieses seltsame kleine Geschöpf mit den grauen Locken gewappnet hatten.

Walters Viola hustete und klagte im Hintergrund und erinnerte an den Anlass des Treffens.

»Bitte holen Sie den Wein«, fuhr Harry Ernestine an. Normalerweise schlug er ihr gegenüber keinen solchen Ton an. Er war in vollem Schwung gewesen, doch jetzt wirkte er angespannt und müde. Seine übliche lässige Jovialität war wie verflogen.

Die Männer schlenderten in die Bibliothek.

Ernestine trat zwei Schritte zurück und ging dann in die Küche. *Was ist bloß mit Monsieur los?*, dachte sie und warf dabei einen Blick zurück auf die Bodenfliesen. Sie seufzte leise. Sie würde die Halle noch einmal wischen müssen, bevor sie sich in ihr Zimmer zurückzog.

Ernestine stellte ein Tablett mit vier Gläsern und einer Flasche Burgunder auf den Deckel des Flügels und beobachtete die Männer unauffällig, während sie den Wein einschenkte. Innerlich lächelte sie – das Quartett war in gewisser Weise eine Summe fundamentaler menschlicher Eigenschaften: Arroganz, Ehrgeiz, Melancholie und Freude, wenn man es von der ersten Geige (Marshall) bis hinunter zum Cello (Harry) betrachtete. *Ich frage mich, ob Schubert überhaupt an so etwas gedacht hat,* dachte sie träumerisch. *Schließlich gibt es vier Winde und vier Himmelsrichtungen.* Ihr fielen die vier griechischen Tugenden aus Harrys Platon-Band ein, Mäßigung, Weisheit, Tapferkeit und Gerechtigkeit, doch sie kam zu dem Schluss, dass sie wohl nicht alle vier in Harrys Quartett vertreten waren.

Ernestine ging zur Tür und wandte den Männern ihr breites, offenes Gesicht zu. Sie blickten wie im Chor auf. Eine kleine, ergraute Dienstbotin konnten sie ignorieren, doch diese leuchtenden, absolut freimütigen Augen konnte niemand übersehen.

Ernestine wünschte ihnen *bonne soirée* und schloss die Tür hinter sich.

Endlich! Der Augenblick, auf den sie so gewartet hatte. Sie ließ sich auf den roten Samtstuhl sinken. Jeder Muskel entspannte sich dankbar. Sie verschränkte die steifen und noch von der Möbelpolitur fleckigen Hände auf der Schürze und dankte lächelnd ihrem gütigen Geschick. Die Bücherwand, das Live-Quartett – was konnte sie sich Schöneres wünschen? Für eine Haushaltsnomadin wie sie, die jahrelang von einem modrigen Keller zum nächsten gezogen war, in Restaurants und Büros die Böden aufgewischt und auf selten geöffneten Speichern Spinnweben entfernt hatte, war Harry Bishops Villa eine Insel auf einsamer, sturmgepeitschter See. Wie lange sie bei einem Ausländer als Haushaltsangestellte würde arbeiten können, war völlig unsicher. Sie konnte nur hoffen, dass sie diesen Zufluchtsort noch eine Weile behalten würde, bevor sie wieder die Segel setzen musste.

Das Quartett begann zu spielen. Ernestine ließ den Kopf gegen die Wand sinken und schloss die Augen. Angenehme Harmonien sickerten durch die Tür – nicht unbedingt angenehm für das Ohr eines Musikprofis, aber doch beschwingt von ehrlichem Bemühen, und Ernestine stieß den tiefen Seufzer eines Menschen aus, der seine Retter endlich nahen sieht.

Sie kannte sich mit dem Klang von Streichinstrumenten aus. Ihr Vater hatte im Wohnzimmer einen alten Plattenspieler gehabt, und als Kind hatte sie, den Kopf ans Tischbein gelehnt, zugeschaut, wie sich die alten, teils welligen Vinyl-Platten knisternd drehten. Beethoven und Brahms mit ein wenig Cole Porter zur Auflockerung. Für einen Metzger hatte Papa einen ziemlich ausgefallenen Geschmack gehabt. Der Anblick dieser wirbelnden Platten hatte die kleine Ernestine genauso stark fasziniert wie ihr Klang. Die Mitglieder von Harrys Quartett konnten sich natürlich nicht mit Menuhin oder Oistrach messen. Doch ihr Schubert schaffte es über die Grenze zwischen schmerzlich und anrührend, ein wirklich bedeutender Schritt.

»Den langsamen Satz aus Schuberts G-Dur-Quartett«, hatte Harry am Abend zuvor gesagt, als sie leise seine Kaffeetasse aus der Bibliothek geholt und dabei gefragt hatte, was er übe.

»Es ist wunderschön«, sagte sie. Verlegen strich sie mit ihrem Ärmel über den Deckel des Flügels.

»Das Cello muss in diesem Stück wirklich singen«, erläuterte Harry. Er blickte so ernst von seinem Notenpult auf, als hätte ihm Schubert dies soeben persönlich mitgeteilt. Dann lächelte er sie verschmitzt an. »Ein Glück, dass mein Lehrer mir dieses unglaubliche Instrument geliehen hat!«

Ernestine bewunderte pflichtschuldigst das Cello – ein Amati, das dem großen Sébastien Balthasar gehörte. Selbst sie wusste, wer er war – jeder Belgier, der auch nur flüchtig mit klassischer Musik in Berührung gekommen war, hatte von diesem berühmten Landsmann gehört.

Harrys sonst so volles und lebendiges Gesicht wurde gedankenvoll schwer. Und dann sagte er etwas, das Ernestine nie vergessen würde: »Es war Schuberts letztes Streichquartett.« Er sprach leise, als könnte jemand lauschen. »Ein seltsames Gefühl, wenn man es spielt. Als würde man mit dem Tod sprechen – aber auf eine gute Art.«

Er spielte jetzt dasselbe Solo, gequetscht und um die richtige Tonhöhe kämpfend. Doch trotz dieses rüden Angriffs auf ihre Schönheit konnte sich die Musik irgendwie durchsetzen. Ernestine liebte Schuberts sanfte Würde – wie die Instrumente sich höflich gegenseitig das Wort überließen und dann plötzlich alle zugleich einfielen, um gemeinsam eine Krise zu überwinden. Sogar die vielen Patzer von Harrys Quartett-Freunden gefielen ihr. Sie hatte oft genug auf ihrem Plüschsitz vor der Tür gesessen, um die wenigen reinen Töne zu erkennen, die das Quartett unversehrt aufsteigen ließ. Der Nachhall dieser Töne in ihrer müden Seele war alles Warten wert. In solchen Augenblicken schien ihre kalte äußere Umlaufbahn doch nicht so weit von der dieser Männer entfernt zu sein.

Jäh verstummte die Musik, viel zu früh für Ernestine.

Sie öffnete die Augen und sah auf ihre Armbanduhr: Erst kurz nach acht. Wie seltsam. Das Quartett übte normalerweise mindestens eine Stunde, bevor es eine Pause machte. Vielleicht war jemandem schlecht geworden, oder es gab ein Problem mit einem Bogen. Aber was sie hörte, waren die Geräusche von Instrumenten, die eingepackt, und Notenpulten, die zusammengeklappt wurden.

Ernestine sprang auf: Die Bibliothekstür öffnete sich. Normalerweise lag sie längst mit einem Buch im Bett, wenn die Männer aufbrachen, und niemand würde darauf gefasst sein, sie hier vor der Tür herumlungern zu sehen, noch dazu ohne Staubtuch, Mopp, Scheuerlappen oder ein anderes Werkzeug ihrer Profession.

Sie schlüpfte in den dunklen Flur zur Küche und presste sich an die Wand. Walter kam als Erster aus der Bibliothek, die teigigen Wangen rot von der vollbrachten Anstrengung; Irving folgte ihm bald. Die beiden Männer holten wortlos ihre Mäntel und gingen hinaus in die nasse, stürmische Nacht. Der Treppenschacht saugte einen Luftzug in die Halle und mit ihm ein paar welke Blätter von der Haustürtreppe.

Ernestine hielt die Luft an: Diese rebellische Tollkühnheit ergriff wieder von ihr Besitz. (*Du rennst noch in dein Verderben,* chérie, *wenn du nicht vorsichtig bist,* hatte ihr Vater sie immer gewarnt.) Auf Zehenspitzen huschte sie zurück Richtung Bibliothek. Ein schmaler Lichtstreifen fiel auf das Schachbrettmuster der Fliesen, Irving hatte eine der Türen angelehnt gelassen. Aus dem Innern hörte man gedämpftes Scharren und das melodiöse Klingen einer Flasche gegen ein Glas.

Ernestine hockte sich auf die Kante des Stuhls, den sie eben erst verlassen hatte, bereit aufzuspringen, sollte jemand ohne Vorwarnung aus der Bibliothek auftauchen.

Die Stille hinter den Türen wirkte unbehaglich und wachsam. Dann sagte Harry: »Gut, dass wir endlich Gelegenheit zum Reden haben.« Er machte eine Pause. »Ich ziehe mich aus der Sache zurück, Marshall.«

»Was in Gottes Namen willst du damit sagen?« Marshalls klingender Bariton drang durch den Türspalt und hallte über dem Fliesenboden. »Alles läuft bestens. Alles ist, wie es sein soll.«

»Mag sein. Aber ich möchte einfach nichts mehr damit zu tun haben.« Harry machte wieder eine Pause. »Und ich bin bis über beide Ohren verschuldet, Marshall. Das weißt du.«

Marshall lachte rau. »Nun ja, unser kleines Unternehmen sollte all deine Schulden bezahlen können – mehr als das. Wir werden reicher sein als jeder Sultan!«

»Es ist ein Hasardeur-Unternehmen. Und es ist gegen das Gesetz, verdammt noch mal! Ich hätte mich nie darauf einlassen sollen. Früher oder später werden die belgischen Behörden hinter uns her sein. Was willst du dann tun?«

»Hör zu, Harry«, sagte Marshall begütigend. »Jetzt steckst du mit drin. Du kannst dich nicht mehr zurückziehen.«

»Ist dir wirklich wohl dabei zumute, wenn du das Recht eines fremden Landes brichst?«, fragte Harry herausfordernd. *»Wirklich?«*

»Nun mal sachte, Harry. Seit wann lässt du dich von deinem Gewissen leiten? Es ist eine Win-win-Situation. Und vergiss nicht, wir haben jede Menge VIPs an Bord. Die verschaffen uns Respektabilität, das sind Leute, von denen die belgischen Behörden lieber die Finger lassen, glaub mir. Willst du sie jetzt wirklich im Stich lassen?«

Harry sagte eine Weile nichts. Ernestine hörte, wie jemand durch die Bibliothek ging, und dann wieder das *Pling* eines Flaschenhalses an einem Glas.

»Wir stecken da gemeinsam drin«, sagte Marshall. »Wir haben die Papiere gemeinsam unterzeichnet. Es ist ein *fait accompli,* mein Freund.«

»Hör zu, Marshall. Wie ich schon sagte: Ich will einfach nichts mehr damit zu tun haben, das ist alles. Dafür habe ich nicht die Nerven.«

Marshall wurde sanfter. »Bist du krank oder so?«

»Ich weiß nicht. Vielleicht. Eher gestresst.«

Einige spannungsgeladene Sekunden.

Dann wieder Harry, kleinlaut: »Ich kann nicht weiter in diesem Haus wohnen, so viel ist sicher. Die Miete ist verdammt teuer. Ich suche mir was Kleineres und verkaufe ein paar Sachen von meinem Kram.«

»Dann wirst du auch auf Ernestine verzichten müssen«, sagte Marshall in einem Ton, als wäre Harrys Hausmädchen ein wertvolles Möbelstück.

Harry seufzte traurig. »Ich werde auf eine Menge Dinge verzichten müssen, glaub mir. Sie ist nur ein Kollateralschaden, fürchte ich.«

Ernestine krampfte die Hände um den Rand des Stuhls. Der rote Samt scheuerte gegen ihre verschwitzten Handflächen. Was in aller Welt wollte er damit sagen? Ihr Herz schlug heftig und unregelmäßig. Vielleicht war es das Beste, jetzt zu Bett zu gehen, dachte sie, bevor Harry etwas noch Schrecklicheres sagte.

Dennoch blieb sie und hielt sich mit feuchten Händen am Samt fest.

»Du wirst sehen, alles wird gut«, sagte Marshall salbungsvoll. »Vertrau mir. Du wirst in den nächsten Monaten so viel Geld verdienen, dass du dich dann kaum noch an deine Schulden erinnern kannst.« Offensichtlich hatte er aus Harrys Ton eine Kapitulation herausgehört.

Doch zu früh.

»Ich fürchte, du musst dich auf eine Überraschung gefasst machen, Marshall, alter Knabe«, sagte Harry nun etwas kühner. »Ich bin bereits raus aus dem Geschäft.«

Marshall verstand gar nichts mehr. »Was zur Hölle willst du damit sagen?«

»Ich meine damit, dass ich nicht mehr im Besitz meines Anteils bin.«

»Was?«, explodierte Marshall. »Du darfst deinen Anteil nicht verkaufen, ohne mich vorher zu fragen. Ich bin dein Partner!«

»Ich habe ihn nicht eigentlich verkauft.«

Marshall senkte die Stimme. »Was hast du getan?«

Sein drohender Ton ließ Ernestine erschauern. Es war ein seltsam elektrisierendes Gefühl, und sie näherte sich unwillkürlich der Tür, um besser hören zu können.

»Das wirst du zu gegebener Zeit herausfinden«, sagte Harry, und Ernestine war irgendwie enttäuscht.

Danach vager Lärm. So ging es eine Weile weiter, mit sehr viel Bewegung und lauten Stimmen in der Bibliothek. Als seltsamer

Kontrapunkt erhob sich draußen nun auch ein Wind, drückte gegen die Fenster und summte in der Eingangshalle.

Die Männer entfernten sich schließlich von der Tür, die Auseinandersetzung wurde leiser. Die Weinflasche wurde ein bisschen zu heftig auf den Deckel des Flügels gestellt, und dann hörte sie wieder Marshalls Stimme, wieder drohend: »Ich werde mit dem Notar darüber sprechen, mal sehen, was er dazu zu sagen hat. Boondael war derjenige, der den Deal eingefädelt hat.«

»Versuch es ruhig«, erwiderte Harry. »Aber ich nehme an, er hat noch ein paar Skrupel – nicht viele, aber ein paar. Vielleicht sorgt er dafür, dass mein Geschäft vertraulich bleibt.«

»Boondael wird tun, was ich ihm sage!«, brüllte Marshall. »Wenn du dich jetzt zurückziehst, Harry Bishop, bist du ruiniert! Dafür werde ich verdammt noch mal sorgen!«

Seine Stimme klang erschreckend nah. Ernestine stahl sich in das Dunkel des Küchenflurs.

Gerade noch rechtzeitig.

Sekunden später flog die Bibliothekstür auf, und Marshalls imposante Gestalt stand im Rahmen. Mit wenigen energischen Schritten ging er zum Garderobenschrank. Er hatte erst einen Arm im Mantelärmel, als er schon die Haustür aufriss und nur kurz auf der Schwelle stehen blieb, um sich den Geigenkasten über die Schulter zu hängen. Sein dunkles Haar glänzte unter der Haustürlampe, die weiße Strähne strahlte wie ein Leuchtfeuer.

Er starrte noch einmal zurück in die Eingangshalle.

Ernestine keuchte und presste sich möglichst flach an die Wand.

Marshall stand noch immer auf der Schwelle und blickte prüfend in das Dunkel jenseits der Bibliothek.

Fast starr vor Angst kroch Ernestine ein paar Schritte zurück. *Er hat mich bestimmt gesehen!*

Eine Bö trug den kühlen Hauch des Herbstes in die Halle. Marshalls langer Mantel schlug ihm um die Beine. Er blieb noch einen Augenblick stehen, und Ernestine hielt den Atem an, davon überzeugt, dass er sie in der Dunkelheit erspäht hatte.

Doch er drehte sich um und schlug die Tür zu.

Jetzt herrschte eine erschöpfte, resignierte Stille.

Leise bewegte sich Ernestine in Richtung des Dienstbotentraktes und des Zimmers, das ihr Heim war. Sie wandte sich noch einmal um, für den Fall, dass Harry aus der Bibliothek auftauchte. *Sag ihm, dass du es gehört hast,* predigte sie sich Mut, *wenn er dich sowieso hinauswirft, solltest du lieber deine Zukunft planen.* Mit einem Mal hörte sie einen tiefen Seufzer hinter den Eichentüren. Ernestine erstarrte. Der Seufzer kletterte die Tonleiter hinauf, verhielt bebend und glitt dann tief hinunter ins Pathos. Harry hatte wieder zu spielen begonnen. Ernestine stand unschlüssig im Flur, neugierig, was nun folgen würde. Harry hatte noch nie nach einer Quartett-Probe geübt. Er war ganz im Gegenteil immer der Erste, der das Instrument zur Seite stellte und die Burgunder-Flasche ansteuerte. Ernestine lauschte gebannt, und das Cello erging sich in einer Vielzahl opernhafter Töne und Melodien – Lamentos, Schreie, Schluchzer, Flehen, alles mit Ingrimm falsch gespielt –, um schließlich in trübes Brummen überzugehen. Nach einer kurzen Pause erklang, wenn auch kippelig, wieder Harrys großes Solo aus dem Schubert-Quartett.

Ernestine bewegte sich langsam auf die Bibliothek zu und legte den Kopf in den Nacken. Sie hatte ihre bevorstehende Entlassung vorübergehend vergessen, als würden irgendwo da oben Schuberts Melodien schwingen und sie aus ihren irdischen Kümmernissen empor- und hinwegtragen. Ernestine versuchte sich Harry an Sébastien Balthasars herrlichem Amati-Cello vorzustellen, das Spanielgesicht mit den Hängebacken ernst über die Saiten gebeugt, mit dem rundlichen Arm emsig den Bogen führend. Sie hatte ihn noch nie mit solcher Leidenschaft spielen hören, mit einer so edlen Intention. Für einen kurzen, glückseligen Augenblick standen ihr die Bücher hinter ihm vor Augen – dieser

Schrein, vor dem nie jemand betete. Harrys Melodie schrie wieder auf, herzzerreißend – und mit einem Mal dachte sie: *Natürlich!* Harry betete gerade. Ganz sicher war Musik, die so klang, eine Art Gebet.

Das Cello verstummte wie von jemandem erstickt.

Wieder herrschte Stille.

Ernestine fröstelte in der zugigen Halle, sie wartete darauf, dass die Musik wieder einsetzte. Doch aus der Bibliothek drang kein Laut mehr – kein Scharren von Füßen, kein Schließen eines Cellokastens. Nicht einmal das Klingen eines Glases.

Sie schlich zur Bibliothek und wartete. Die Stille hinter der Tür hatte sich verändert, sie war tiefer geworden.

Gegen alle Anstandsregeln öffnete Ernestine die Tür, ohne anzuklopfen. Zorn wallte in ihr auf, als sie sich innerlich darauf vorbereitete, Harry mit seinem Entlassungsplan zu konfrontieren, noch bevor er es ihr selbst sagen konnte.

»Monsieur?«

Vor ihr lag das vertraute Schlachtfeld. Noten und Notenständer überall auf dem Boden; leere Weingläser, die gefährlich schief auf dem dicken Teppich standen. Neben den Bücherregalen stand ein Fenster sperrangelweit offen. Der Burgunder befand sich nicht mehr auf dem Tablett auf dem Flügel, sondern war nachlässig auf Mendelssohn-Noten abgestellt worden, zahlreiche dunkle Ringe auf dem cremeweißen Papier zeugten vom bewegten Abend der Flasche.

Ihr Herz krampfte sich zusammen. Selbst von der Tür aus war sofort klar zu erkennen, dass etwas nicht stimmte.

»Monsieur? Alles in Ordnung?«

Sie ging auf Harry zu. Er saß an seinem Cello, die Knie gespreizt und den Körper so über das Instrument gebeugt, als wolle er es gleich wieder verführen. Der Bogen hing noch zwischen Daumen und Zeigefinger. Sein Kopf war über das Griffbrett gesunken, die Nase drückte sich seitlich auf die Saiten. Zu seinen

Füßen war ein Weinglas umgefallen und hatte seinen blutroten Inhalt über den beigen Teppich ergossen.

Ernestine nahm ihren ganzen Mut zusammen und legte zwei Finger an Harrys Hals. Sie schrie leise auf: Er war tot.

Ihr erster verrückter Gedanke war, Schubert selbst sei der Täter gewesen. Schließlich war zum Todeszeitpunkt sonst niemand in der Bibliothek gewesen. Und er hatte ganz sicher ein Motiv, wenn man es recht bedachte: Harry hätte sich ebenso gut mit Gott einlassen können, als er sich so unbedarft an den späten Schubert wagte. Ein solches Unterfangen konnte jeden Amateur das Leben kosten.

Ihr Geist sprang in die Realität zurück. War es vielleicht einfach nur ein schrecklicher Irrtum? Harry war nicht tot, sicher nicht! Er war bloß eingeschlafen – jeden Augenblick würde er den Kopf heben.

»Monsieur!«, rief sie.

Der Wind antwortete mit einem abweisenden Ächzen und warf eine Handvoll Regen gegen die Fensterscheibe.

Ernestine stand reglos da. Nur ein langsames Kühlerwerden ihrer Fingerspitzen verriet den Schock, der sich in ihr ausbreitete.

Als würde man mit dem Tod sprechen – aber auf eine gute Art …

Harrys Worte füllten die schreckliche Leere in der Bibliothek. Hatte er am Abend vorher sein Schicksal vorausgeahnt? Wie ein Flüstern? Wie einen kalten Atem im Nacken? Oder vielleicht wie etwas völlig anderes: eine sanfte Melodie. Oder eine Heimkehr. Jedenfalls etwas Angenehmes. Niemand, der seinen Verstand noch beisammenhatte, würde wirklich mit dem Tod sprechen, auch wenn Harry das Spielen dieser Schubert-Melodie so beschrieben hatte. Doch es schien ihm Freude gemacht zu haben, genau dies zu tun, denn bei näherer Betrachtung seines reglosen Gesichts konnte Ernestine sehen, dass es sehr zufrieden wirkte. Sein gefühlloses »Kollateralschaden« verschwand aus ihren Gedanken.

Ich muss die Polizei rufen. Oder den Krankenwagen.

Sie ging zu dem Telefon auf Harrys Schreibtisch, doch dann drehte sie sich unschlüssig um. Erst musste sie sich um das Durcheinander kümmern, das die Männer hinterlassen hatten. Der amöbenförmige große Weinfleck machte ihr Sorgen, doch sie war zu müde, ihr selbst gemachtes Hausmittel zu holen, und beschloss, die Fleckentfernung auf den nächsten Tag zu verschieben. Irgendjemand hatte von draußen Schlamm hereingetragen. Ihr Blick verfolgte die schmutzigen Fußspuren bis zum Pult rechts, wo die zweite Violine saß. *Irving,* dachte sie. *Quel cochon!* Sie verbrachte einige ratlose Minuten damit, die einzelnen Stimmen von Schuberts G-Dur-Quartett aufzulesen, dann schloss sie das Fenster, sammelte drei der Weingläser ein und stellte sie auf den Flügel. Sie wagte es jedoch nicht, Harrys Glas zu holen. Es war nichts zu hören außer dem Wind in den Pappeln vor dem Haus und ihrem stürmischen Herzschlag, der mit jeder Minute lauter in ihren Ohren hallte.

Nach dem Aufräumen hielt Ernestine einen kurzen Moment lang inne, verwirrt darüber, dass sie überhaupt aufgeräumt hatte. Ihre Augen glitten wieder über Harry. Er hatte immer schwer getrunken, seine exzessiven Gelage waren legendär. Vielleicht hatte sein Herz einfach aufgegeben.

Sie stellte die leere Weinflasche auf das Tablett zurück.

Dann dachte sie wieder an den heftigen Wortwechsel. Über welche Art Deal hatten Harry und Marshall gestritten? Offensichtlich über etwas Illegales. Aber unter Beteiligung verschiedener Würdenträger, so schien es. Harry hatte gesagt, dass er sich aus der Unternehmung zurückziehen wollte. Ernestine schürzte die Lippen und versuchte sich genau an das zu erinnern, was sie gehört hatte, doch alles, was ihr wieder einfiel, war: *Ich werde auf eine Menge Dinge verzichten müssen, sie ist nur ein Kollateralschaden.* Harry war pleite – und vermutlich schon seit Längerem. In seiner Verzweiflung hatte er versucht, seine geschäftlichen Verpflichtungen gegenüber Marshall loszuwerden. Harry war schon erledigt gewesen, noch bevor der Tod zu ihm gekommen war.

Ernestine ging langsam aus der Bibliothek und durch die Küche zu dem Korridor, der zum Dienstbotentrakt führte. Rings um sie schien sich das leere Haus unbehaglich zu regen. Windstöße attackierten die Haustür und brausten durch die Pappeln. Es war die Jahreszeit, in der sich das belgische Wetter ohne die geringste Rücksicht auf die Landesbewohner die unmöglichsten Kapriolen und Missetaten erlaubt.

Sie schloss sich in ihrem Zimmer ein. Ihre kleine Höhle umfing sie. *Ich muss wirklich jemanden anrufen.*

Sie horchte in das schlafende Haus und versuchte die aufsteigende Panik in Schach zu halten. Mit einem Mal klärte sich ihr Geist auf seltsame Weise, und zwischen all den Scherben sah sie ihre schutzlose Lage in aller Deutlichkeit. *Was soll ich tun? Was soll ich nur tun?* Sie schritt den winzigen Raum – einen modernen Schuhkarton bar jeder Schönheit und jeden Charmes – ab. Fünf Schritte in jede Richtung: zwei vorbei an dem abgestoßenen Metallbett, einer bis zum Waschbecken, zwei weitere vorbei an den mit der Taschenbuch-Bibliothek ihres Vaters vollgestopften Regalen, dann zurück zum Bett. Unter ihren Füßen lag der verschlissene Pfauenmusterteppich, den sie aus dem Wohnzimmer ihrer Kinderzeit gerettet hatte. Dieser winzige Raum war ihr Zuhause, und sie liebte es.

Sie betrachtete sich in dem Spiegel über der Frisierkommode: Eine traurige alte Jungfer mittleren Alters starrte zurück. Harry Bishop hatte ihr vier Jahre lang Obdach und Arbeit gegeben. Wo sollte sie hin? Wer würde sie jetzt einstellen?

Einige Stunden später wachte sie, noch vollständig angezogen, auf ihrem Bett auf. Es war nach drei Uhr morgens, und sie hatte noch niemanden wegen Harrys Tod alarmiert.

Das Haus fühlte sich so kühl an wie eine Gruft. Ernestine zog eine unförmige Strickjacke über ihre Dienstmädchen-Tracht und ging zurück in die Eingangshalle. An den Bibliothekstüren machte sie Halt, sie legte ihre Hand auf die Klinke, beschloss dann aber, nicht wieder hineinzugehen. Stattdessen suchte sie im Garderobenschrank nach ihrem Regenmantel. Irgendeine unbekannte Macht hatte die Dinge nun in die Hand genommen, und es gab nichts, was sie dagegen tun konnte. Sie zog versehentlich Harrys Regenmantel heraus und schlüpfte hastig in die weiten Ärmel. Es würde noch eine Weile dauern, bis sie diesen unfreiwilligen Tausch bemerkte.

Irgendetwas drängte – ja, zwang sie regelrecht – wegzugehen, obwohl sie nicht die geringste Ahnung hatte, wohin sie gehen sollte und wann sie zurückkommen würde. Sie wusste nur, dass sie wegmusste. Ganz gleich wohin. Nur nicht hierbleiben.

Ernestine ging hinaus in die tosende Nacht.

In einem weiteren seltsam klaren Moment wurde ihr bewusst, dass sie den Boden in der Eingangshalle nicht noch einmal aufgewischt hatte, nachdem die Männer gegangen waren.

2

Ungewöhnliches

»Vergiss nie zu träumen, *chérie.* Im Traum wirst du Orte besuchen, an die du sonst nie gekommen wärest.«

Orte, an die ich nie gekommen wäre …

Ernestine hatte unzählige Male über die Worte ihres Vaters nachgedacht, wenn sie auf ihrer Bank in seiner Metzgerei in der Rue du Bailli saß und ihn beobachtete. Patrick Vandermeer hatte die Angewohnheit, plötzlich sein Messer auf die abgenutzte Fläche seines Hackblocks zu legen, neben einen Kotelettstrang oder ein Huhn, das noch im Besitz seines Kopfes und seiner Beine war. Er stützte dann einen Ellbogen auf die Glastheke, legte das Kinn in die Hand und wandte sein breites, träumerisches Gesicht der Straße zu. Der Blick seiner sehr hellen, tränenglänzenden blauen Augen glitt über die geschäftigen Menschen, die rußigen Gebäude auf der anderen Straßenseite und dann noch weiter, um sich schließlich auf einen unsichtbaren Punkt irgendwo über den roten Ziegeldächern zu richten.

Ernestine hatte einen großen Teil ihrer Kindheit damit verbracht, auf dieser niedrigen Holzbank zu sitzen und zu lesen. Hin und wieder sah sie von ihrem Buch auf und fragte sich, wohin genau Papa von seinen Träumen getragen wurde. Sie folgte seinem Blick, hinweg über die Autos, die wütend über das Kopfsteinpflaster ratterten, und die Leute, die sich dem nasskalten belgischen Nebel entgegenstemmten. Doch irgendwas hinderte ihren Blick immer daran, nach oben abzudriften wie Papas Blick: Monsieur Maucq zum Beispiel, der seinen cholerischen Jack Russel-Terrier ausführte; oder Madame Nagelmackers, die sich auf ihrem Balkon auf der anderen Straßenseite über das schmutzige Geländer lehnte, um ihre Geranien zu gießen. Bei jedem Wetter trug Madame Nagelmackers ein Hauskleid, das ihre Storchenbeine in ihrer ganzen mageren Pracht zur Geltung brachte. Einmal war das Wasser aus den Blumenkästen übergelaufen und auf den Bürgersteig geklatscht, wo gerade Monsieur Maucq stand und geduldig darauf wartete, dass sein Hund einen überaus komplexen Schnüffelvorgang abschloss. Das Wasser landete zwischen Mann und Hund. Monsieur Maucq blickte erschrocken auf zu den dürren Storchenbeinen. Und dann folgte ein faszinierender Wortwechsel …

Doch das waren sicher nicht die Orte, an die Papa von seinen Träumen getragen wurde.

Wohin geht er genau? Und warum sollte ich mir wünschen, auch dorthin zu gelangen?

Und so saß Ernestine in ihrem Winkel im Geschäft, brütete über allem Möglichen und las. Tatsächlich verbrachte sie einen Großteil ihrer Kindheit auf dieser Bank, umgeben von Schinken und Salamis und Lendenstücken und diesen dicken knoblauchgewürzten Würsten, die man bis zur anderen Straßenseite roch.

Patricks Kunden grüßten sie, wenn sie hereinkamen, und tuschelten über sie, wenn sie wieder draußen waren. Die Damen Nagelmackers und Poncelet wurden auf der Rue du Bailli oft in trauter Zweisamkeit gesichtet. Sie gingen zusammen einkaufen, sie gingen samstags gemeinsam zur Messe, und, was für Patrick Vandermeer das Wichtigste war, sie kauften ihre *escalopes de veau* und ihre Schweinsfüße immer bei ihm.

Die Frauen ließen sich Zeit, und wenn sie wieder gingen, raschelten sie mit ihren Plastiktüten voller Fleisch herum und warfen Seitenblicke auf das Mädchen auf der Bank.

»Sie ist mehr ein Junge als ein Mädchen!«

»*Oui, oui,* ich weiß. Aber es liegt daran, dass Patrick ihr die

Locken immer viel zu kurz schneidet. *C'est horrible.* Und was für seltsam breite Händchen.«

»Ja, sie ist irgendwie so kleinwüchsig. *La pauvre.* Da würde auch der beste Haarschnitt nichts nützen.«

»Mag sein. Aber sie hat so hübsche Augen. Groß und klar. *Incroyable.* Es ist, als könnte sie einfach durch einen hindurchschauen.«

»Ja, hübsch schon. Aber mit solchen Augen wird sie nie einen Mann finden. Sie sieht zu viel.«

Ernestine bekam den einen oder anderen Gesprächsfetzen mit, während sie in ihr Buch schaute, aber die Kränkungen trafen sie nicht übermäßig. Mit zusammengepressten Lippen sah sie zu, wie die Damen in ihren hochhackigen Schuhen über die Ladenschwelle stöckelten. Papa hatte ihr erklärt, sie habe eine Begabung: Sie könne Menschen lesen wie Buchstaben auf einer Seite, und sie solle sich nicht zu viele Gedanken über deren Bemerkungen machen. »Es ist alles Teil deiner Persönlichkeit«, sagte er. »Und du solltest stolz darauf sein.«

Ernestine hatte ohnehin andernorts viel zu viel um die Ohren, als dass sie sich um das Geschwätz von Patricks Kunden hätte kümmern können. Sie hatte alle Hände voll damit zu tun, Wolfsbluts Hundeschlitten über das Eis zu lenken oder sich mit Robin Hood von einer mächtigen Eiche zu schwingen. Auch Ivanhoe brauchte immer mal wieder dringend ihre Unterstützung bei einem Schwertkampf. Und nachdem Patrick seiner Tochter zu ihrem vierzehnten Geburtstag seine geliebte Homer-Ausgabe geschenkt hatte, konnte selbst der Geruch der Knoblauchwurst sie nicht von Kalypsos Gesang ablenken oder den scharfen Geschmack der Gischt überdecken, wenn sie an Odysseus' Seite über das Meer segelte.

Abends nahmen Vater und Tochter wieder ihre beiden schweren Sessel in der Wohnung über dem Geschäft in Besitz. Zwischen ihnen lag ein verschlissener runder Teppich mit Pfauenmuster, dessen lose Fäden Patrick hin und wieder mit einem Schnitzmesser abschnitt. Sie tranken Erdbeertee und sprachen wenig, umgeben von einem Wust von Büchern und schäbiger Vornehmheit, also einem der Kontemplation förderlichen Klima. An sehr vielen Abenden im Jahr waren die Wohnzimmerfenster vom Dampf aus der Küche beschlagen, so dass man nicht hindurchsehen konnte. Die Feuchtigkeit glitzerte im Licht der Straßenlaternen, und Ernestine kuschelte sich an eine Lehne ihres Sessels und fixierte einen dicken Tropfen nach dem anderen, um seinen langen, mühsamen Weg bis zur Fensterbank zu verfolgen.

Auf einem Tischchen am Fenster stand der alte Plattenspieler. Patrick setzte ihn nicht jeden Abend in Gang, aber wenn er es tat, sah Ernestine zu, wie die verbogenen LPs sich auf dem Teller wellten und drehten wie in einem langsamen, sommerlichen Strudel, der einen, wenn man ihm mit dem Ruderboot zu nahe kam, unversehens in Träume ziehen konnte. Ernestine wurde schläfrig, und wenn sie sich auf den Pfauenteppich legte und die Augen schloss, trieb sie durch die Märchenwelten der Musik: lichterglänzende grandiose Paläste; grüne Lichtungen; Seelandschaften mit einsamen schreienden Möwen oder, wenn der Heizkörper nicht mitten in einem langsamen Satz ein klagendes Geräusch von sich gab, ein golden schimmernder Winkel wie ein Zuhause.

Überall lagen billige Taschenbücher, auf den Regalen, den Arbeitsflächen, dem Küchentisch, sogar auf dem Badewannenrand. Patricks Lesehunger war unersättlich: Philosophie und Geschichte, temporeiche Thriller und Klassiker. Er hatte eine ungewöhnliche Schwäche für amerikanische Dichtung – überhaupt für alles Amerikanische. Obwohl er einer der vielen Brüsseler mit flämischem Familiennamen, aber Französisch als erster Sprache war, spielte Englisch, das er sich ganz allein beigebracht hatte, in seiner Sammlung eine große Rolle. Patrick machte sich die Mühe, mit seiner Tochter, kaum hatte diese lesen gelernt, während des Abendessens Englisch zu sprechen.

Ernestine hatte schon einige Jahre an der schrecklichen Mädchenschule Notre Dame des Misères hinter sich, als ihr endlich die Verbindung aufging: Wie eine Morgenröte über dunkler See ging ihr auf, dass die Verträumtheit ihres Vaters etwas mit dem alten Plattenspieler und seiner chaotischen Büchersammlung zu tun hatte. *Sie* waren seine kostbaren Transportmittel, wenn er mitten im Schnitt das Messer niederlegte. Natürlich! Genau wie sie baute auch Papa im Geiste Königreiche auf.

An ihrem vierzehnten Geburtstag schloss Patrick das Geschäft früher, so dass ihm genug Zeit blieb, in der ganzen Wohnung Kerzen anzuzünden und einen Strauß Tulpen auf den Küchentisch zu stellen. Er lief sogar rasch zu der Bäckerei gegenüber der Kirche, weil Ernestine den *moelleux au chocolat* von dort am liebsten mochte. Sie aßen gerade die übrig gebliebene Enten-Terrine aus dem Laden, als Patrick das in Metzgereipapier gewickelte und verschnürte Päckchen hervorholte, das er auf seinem Schoß versteckt gehalten hatte.

Ernestine schaute ihn aus ihren hellen grauen Augen an und lächelte spitzbübisch. »Weiß ich, was drin ist, Papa?«, fragte sie und betrachtete das kleine rechteckige Paket.

Patrick genoss ihre Offenheit. »Durchaus möglich, *chérie*. Durchaus möglich.« Sie riss Schnur und Papier ab und keuchte: »Oh, Papa …« Patrick liebte Homer so sehr, dass seine zerfledderte englische Übersetzung der *Odyssee* einen nicht minder langen und gefahrvollen Weg hinter sich hatte als der berühmte Held selbst. Es war eins der wenigen gebundenen Bücher in seinem Besitz, und genau dieses Exemplar hielt Ernestine jetzt in der Hand. Sie drehte und wendete den rehbraunen Everyman-Band liebevoll hin und her und strich über das raue, fleckige Leinen. Endlich sah sie zu ihrem Vater auf und öffnete es. Auf Englisch hatte er hineingeschrieben:

Für meine liebe Ernestine
Mögest Du Deine eigene magische Odyssee finden, auch wenn Du Ithaka nie verlässt.
Dein Dich liebender Papa

Die 19-Uhr-Straßenbahn rumpelte vorbei, ein Detail, an das Ernestine sich noch genau erinnerte, denn nachdem sie die Widmung ihres Vaters gelesen hatte, waren ihr die Tränen gekommen und sie hatte auf die Straße hinaussehen müssen.

Nun wusste sie es.

Das strahlende Griechenland war Papas Ziel! Die balsamischen Haine, Kalypso in ihrer Grotte, die Obstgärten Phöniziens … Das war es, was Patrick am Himmel über Madame Nagelmackers' Balkon heraufbeschwor. Er brauchte bloß aufzuschauen, und schon wurde seine kleine fleischerfüllte Welt vom ewigen Licht Homers erhellt.

Ernestine drückte ihre Wange an die Fensterscheibe und wischte eine Träne weg. Sie beobachtete Monsieur Maucq, der unten auf dem Bürgersteig herumstand. Im Allgemeinen richtete er sich nach der 19-Uhr-Bahn. Der Müll war schon auf die Bürgersteige gestellt worden, und sein Jack Russell nahm gerade einen tiefen genießerischen Zug aus einer Plastiktüte. Schließlich wandte sie sich vom Fenster ab und sah ihren Vater an.

Er lächelte. »Ach, du meine grauäugige Athene. Mit deinen Augen bist du ganz sicher eine Menschenleserin, *chérie.* Du siehst so vieles, was andere nicht sehen können.« Sein verschwommener Blick wurde ungewöhnlich klar. »Das Geheimnis liegt im Gewöhnlichen, vergiss das nicht. Nur dort findest du alles mögliche Ungewöhnliche. Denk dran: Du musst Ithaka nicht unbedingt verlassen, um ein Abenteuer zu erleben.«

»Beeil dich, Nelly! *Zut!* Warum bist du immer so spät dran? Das ist heute das dritte Mal. Wir werden ganz sicher bestraft.« Normalerweise fuhr Ernestine ihre beste Freundin nicht so an, aber die Schulleiterin hatte ganz klar gesagt: Noch eine einzige Verspätung, und sie würden bestraft!

Jeden Morgen nahm Nelly Legrand die Straßenbahn vom nahe am Stadtzentrum gelegenen Sablon, wo sie bei ihrem Onkel über dessen schickem Pralinengeschäft *Chocolatier Bertrand* wohnte. Am Ende der Rue du Bailli stieg sie aus und rannte die anderthalb Häuserblocks bis zur Metzgerei. Von dort aus gingen die Mädchen zu Fuß weiter zur Schule. Das öde Institut, an dem sie ihre Bildung durchlitten, lag in der Nachbargemeinde, gute fünfundzwanzig Fußminuten entfernt, doch sie liebten diesen gemeinsamen Spaziergang durch die engen Kopfsteinpflaster-Gassen und über die verschlafenen Plätze mit ihren kleinen Grünflächen. Und während sie sich in ihre Gespräche vertieften, stießen ihre schweren Schultaschen kameradschaftlich gegeneinander.

»Was hast du zum Geburtstag bekommen?«, fragte Nelly und wurde dabei langsamer wie jedes Mal, wenn sie die Ecke zur Avenue Montjoie erreichten und die trutzigen Backsteinmauern der Schule in Sicht kamen.

Ernestine sagte es ihr.

»*Was?* Noch ein Buch? Ehrlich, Nesty. Ein Buch wird dir im Leben nie den richtigen Platz verschaffen.«

»Mit dem ›richtigen Platz‹ meinst du vermutlich den an der Seite eines Ehemanns?« Ernestine warf ihrer Freundin einen diskreten Seitenblick zu. Schon mit vierzehn – und zur Verzweiflung der Nonnen – trug Nelly jeden Morgen Lippenstift und Lidstrich auf und zähmte ihr üppiges rotes Haar mit Gel. Zudem entwickelte sie sich bereits an Stellen, an denen bei Ernestine nie etwas knospen würde: Bei Nelly fielen die Falten des Schuluniformrocks wie ein gebrochener Fächer über die Hüften, und immer sprang der mittlere Knopf über ihrem Busen wieder auf – wie erschreckend, dachte Ernestine, der so etwas jedoch erspart bleiben sollte. Zudem umschwebte Nelly ständig der Schokoladenduft aus dem Geschäft ihres Onkels, was sie nur noch appetitlicher machte.

»Ach, Nelly, das wirst du nie verstehen. Bücher können … Sie bringen dich … Nun ja, *irgendwohin,* so ist das eben.«

»Wohin?« Nelly zog ihren Rock nach unten und strich sich das Haar glatt, als sie die Schule betraten.

Wohin? Ernestine eilte hinter ihrer Freundin durch den gotischen Eingangsbogen, der von einer lebendigen Darstellung der Sieben Todsünden geziert wurde.

Wohin? Wie sollte sie Nelly, die so erdgebunden, so unkompliziert war, etwas über die Wörter erklären? Dass sie von der Seite auferstehen und einen an Orte ohne Wände und Fenster tragen können, an Orte, die auf Erden nicht ihresgleichen hatten?

Schwester Assumpta lauerte ihnen wie befürchtet in der Eingangshalle auf. Sie stand reglos neben der Statue des heiligen Bartholomäus, und ihre Tracht verlieh ihr das Aussehen eines Raubvogels. Zufällig wartete sie an der beschädigten Seite des Heiligen (der Statue war schon vor geraumer Zeit der drohende Zeigefinger abhandengekommen), was Schwester Assumptas morgendlicher Terrorherrschaft nun doch ein wenig von ihrem Schrecken nahm.

Wortlos führte sie Ernestine und Nelly in ihr Büro.

Anschließend waren die Mädchen in der düsteren Höhle der Schulleiterin mehrere Stunden damit beschäftigt, Böden zu schrubben und Bücher abzustauben. Sie waren nicht zum ersten Mal so eingesperrt worden. Aber es war ihnen zum ersten Mal befohlen worden sauberzumachen, und wenn Ernestine später daran zurückdachte, wurde ihr klar, dass das Saubermachen – letztlich eine ehrenwerte Tätigkeit, auch wenn man sie für eine gemeine, humorlose Nonne ausführte – ihr damals in gewisser Weise interessanter vorgekommen war als das Lesen. Denn die Wörter auf Schwester Assumptas Regalen waren eingekerkert.

Die Agonie des heiligen Bonifatius und *Zwanzig Weisen, der Sünde zu entkommen* lagen beim Abstauben kalt in Ernestines Hand. Ganz offensichtlich waren diese Bücher nie geöffnet worden. Lag hier das Ziel formeller Bildung? Verglichen mit Papas Bibliothek, die, zerfleddert und fleckig, einladend über sämtliche Möbel verteilt war, wirkte Schwester Assumptas wie das literarische Pendant zum Keuschheitsgürtel.

»Wenn wir endlich hier raus sind, machen wir erst mal einen drauf!«, sagte Nelly und tauchte ihren Lappen in den Eimer. Sie unterdrückte ihr Kichern, damit es nicht von einer zufällig im Flur vorbeilaufenden Nonne gehört wurde. Dann platzierte sie mit ihrem Lappen eine Pfütze neben einem der Beine von Schwester Assumptas riesigem Schreibtisch und ließ sie dort stehen.

Ernestine sagte nichts. Sie wrang gelassen ihren eigenen Lappen aus und verteilte dann Nellys Pfütze auf dem Holzboden. Beim Wischen verfiel ihr Körper in eine seltsam angenehme Vor- und Rückbewegung. In diesem Rhythmus bewegte sie sich durch den Raum, vergaß Nellys Anwesenheit nach und nach und war zunehmend fasziniert von der schrittweisen Befreiung ihrer Gedanken während des Wischens.

Slisch … Sluusch.

Ein beruhigendes Wiegen wie auf einem Boot, das auf den Wellen treibt. Etwas in ihr begann zu leuchten, wurde frei.

»Hey! Nesty!« Nelly warf ihren Scheuerlappen in den Eimer, dass es spritzte, schwang sich auf den Schreibtisch und ließ ihre braunbestrumpften Beine baumeln. »Hörst du mir überhaupt zu? Wäre es nicht toll, hier endlich rauszukommen? Was meinst du, wohin sollen wir gehen? Italien? Oder vielleicht Mallorca? Das wäre exotischer. Wir könnten da kellnern. Denk doch nur an all die gutaussehenden reichen Männer!« Ernestine antwortete immer noch nicht. Sie stützte sich auf ihren Schrubberstiel und schaute hinaus in den Himmel, an dem die Wolken ihre taubengrauen Brüste tief über die Schule hängen ließen.

»Ich gehe weit weg, wenn ich hier weggehe, Nelly«, sagte sie träumerisch. »Weiter als bis nach Spanien oder Italien. Weiter weg, als du dir vorstellen kannst.« Sie zögerte kurz. »Ich glaube nicht, dass du mitkommen kannst.«

»Wo ist das?« Nelly warf einen flüchtigen Blick auf die Tür, bevor sie einen Kaugummi aus der Tasche ihrer Schuluniform holte und ihn sich in den Mund stopfte.

»Da, wo Odysseus hingeht«, hätte Ernestine am liebsten gesagt. Aber sie wusste, dass Nelly an dem Tag geschwänzt hatte, an dem Schwester Benedicta mit ihnen über Homer gesprochen hatte. Nelly würde nur denken, dass Ernestine Griechenland meinte, wo man natürlich auch reiche und gutaussehende Männer finden konnte. Und nicht die Seiten eines Buches.

Ernestine warf Nelly einen Blick zu und begann wieder zu wischen. Innerlich lächelte sie. Nelly war nur wenige fettreiche Mahlzeiten davon entfernt, dick zu sein; sie selbst war klein und flach wie ein Lineal. *Nesty* … Nelly war die Einzige, die sie so nannte. *Nelly und Nesty* … In Ernestines Ohren klang es immer wie ein albernes belgisches Lustspiel. Sie seufzte und wrang ihren Scheuerlappen aus. Vielleicht könnten sie irgendwo an einer Bühne Arbeit finden, wenn die Nonnen Nellys Lebhaftigkeit nicht völlig erstickten.

Als Patricks Gesundheit nachzulassen begann, war seine Tochter erst sechzehn. Nichts Ernstes, versicherten ihnen die Ärzte. Ein Unwohlsein, weiter nichts; vielleicht eine winzige Verdauungsstörung, weil er zu viel von seiner eigenen Lyoner gegessen habe. Nehmen Sie einen Säureblocker und vergessen Sie Ihre Grippe-Impfung nicht!

Doch noch bevor er ärztlichen Rat suchte, vermutete Ernestine etwas anderes: Sie war sicher, dass die Seele ihres Vaters litt. Der hochherzige Metzger blutete innerlich, es war ein leichter, aber ständiger Blutverlust aus einer Wunde, die kein Arzt je finden würde. Ihre Vermutung bestätigte sich an dem Tag, als sie auf dem Weg zur Schule durch die Metzgerei rannte und Patrick nicht hinter der Theke stand. Die Tür zur Straße war schon offen für die Kunden, der Fliesenboden glänzte von ihrem morgendlichen Aufwischen, alle Fleischwaren waren aus den großen Edelstahlkühlschränken hinter dem Laden geholt und sorgfältig in der Auslage verteilt worden. Doch in der Metzgerei fehlte der Metzger.

Ernestine trat auf den Bürgersteig hinaus. Jetzt sah sie ihn: eine sanft geneigte Gestalt mit der weißen Metzgerschürze als bescheidenem Segel, die, den Blick starr nach oben gerichtet, sanft gegen die Passanten stieß.

»Papa!« Ernestine warf sich die schwere Schultasche über die Schulter und rannte zu ihm. »Papa, was machst du da? Du wirst dich erkälten. Der Laden ist offen – da kann doch jeder reingehen. *Papa?* Hörst du mich?«

Sie nahm ihn beim Arm und führte ihn zum Geschäft zurück. Zwei Kunden, die hinein- und dann verblüfft wieder hinausgegangen waren, standen einen Augenblick auf der Schwelle und betrachteten das Schauspiel eines Metzgers, der die Orientierung verloren hatte.

Ernestine ließ ihre Bücher an der Tür fallen und half ihrem Vater auf den Hocker hinter der Theke. Sie holte eine Flasche Evian aus dem Kundenkühlschrank und zwang ihn, sie zu trinken. »Da, das wird dir helfen«, sagte sie leise.

»Danke, meine Liebe.« Patrick strich sich über die breite glänzende Stirn. Seine blauen Augen schwammen. Und dann sagte er: »Bitte sag Kalypso, dass sie mir schrecklich fehlen wird, aber ich muss jetzt wirklich los.« Er starrte durchs Fenster auf eine blendend helle Lücke zwischen den Wolken. »Du sagst es ihr, nicht wahr, *chérie?*« Er wandte sich wieder Ernestine zu. »Bitte vergiss es nicht, sie kann manchmal ziemlich schwierig sein.«

Und so, von einem Tag auf den anderen, wurde Ernestine erwachsen.

Es war nicht so schwierig, wie sie gedacht hatte, als sie von ihrem Ehrensitz auf der Holzbank auf die andere Seite der Theke wechselte. Aber mit nur sechzehn Jahren hatte sie noch viel zu lernen. Sie stand stolz und groß – nun ja, so groß eine Person ihrer kleinen Statur eben stehen konnte – hinter Patricks erstklassigen Fleischwaren und versuchte sich an all die Techniken zu erinnern, die ihr Vater ihr beigebracht hatte. Viele Wochen hindurch hatte sie überall an den Händen Pflaster, weil das Messer eben doch ausgerutscht war. Wenn sie den Laden geschlossen hatte, ging sie erst mit dem Bissell über den Fliesenboden, um den Schmutz und den Staub, den die Kunden von der Straße hereingetragen hatten, zu entfernen, und dann wischte sie feucht auf. Der Bissell, Patricks seltsames Reinigungsgerät, war eine handbetriebene Kehrmaschine, deren Herkunft im Dunkeln lag, die aber, so lange sich Ernestine zurückerinnern konnte, in einer Ecke nahe beim Hackklotz an der Wand gelehnt hatte. Patrick selbst hatte nur gewusst, dass sie Jahrzehnte zuvor in der gleichnamigen Fabrik in Amerika hergestellt, auf vermutlich verschlungenen Wegen nach Belgien gelangt und dort als einsamer Flüchtling im Wohltätigkeits-Lädchen des Viertels gestrandet war. Patrick war hingerissen gewesen von diesen amerikanischen Wurzeln. Mit einem rätselhaft abwesenden Lächeln pflegte er die Kehrmaschine aus ihrer Ecke zu ziehen, und jedes Mal, wenn er ihre Bürsten über den Boden wirbeln ließ, summte er Broadway-Melodien und tänzelte neben ihr her. »Die Lieder habe ich von einem amerikanischen GI gelernt«, hatte er Ernestine erklärt, »mitten im schlimmsten Kriegswinter, als ich bei einer Tante in der Nähe von Bastogne war.« Ernestine auf ihrer Bank hatte mitgesummt und mit dem Fuß den Takt geschlagen, während sie ihm zusah. Doch jetzt war sie voller Trauer, während die Bürsten wirbelten. Sie brachte es nicht übers Herz zu tanzen wie damals ihr Vater. Ihre Kraft reichte gerade eben noch, um den Laden zu schließen und in die Wohnung hinaufzugehen, um ihrem Vater das Abendessen zu machen.

Patrick verbrachte seine Zeit jetzt lesend und träumend am Küchentisch und hatte einen seltsamen Frieden dabei gefunden. Er lächelte Ernestine vage an, wenn sie kam, und streckte ihr die Hand entgegen, dann wandte er sich wieder dem perlweißen Lichtstreif am Himmel zu. *Jetzt kann ihn nichts mehr zurückbringen,* dachte sie müde und machte sich daran, den Speck anzubraten.

Sie schloss ihre schulische Ausbildung nie ab. Eine irgendwie traurige Ironie, dass statt Ernestine mit ihrer verzehrenden Neugier und ihrem unstillbaren Wissensdurst ausgerechnet Nelly, der jede Bildungsanstrengung so lästig war wie ein Stein im Schuh, den strengen Lehrplan von Notre Dame des Misères abschließen sollte.

Auf dem Rückweg von der Schule schaute sie manchmal in der Metzgerei vorbei. »Du hast vielleicht Glück«, bemerkte sie einmal, während sie die Paté von ihren Fingern schleckte. »Du kannst in der Mittagspause durch die Geschäfte bummeln.«

»Nelly, in der Mittagspause kümmere ich mich um meinen Vater.«

»Ach ja, das hatte ich vergessen.« Nelly wurde vor Scham über ihre Gedankenlosigkeit so rot wie ihr Haar. Ihr war durchaus klar, dass letzten Endes vielleicht sie die Glückliche sein könnte.

Die Zeit verging, wie Wasser floss sie über zwei Jahrzehnte, und obwohl Ernestine wenig Hoffnung hatte, noch etwas anderes aus ihrem Leben zu machen, ließen ihre hellen, grauen Augen den Horizont nie los, auch wenn ihr Schifflein in seichten Gewässern trieb.

Sie lehnte den Heiratsantrag von Monsieur de Pauw ab, einem schon älteren Kunden von Patrick, und fragte sich später, ob das ein weiser Entschluss gewesen war. Dieser Gentleman betrieb nämlich ein Antiquitätengeschäft am Sablon und verstand einiges von kostbaren Gegenständen: Er taxierte Ernestine von den Locken bis hinunter zu den bequemen breiten Schuhen und erklärte salbungsvoll, sie werde die Ehe mit ihm sicher mit der

Zeit schätzen lernen. Cupido hatte sein Ziel klar verfehlt, doch der einsame alte Herr blieb beharrlich und schickte Ernestine zwei Monate lang jede Woche einen Strauß Anemonen, bis er schließlich aufgab.

Hin und wieder ertappte sie sich dabei, dass sie über den Dächern nach einem Nebelstreif von Papas luftigem Königreich Ausschau hielt, dann zuckte sie erschrocken zurück. *Geh nicht dorthin!*, rief sie sich harsch zur Ordnung und warf ein Stück Wild auf die Arbeitsplatte. Es hat Papa nicht gutgetan. Und dir wird es auch nichts nützen.

Dann fielen ihr seine Worte wieder ein: *Das Geheimnis liegt im Gewöhnlichen, vergiss das nicht. Nur dort findest du alles mögliche Ungewöhnliche.*

Eines Tages ließ sie das Messer sinken und starrte aus dem Fenster.

Es war der Tag, an dem Patrick starb.

Ungewöhnliches …

Warum hatte er sie zum Träumen aufgefordert und ihr dann geraten, das Gewöhnliche zu betrachten? Konnte man beides tun? Konnte man mit beiden Füßen auf dem Boden in die Lüfte aufsteigen?

Sie übte ihren Blick an der Straße, diesem prosaischen Durcheinander von Ladenfronten, Autos, Straßenbahnen und Geschäftigkeit, das sie ihr ganzes Leben lang gekannt hatte. Prüfend betrachtete sie die Passanten und versuchte erfolglos, ungewöhnliche Geheimnisse aus ihren normalen Gesichtszügen herauszulesen. Ihr kam der Gedanke, dass Patrick ihr diesen Rat vielleicht gegeben hatte, weil *er* außerstande gewesen war, den Blick am Boden zu behalten; weil *er* zwar all die ungehobenen Schätze des Lebens rings um ihn gespürt hatte, aber seine Augen nicht davon hatte abhalten können, darüber hinwegzuschweifen und ihn in eine Traumlandschaft zu entführen, in der seine Tochter sich nicht verlieren sollte.

Der Morgen lag unter einer Glocke von Nieselregen. Monsieur Maucq hatte mit seinem Hund die Straße überquert, um die Schinken im Schaufenster zu mustern. Ernestine nickte ihm zu und säuberte dann angelegentlich den Hackklotz – er war ein sehr ernster Herr, und sie wollte ihn nicht zum Betreten des Geschäfts ermutigen. Nur sehr selten, wenn ihm ein Stück Fleisch gefiel, verzogen sich die abfallenden Falten in seinem Gesicht seitwärts, und wie ein Licht aus einem Grab schien ein Lächeln auf. Patrick hatte dieses Schauspiel schon einmal erlebt, doch Ernestine hatte es noch nie mit eigenen Augen gesehen.

Ein Krankenwagen heulte vorbei. Ernestine blickte auf. Und entdeckte sofort Madame Nagelmackers, die die Metzgerei von ihrem Balkon aus aufmerksam beobachtete. Gegenstand ihres Interesses schien Monsieur Maucq zu sein, der sich immer noch leicht den Schinken entgegenbeugte. Binnen Sekunden verschwand Madame von ihrem Balkon und erschien unten vor dem Haus. In ihrem dünnen Baumwollkittel rannte sie durch den Nieselregen auf die andere Straßenseite, die blutleeren Storchenbeine weiß vor den dunklen Pflastersteinen. Auf ihrem Gesicht lag eine Art grimmiges Lächeln, und zu Ernestines Überraschung hielt sie eine Geranie in der Hand.

Mit leicht gesenktem Kopf tippte Madame Nagelmackers Monsieur Maucq auf die Schulter. Er zuckte genauso hoch wie bei dem Blumengieß-Debakel. Die Schinken waren vergessen. Der Terrier kläffte aufgeregt. Madame Nagelmackers streckte ihm die Geranie hin, und Monsieur Maucq, selbst überrascht darüber, nahm sie an. Ein Lächeln spaltete seine bittere Miene. Die Blume zitterte leicht in seiner Hand, als sei soeben eine gefährliche Mission zu einem guten Ende gekommen. Wortlos hastete Madame Nagelmackers zurück über die Straße, ihre Beine leuchteten gespenstisch durch das Regengrau.

Ernestine hinter ihrer Theke schnappte nach Luft. Im stacheligen Garten ihrer Mitmenschen war soeben etwas erblüht. Und sie hätte es beinahe verpasst! Sie legte ihren Lappen hin, schloss die Ladentür ab und drehte das Schild so, dass außen für kurze Zeit *Fermé* zu lesen sein würde. Das musste sie Papa unbedingt erzählen. Eine seltsame Energie erfasste sie bei dem Gedanken, dass sie nur aufzupassen brauchte, um solche Wunder überall und jederzeit erleben zu können. Sie war umringt von solchen Möglichkeiten.

Ungewöhnliches …

Sie rannte hinauf. »Papa, du kannst dir nicht vorstellen, was ich gerade gesehen habe!«, rief sie beim Betreten der Wohnung. »Madame Nagelmackers ist mit einer Geranie über die Straße gelaufen, und Monsieur Maucq …«

Patrick saß immer noch so am Küchentisch, wie sie ihn am Morgen verlassen hatte, aber er lehnte auf seltsame Art am Fenster. Seine Augen waren offen und viel verhangener als sonst, so als wäre er schon vor einiger Zeit fortgegangen und hätte ein Fenster hinter sich geschlossen.

Ernestine stand reglos in der Küchentür. Als sie endlich den Mut aufbrachte, zu ihrem Vater zu gehen, konnte sie nur an all die Dinge denken, die noch zu sagen gewesen wären. Seine Hand lag auf dem Tisch, breit und knotig. Ernestine legte ihre auf die ihres Vaters, und es zerriss ihr das Herz, als sie die schwindende Wärme darin spürte. Sie folgte seinem abwesenden Blick über die Dächer zu der regenverwaschenen Stelle am Himmel, zu der er sich, davon war sie überzeugt, aufgemacht hatte. Dann setzte sie sich auf den Stuhl ihm gegenüber, wo sie immer saß, und blieb dort, bis der Regen aufgehört hatte und seine Hand kalt war – bis ein Sonnenstrahl durch den Himmel brach wie das Lächeln durch Monsieur Maucqs Gesicht und sie sicher war, dass Papa gut angekommen war.

Am Tag darauf schloss sie die Metzgerei, um sie nie wieder zu öffnen.

Slisch … Sluusch …

Sie hatte zu viele Jahre damit verbracht, kaltes totes Fleisch kleinzuhacken …

Slisch … Sluusch …

Vierundzwanzig Jahre, um genau zu sein. *Vierundzwanzig Jahre …* so lange hatte Odysseus gebraucht, um wieder nach Hause zu kommen. *Aber ich habe meinen sicheren Hafen aufgegeben – und ihn nicht etwa erreicht.*

Dies und anderes dachte Ernestine, während sie die letzten Knochensplitter und Schmutzspuren im Geschäft entfernte und die Vertragsstrafe für die vorzeitige Kündigung zahlte. *Vielleicht hätte ich doch Monsieur de Pauw heiraten sollen,* dachte sie, verbannte den Gedanken jedoch dann endgültig aus ihrem Kopf.

Ich werde vom Wischmopp leben, gelobte sie sich selbst wie ein Soldat, der zu den Waffen greift.

Vom Wischmopp und von Papas kostbarem Bissell.

Ihr vierzigster Geburtstag war schon in Sicht, als Ernestine ihr neues Leben begann. Und sie musste dafür nicht einmal Brüssel verlassen, genau wie ihr Vater vorausgesagt hatte. Tatsächlich beschränkte sich ihr Radius sogar meistens auf die Nachbarschaft der *boucherie.*

In der nahe gelegenen Rue Faider vermietete Dr. Dieudonné, ein exzentrischer Homöopath, die Dachwohnung seiner alten Stadtvilla, und Ernestine ergriff die Gelegenheit sofort. Wie sehr Nelly sich auch bemühte, sie konnte ihre Freundin nicht dazu überreden, zu ihr in die Wohnung über dem Pralinengeschäft zu ziehen. Erstens machte die *chocolaterie* gerade harte Zeiten durch und Nelly konnte ihr keinerlei bezahlte Beschäftigung bieten, und zweitens hatte Ernestine Patricks Bibliothek, den Plattenspieler, mehrere Kisten mit Platten und ein paar abgenutzte Möbelstücke, von denen sie sich einfach nicht trennen konnte, im Gepäck. Das alles wäre zwischen Nellys üppigen Möbeln und den zwei zum Platzen vollen Kleiderschränken gar nicht unterzubringen gewesen.

Ernestine nahm drei regelmäßige Stellen als *femme de ménage* an. Sie schrubbte Toiletten in einem heruntergekommenen Hotel hinter der Place Flagey, wagte sich in das dunkle Labyrinth unterhalb des Palais de Justice, um in einem Chinarestaurant die Böden zu putzen, und kletterte bei Florence Luytens, einer reichen Witwe, acht Treppen hinauf zum Dachboden, wo seit dem Ersten Weltkrieg Generationen von Spinnen völlig unbehelligt gelebt hatten.

Das Arbeiten schenkte ihr wohltuende Ausgeglichenheit. Die Jahre, die sich hinter ihr aufgestaut und sie in frühe Mutlosigkeit gestürzt hatten, fielen gnädig zurück ins Dunkel.

Slisch … Sluusch …

Welch unerwartete Freiheit! Während sie mit Mopp und Bissell über Linoleum und Holz, Marmor und Fliesen ging, kam etwas von diesem geheimnisvollen Rhythmus, den sie all die Jahre zuvor in Schwester Assumptas Arbeitszimmer entdeckt hatte, zu ihr zurück. Sie beugte ihre Schultern zu dieser einschläfernden Bewegung, und durch eine Art häuslicher Epiphanie wurden nicht nur die Böden heller, sondern auch ihr Geist. Während sie sich abrackerte, tat sich eine ganze luftige Ebene vor ihr auf, über die sie ihre Gedanken frei schweifen lassen konnte. Wer hätte das gedacht? Für einen zufälligen Betrachter war sie lediglich eine grauhaarige Dienstbotin mit einem Eimer und verdiente keine weitere Aufmerksamkeit. Niemand hätte vermutet, dass sie über ihrem Ostinato aus hypnotischem Scheuern, Wischen, Reiben und Abstauben in einem privaten Paradies weilte. Wenn das die Welt des Gewöhnlichen war, die ihr Vater ihr so ans Herz gelegt hatte, dann war sie wirklich einen Besuch wert.

3

Liebliche Nymphe, schroffe Gestade

Bevor Ernestine den Sablon erreichte, hatte es angefangen zu stürmen.

Von Harrys Villa bis in die Stadt war sie über eine Stunde unterwegs gewesen. Es fuhren weder Straßenbahnen noch Busse – es war ja auch erst kurz nach vier Uhr morgens. Die wenigen Taxifahrer, die vorüberrasten, machten Sonderfahrten und waren nicht geneigt, ihr Tempo zu drosseln. Ernestine hatte das Haus ohne Hut und Schirm verlassen – ja, sogar ohne ihren eigenen Mantel –, und so von dieser seltsamen Wanderwut getrieben, hätte sie auch eine Stadtstreicherin beim Umzug sein können.

Von Gewissensbissen geplagt, ging sie an den Statuen auf dem Petit Sablon vorbei. *Ich hätte Harry nicht so allein lassen sollen – auch wenn er mich entlassen wollte.* Mon Dieu! *Inzwischen hätte ich mindestens die Polizei angerufen haben müssen.* Und zu allem Überfluss hatte sie auch noch ihr Handy in ihrem Zimmer vergessen. Doch ungeachtet der Gewissensbisse hatte die Trägheit ein ungeheures Gewicht wie so oft angesichts unangenehmer Aufgaben. Und ganz sicher gibt es nur wenige noch unangenehmere Aufgaben für eine Haushälterin, als den Krankenwagen zu rufen, damit er ihren verstorbenen Arbeitgeber abholt. An der Kirche Notre-Dame du Sablon wandte sich Ernestine nach links und bekam einen heftigen Windstoß ins Gesicht. Der ersehnte Hafen *Chocolatier Bertrand* kam in Sicht, die letzten Meter rannte sie, und nachdem sie geklingelt hatte, scharrte sie in dem engen Eingang ungeduldig mit den Füßen. Wie dumm von ihr, dass sie das Handy vergessen hatte! Nelly hatte einen tiefen Schlaf. Und selbst wenn sie die Klingel hörte, womit nicht zu rechnen war, würde sie um diese Uhrzeit nicht darauf reagieren. Ernestine drückte noch einmal auf den kleinen weißen Klingelknopf. Sie schaute nach links und nach rechts auf dem breiten Boulevard, an dem einen Ende der Koloss des Palais de Justice, am anderen die heroische Gestalt Gottfried von Bouillons. Es war kein Mensch auf der Straße. Über dem Sturm stand der Vollmond, und als die Wolken aufrissen, ragte die spätgotische Kirche auf wie eine riesige Witwe in schwarzer Spitze.

Sie klingelte ein drittes Mal.

»Was wollen Sie, verdammt noch mal?«, schrie eine verschlafene Stimme von oben.

Ernestine blickte zu dem Fenster im ersten Stock auf. Sie versuchte, Harrys Mantel um sich zu raffen, doch der war zwei Nummern zu groß und hing wie ein Sack über ihr. Ihr wurde bewusst, dass sie nicht nur wie eine Stadtstreicherin aussah, sondern auch wie jemand mit kriminellen Absichten. Nelly würde sie bestimmt nicht erkennen, geschweige denn sie ins Haus lassen.

»O Nelly!«, schrie sie nach oben. »Es tut mir leid, dass ich dich so störe. Aber weißt du … Es ist etwas Schreckliches passiert!«

»Wer ist da?«

»Nelly, um Gottes willen«, rief Ernestine. »Ich bin's!«

»Nesty?«

»Ja. *Merde!* Bitte mach die Tür auf.«

Der Summer ertönte. Ernestine ging hinein und stieg eine nach Schokolade duftende Treppe hoch.

Nelly drehte an einem Schalter in der Wohnung oben, und eine schwache Birne erhellte Ernestines Weg. Das Linoleum war dunkelbraun, die Wände hellbraun, und obwohl Ernestine diese Treppe unzählige Male hinaufgestiegen war, dachte sie erst heute mit dieser Hellsicht der frühen Morgenstunden, wie passend es sei, dass auch das Treppenhaus das Schokoladenthema aufgriff.

»Tiens, tiens!« Nelly schnalzte missbilligend mit der Zunge, während sie Ernestine aus den nassen Sachen half. »Wie siehst du denn aus? Was in aller Welt ist passiert?«

»Oh, Nelly …« Ernestine sank in einen tiefen, üppig gepolsterten Sessel und begann zu weinen.

Nelly sah sie lange an, unschlüssig, was zu tun sei. Sie ging in ihre kleine Küche und machte Tee. Ihr seidiger apricotfarbener Morgenrock biss sich zwar farblich mit ihrem Haar, floss jedoch bei jeder Bewegung gefällig über ihre Körperformen.

Sie ließ Ernestine weinen. Nicht etwa, weil Nelly besonderes psychologisches Feingefühl gehabt hätte, sondern weil sie ihre Freundin noch nie so hatte weinen sehen, nicht einmal als Kind, und weil das Teekochen sie vielleicht für die entsetzliche Neuigkeit wappnen würde, die sicher gleich käme.

Und sie kam.

»Harry ist tot.«

Nelly stellte die Teekanne ab und raffte den Morgenmantel enger zusammen. »Was?«

Ernestine setzte sich auf und zog ein Taschentuch aus der Tasche. Sie schnäuzte sich geräuschvoll und sagte etwas gefasster: »Ja, es stimmt, er starb sehr plötzlich nach der Quartett-Probe heute Abend – ich meine gestern Abend.«

»Meinst du, es war ein Herzinfarkt?«

»Wahrscheinlich. Vielleicht. Ach, ich weiß nicht.«

Nelly drückte Ernestine einen Becher Tee in die Hand und setzte sich ihr gegenüber auf einen Polsterhocker.

»Ich machte die Tür zur Bibliothek auf«, begann Ernestine, ermutigt vom Tee und von der Aussicht, dass Nelly, die sich immer um Trost an Ernestine gewandt hatte, nun imstande zu sein schien, ihrerseits welchen zu spenden. »Ich ging hinein, und da saß er, über seinem Cello zusammengesunken. Irgendwie wusste ich gleich, dass er tot war, noch als ich in der Tür stand.«

»Bist du sicher?«

»Ich habe ihm den Puls gefühlt.«

»Das hast du getan?«, rief Nelly aus. »O Nesty, wie mutig du bist!«

»Nur ein paar Minuten vorher hatte er noch Cello gespielt – und zwar ziemlich schön, muss ich sagen.« Ernestine putzte sich noch einmal die Nase. »Ich meine, schön für Harry.«

»Und du hast ihn einfach dagelassen? Du hast niemanden angerufen?«

Ernestine sah eingeschüchtert zur Seite. Sie konnte Nelly unmöglich das Kaleidoskop von Gefühlen schildern, das sich seit der kurzen Zeit, die Harry nun schon tot war, in ihr drehte. Zorn, Schock, Verzweiflung, Verlassenheit und vielleicht am schlimmsten: die Angst vor dem, was auf sie zukam.

»Ich mache es von hier aus, ich nehme dein Telefon«, sagte sie.

Nelly stand auf und wühlte in ihrer Tasche.

»Nicht jetzt sofort!« Ernestine spürte, wie sie wieder in die Panik verfiel, die Nellys Gegenwart zu lindern begonnen hatte. »Bitte. Gib mir noch ein wenig Zeit, mich zu beruhigen.«

»Du wirst alle Zeit der Welt haben, dich zu beruhigen. Du hast deinen Job verloren, vergiss das nicht.« Nelly steckte das Handy in die Tasche ihres Morgenmantels und ließ sich wieder auf den Hocker fallen

»Ich weiß auch nicht, Nelly, aber irgendetwas stimmte nicht.« Ernestine fasste sich ein Herz. »Und dann war da noch etwas.«

Nelly legte fragend den Kopf schief. »Was?«

»Die anderen gingen früh von der Probe weg, und das war seltsam.« Ernestine zögerte kurz, dann fügte sie hinzu: »Alle bis auf Marshall Ross.«

»Marshall? Was könnte der denn für einen Grund gehabt haben zu bleiben?« Nelly ließ nachdenklich den Tee in ihrem Becher kreisen.

Die beiden Frauen sahen sich an und nippten einige Minuten lang still an ihrem Tee.

»Harry und Marshall haben sich schrecklich gestritten«, sagte Ernestine schließlich. »Ich glaube, das hat Harry ziemlich aus der Fassung gebracht.«

»Worüber?« Nelly ließ weiter ihren Tee kreisen. Sie wirkte plötzlich distanziert, und Ernestine fragte sich, ob ihre Freundin ihr vielleicht doch keinen Trost würde spenden können.

»Über irgendein gemeinsames Unternehmen.« Ernestine legte eine dramatische Pause ein. »Etwas Fragwürdiges.« Sie holte tief Luft. »Vielleicht sogar Illegales.«

Nelly fixierte sie mit ihrem durchdringendsten Blick. Sie stemmte sich hoch und sagte feierlich: »Ich denke, wir gehen besser nach unten.«

Mit »unten« meinte Nelly die beiden Hocker hinter der Theke der *chocolaterie,* wo sie und Ernestine all ihre wichtigen persönlichen Angelegenheiten regelten. Sie konnten sich hinter die Tabletts voller Pralinen ducken und waren so vor den Blicken der Passanten auf der Rue de la Régence geschützt. Zu dieser Nachtzeit und unter den beunruhigenden Umständen hielten sie es für besser, kein Licht zu machen. Die einzige Beleuchtung kam von den Straßenlampen, deren bläulicher Schein die Pralinentabletts in Unterwasser-Schätze verwandelte.

Nelly gab Ernestine einige der Mango-Sahne-Pralinen, die sie so gern aß, und nahm sich selbst eine Handvoll Pistazien-Herzen. Eine Zeitlang saßen sie so da und lauschten dumpf vor sich hinkauend den Regenböen, die über die Giebel des Musikkonservatoriums fegten.

Nelly war im Grunde noch ein Neuling in der Pralinenherstellung. Sie hatte das Geschäft *Chocolatier Bertrand* übernommen, nachdem ihr Onkel eines schönen Sommers auf den Spuren einer alternden französischen Comtesse im Languedoc verschollen war. Bertrand ward nie mehr gesehen, doch sein kriecherischer Notar Hugues Boondael stand eines Tages wie ein *deus ex ma-*

china in dem engen Hauseingang, in der Tasche alle Papiere, die Nelly zu unterzeichnen hatte. Von nun an gehöre das Geschäft ihr, sagte er. *Quelle chance!* Doch leider war Nelly kein aufmerksamer Lehrling gewesen, es kamen einfach zu viele gutangezogene Männer über diesen Teil der Rue de Régence. Bertrand hätte seine Geheimnisse ebenso gut seinem schnaufenden kleinen Mops Charlemagne anvertrauen können, der wäre auch kein weniger gelehriger Schüler gewesen als seine Nichte.

Die lebhafte Rothaarige musste nun von der Herstellung und dem Verkauf von Pralinen leben und konnte sich dabei nur auf das geringe Wissen stützen, das sie in den kurzen Augenblicken erlangt hatte, in denen sie nicht in Erwartung eines interessanten Kunden auf die Tür gestarrt hatte. Und ach, die Kunden der *chocolaterie* – all die eleganten feinen Damen, die früher regelmäßig hereinflatterten, um ihre bitteren Pralinen zu kaufen – verschwanden zugleich mit ihrem geliebten Bertrand. Er war ein so wunderbarer Mann gewesen – wie sagt man noch? –, *comme il faut,* er hielt ihnen die Tür auf, nahm ihre Hand in seine kühlen, starken Hände und hörte ihnen ernst und nur mit dem leisesten Beben seines schmalen Schnurrbarts zu. Damals hatte in der *chocolaterie* eine gewisse Ehrerbietung in der Luft gelegen, eine Gedämpftheit, die auf die Ernsthaftigkeit hinwies, mit der Monsieur seiner Berufung folgte und die Tradition hochhielt.

Seine Nichte hingegen … *Mon Dieu,* was für eine unangenehm fröhliche Frau! Und so dick! Wie konnte Monsieur sein kostbares Pralinengeschäft einem solchen … Trampel überlassen? Sie hatte den düsteren Wandschmuck entfernt und Spiegel, Bänder und Vasen mit frischen Blumen verteilt. Die vornehme Gedämpftheit hatte sich in Luft aufgelöst. Im Winter, wenn das Tageslicht nur als Gespenst durch die Straßen irrte, zündete Nelly Kerzen an und stellte ein paar winzige Tischchen auf, damit die Leute einen Kaffee trinken konnten. Jetzt trieben sich hier Schriftsteller und Künstler herum und auch Musiker, die mit ihren Cellos und Geigen vom Konservatorium herüberkamen, angelockt ebenso von der fröhlichen rothaarigen Frau wie von den unelegant üppigen Proportionen ihrer Pralinen. Doch leider hatten die Künstler nicht die finanziellen Mittel, die *chocolaterie* so zu unterstützen wie die feinen Damen. Wie Ernestine hatte auch Nelly nie geheiratet und war ebenso wie ihre Freundin auf den Höhen der Fünfziger angekommen, wo die Luft zum Leben dünn wurde und potenzielle Ehemänner ebenso dünn gesät waren. Dennoch tanzte Nelly mit derselben warmen, robusten Spontaneität weiter durchs Leben, die schon die Nonnen in Notre Dame des Misères zur Verzweiflung getrieben hatte. Aus der niedlichen Pummeligkeit der Kindheit war eine üppige Matrone hervorgegangen. Ihr Haar strahlte immer noch in einem reizvollen – wenn auch künstlichen – Rot; ihre Hüften hatten ihren lässigen Schwung behalten. Doch um Augen und Mund hatten die Sorgen ihre Spuren hinterlassen. Männer, die Ernestine nie einen zweiten Gedanken gegönnt hatten (also die meisten), machten bei ihr immerhin noch mehr oder weniger ehrenhafte Annäherungsversuche, sie umkreisten sie wie Falter einen Lampenschirm und manchmal kollidierten sie mit ihr. Eine Bestätigung, die sie zu neuem Leben erweckte, bei deren Fehlen sie aber dahinwelkte. Jedenfalls blieb keiner dieser Männer für länger in ihrer Nähe. Vielleicht fürchteten sie, sich die Flügel zu versengen; vielleicht konnten sie es aber auch einfach nicht mit so viel verwirrender Lebensfreude aufnehmen.

Schließlich fragte Nelly: »Wie viel hast du gehört?«

»Einiges.« Ernestine kaute gedankenvoll. »Aber nicht genug, um genau zu wissen, in was für einer Sache sie stecken. Ich saß auf einem der beiden Stühle vor der Bibliothek – du weißt schon, wo ich dienstags normalerweise sitze, um dem Streichquartett zuzuhören.«

Nelly nickte. »Und?«

»Stimmen kann man von da aus nicht so gut hören. Aber Irving hatte die Bibliothekstür nicht ganz geschlossen, deshalb bekam ich mehr mit, als ich vermutlich hätte hören dürfen.«

»Verstehe.«

Ernestine versuchte, so gut sie konnte, Marshalls und Harrys hitzigen Wortwechsel wiederzugeben. Sie erwähnte Harrys Schulden und dass er nicht die Nerven habe, bei Marshalls Plan weiter mitzumachen, sie sprach von Marshalls Behauptung, die Männer würden reicher als Sultane, und sie versuchte sich an Harrys eher rätselhafte Äußerung zu erinnern, als es darum ging, dass er seinen Anteil am Deal schon aufgegeben habe, und natürlich zitierte sie Marshalls Drohung, Harry zu ruinieren, wenn dieser sich nicht an die Regeln halte. Doch Schlafmangel und Angst forderten ihren Tribut. Ernestine machte lange Pausen und verstummte schließlich ganz. Sie beschloss, für sich zu behalten, dass Harry vorgehabt hatte, auf sie zu verzichten, es war zu demütigend. (In gewisser Weise hatte er ja auch schon auf sie verzichtet.)

»Hmm«, meinte Nelly und betrachtete prüfend ein hauchdünnes Täfelchen Bitterschokolade, bevor sie es in den Mund schob. Sie saß vorgebeugt auf ihrem Stuhl, das Kinn auf einen Handrücken gestützt, und hätte Rodin sehr gut Modell stehen können, wenn er sich seinen Denker als übergewichtige, angezogene Frau vorgestellt hätte.

Dann gab Nelly ihre schöne Pose wieder auf. »Harry muss sich wirklich sehr aufgeregt haben, wenn sein Herz so schlappgemacht hat.«

»Marshall ist ein imposanter Mann«, erwiderte Ernestine. »Gegenüber den anderen Männern benimmt er sich wie ein Diktator. Ehrlich, Nelly, er macht mir Angst.«

Nelly gab einen verächtlichen Laut von sich und stand auf, um ein Tablett in der Auslage zurechtzurücken. »Vor dem braucht man sich nicht zu fürchten. Er ist ein großer Halbstarker wie die meisten Männer.« Als sie sich über die Auslage beugte, öffnete sich ihr Morgenmantel ein wenig und zeigte den Kragen ihres unpassend mädchenhaften Schlafanzugs und eine Reihe der darauf gedruckten rosa Bärchen.

Ernestine wollte Nelly schon fragen, woher sie das über Marshall wisse, doch sie besann sich. Wie hatte sie nur Marshalls Einkäufe bei *Chocolatier Bertrand* und vor allem diesen unauslöschlichen ersten Tag vergessen können, an dem er ins Geschäft gekommen war?

Der Februar hatte damals gerade seine eisigen Nebel über die Stadt gelegt. Nelly zündete Kerzen im Schaufenster an, Ernestine saß unsichtbar hinter der Theke und probierte einen frischen Schwung Pralinen mit Himbeerfüllung. Plötzlich tauchten zwei Männer aus dem Dunst auf. Beide grinsten Nelly durchs Fenster an, sie lächelte zurück wie immer, und die beiden kamen herein.

»Diplomaten«, zischte Nelly Ernestine über die Theke hinweg zu. »Oder Geschäftsleute. Oder so.«

Beide Männer waren groß und kräftig gebaut, der eine mehr als der andere. In Anwesenheit von so viel Wollmantel und Seidenschal schien das Geschäft auf Pralinengröße zu schrumpfen. Ernestine beobachtete sie von ihrem Versteck hinter den Pralinen aus. Nelly plauderte mit ihnen bereitwillig über Schokolade und das Wetter. (Wer hätte gedacht, dass das belgische Wetter ein derart faszinierendes Gesprächsthema bieten konnte?)

Nelly eilte mit neuen Informationen hinter die Theke. »Amerikaner«, teilte sie, wieder zischend, mit. »Steh auf, Nesty!«

Harry Bishop schlenderte zur Theke. Sein Blick fiel auf einen bunten Flyer neben einem kleinen Silbertablett mit schokoladeüberzogenen Kaffeebohnen zum Probieren. Ernestines Hauptarbeitgeberin, die verwitwete Madame Luytens, war einige Wochen zuvor über ihrem morgendlichen Haferbrei verblichen, und Nelly hatte ein paar hübsche Flyer gestaltet, um für die Haushalts-Dienstleistungen ihrer Freundin zu werben.

Ernestine stand hinter der Theke auf und sagte höflich *Bonjour.* Sie war keine so stolze Erscheinung, wie sie es sich gewünscht hätte, dafür war sie zu klein, und anders als Nelly war sie es auch nicht gewohnt, ihre Weiblichkeit ins Spiel zu bringen. Also übersah Harry sie zunächst.

Ernestine legte eine Hand auf den Flyer und sagte auf Englisch: »Dieses Hausmädchen bin ich, Monsieur, falls Sie Interesse haben.« Sie bemerkte, dass Harry nicht mehr auf den Flyer starrte, sondern auf ihre kleine, dicke Hand, die noch gerötet war, weil sie am Morgen den Kalkrand aus einer Badewanne geschrubbt hatte. Sie gab ihm einen Flyer und steckte ihre Hand in die Tasche.

Harry steckte den Flyer ein, immerhin etwas, dachte sie, wo doch die meisten sie gar nicht beachteten.

»Hast du ihren Akzent bemerkt?« Nelly war wie elektrisiert, nachdem die Männer das Geschäft verlassen hatten.

»Wer hätte ihn nicht bemerkt?«

»Waschechte Amerikaner – und so gut angezogen! Sie sind bestimmt von der Botschaft rübergekommen. Du weißt ja, die ist gleich hinter dem Parc de Bruxelles.«

Ernestine, wieder in der schrecklichen Gegenwart, betrachtete Nelly im wenig vorteilhaften Licht der Straßenlampen. Wie gut kannte ihre Freundin Marshall Ross wirklich? An jenem Februartag war Marshall ganz Schmeichelei und besserer Herr gewesen. Sein imposantes Auftreten konnte schon Harrys geräumige Eingangshalle ohne weiteres füllen, ein kleines Pralinengeschäft ging angesichts von so viel Dominanz schlichtweg unter. Daher war es keine Überraschung gewesen, dass Nelly sich schließlich kopfüber in Marshalls gefährliche Gewässer stürzte.

Beharrlich sammelte sie noch den kleinsten Tratsch über ihn. Und aus diesen dürftigen Fetzen setzte sie sich in ihren Gedanken einen Gott zusammen, der, das stand für sie fest, meisterhaft Violine spielte und kreuz und quer durch die Welt flog, um an Sitzungen teilzunehmen, deren Wichtigkeit ihr Vorstellungsvermögen überstieg. Manchmal kam Marshall mit Harry ins Geschäft, um – so behauptete er wenigstens – Pralinen für seine Frau zu kaufen. Diese Frau war das Einzige, wovon Nelly nicht so gern tagträumte. Ansonsten hatte sie sich ein derart schönes, glattes, glänzendes Bild von ihm gemalt, dass die durch und durch unmusikalische *chocolatière* sich sogar im Konservatorium nach Bratschen-Unterricht erkundigt hatte, weil sie Marshall zu einem Duett zu verlocken hoffte.

Seit jenem nebeligen Februartag waren fast vier Jahre vergangen, und Nelly sprach immer seltener von dem hochgewachsenen Amerikaner, der sie so geblendet hatte.

»Kommt Marshall noch zu dir ins Geschäft, Nelly?«, fragte Ernestine.

Nelly biss sich auf die Lippe und sagte nichts.

Ernestine beobachtete die Regentropfen, die im bläulichen Licht schimmerten und am Schaufenster hinunterrannen. Für einen kleinen Augenblick war sie wieder in der Wohnung über der Metzgerei, in den alten Sessel gekuschelt, und lauschte dem knisternden Brahms auf dem Plattenspieler.

»Marshall ist verschlagen.« Ernestine ging zum Schaufenster. »Ich glaube, man darf ihm nicht trauen. Ich bin sicher, er war es, der Harry in diesen kriminellen Plan hineingedrängt hat. In meinen Augen ist Marshall Ross ebenso schuldig an Harrys Tod, als hätte er ihn mit einer Pistole erschossen.«

»Hmmmm.« Nelly war nicht überzeugt. »Du hast Harry nie wie ein Opfer geschildert. Er ist schließlich ein Frauenheld. Ein Schuft. Er weiß, was er tut, glaub mir, Nesty.«

»Ja, aber er ist schwach. Und leichtgläubig.«

»Ha! Die klassische Entschuldigung für Männer, die einfach nicht nein sagen können, am wenigsten zu sich selbst.«

»Harry war mir gegenüber immer fair und freundlich.« Ernestines Stimme zitterte. »Er hat einen solchen Tod nicht verdient, Nelly.« Sie sah zu, wie der Sturm in den Baumkronen des kleinen

Parks wühlte, und verfolgte den Weg eines Plastikbechers, der die Straße hinuntertrudelte. Dann wandte sie sich vom Fenster ab. »Ich wüsste einfach gern, was diese Männer planten.«

»Also wirklich, Ernestine!« Nellys Stimme klang ungewöhnlich scharf. »Was hast du vor? Eine Karriere als Ernestine Poirot?«

Etwas wie ein Lächeln ging über Ernestines Gesicht.

»Nesty, sei vorsichtig«, warnte Nelly kühl. »Du könntest dich wirklich in Gefahr bringen, wenn du tiefer bohrst.«

Ein Zweig klatschte gegen die Scheibe, und beide Frauen zuckten erschrocken zusammen.

Wie distanziert Nelly ist, und ausgerechnet heute Nacht, dachte Ernestine. *Zynisch. Fast abgestumpft*.

Ein Taxi brummte vorbei, auf den Straßenbahnschienen, um das holprige Pflaster zu vermeiden.

Nelly kam hinter der Theke hervor und hielt ihr wieder das Handy hin. »Wir müssen einen Krankenwagen rufen. Wahrscheinlich kommt auch die Polizei.« Sie sah Ernestine streng an. Ihre puddinghafte Schönheit hatte in dieser krisenhaften Situation schärfere Züge angenommen, und zum ersten Mal in ihrer fünfundvierzigjährigen Freundschaft entdeckte Ernestine einen starken erwachsenen Zug an Nelly.

»Die Polizei?«, rief Ernestine. »Aber Harry hatte sicher einen Herzinfarkt. Das werden die Ärzte bestätigen.«

»Schon, aber du warst der letzte Mensch, der das Haus verlassen hat, oder?«

Ernestines Herz stockte. »Wie meinst du das?«

»Ich meine, dass es eine polizeiliche Untersuchung geben wird und vielleicht eine Anzeige.«

»Aber ich hatte nichts damit zu tun!«

»Sachte, Nesty. Es gibt Verfahrensregeln, an die man sich halten muss.«

Aus dem Munde von Nelly, die sich selten an Regeln hielt, klang das so überraschend, dass Ernestine zunächst nichts dazu einfiel. »Na gut«, sagte sie schließlich. »Ruf etwa zwanzig Minuten, nachdem ich in die Straßenbahn gestiegen bin, den Rettungsdienst an.« Sie knöpfte Harrys Mantel zu und ging zur Tür. Nelly hatte kein Auto, war also in Transportangelegenheiten wenig hilfreich.

»Ich kann einfach nicht glauben, dass Harry Bishop tot ist.« Nelly machte sich hinter der Theke zu schaffen und packte ein paar von Ernestines Mango-Sahne-Pralinen ein. *»Tiens«,* sagte sie und hielt ihrer Freundin das kleine Päckchen hin. Sie küsste Ernestine auf die Wangen. »Es wird alles gut, glaub mir. Was willst du jetzt machen?«

»Neue Arbeit suchen – was in meinem Alter nicht so leicht sein wird. Ich habe genug zurückgelegt, um ein paar Monate durchzukommen, wenn ich sparsam lebe – aber mehr nicht.« Ernestine seufzte. »Alles, was ich kann, ist putzen.« Nach einer kleinen Pause fügte sie hinzu: »Und natürlich Fleisch zerteilen. Und du weißt, was ich nie wieder tun möchte.«

»Fleisch zerteilen, nehme ich an.« Nelly lachte. »Ach, Nesty. Harry hatte so viele Verbindungen. Ich meine … all seine berühmten Freunde, die diplomatischen Empfänge, die Partys. Ist Walter Goossens nicht der Chauffeur der Baronin de Wasseige? Er hat eine Schwäche für dich, oder irre ich mich?«

Ernestine nickte errötend. »Auf jeden Fall ist er ein echter Gentleman.«

»Vielleicht kannst du ja eine Stelle im Château Rivage bekommen?«

»Darum könnte ich Walter nie bitten! Ich kenne ihn eigentlich kaum. Wann immer er zu Harry kam, war ich eine Dienstbotin – keine Freundin.«

»Du kannst auf jeden Fall zu mir ziehen!« Doch Ernestines Antwort war die gleiche wie damals nach Patricks Tod: »Dank dir sehr, aber nein. Ich muss allein zurechtkommen.« Zumal Nelly, wie sie fand, eine grundsätzlich andere Einstellung zu den Dingen des

Lebens hatte. Ihre Freundin hatte immer eine Spur von Tollkühnheit und Sorglosigkeit besessen, die Ernestine fremd war. Onkel Bertrands kostbares *maison de maître* zum Beispiel hatte sie langsam verfallen lassen. Es gab eine undichte Stelle im Speicher, nach der man dringend hätte sehen müssen, und an der Hintertreppe war ein Bereich, der beängstigend schnell verrottete. Für Ernestine wäre es unmöglich gewesen, in einer solchen Verwahrlosung zu leben und nicht ihre ganze Zeit mit dem Versuch zu verbringen, das alles in Ordnung zu bringen. »Ich versuche es noch einmal bei Dr. Dieudonné, vielleicht ist sein Apartment frei«, sagte sie.

»Kannst du die Möbel in Harrys Dienstbotenzimmer lassen?«

»Ich weiß nicht. Vielleicht. Ich weiß mehr, wenn das Haus leergeräumt ist. Harry sagte zu Marshall, dass er einen Teil seiner Sachen verkaufen wolle, um seine Schulden zu bezahlen.«

Die beiden Freundinnen umarmten sich und wechselten einen langen, seelenvollen Blick.

»Bist du sicher, dass ich nicht mitkommen soll?« Eine Träne zitterte auf Nellys geräumiger Wange, und um sie zu verbergen, drückte Nelly Ernestine noch einmal an sich.

»Nein, danke, es wird schon gehen.«

»Ich rufe auch Walter an«, sagte Nelly. »Seine Nummer ist bestimmt im Telefonbuch. Er wohnt in der Nähe der Place Flagey, nicht wahr?«

Ernestine protestierte, doch Nelly bestand darauf, und in diesem herzlichen Zwist trennten sich die beiden Freundinnen.

Nelly öffnete die Tür und strich Ernestines widerspenstige Locken glatt. »Mach was mit deinem Haar, *chérie.* Wer weiß? Vielleicht lernst du bald noch einen Harry kennen. Und womöglich kannst du den dann heiraten.«

Die erste Straßenbahn am Morgen fuhr kurz nach fünf Uhr vor der Kirche ab. Ernestine sah auf ihre Armbanduhr, sie würde nur ein paar Minuten warten müssen. Sie betrachtete den großen spätmittelalterlichen Bau hinter ihr. Kürzlich hatte die Stadt Steinmetze damit beauftragt, den Schmutz und die Folgen der Umweltverschmutzung von den Fassaden zu entfernen, und die Kirche ragte nun aus dem Morgendunst wie aus der ersten Bauhütte hervorgegangen, eine Sandstein-Fata-Morgana, deren Erbauer gerade erst, zum ersten Mal in sechshundert Jahren, die Werkzeuge niedergelegt hatten.

Im Park gegenüber standen bezaubernde kleine Skulpturen auf ihren Säulen. Jeder kleine Bronze-Mann verkörperte ein Handwerk, der Maurer hielt einen Zirkel in der Hand, der Rüstungsmacher einen Degen, der Gerber eine Kuhhaut und der Dachdecker eine Leiter. Ernestine liebte diesen kleinen Park mit seinen Webern, Barbieren, Uhrmachern und Astronomen. Es gab sogar einen Wäschebleicher und (ihr Favorit) einen Metzger mit seinem großen Messer. Der einzige Haken an diesem erlesenen Bronze-Club war, dass keine Frauen dabei waren. Wo war das Dienstmädchen mit ihrem Eimer und dem Mopp? Und wo die Anwältin in ihrer Robe?

Eine Straßenbahn der Linie 92 machte eine Kurve um Gottfried von Bouillon und rumpelte auf sie zu. Ernestine rückte Harrys Zeltmantel auf ihren Schultern zurecht und steckte Nellys Pralinen in die Tasche. Als sie die Schachtel tief zwischen die Falten schob, stießen ihre Finger auf einen zusammengefalteten Zettel. Sie zog ihn heraus, um ihn in den Abfallkorb an der Haltestelle zu werfen. Doch in letzter Sekunde sagte ihr eine innere Stimme, sie solle ihn nicht fallen lassen. Also stieg sie in die leere Straßenbahn, setzte sich und entfaltete den Zettel: eine Restaurantrechnung der *Auberge du Roi* in De Haan, dem verschlafenen Küstenort, wo Patrick früher immer mit ihr Sommerferien gemacht hatte. Sie hatte jedoch nicht gewusst, dass Harry Bishop je dort gewesen war. Er hatte sich immer abfällig über die belgische Küste geäußert (natürlich ist es nicht Miami Beach, hatte sie daraufhin einmal hitzig erwidert und sich einen überraschten Blick von ihm eingefangen). Harry konnte sich schon eher für

Knokke erwärmen, ein weit angesagterer Ort, wo man mit der nötigen Geduld sogar einen Blick auf Stars wie Jean Claude van Damme erhaschen konnte.

Ernestine studierte die Rechnung und schnappte nach Luft, als sie den Endbetrag erreichte: 486 Euro. Jetzt wollte sie es genau wissen: zwei *terrines de foie gras,* zwei *bisques de crustacés,* zwei *filets de marcassin avec frites* und eine Auswahl der *gâteaux maison* – ein Festmahl, das sie an ihr eigenes nicht gehabtes Abendessen erinnerte und ihrem Magen ein leises Knurren entlockte. Ernestine starrte auf den letzten Posten auf der Rechnung: eine Flasche Château Margaux, die Harry allein schon um 215 Euro erleichtert hatte.

Sie lehnte sich auf ihrem Sitz zurück und betrachtete die vorbeigleitende schlafende Stadt. *Tiens, tiens!* Papa hätte sich prächtig amüsiert. Während ihrer zehn bescheidenen Urlaubstage im August ging er oft abends noch einmal mit ihr spazieren, von ihrer kleinen Ferienwohnung über die Strandpromenade bis zur *Auberge du Roi,* dem letzten Restaurant vor den Dünen. Die Speisekarte wurde in einer verglasten Nische neben der Tür präsentiert, beleuchtet wie ein Schrein in einer Kirche, und sie beide studierten mit feuchten Augen das Angebot. Patrick, der jedes Stück Fleisch, das hier präsentiert wurde, bestens kannte – und vielleicht, wenn er nicht so weit entfernt gewohnt hätte, auch geliefert hätte –, konnte nicht im Traum daran denken, es hier im zubereiteten Zustand zu bestellen.

Ernestine dachte noch einmal über Harrys Weinwahl nach: Mit dem, was er für die Flasche bezahlt hatte, hätte sie Papas Wohnung zur Hälfte möblieren können.

Und offensichtlich hatte Harry nicht allein gespeist – es sei denn, er wäre an diesem Tag außerordentlich hungrig gewesen. Welcher glückliche Mensch hatte das Festmahl mit ihm geteilt? Marshall? Eine seiner Geliebten? Und warum hatte er sich für dieses Essen den ganzen Weg zur Küste zugemutet?

4
Triptychon mit Cello

Der Tod war Ernestine schon einmal begegnet, sie war also in gewisser Weise auf Harrys Ableben vorbereitet. Sie hatte diese unnatürliche Stille schon erlebt und in Patricks Küche die hoffnungslos schwere Luft gespürt, die einen zurückgelassenen Körper umgibt.

Damals schien es ihr absolut unmöglich, dass jemand im einen Augenblick noch da ist und im nächsten nicht mehr. Sogar absurd. Nichts hatte sie auf die immer wieder aufflackernde Panik vorbereitet, die sie bei dem Gedanken überfiel, dass ihr Vater unwiederbringlich verloren war, nichts auf den schneidenden Schmerz, nicht zu wissen, wohin er gegangen war.

An jenem nieseligen Nachmittag hatte Ernestine Patricks leblosen Körper am Küchenfenster gefunden, und es war furchtbar für sie, dass sie nicht bei ihm gewesen war, als er ging. Sie hatte Ewigkeiten in der Tür gestanden, entsetzt darüber, dass sie sich nicht von ihm hatte verabschieden können. Sie hatte sich vorzustellen versucht, wie weit seine Seele während der wenigen Stunden, die sie unten im Laden bedient hatte, schon gereist sein mochte. Und wie jeder, der dem Tod begegnet, suchte sie instinktiv den Himmel ab. *Er muss durch diese helle, silberblaue Öffnung dort oben über Madame Nagelmackers' Dach geschlüpft sein – diese Stelle, die er in letzter Zeit immer so ernst betrachtet hat.*

Doch dann geschah etwas Unerwartetes. Nach einigen Monaten kehrte Patrick zurück. Ja – eine andere Erklärung gab es nicht. Er war einfach zurückgekommen. Nachdem er diese erste schwerelose Befreiung genossen hatte, war sein Geist umhergeschwebt – möglicherweise nicht weiter als bis Ostende und zurück – und hatte sich irgendwo in der Nähe niedergelassen. Ernestine konnte ihn fühlen, eine plötzliche Verdichtung der Luft in ihrer unmittelbaren Umgebung, in der sie sich so glücklich aalte wie eine Katze in der Sonne. Weiterer Beweise bedurfte es nicht, basta. Es hatte eindeutig nichts mit Religion oder mit Wunschdenken zu tun. Patrick hatte ganz einfach seine Daseinsform und Fortbewegungsart geändert und war ihr wieder nah. Dieses Phänomen war so real, dass sich dafür eine wissenschaftliche Erklärung finden lassen musste, dessen war sie sicher.

Harry hingegen schien wirklich fort zu sein.

Gleich, als sie von Nelly zurückkam, wagte sich Ernestine wieder in die Bibliothek. Harry wirkte jetzt so künstlich, als wäre er nie lebendig gewesen. Als wäre er in der Nacht mit einer die Oberfläche verhärtenden Substanz bestrichen worden. Der wirkliche Harry war in diesem Raum derart abwesend, dass Ernestines ganze Sorge jetzt dem Cello galt, das sich mit seinem Cellisten untrennbar verbunden zu haben schien, und natürlich dem Weinfleck auf dem beigen Teppich.

Es blieb ihr jedoch keine Zeit für weitere Überlegungen.

Das Blaulicht eines Krankenwagens durchschnitt den Oktobermorgen. Auf der gegenüberliegenden Straßenseite wurden spaltbreit Türen und Fenster geöffnet. Ein Mann, der den ersten Morgenspaziergang mit seinem Hund machte, blieb am Ende von Harrys Gartenweg stehen, damit ihm bloß nichts entging.

Die Sanitäter rollten eine Bahre zur Tür.

»Er ist in der Bibliothek, gleich links.« Ernestine zeigte ihnen die Richtung.

Die Männer nickten und murmelten ihr Beileid, als sie an ihr vorbeigingen.

Ernestine starrte durch den Morgendunst: Walter Goossens hastete auf sie zu. »Madame, mein tiefstes Beileid.« Er beugte sich leicht über Ernestines Hand. Seine Feierlichkeit erschien ihr etwas übertrieben. *Ich habe doch nicht meinen Mann verloren,* dachte sie. *Nur einen Arbeitgeber, der mich hinauswerfen wollte.*

»Ich bin gleich nach Madame Legrands Anruf losgefahren«, sagte Walter. »So ein Schock.«

Walter hatte tatsächlich keine Zeit verloren: Sein Schlips fehlte, das weiße Hemd war eindeutig schon am Vortag getragen, und als er sich über Ernestines Hand beugte, bemerkte sie, dass sein sonst so präzise über die kahle Stelle gekämmtes schütteres Haar nicht am Platze und überdies ungewöhnlich fettig war.

Dennoch war der Anblick von Walters Haar deutlich weniger erschreckend als der Anblick, der sich ihr hinter ihm bot. Denn sie hatte gehofft, den Mann, der über den Gartenweg auf sie zukam, nie wiederzusehen.

Ihr Körper wurde steif. *Marshall Ross.* Wie hatte er es erfahren? Hatte Nelly ihn angerufen? Aber das schien eher unwahrscheinlich, zumal die beiden Frauen bei ihrem nächtlichen Gespräch Marshalls Hinterlist ausführlich erörtert hatten.

Unwillkürlich wich Ernestine in die Diele zurück.

Marshall hatte die Nachricht von Harrys Tod vermutlich auf dem Weg empfangen, auf dem die meisten einflussreichen Menschen informiert werden: über den Äther oder durch Untergebene. Da sie Marshall nicht die nötige Intuition zur Auslegung ätherübermittelter Mitteilungen zutraute (sonst hätte er am Vorabend eine Ahnung gehabt, dass Harry gefährlich nah am Abgrund stand), blieb nur der Untergebene.

Ernestine sah also Walter an. »Haben Sie Monsieur Ross angerufen?«

Walter verbeugte sich noch einmal. Sein Gesicht spannte sich an, eine Art Krampf glitt über seine Züge. »Ich hielt es für besser, wenn einer von Harrys amerikanischen Freunden hier ist und dann die richtigen Dienststellen der amerikanischen Botschaft informiert.«

Marshall Ross fegte über die Schwelle und in die Eingangshalle. Sein Gesicht war unrasiert, die markanten Züge wirkten verwischt. Die weiße Haarsträhne war achtlos ins schwarze Haar gekämmt worden und hatte dadurch ihre Autorität eingebüßt. Er ging aufgebracht auf die Tür der Bibliothek zu, blieb jedoch stehen, als er sah, was dort vor sich ging, und lief dann ziellos durch die Halle. Selbst in seinem leicht angegriffenen Zustand beherrschte er den Raum.

»Wahrscheinlich machen sie eine Autopsie«, sagte er zu niemand Bestimmtem. Er hatte es nicht einmal für nötig gehalten, sein Beileid zu bekunden. »Das ist sicher Routine in solchen Fällen.«

»Werden Sie das Konsulat verständigen, Marshall?«, erlaubte sich Walter zu fragen.

»Jaja, natürlich! Harry hatte keine nahen Angehörigen. Wahrscheinlich wird er sowieso nach Washington überführt, dort hatte er scinen ersten Wohnsitz.«

Ernestine senkte den Blick auf ihre Schuhe. Dem Tonfall nach hätte es sich auch um ein Paket handeln können statt um einen Menschen, der noch wenige Stunden zuvor geatmet, getrunken und sogar Schubert gespielt hatte.

»Vielleicht könnten wir einen Gedenkgottesdienst organisieren«, schlug Walter schüchtern vor. Er hielt sich in der Nähe der Bibliothekstür auf und versuchte, nicht zu sehen, was die Sanitäter mit Harry anstellten.

»Ein sehr guter Gedanke, Monsieur«, stimmte ihm Ernestine bei.

Marshall unterbrach sein Auf- und Abgehen. Seine Stimme klang entfernt menschlich, als er sagte: »Armer Kerl. Ich wusste nicht, dass er ein schwaches Herz hatte.«

»Ich glaube nicht, dass er ein schwaches Herz hatte, Monsieur, wenn ich das so sagen darf.« Ernestines Stimme zitterte ein wenig. Sie ging hastig auf Marshall zu, achtete aber darauf, weit vor der unsichtbaren Grenze zwischen ihnen stehen zu bleiben. »Er stand unter extremem Stress. Das hätte jedem passieren können.«

Marshall sah sie durchdringend an. Seine Augen tasteten ihr Gesicht ab, als suchten sie etwas. Sie schienen ihre Nachforschungen aus der vergangenen Nacht fortzusetzen, als Marshalls Blick sich in das Dunkel des Flurs zur Küche gebohrt hatte. Wenn er vorgehabt hatte, Ernestine Angst einzujagen, so war ihm das gelungen, ihre Fingerspitzen waren kalt, und auf ihren Armen bildete sich Gänsehaut.

»Ich werde später am Tag noch den Notar benachrichtigen«, sagte er und überging so ihren Einwurf. »Er wird eine Versteigerung des Inventars veranlassen. Ich nehme an, so lange werden Sie hier noch bleiben dürfen. Aber natürlich müssen Sie gleich danach gehen.«

»Natürlich.« Ernestines Augen überwanden den beträchtlichen Höhenunterschied und trafen Marshalls Blick. Bis zu diesem Moment war sie nur irgendein Gegenstand in seinem Blickfeld gewesen wie die Bronze-Wandleuchter oder auch der rote Samtstuhl, der ja, außer dienstagabends Ernestine, ohnehin niemanden interessierte. Doch jetzt brachten diese hellen grauen Augen den Mann von Welt aus der Fassung. Er hatte Mühe, diesen Blick abzuschütteln. Irgendwie konnte er nicht so über sie hinweggehen wie über die Bronzeleuchter.

Ernestine sah in die Bibliothek. »O nein, *nein!*« Schon war sie am Ort des Geschehens. »Bitte Vorsicht mit dem Cello! Es ist sehr kostbar. Es gehört Sébastien Balthasar.«

Einer der Sanitäter hielt Harry von hinten fest, während der andere vor dem Cello kniete und mit beiden Händen am Hals des Instruments zerrte, um es aus Harrys Griff zu befreien. Die Männer sahen überrascht auf. Von einem Sébastien Balthasar hatten sie nie gehört. Und überhaupt, wer war diese winzige Frau, die weit mehr Autorität ausstrahlte, als man ihr zutraute?

»Aber Madame, was sollen wir machen? Monsieur war zu lange in dieser Haltung.«

Genau in diesem Augenblick fiel ein Sonnenstrahl durch das Sprossenfenster und beleuchtete das seltsame musikalische Totenstück. Ernestine schwieg gebannt. Es war wie eine biblische Szene, mit passender Beleuchtung von der Seite, wie gemacht für einen flämischen Meister, der sein Triptychon zufällig um ein Cello erweitern möchte. Eine Art blasphemischer Kreuzabnahme, aber eben vom Cello.

»Dann lösen Sie seine Finger bitte einzeln vom Griffbrett.« Endlich war Harry vom Instrument befreit und wurde auf die Bahre gelegt. In respektvollem Abstand folgte Ernestine dem Grüppchen zur Tür.

Walter und Marshall führten in der Halle einen drolligen Ausweichtanz aus, wie er vermutlich häufig vorkommt, wenn ein selbstbewusster Vertreter der oberen Klassen und ein Chauffeur sich auf engstem Raum verständigen müssen. Die beiden hatten bislang nur ein paar Sätze miteinander gewechselt – außer an den Quartett-Abenden, wenn die Musik, die große soziale Gleichmacherin, das Wort geführt hatte.

Marshall verzog sich in eine Ecke und zückte sein Handy.

»Madame Vandermeer«, sagte Walter. Leise, denn Ernestine hatte gerade Harry ein letztes Mal nachgeblickt. »Was soll jetzt mit dem Cello geschehen?«

Ernestine reichte die Frage an Marshall weiter: »Was ist mit dem Cello, Monsieur? Irgendjemand muss es Monsieur Balthasar zurückgeben.«

»Das Cello?« Marshall sah auf das Display seines Handys und begann, eine SMS zu tippen. »Vielleicht könnten Sie es zurückgeben, Ernestine«, sagte er, immer noch tippend. »Ich habe diese Woche sehr viel zu tun.«

Sie sah Walter an, dann sah sie zu Boden und schließlich in die Bibliothek. So rücklings auf dem Teppich, wie die Sanitäter es hatten liegen lassen, glich das Instrument einem verlassenen Liebhaber.

»Ich werde mich darum kümmern, Monsieur«, antwortete sie.

»Ich lege das Cello in den Kasten zurück«, erbot sich Walter und machte sich hilfreich ans Werk.

Ernestine ging zur Tür. Sie rechnete damit, dass Marshall jetzt gehen würde. Am liebsten wäre sie selbst davongerannt wie in der Nacht zuvor. Um dieses Mal nicht zurückzukehren.

Plötzlich stand Marshall neben ihr.

Ernestine wich erschrocken zurück. Mit seinen langen, geschmeidigen Schritten hatte er die Halle im Nu durchquert. Selbst mit den scharfen Sinnen eines Nachttiers hätte sie die schwarze Energie dieses Mannes nicht nahen fühlen können.

»Sie bleiben besser hier, bis die Todesursache geklärt ist«, bemerkte Marshall obenhin. Er bedrängte sie, rückte ihr zu nahe, nahm den ganzen verbotenen Bereich zwischen ihnen ein.

Und Ernestine wäre fast zurückgewichen – jeder Muskel war bereit für die gewohnten zwei Schritte rückwärts, bevor sie sich von ihrem Herrn abwandte und ging. Doch mit äußerster Anstrengung gelang es ihr stehenzubleiben. Marshall war ihr so nah, dass sie den abgestandenen Kaffee in seinem Atem roch.

»Ich habe nicht vor wegzulaufen, wenn Sie das meinen, Monsieur. Es gibt auch nichts, wovor ich weglaufen müsste.« Sie lächelte wehmütig. »Übrigens auch nichts, *wohin* ich weglaufen könnte.«

»Sie waren nach der Probe hier im Haus, oder nicht?«, fragte Marshall barsch.

Bei dieser inquisitorischen Frage fuhr Ernestine auf. »Wie meinen Sie das?« In ihrem Schreck hatte sie das übliche »Monsieur« weggelassen.

»Ich wollte Ihnen nur klarmachen, dass Sie als Harrys im Hause wohnende Dienstbotin vermutlich vernommen werden. Die Todesursache steht noch nicht fest.«

Jetzt machte Ernestine doch einen der Schritte rückwärts. »Ich bin natürlich bereit zu helfen, wo ich kann, Monsieur.« Das Herz klopfte ihr im Hals.

»Natürlich kenne ich alle Kontaktpersonen von Harry im Konsulat.« Marshalls gemeißelte Züge wurden weicher »Ich kann dafür sorgen, dass alles glattgeht.« Er lächelte sie an – das vertrauliche Lächeln eines Schurken, der noch einen letzten Befehl zu geben hat. »Es hängt nur von Ihnen ab und von Ihrer Diskretion.«

»Diskretion?« Ernestine öffnete die Tür, um das Gespräch zu einem Ende zu bringen. Sie trug immer noch Harrys Regenmantel. Plötzlich fand sie es tröstlich, das Gewicht der weiten Falten zu spüren und die Hände tief in den Taschen zu vergraben. Mechanisch rollte sie die Restaurantrechnung zwischen ihren Fingern, während sie überlegte, worauf Marshall wohl hinauswollte. *Hat er mich auf dem roten Samtstuhl gesehen?* Nein, das war wohl unmöglich. *Oder im Küchenkorridor?* Vielleicht.

»Ich denke, Sie wissen, was ich meine.« Marshall ging dicht an ihr vorbei zur Tür. »Und dabei wollen wir es belassen, oder?« Seine Augen glitten wieder über ihr Gesicht, dieses Mal wie über vertrautes Terrain, als wollte er nur überprüfen, was er bereits herausgefunden hatte.

Ernestine senkte den Kopf. *Er weiß es … Er weiß, dass ich mitgehört habe.*

Sie schloss die Tür hinter ihm und atmete mehrmals tief durch, um ihre Fassung zurückzuerlangen. Doch er hatte ihr nur kurz den Wind aus den Segeln nehmen können. Sie straffte sich schließlich, rieb mit dem Fuß über eine Schmutzspur auf den Fliesen und richtete den Blick dann energisch nach vorn. *Ich werde der Sache auf den Grund gehen … was immer es sein mag. Und bei rauem Wind segelt es sich nicht unbedingt schlechter.*

»Wenn Sie möchten, wird es mir ein Vergnügen sein, das Cello zu Professor Balthasar zurückzubringen.«

Traurig und voller Selbstverleugnung hing Walters Stimme in

der Luft. Sein Ton ließ die Vermutung anklingen, dass Ernestine diese Aufgabe vielleicht lieber nicht übernehmen wolle, was auch in Ordnung gewesen wäre.

»Oh, vielen Dank, aber das kann ich selbst tun, Monsieur. Er wohnt doch irgendwo in Boitsfort, nicht wahr? Ich habe zwar keinen Wagen, aber ich kann mit der Straßenbahn hinfahren. Wenn Sie mir nur seine Adresse geben könnten, das wäre wirklich eine große Hilfe.«

Walter rückte unschlüssig an seiner dicken Brille. »Ja, das ist eben das Problem. Das Haus ist recht schwer zu finden. Die Villa Tosca ist sehr abgeschieden. Und mit diesem Cello, es ist ja sehr schwer …«

Ernestine kapitulierte. »Nun, dann danke ich Ihnen für das Angebot, mich zu fahren.« Walter hätte es natürlich auch allein hinbringen können, aber irgendetwas an Balthasars Cello – die Art, wie Harry in der Nacht seines Todes darauf gespielt hatte, oder Schuberts außerordentliche Hellsicht – gab ihr das Gefühl, dass sie dieses Instrument auf seiner Heimreise begleiten musste.

Walter stand demütig abwartend da. Mitleid überkam sie. Sie dachte an Nellys Bemerkung: *Er scheint eine Schwäche für dich zu haben.* Dennoch war sie selbst fast überraschter als Walter, als sie sich sagen hörte: »Ach bitte, kommen Sie doch mit in die Küche und trinken Sie etwas Warmes mit mir.«

Dann saßen sie auf Hockern an dem Granittresen, an dem Harry weniger als zwölf Stunden zuvor Ernestines Rippenstück verzehrt hatte, und nippten an heißer Schokolade. Beide schwiegen eine Zeit lang. Der Sturm hatte nachgelassen, doch immer noch zitterte das Küchenfenster hin und wieder unter einem Windstoß. Die in Harrys hinterem Garten aufragende Konifere zeichnete wilde schwarze Bögen in das gespenstische Morgengrau.

Ernestine rührte in ihrem Kakao und sah zwischendurch immer wieder Walter an, der ebenfalls rührte und auf seine Seite des Tresens starrte. Sie merkte, dass es vielleicht nicht ganz passend gewesen war, ihn einzuladen. Sie war schließlich nicht die Dame des Hauses. Andererseits war sie die einzige Dame im Haus und kannte sich als Einzige in der Küche aus, also hatte sie vielleicht doch das Recht, Walter eine Erfrischung anzubieten.

Schließlich brach Ernestine das Schweigen. »Monsieur, ich fürchte, dass es etwas gab, was Monsieur Bishop vor seinem Tod verstörte, ja geradezu quälte. Haben Sie eine Ahnung, was es gewesen sein könnte?«

Sie merkte sofort, dass sie zu direkt gewesen war. Walter rutschte verlegen auf seinem Hocker herum. Er sah zur Tür, als wollte er sich schon für alle Fälle einen Fluchtweg sichern. »Ehrlich, Madame Vandermeer, das kann ich wirklich nicht sagen. Ich kannte Monsieur Bishop nicht so gut.«

Sie schenkte ihm noch etwas Kakao nach, in der Hoffnung, das Thema damit ebenso schnell wieder zu beenden, wie sie es aufgebracht hatte. *Natürlich kann er es nicht sagen!*, rügte sie sich selbst. *Wie käme einer von Harrys Freunden dazu, sich vertraulich mit dessen Haushälterin auszutauschen?*

Sie nippten weiter an ihrem Kakao. Das Schweigen war jetzt angespannter. Als Ernestine das Gefühl hatte, dass die Spannung ein wenig nachließ, fragte sie: »Wann würde es Ihnen passen, das Cello zurückzubringen, Walter?«

Walter strich sich über die kahle Stelle und brachte die fettigen Strähnen an den richtigen Ort. »Ich weiß nicht. Vielleicht am Freitag?«

»Wären Sie so nett, in der Villa Tosca anzurufen und zu fragen, ob Monsieur Balthasar mit Freitag einverstanden ist?«

Walter zögerte. »Ich kann es versuchen. Aber er geht nie ans Telefon, sagte Harry. Das tut nur seine Köchin. Aber die ist nicht immer da.«

Ernestine legte ihre Hände um den Becher und beugte ihr Gesicht über den süßen Dampf. »Ja, ich erinnere mich, Monsieur Bishop schilderte ihn einmal als zurückgezogen.«

»Es ist weit mehr als Zurückgezogenheit.« Walter stand auf, als wollte er jetzt gehen. »Es gibt ein großes Geheimnis um ihn. Er hat schon seit Jahren nicht mehr öffentlich gespielt. Niemand bekommt ihn zu Gesicht, außer ein paar Celloschülern – und seinem Hauspersonal, das nur aus einem Gärtner und einer Köchin besteht. Harry ist es zwar irgendwie gelungen, als Schüler zugelassen zu werden, aber er wusste nichts Persönliches über ihn. Balthasar macht lange Spaziergänge im Forêt de Soignes, abends, wenn dort nur noch wenige Menschen sind. Es ist, nun ja ... seltsam. Als hätte sich dieser Mann völlig von der Menschheit losgesagt.«

Ernestines Augen wurden weit. »Warum in aller Welt hat er dann Monsieur Bishop als Schüler angenommen?«

Walter lachte kurz auf. »Vielleicht aus Mitleid. Aber vielleicht brauchte er auch Schüler. Heutzutage kann man vom Plattenverkauf allein nicht mehr leben. Jedenfalls nicht in der Klassik. Nicht einmal so jemand wie Balthasar. Und er hat schon fast vier Jahre kein Konzert mehr gegeben.«

»Aber warum denn nicht?«

»Das weiß niemand.«

»Er gilt doch als einer der besten Cellisten der Welt.«

Walter nickte. »Es gibt keinen wie ihn. Und da wir gerade dabei sind ...« Er wich Ernestines hellgrauem Blick aus, rutschte vom Hocker und wühlte in seiner Jackentasche. Letzteres nahm einige Zeit in Anspruch, als wäre der feierliche Akt des Suchens genauso wichtig wie der Gegenstand der Suche.

Endlich hatte er diesen Gegenstand. Wortlos legte er ihn neben Ernestines Becher auf den Küchentresen: eine CD von Bachs Suite Nr. 6 in D-Dur für Violoncello solo, aufgenommen von Sébastien Balthasar.

»Die Aufnahme ist schon ziemlich alt«, sagte Walter entschuldigend. »Als Madame Legrand mich anrief, um mir zu sagen, dass Harry gestorben ist, meinte sie auch, dass Sie noch einige Schwierigkeiten vor sich hätten.« Er strich über seine Haarsträhnen, als könne er so auch seine Sprachmächtigkeit verjüngen. »Ich dachte … also … ich dachte, das könnte Ihnen durch diese schwierige Zeit helfen, weil doch Balthasar Harrys Lehrer war und so.« Walter brachte den Mut auf, Ernestine bedeutsam anzusehen. »Hören Sie sich die Sarabande an, Madame. Ich war dabei, als er sie vor einigen Jahren im Palais des Beaux-Arts spielte.« Er schwieg und wartete auf eine Reaktion. »Die Gefühle von damals haben mich nie mehr losgelassen.« Er errötete bei der Erwähnung dieser Gefühle, als hätte nicht er selbst sie erwähnt.

Erschöpft von dieser feierlichen Übergabe, begann Walter seinen Mantel zuzuknöpfen.

Ernestine betrachtete die CD. »Danke, Monsieur. Das ist sehr nett von Ihnen.« Sie drehte die CD zweimal herum und suchte nach einem Bild des unfassbaren Balthasar. Doch da war bloß die langweilige Abbildung einer blumengefüllten Vase auf der Vorderseite und eine eher pedantisch erzählte Geschichte der Bachschen Cello-Suiten auf der Rückseite.

»Ich gehe dann mal.« Walter ging durch den Küchenkorridor auf die Eingangshalle zu. Als er an der Bibliothek vorbeikam, wandte er den Kopf ab, und an der Haustür wartete er auf Ernestine, leicht vorgebeugt, wie in Erwartung von Anweisungen. Eine Haltung, die Ernestine daran erinnerte, dass Walter nicht nur Musiker war, sondern auch Chauffeur. *Eine Haushälterin und ein Chauffeur …* Ihre Verwandtschaft als Dienstboten war stärker, als sie gedacht hätte. Walter schien ihre Gedanken gelesen zu haben, und als sich ihre Blicke wieder begegneten, war es mit einem Einverständnis unter Gleichen.

Er räusperte sich. »Nur für den Fall, dass Sie Arbeit suchen, meine Mutter könnte hin und wieder ein wenig Unterstützung gebrauchen.«

»Ihre Mutter?« Ernestine stutzte. Walter schien viel zu alt zu sein, um noch eine lebende Mutter zu haben.

»Ja. Ich wohne mit ihr zusammen. Ich sage es nur für den Fall, dass … Ich will Sie zu nichts drängen.«

»Ich werde es mir überlegen, danke.«

»Ja, gut …« Walter stand immer noch in der Tür. »Und da ist natürlich noch Château Rivage, wo ich arbeite. Die Baronin braucht möglicherweise auch jemanden zum … zum … Helfen.«

Ernestine hatte seine Abneigung gegen das Wort »putzen« bereits gespürt, anscheinend war ihr Leben bis jetzt mit einer Tätigkeit angefüllt gewesen, die man besser nicht beim Namen nannte.

»Wie nett von Ihnen«, sagte sie. »Ja, vielleicht …«

Der holprige Abschied dauerte noch ein paar Minuten, dann ging Walter.

Patrick Vandermeer hatte seiner Tochter erklärt, sie müsse es machen wie die Krähen, die alles Glänzende aus dem Abfall picken und es in ihre Nester bringen, sie müsse die kleinen Schätze, die der Alltag einem schenke, sorgsam aufheben. Du erkennst sie, wenn du sie siehst, hatte er gesagt. Du brauchst nur die Augen offen zu halten. Doch Ernestine fragte sich immer, wie sie diese glänzenden Gelegenheiten erkennen sollte und wo sie zu finden sein würden. War Harry Bishops Tod ein solcher Fund? Es schien eher unwahrscheinlich, doch sie war bereit, es nicht völlig auszuschließen.

Ernestine nahm Walters CD und wanderte in die Bibliothek.

Patricks alter Plattenspieler konnte nur LPs abspielen, deshalb musste sie Harrys Anlage benutzen. In Anbetracht der Umstände ein ziemlicher Übergriff, aber Walters Geschenk hatte sie neugierig gemacht. Außerdem brauchte sie unbedingt ein bisschen Musik.

Die brütende Stille des Hauses war jetzt eine endgültige. Die Bibliothek schien ein völlig anderer Ort zu sein, nachdem sie kurz als Totenhalle gedient hatte, ihre Gedämpftheit war noch gedämpfter geworden, als hätte dieses Ereignis sie für immer gezeichnet. Der Sonnenstrahl, der die Dreisamkeit von Harry und seinen Sanitätern so sprechend beleuchtet hatte, fiel immer noch an fast derselben Stelle auf den Teppich. Aus dem Schrein der Regale zwinkerten ihr goldgeprägte Titel zu.

Automatisch suchten Ernestines Augen nach dem kleinen roten Band, den sie am Abend zuvor in ihren Händen gehalten hatte. Ihr Blick fiel auch auf seine berühmten Nachbarn, *Sturmhöhe* und *Tess von den d'Urbervilles,* die genauso dunkel und gehaltvoll waren wie Nellys beste Pralinen. Sie hatte plötzlich eine schmerzhafte Vision, in der diese Bücher zusammengepackt und an irgendein Antiquariat verkauft wurden, ungeliebt und – das war das Schlimmste – ungelesen in alle Winde zerstreut.

Ernestine legte die CD in den Player hinter dem Flügel und stellte ihn auf den vierten Satz ein, die Sarabande. Erschöpft sank sie auf den Klavierhocker und stützte ihre Ellbogen auf den Notenhalter. Bis zum Einsetzen der Musik dauerte es länger, als sie erwartet hatte, und sie ließ den Kopf auf die Arme sinken.

Dann sprach eine Stimme.

Ernestine schreckte hoch und sah zur Tür.

Dort war niemand, natürlich nicht. Das Haus war leer.

Doch die Stimme sprach noch einmal, diesmal war sie näher und legte einen warmen Bogen um sie, zwei Worte, dann eine Pause, vier, dann noch eine Pause. Und dann erklang sie wieder.

Ernestines Herz stolperte. *Papa?* Sie hatte seinen Namen jetzt schon fast zwei Jahrzehnte lang nicht mehr laut ausgesprochen. Aber nein, er war es natürlich nicht. Normalerweise gab es eine leichte Änderung des Luftdrucks, wenn Patrick vorbeischaute. Er pflegte ihr nicht plötzlich etwas ins Ohr zu raunen.

Sie atmete jetzt mit dem Klang, der Rhythmus war in ihren Körper übergegangen. Die Musik erfüllte die Luft und hüllte sie in einen weichen, pulsierenden Kokon.

Balthasar spielte.

Ernestine schloss die Augen. Sie hielt den Atem an, als hätte dieser Mann sie höchstpersönlich umarmt. Kein Wunder, dass er als Genie galt. Damit konnten nicht einmal Patricks zerkratzte LPs, sosehr sie sie auch in ihrer Kindheit verzaubert hatten, mithalten.

Die Sarabande endete, und Ernestine ließ sie noch einmal von vorn beginnen. Die Luft, die sie umgab, rückte noch einmal näher. Sie versuchte sich vorzustellen, was für ein Mensch das war, der derart mit Musik verzaubern konnte. Wie konnte ein Abwesender einen ganzen Raum – und darin auch sie – so in seinen Bann schlagen?

Sie dachte an das, was Walter über Balthasars Geheimnis gesagt hatte. Was auch immer dieser Mann vor der Welt verstecken mochte, er wäre ganz sicher imstande, Tausende von Geheimnissen in dem Universum zu verbergen, das er erschuf, indem er einfach einen Bogen über eine Saite zog.

Wenn das der wahre Klang eines Cellos ist, dann hätte sich Harry wirklich ein anderes Instrument aussuchen sollen.

Ernestine seufzte freudig. Sie war wieder in der alten Wohnung, in den schweren Sessel im Wohnzimmer gekuschelt, und beobachtete die herabrinnenden Regentropfen, während sie der Musik lauschte. Doch das Gebäude, das Balthasar aus Klängen erschuf, war anders als alle, die sie je besucht hatte. Sie würde Tage brauchen, um jeden dieser Räume zu erkunden.

Nie in ihrem Leben hatte sie jemanden so spielen hören.

Wie so viele erhabene Momente im Leben endete auch dieser mit Radau.

Das Telefon auf Harrys Schreibtisch klingelte.

Ernestine schüttelte ihre Träume ab. Sie sah sich um, plötzlich entsetzt, dass sie hier in Harrys Bibliothek seine teure Anlage benutzte. *Du hast vielleicht Nerven! Du bist ja nicht mal mehr eine Angestellte!*

Sie sprang auf. Sie hatte – zum Glück nur kurz – den demütigenden Gedanken, Marshall habe inzwischen die Behörden informiert; nun würden angsteinflößende Männer jeden Augenblick die Haustür aufbrechen und sie ins Gefängnis werfen als Betrügerin, Mörderin und Dienstbotin, die nie wieder einen Boden wischen würde …

Ihre Hand zitterte, als sie den Hörer abnahm.

»Bei Bishop«, sagte sie aus langer Gewohnheit.

»*Bonjour,* Madame, hier ist Hugues Boondael. Bitte entschuldigen Sie, dass ich so früh anrufe.«

Ernestine sah auf ihre Uhr: Es war gerade erst kurz nach acht.

Hugues Boondael … Der Name sagte ihr etwas.

»Monsieur Bishop ist leider … Tragischerweise ist er … Er war …«

»Ja, Madame, ich weiß. *Sincères condoléances.* Genau deshalb rufe ich an. Sind Sie zufällig Ernestine Vandermeer?«

»Ja, Monsieur.«

»Harry Bishops Haushälterin?«

»Ja, Monsieur.«

»Gut. Ich bin sein Notar. Ich muss Sie in einer einigermaßen dringenden Angelegenheit sprechen.«

Die Stimme hatte einen tiefen, unterschwelligen Nachhall wie das tiefe Nachschwingen einer entfernten Unterwasser-Explosion.

Hugues Boondael … Marshall hatte ihn während des Streits mit Harry erwähnt. Er musste Boondael gleich nach Harrys Tod informiert haben. Und hatte nicht auch Nellys Onkel Bertrand denselben Notar gehabt?

»Worum handelt es sich denn, Monsieur?«, fragte Ernestine.

»Ich fürchte, darüber kann ich am Telefon nicht sprechen. Würden Sie so freundlich sein und mich in meiner Kanzlei aufsuchen, sobald Sie Zeit dafür finden?«

»Ja, gewiss.«

»Dann rufen Sie bitte folgende Nummer an und vereinbaren Sie einen Termin mit meiner Sekretärin.« Damit schien Boondael seinen Teil der Angelegenheit erfüllt zu haben. Sein Ton ließ durchklingen, dass seine Sekretärin weit geeigneter sein würde, Termine zu vereinbaren, noch dazu mit einer Haushälterin – und dass der Notar sich bereits durch diesen ersten Anruf weit herabgelassen hatte.

Ernestine notierte die Nummer. »Könnten Sie mir irgendeinen Hinweis geben, was diese Angelegenheit angeht?«, fragte sie. Doch Boondael hatte bereits aufgelegt.

Sie setzte sich hinter Harrys Schreibtisch und ließ ihren Blick abwesend durch die Bibliothek schweifen. Balthasar spielte nicht mehr. Das Beben in der Luft hatte aufgehört. Jetzt waren da nur noch das aufbruchsbereite Cello in seinem Kasten und die Wand voller Bücher, die Ernestine nie wieder abstauben, geschweige denn lesen würde.

Und dann gab es da noch diese andere Sache – die kleine Frage ihres weiteren Schicksals, die sie jedoch einstweilen beiseiteschob, während sie sich zur Küche aufmachte. Dem Schicksal trat man besser erst nach einem guten starken Espresso entgegen.

5
Anmutige Melodien

Der Abend im Château Rivage durfte sicher als einer dieser glänzenden Schätze des Lebens gelten, von denen Patrick Vandermeer so gern gesprochen hatte, doch Ernestine konnte nicht ahnen, welche Rolle er in ihrem späteren Leben spielen sollte.

Alles hatte an einem ruhigen Nachmittag in der Bibliothek begonnen, etwa ein Jahr vor Harrys Tod. Er kam früher nach Hause und ertappte sie. Obwohl es ihre Aufgabe gewesen wäre, den Flügel abzustauben, den Schreibtisch aufzuräumen und mit dem Bissell über den Teppich zu gehen, stand sie, als er hereinkam, auf der Leiter an der Bücherwand und wischte mit ihrem Alibi-Staubtuch über die Bücher.

Harry trottete auf die Leiter zu. Die Bibliothek döste im sanften Schatten des Spätnachmittags. Bernsteinfarbenes, ruhiges Licht fiel durch die Sprossenfenster, ein Licht, in dem Aschenputtel sich binnen Sekunden in eine Prinzessin verwandeln konnte (und auch Ernestine, nur nicht ganz so schnell).

»Ernestine?« Harry lehnte sich mit seinem schweren Körper an das Bücherregal und sah zu ihr auf. Er atmete schwer, auf seiner Stirn glänzte eine feine Schweißschicht. Ganz offensichtlich hatte er getrunken.

Sie sah beschämt zu ihm hinunter. Beim Trödeln erwischt zu werden, war für eine prinzipientreue Frau wie sie besonders ärgerlich. Aus einer Hand hing der müßige Staublappen, in der anderen hielt sie den kleinen roten Homer-Band. *Es ist aus mit mir,* dachte sie. *Er hat mich erwischt. Jetzt kündigt er mir sicher.*

Ernestine klappte hastig das Buch zu und tat so, als wische sie es an der Schürze ihrer Arbeitskluft ab. »Ich dachte, ich sollte die Bücher mal gründlich abstauben, Monsieur«, sagte sie stockend. Keine sonderlich erfolgversprechende Ausrede, das wusste sie, aber vielleicht konnte sie so noch ihren Job retten.

»Aha«, war alles, was Harry über die Lippen brachte. Das Buch, das sie da gerade abstaubte, schien ihn absolut nicht zu interessieren. Stattdessen wirkte er abgelenkt, als wäre er in völlig anderer Absicht in die Bibliothek gekommen und nun von Ernestines Getue mit den Büchern aus dem Konzept gebracht worden.

Er sah sie an, und sein Blick wurde von Sekunde zu Sekunde nachdrücklicher. Die Hängebäckchen seines Spanielgesichts traten deutlicher hervor. Tatsächlich hatte das bernsteinfarbene Licht Ernestine wie mit sanfter Zauberhand berührt. Sie hatte nie, nicht einmal für kurze Zeit, die an Frauen am meisten geschätzten Qualitäten besessen, die selbst in unserem aufgeklärten Zeitalter wichtiger sind als Verstand und Charakter. Sie konnte weder mit Jugend noch Schönheit noch Reichtum glänzen. Doch durch einen vom Alkohol unterstützten Beleuchtungstrick hatte sich das unsichtbare Wesen, das Harrys Abendessen kochte, seine Toilette schrubbte, seine Socken wusch und überhaupt aus seinem Junggesellendasein etwas Würdiges und Wertvolles machte, in einen völlig anderen Menschen verwandelt. Ein Augenblick, der nicht von Dauer sein konnte. Dennoch, welche Absicht Harry beim Betreten der Bibliothek auch gehabt haben mochte, sie wurde durch diese Illusion beträchtlich gefördert.

»Hätten Sie Lust, mit mir am Freitag zu einer musikalischen Soiree zu gehen?«, stieß er hervor. »Im Château Rivage?«

In ihrem Kopf summte es wild durcheinander. Leicht schuldbewusst dachte sie: *Er hat regelrechte Schweinsäuglein!* Harry war eindeutig betrunken, er hatte sich also nicht völlig in der Hand. Doch sein unbeholfener Charme hatte sie nun ebenso sehr aus dem Konzept gebracht wie ihre Anwesenheit ihn.

»Gwendolyn Carr wird ein kurzes Konzert geben«, sagte Harry und fügte entschuldigend hinzu: »Haben Sie schon von ihr gehört?«

»Ja, Monsieur.« Wer hatte nicht von der unvergleichlichen britischen Sopranistin gehört?

Er lädt mich nur aus Mitleid ein, dachte sie. *Er braucht eine Begleiterin. Alle verfügbaren Frauen sind am Freitag schon vergeben, und aus irgendeinem unerklärlichen Grund hat er sich für mich entschieden.*

Und so nahm Ernestine, eine Salzsäule mit Staubtuch, die Einladung an.

Baronin Aurélie de Wasseiges musikalischer Salon war ein funkelndes Juwel des internationalen Brüsseler Gesellschaftslebens. Im herrlichen Rahmen von Château Rivage wurden heikle Geschäfte eingefädelt, und Diplomaten durchstreiften die Menge auf der Suche nach ihren Kollegen. Eine Flut von Champagner und kultiviertem Geplauder. Manche waren auch auf nichtgeschäftliche Fusionen aus: einsame Beamte, alternde Geschiedene und Aristokraten, die zwar die Baronin de Wasseige nicht ausstehen konnten, ihre Einladungen jedoch vor lauter Langeweile stets annahmen.

Daher war nie ganz klar, ob die berühmten Musiker, die im Château Rivage auftraten, für all diese Leute wirklich der Grund ihres Kommens waren oder nur ein Vorwand.

Am Abend des großen Empfangs hatte Ernestine scheußliches Kopfweh. Ein feuchtes Tuch über den Augen, lag sie auf ihrem Bett im Dienstbotentrakt. Aus der Bibliothek drang Harrys polterndes Lachen – er schloss sich telefonisch noch rasch mit ein paar Bekannten kurz, die er auch später am Abend treffen würde. Schon in der Küche hatte er sich den ersten Cocktail genehmigt, bevor seine Freunde eintrafen – Marshall Ross mit Gattin und noch zwei weitere Paare. Harry hatte einen kleinen Autokorso zum Schloss organisiert.

Ernestine setzte sich stöhnend auf. Sie nahm den Waschlappen von den Augen und sah sich hilflos um. Die Borde mit den zerlesenen Taschenbüchern gerieten in ihr Gesichtsfeld und dann der Plattenspieler, er balancierte auf einem alten Hocker, den sie aus der Waschküche entliehen hatte. Sie drehte sich im Bett um, und ihr Blick fiel auf den Pfauenteppich. Witzig, dachte sie, wie wir daran wachsen können, wenn wir uns von Dingen aus der Kindheit befreien, und noch seltsamer ist, dass uns die Dinge, die wir behalten, helfen, unseren Weg zu finden. Sie berührte das abgestoßene Bettgestell. Das kühle Metall tat ihr in ihrem fiebrigen Zustand gut. Sie versuchte sich Château Rivage vorzustellen – die imposante Weite der Räume, die endlosen Parkettflächen, das vergoldete Mobiliar –, doch sie kam nicht weiter als bis zu einer vagen Erinnerung an das menschenleere Brüsseler Kunstmuseum, in dem sie manchmal herumwanderte, wenn sie bei Nelly gewesen war, und natürlich an den Königspalast, wo Patrick und sie einmal den Anschluss an die Gruppe verloren und sich in einer Flucht geräumiger Säle verirrt hatten. Allerdings war das Einzige an dieser Besichtigung, woran sie sich wirklich gut erinnerte, das aufregende Ende, als sie von zwei Wachen zum Ausgang begleitet worden waren.

Es klopfte laut an die Tür.

»Ernestine, sind Sie bald fertig?« Harry verirrte sich selten in den Dienstbotentrakt, und Ernestine setzte sich sofort auf. »Wir müssen in zwanzig Minuten aufbrechen«, sagte er schleppend. »Die Baronin lässt Nachzügler nicht mehr ein.«

»Ja, Monsieur, in Ordnung. Ich bin gleich fertig.« Sie machte den tapferen Versuch aufzustehen und sich in das Kleid zu hüllen, das Nelly ihr geliehen hatte. Wenn sie sich möglichst aufrecht hielt, konnte sie so eben gerade das ausfüllen, was eindeutig mehr auf Nellys Proportionen zugeschnitten war.

»Vielleicht lernst du dort jemanden kennen«, hatte Nelly geschwärmt, als sie von Harrys Einladung erfahren hatte. »Oder vielleicht hat Harry endlich eine romantische Eingebung.«

»Ich glaube nicht, dass Harrys romantische Eingebungen die Frau einschließen, die sein Haus putzt.«

»Das kann man nie wissen. Männer haben manchmal einen seltsamen Geschmack.«

»Oh, vielen Dank.«

»Ach, Nesty, du weißt doch genau, wie ich es meine! Du kannst sehr hübsch aussehen, wenn du … wenn du …«

»Wenn ich was?«

»Wenn du eine Kleinigkeit an deinem Äußeren veränderst.«

Zur Unterstützung dieser »Kleinigkeit« hatte Nelly ihr für diese Gelegenheit Kleid und Schuhe geliehen und ihr den ernsten Rat gegeben, sich einen auf schwierige Fälle spezialisierten Friseur zu suchen und über ein wenig Make-up nachzudenken.

Nelly trug immer leuchtende Farben, die ihr bestens standen. Außerdem waren ihre Kurven kleinere Gebirge. Daher würde Ernestine weit mehr als die zwanzig Minuten brauchen, die ihr vor dem Aufbruch noch blieben, um Nellys smaragdgrünes Kleid an ihre eigene Figur anzupassen.

Ernestine wühlte in dem Schrank über dem Waschbecken und fand zwei Sicherheitsnadeln, die, unsichtbar angebracht, das Kleid beträchtlich enger machten. Die Farbe würde sie natürlich den ganzen Abend tragen müssen, keine leichte Aufgabe für jemanden, der sich sein ganzes Leben im Unsichtbarmachen geübt hatte.

Ernestine zwängte ihre Füße in Nellys Highheels und trat vor den Spiegel. Ihr Gesicht, sonst breit und rosig, war vor Angst blass und verhärmt, ihre grauen Locken klebten nach Art eines alternden griechischen Jünglings an ihrem Kopf, und ihr sonst so leuchtender Blick war ganz leer vor Kopfschmerzen. *So kann ich doch auf keinen Fall ausgehen. Sicher kann ich mich mit einer Entschuldigung herauswinden. Ganz egal was. Ich sage ihm einfach …*

»Ernestine!«, bellte Harry aus der Küche.

Sie holte tief Luft und öffnete die Tür.

Später würde sie darüber schmunzeln, dass ihr erster Auftritt an diesem Abend von einer verstopften Toilette ruiniert worden war. Die Götter hatten sicher viel Spaß an solchen Dingen! *Aber leider,* dachte sie, *teilen wir ihre Freude nur selten. Jedenfalls nicht gleich.*

Freitags machte sie gewöhnlich nicht im ersten Stock sauber, aber in der Toilette in Harrys Schlafzimmer war das Wasser in letzter Zeit zu langsam abgeflossen, und Harry hatte, kurz nachdem er aus dem Konsulat nach Hause gekommen war, von oben nach ihr gebrüllt. Wie immer hatte sie nach der Behebung der Schwierigkeiten noch mit dem Ledertuch über die Hähne und den Duschkopf gewischt.

Aber sie hatte das Tuch auf dem Spülkasten der Toilette liegen lassen.

Irgendeine Feld-, Wald- und Wiesenhaushälterin hätte sich darum keine Gedanken gemacht. Doch Ernestine war stolz auf ihre Detailversessenheit. Als sie in Nellys Schuhen die wenigen Meter durch den Dienstbotengang humpelte, erschien es ihr am besten, die Highheels am Ende des Gangs stehen zu lassen und in Strümpfen hinaufzuhuschen, um das Tuch zu holen.

»Ja, ich nehme jemanden mit. Ihr würdet nicht glauben, wen!« Harrys Stimme dröhnte durch die Eichentüren. »Nein, die nicht, die hat heute Abend etwas anderes vor. Was? Ja, jemand, den ihr kennt. Wartet ab, bis ihr sie seht! Und versprecht mir, ernst zu bleiben …«

Ernestine ging leise die geschwungene Treppe hinauf, durch den Korridor und dann durch Harrys Schlafzimmer direkt ins Bad. An den Rändern ihres Gesichtsfelds tauchte die Unordnung auf, die sich an dem einen Tag, an dem sie hier nicht sauber machte, in Harrys Zimmer angesammelt hatte. Hingeworfene Hemden, Socken auf dem Fußboden, ein ungemachtes Bett … Sie seufzte. All das würde warten müssen.

Es klingelte an der Haustür.

Merde! Sie sind da.

Ernestine schnappte sich das Tuch und kehrte zur Treppe zurück.

In der Halle war es schon lebendig geworden, genau wie an den Quartett-Abenden, nur dass jetzt auch das sanftere Trillern von Frauenstimmen zu hören war. Angenehmes vorfreudiges Summen erfüllte den Raum, um dann plötzlich abzubrechen.

Ernestine stand auf der obersten Stufe. Schuhlos.

Sie legte ihre Hand auf das Messinggeländer und polierte unwillkürlich mit dem Tuch darüber.

»Ah, da ist sie ja«, hörte sie Harry ins Glas nuscheln.

In ihrer Benommenheit nahm Ernestine die unten versammelte Gesellschaft nur als eine Gruppe wohlfrisierter Köpfe wahr: Marshalls schwarz glänzender Schopf und die blonden, haarsprayfixierten Kreationen der Damen. Die anderen Herren, auch Harry, hatten großzügig Gel auf ihr leicht ergrautes Haar aufgetragen, das nun im Licht des Kronleuchters funkelte.

Niemand bewegte sich, niemand sprach, niemand lächelte.

Alle starrten nach oben, schockiert über diese kurzgewachsene Frau mittleren Alters, die jetzt auf Strümpfen die Treppe herunterhumpelte und dabei ein Staubtuch schwang.

»*Enchantée!*«

»Sehr erfreut!«

»Was für ein hübsches Kleid!«

Die üblichen Unwahrheiten – eingeübte Lügen, die jetzt mit noch weniger Überzeugung als sonst vorgebracht wurden.

Ernestine machte ihre Runde durch die Anwesenden mit denselben immer wieder verhaltenden Schritten nach innen und außen, mit denen sie an den Quartett-Abenden Mäntel und Schals entgegennahm. Solche Gesten verankern sich in der DNA eines Dienstboten und können nicht durch eine einfache Veränderung der externen Faktoren verändert werden wie etwa ein extravagantes Kleid.

Ernestine hielt jedem Gast die Hand hin. Marshall streifte nur ihre Finger, seine Frau Amanda tat es ihm nach mit einem Ausdruck höflicher Abscheu.

Was in aller Welt denkt sich Harry dabei, seine Putzfrau zu einem Fest mitzunehmen? So schrie es stumm in dieser Gruppe. Ernestine schrillte es derart in den Ohren, dass sie sich fragte, warum niemand anders es zu hören schien.

Die beiden anderen Paare, breit lächelnde Amerikaner, taten ihr Bestes, schüttelten herzlich Ernestines kurze rote Hand und ließen den Blick nicht zu lange auf dem smaragdgrünen Kleid verweilen, dessen Faltenwurf bereits eine traurig griechische Schwere bekam.

Harry hängte sich den Mantel um und winkte der Gesellschaft. »Kommen Sie, wir müssen los.« Er ging über den Gartenweg voraus und überließ es Ernestine, die rasch Nellys Schuhe geholt hatte, das Haus abzuschließen.

Château Rivage sprengte in jeder Hinsicht den Rahmen des Üblichen. Erbaut hatte es der Schwiegervater der Baronin, Baron Ghislain de Wasseige, der sehr auf die Wahrung seiner Privatsphäre bedachte Gründer eines Chemiekonzerns. Es gab noch eine Reihe weiterer großer Wohnsitze in der Stadt, regelmäßige Treffpunkte für das belgische Jetset, Aufsichtsratsvorsitzende, Diplomaten, Politiker und die vielen aus ihrem Gefolge, die das Glück hatten, eine Einladung zu ergattern. Château Rivage lag auf einem bewaldeten Hügel außerhalb der Stadt und damit auch außerhalb der üblichen Pfade des gesellschaftlichen Lebens, und die Einladungen dorthin waren die bei weitem begehrtesten.

Auch Baronin de Wasseige fiel ein wenig aus dem Rahmen ihrer Spezies, die sie im Übrigen nicht sonderlich schätzte. Sie mischte lieber Künstler, Musiker und Ausländer unter das eher oberflächliche Publikum aus lokalem Adel und Würdenträgern, die sie der Form halber dennoch einladen zu müssen glaubte. Zudem war bekannt, dass sie sehr anspruchsvoll war und beim kleinsten Ärgernis zuschnappen konnte wie eine Auster. Zu ihren ehrfurchtgebietenden Talenten gehörte die Gabe, ihre Gäste in der Sprache des auftretenden Künstlers zu begrüßen. Bei Sprachen wie Serbokroatisch oder Chinesisch beschränkten sich ihre Kenntnisse zwar auf wenige Worte, doch ihr Russisch war nicht schlecht, und die üblichen europäischen Sprachen beherrschte sie fließend.

Es herrschte greifbare Aufregung, wenn ein Star bereit war, im Château Rivage aufzutreten, und es gab schwerlich einen berühmteren als Gwendolyn Carr. Ernestine konnte diese Aufregung schon spüren, als Harry vom Boulevard du Souverain abbog und eine steile, schmale Straße hinauffuhr. Unter hohen Buchen und Koniferen fuhren sie an verstreut liegenden, tief in ihren Gärten versteckten Villen vorbei. Noch bevor sie oben auf der Kuppe angekommen waren, mussten sie sich in die lange Schlange der Wagen einreihen, die darauf warteten, durch das Schlosstor gelassen zu werden. Sicherheitsleute patrouillierten auf einem breiten Stück zwischen hohen Hecken und Maschendrahtzäunen hin und her, sprachen in die Mikrofone an ihren Handgelenken und blieben hin und wieder stehen, um misstrauisch in die wartenden Wagen zu spähen.

»Toller Abend heute.« Harry starrte auf die Bremslichtreihen vor ihnen. »Gwendolyn Carr zieht immer ein Riesenpublikum an. Die Baronin musste bei der Aufstellung ihrer Gästeliste sehr streng vorgehen.« Er warf Ernestine einen Seitenblick zu – einen mitleidigen, wie sie stark vermutete. »Sie sollten sich freuen, dass ich Sie auf diese Liste setzen lassen konnte«, fügte Harry noch hinzu. »Heute Abend werden ein paar echte VIPs hier sein.«

»Ich bin Ihnen sehr dankbar, Monsieur. Es wird sicher ein herrlicher Abend«, murmelte Ernestine. Plötzlich schrak sie zurück: Amöbengleich presste sich das teigige Gesicht eines Wachmanns ans Seitenfenster. Der Mann leuchtete mit seiner Taschenlampe in den Wagen und winkte sie dann weiter.

»Gehen viele Amerikaner zu diesen Veranstaltungen?«, fragte Ernestine. Wie blöd diese Frage klang. Zweifelsohne die erste vieler blöder Fragen, die sie an diesem Abend noch stellen würde.

Sie war ungeübt in müßigem Geplauder. Patrick Vandermeer hatte nur gesprochen, wenn er etwas zu sagen hatte, und dazu hatte er auch seine Tochter angehalten.

»Eine ganze Menge«, meinte Harry. »Die Baronin kennt den amerikanischen Botschafter, Charles Bowman, ziemlich gut. Er hat uns übrigens die Einladungen für heute Abend verschafft, Sie könnten sich also vielleicht bei ihm bedanken, wenn Sie ihm begegnen.«

»Gewiss, Monsieur«, sagte Ernestine tonlos. Was in aller Welt sollte sie dem amerikanischen Botschafter in Belgien sagen? Würde sie Konversation machen müssen? Worüber? Vielleicht über die Besonderheiten von Bohnerwachs. Oder über Homer. Es war immer gut, eine breite Auswahl an Themen zur Verfügung zu haben, für den Fall, dass das Gespräch einmal abflaute.

Schließlich wurden sie durch das Tor und zu einem improvisierten Parkplatz in der Nähe des Zauns gewinkt. Die Wachen teilten ihnen mit, dass sie den restlichen Weg zu Fuß gehen mussten. Währenddessen glitten die Stars und VIPs in ihren glänzenden Limousinen an den einfacheren Gästen vorüber. Ernestine sah, wie die Wagen ihre privilegierte Fracht vor dem Eingang absetzten, um dann einen Springbrunnen zu umrunden und in Richtung der Garage weiterzufahren, die irgendwo abseits des Hauptgebäudes zwischen den Bäumen lag. Beiläufig fragte sie sich, ob Walter wohl unter den Chauffeuren war.

Hohe Zedern versperrten ihnen den Blick zum Himmel. Ernestine trippelte ungeschickt neben Harry her. Nellys Schuhe folgten in jeder Hinsicht der Mode, wunde Zehen mussten also toleriert, wenn nicht sogar mit Freuden hingenommen werden. Aus dem Zederntunnel traten sie in eine schlafende Parklandschaft hinaus, wo einzeln aufragende Bäume über einen lichterstrahlenden Ozeandampfer wachten. Eine Menschenmenge wogte die Treppe hinauf, um sich dann, als wäre die Tür ein Trichter, in einem höflichen Ballett zu einer Reihe aus Paaren oder Einzelpersonen zu verengen. Harry tauchte sogleich in diese Menge ein. Er hatte bereits Bekannte entdeckt und schien seine Begleiterin vollständig vergessen zu haben.

Ernestine war kleiner als die meisten Anwesenden und ging sofort unter. Die Gäste schlossen sie ein und trennten sie rettungslos von Harry. Als sie unter den beiden geschwungenen Haustürlampen ankam, war er bereits im Haus verschwunden. Sie blickte zu den Lampen und der herrlichen Fassade darüber auf. Jedes einzelne Fenster in dem großen Backsteingebäude schien zu leuchten. Gleich hinter der Tür wurde Ernestine von einem Mann im Smoking aufgehalten.

»Die Einladung, *s'il vous plaît*«, leierte er, als hätte er das an diesem Abend schon hundert Mal gesagt.

Ernestine erschrak. Beschämt stammelte sie: »Ach, *excusez-moi.* Mein … mein … Monsieur Bishop hat die Einladung.«

Die drängende Menge in ihrem Rücken brandete an und stoppte.

»Wer? Ist er schon da?«, fragte der Mann müde.

»Ich habe ihn draußen aus den Augen verloren. Er ist … Ah, da sehe ich ihn.« Sie zeigte auf den großen Marmortisch in der Mitte der Eingangshalle, wo ein stattlicher Mann mit dem Rücken zu ihnen stand und sich an einem der silbernen Champagnerkübel zu schaffen machte.

»Ach so, *dieser* Herr.« Der Mann rümpfte unmerklich die Nase. »*Entrez, Madame.*«

Harry hatte anscheinend schon einen Eindruck hinterlassen, noch bevor die Soiree richtig begonnen hatte.

»Bitte lassen Sie Ihren Mantel in der Garderobe, Madame.« Eine Frau in einem schwarzen Kleid war an ihrem Ellbogen aufgetaucht. Anfangs leistete Ernestine noch Widerstand, der Mantel war ihr einziger Schutz vor dem Spott der anderen. Doch die Frau ließ nicht locker, und schon wurde Nellys Kleid der Öffentlichkeit vorgestellt.

So enthüllt, blieb Ernestine sehr still stehen.

Sie staunte die Weiten im Innern des Schlosses an, endlos erstreckten sie sich vor ihr. Überall Bewegung, Farbe, Wichtigtuerei. Sie dachte an ihr kleines Zimmer – ihre Höhle – und fühlte sich mit einem Mal von diesem Anblick erschlagen. Wie sollte sie ihren Weg über diese stürmische Ebene finden – und möglichst auch freundliche Bewohner?

Sie machte sich an die Durchquerung der großen Halle, Nellys Schuhe klapperten auf den schwarzen und weißen Bodenfliesen. *Genau wie bei Harry* – sie betrachtete den Boden –, *nur vier Mal so groß. Ein Glück, dass ich hier nicht putzen muss!* Ihr Blick wanderte nach oben und dann noch weiter hoch, bis er endlich die Galerie erreichte, die die Halle an drei Seiten umschloss und über eine geschwungene Doppeltreppe zu erreichen war. Den Kronleuchter aus Glas hatte wohl Äolus persönlich geblasen, gemeinsam mit seinen Windlehrlingen hatte er den Hunderten von farbigen Blättern und Ranken Leben eingehaucht und sie von Murano in die Eingangshalle von Château Rivage gebracht.

Wie macht man dieses Ding bloß sauber? Ernestine blieb unter dem Wunderwerk aus Glas stehen und sann vorübergehend auf Flucht. Wieder dachte sie an ihr eigenes Zimmer und daran, dass Glücksgefühle, gleich welchen Ursprungs, eigentlich in die kleinsten Räume geträufelt werden konnten, ohne an Wirkung zu verlieren. Sie fragte sich wirklich, wie jemand in Räumen leben konnte, deren Wände einen nicht behaglich umschlossen.

Harry erschien, in der Hand ein Champagnerglas. »Hier.« Der Champagner schwappte ein wenig über. »Die Kellner brauchen ewig mit ihren Tabletts. Am besten bedient man sich selbst, sage ich immer.« Er grinste.

Ernestine nahm das Glas widerstrebend an, dieser Bruch der Etikette schockierte sie. Harry schwitzte wie gewöhnlich, und auf seinen dicken Backen glänzten ein paar Barthaare, die er beim Rasieren übersehen hatte.

Ein olivenhäutiges kleines Dienstmädchen tauchte vor ihnen auf und hielt ihnen ein Tablett unter die Nase, ein Arrangement aus winzigen Blätterteigpasteten mit Kaviar und einem grünen Dip und kleinen Toastscheibchen mit Frischkäse und Schnittlauch. Ernestine sah in die demütigen dunklen Augen des Dienstmädchens. Die junge Frau senkte den Blick und entfernte sich rückwärts.

Ernestine beobachtete sie. *Zwei Schritte, ja, sie hat zwei Schritte gemacht. Und jetzt dreht sie sich gleich um …* Das Dienstmädchen führte jede Bewegung vorschriftsmäßig aus.

»So, und jetzt suchen wir die Baronin.« Harry hatte sich mit einer Handvoll Pastetchen versorgt und steuerte Ernestine nun am Ellbogen durch die Menge.

In der Eingangshalle verschmolzen alle Geräusche zu einem tiefen, festlichen Brausen. Makellos schöne Frauen und Männer in grauen Anzügen stießen bei ihrer Suche nach dem optimalen Platz immer wieder zusammen. Ständig griffen Hände in Anzug- und Handtaschen und zückten Visitenkarten oder Handys. Die schnatternden Stimmen erinnerten an Gänse auf einer übervölkerten Wiese, es fehlte nur der ländliche Charme.

Harry führte sie weiter. Sie tauchten in das Labyrinth aus Parfüm und Seide und mussten ständig den Kurs ändern, weil die Menge stellenweise undurchdringlich war. Trotz seiner offensichtlichen Unzulänglichkeiten besaß Harry einen Anflug von Vornehmheit, gerade genug, um die Mitglieder seiner eigenen sozialen Klasse zu täuschen, und er war partyerfahren. Hin und wieder blieben sie stehen, damit er einen Kollegen von der Botschaft grüßen oder jemandem auf die Schulter klopfen konnte, den er zu kennen meinte, häufig jedoch nicht kannte.

Ein massiger Mann mit unordentlichem Schnurrbart versperrte ihnen den Weg.

Harry beugte sich über Ernestines Ohr. »Botschafter Bowman«, sagte er im Bühnenflüsterton. Sie nickte und trat vor, um ihm für die Einladung zu danken, doch er war schon wieder von der Menge verschluckt worden.

Marshall Ross schlenderte heran, er trug zwei Gläser. Er zog Harry zur Seite und sprach vertraulich mit ihm. Dabei lächelte er Ernestine an mit einem eisigen, freudlosen Politikerlächeln.

Sie nippte an ihrem Champagner und lächelte ins Glas. *Wie anstrengend, so laut sprechen zu müssen! Welchen Sinn hat es, mit anderen Menschen zusammenzukommen, wenn man sich doch nicht vernünftig unterhalten kann?*

»Du meinst Arnaud?«, brüllte Harry.

»Natürlich meine ich Arnaud, verdammt noch mal!«

»Bonsoir, Messieurs.« Ein schmächtiger Mann war durch die Lücke geschlüpft, die Botschafter Bowman hinterlassen hatte.

»Ah, Arnaud, gut, dass Sie hier sind«, sagte Marshall. »Wir haben viel zu besprechen.«

»Natürlich bin ich hier.« Der Mann rümpfte verachtungsvoll die Nase. »Ich wohne hier.«

Baron de Wasseige war schlank und wirkte blutarm, er sah auf eine tragische, an Leslie Howard erinnernde Weise gut aus. »Möchten Sie am Wochenende in meinem Wagen an die Küste fahren?«, fragte er Harry. »Bowman wird da sein und auch Paul Mortier, der Fernsehboss. Mein Chauffeur kann alle mitnehmen.«

»Bringen Sie sie mit, solange sie Geld haben!« Harry lachte beschwipst.

»Harry«, fauchte Marshall. »Das ist hier nicht der rechte Ort. Wir reden später darüber.«

Arnaud wandte sich jetzt an einen Mann, den Ernestine schon oft gesehen hatte, aber nie in Fleisch und Blut; einen Mann, den wahrscheinlich viele Festgäste schon im Fernsehen gesehen oder über den sie gierig in Zeitschriften gelesen hatten: Pierre-Benoît Kohler. PBK, wie ihn die Presse gern nannte, der Luxemburger Banker, der seine Geschäfte auf dem schmalen Grat zwischen Ego und Ruin führte.

Ernestine umklammerte ihr Glas und versuchte, ihn nicht anzustarren. Andere Gäste waren jedoch weniger schüchtern, und nach einer Weile ertappte sie sich dabei, wie sie ihn ebenfalls neugierig beäugte. Alle, die sich nicht sorgfältig den Anschein gaben, Kohler zu kennen – indem sie keine Überraschung über seine Anwesenheit verrieten –, starrten gebannt auf das in Granit gemeißelte Profil und das rotblonde Haar, das sein besonderer Stolz war und dessen starre Wellen an einen versteinerten Meeresgrund erinnerten. Am kleinen Finger der linken Hand trug er einen goldenen Siegelring, mit dem man ein ganzes Dorf aus der Armut hätte erretten können.

Hätte Ernestine den Blick einen kleinen Moment früher abgewandt, dann hätte sie das Einverständnis verpasst, das eindeutig per Augenkontakt zwischen Kohler, Arnaud, Marshall und Harry bestätigt worden war. Die Kontaktkette war ebenso unverkennbar wie ihre Richtung. Und sie schien sogar den Gesetzen der Schwerkraft zu gehorchen und sich vom himmlischen Kohler hinunter zum schweren, erdverhafteten Harry Bishop zu bewegen.

Ernestine wurde von der Menschenflut weiter mitgerissen und konnte schließlich an einem Mahagonitischchen vor Anker gehen. Eine willkommene Zuflucht. Hier fühlte sie sich völlig unsichtbar und deshalb zum ersten Mal an diesem Abend halbwegs wohl. Anerkennend inspizierte sie die glänzende Tischfläche und runzelte die Brauen, als sie das kleine Dreieck am Rand sah, das dem Staubtuch entgangen war. Sie sah sich verstohlen um, zog den Ärmel über die Hand und wischte es weg.

Harry kam zu ihr und zog sie weiter. Ihr Gang glich inzwischen dem einer torkelnden Krabbe, ihre Füße rebellierten nun offen gegen Nellys Schuhe.

»War das nicht PBK?«, fragte sie Harry atemlos, während sie Schritt zu halten versuchte.

»Wer? Oh, keine Ahnung. Vielleicht.« Das Rot seiner Wangen vertiefte sich.

Sie erreichten den Eingang zum Konzertraum. Blassgrüne Flügeltüren standen weit offen. Hinter ihnen erstreckte sich ein Meer von vergoldeten Stühlen, und vor den Fenstertüren stand dunkel glänzend ein Konzertflügel. Ein etwa drei Personen tiefer Kreis von Gästen stand müßig plaudernd vor der Tür und wartete darauf, eingelassen zu werden. Unter ihnen erkannte Ernestine Marshall samt Gattin und auch die anderen beiden Paare, die vorher bei Harry gewesen waren.

Ein großer, knorriger Mann stand vorgebeugt im innersten Ring. »Das ist Prinz Leopold«, zischte Harry ihr ins Ohr. Doch Ernestine interessierte sich mehr für die Haltung als für den Titel dieses Mannes. Offensichtlich verbeugte er sich vor jemandem. Neugierig entfernte sie sich von Harry, drängte sich zwischen eine Kaschmir- und eine Seidenschulter und hielt den Atem an:

Im Epizentrum dieses Kreises stand eine Frau, die etwa so groß war wie sie selbst. Schmal gebaut, mit kurzem angegrautem Haar und lebhaften blauen Augen. *Augen wie meine!*, dachte Ernestine. Sie starrte die Frau an – eine Spur unhöflich vielleicht, aber die Übereinstimmungen waren auf den ersten Blick verblüffend. Dann jedoch kam die Realität wieder zu ihrem Recht.

Hände: schlank und manikürt versus breit und rau; *Haar:* getönt und gut frisiert versus schlecht geschnitten und widerspenstig; *Größe:* klein; *Kleid:* Dior versus … (nun ja, das brauchte nun wirklich nicht vertieft zu werden).

Ernestine Vandermeer und Baronin Aurélie de Wasseige sahen sich an, wie sie in einen Zerrspiegel gesehen hätten: Irgendwo im Spiegelbild steckte ein verändertes Ich.

Harry brach das verblüffte Schweigen. »Baronin de Wasseige«, sagte er feierlich, »ich möchte Ihnen Ernestine Vandermeer vorstellen.«

Die beiden Frauen streckten die Hand aus.

»*Enchantée*«, sagte die Baronin gemessen. »Sind Sie auch Diplomatin wie Ihr Mann, Madame Vandermeer?« Irgendwo in der Menge wurde unterdrückt gelacht, Ernestine erkannte Marshalls Klangfarbe sofort.

Die Baronin richtete sich ärgerlich auf. Niemand wagte zu atmen.

Ernestine lächelte die andere kleine Frau offen an und sah ihr kühn in die blauen Augen. »Ich bin nicht Monsieur Bishops Frau, Madame. Ich bin seine Haus…«

»Meine Assistentin, Madame«, warf sich Harry in die Bresche und griff nach Ernestines Ellbogen. »Meine Assistentin«, wiederholte er. Der Gedanke, dass Ernestines wahrer Beruf bekannt werden könnte, tauchte seine Wangen in ein tiefes Preiselbeerrot.

Wieder unterdrücktes Lachen, dann ein nervöses Kichern.

Die Baronin hielt Ernestines Blick ernst fest. Diese klaren grauen Augen schienen sie weit mehr zu interessieren als Nellys smaragdgrünes Desaster – oder eine der anderen Abweichungen vom guten Ton, die eigentlich Grund genug gewesen wären, Ernestine von einer ihrer erlesenen Soireen zu vertreiben. Irgendetwas lag in der Luft: vielleicht die Einsicht dieser beiden grau werdenden kleinen Frauen über fünfzig, wie unterschiedlich das Schicksal ein und dieselben Karten ausspielen kann.

»Ich bin sicher, Madame Vandermeer ist eine sehr gute Assistentin, Monsieur Bishop«, sagte die Aristokratin in das allgemeine devote Gemurmel.

Dann schnappte die Auster zu, und Ernestine war vergessen.

»*Alors,* wir müssen jetzt unsere Plätze einnehmen«, verkündete Baronin de Wasseige. Sie nickte niemandem im Besonderen zu, und schon waren drei junge Männer in dunklen Anzügen zur

Stelle. Sie nickte noch einmal, und die Jünglinge schwärmten in die Halle aus und trieben wie Schäferhunde die elegante Herde zusammen. Der Geräuschpegel stieg, Gläser wurden auf dem Marmortisch abgestellt, und die Kellner machten mit ihren Tabletts voller *Foie gras* und Blätterteigpastetchen eine letzte Runde durch die Menge.

Harry ließ seinen Blick über die vergoldeten Stühle mit den hellblauen Polstern wandern und entschied sich für Plätze in mittlerer Entfernung vom Flügel. Da es kein Programm gab, weil Madame Carr ihre Stücke selbst ankündigen wollte, hatten die Leute nichts zu lesen, sie rutschten auf ihren Plätzen hin und her und musterten die anderen.

Harry lehnte sich zu Ernestine hinüber und beglückte sie mit einer langen Liste der Leute, die er kannte – oder zumindest zu kennen vorgab. Ein »Da, zwei Reihen weiter vorn, das ist der NATO-Generalsekretär« wurde gefolgt von »So was aber auch, da ist Sir Nigel, der britische Botschafter« und »Hey, schauen Sie mal, Prinz Leopold hat eine neue Freundin.« Er wartete Ernestines Antworten nicht ab. Sie gab ihm allerdings auch keine. Sie war viel zu sehr damit beschäftigt, unsichtbar zu bleiben, indem sie die Hände im Schoß faltete und die Füße unter dem Stuhl kreuzte. Ganz offensichtlich bereute Harry inzwischen, dass er in einem schwachen, alkoholumnebelten Moment mit dieser Einladung herausgeplatzt war – er schien es sogar bitter zu bereuen, denn er wurde von Minute zu Minute distanzierter.

Ernestine sah sich um: die lange Reihe Fenstertüren hinter dem Flügel, die vergoldeten Wandtäfelungen und blauen Seidentapeten, die Stuckdecke mit dem wunderschönen ovalen Deckengemälde, auf dem sich Nymphen und Schäfer tummelten – schade nur, dass all diese Schönheit die Schmerzen ihrer Füße nicht lindern konnte. Sie warf Harry einen kurzen Blick zu, dann zog sie Nellys Schuhe aus und schob sie unter den Stuhl vor ihrem.

»Nach dem Konzert werde ich mit Gwendolyn sprechen«, bemerkte Harry lässig.

Dass er die Sängerin beim Vornamen nannte, überraschte Ernestine. Sie starrte ihn an. »Kennen Sie sie, Monsieur?« Harry Bishop schien eigentlich nicht zu den Leuten zu gehören, die mit Opernstars verkehren.

»Oh, ich habe schon öfter mit ihr gesprochen«, sagte er großspurig. »Ich gehe zu vielen exklusiven Musikveranstaltungen. Gwendolyn hat einen Wohnsitz in Belgien, daher sehe ich sie auf manchen dieser Konzerte.« Während er sprach, sah er sich unter den heranflutenden Musikfreunden nach potenziellen Sitznachbarn um. Endlich tauchten Marshall und seine Frau auf und setzten sich neben ihn.

»Ich will sie fragen, ob ich vielleicht Cellostunden bei Sébastien Balthasar nehmen kann. Früher ist sie oft mit ihm aufgetreten. Es heißt, sie wären vor langer Zeit mal ein Paar gewesen, aber behalten Sie für sich, dass Sie das von mir haben.«

»Nun, Monsieur, ich will mich bemühen, aber es könnte schwierig werden«, antwortete Ernestine trocken.

»Gut.« Harry hatte den Witz nicht verstanden. »Gwendolyn ist mit dem britischen Dirigenten Reginald Masterson verheiratet, Sie haben sicher schon von ihm gehört.«

»Glauben Sie wirklich, dass Professor Balthasar Sie als Schüler annimmt?« Doch dann versuchte sie ihren Zweifel daran, dass ein großer Maestro sich mit einem Cellisten wie Harry Bishop abgeben könne, etwas zu vertuschen: »Er ist doch sicher viel unterwegs.« Soweit sie wusste, spielte Sébastien Balthasar vor Königen und Präsidenten. Aber vielleicht hatte er eine philanthropische Ader …

»Och, wenn Gwendolyn für mich den Schuh in die Tür stellt, nimmt er mich vielleicht«, meinte Harry.

Ernestine war nicht zu Gesprächen über irgendwelche Schuhe aufgelegt. Vorsichtig vergewisserte sie sich mit ihren Zehen, dass Nellys Schuhe noch da waren.

Schlagartig, als hätte man eine Kerze ausgeblasen, verstummte das Geplauder. Die Baronin hatte sich erhoben.

»*Mesdames et Messieurs*«, wandte sie sich majestätisch an die Anwesenden, »*Ladies and Gentlemen,* guten Abend.« Sie hieß jeden in einer bunten Palette von Sprachen – Französisch, Englisch, Deutsch, Italienisch und sogar Russisch – willkommen und stellte dann die Künstler auf Englisch vor.

Doch niemand konnte sich auf das konzentrieren, was sie sagte. Denn anmutig trat nun durch eine Seitentür Pallas Athene persönlich ein. Der Anblick war von so atemberaubender Schönheit, dass Männer und Frauen gleichermaßen in Bewunderung erstarrten. Es war einer der seltenen Momente, in denen beide Geschlechter durch etwas vereint werden – in diesem Fall durch ihre beiderseitige Unterlegenheit: Die Männer wussten, dass sie sich einer solchen Frau nie würden nähern können; und die Frauen waren sicher, dass sie nie auf ein solches Aussehen hoffen durften. Und all das, noch bevor der erste Ton gesungen worden war.

»Ich habe die große Ehre, Ihnen Gwendolyn Carr vorzustellen!«

Applaus hallte über das Parkett. Die Baronin setzte sich wieder auf ihren Platz in der ersten Reihe und gab den Blick auf die Bühne frei. Ernestine schnappte nach Luft, als sich Gwendolyn Carr mit schwingendem blauem Kleid und golden schimmernden Sandalen auf den Flügel zubewegte, als wäre sie gerade dem Kinderbuch über Götter und Göttinnen entsprungen, das Patrick Vandermeer seiner Tochter einst zu Weihnachten geschenkt hatte.

Der laute Beifall dauerte so lange, dass der unscheinbare Pianist, ein bloßes dunkel gekleidetes Gewürz im großen Festmahl der berühmten Sängerin, am Instrument Platz nehmen konnte. Für den Rest des Abends würde er von allen übersehen werden.

Sie nannte die ersten drei Arien, die sie singen würde: »*Vissi d'arte*« aus Puccinis *Tosca,* Schuberts *Ave Maria* und »*O mio babbino caro*« aus Puccinis *Gianni Schicchi.* (»Das heißt ›O mein liebes

Väterchen««, flüsterte Harry Ernestine gönnerhaft ins Ohr.) »Oh«, hauchte sie. »Ah«, seufzte sie. Sie verschränkte die Hände fest im Schoß und wagte sich nicht mehr zu rühren. Erst nach einigen Minuten merkte sie, dass sie das Atmen nahezu eingestellt hatte.

Wie kann Papa mich »meine grauäugige Athene« nennen, wo die Göttin doch groß und blond war und einen Speer trug? Diese Frage hatte sich Ernestine lange gestellt. Erst als Erwachsene begriff sie es: Ihr Vater hatte gewollt, dass sie sich wie eine Göttin *fühlte*. Es war unwichtig gewesen, wie sie aussah.

Sie trank den Anblick dieser Erscheinung dort vorn in sich hinein. Mit Goldfäden durchwirkter tiefblauer Chiffon wurde unter der Brust von einer schneeweißen Schärpe zusammengehalten. An den Ohren funkelten tropfenförmige Diamantohrringe. Gwendolyns bloße Arme wirkten wie aus Elfenbein. Ihr Haar, goldenes Filigran, machte aus jeder anderen Blondine im Raum augenblicklich einen billigen Abklatsch. Und ihre erhabene gerade Nase wäre ein vollwertiger Ersatz für all die an griechischen Statuen fehlenden Nasen gewesen.

Gwendolyn hob die Hand und schloss die Augen. Auch Ernestine schloss die Augen. Nur ab und zu warf sie Harry einen Blick zu. Wie alle anderen Männer im Musiksalon war er willig in Gwendolyns aus Klang und Schönheit gewobenes Netz gegangen, vielleicht zeigte er sogar den meisten schwitzenden Eifer.

Von der ersten bis zur letzten herrlichen Note ließ die Göttin ihre Stimme über das Publikum fluten und die Gesichter in Glückseligkeit erstarren, als hätte sie die Menge mit einem Zaubertrank besprengt. Nach jedem Lied legte sie die Arme seitlich an den Körper und senkte demütig den Kopf. Dann brauchten die Zuhörer noch einen Augenblick, um den Zauber abzuschütteln, bevor sie leidenschaftlich klatschten. Wie alle anderen auch wechselte Ernestine zwischen Verzückung und Begeisterung hin und her. Sie merkte erst nach mehreren Stücken, dass ihre Wangen tränennass waren.

Schließlich war auch die letzte Arie angekündigt und perfekt vorgetragen worden. Stürmischer Applaus drohte den Musiksalon zu sprengen. Gwendolyn schwebte buchstäblich zur Tür. Ernestine beobachtete, wie sich das Chiffonkleid hinter ihr bauschte und die goldenen Sandalen in all dem Blau aufleuchteten. Sie dachte an Athenes Fußbekleidung und wie sie sich in ihren Tagträumen auf der Bank im Metzgersladen vorgestellt hatte, selbst solche Sandalen zu tragen:

… die schönen Goldnen ambrosischen Sohlen, womit sie über die Wasser Und das unendliche Land im Hauche des Windes einherschwebt …

Gwendolyn war an der Tür angekommen. Sie wandte den Kopf, als wollte sie ihre Zuhörer noch einmal in Augenschein nehmen. Doch ihr Blick schweifte nicht in gewohnter königlicher Manier über den Raum. Stattdessen verharrte er auf Harry und Marshall. Die Männer tauschten so lange intensive Blicke mit der Sängerin, dass nicht nur Ernestine, sondern auch die anderen Menschen im Raum dieses seltsame Einverständnis bemerkten.

Gwendolyn warf noch ein letztes Lächeln für die Allgemeinheit in die Runde und verschwand.

Ernestine beugte sich leicht nach vorn. Ihr Vorwand war die Suche nach den Schuhen. Doch in Wirklichkeit wollte sie Harry und Marshall scharf von der Seite ansehen. Sie bemerkte die tiefe Röte auf ihren Wangen und den Laserblick, mit dem sie immer noch die vergoldete Tür fixierten, die sich hinter Gwendolyn geschlossen hatte. Ernestines Herz jagte. *Um welche Art Göttin handelte es sich hier?* Auch Athene hatte gelegentlich Menschen verzaubert, aber normalerweise aus gutem Grund. Nie verschwendete sie ihre Zauberkraft an Männer wie Marshall und Harry. Sie war schließlich eine Göttin mit Geschmack. Nein, es konnte keinen Zweifel geben: Gwendolyn war eine Kirke. Eine anmutige Hexe. Von unsterblicher Schönheit, aber eben eine Hexe. Ihr Gesang war der Zaubertrank, und mit ihm konnte sie Männer in Schweine und Frauen in Sklavinnen verwandeln.

»Ich gehe nur kurz in den Empfangsraum.« Harry stand von seinem Stuhl auf. Er hatte Ernestines Schuhproblem bemerkt und war offensichtlich froh, sie verlassen zu können. »Wenn Sie möchten, können Sie im Wagen auf mich warten«, fügte er hoffnungsvoll hinzu, als hätte sie jetzt genug Aschenputtel-Abenteuer erlebt und sollte vielleicht daran denken, zu Eimer und Mopp zurückzukehren.

Ernestine saß allein in der leeren Stuhlreihe und versuchte ihre Füße in Nellys Schuhe zurückzuquetschen, vergeblich. Sie war entsetzt: Es ging nicht. Ihre Füße waren während des Konzerts geschwollen, und die ohnehin zu engen Schuhe schienen jetzt zwei Nummern zu klein zu sein. Sie sah sich um, dann beugte sie sich nach unten und zwängte jeden Zeh einzeln in die Schuhe. Es war, als füllte sie eine Wurstpelle mit Schweinebrät.

Endlich konnte sie aufstehen und der bewundernden Menge in die Empfangsräume folgen. Inzwischen froh, überhaupt vorwärtszukommen, verfiel sie, beide Fersen auf den Schuhkappen, erleichtert in einen relativ schmerzarmen Droschkenpferdgang.

Wie Honigbienen drängten sich die Menschen in der Mitte eines weiteren Festsaals. Und das Zentrum des Schwarms war Gwendolyn – oder zumindest ein goldenes Leuchten, das ganz sicher von ihr ausging.

Ernestine stolperte weiter. Der Festsaal erinnerte sie wieder an den Tag, als sie sich mit Patrick im Königspalast verlaufen hatte. Dieser weizenfeldgroße Teppich, die verzierten Türen und Wände, zwei Kronleuchter à la Versailles, die hohe Decke, in die ein eigener Himmel gepasst hätte – all das hatte Ernestine schon einmal gesehen oder jedenfalls etwas in der Art, nur damals in der Gesellschaft zweier ziemlich wütender Wachleute.

Sie näherte sich der Aura. Den Blick hatte sie auf den Boden gesenkt, nicht nur von Gwendolyns Ausstrahlung geblendet, auch weil Nellys spitze Absätze bei jedem Schritt zentimetertief in den dicken Teppich einsanken. Ernestine bemerkte, dass in diesen Teppich exotische Vögel eingewebt waren – vielleicht plüschiger als ihre verschlissenen Pfauen, aber nicht schöner.

Schließlich blieb sie in einiger Entfernung von Gwendolyn Carr stehen. Die Sängerin war von Bewunderern umgeben, darunter auch Harry und Marshall, die über irgendein Thema palaverten, das Gwendolyn aber nicht übermäßig zu interessieren schien. Sie sah über sie hinweg wie über zwei Hündchen zu ihren Füßen und hielt im Publikum nach verheißungsvollerer Gesellschaft Ausschau.

Da humpelte Ernestine in ihr Blickfeld.

Die Göttin nahm sie so beiläufig zur Kenntnis wie einen Kellner mit Tablett. Ihre tropfenförmigen Ohrgehänge zitterten, als sie die kleine Frau in sich aufnahm: die grauen Locken, das herunterhängende Kleid, die Schuhe.

Ernestine kam näher, als sie vorgehabt hatte. Gwendolyns Ausstrahlung hatte etwas Unwiderstehliches wie eine ruhige Lagune für einen müden Seemann – in der es aber vor verborgenen Strudeln nur so wimmelte. Wäre Ernestine geblieben, wo sie war, hätte der Schiffbruch vermieden werden können.

Doch sie machte noch einen Schritt nach vorn und strauchelte.

Einen weiteren, und sie ging zu Boden.

Alle im Raum hielten die Luft an.

Nellys Schuh war vom Teppich eingesaugt worden wie von einem Wasserwirbel. Ernestine kämpfte ums Gleichgewicht und fiel auf ein Knie. Sofort wurde ihr Blick auf anderes unpassendes Schuhwerk gelenkt, auf laufmaschige Strümpfe und, inmitten des Waldes von teuren grauen Hosenbeinen, ein paar nicht zusammengehörige Socken. Seltsam, dachte sie in einem dieser hellsichtigen Momente, die man mitten im Desaster manchmal hat, wie in der meisten Eleganz auch ein wenig Flickwerk steckt.

Endlich half ihr einer der Kellner auf die Beine.

»He, Harry!« Marshall lachte in sich hinein. »Ich glaube, deine Haushälterin hat Probleme!«

Amanda klammerte sich mit entsetztem Mitleid an den Arm ihres Gatten.

»Was zum …?«, stieß Harry hervor.

Ernestine sah hoch. Sie fing Gwendolyns Blick auf und hielt ihn herausfordernd fest. Zum ersten Mal an diesem Abend schien die Sängerin aus der Fassung zu geraten. Doch bevor der Augenblick sich verfestigen konnte, war Ernestine schon, die Schuhe in der Hand, aus dem Raum geflohen.

Die Eingangshalle war fast menschenleer. Einige wenige Gäste, die mehr an ihren Geschäften interessiert waren als daran, Kirke zu huldigen, schlenderten müßig um den Marmortisch herum und bedienten sich aus den Überresten in den silbernen Sektkübeln.

Immer noch auf Strümpfen überquerte Ernestine die weite Fläche, erleichtert, als hätte der Schiffbruch sie über die Sandbänke in eine ruhige schachbrettgemusterte See geworfen. Einige Kellner und Kellnerinnen, die noch Bereitschaft hatten, standen an den Wänden der Eingangshalle. Ernestine entdeckte die Frau mit der olivfarbenen Haut unter ihnen, die mit ruhigem, ausdruckslosem Gesicht nach wie vor ihr Tablett trug.

Von ihren Fesseln befreit, wurde Ernestine immer schneller. Sie holte ihren Mantel aus der Garderobe und rannte mit dem Gefühl, von aller Augen verfolgt zu werden, hinaus in die Nacht.

Dabei bemerkte sie weder die Limousine, die in der Nähe des Eingangs parkte, noch den Mann mit der Chauffeurskappe auf dem Fahrersitz. Es war Walter Goossens' blasses Gesicht, das der fliehenden smaragdgrünen Gestalt nachblickte.

6

Das Haus in den Bäumen

Walter und Ernestine schwiegen, während sie mit dem Cello nach Boitsfort zu Sébastien Balthasar fuhren.

In den drei Tagen seit Harrys Tod hatte Ernestine die vier Jahre als seine Haushälterin – mit jedem arbeitsreichen Detail – noch einmal durchlebt, eine anstrengende Erfahrung. Das Konzert im Château Rivage war vielleicht die schmerzlichste Erinnerung von allen. Wie hatten Schönheit und Groteske an einem einzigen Abend derart nahtlos ineinander übergehen können?

Walter durchquerte den Wald auf einer der schattigen Zufahrtsstraßen, fuhr an der alten Pferderennbahn vorbei und bog dann auf den Boulevard ein, der nach Boitsfort führte.

Harry hatte damals denselben Weg zu der dramatischen Soiree genommen. Es hatte etwas fast Poetisches, dass Harrys Cello auf ebendiesem Weg zurückgebracht wurde und wieder mit ihr als Begleiterin. Es war, als würde sie jetzt das Ende von Harry Bishops Ära beaufsichtigen und eine neue, eher beängstigende einleiten. Solche Übergänge waren nie reibungslos, wenn der Tod im Spiel war, das wusste sie. Sie war sogar zu der Überzeugung gelangt, dass dem Tod etwas Unhöfliches zu eigen war. Im Herzen war er ein ungehobelter Bauer, der nie zur rechten Zeit kam und trotz des Pomps und der Etikette, mit der ihm die Leute entgegenzutreten versuchten, immer Schmutz ins Haus trug.

Walter bremste scharf. »Mist! Ich dachte, hier wäre der Abzweig, aber ich bin zu weit gefahren.« Mit heulendem Rückwärtsgang setzte er seinen kleinen Fiesta auf der engen Straße zurück.

Ernestine drehte sich ebenfalls nach hinten um, und ihr Blick fiel auf den Cellokasten, der leicht gedreht schräg über den Rücksitzen lag. Die Qualitäten einer Femme fatale, die sie dem Instrument früher zugeschrieben hatte, schienen völlig verschwunden. Obwohl das Cello doch heimkehrte, wirkte es verlassen und niedergeschlagen.

Sie fuhren eine steile Straße hoch, die auf einer Kuppe eine Neunzig-Grad-Kurve machte und dann noch weiter hinaufführte. Zu beiden Seiten standen hübsche Reihenhäuschen, die winzigen Vorgärten voller Blumenkübel, Wäscheleinen, Gartenzwerge und Bänke.

»Ja, ich glaube, hier ist es«, sagte Walter, strich mit der Hand über die kahle Stelle und blickte auf den steil nach unten abfallenden Waldhang vor ihnen. Die Straße machte noch eine scharfe Linkskurve und führte dann wieder hinunter in den kleinen Ort Boitsfort. Rechts von ihnen wurde die Durchfahrt von mehreren Absperrungen verhindert, hinter denen man einen gepflasterten Fußweg im Wald verschwinden sah.

»Château Rivage liegt genau auf der anderen Seite des Hügels.« Walter zeigte in die entgegengesetzte Richtung und parkte den Wagen in der Nähe der Sperren. »Man würde gar nicht meinen, dass das Viertel dort drüben, wo die de Wasseiges wohnen, so viel vornehmer ist.«

»Tatsächlich«, meinte Ernestine. »Wie groß der Unterschied von einem Hang zum anderen sein kann!«

»Die Leute in diesem Teil von Boitsfort leben ein ziemlich ruhiges Leben, oder« – Walter zeigte auf eine weinberankte kubistische Villa, die kein Fenster zur Straße zu haben schien – »sie wollen einfach unbeobachtet bleiben bei dem, was sie tun.«

Ernestine stieg aus und atmete die stark nach Pilzen und Verwesung riechende Herbstluft des Waldes ein. »Ich vermute, Balthasar gehört zu Letzteren«, sagte sie. Sie klappte ihren Sitz nach vorn und wuchtete das Cello aus dem Wagen, noch bevor Walter ihr helfen konnte. »Gibt es hier wirklich noch Häuser? Ist das nicht der Forêt de Soignes?«

»Ja.« Walter schloss den Wagen ab. »Aber an seinem Rand liegen überall noch Häuser. Balthasar wohnt nicht wirklich im Wald – es sieht nur so aus.«

»Sie waren also schon einmal hier?«

»Nur einmal. Um Harry von einer Cello-Stunde abzuholen.«

»Wie kommt man mit dem Wagen zum Haus?«

»Über den langen Weg von der anderen Seite des Hügels aus.«

Sie gingen an den Sperren vorbei und begannen über den gepflasterten Pfad zu wandern. Walter nahm Ernestine das Cello galant ab und hängte es sich über die Schulter.

Schon nach etwa fünfzig Metern kamen sie zu einem geschlossenen Eisentor. Ein Glück, dass es nicht weiter ist, dachte Ernestine. Sie war schon völlig erschöpft von dem steilen Weg. Selbst mit ihren robusten Schuhen lief es sich schlecht auf den Pflastersteinen, die genauso rund und unregelmäßig waren wie die in der Stadt. Der Pfad sah aus wie eine alte Römerstraße, einziger Hinweis auf eine Modernisierung war die Mülltonne vor Balthasars Eingangstor.

Am Torpfosten war eine Klingel angebracht, aber ohne Namen. Immerhin klebte eine leicht beschädigte Keramikfliese am Tor, auf die jemand mit der Hand »Villa Tosca« geschrieben hatte.

Bevor Ernestine klingelte, wandte sie sich an Walter. »Bitte, Monsieur, Sie haben schon genug Zeit für diese Geschichte aufgebracht. Von jetzt an komme ich allein zurecht. Die Straßenbahn hält genau unten am Hügel – und es wird viel leichter sein, bergab zu gehen, noch dazu ohne Cello. Vielleicht kann ich ja auch kurz mit Balthasar sprechen.«

Walter sah sie an, als sei sie nicht ganz bei Trost. »O nein. *Jamais.* Niemals. Sébastien empfängt niemanden außer seinen Schülern. Niemanden.«

»Oh. Wie seltsam.« Ernestine drückte auf den Knopf und stellte sich dicht neben die Gegensprechanlage. »Die Köchin sagte aber doch, dass sie heute Morgen jemanden erwarte, oder?«

»Ja, das sagte sie.« Walter lächelte müde. »Aber man kann nie wissen. Sind Sie sicher, dass ich nicht warten soll?« Er war offensichtlich enttäuscht darüber, dass er nichts mehr für sie tun konnte. »Die Köchin ist vielleicht kurz ausgegangen. Und Balthasar geht nie an die Tür. Vielleicht ist er nicht einmal zu Hause.«

Ernestine nahm ihm das Cello ab. »Nun ja, vielleicht könnten Sie warten, bis wir sicher sind, dass jemand zu Hause ist.«

Walter blickte unschlüssig in die Baumkronen. Es war nichts zu hören außer einem Hund, der irgendwo im Wald bellte, und dem verzweifelten Ächzen zweier alter Koniferen, deren Wipfel ineinander gewachsen waren.

Plötzlich klickte das Schloss, und das Tor ruckte. Die Sprechanlage blieb jedoch stumm. Die beiden rostigen Torflügel öffneten sich langsam. Dahinter schwang sich eine Zufahrt auf, um sich kurz darauf zu einem verwilderten Pfad zwischen üppigen Rhododendren zu verengen.

Das Haus war nicht zu sehen.

»Nun, ich denke, es ist jemand zu Hause«, bemerkte Walter im Plauderton. Er scharrte mit den Füßen und streckte Ernestine die Hand hin. »Denken Sie dran, wenn Sie etwas brauchen, egal was, rufen Sie mich bitte an.« Er zögerte und wurde rot. »Übrigens habe ich meine Mutter wegen des Putzens gefragt. Sie meinte, sie könne mehrmals in der Woche jemanden brauchen.«

»Ich danke Ihnen sehr, Monsieur.«

Walter trat unerwartet nah an sie heran. »Bitte, Madame Vandermeer«, sagte er fast flüsternd. »Versuchen Sie, nicht mehr als unbedingt nötig mit Marshall Ross zu tun zu haben. *S'il vous plaît.*«

Ernestine sah ihn überrascht an.

Walter wandte sich ab und ging den gepflasterten Weg hinunter.

Gleich rechts hinter dem Eingangstor stand ein niedriges Garagengebäude. Davor war Platz für mehrere Wagen, sinnloserweise, da ein Auto von hier aus nicht weit gekommen wäre.

Ernestine legte den Kopf in den Nacken: Die mächtigen Buchen hatten schon einen Teil ihres Laubs verloren, die übrig gebliebenen Blätter zitterten ihrem Ende noch entgegen. Krähen unterhielten sich krächzend von Kiefer zu Kiefer und glitten wie schwarze Geister zwischen den Ästen hindurch. Der Hund hatte zu bellen aufgehört.

Ernestine versuchte sich das Cello über die Schulter zu hängen wie Walter, aber sie war viel zu klein, und es schlug unangenehm gegen ihre Waden. Sie musste es am Handgriff tragen und etwa alle zehn Schritte absetzen. Diese kurzen Pausen nutzte sie, um das üppige Grün zu bewundern: Rhododendren mit ihren glänzenden Blättern und große Hortensien, die noch ihre verwelkten Blüten trugen. Riesenfarne gaben dem Ganzen etwas Prähistorisches, als stammten sie aus einer Zeit, als Belgien noch nicht besiedelt gewesen war. Der schwere Dunst hatte jetzt einen scharfen, würzigen Geruch angenommen. Ernestine liebte die geheimnisvollen Grüntöne dieses Klimas, obwohl sie in Patricks altem Viertel wenig Gelegenheit gehabt hatte, sie zu genießen.

Mit einem Mal stand das Haus da wie überrascht.

Es wollte ganz offensichtlich nicht gefunden werden. Weder rauchende Kamine noch erleuchtete Fenster versuchten den müden Wanderer anzulocken. Keine Bewegung störte seine Verträumtheit. Es wirkte nicht böse oder bedrohlich, nur verschlossen. Und traurig. *Bitte lass mich in Ruhe,* schien es zu sagen. *Bleib draußen.*

Ernestine stellte das Cello ab und schlug den Mantelkragen hoch. Jetzt fehlte ihr ein Hut, denn der Dunst, der sich von den Bäumen niederschlug, hinterließ einen Feuchtigkeitsfilm auf ihrem Nacken.

Vom Rand der Lichtung aus betrachtete sie das Haus. Groß, weiß und verlassen – ein versehrtes Haus. Es war vom Wald umgeben, doch mit einem gewissen Abstand, vor dem Haus war ein großer kreisförmiger freier Platz, und das insgesamt hellere Licht ließ darauf schließen, dass hinter dem Haus noch eine größere freie Fläche war, vielleicht Terrassen und Rasen.

Das Gebäude war drei Stockwerke hoch, mit unterschiedlich großen Gauben und einer Reihe von schrägen Dachfenstern, die auf einen ausgebauten Speicher schließen ließen. An allen Fenstern hingen Gardinen, was den Eindruck verträumter Distanz noch verstärkte. Das Haus war weder schön noch prächtig. Doch es verbreitete eine undefinierbare Melancholie, die Ernestine tief berührte, obwohl sie noch keinen Fuß hineingesetzt hatte.

Sie klingelte und wartete dann einige Minuten.

Nichts rührte sich.

Nach einer höflichen Pause klingelte sie noch einmal. Das Haus ruhte immer noch still.

Sie drehte sich um und betrachtete den Weg, den sie gekommen war. Üppiges Grün verdeckte die Sicht. Wie dumm von ihr, dass sie Walters Angebot, sie zu begleiten, nicht angenommen hatte! Jetzt würde sie das Cello den ganzen Weg zurückschleppen müssen, durch die Büsche, über das holprige Kopfsteinpflaster und dann die steile Straße hinunter zur Straßenbahnhaltestelle in Boitsfort – und alles nur, um das verdammte Instrument an den Ausgangspunkt zurückzubringen!

Die Tür ging auf.

»*Vous êtes la dame avec le violoncelle?*« Eine absolut köchinnenhafte Frau stand vor ihr. Größe, Gewicht, Alter, Gesichtsfarbe: Wer jemanden für eine Köchinnenrolle in einem Film gesucht hätte, hätte sie sofort engagiert, einschließlich der kräftigen nackten Unterarme. Nur eins fand Ernestine ungewöhnlich: den Akzent. Diese Frau war ganz sicher Britin.

»*Yes, I'm Ernestine Vandermeer.*« Sie stellte den Cellokasten auf der Schwelle ab. »*And this is Mr Balthasar's cello.*« Sie sprach Englisch, um ihre Annahme zu überprüfen.

»Sheila. Sheila Martin.« Die Frau hielt ihr als Ersatz für den Händedruck einen Ellbogen hin, da sie sich gerade noch die Hände an einem Geschirrtuch abtrocknete. Sie lächelte Ernestine unsicher an. »Sie haben einen amerikanischen Akzent. Aber Sie sind doch Belgierin?«

»Ja, das bin ich. Mein Vater sprach mit mir Englisch mit amerikanischem Akzent.« Ernestine stockte. Sie sprach selten über ihren Vater und schon gar nicht mit Fremden, selbst jetzt, mehr als zehn Jahre nach seinem Tod. »Hier ist das Cello«, sagte sie und tätschelte den Kasten. Jetzt wäre sicher der Moment, in dem die Frau Sébastien Balthasar rufen würde, wenn er im Haus war.

Doch Sheila gab keinen Hinweis darauf, dass ihr Arbeitgeber irgendwo in der Nähe sein könnte. »Kommen Sie doch herein und trinken Sie eine Tasse Tee oder so«, bot sie an. »Schließlich haben Sie diese Last weit geschleppt.« Sheilas Stimme hatte etwas angenehm Raues, als könnte sie notfalls auch ein Schiff kommandieren und eine Landhausküche sowieso. Dennoch wirkte sie auch vorsichtig und wachsam, als fühlte sie sich nicht wohl in ihrer Haut, als hätte Ernestines Kommen das heikle Gleichgewicht im Haus gestört.

»Es tut mir übrigens sehr leid«, fügte Sheila hinzu. »Ich habe gehört, dass Ihr Arbeitgeber plötzlich verstorben ist.« Sie stützte die Hände in die breiten Hüften und sah das Cello abschätzend an. »Ich nehme an, er braucht das Ding nicht mehr.« Dann hob sie »das Ding« – ein weniger bedeutendes Amati-Instrument, aber immerhin von Amati – an und trug es ins Haus. »Hier lang, bitte«, rief sie über die Schulter zurück.

Ernestine trat auf den verblichenen Mosaikboden der Eingangshalle. Große Türen links und rechts führten zu luftigen Empfangsräumen. Vor ihr schwang sich eine gebohnerte Holztreppe anmutig zum ersten Stock empor. Darüber hing eine einfache Laterne. Was seltsam war in diesem von Wald umgebenen

Haus: Überall war Licht – es hing über Türen, fiel auf die Treppenstufen und floss aus einer unsichtbaren Quelle in den Korridor, der zum hinteren Teil des Hauses führte. Feiner Staub hing wie Gazeschleier in der Luft und machte sie fast greifbar.

Sheila führte Ernestine in den Salon rechts von der Halle. »Eine Tasse Tee? Oder lieber Kaffee?«

»Nur ein wenig Sprudelwasser, das täte gut, danke.« Ernestine sah sich in dem geräumigen Zimmer um. Hohe Stuckdecken, in einer Ecke ein großer alter Flügel mit einem bunten Überwurf, ein paar durchgesessene Sessel, die sie an die alte Wohnung erinnerten, und, das Bemerkenswerteste, ein Regal, das sich über eine gesamte Längswand des Raums erstreckte. In den meisten Fächern standen Partituren und CDs, in einem der unteren Borde Vinyl-Platten.

Ernestine rückte näher, ein Schauer überlief sie: Die beiden obersten Fächer waren voller Everyman-Ausgaben, und einige Bände waren ziemlich zerlesen. Hardy, Keats und Wordsworth standen so gemütlich eingesunken auf ihren Borden, als würden sie tatsächlich regelmäßig geöffnet, ganz anders als in Harrys Bibliothek, wo nur die Titel wichtig waren (und der Platz vor den Büchern, wo man einen Cocktail abstellen konnte). Ernestine sah genauer hin: Ja, da war er, der blinde Sänger. *In einem Haus mit einer schönen Homer-Ausgabe könnte ich es schon eine Zeit aushalten,* dachte sie.

Sie schlenderte über das nackte Parkett. Nur unter dem Flügel lag ein cremefarbener Teppich. Neben dem Flügel stand ein Stuhl mit gerader Lehne und einem Notenpult davor, eindeutig für den Cellisten. Während Ernestine auf die Rückkehr der Köchin wartete, ließ sie spielerisch den Finger über die Einbuchtung des Flügels gleiten. Da fiel ihr Blick auf ein paar hässliche dunkle Flecken auf dem Teppich. Sie kniete sich hin, um sie genauer ansehen zu können: Kaffeeflecke. Sie fuhr mit der Hand darüber und strich die Teppichfasern mit den Fingern auseinander. Wie schade! Die Flecken waren schon älter, verströmten aber noch einen schwachen nussigen Geruch.

Sheila kam geschäftig mit einem Glas Wasser herein und blieb abrupt stehen. »Haben Sie etwas verloren?« Ihr Ton war spitz.

»Nein«, antwortete Ernestine. Sie griff aus ihrer knienden Haltung nach dem Glas. »Vielen Dank. Perfektes Timing! Zufällig genau das, was der Doktor verschrieben hat.«

Sheila starrte sie an.

»Für den Teppich, meine ich. Haben Sie zufällig einen Lappen und etwas Salz?«

Die raue Stimme blieb stumm.

»Diese Flecken sind schon älter«, fuhr Ernestine ruhig fort. »Wenn Sie wollen, kann ich sie entfernen. Was ist das übrigens für ein Kaffee? Er hat einen sehr speziellen Geruch.«

»Haselnuss«, sagte Sheila. »Den trinkt der Professor am liebsten.« Sie stützte wieder die Hände in die Hüften – wo sie anscheinend ihren natürlichen Lebensraum hatten. »Sehr schön. Können Sie genauso gut Cello spielen wie saubermachen?«

Ernestine stand auf und nippte an dem Wasser. »O nein.« Sie lachte kurz auf. »Überhaupt nicht. Harry Bishop, mein Arbeitgeber, spielt … *spielte* … Cello als Amateur. Er war Professor Balthasars Schüler.«

Sheila zeigte keine erkennbare Reaktion bei der Erwähnung von Balthasar. Seltsam. Ernestine betrachtete ihr Gesicht und wartete, ob sie vielleicht etwas über den großen Cellisten und seine Beziehung zu Harry sagen würde – oder wenigstens, ob Balthasar nun zu Hause war oder nicht.

»Meinen Sie, ich könnte kurz mit dem Professor sprechen?«, wagte sich Ernestine vor. »Um ihm wenigstens in Monsieur Bishops Namen für das Cello zu danken?«

»Nein, können Sie nicht«, schnappte die Köchin. »Er empfängt keine Besucher.« Ihre Barschheit kam aus heiterem Himmel. »Ich hole Ihnen etwas Salz«, fügte sie ruhiger hinzu und zog Richtung Küche ab.

In den nächsten zehn Minuten führten die beiden Frauen einen häuslichen Pas-de-deux auf, in dem sie die Flecken auf Zehenspitzen umtanzten und sich gegenseitig Gegenstände anreichten. Ernestine, die alternde Primaballerina, ging wieder auf die knirschenden Knie und rieb energisch. Endlich stand sie auf und massierte sich den Rücken.

Der Teppich war wieder cremeweiß.

»Das hätte ich nie gedacht«, flüsterte die Köchin.

»Wasser mit noch mehr Kohlensäure wäre noch besser gewesen.«

»Wo haben Sie das gelernt?«

»Ach, ich habe mir eine ganze Reihe von Tricks und Geheimtipps zugelegt«, sagte Ernestine. Ihr Blick wurde von einem ungewöhnlichen Licht hinter Sheila Martin angezogen. Der Raum am Ende des Gangs wurde von demselben milchigen Licht erfüllt wie eben die Eingangshalle. Im Dunst konnte Ernestine ein Küchenfenster erkennen und dahinter einen dunkelgrünen Rasenstreifen.

Sie sah wieder den Teppich an. »Solche Kniffe habe ich noch reichlich auf Lager.«

»Ein paar davon könnten wir hier gut gebrauchen.« Sheila lachte.

Ernestine spürte, dass Sheila nachgiebiger wurde. Sie nutzte dieses Wohlwollen und setzte ihr wieder zu: »Ich habe neulich eine Aufnahme mit Mr Balthasar gehört. Er spielt wunderschön. Wird er in nächster Zeit in Brüssel Konzerte geben?«

»Nein, das wird er nicht tun«, sagte Sheila, aber dieses Mal nicht ganz so barsch. Sie konnte den hellen grauen Augen einfach nicht ausweichen, die sie mit so viel Intuition ansahen, und gab sich geschlagen. »Wissen Sie, Mrs Vandermeer, ich arbeite schon seit einiger Zeit für den Professor. Ich bin eine gute Köchin, das dürfen Sie mir glauben. Doch ich habe meinen Job unter anderem deshalb so lange behalten, weil der Professor mir vertraut. Nur als Beispiel: Wir haben die letzten beiden Haushälterinnen wegen Indiskretion entlassen müssen – weil sie an Plätzen herumschnüffelten, wo sie nichts zu suchen hatten, und so. Wir haben immer noch keine neue eingestellt. Der Professor ist ein sehr zurückgezogener Mensch. Er will auf keinen Fall gestört werden. Ich fürchte, mehr darf ich Ihnen nicht erzählen.«

»Warum hat er aufgehört, Konzerte zu geben?«, drängte Ernestine arglos. »Er ist doch so berühmt.«

»Wie ich schon sagte, ich darf …«

»Ist er krank?« Ernestine war durch die kleine Bresche in Sheilas Verteidigungsmauern gesprungen.

Sheila war über die Frage verblüfft. »Auf welche Art?«

Jetzt war Ernestine über Sheilas Frage verblüfft. Sie hatte keine Ahnung, wie sie sie beantworten sollte, dabei war ihr durchaus klar, was die Köchin meinte. Patrick war in einer Weise krank gewesen, die Anlass zu der Frage »Auf welche Art?« gegeben hätte, und Ernestine hatte zwar Patricks nicht zu diagnostizierende Ängste bis in die tiefste Seele gespürt, aber sie hätte diese Frage nach seiner Krankheit nicht beantworten können, von Sébastien Balthasar ganz zu schweigen.

»Es gibt viele Arten von Kranksein, Mrs Vandermeer«, erklärte Sheila so leise, als hätte sie Angst, belauscht zu werden. »Sagen wir einfach, dass er nicht körperlich krank ist. Und außerdem hält ihn seine Musik aufrecht. Und seine Schüler.«

»Ja, seine Schüler …« Jetzt erst wurde ihr klar, welches Privileg es für Harry gewesen war, dass er dieses abgeschiedene Heiligtum hatte betreten dürfen – und das mehr als einmal, trotz seines Niveaus.

»So, jetzt wissen Sie alles«, hauchte Sheila. »Ich muss zurück an die Arbeit. Danke, dass Sie sich diesen langen Weg mit dem Cello zugemutet haben, Mrs Vandermeer. Hoffentlich haben Sie Ihren Wagen nicht zu weit weg geparkt.«

»Ich habe keinen«, sagte Ernestine.

»Nun, dann wünsche ich Ihnen einen schönen Spaziergang zurück.«

Sie ging auf die Haustür zu. Sheila begleitete ihren Gast noch die elegante breite Treppe zur Auffahrt hinunter. »Ich werde Professor Balthasar sagen, dass Sie da waren.«

»Ich würde ihm wirklich gern irgendwie meinen Dank ausdrücken.«

»Dann schreiben Sie ihm: ›Villa Tosca, 1170 Watermael-Boitsfort‹. Das dürfte ankommen.«

»Dann kennt jeder hier die Villa? Ich brauche keinen Straßennamen?«

»Nein, nein, jeder weiß, wo es ist. Und jeder weiß, dass er einen großen Bogen darum machen muss.« Sheila erlaubte sich ein kurzes Glucksen.

Ernestine zögerte noch. »Warum heißt das Haus ›Villa Tosca‹?«

Sheila musterte ihren Gast mit schiefgelegtem Kopf. »Nun ja, ich denke, das darf ich Ihnen erzählen. Der Professor war einmal mit einer Dame bekannt – einer großen Sängerin. Sie war berühmt für ihre Interpretation der Tosca. Da, jetzt wissen Sie es.« Sheila begann, die Treppe wieder hinaufzugehen.

»Eine große englische Sängerin? Sind Sie deshalb hier?«

»Jetzt fragen Sie aber wirklich zu viel.« Sheila lachte noch einmal, ein tiefes Lachen. »*Bonne journée*, wie man hierzulande sagt!« Sie trat ins Haus und schloss die Tür hinter sich ab.

Ernestine ging über die Lichtung auf die Lücke zwischen den Rhododendren zu, die zur Zufahrt führte. Sie fühlte sich erheblich leichter ohne das gegen ihre Beine schlagende Cello, und noch leichter, als ihr bewusst wurde, dass sie jetzt endlich ihre neue Lebensreise antrat.

Während ihres Besuchs bei Sheila war Nebel aufgekommen, und sie fröstelte in ihrem dünnen Regenmantel. Irgendetwas bewog sie, sich vor dem Eintauchen in die Rhododendren noch einmal umzuwenden. Das Haus träumte immer noch vor sich hin, ihr Gehen war ihm genauso gleichgültig wie ihr Kommen eben. Die Giebelspitzen waren vom Nebel weichgezeichnet. Die Mauern verschmolzen mit dem matten, blassen Himmel. Doch dann zog etwas ihren Blick auf sich: eine Bewegung an einem der Gaubenfenster. Ernestines Augen stellten scharf. Hinter der Gardine war ein dunkler Schatten, er rührte sich nicht vom Fleck. Sie erstarrte, wusste nicht, ob sie sich abwenden oder die Anwesenheit dieses Menschen sichtbar zur Kenntnis nehmen sollte. Dass Sheila zwei Stockwerke hinaufgelaufen war, um ihr nachzusehen, war unwahrscheinlich. Und die Haushälterin war ja entlassen worden.

Nein, es musste Balthasar selbst sein, der da am Fenster stand.

Ernestine hob die Hand zu einem zaghaften Winken. Der Schatten reagierte nicht. Als sie sich zum Gehen wandte, bewegte sich die Gardine, und die Gestalt verschwand.

Die Straßenbahn brauchte über vierzig Minuten bis zu den Sablons. Ernestine, die nicht wusste, wie sie ihre neue Freiheit nutzen sollte, beschloss, bei *Chocolatier Bertrand* vorbeizuschauen.

Mittag war schon lange vorbei, der übliche Ansturm der Musikstudenten hatte also deutlich nachgelassen.

Ernestine berichtete Nelly, dass Hugues Boondael sie sehr früh morgens, nur wenige Stunden nach Harrys Tod, angerufen habe. »Was meinst du, warum er mich sehen will?«, fragte sie. »War nicht auch Bertrand bei diesem Notar?«

Die Frauen saßen auf ihren Hockern hinter der Theke und balancierten jeweils einen Cappuccino auf ihren Knien. Nelly trug noch ihren Kittel, weil sie gerade eine Charge Pralinen hergestellt hatte. Mit den dunklen Flecken auf ihrem vorgewölbten Bauch sah sie aus wie eine Chirurgin, die unvermutet auf eine Arterie gestoßen ist.

»Das ist nur Zufall.« Nelly rührte in ihrem Kaffee. »Er ist ziemlich bekannt. Sogar meine Cousine Cécile geht zu ihm, obwohl sie bei Namur lebt.«

»Die Ziegenbäuerin?«

»Ja, genau.« Nelly rümpfte die Nase. »Und sie ist Agrarmanagerin.«

»Hast du Harry Boondael empfohlen?«

»Nein …« Nelly zögerte. »Ich glaube, dass Marshall Harry von Boondael erzählt hat.« Sie biss sich auf die Lippen. »Und ich habe Marshall von ihm erzählt.«

»Interessant …«

»Warum?«

»Nun, wie es scheint, gehen im Augenblick alle zum selben Notar! Vielleicht geht es bei allen um dieselbe Angelegenheit.« Ernestine bemerkte, wie fasziniert Nelly plötzlich von ihrer Tasse war. Und dann stellte sie ihrer Freundin eine Frage, die sie ihr eigentlich nicht hatte stellen wollen: »Nelly, triffst du dich mit Marshall?«

Nellys Kaffee schwappte über. »Ob ich mich mit ihm *treffe?*«

»Komm schon. Du weißt doch, was ich meine!«

»Oh.« Nelly tupfte die Untertasse mit einem Küchenkrepp trocken.

»Nelly, ich weiß, dass du eine Schwäche für ihn hast. Aber ich glaube, man darf ihm nicht trauen.« Ungeachtet ihrer eigenen Warnung empfand Ernestine einen Stich von Neid. Vor ihren inneren Augen sah sie, wie Nelly den schneidigen Mr Ross empfing – wie sie hüftschwingend hinter ihrer Theke hervorkam und ihn warm und einladend anlächelte. Wenn Marshall oft im Geschäft vorbeikam, wer konnte dann wissen, wie weit Nelly mit ihrer Charme-Offensive gegangen war und wie viele Gratis-Pralinen sie in seine Tüte gefüllt hatte?

»Aber Nesty! Marshall ist ein reicher Gentleman und kein Verbrecher!«

»Reich vielleicht. Aber ein Gentleman ist er nicht. Und ich bin sicher, dass er Harry in eine Sache gezogen hat, die Harry nicht

überblicken konnte – und die, zumindest indirekt, zu seinem Tod geführt hat.«

Nelly stellte die Tasse auf die Theke und arrangierte demonstrativ ein paar Sahne-Haselnuss-Pralinen um. »Nein«, sagte sie wenig überzeugend. »Um deine Frage zu beantworten: Ich treffe mich nicht mit ihm.«

Ernestine stand auf, sie wollte gehen. »Umso besser, denn ich glaube, dass Marshall Ross gefährlich ist.«

Nelly wurde blass.

Sie wird immer blass, wenn sie der Wahrheit ausweicht, dachte Ernestine, und dann umarmte sie Nelly. »Bitte, *chérie,* sei vorsichtig.«

7
Die See ruft

Hugues Boondaels Sekretärin brauchte mehrere Tage, um eine Lücke für Ernestine zu finden, weil der Maître so viel mit seinen »wichtigen« Mandanten zu tun hatte. Dass Ernestine nicht zu ihnen gehörte, wurde auf vielfältige und subtile Weise unterstrichen, angefangen bei den zehn Minuten, die sie in der Marmorhalle warten musste, bis der Summer ertönte und sie hinauf durfte.

Die Kanzlei hatte ihre Räume in der Avenue Louise, wo teure Anwälte, Läden, Schönheitschirurgen und in den ersten Morgenstunden Callgirls zu finden waren. Die Avenue war von Verkehr und geschäftigen Fußgängern erfüllt, doch sobald man die Marmorhalle betreten hatte, herrschte ehrfurchtsvolle Stille. Ernestine hatte das deutliche Gefühl, sich in einem Mausoleum zu befinden. Da sie sonst nichts zu tun hatte, betrachtete sie die Marmorplatten und versuchte diejenigen herauszufinden, hinter denen womöglich die sterblichen Überreste wohlgenährter Anwälte eingemauert waren.

Sie hatte sich für diese Gelegenheit so gut angezogen, wie es ihr ohne Rückgriff auf Nellys Garderobe möglich war, hatte ihre treue alte weiße Bluse samt blauer Strickjacke und grauem Rock ausgegraben und ihre besten Straßenschuhe geschnürt.

»Madame Vandermeer?« Endlich rührte es sich in der Gegensprechanlage. *»Entrez, s'il vous plaît.«*

Ein glänzender Lift entführte sie in einen weiteren marmornen Empfangsbereich, der von einer Reihe perfekt frisierter Sekretärinnen und junger Männer in grauen Anzügen gehütet wurde, die, offensichtlich Ordonnanzen eines anspruchsvollen Generals, eilig hin und her flitzten.

»Madame Vandermeer?« Eine etwa gleichaltrige Frau mit düster kastanienbraunem Haar führte sie durch eine Folge geschnitzter Eichentüren, die sie an Harrys Bibliothekstür erinnerten. Hinter jeder Tür wurde der Teppich dicker und das Licht gedämpfter. Die Frau klopfte an die letzte Tür und öffnete sie.

»Madame Vandermeer, Monsieur«, verkündete sie *sotto voce* und war schon verschwunden. Normalerweise hörte Ernestine ihren Nachnamen nicht so oft hintereinander. Hauspersonal wurde normalerweise nur bei einem Kurznamen oder dem Vornamen gerufen, genau wie Popstars oder brasilianische Fußballer. »Madame Vandermeer« ließ im Allgemeinen auf ernste Umstände oder Herablassung schließen, manchmal auf beides.

Maître Boondael erhob sich hinter seinem großen glänzenden Schreibtisch. Er kam hinter diesem Tisch hervor, um Ernestine die Hand zu schütteln, eine Höflichkeit, die, auch wegen der Überquerung eines kostbaren Persers, recht viel Zeit in Anspruch nahm.

»*Enchanté*, Madame.« Er nahm ihre Hand und ließ sie wieder los – fast ein wenig überstürzt, wie Ernestine fand. Dann bot er ihr einen Ledersessel auf der Mandantenseite des Schreibtischs an. Um seine Lippen spielte ein unterdrücktes Lächeln, als seien ihm gerade die dicken Sohlen an Ernestines Schuhen aufgefallen.

Er nahm seinen Platz hinter dem Schreibtisch wieder ein und brachte die Fingerspitzen vor dem gepflegten Schnurrbart zusammen. Einige Momente lang begnügte er sich damit, Ernestine zu betrachten. Er trug ein blassrosa Seidenhemd und eine Paisley-Fliege – nicht gerade die imposante Aufmachung eines Generals, doch Ernestine spürte, dass Boondaels Autorität keiner Uniform bedurfte: Seine Lakaien würden seine Befehle auch dann befolgen, wenn er in Unterwäsche zur Arbeit käme. Außerdem fiel ihr jetzt auf, dass der Mann nach Eitelkeit stank, man merkte es nicht sofort, es teilte sich einem eher unterschwellig mit wie ein teures Parfüm. Die Fliege saß perfekt, obwohl selbst ein sehr anspruchsvoller Gentleman sie nicht ohne weiteres hätte binden können. Das silbrig werdende Haar war bauschig geföhnt, um die leicht abstehenden Ohren zu verdecken. Auf dem dünnen Schnurrbärtchen glänzte Gel. Und selbst Ernestine, deren Bügelkünste legendär waren, empfand einen Anflug von Neid angesichts der rasiermesserscharfen Bügelfalten in Boondaels Hose.

»Wollen wir uns zunächst mit Monsieur Bishops Brief befassen?« Boondael sprach mit ihr wie mit einem Schulmädchen.

Er nahm einen Umschlag aus einer ledergebundenen Aktenmappe.

»Ein Brief?« Ernestine starrte auf den Umschlag in Boondaels Hand. Er schien es nicht eilig zu haben, ihn ihr auszuhändigen, sondern schenkte ihr ein väterliches Lächeln.

»Er hat etwas mit dem Geschenk zu tun, das Monsieur Bishop Ihnen zukommen lassen wollte.«

Ernestine riss die Augen auf. »Ein Geschenk? Von Monsieur Bishop?«

»Richtig. Er kam vor einiger Zeit in meine Kanzlei, um alles zu regeln, und wollte es Ihnen dann selbst erzählen. Aus Ihrer Reaktion schließe ich, dass er vor seinem viel zu frühen Tod nicht dazu gekommen ist.«

Ernestine blickte verwirrt auf ihre rauen Hände und sah dann wieder den Notar an. »Nein, er hat mir nichts erzählt.« Sie zögerte. Konnte man bei solchen Leuten nach Einzelheiten fragen? Oder musste man das Verdikt des Halbgottes abwarten?

Ernestine entschied sich für Ersteres. »Was für eine Art Geschenk meinen Sie?« Ihre Stimme drang kaum durch die Gedämpftheit des Raums.

»Es ist ein sehr ungewöhnliches *Geschenk.*« Während er sprach, bewegte er die Hände in anmutigen Kreisen, um dann wieder die

Fingerspitzen zusammenzulegen. Er schien das lässige Katz-und-Maus-Spiel zu genießen.

»Bitte, Monsieur Boondael. Um was für ein Geschenk handelt es sich?« Ernestine strich mit den feuchten Handflächen über ihren Rock.

»Um ein Haus, Madame.«

Nicht nur Ernestine, der ganze Raum hielt den Atem an.

»Wie bitte?«

»Nun ja.« Boondael lächelte nachsichtig. »Eigentlich handelt es sich um ein halbes Haus.«

Ernestine faltete ihre Hände im Schoß und holte tief Luft. »Und wo steht dieses Haus, Monsieur?«

»An der Küste. In De Haan.«

Ein Haus in De Haan! Ernestine lehnte sich überwältigt im Sessel zurück. Für die zehn Tage Ferien, die sie in jedem August ihrer Jugend in der kleinen Wohnung am Deich von De Haan verbracht hatten, hatte Patrick vorher immer unzählige Kilo Fleisch hacken müssen. Abends waren sie dann durch das verschlafene Dorf aus dem 19. Jahrhundert geschlendert und hatten die stilvollen Villen in den vornehmen Seitenstraßen angestaunt. Sie versuchten sich die Bewohner vorzustellen und witzelten über diese ganze prächtige Zurückgezogenheit – die doppelten Hecken, die Augen eines Wachhunds hinter einem Gitter. Die Auffahrten waren mit Luxuslimousinen zugestellt wie mit Gartengeräten. Diese Häuser hatten selbst im Hochsommer etwas ausgeprägt Lebloses, als kämen und gingen die Eigentümer durch eine andere Dimension.

Patrick und Ernestine hatten fast alle großen Villen in De Haan betrachtet.

Welche hatte Harry Bishop gehört?

»Das Haus ist sehr schwer zu finden.« Boondael schien ihre Gedanken gelesen zu haben. »Es steht ziemlich weit von den anderen Häusern entfernt mitten in den Dünen. Es ist praktisch unsichtbar, sowohl von der Straße als auch vom Strand aus.«

Boondael zog eine Schreibtischschublade auf und suchte einige Zeit darin herum. Endlich fand er einen Ring mit mehreren Schlüsseln und schob ihn mitsamt dem Umschlag über die glänzende Holzfläche auf Ernestine zu.

»Wie Sie vermutlich wissen, wurde bei der Autopsie herausgefunden, dass Harry Bishop an einer Herzschwäche in Verbindung mit übermäßigem Alkoholgenuss starb.«

»Ja, das wusste ich.« Ernestine dachte an die edle Flasche Burgunder auf dem Flügel, die wohl kaum zu Exzessen geführt hatte, zudem waren die Mediziner nur deshalb zu diesem Ergebnis gekommen, weil von Marshall Ross III. ausgeübter Stress keine anerkannte Todesursache war.

»Gut. Dann kann ich jetzt meinen Vorschlag unterbreiten.« Der Notar beobachtete sie scharf, als er weitersprach. »Wie ich schon erwähnte, war Monsieur Bishop Miteigentümer der Villa.«

»Ja, Sie sprachen von einem halben Haus.« Ernestine ließ den Brief in den Schoß fallen und spielte nervös mit den Schlüsseln. »Wer ist der andere Miteigentümer?« Sie spürte, dass sie diese Frage stellen musste, auch wenn sie die Antwort eigentlich schon kannte.

»Marshall Ross III.« Solche Namenszusätze gingen Boondael leicht über die Lippen, kein Wunder, denn er katzbuckelte den lieben langen Tag vor Namen mit Bindestrichen, römischen Ziffern und verschiedenen Adels-Zusätzen.

»Kennen Sie Monsieur Ross, Madame?«, fragte er so beiläufig, als könnte Ernestine ihn auf dem Golfplatz kennengelernt haben.

»Ja, ich bin Monsieur Ross schon begegnet.« Ernestine sackte in ihrem Stuhl zusammen, sie hatte keine Ahnung, wie es nun weitergehen sollte.

»Wenn ich das so sagen darf, Madame, dann ist es ein Geschenk, für das jemand in Ihrer Position – und bitte verstehen Sie mich nicht falsch – wohl kaum Verwendung haben dürfte.« Boondaels Fingerspitzen trommelten rhythmisch gegen seine Lippen.

»Was wollen Sie damit sagen, Monsieur?«, gab Ernestine heftig zurück.

Auf eine so scharfe Antwort war Boondael offensichtlich nicht gefasst gewesen. »Nun ja«, beschwichtigte er. »Ich wollte darauf zu sprechen kommen, dass Sie sich mit einem solchen Besitz vielleicht gar nicht belasten und ihn möglicherweise lieber verkaufen möchten. Niemand kann sagen, ob die Immobilienpreise nicht bald wieder fallen.« Boondaels Finger trommelten immer noch graziös den Kontrapunkt. »Ich kann Ihnen natürlich dabei behilflich sein, Ihren Anteil an der Villa zu verkaufen – wenn Sie sich überhaupt zum Verkauf entschließen. Dafür brauchen wir selbstverständlich Monsieur Ross' Zustimmung.«

Einen Moment lang fühlte sich Ernestine wie eine Ertrinkende. Anscheinend konnte sie nichts tun, um Marshall Ross zu entkommen.

Schweigend betrachtete sie Boondael und versuchte das ironische Zucken des Bärtchens zu interpretieren. Und dann diese Hände: geschmeidig und ausdrucksvoll, als hätten sie im Zweifelsfall selbst etwas zu erzählen. Was für ein Spiel spielte er? Sie sah sich in dem weitläufigen Büro um: ein dunkelgrünes Ledersofa und die passenden Ohrensessel waren geschmackvoll auf dem Perser arrangiert, auf Intarsien-Tischen standen verschiedene Plastiken, ein Pferd, ein Wasserträger, ein geflügelter Merkur und, seltsamerweise, eine Bergziege. Hinter Boondael hingen zwei wertvolle Ölgemälde an der holzvertäfelten Wand. Wenn sie den Beruf dieses Mannes nicht gekannt hätte, hätte sie vermutet, dass er mit Antiquitäten handelte – oder mit etwas weniger Legalem, das aber teuer genug war, um solchen Luxus zu finanzieren.

»Kümmert sich jemand um die Villa?«, fragte Ernestine, um Zeit zu gewinnen. »Sie steht doch sicher die meiste Zeit leer, schließlich arbeiten Monsieur Bishop und Monsieur Ross beide in Brüssel.«

»Soweit ich weiß, schaut ein Verwalter hin und wieder nach dem Rechten. Es ist ein großer, leicht verwahrloster Besitz, der einige Reparaturen erfordert.« Als käme es ihm jetzt erst in den Sinn, setzte Boondael hinzu: »Monsieur Bishop hat mich einmal zu einer seiner Partys dort eingeladen.«

Eine seiner Partys …

Boondael lehnte sich lässig in seinem Stuhl zurück. »Monsieur Bishop hatte erhebliche gesellschaftliche Verpflichtungen, wie Sie sicher wissen, Madame. Er musste seine diplomatischen Bekanntschaften pflegen – und auch verschiedene andere«, setzte er vage hinzu. »Und Monsieur Ross als wichtige Persönlichkeit des Wirtschaftslebens gab dort auch einige Gesellschaften. Ich nehme an, die Herren wollten ihren Gästen hin und wieder einen Tapetenwechsel gönnen.«

Einen Tapetenwechsel … Ernestine musste diesen Begriff erst einmal verdauen. Warum sollte jemand, der in einer Villa an der Avenue Alphonse XIII wohnte, sich oder seinen Gästen einen Tapetenwechsel gönnen wollen?

»Warum sollte ich es mit dem Verkauf so eilig haben?« Ernestine richtete ihre grauen Augen unschuldig fragend auf Boondael, obwohl sie wusste, dass Boondaels Gründe alles andere als unschuldig waren.

»Wie ich schon sagte, Madame, der Immobilienmarkt kann jederzeit einbrechen. Und …« Er stockte.

»Ja, Monsieur?«

Boondael strich mit der Hand über die glänzende Tischplatte. Die spitz zulaufenden Finger waren sorgfältig manikürt. »Wie eng war Ihr Verhältnis zu Monsieur Bishop, Madame Vandermeer?«

Ernestine richtete sich auf. Boondael hatte plötzlich einen völlig anderen Ton angeschlagen.

»Ich denke, das ist eine Privatangelegenheit, Monsieur«, sagte sie schroff. »Aber er war ein fairer und anständiger Arbeitgeber, wenn Sie das meinen. Ich hatte große Hochachtung vor ihm.« Den letzten Satz bereute sie sofort, denn vor Harrys Trinken und den Frauengeschichten hatte sie keine Hochachtung gehabt. Doch sie dachte nicht weiter darüber nach. Denn es war wirklich seltsam, dass Boondael ihr diese Frage gestellt hatte, zumal ihr Verhältnis zu Harry seit dessen plötzlichem Tod unerklärlicherweise von Tag zu Tag enger geworden war.

»Dann möchten Sie vielleicht dazu beitragen, dass Monsieur Bishop in Frieden ruhen kann«, sagte Boondael.

Ernestine hob die Brauen.

Er fuhr fort: »Monsieur Bishop war bei seinem Tod hoch verschuldet, das haben Sie sicher nicht gewusst.«

»Doch«, erwiderte Ernestine. »Das wusste ich.«

»*Ah bon?* Tatsächlich?«

Boondael musste sich erst von seiner Überraschung erholen und gab Ernestine damit Gelegenheit, an Harrys letzten Abend zurückzudenken: die lauten Stimmen in der Bibliothek, Harry, der seine Schulden beichtete, der heulende Sturm und natürlich Schubert als geduldiger, unsichtbarer Zeuge.

»Nun, Sie könnten viel für Monsieur Bishops guten Namen tun, indem Sie Ihre Hälfte der Strandvilla verkaufen, Madame. Ich schlage vor, Sie verkaufen sie direkt an Monsieur Ross, der dann den ganzen Besitz auf den Markt bringen kann …«

»Zu einem weit höheren Preis als dem Doppelten dessen, was ich für meine Hälfte bekommen habe, nehme ich an«, warf Ernestine ein.

»Madame …« Boondaels Augen verengten sich. »Bitte seien Sie so freundlich und ziehen Sie mein Berufsethos nicht in Zweifel.«

Ernestine wich seinem Blick aus. Boondael handelte ganz offensichtlich in Marshalls Auftrag und versuchte sie zum Verkauf zu drängen. Ihre Hände wurden eisig, als ihr Walters Worte wieder einfielen: *Versuchen Sie, nicht mehr als unbedingt nötig mit Marshall Ross zu tun zu haben.*

»Wie viel wäre Monsieur Bishops Haushälfte wert?«

»Oh, das weiß ich nicht genau. Es handelt sich nicht um eins der kostspieligeren Häuser an diesem Teil der Küste.«

Boondael versuchte sie abzulenken. Er wusste sicher ganz genau, was Harrys Villa wert war. Und selbst ein weniger scharfsinniger Beobachter als Ernestine konnte sich denken, dass der Notar, wenn er das Haus – und sei es auch nur Harrys Hälfte – für mehr als den ihr genannten Preis verkaufen konnte, die Differenz (gemeinsam mit Marshall) ganz oder teilweise einstecken konnte. Ganz unabhängig von Harrys Schulden, die damit schließlich überhaupt nichts zu tun hatten.

Boondael hielt Harrys Hausmädchen offenbar für dumm.

»Das Haus ist wirklich nichts Besonderes, Madame Vandermeer. Sie brauchen sich gar nicht erst die Mühe machen, es zu besichtigen. Überlassen Sie alles mir. Natürlich wäre es mehr wert, wenn es in Knokke stünde.« Der letzte Satz klang schon nach einer Verabschiedung.

Natürlich, Knokke. Der Nordsee-Sandkasten des belgischen Jetsets. Es war nicht ganz Monte Carlo oder Rio; man konnte nicht erwarten, an den Spieltischen James Bond zu begegnen, und verspürte wenig Lust, in dem dunklen Wasser herumzutollen. Aber Geld gab es auch dort reichlich.

»Natürlich, Knokke«, wiederholte Ernestine laut. Boondaels Bemerkung wunderte sie. Sie wusste genau, dass die Häuser in De Haan oft genauso teuer waren wie die in Knokke, vor allem die wenigen in den Dünen.

Boondaels Telefon klingelte und unterbrach ihre Verhandlungen. Mit einem nachsichtigen Blick auf Ernestine nahm er ab und besprach irgendeine andere Angelegenheit.

Ernestine betrachtete Harrys Brief. In Schülerschrift hatte er ihren Namen auf den Umschlag gemalt. Sie riss ihn auf und zog ein zerknittertes Blatt heraus. Der Brief, dessen Datum gut vier Wochen vor Harrys Tod lag, bestand aus einem einzigen Absatz:

Liebe Ernestine,

es tut mir leid, dass ich nicht den Mut hatte, mit Ihnen direkt über dieses Geschenk zu sprechen. Ich hatte es vor, aber immer schien mir der Augenblick ungeeignet. Sie sind eine kluge Frau. Ich glaube, Sie werden sehr bald herausfinden, was vor sich gegangen ist. Die Gründe für dieses Geschenk sind vielfältig. Vielleicht wollte ich Ihnen helfen. Aber ich wollte mich auch aus einer zunehmend verzweifelten Lage befreien. Es ist Ihnen überlassen, was Sie damit machen. Ich bitte Sie nur, sehr vorsichtig vorzugehen.

Hochachtungsvoll
Harry Bishop

Ernestine faltete den Brief zusammen und steckte ihn in den Umschlag zurück, gerade als Boondael den Hörer auflegte.

Sie nahm sich zusammen und sagte mit gespieltem Elan: »Monsieur Boondael, ich werde an die Küste fahren, um mir den Besitz anzuschauen. Dann werde ich Ihnen mitteilen, ob ich Ihre Dienste noch benötige.«

»Aber Madame!« Boondael lehnte sich ihr über den Schreibtisch entgegen. Seine Augen waren dunkler geworden. »Sie sind, wenn ich so sagen darf, wohl kaum … nun, wie soll ich sagen … kaum dafür *gerüstet,* mit einer solchen Situation zurechtzukommen.«

Da spielte etwas um seinen Opportunistenmund – derselbe hochmütige Zug, den Ernestine schon so oft um den Mund von Privilegierten gesehen hatte, die ein paar kostbare Augenblicke an Gespräche mit ihren Dienstboten verschwendeten: *Legen Sie die blauen Handtücher nach oben. Nehmen Sie für die Socken nicht so viel Bleichmittel. Wie können Sie es wagen, die Aktentasche von Monsieur auf den Boden zu stellen!*

»Ich werde so bald wie möglich nach De Haan fahren, um das Haus anzusehen.« Ernestine wollte verdammt sein, wenn sie diesen affektierten Mann über einen Besitz verfügen ließe, der ihr nun – wenigstens zur Hälfte – rechtmäßig gehörte.

Ihr Magen verkrampfte sich bei dieser Zurschaustellung von Stolz. Sie war verrückt. Sie brauchte dieses Geld dringend. Selbst der unfaire Preis, den Boondael zweifellos für sie aushandeln würde, wäre im Vergleich zu ihren üblichen Putzeinkünften ein Vermögen. Nicht, dass überhaupt eine Putzstelle in Sicht gewesen wäre.

Ernestine stand auf, um zu gehen.

Auch Boondael erhob sich und kam auf ihre Seite des Schreibtischs. Wie die meisten Menschen war er deutlich größer als sie. Und wie die meisten glaubte er, er sei dadurch automatisch im Vorteil.

»Sie werden schnellstmöglich aus Monsieur Bishops Haus an der Avenue Alphonse XIII ausziehen müssen, Madame. Ich werde ein Unternehmen mit dem Ausräumen von Monsieur Bishops Eigentum beauftragen. Wäre es Ihnen morgen recht?«

»Morgen?«

»Es gibt keinen Grund für einen Aufschub«, sagte Boondael. »Sicher haben Sie nicht allzu viel Umzugsgut.« Sein Schnurrbärtchen hob sich amüsiert.

»Nun ja, ich habe mich schon mit meinem früheren Vermieter bezüglich des Apartments bei ihm geeinigt.« Ernestine kapitulierte. »Ich kann Dr. Dieudonné sicher fragen, ob ich ein paar Tage früher einziehen kann, noch vor dem ersten November. Dann gebe ich Ihnen morgen die Schlüssel zu Monsieur Bishops Haus.«

Ernestine trat ihren langen Rückzug über den Perserteppich an. Sie steckte gerade die Schlüssel zu dem Haus in De Haan in die Handtasche, da stockte sie plötzlich und drehte sich langsam um.

»Es ist doch eher ungewöhnlich, ein Haus zu kaufen, nur um dort Einladungen zu geben, finden Sie nicht, Monsieur?«

Boondael wurde eine Spur blasser. »Nein, das finde ich nicht. Viele wichtige Brüsseler Beamte haben Häuser an der Küste.«

Der Notar erlangte seine normale Gesichtsfarbe blitzschnell zurück und ging an Ernestine vorbei, um ihr die Tür zu öffnen. Mit halbem Lächeln streckte er ihr die Hand entgegen. »Mich wundert eher, dass Sie nie gebeten wurden, dort zu putzen.«

Endlich hatte er die Stelle gefunden, nach der er gesucht hatte, und seine Degenklinge versank bis zum Griff. Ernestine verbarg ihren Schmerz und richtete ihre grauen Augen auf den Notar. Sie fixierte ihn, bis er ihrem Blick nicht mehr standhielt.

»Bitte lassen Sie mich wissen, wie Sie über den Hausverkauf entscheiden, Madame.« Er wies ihr mit einer Handbewegung die Tür. »Morgen komme ich mit dem Vertreter eines Unternehmens für Haushaltsauflösungen. Danach werden Sie die Räumlichkeiten verlassen müssen, fürchte ich. *Bonne journée.*«

8

Deine Heimat, dein Haus

Ernestine eilte durch die Gruft des Entrées hinaus auf die Avenue Louise. Draußen auf dem Gehweg blieb sie stehen, um den Mantel zuzuknöpfen und einen Schnürsenkel neu zu binden. Sie merkte gar nicht, dass sie die Fußgängerfluten teilte, die sich vor und hinter ihr wieder schlossen. Hochhackige Stiefel und enge Jeans streiften sie, und gelegentlich traf sie die Ecke einer übergroßen Papiertüte von »Façonnable« oder »Olivier Strelli«.

Ein ungewöhnliches Geschenk … eine Villa in De Haan …

Doch das Haus war ein Trojanisches Pferd. Ernestine hatte es sofort gespürt: Dieses Geschenk war randvoll mit Betrug und List. Offenbar hatten alle außer ihr ein großes Interesse daran, dass sie es sofort verkaufte.

Sie ließ sich noch eine Weile von der Strömung der Passanten herumstoßen. Überall glaubte sie Harry Bishops Spanielgesicht zu sehen, das ihr aus der Menge traurig zugrinste, als wollte er ihr sagen, dass seine Angelegenheiten alles andere als geregelt seien. Ernestine lehnte sich an die Wand von Boondaels Gebäude und las noch einmal Harrys Brief.

Vielleicht wollte ich Ihnen helfen. Aber ich wollte mich auch aus einer zunehmend verzweifelten Lage befreien.

Auf jeden Fall war es ungewöhnlich, einer Hausangestellten einen Anteil an einer exklusiven Immobilie zu schenken.

Harry hatte geschrieben, er habe es ihr sagen wollen.

Ernestine starrte überwältigt auf seinen Brief. Doch bald ging ihr auf, wie feige sich Harry damit verhalten hatte.

Ich hatte nicht den Mut, mit Ihnen direkt über dieses Geschenk zu sprechen.

Warum nicht? Fürchtete Harry, sie könne mehr über den Besitz herausfinden, als sie sollte? Er hatte kurz vor dem Ruin gestanden. Er wollte sich aus Marshalls Machenschaften zurückziehen, und als einzige Lösung war ihm eingefallen, sein Päckchen anderen aufzubürden. Wer war dafür besser geeignet als eine einfache, schwer arbeitende Hausangestellte? Sie würde keine Fragen stellen. Und froh sein, das Geschenk für einen lächerlichen Preis verkaufen zu können. Marshall würde den Besitz am Hals haben und Harry Insolvenz anmelden können.

Ernestine stopfte den Brief in ihre Tasche. Sie wappnete sich innerlich für den Besuch in De Haan.

Was würde Marshall sagen, wenn er erführe, dass sie nicht verkaufen wollte, dass sie sogar beschlossen hatte, die Villa in Augenschein zu nehmen? Beim bloßen Gedanken an Marshalls Drohung am Morgen nach Harrys Tod wurden ihre Hände schon wieder kalt.

Ich stehe Marshall direkt im Weg.

Sie fröstelte bei diesem Gedanken und holte ihr Handy aus der Tasche. »Nelly?«

»Nesty?«

»Störe ich?«

»Kein Problem, gerade ist ein Kunde rausgegangen.«

»Nelly, ich war gerade bei Boondael.«

»Ach ja?«

»Du wirst nicht glauben, was er mir zu sagen hatte! Nelly, hörst du zu?«

»Ja.«

»Also, Harry und Marshall besaßen gemeinsam eine Villa an der Küste. Eine *Villa!* In De Haan. Und auch noch in den Dünen.«

»Wirklich?«

»Ja. Stell dir das mal vor! Aber das ist noch nicht alles.« Ein Krankenwagen heulte vorbei, und Ernestine drückte das Handy ans Ohr. »Nelly? Bist du noch dran?«

Nelly brauchte ein paar Sekunden, bis sie sagte, Ja, sie sei noch dran, aber doch ziemlich *occupée*. Es klang distanziert und verwirrt.

»Nelly, Harry hat mir einen Anteil an einer Villa in De Haan übertragen. Die Hälfte. Als Geschenk! *Zut!* Hörst du wirklich zu?«

»Vielleicht können wir drüber sprechen, wenn ich nicht so viel um die Ohren habe«, sagte Nelly kühl. »Ich ruf dich heute Abend an.«

»Oh. Ja, ist in Ordnung.« Ernestine war verwirrt. Wie seltsam! Was war mit Nelly los?

»Ich muss jetzt aufhören, Nesty. Gerade ist ein Kunde gekommen.«

Die Verbindung wurde abgebrochen. Ernestine steckte das Handy wieder ein. *Incroyable*. Nelly musste bis zum Hals in einer Kundenmenge gesteckt haben, um über so etwas nicht sprechen zu wollen.

Sie beschloss, zu Fuß in die Avenue Alphonse XIII zurückzukehren. Die Bewegung würde ihr guttun. Sie hatte die Villa mehrere Tage lang nicht verlassen, sie war die ganze Zeit damit beschäftigt gewesen, das Haus gründlich sauberzumachen, als Vorbereitung für die Versteigerung Harrys kleinere Dekorationsgegenstände auf den Tischen zu arrangieren, die Schränke auszuräumen und seine Kleidungsstücke zusammenzupacken. Außerdem musste sie ständig Anrufe aus der Botschaft entgegennehmen und diplomatische Angestellte niederen Rangs hereinlassen, die alles zusammensuchten, was Harry an dienstlichen Dokumenten mit nach Hause genommen hatte.

Walter Goossens hatte in einer rührend altmodischen Geste Blumen geschickt und danach spätabends eine Karte in den

Briefkasten geworfen, ohne zu klingeln. Zudem hatte er angerufen und Ernestine gesagt, seine Mutter würde gern mit ihr über eine Putzstelle sprechen.

Das war doch immerhin schon etwas: hinter Walters Mutter herzuputzen.

Ernestine überlegte, dass sie bis nach Hause etwa eine Dreiviertelstunde brauchen würde. Sie trug ihre besten Straßenschuhe; es war ein heller, trockener Herbsttag. Doch so aufmunternd das Wetter war, es war ihr schwer ums Herz.

Deine Heimat, dein Haus … Wie so oft, bot Homer ein tröstliches Wort.

Deine Heimat, dein Haus … Odysseus hatte sich vierundzwanzig Jahre lang danach gesehnt. Und wo genau war Ernestines Heim? Harrys Haus würde ihr nicht mehr lange eine Heimstatt bieten.

Sie schritt zügig die Avenue Louise hinunter und kam in ihr altes Viertel. Fußgänger wichen zu den Seiten aus, erstaunt und empört zugleich, denn wenn Ernestine einmal in Schwung war, wurde sie zu einer unaufhaltbaren Kraft. Ihre Größe, ihr Haar, das solide Schuhwerk und die weite Kleidung gaben ihr das Aussehen einer stämmigen Fee. Wenn sie einen höheren Gang eingelegt hatte, war sie unübersehbar.

Heimat … War das noch die kleine Wohnung in der Rue du Bailli, wo sie aufgewachsen war? Wie sollte das nach so vielen Jahren noch möglich sein? Sie war schon ewig nicht mehr an der Metzgerei vorbeigekommen.

Doch heute zog es sie aus irgendeinem Grund zu dem Geschäft.

Ihr Herzschlag beschleunigte sich, als sie näher kam. Ihr Gang passte sich an das gewohnte Kopfsteinpflaster an. Sie warf nur einen scheuen Blick hinüber: *Boucherie Ronny.* Der Name »Patrick« war natürlich längst entfernt worden, und trotzdem war es immer noch ein Schock. Sie verlangsamte den Schritt nicht, sie wandte auch den Kopf nicht noch einmal um. Das Bild ihres Vaters, wie er mit schwimmenden Augen aus dem Fenster starrte, war so lebendig, dass sie fürchtete, er könne noch dort sein, träumerisch über seinen Hackklotz gebeugt.

Sie eilte weiter. So viel war sicher: Dies war keine heimische Erde mehr.

Ernestine lief weiter, bis sie zu den verschlafenen Straßen und den versteckten Parks in der Nähe ihrer früheren Schule kam. Sie schaute zu der verwirrenden architektonischen Vielfalt auf: verschlungene Eisenarbeiten, fein ausgearbeitete Friese, Simse und Reliefs.

Heimat …

Sie richtete sich energisch auf. Sehr bald würde wieder die Dachwohnung in der Rue Faider ihr Heim sein: ein zugiger Raum mit einer Kochecke und drei undichten Dachfenstern. Kein Wunder, dass Dr. Dieudonné in den vier Jahren seit ihrem Auszug keinen anderen Mieter gefunden hatte. Homers *Heimat* in dieser Dachkammer? Irgendwie nicht sehr überzeugend.

Vielleicht war die Heimat gar kein Ort, dachte sie, vielleicht war sie in ihrem besten Sinne eine Gemütsverfassung. Wenn man aus irgendwelchen Gründen nicht an dem Ort sein kann, an dem man am liebsten wäre, muss man sich einen anderen Hafen suchen. Und wenn man diesen Hafen nicht in sich selbst findet, endete man wie Papa – oder auch Odysseus – in einem selbsterschaffenen seltsamen Land, den Blick ins Jenseits gerichtet.

… und er sehnt sich umsonst nach seiner heimischen Insel;
Denn es gebricht ihm … an Ruderschiffen und Männern,
Über den weiten Rücken des Meeres ihn zu geleiten.

Diese Zeilen hätten Patrick gelten können.

Dies würde ihre letzte Nacht in Harrys Haus sein. Es war noch so viel zu tun – sie würde sicher kaum zum Schlafen kommen.

Dr. Dieudonné war damit einverstanden gewesen, dass sie schon am nächsten Tag in die Mansarde einzog. Nelly, die nach Ernestines sensationeller Mitteilung über De Haan immer noch recht distanziert war, hatte einen Lieferwagen aufgetrieben, der normalerweise zwei Kontrabässe durch Brüssel transportierte, und zusätzlich die beiden Kontrabassisten, die Ernestines Habe in die Rue Faider schaffen sollten. Dafür hatte Nelly jedem der beiden ausgezehrten Musiker eine Ein-Kilo-Schachtel Pralinen und eine bescheidene Geldvergütung versprochen.

Ernestine wanderte den ganzen Abend durch Harrys Villa. Alles war so unsicher. Die Stille in den Fluren und den verlassenen Zimmern lastete auf ihr, und sie wurde von Erinnerungen bedrängt: Harrys Partys und der Stolz, mit dem sie ihre speziellen Häppchen und Obstcocktails servierte, die tägliche Befriedigung, wenn sie das Haus in Ordnung gebracht hatte, die Abende, an denen sie sich mit einer Tasse Erdbeertee in ihre Höhle zurückzog, sich ein Buch aus Patricks Bibliothek aussuchte und eine Brahms-Symphonie auflegte.

Würde Dr. Dieudonnés eisiger Horst je damit konkurrieren können?

Lange nach Mitternacht, nachdem sie alles gepackt hatte, machte sie sich zum letzten Mal einen Erdbeertee. Die große Diele sah bereits aus wie eine Abflughalle: elf Kartons voller Bücher, zwei Koffer, der aufgerollte Pfauenteppich, Waschzeug und die Spiegel-Kommode, die früher in Patricks Schlafzimmer über dem Geschäft gestanden hatte. Sie wollte Boondael am nächsten Tag um das abgestoßene Metallbett und den – ebenfalls nicht mehr neuen – Resopaltisch mit den beiden passenden Stühlen aus der Waschküche bitten. Schließlich war Dr. Dieudonnés Dachkammer nicht möbliert.

Ernestine ging noch einmal in die Bibliothek. Sie stellte den Tee auf den Flügel und versuchte, den Bücherschrein nicht anzuschauen. Sie verzweifelte fast bei dem Gedanken, dass all diese

Bücher am Tag darauf rücksichtslos aus den Regalen gerissen und verpackt werden würden, um dann vermutlich nie wieder im selben Regal zu stehen. Wie viele Wörter wohl in Harrys Bibliothek standen? Wie seltsam: eine so hohe Zahl, dabei waren manchmal nur einige wenige nötig. Mut. Liebe. Musik. Ach ja: und Heimat.

Sie legte Balthasars CD noch einmal auf. Dieses Mal setzte sie sich auf die Klavierbank und hörte die gesamte Cello-Suite in D-Dur von Bach. Als die Sarabande begann, kam sie ihr vor wie ein alter Freund, so vertraut war ihr der federnde Rhythmus.

Sie überlegte, wie sperrig Harrys Cello gewesen war, als es gegen ihre Beine schlug, und wie unirdisch dagegen Balthasars Klang, den er direkt aus der Luft zu ziehen schien. *Seelöwen,* dachte sie auf einem dieser abstrusen geistigen Nebenpfade. Ja, an Land sind Seelöwen die unbeholfensten Geschöpfe überhaupt. Aber sobald sie im Wasser sind, werden sie schwerelos und durchschneiden das Wasser so glatt wie ein scharfes Messer das Fleisch.

Ernestine schloss die Augen und versuchte sich Balthasar an seinem Instrument vorzustellen. Obwohl sie ihn noch nie gesehen hatte, konnte sie hören, wie das gewichtige Instrument unter seinen Händen leicht und anmutig wurde und wie der Bogen, ein einfacher Holzstock mit Rosshaarbespannung, lebhaft über die Saiten tanzte. Je länger sie zuhörte, desto mehr traten ihre Jahre als Harrys Haushälterin zurück in ihre unspektakuläre lange Geschichte. Wieder versuchte sie das Bild des Magiers, der diese Musik erklingen ließ, zu beschwören. Doch ihr Geist brachte nur den Anblick Harrys am Cello zustande, unbeholfen und erdenschwer, ein für immer gestrandeter Seelöwe.

Das Telefon auf Harrys Schreibtisch riss Ernestine aus ihren Träumereien. Sie stellte den CD-Player aus und nahm ab.

»Ja, Nelly?« Sie war sicher, dass es ihre Freundin war.

»Oh, *hello.* Ist dort Ernestine Vandermeer?« Eine Frau mit englischem Akzent.

»*Yes, speaking.*«

»Ja, also, hier spricht Sheila Martin. Ich weiß nicht, ob Sie sich erinnern. Professor Balthasars Köchin. Villa Tosca. Boitsfort. Das Cello.«

Ernestine fürchtete eine noch längere Liste von Stichwörtern und schickte sich an, die Köchin höflich zu unterbrechen. Zumal der bloße Klang dieser Stimme jedes feuchte Gartendetail der Villa Tosca vor ihr auferstehen ließ.

»Natürlich erinnere ich mich«, erwiderte sie.

»Sehr schön. Der Grund für meinen Anruf ist, dass wir, wie ich Ihnen schon sagte, hier im Augenblick keine Putzfrau haben. Ich habe den Professor darauf angesprochen und Ihre Erfahrungen als Haushälterin erwähnt, und er wüsste nun gern, ob Sie Lust hätten, ein paar Tage pro Woche bei uns zu arbeiten – wenn Sie nicht anderweitig verpflichtet sind, natürlich.«

Das Telefon verstummte. Sheila schien die dringend nötige Luft zu holen.

Das Angebot raubte auch Ernestine den Atem. »Guter Gott«, murmelte sie nur und: »Wie nett, dass Sie an mich gedacht haben.« Innerlich schrie sie: *Sébastien Balthasar!*

Sie warf einen Blick auf den CD-Player, so ein banales technisches Gerät und dennoch imstande, das göttlichste aller Elemente einzufangen – ob sie dieses Element wohl in der Villa Tosca ohne technische Geräte würde hören können?

»Nun, dann ist ja alles in Ordnung«, sagte Sheila. »Könnten Sie am Freitag vorbeikommen, damit ich Ihnen alles erkläre?«

»Ja, natürlich!«, antwortete Ernestine. *Freitag* … übermorgen. Sie strich mit der Hand über eine staubige Stelle auf Harrys Schreibtisch und dachte plötzlich an das, was sie morgen erwartete: Sie würde ihre elf Bücherkartons, Papas Plattenspieler, den Pfauenteppich und die beiden Koffer auf Harrys Gartenweg stellen und seine Haustür zum letzten Mal hinter sich schließen. »Würde Ihnen neun Uhr passen?«, fragte sie. »Oder ist das zu früh für Professor Balthasar?«

»Neun Uhr!«, rief Sheila barsch. »Gütiger Himmel! Normalerweise beginnen die Reinigungsleute hier um halb acht. Der Professor hat mit Haushaltsangelegenheiten nichts zu tun. Ich bin diejenige, die Ihnen dann das Haus zeigt.«

»Ach so, natürlich. Tut mir leid. Halb acht ist sehr gut …«, stammelte Ernestine, doch Sheila unterbrach sie. »Das wäre also abgemacht. Bis Freitag.« Und schon hatte sie aufgelegt.

Ernestine legte langsam den Hörer ab. Das Herz trommelte ihr in den Ohren. Sie stellte den CD-Player wieder an.

Sébastien Balthasar!

Sie ging in der Bibliothek auf und ab, sie konnte einfach nicht stillsitzen. *Vielleicht begegne ich dem großen Künstler persönlich!* Fröhlich ließ sie ihrer Phantasie freien Lauf. Am fernsten lagen ihr dabei die Tätigkeiten, die sie tatsächlich würde ausüben müssen: schrubben, wischen, moppen, Staub wischen. Verben spielten in ihrer Art Berufstätigkeit eigentlich die Hauptrolle, aber im Augenblick wurden sie alle von den Substantiven »Musik« und »Cello« übertrumpft.

In ihrer Aufregung hatte sie völlig vergessen, dass Nelly zurückrufen wollte, um mit ihr über Harrys außergewöhnliches Geschenk zu sprechen.

Der kleine weiße Lieferwagen des Entrümplers kam am nächsten Morgen um kurz nach acht.

Ernestine öffnete die Tür und stand vor einem Kerl von einem Mann mit dünnem Schnurrbart. Es war ihr sofort klar, dass er für Harrys Habe wahrscheinlich Schleuderpreise aushandeln würde.

In spöttischer Überraschung hob er die Schultern. *»Madame n'est pas à la maison?«* In seinem Mundwinkel steckte ein Zigarrenstummel, dessen Geruch die Halle schon durchzog, noch bevor er eingetreten war. Er trug ein beiges Tweedjackett und eine billige Plastikimitation von Slippern.

»Doch, Madame ist zu Hause.« Ernestine lächelte schief. Und an diesem Tag, und nur an diesem, war sie versucht hinzuzufügen: »Sie ist genau hier, vor Ihren Augen.«

Der Mann ließ seinen Blick über ihr graues Kittelkleid und die fleckige Schürze wandern und sagte nichts.

»Ist Monsieur Boondael schon da?«

»Er ist in der Bibliothek. Hier entlang, bitte.«

Sie führte den Mann zu der zweiflügligen Eichentür. Sie stand offen, die Schreibtischlampe warf gedämpftes Licht auf das Mahagoniregal, das wie der Rumpf eines Geisterschiffs aus dem Dunkel ragte.

Hugues Boondael stand vor der Bücherwand, er zeigte mit seinem Stift auf verschiedene Bände, als wolle er sie zählen, und schrieb dann etwas in sein Notizbuch. Ernestine sah gleich, dass seine Fliege auch so früh am Morgen perfekt saß.

»*Salut,* Hugues«, sagte der Entrümpler, als er mit ausgestreckter Hand in die Bibliothek kam.

»Bastien, *Bonjour!* Wie geht's dir?«

Die kennen sich gut, vermerkte Ernestine still und fragte sich, ob das einem fairen Umgang mit Harrys Eigentum zuträglich war.

Die Männer plauderten ein paar Minuten freundschaftlich, der eine größer und mit sorgfältig gestutztem Schnurrbart, der andere kleiner mit dünnem Oberlippenbärtchen. Beide mit rasch taxierenden Blicken und spitzen Slippern.

Ernestine blickte über die Männerköpfe hinweg auf diesen Schatz, der bald für immer dahin sein würde. Traurig glitt ihr Blick zu den oberen Borden, wo sie am meisten »Staub gewischt« hatte. Sie sah auf den roten Buchrücken, der so munter aus den nüchternen Gefährten herausstach. Ohne es zu merken, presste Ernestine ihre Handfläche an die Wange, um sich an das kühle, butterweiche Kalbsleder zu erinnern. Ein weniger pflichtbewusstes Dienstmädchen hätte sich in der Nacht zuvor in die Bibliothek geschlichen und wäre auf die Leiter geklettert, um diesen

Schatz zu bergen. Wer würde in dieser grandiosen Bibliothek einen einzelnen Band vermissen? Niemand. Aber natürlich war Ernestine kein solches Dienstmädchen. Daran konnte auch Homer nichts ändern.

Boondael wandte sich abrupt zu ihr um. »Sie haben doch sicher noch viel zu tun, um das Haus in Ordnung zu bringen, Madame.«

»Ich habe das Haus gestern Abend in Ordnung gebracht, Monsieur.«

»Ach so. Dann könnten Sie uns vielleicht einen Kaffee kochen. Es sieht so aus, als wären wir schon allein mit der Bibliothek einige Stunden beschäftigt. Wir trinken ihn beide stark, schwarz und mit zwei Stückchen Zucker.«

Ich stehe nicht mehr in Harry Bishops Diensten, Sie opportunistische Rotznase! Das hätte Ernestine gern gesagt. Stattdessen machte sie sich mit einem »Ich denke, das lässt sich machen, Monsieur« zur Küche auf.

Den ganzen Tag über folgte sie den Hyänen von einem Raum in den anderen und hörte ihre Urteile. Beide waren mit Notizbuch und Stift bewaffnet, und beide konnten ihren Eifer kaum verhehlen, als sie die Vasen, die Intarsien-Tische, die Kandelaber und Teppiche taxierten: Harry hatte einfach den Inhalt seines Hauses in Georgetown zusammenpacken und nach Brüssel schaffen lassen. Wenn Ernestine ans Telefon gehen, Kaffee kochen oder die leichteren Gegenstände zum sofortigen Abtransport in die Halle bringen musste, brauchte sie anschließend nur dem Zigarrengestank zu folgen, um die beiden Männer wiederzufinden.

Nelly kam um halb sechs, flankiert von zwei schmächtigen jungen Männern mit ausdrucksvollen Augen. »Das sind die Musiker, von denen ich dir erzählt habe, Nesty.« Nelly gab ihr ein kleines Wangenküsschen. »Sie helfen dir tragen.«

Ernestine betrachtete die kränklich wirkenden jungen Männer.

Ahnten sie etwas von den sechs Treppen, die sie in der Rue Faider würden bewältigen müssen? Unsicher deutete sie auf die bescheidene Ansammlung von Koffern und Kartons in einer Ecke der Halle. Neben Harrys Antiquitäten wirkten sie wie die Habe eines aufbruchsbereiten Flüchtlings.

»Sollen wir die Sachen einladen?«, fragte Nelly munter. Sie hatte sich für diese Gelegenheit in eine weite geblümte Hose und ein enges Sweatshirt geworfen. Den Lippenstift hatte sie so hastig aufgetragen, dass ihr Mund grotesk vergrößert wirkte.

Ernestine nickte und machte sich auf die Suche nach Boondael. Sie war immer noch nicht dazu gekommen, mit Nelly ausführlich über die überraschende Mitteilung des Notars zu sprechen, und dieses Thema lag unbehaglich in der Luft. Ernestine kannte Nelly besser als alle Bücher, die sie je gelesen hatte: Diese aufgesetzte Munterkeit verbarg irgendwelche Schwierigkeiten.

Sie fand Boondael im Salon, er saß neben dem Entrümpler auf einem blassgrünen Sofa. Sie hatten sich aus Harrys Barschrank bedient und plauderten nun über einem Gläschen Sherry.

Erschrocken über diesen Bruch der Etikette, blieb Ernestine in der Tür stehen.

»Monsieur, ich möchte Sie noch etwas fragen«, sagte sie.

Die Männer standen bei ihrem Eintritt nicht auf. Auch das war ein Verstoß gegen die Höflichkeitsregeln, denn Ernestine war jetzt nicht mehr Dienstmädchen, sondern Privatperson. Aber natürlich sahen die Männer sie immer noch als Bedienstete.

»*Oui?*« Boondael kniff misstrauisch die Augen zusammen.

Ernestine brachte den abgenutzten Tisch mit den beiden Stühlen aus der Waschküche und das alte Eisenbett aus dem Dienstbotenzimmer zur Sprache. Dann faltete sie die Hände und wartete mit gesenktem Kopf auf die Entscheidung.

Die Männer nippten weiter an Harrys Sherry.

»Hast du die Gegenstände geprüft, von denen sie spricht, Bastien?«, fragte Boondael.

»Ich weiß nicht.« Bastien sah von Boondael zu Ernestine und dann wieder zu Boondael. Eine etwas übertriebene Bedenkpause für diese wertlosen Einrichtungsgegenstände.

»Möchtest du sie noch mal anschauen?«, fragte Boondael ihn.

Sie nahmen noch ein Schlückchen.

Endlich hatten sie genug von diesem Machtspiel, nickten sich zu und gaben Ernestine großmütig ihre Erlaubnis.

Als der Lieferwagen der Musiker lostuckerte, war es schon dunkel. Einer der Kontrabassisten kauerte auf der Ladefläche zwischen den Kisten, der andere saß am Steuer, und die beiden Frauen hatten sich auf den Beifahrersitz gequetscht. Während sie über die Avenue Alphonse XIII davonfuhren, staunte Ernestine über die immer neuen Ironien des Schicksals. Wer zum Beispiel würde denken, dass diese Putzfrau mittleren Alters, pleite, arbeitslos und mit einer Stundenlohnerwartung von 7 Euro 50, eine halbe Villa in De Haan besitzen könnte?

Dr. Auguste Dieudonné lebte in einem alten Haus an dem leichten Knick der Rue Faider, bevor sie in die Chaussée de Charleroi mündet. Seine Arztpraxis, in der er eine Mischung orthodoxer, unorthodoxer und schlichtweg übernatürlicher Medizin praktizierte, zog den ganzen Tag und bis in die Nacht hinein Patienten an.

»Als ich zum ersten Mal hier wohnte, klingelten die Leute oft noch nach zehn Uhr abends«, erzählte Ernestine, als sie mit Nelly und den beiden Kontrabassisten vor der imposanten blauen Flügeltür wartete. Ihre paar Kubikmeter materieller Güter lagen in einem Haufen neben ihr.

»*Tiens, tiens.*« Nelly sah an der Fassade empor. »Die Leute kommen also noch nach zehn zu diesem Quacksalber?« Durch seine Lage an dem Straßenknick wirkte das Haus noch höher als seine vier Stockwerke. Der oberste Stock und das Dach schienen im Oktober-Abendhimmel zu verschwimmen.

»Er ist kein Quacksalber, Nelly. Überhaupt nicht. Die Leute gehen zu Dr. Dieudonné, weil er immer herausfindet, was ihnen wirklich fehlt. Und er kann auf mehreren Ebenen Heilmittel verschreiben. Gegen körperliche Leiden natürlich, aber auch gegen emotionale und spirituelle.«

»Hmpf. Woher weißt du das? Hat er dich schon mal von was geheilt?«

»Nein. Aber ich konnte es in seinen Augen sehen.« Ernestine seufzte auf. Ihr fehlten einfach die Worte, um Dr. Dieudonné zu beschreiben. Er praktizierte völlig isoliert, ein Paria unter seinen Kollegen. An der Wand hinter seinem Schreibtisch hingen astrologische Karten. Auf seinen Regalen drängten sich Bücher über Kräuterheilkunde, Musiktherapie, Bachblüten, die Schriften von Nicholas Culpeper und weitere Werke über Heilmethoden, die die meisten konventionellen Ärzte mieden wie die Pest – und sei es nur, damit ihre eigenen Irrtümer nicht auffielen.

Dr. Dieudonné trug die dickste Brille, die Ernestine je gesehen hatte, wahre Vergrößerungsgläser, hinter denen sich die Augen unabhängig voneinander bewegten. Eins war immer auf irgendeinen Punkt über ihrer linken Schulter gerichtet, während das andere ihren Blick durch das wellige Prisma auffing. Es kam ihr dann vor wie ein seltenes Unterwasserwesen, das plötzlich schemenhaft auftaucht. Doch aus diesem einen gesunden Auge sprachen so viel Verstand und Intuition, wie man sie sonst nur bei Gurus vermutet – oder vielleicht in einer sehr alten, hinter Glas gefangenen Seele.

»Bitte wartet hier einen Augenblick bei meinen Sachen«, bat Ernestine ihren kleinen Möbelpacker-Trupp.

Sie klingelte. Der Öffner summte sofort, und sie drückte eine der schweren blauen Türen auf. Das alte Holz schrammte immer noch so über die Marmorplatten des Eingangs wie schon seit Jahrzehnten. Sie trat ein, die Tür schloss sich mit dem weichen, hohlen Dröhnen einer Kirchentür. Dieses Geräusch hatte sie immer geliebt. Wenn sie erschöpft und mit schmerzenden Gelenken vom Putzen heimgekommen war, hatte es sie in seine Stille gehüllt. Dann konnten sie nicht einmal die sechs Treppen bis zum Dachgeschoss schrecken. Sie hatte einfach diese beruhigende Stille um sich gerafft und war dann mit ihrem Bissell in der Hand die Treppe hinaufgegangen, immer weiter …

Jetzt waren die Treppen schon erschreckender. Sie war immerhin über fünfzig. Diese Tatsache konnte keine himmlische Stille verbergen, und heute hatte sie nicht nur einen Bissell zu tragen.

Zwei Patienten saßen in dem kühlen Flur, der als Wartezimmer diente. Sie waren in ein gedämpftes Gespräch vertieft und warfen hin und wieder ehrfürchtige Blicke auf die weiße Doppeltür, die zur eigentlichen Praxis führte. Eine der Türen öffnete sich, und sie verstummten. Sprachen jedoch weiter, als eine junge Arzthelferin erschien und Ernestine begrüßte.

»Madame Vandermeer? Hier sind die Schlüssel zur Mansardenwohnung. Der Doktor sagte, die Bedingungen seien ja klar abgesprochen, daher brauche er dieses Mal keinen Vertrag. Sie möchten nur ein paar Wochen vorher Bescheid sagen, wenn Sie ausziehen wollen.«

Ernestine dankte der jungen Frau und nahm die Schlüssel. Ja, dieses Mal waren die Bedingungen klar: Dankenswerterweise brauchte sie keine Miete zu zahlen. Doch für dieses Privileg musste sie zwei Mal in der Woche das Treppenhaus, die Eingangshalle und die beiden Praxisräume putzen. Für einen Nichteingeweihten vielleicht eine bescheidene Gegenleistung für eine Mansarde. Mit diesem Begriff sind ja romantische Vorstellungen von lichtdurchfluteten Räumen, nachmittäglichen Schäferstündchen und billigem Rotwein verbunden.

Dieudonnés Dachwohnung hatte mit diesem Idyll jedoch wenig zu tun: rohe Dachbalken und nackte Dielenbretter; als Küche nur ein Spülbecken, zwei elektrische Kochplatten und ein winziger Kühlschrank. Toilette und Dusche waren hinter einer Pressspanwand in einer Ecke. Von einem Dachbalken hing eine einzige grünlich glimmende Energiesparbirne. Die drei Dachfenster ließen lediglich schmale Lichtstreifen herein und schenkten einem nur selten den Anblick eines vorbeifliegenden Vogels.

Dennoch hatte die Wohnung auch ihre Reize. Wenn sich Ernestine auf einen Stuhl stellte, konnte sie ein Dachfensterchen öffnen, sich hinauslehnen und die untergehende Sonne betrachten. Und die Aussicht war wirklich der Mühe wert, denn die Dächer des alten Brüssel konnten leicht mit denen der eitlen, koketten Cousine Paris mithalten. Brüssel hatte die schlampige Anmut einer alternden Schönheit, die in ihrem Morgenmantel durch den Park spaziert. Und die Stadt schien es zu wissen, was seltsamerweise das Charmanteste daran war. Ernestine liebte den Nordseedunst, der Paris fehlte – das nahm sie jedenfalls an, denn sie war nie dort gewesen. Nichts vermochte die gedämpften, beseelten Dämmerungen ihrer Geburtsstadt zu übertreffen, wenn der Himmel bei Einbruch der Dunkelheit plötzlich aufriss, sich zwischen den Wolken Spalten auftaten, tief und leuchtend wie verlockende Wege in andere Reiche. Patrick Vandermeer hatte alles über diese Pfade gewusst, wenn er auch nie die richtigen Worte gefunden hatte, um seiner Tochter davon zu erzählen. In Dr. Dieudonnés Dachkammer hatte Ernestine die Geisterpfade ihres Vaters selbst entdeckt.

»Himmel, ist das schwer«, schnaubte einer der Kontrabassisten im Treppenhaus. Er hatte den Bücherkarton auf dem Geländer abgestellt. Sein magerer Körper war eigentlich nur ein Kleiderständer, doch als Ernestine sah, dass seine gekrümmten langen Finger die Kiste fest umfasst hielten, konnte sie sich gut vorstellen, wie sich diese Finger um das riesige Griffbrett eines Kontrabasses legten.

Sie eilte hinunter, um ihm zu helfen. Sie war selbst mehrmals den ganzen Weg hinaufgelaufen, von einer Treppenflucht zur anderen, und jede war schmutziger, muffiger und feuchter als die vorige. »Geben Sie ihn mir. Wie viele Kartons sind noch übrig?«

»Sieben!«, schrie Nelly von einem tieferen Treppenabsatz. Sie umrundete den letzten Bogen des Treppengeländers, den anderen jungen Mann im Schlepptau. »Nur noch ein paarmal rauf und runter, wenn wir uns alle ins Zeug legen.« Sie war schon völlig außer Atem. Ernestine schalt sie, weil sie ihre üblichen hochhackigen Schuhe trug. »Die Möbel sind schon alle oben«, keuchte Nelly. »Fehlen nur noch diese verdammten Bücher. Ehrlich, Nesty, allmählich müsstest du sie doch alle gelesen haben. Du hättest sie verkaufen und ein bisschen Geld machen können.«

»Man gibt Bücher nicht fort, bloß weil man sie gelesen hat«, sagte Ernestine barsch. »Und außerdem ist Geld nicht alles.« Die letzte Bemerkung bereute sie sofort. Es gab Momente im Leben, in denen auch der unverbesserlichste Ästhet ein wenig Bares brauchen konnte. Jetzt zum Beispiel.

An ihrem ersten Abend in der Rue Faider kam von irgendwoher ein Sturm auf. Draußen brodelte und schüttelte es. Lose Gegenstände hoben ab und streiften die unteren Fenster. Blätter, Zweige und Papierschnipsel tanzten wild von einer Straße zur anderen, ohne den Boden auch nur zu berühren. Das Zittern der Dachfenster in ihren Rahmen klang wie Zähneklappern. Das Geräusch mischte sich mit dem Rumpeln der Straßenbahnen auf der Chaussée und den Geräuschen des abendlichen Zulaufs der Arztpraxis unten, wo die große Haustür bei jedem Ein und Aus quietschte und dröhnte, quietschte und dröhnte.

November. Morgennebel, frühe Abenddämmerung, dampfende Wildgerichte in den Restaurants, lange Spaziergänge durch die feuchte Luft … Alles Dinge, die Ernestine sonst mit erwartungsvoller Freude erfüllten. Doch die Dachstube schien völlig hoffnungsleer.

Sie rollte sich auf dem Bett zusammen und verschaffte sich einen Überblick über ihr Leben: ein paar Bücherkisten, zwei Koffer, ein Plattenspieler. Nelly hatte den Tisch mit den beiden Stühlen unter ein Dachfenster gerückt, zum Essen bereit, wenn man sein Abendessen gern im Licht einiger weniger Lumen und in Gesellschaft eines Gespenstes auf dem abgestoßenen Stuhl gegenüber einnahm.

Ernestine belegte ein Sandwich mit dem aus Harrys Kühlschrank geborgenen Schinken und Käse und braute sich einen Erdbeertee. Sie öffnete einen Bücherkarton nach dem anderen, bis sie endlich ganz unten im fünften fand, was sie suchte. Der rehbraune Einband ohne Schutzumschlag nahm ihr fast den Atem. Sie schlug das Vorsatzblatt auf, und plötzlich stiegen ihr schmerzhaft die Tränen in die Augen.

Für meine liebe Ernestine
Mögest Du Deine eigene magische Odyssee finden, auch wenn Du Ithaka nie verlässt.
Dein Dich liebender Papa

Ja, sie hatte sich tatsächlich auf eine neue Odyssee begeben. Ob es eine noblere Reise sein würde als mit Harry Bishop oder ob sie sie in weit felsigere und turbulentere Gewässer führen würde, blieb abzuwarten.

Lächelnd blätterte sie durch das Buch. Noch bevor sie lesen konnte, hatte ihr Patrick fast alle Epen Homers auf Englisch vorgelesen. Mit sieben konnte sie die Geschichte, wie der Kyklop Odysseus' Männer verschlingt, auswendig erzählen, und sie fürchtete sich vor Charybdis, die dunkles Wasser in ihre Höhle saugte. Die Geschichten hatten sie mit einem elektrisierenden Gefühl der Unbesiegbarkeit erfüllt, als könne sie aus der Metzgerei treten und das Schicksal mit bloßen Händen bezwingen. »Keine Angst, meine grauäugige Athene«, pflegte Patrick sie zu ermuntern, wenn er seine Kotelettstränge wog. »Scheue das Wagnis nicht!« Es klang ein wenig reumütig, so als habe es ihm selbst manchmal am Wagemut gefehlt, und auch drängend, als versuche er ihr zu sagen, dass jedes noch so gefahrvolle Leben besser sei als eins, das aus Fleischhacken bestehe.

Eine Bö ließ Regen auf die Dachfenster prasseln. Ernestine kletterte auf einen Küchenstuhl und öffnete einen Fensterriegel. Eine Taube, die dösend daneben gesessen hatte, flatterte auf. Ernestine atmete tief und voller Befriedigung ein. Der Flickenteppich der roten, grauen und schwarzen Dächer hatte sich in all den Jahren nicht verändert. Dagegen wurden alle Kleinlich- und Ängstlichkeiten in den Straßen darunter bedeutungslos.

Das Licht war fast erloschen. Doch dann, als habe jemand noch einmal den Taktstock gehoben, um eine Coda erklingen zu lassen, brach der Himmel in kohlschwarze und ockerfarbene Flecken auf, die von hellblau flüssig leuchtenden Rändern gesäumt wurden. Ein unvergleichliches Schauspiel, und Ernestine blieb trotz der Kälte noch eine ganze Weile in ihrem Ausguck, um diese hellen Spalten im Himmel zu betrachten. Dann spürte sie wieder, wie die Luft neben ihr dichter zu werden schien. Wie ein Gefühl von Frieden auf sie herabsank. Sie sah sich um, ließ den Blick über die schartigen Dachziegel, die Regenrinnen, die beiden über Futter nachsinnenden Tauben auf dem Kamin des Nachbarhauses schweifen. Irrte sie sich? Sie schloss die Augen und wusste es sicher: Es war Patrick, der seine blassblaue Welt verlassen hatte und bei ihr vorbeischaute.

9

Die verbotene Treppe

Der heftige Wind blies noch einen weiteren Tag und hinterließ eisigen Dunst. An dem Tag, an dem sie in der Villa Tosca anfangen sollte, wachte Ernestine früh auf. Sie kletterte auf einen Küchenstuhl, öffnete ein Dachfenster, was die Tauben vertrieb, und betrachtete den dunstigen Himmel. Dieses Ritual hatte sie sich in der Vor-Harry-Ära jeden Morgen gegönnt, und nun nahm sie es wieder auf. Die Tauben würden sich allerdings erst daran gewöhnen müssen. Es war ja eine neue Generation. Ihre Vorfahren hatten Monate gebraucht, um zu begreifen, dass Ernestine sowohl Schrecken als auch Futter verbreiten konnte.

Sie zog ihr sauberstes graues Kittelkleid an, eine weiße Schürze, dicke Strümpfe und verlässliche Laufschuhe und nahm dann unten an der Avenue Louise eine frühe Straßenbahn. Es war höchste Zeit gewesen, wieder ihren Wintermantel anzuziehen, einen dunkelgrünen verschlissenen Lodenmantel mit Hornknöpfen und Kapuze, den Patrick sich etwa ein Jahr vor seinem Tod gekauft hatte. Der Mantel war breit, formlos, geräumig und bei ihr etwa knielang – eher eine Behausung als ein Kleidungsstück.

Ernestine hatte auch ihre überdimensionierte Tasche dabei. Sie war sehr anspruchsvoll, was das Wie und Womit ihres Putzens anging. Die Tasche enthielt nicht nur ihr berufliches Handwerkszeug, sondern auch einige andere Hilfsmittel für etwaige Bedarfsfälle: Schraubenzieher, Taschenlampe, Batterien, Schweizer Armeemesser, ein kleines Vergrößerungsglas (um etwaigen Schimmelbefall zu erkennen) und ein spezielles Mikrofasertuch für feinste Staubwischarbeiten. Und natürlich war immer ein Buch für die langen Straßenbahn- und Busfahrten in der Tasche.

Zur Legendenbildung um eine gute Putzfrau gehört auch eine gewisse Diskretion über ihre Methoden. Um keinen Preis hätte Ernestine die Bestandteile ihrer selbstgemachten Reinigungsmittel verraten – etwa der Möbelpolitur, deren Rezept tief in der Küchenschublade versteckt war.

Ernestine hängte sich die Tasche über die Schulter und griff nach dem Bissell, um ihn die sechs Treppen nach unten zu tragen. Sie hatte nicht die geringsten Hemmungen, mit diesem Gerät quer durch die belgische Hauptstadt zu wandern. Mancher mochte zwar versucht sein, irgendwelche Kommentare abzugeben, kam bei näherer Betrachtung dieses seltsamen Urgetüms jedoch schnell wieder davon ab. Die schöne Form der mahagoniverkleideten Wölbung mit dem Metallrahmen zog immer die Aufmerksamkeit auf sich. Aber seine Bestimmung war nicht recht klar, und dass eine kleine grauhaarige Frau einfach so mit diesem Gerät in der Straßenbahn durch Brüssel fuhr, empfanden die meisten als Warnung. Wer wusste schon, wohin sie damit wollte – und was sie damit vorhatte? Besser, man fragte nicht.

Sie konnte sich gut an die schmale Straße erinnern, in die Walter von dem verkehrsreichen Kreisverkehr in Boitsfort abgebogen war. Aber sie hatte nicht bemerkt, wie lang und wie steil diese Straße war. Wenn man zu Fuß ging, sah eine Landschaft immer anders aus und fühlte sich auch anders an, das wusste sie als Nicht-Autofahrerin. Aber dennoch konnte man sich hinsichtlich der Entfernung und der Höhe eines Hügels irren. Der Dunst war in einen feinen Nieselregen übergegangen, und es war noch nicht hell, als sie die letzte Strecke über das Kopfsteinpflaster im Laufschritt zurücklegte. Sie hätte mehr Zeit einplanen sollen.

Ernestine klingelte am Tor der Villa Tosca und sah auf ihre Armbanduhr. 7 Uhr 36. Sie kam zu spät.

Aus der Gegensprechanlage drang keine Stimme, die rostigen

Torflügel öffneten sich nur, ganz wie bei ihrem ersten Besuch. Ernestine packte den Bissell und holte tief Luft.

Tropfnass von der Durchquerung des Pflanzendschungels erreichte sie das Haus.

»Wir fangen hier pünktlich an«, herrschte Sheila sie an, als sie die Tür öffnete. Und dann, mit einem Blick auf das Kehrgerät: »Was in aller Welt ist denn das?« Ohne die Antwort abzuwarten, verschwand sie in dem Korridor, der zur Küche führte, offensichtlich in der Annahme, Ernestine würde ihr schon folgen.

Durch die hohen Räume und Flure der Villa Tosca schwebte etwas gespenstisch Rätselhaftes. Ernestine folgte Sheila durch das Haus, pflichtbewusst mit zwei Schritten Abstand, und spürte die Atmosphäre der Zurückgezogenheit, die alles durchtränkte.

Die Führung durch die Köchin war eine eher flüchtige Unternehmung. Sie blieben nur wenige Minuten im Musikzimmer, wo Sheila Ernestine erklärte, welche Produkte sie beim Flügel nicht anwenden durfte. Ernestine, die bereits ein eigenes Geheimrezept für eine Klavierpolitur entwickelt hatte, kümmerte sich nicht um die Belehrungen und bewunderte stattdessen die Wand voller Bücher, Platten und Noten. Wieder bemerkte sie die alten Langspielplatten auf dem untersten Bord. Was hätte sie darum gegeben, sich Sébastien Balthasars Sammlung genauer anschauen zu dürfen!

»Die meisten hat er selbst aufgenommen«, sagte Sheila über die Schulter zurück, als sie das Musikzimmer verließen. »Kommen Sie! Ich habe nicht den ganzen Tag Zeit.«

Der Architekt der Villa Tosca hatte mit Glas aller Art experimentiert: facettiertes, buntes, mattiertes und welliges Glas. Als wäre er nach jahrelangem Wandern durch einen dichten, dunklen Wald auf eine Lichtung gekommen und hätte nun versucht, das einzufangen, was er am meisten vermisst hatte. Die Türen zum Musikzimmer bestanden ganz aus matten, perlmuttschimmernden Bleiglasscheiben, in die kleine violette und gelbe Rauten eingelassen waren. Das Licht hing an den Türen wie Gaze. Ernestine schloss sie hinter sich und merkte, dass man nicht wusste, woher genau das Licht kam.

Der Salon auf der anderen Seite leuchtete hinter Türen aus facettiertem Glas, und noch mehr facettiertes Glas trennte den Salon vom Esszimmer. In jeder Scheibe funkelten und blitzten Prismen und gaukelten einem Bewegung vor, wo gar keine war.

»Sie werden hier eine Menge Glas zu putzen haben.« Sheila lachte leise. »Sie müssen also aufpassen, dass Ihnen die Reinigungsmittel nicht ausgehen. Ich zeige Ihnen die Vorräte in der Speisekammer, wenn wir mit unserer Rundtour fertig sind.«

»Normalerweise bringe ich meine eigenen Reinigungsmittel mit«, sagte Ernestine.

Sheila legte den Kopf schief. »Tatsächlich? Nun, das bleibt Ihnen überlassen. Solange alles sauber wird.«

Der Salon war weitläufig und hatte zwei Erkerfenster mit Blick auf die Rasenflächen. Ohrensessel, Polsterhocker und pastellfarbene Sofas waren zu hübschen Gruppen angeordnet, dennoch wirkte der Raum erstarrt, als wäre er schon viele Jahre nicht mehr durch Gespräche und Gelächter belebt worden. Trotz der weiblichen Eleganz roch der Raum angenehm nach Holzfeuer und einem schwachen Eau de Cologne, als hätte kürzlich ein Mann hier seine Mußezeit verbracht. Ernestine sah die riesigen Orientteppiche und freute sich, dass sie ihren Bissell mitgebracht hatte.

Während des ganzen Rundgangs schien Sheila mehr darauf bedacht zu sein, Ernestine zu erklären, wohin sie nicht gehen und was sie nicht tun durfte, als was sie zu tun hatte. Als ob die Villa Tosca mit einer Reihe von Geheimcodes funktionierte, die man im Kopf behalten und anwenden musste, wenn man bleiben wollte.

Es gab viele verbotene Bereiche: verschiedene Räume im ersten und zweiten Stock, die die Köchin nicht öffnete. Es war nicht klar, ob sie als Schlafzimmer, Aufenthaltsräume, Badezimmer oder Abstellkammern dienten. Breite Fenstersitze mit Kissen luden auf jedem Treppenabsatz dazu ein, den Blick auf den Wald und den Garten zu genießen.

Sie erstiegen noch eine Reihe weiterer Eichenstufen und kamen am unteren Ende eines hellen Treppenaufgangs an. Oben war eine geschlossene weiße Tür. Aus einer unsichtbaren Quelle breitete blasses Licht einen Schleier über den Treppenaufgang. Staub schwebte wie ein Überbleibsel einer niedrigeren Kultur in der Luft. Ernestine wagte sich ein paar Stufen hinauf und erspähte ein Stockwerk höher ein Dachfenster, das mindestens viermal so groß war wie die Dachluken in der Rue Faider.

Sheila packte sie verärgert am Arm. »Weiter dürfen Sie nicht gehen.« Der raue Klang ihrer Stimme durchschnitt die dünne Luft. »Das ist das Dachstudio. Sie wischen die Treppe bis halb zu dieser Tür, aber Sie gehen unter keinen Umständen weiter. Und benutzen Sie keinen Staubsauger. Der ist zu laut.«

Ernestine starrte sie mit großen neugierigen Augen an. Sheila starrte achselzuckend zurück. »Ich habe die Regeln nicht aufgestellt. Aber Sie müssen sie befolgen. Ich habe es so verstanden, dass Sie von Dienstag bis Freitag kommen können?«

»Ja, das passt mir sehr gut. Aber warum nicht montags?«

»Das wollte der Professor nicht«, war Sheilas einzige Antwort. »Und jetzt gehen wir runter und trinken einen Tee.«

Die Küche im hinteren Teil erstreckte sich über die gesamte Hausbreite. Eine Steintreppe mit Balustraden führte von der Küchentür in den Garten. Die Herde und sonstigen Küchengeräte sowie die Arbeitsflächen befanden sich an der Wand zum Hausinnern, auf der Gartenseite vermittelte eine Fensterwand den Eindruck, man befände sich auf der Kommandobrücke eines Schiffs.

Allerdings versprach der Ausblick von der Kommandobrücke keine angenehme Fahrt. Die Wiesen wurden von einem vernachlässigten Obstgarten, einem Gemüsegarten mit schiefen Kaninchendrahtzäunen sowie von verschiedenen Stühlen verunstaltet, die, teils umgekippt, einsam unter Bäumen herumstanden. Der Rasen, der durch den Regen zu stark gewachsen war, glich ungenutztem Weideland. Der Sturm hatte das Laub von den Buchen und Eichen gerissen, und die Zedern und Kiefern beugten sich müde über die Wiesen.

Sheila machte Tee und begann Hähnchenbrüste für das Mittagessen zu enthäuten. Ernestine setzte sich auf einen Hocker an dem gescheuerten Holztresen und blickte hinaus auf das Winter-Stillleben. Ein angenehmer Platz: über die Außenwelt erhoben und von Licht und Wärme umgeben. Der Architekt hatte dafür gesorgt, dass seine meisterliche Begabung, das Licht einzufangen, selbst an einem trüben Tag – und davon gab es in Belgien reichlich – zur Geltung kam.

Ernestine fiel plötzlich eine Bewegung ins Auge: Ein schwarzer bleistiftdünner Schatten bewegte sich ruckartig neben einem großen Blätterhaufen ganz hinten im Garten. Ihre Tasse stockte auf halbem Weg zum Mund.

»Hier wohnen also nur Sie«, fragte sie im Plauderton, setzte die Tasse ab und betrachtete den dunstigen Waldrand. »Und natürlich der Professor.« Die Tasse war eine zierliche Royal Doulton mit Rosenmuster. Ein seltsamer Haushaltsgegenstand für einen zurückgezogen lebenden Junggesellen, wie sie fand.

Sheila blickte auf, an ihrer fettigen Hand hing ein Stück Hühnerhaut. »Haben Sie Arkadi entdeckt?«

»Wen?«

»Arkadi, den Gärtner. Er sollte heute Laub zusammenrechen, aber manchmal verschwindet er einfach und wandert durch den Wald.« Sie lachte kurz auf. »Arkadi spricht keine bekannte Sprache.«

Ernestine beugte sich vor und fokussierte ihren Blick auf den Laubhaufen. Die bleistiftdünne Gestalt tauchte wieder auf. Sie war völlig schwarz gekleidet und bewegte sich neben dem Haufen ruckartig vor und zurück. Aus der Ferne sah es aus wie irgendein Ritual. Plötzlich machte er ein paar ballettartige Sprünge – um sich aufzuwärmen, vermutete Ernestine, obwohl sie es für eine, milde gesagt, extreme Maßnahme hielt.

»Was ist denn seine Muttersprache?«, fragte sie.

»Russisch, nehme ich an. Arkadi ist ein russischer Name.« Sheila zog an einer weiteren Hühnerbrust. »Weiß der Himmel. Wir verständigen uns mit Handzeichen. Er hat sich nie die Mühe gemacht, Englisch oder Französisch zu lernen, ich glaube, er ist von der Ausbildung her Tänzer. Aber das ist lange her, er muss so auf die fünfzig zugehen.«

»Soll ich das für Sie machen?« Ernestine zeigte auf das Hähnchen. Sheilas Massaker ging gegen ihre Metzgerinstinkte. Die Köchin lehnte das Angebot jedoch beleidigt ab.

Ernestine wandte sich wieder dem Fenster zu. Arkadi war verschwunden. »Hmm«, sagte sie nachdenklich. »Eine englische Köchin, ein russischer Gärtner … Für einen Belgier hat Professor Balthasar einen reichlich exotischen Geschmack.«

Sheila knallte die Hühnerbrüste auf ein Backblech. »Nun, man könnte auch sagen, dass Sie exotisch sind, Mrs Vandermeer, wo Sie doch eine belgische Putzfrau und so sind. Wird diese Arbeit nicht normalerweise von Polinnen oder Portugiesinnen gemacht? Die hatten wir jedenfalls vorher. Ich hab noch nie von einer belgischen Putzfrau gehört.«

Ernestine lächelte, sie war nicht beleidigt. Sheila hatte ein Recht auf diese Revanche, nachdem ihr Hühnerhäuten so unhöflich in Frage gestellt worden war.

»Diese berühmten Musiker gehören eigentlich gar nicht in eine bestimmte Welt.« Sheila war offensichtlich von redseliger Natur. »Sie sind zu verwöhnt – und sie gehören zum Jetset. Sie hätten die Abendeinladungen erleben sollen, die die beiden hier früher gegeben haben.«

Ernestine drehte sich auf ihrem Hocker um. »Abendeinladungen?«, fragte sie. Und dann: »Die beiden?« Sie dachte an die verwaisten Möbel im Salon, an die umgekippten verlassenen Gartenstühle – der Gedanke an eine Abendeinladung lag wirklich fern.

Sheila stellte das Blech mit den Hähnchenbrüsten in den Kühlschrank und schlug die Tür zu. »Da haben wir's«, sagte sie resigniert. »Für mich ist es eben auch nicht immer einfach, mich an die Regeln zu halten. Ich soll überhaupt nicht über Professor Balthasar reden. Deshalb hat er mich eingestellt: wegen meiner Loyalität. Und ich nehme an, deshalb haben wir Arkadi eingestellt: weil er gar nicht redet.«

»Nun ja, eigentlich haben Sie ja nicht über Professor Balthasar gesprochen, oder?« Ernestine schenkte der Köchin noch eine Tasse aus der Royal Doulton-Kanne ein. »Sie erzählen mir nur, wer ›die beiden‹ sind!«

Sheila setzte sich auf den Hocker neben Ernestine und trank geräuschvoll einen Schluck Tee. Sie sah sich um und warf auch einen Blick auf die Küchentür, als könnte dort plötzlich Balthasar auftauchen.

»Gwendolyn Carr hat hier früher gewohnt.« Sheila hatte es halb geflüstert.

Ernestine stellte ihre Tasse scheppernd auf die Untertasse.

»Sie haben also schon von ihr gehört?«, fragte die Köchin.

»O ja, das habe ich.« Ernestine spürte, wie ihre Fingerspitzen kalt wurden, obwohl sie an der warmen Tasse lagen.

»Nun, sie und Balthasar hatten damals eine große Romanze – es ist schon mehr als zwanzig Jahre her, vielleicht sind es jetzt schon zweiundzwanzig. Miss Carr war diejenige, die mich eingestellt hat. Sie haben sich nach ihrem Debüt an der Scala kennengelernt, sie sang die Tosca. Die Kritiker nannten es einen Triumph. Daher hat die Villa ihren Namen. Und seither arbeite ich hier.«

»Wie lange dauerte die Romanze?«

»Nicht lange. Sie kennen ja diese berühmten Leute. Gwendolyn wohnte nur ein gutes Jahr hier im Haus. Sie heiratete schließlich den Dirigenten Reginald Masterson. Sie haben sicher von ihm gehört. Soweit ich weiß, sind sie immer noch verheiratet. Auf mein Wort, sie und der Professor haben hier tolle Partys veranstaltet. Berühmte Leute, Millionäre, die Reichen und Mächtigen eben. Einmal kam sogar diese reiche Baronin von der anderen Seite des Hügels.«

»Baronin de Wasseige?«

»Ja, genau die.«

In Ernestines Kopf hämmerten Stimmen und Klänge. Sie blickte hinaus in die schlafende Landschaft, als sei sie plötzlich voller plaudernder feiner Leute in glänzenden Roben.

Und Gwendolyn Carr …

Das tiefblaue Kleid, die goldenen Sandalen … *Diese gemeine Kirke, in Athenes geborgten Sandalen!* Ernestine dachte an die pastellfarbenen Sofas und die Polsterhocker in der Villa Tosca und schaute auf das zarte Porzellan, aus dem sie gerade trank. Ja, Gwendolyns Anwesenheit in diesem Haus war plötzlich einleuchtend.

Aber vor mehr als zwanzig Jahren …

»Was ist passiert?«, fragte sie Sheila. »Warum ist sie gegangen?«

»Nun ist es aber genug, bitte stellen Sie keine Fragen mehr.«

Doch Ernestine konnte nicht anders. »Walter Goossens sagte, dass Professor Balthasar sich erst vor vier Jahren so zurückgezogen hat. Hat er vorher auch in diesem Haus gelebt – nachdem er und Madame Carr sich getrennt hatten? Warum hörte er so lange nach der Trennung mit seinen Auftritten auf?«

Sheila nahm die beiden Tassen und begann sie zu spülen. Sie hatte die Schultern in böser Vorahnung hochgezogen. Ernestine spürte, wie in der Köchin das Bedürfnis wuchs, mehr zu sagen. Sheila stellte die Tassen und Untertassen in das Abtropfgestell und drehte sich langsam zu Ernestine um.

»Mrs Vandermeer, haben Sie Gwendolyn Carr je gesehen?«

Ernestine zögerte. »Ja«, sagte sie schließlich, immer noch im Bann der blau-goldenen Vision. »Ja, das habe ich.«

»Sie können sich also vorstellen, dass es keinen Mann gibt, der diesen Namen verdient und nicht gern ihr Geliebter wäre.«

Ernestine schwieg wieder, dieses Mal länger. Sie hatte zwei Männer in Gwendolyns Gegenwart gesehen – Marshall Ross und Harry Bishop –, beide gierig schwänzelnd. Natürlich hätte sie noch viel mehr gesehen, wenn sie nicht, ein Opfer von Nellys Schuhen, auf dem exotischen Teppich der Baronin gekniet hätte.

»Ist Madame Carr dafür bekannt, dass sie sich mit ihren Bewunderern einlässt?« Ernestine wusste sofort, dass sie zu weit gegangen war. Sheila trocknete sich die Hände ab und stemmte sie wortlos in die Hüften.

Ernestine stand sofort auf und ging in den Korridor, um ihren Bissell zu holen.

Sheila folgte ihr. »Wollen Sie dieses Ding jedes Mal zur Villa heraufschleppen? Oder lassen Sie es hier?«

»Ich hoffe, dass ich noch weitere Putzstellen finde.« Ernestine strich mit der Hand über den abgenutzten Holzgriff. »Es ist eine sehr alte Kehrmaschine – mein Vater hat sie in seinem Geschäft benutzt. Ich lasse sie nie irgendwo stehen. Sie ist besser als jeder Staubsauger, den ich kenne – und ich kenne einige.«

»Na schön, tun Sie, was Sie möchten.« Sheila schüttelte verwirrt den Kopf und wandte sich wieder zur Küche.

»Stört es den Professor, wenn ich heute oben putze?«, fragte Ernestine leise. Es war ja gar nicht sicher, ob Balthasar überhaupt im Haus war. Wenn er da war, dann jedenfalls nicht im Erdgeschoss. Ein Kribbeln ging über ihre Haut. Balthasar begann eine mythische Ausstrahlung zu entfalten, die sie kaum noch kontrollieren konnte.

»Machen Sie heute die Eingangshalle – einschließlich aller Glastüren – und die Treppe bis zum ersten Stock«, sagte Sheila, ohne auf Ernestines Frage einzugehen. »Aber nicht das Musikzimmer, am späten Nachmittag kommen noch Schüler. Das Musikzimmer können Sie nächsten Dienstag zusammen mit den anderen Treppen und Böden putzen.«

»Madame Martin«, fragte Ernestine tastend, »verlässt Professor Balthasar je das Haus?«

Sheila schwieg kurz. »Montags«, sagte sie und schloss die Küchentür hinter sich.

Ernestine beschloss, mit dem Salon und dem Esszimmer anzufangen und Eingangshalle und Treppe erst danach zu putzen. Sie setzte den Bissell über den Orientteppichen mit einem angenehmen Rasseln und Surren in Gang. Dann senkte sie mit einem seitlichen Hebel die Bürsten ab und reinigte jeden Quadratzentimeter des Parketts.

Sie brauchte einige Zeit für die beiden großen Räume, und nach einer Stunde machte sie im Salon eine kleine Pause und stützte sich auf die Kehrmaschine. Sie legte den Kopf schief, als wollte sie lauschen, und tatsächlich vermochte Ernestine, wenn sie von niemandem abgelenkt wurde, den Puls eines Raums zu hören. Dieser erschien ihr erbarmungswürdig matt. Die Polsterhocker und der typische Frauennippes waren ohne Leben, die apricotfarbenen Kissen auf den Sofas kalt und glatt, als hätte sich schon seit Jahren niemand mehr an sie gelehnt. Staub hatte den Mahagonitischen die Farbe genommen und auch der Kamineinfassung: eine herrliche Mischung eichengeschnitzter Früchte und Waldtiere, die auch in ein weit größeres und prachtvolleres Haus gepasst hätte.

Dann sah sie die Kaffeetasse.

Sie stand auf dem Rand eines bestickten Fußbänkchens. Die Kaffeespuren waren noch nicht völlig angetrocknet. Ernestine hielt sich die Tasse unter die Nase: Ein Hauch Haselnussaroma würzte den Geruch nach abgestandenem Kaffee. *Er ist erst vor kurzem hier gewesen!* Sie rührte in der Asche im Kamin: Es war noch so etwas wie Wärme darin. Im Zeitungsständer sah sie eine zwei Tage alte *Libre Belgique.* Der Raum hatte also doch einen Puls. Und die Beweise dafür, so dürftig sie auch waren, gaben ihr neuen Schwung.

Ernestine machte sich mit ihrem bewährtesten Waffenarsenal über die Eingangshalle her: dem Bissell natürlich, gefolgt von Essig und Zitronensaft im Wischwasser und als Abschluss eine winzige Menge Olivenöl auf einem weichen Tuch. Bei der letzten Prozedur rutschte sie auf Händen und Knien über den Mosaikboden und rieb in regelmäßigen Halbkreisen über die Fliesen. Das verblichene Mosaik war schon nach dem Aufwischen wieder aufgeblüht, und das Olivenöl schenkte dem Patienten wieder frische Farben und neue Kraft. Sheila, von Ernestines Bitte um Olivenöl neugierig gemacht, lehnte am Eingang des Küchenkorridors und sah zu.

»Das haben unsere Polinnen und Portugiesinnen nie gemacht. Olivenöl … das muss man sich mal vorstellen. Sprudelwasser und Salz für den Kaffeefleck und jetzt Olivenöl für den Fußboden …«

»Wir Belgier stecken voller Überraschungen!« Ernestine blieb bei ihrem Polier-Basso-continuo völlig im Takt.

»O ja, allerdings! Aber es sind nicht immer nur angenehme Überraschungen, muss ich sagen.«

»Was wissen Sie über meine Landsleute, Madame Martin?« Ernestine setzte sich auf ihre Fersen und sah mit ihrem offenen Blick zu der Köchin auf. »Sie leben schon eine ganze Weile in Belgien, nicht wahr?«

Sheila errötete. »Schon einige Jahre, ja.«

»Also denken Sie vermutlich, die Belgier seien unfreundlich, schroff, abwehrend, nur auf sich bezogen und langweilig.«

Sheila lächelte erleichtert. »Jetzt, wo Sie es sagen …«

Ernestine polierte weiter. »Sie haben Ihre Nachforschungen nicht sehr weit getrieben, oder?«

Sheila errötete ein zweites Mal. So in die Enge getrieben, steckte sie die Hände in die Schürzentaschen. »Ich habe gar keine Zeit für Nachforschungen.«

»Schauen Sie uns einfach gründlicher an. Und wenn ein Belgier schroff mit Ihnen spricht, seien Sie freundlich. Sie könnten endlich einmal angenehm überrascht werden. Wir sind ein vielschichtiges Volk mit einer komplizierten Geschichte. Bleiben Sie standhaft, Madame!«

Sheila sagte nichts mehr, sondern kehrte in ihre Küche zurück.

Ernestine hatte das Gespräch schon abgehakt. Sie hatte es sogar völlig vergessen, denn jetzt polierte sie voller Hingabe, und als sie das untere Ende der geschwungenen Eichentreppe erreicht hatte, hatte sich die luftige Ebene vor ihr aufgetan. Ihre Gedanken streckten sich ihr entgegen wie Tiere, die zu lange in Gefangenschaft waren.

Sie holte ein sauberes Tuch und frisches Wasser aus der Küche und begann die Treppe zu putzen. Das Holz war gut versiegelt, es war nicht schwer, die Maserung zum Glänzen zu bringen. Einmal blickte sie auf: Da war es wieder, dieses schwebende Licht mit dem fein verteilten Staub. Ernestine betrachtete diese Erscheinung und kam zu dem Schluss, dass sie vielleicht nie imstande sein würde, diesen feinen Dunst aus dem Haus zu vertreiben. Etwas von Balthasars Rätsel war in diese Wände eingedrungen. Sie würde lernen müssen, welchem Staub mit einem Staubtuch beizukommen war und welcher Staub einfach in Licht gefangene Aura war.

Auf dem ersten Treppenabsatz hörte sie ein Geräusch und hielt inne.

Sie ließ den Lappen in den Eimer fallen und setzte sich auf die oberste Stufe. Auf den Ton, eine einzelne Note, die hin- und herschwang, folgten drei weitere, die ebenfalls hin- und herzitterten. Die Töne kamen von oben, die Quelle lag etwa zwei Stockwerke höher. Ernestine kannte sie von Harrys Quartett-Proben: Da wurde ein Cello gestimmt.

Ihr Herzschlag beschleunigte sich ganz unvernünftig. Sie nahm den Eimer und stieg, nachdem sie sich mit einem Blick in die Halle vergewissert hatte, dass Sheila nicht in der Nähe war, noch ein paar Stufen nach oben. Und schon war sie in verbotenem Territorium. Aber nicht das war der Grund für ihr Herzklopfen. Sie spürte, dass hier andere Regeln galten – als hätte sie die Grenze zu einem fremden Land überschritten.

Sie nahm die nächste Stufenreihe in Angriff, auf jedem Treppenabsatz schien die Atmosphäre reiner, lichter. Die Welt der Putzlappen, die sie noch vor dreißig Minuten mit Sheila geteilt hatte, hatte sich grundlegend gewandelt: zu einer magnetischen Kraft, der sie, das spürte sie, nicht widerstehen konnte.

Der Cellist war jetzt mit dem Stimmen fertig und spielte ein paar rasche leichte Tonleitern. Ernestine lehnte sich haltsuchend an die Wand, denn der Klang umhüllte sie wie die Nähe eines alten Freundes. Es war die Stimme, die sie aus Harrys Bibliothek gehört hatte.

Balthasar spielte.

Schließlich stand sie unten an der Speichertreppe. Die weiße Tür am oberen Ende war geschlossen. Die ganze durchscheinende, leuchtende Luft des Hauses schien sich an dieser Stelle gesammelt und konzentriert zu haben.

Ernestine setzte sich auf die unterste Stufe und stellte den Eimer ab, sehr langsam, um jedes Geräusch zu vermeiden. Sie lehnte sich an die Wand des Aufgangs und blickte zu dem fernen Dachfenster auf. Das Cello spielte eine langsame Melodie, die sie nicht kannte. Das Repertoire für Cello solo war nicht in Patricks Plattensammlung enthalten gewesen. Die meisten Solostücke hatte sie gehört, wenn Harry übte oder wenn zufällig eins im Radio kam.

Ernestine schloss die Augen. Wieder öffnete Balthasar mit seiner Musik weite Räume, die vorher nicht da gewesen waren. Sie lächelte mutwillig: Auch sie wusste alles über diese luftigen Räume. Nur gelangte sie durch den Rhythmus ihres Schrubbers hinein. War ihr Universum weniger wert als das Universum, das man durch das Spielen eines edlen Instruments wie des Cellos erreichte? Diese Frage musste genauer bedacht werden.

Und dabei verrückte sie ihren Fuß.

Und stieß den Eimer um.

Ein lautes Klappern und das Platschen von Wasser. Danach empörte Stille.

Ernestine blieb wie gelähmt sitzen. Das Wasser hatte einen ihrer Schuhe durchnässt und machte sich jetzt auf den Weg nach unten.

Rasche Schritte näherten sich der weißen Tür. Ernestine rappelte sich gerade schnell genug auf, um zu sehen, wie sie geöffnet wurde. Im Rahmen eine Gestalt, die im aus dem Speicher strömenden blendenden Gegenlicht nur schemenhaft zu erkennen war. Sie blinzelte und konnte schließlich einen schwarzen Rollkragenpullover und eine dunkle Hose ausmachen. Jedoch kein Gesicht. In einer Hand hielt die Gestalt noch den Bogen, der vor dem magischen Licht wie ein Zauberstab wirkte.

»Was treiben Sie da?«, fragte die Gestalt.

Ernestine wusste in dieser demütigenden Lage keine rechte Antwort.

»Ich habe Sie gefragt, was Sie da tun. Wer sind Sie?«

Die Stimme klingt überhaupt nicht wie die eines Cellos, dachte Ernestine in einer dieser widersinnigen Nahtod-Anwandlungen. Es gab natürlich auch keinen vernünftigen Grund, warum die Stimme eines Musikers wie sein Instrument klingen sollte, aber bislang hatte Ernestine Balthasar eben noch nie in Fleisch und Blut erlebt und es einfach unterstellt.

»Es tut mir so schrecklich leid«, stammelte sie. »Ich habe unten in der Eingangshalle geputzt, und dann hörte ich das Cello … Oh, es tut mir wirklich leid, aber ich liebe Cellomusik …« Zu ihrer Erleichterung erlangte sie an diesem kritischen Punkt ihre Selbstbeherrschung zurück und schwieg. Sie fragte sich, wie lange sie höflicherweise warten musste, bis sie zu Eimer und Lappen greifen und das verschüttete Wasser aufwischen durfte.

Balthasar starrte sie wortlos an – was nicht erstaunlich war bei dem Anblick, der sich ihm bot: eine etwas mitgenommene Hausangestellte mit grauen Locken, die vom energischen Bodenschrubben zerzaust abstanden, einem Schuh, aus dem Wasser sickerte, und einem umgekippten Eimer neben sich.

»Sind Sie die neue Putzfrau, die Sheila eingestellt hat?«

»Ja, Monsieur.«

»Und Sie heißen …«

»Ernestine Vandermeer, Monsieur.«

Balthasar kam ein paar Stufen herunter und trat in die direkte Beleuchtung des Dachfensters. Ernestine hielt den Atem an: Es war, als wäre er auf eine Bühne getreten.

Tatsächlich schien der Mann bereit, gleich vor versammeltem Orchester den Taktstock zu heben. Er war gut gebaut und hielt sich aufrecht wie ein Kommandeur. Das schütter werdende Haar war aus dem gebräunten, aristokratischen Gesicht gekämmt. Doch unter alledem, in den tiefliegenden bekümmerten Augen und den extrem feingliedrigen Händen lag die Verletzlichkeit, die ihr eben den Atem geraubt hatte.

»Sie haben vorher für Harry Bishop gearbeitet, hörte ich.«

»Ja. Er ist … Er *war* …«

Balthasar kam ihr noch eine Stufe entgegen. »Ja, ich weiß. Mein Beileid.«

»Danke.« Ernestine sah kurz nach unten, und dabei fiel ihr Blick auf den durchweichten Schuh. Sie sah sofort wieder auf. »Er starb, als er auf dem Cello spielte.« *Auf Ihrem Cello,* hätte sie fast hinzugefügt, aber das kam ihr dann zu aufdringlich vor.

»Oh?« Balthasar war erstaunt.

»Er hatte sehr viel Stress.« Sie beschloss, bei ihrer eigenen Diagnose zu bleiben, statt Boondaels offizielle Geschichte von Herzschwäche und Alkohol zu verbreiten.

»Ach.«

Ernestines klare graue Augen wurden vom Licht des Dachfensters erfüllt, und nun war es Balthasar, der den Atem anhielt. Einige Augenblicke lang schien er nicht imstande, sich von ihr abzuwenden.

»Vielleicht sollten Sie lieber Ihren Fuß abtrocknen«, sagte er schließlich. Ein Mundwinkel bog sich ganz leicht nach oben, so flüchtig, dass jeder außer Ernestine es übersehen hätte. Es war der einzige sichtbare Hinweis, dass hier etwas lustig gewesen sein könnte.

Dann sagten sie beide nichts. Dieses Schweigen war nicht unbehaglich oder ein Zeichen für eine schwere Verfehlung, das spürte Ernestine. Es war ein erfülltes Schweigen wie das zwischen dem Allegro und dem Andante einer Sonate.

»Normalerweise muss diese Treppe nicht geputzt werden«, sagte Balthasar dann und wandte sich zum Gehen. Ernestine beobachtete ihn im Gegenlicht. Sie dachte an die vielen Dachfenster, die sie bei ihrem ersten Besuch in der Villa Tosca bemerkt hatte. Ihre Wirkung war ungeheuer. Selbst durch den Türausschnitt wirkte das heitere Licht im Speicher so greifbar, als könne man darin schwimmen.

Balthasar drehte sich noch einmal kurz um und hob grüßend den Bogen. Seine Gestalt war jetzt wieder nur ein Schemen und schien sich in dem See aus Licht hinter ihm aufzulösen. Ernestine sah ihm nach, bis er die Tür schloss. Dann stellte sie den Eimer auf, wrang den Lappen aus und fing an, das Wasser aufzuwischen.

Das Nachmittagslicht war schon sehr schwach, als sie die Villa Tosca verließ. Es war erst Viertel vor vier, fünfzehn Minuten vor der ersten Cellostunde an diesem Tag. Sheila hatte verlangt, dass sie das Haus bis spätestens 15 Uhr 45 verließ, und Ernestine war froh darüber. Jetzt, im November, pflegte das Licht um diese Uhrzeit noch ein wenig zu zögern, um dann plötzlich zu verschwinden wie mit einem Ruck vom Horizont gezogen. Darauf war man besser gefasst – vor allem wenn man als Frau noch allein in öffentlichen Verkehrsmitteln heimfahren musste. Ernestine war schon sehr oft nach Einbruch der Dunkelheit vom Putzen heimgekehrt, aber noch nie durch einen Wald.

Einmal hatte Patrick Vandermeer seiner Tochter am Heiligabend eine Aufnahme von Mozarts *Kleiner Nachtmusik* geschenkt. Sie hatte auf dem Pfauenteppich gesessen, den Kopf ans Tischbein gelehnt, und der Musik gelauscht, die so heiter und so licht war, wie sie es noch nie erlebt hatte. Patrick, der gerade am Herd stand und eine Rinder-Karbonade briet, hatte sich zu ihr herumgedreht. »Mozart hatte bestimmt keinen belgischen Novemberabend im Sinn, als er dieses Stück komponierte, oder was meinst du, *chérie?*«

Nein, bestimmt nicht, dachte sie jetzt, als sie um die enge Kurve in Balthasars Zufahrt ging. Das Gewicht des nassen Schuhs beeinträchtigte ihren Gang. Der dicke Strumpf hatte nicht trocknen können. Sie fröstelte und knöpfte den obersten Knopf von Patricks Mantel zu. Mit der großen Tasche in der linken Hand hielt sie sich die Rhododendren vom Leib, mit der rechten Hand streckte sie den Bissell wie ein Minensuchgerät nach vorn. Der beißende Geruch von Moos und Pilzen klebte auf ihrer Haut. Lange vernachlässigte Hortensien schienen sich im Todeskampf zu krümmen und kratzten sie an den Händen. Hoch oben war zwischen den Ästen der Buchen das letzte Tageslicht zu sehen. Die Krähen hüpften noch geschäftig auf den Ästen hin und her und schüttelten Wassertropfen auf Ernestines Haar.

Ernestine stellte den Bissell ab, um die Kapuze hochzuschlagen.

Da bemerkte sie vor sich etwas Schwarzes, das rasch dunkler wurde als der übrige Wald. Dieses Schwarze kam näher.

Ernestine nahm den Bissell kampfbereit in beide Hände.

Das Schwarze nahm im Näherkommen Gestalt an.

Ernestine, nun wohlgerüstet, wartete ab.

Ein Cellokasten tauchte aus der Dämmerung auf. Und hinter ihm lugte ein breites Vollmondgesicht hervor, das mit dieser schwarzen Gestalt verwachsen schien.

»*Bonsoir*«, sagte das Mondgesicht.

Ernestine stellte den Bissell erleichtert ab. Der junge Mann hatte das Cello offenbar dazu benutzt, sich seinen Weg zu bahnen. Ob dieses Cello wohl eine italienische Schönheit war oder nur eine billige Kopie, der es nichts ausmachen würde, als Rammbock benutzt zu werden?

»*Bonsoir*«, erwiderte sie. »Ich nehme an, Sie kommen zur Cellostunde bei Professor Balthasar?«

Der junge Mann stand jetzt in seiner vollen Pummeligkeit neben ihr. »Ja, ich heiße Julien Buyl.« Mühsam wuchtete er den Kasten in eine Hand und streckte ihr die andere entgegen: »*Enchanté*, Madame.«

Ein wohlerzogener Junge, dachte sie, heutzutage eine Seltenheit.

Sie ergriff seine kühle feuchte Hand. »Madame Vandermeer, Professor Balthasars neue Haushälterin.« *Er ist sicher nervös, weil er gleich vor dem Meister spielen muss.*

»Spielen Sie schon lange Cello?«, fragte Ernestine. Ein bisschen seltsam, hier in diesem Urwald höflich Konversation zu machen, aber sie spürte, dass dieses nette Mondgesicht ein wenig Aufmunterung brauchte.

»Lang genug, um mich an ein paar schwere Stücke zu wagen.«

»Ah! Und was spielen Sie?«

»Die Rachmaninow-Sonate«, sagte Julien mit einem Beben in der Stimme. »Aber nur den langsamen Satz. Das übrige Stück wäre unmöglich. Ich muss in zehn Tagen damit auftreten.« Krächzend ließ eine Krähe eine Salve harter Tropfen auf den Cellokasten prasseln. »Ich muss weiter, Madame. *Excusez-moi.* Es ist fast vier Uhr. Einen schönen Abend noch.« Julien verschwand im Unterholz.

Ernestine nahm ihren Bissell und ging weiter. War dieses langsame Stück, das Balthasar am Nachmittag gespielt hatte, von Rachmaninow? Hatte Julien, als er dieses Stück übte, trotz seiner Jugend schon etwas vom Sog der Musik gespürt?

Sie marschierte weiter zur Straßenbahnhaltestelle, vorbei an den Reihenhäusern mit ihren gemütlichen, lampenerhellten Wohnzimmern und den in der Winterkälte frierenden Gartenzwergen. Es würde Harry gefallen, wenn ich mich in seinem Namen bei Sébastien Balthasar dafür bedanke, dass er ihm dieses herrliche Cello geliehen hat, dachte sie im Gehen.

Sobald sie zu Hause war, wühlte sie in den Bücherkartons nach dem alten linierten Heft aus ihrer Schulzeit. Neben all den anderen Utensilien enthielt ihre große Tasche auch mehrere Stifte.

Sie machte sich sofort ans Schreiben.

Cher Monsieur Balthasar …
Cher Professeur Balthasar …
Cher Professeur …
Cher Monsieur …

Irgendwie passte nichts so recht. Balthasar schien jenseits solcher menschengemachter Titel zu stehen. Nach reiflicher Überlegung entschied sich Ernestine für die letzte Lösung. Sie saß an dem abgestoßenen Tisch, nippte an einem Becher Erdbeertee und kaute auf ihrem Stift.

Wie beeindruckend Balthasar war! Und dieses Charisma! Wieso versteckte er sich so? Weil er ein gebrochenes Herz hatte? Der Stift knirschte zwischen ihren Zähnen. *Weil er keine andere Frau als Gwendolyn Carr lieben kann?*

Aber dieser Mann passte auf undefinierbare Weise nicht in solche Schubladen. Ein gewisser Ernst und auch diese beunruhigende Verletzlichkeit milderten seine Überlegenheit, und um seine

Mundwinkel spielte so etwas wie ein trauriges Eingestehen der Last des Ruhms. Eine ungewöhnliche Kombination, fand Ernestine. Berühmtheiten waren im Allgemeinen nicht für so viel Einsicht in die eigene Rolle oder für Nuanciertheit bekannt.

Sie starrte auf das Stückchen Nachthimmel über der Dachluke. Wie winzig diese Fensterchen im Vergleich zu denen der Villa Tosca schienen! Selbst tagsüber konnte das Licht hier nur in schrägen Streifen einfallen, die Ecken des Raums würde es nie erhellen – und schon gar nicht aus der Tür und über die Treppe nach unten fließen wie das Licht aus Balthasars Dachgeschoss.

Cher Monsieur,

bitte verzeihen Sie mein Eindringen heute Nachmittag. (Und das verschüttete Wasser auf Ihrer Treppe.) Ich hörte Ihr schönes Cellospiel und konnte der Versuchung nicht widerstehen, nach oben zu gehen, um es besser zu hören. Außerdem möchte ich Ihnen im Namen meines verstorbenen Arbeitgebers Harry Bishop dafür danken, dass Sie ihm ein so wunderbares Instrument geliehen haben.

Sie hielt inne. Plötzlich stand ihr wieder vor Augen und Ohren, wie Harry gespielt hatte und wie er, über das Cello gesunken, gestorben war. Das wollte sie jetzt nicht alles aufs Tapet bringen, jetzt, wo Balthasars herrliches Spiel noch in ihr nachhallte. Stattdessen fasste sie sich ein Herz:

Haben Sie heute Nachmittag zufällig die Rachmaninow-Sonate gespielt? Kann ich irgendwo eine Ihrer Aufnahmen dieser Sonate kaufen?

Schrieb man Rachmaninow am Ende mit »w« oder Doppel-»f«? Ernestine kaute wieder an ihrem Stift. Dieser Satz war sowieso zu kühn. Balthasar würde sie sicher für dreist halten. Man stelle sich vor, das neue Dienstmädchen hat gerade einen Eimer Wasser auf seiner kostbaren Speichertreppe umgekippt und fragt jetzt nach Cello-Stücken! Und sie wäre ja auch nie darauf gekommen, dass es sich um Rachmaninow handeln könnte, wenn sie nicht in den Rhododendren mit Julien und seinem Cello zusammengestoßen wäre.

Ernestines Stift schwebte über dem Papier, bereit, den Text durchzustreichen und neu anzufangen. Doch dann dachte sie an die aufrechte Gestalt, so stolz und fern, und an das lange, erfüllte Schweigen, das zwischen ihnen entstanden war.

Sie unterschrieb den Brief, faltete ihn und steckte ihn in einen Umschlag. Es war Freitag. Wenn sie ihn vor der Spätleerung einwarf, würde ihn Balthasar vermutlich am Montag erhalten.

Den Teebecher in der Hand, ging Ernestine auf dem Dielenboden auf und ab. Es dauerte noch so lange bis Dienstag – bis sie wieder in die Villa Tosca gehen und diese berauschende Ruhe spüren würde. Sheila hatte gesagt, dass Balthasar montags aus dem Haus ging. Ob sie deshalb montags nicht kommen sollte?

Und wohin ging er?

10

Ein Licht in den Dünen

»Madame Goossens?«

Die Tür hatte sich zwar exakt an der Adresse geöffnet, die Walter ihr gegeben hatte, doch Ernestine hielt es für besser, noch einmal nachzufragen. Denn sie konnte bei dieser Frau nicht die geringste Ähnlichkeit mit Walter erkennen. Was vielleicht nur natürlich war, Madame Goossens war schließlich mindestens neunzig Jahre alt und wirkte noch älter. Nicht die Spur eines Lächelns, dafür reichlich Düsternis und Misstrauen. Als hätte einer der flämischen Meister sich an seiner Mutter gerächt und sie zu fünfhundert Jahren Dasein als lebendes Gemälde verurteilt.

»Walter hat Sie angekündigt.« Es klang wie ein Messerschnitt. »Einen Moment.« Sie machte ihrer Besucherin die Tür vor der Nase zu, was nicht nur extrem unhöflich war, sondern auch klarstellte, dass Ernestine als Dienstbotin hier war und nicht etwa als Gast.

Während sie wartete, betrachtete Ernestine die Nachbarschaft. Walters Mutter wohnte in dem Straßengewirr hinter der Place Flagey. Ihr Haus döste Rinnstein an Rinnstein mit den anderen verfallenden traurigen Hausgespenstern aus einer bürgerlichen Vergangenheit.

Wieder ging die Tür auf.

Ernestine riss die Augen auf. Jetzt stand Walter neben seiner Mutter.

»Monsieur Goossens!«, rief sie. »Aber Sie mussten doch heute nicht herkommen. Ich will Ihnen doch an einem Samstag nicht unnötig Zeit rauben.«

»Aber ich wohne hier«, sagte er verlegen.

»Ach.« *Natürlich, er hat doch gesagt, dass er bei seiner Mutter wohnt. Und es passt zu ihm.* Die alte Dame starrte sie aus dem Dunkel heraus an.

»Bitte, kommen Sie herein«, sagte ihr Sohn.

Ernestine trat in einen klammen, engen Flur. Eine steile Treppe führte links von ihr in finstere Höhen, und nachdem sich ihre Augen an das Licht der einzigen funzeligen Birne gewöhnt hatten, konnte sie mindestens drei oder vier Türen – alle dunkelbraun, alle fest geschlossen – erkennen, die von der Diele abgingen. Es roch nach Zwiebeln. Die Bodenfliesen waren schmutzig dunkelbeige und gaben unter den Füßen leicht nach.

Die alte Dame öffnete die erste Tür und schlurfte voraus. Walter gab Ernestine ein Zeichen, ihr zu folgen. Wer von beiden will mich eigentlich beschäftigen, fragte sie sich, als sie in das nach Fisch und abgestandenem Bier riechende Wohnzimmer trat. Länge und Breite des Raums schienen seiner Höhe zu entsprechen, ein vollkommener bürgerlicher Würfel, in dem Generationen von Goossens ihr Stella Artois getrunken, gelebt und wahrscheinlich auch das Zeitliche gesegnet hatten. Die Tapete mit dem grünen Rankenmuster schien das Kriegsende miterlebt zu haben, das Gasheizgerät im Kamin verströmte nicht die geringste Wärme. Mitten im Raum stand ein Eichentisch, passend zu dem Eichenschrank in der Ecke, einem wahren Ungetüm, neben dem sich Walters Bratsche ausnahm wie ein Kinderspielzeug.

Madame Goossens lud Ernestine nicht zum Sitzen ein. Walter stand unsicher neben ihr.

Seine Mutter begann mit dem Verhör: »Können Sie heute schon mit dem Putzen anfangen?«

»Aber nein, Madame.« Ernestine wurde blass. Sie war nicht im Mindesten darauf eingerichtet. Sie trug ihre einzige graue Jersey-

Hose – in der sie für gewöhnlich nicht den Boden schrubbte. »Ich ging davon aus, dass wir heute nur alles besprechen. Außerdem ist Samstag.«

»Hmpf. Ich hatte schon öfter Mädchen hier, die samstags geputzt haben. Die Polinnen kommen sogar sonntags.«

Ernestine vermerkte das Wort »Mädchen«. Es konnte auch beleidigend sein, wenn man mit jungen Leuten über einen Kamm geschoren wurde!

»Maman, warum zeigst du Ernestine nicht einfach, wo du etwas geputzt haben möchtest«, mischte sich Walter ein.

Die alte Dame starrte Ernestine lange an. Ernestine gab wie gewöhnlich den Blick genauso intensiv zurück, es machte ihr jedoch ausnahmsweise kein Vergnügen. Der harte Panzer dieser Frau zeigte keinerlei Risse. Ihr Haar, ein paar dünne graue Strähnen, war auf dem Hinterkopf zu einem Knoten zusammengezurrt, der ihre Züge straff über die Gesichtsknochen zog. Ihren Lippen schien keine Aufwärtsbewegung möglich zu sein. Ihren Augen, glänzenden Kohlestückchen, entging nichts. Interessant waren für Ernestine nur die winzigen Gemeinsamkeiten mit Walter, etwa die Augenwinkel dieser Frau oder ihre hohe Stirn.

»Der Stundenlohn beträgt übrigens 6 Euro 50«, sagte Madame Goossens auf dem Weg zurück in den Flur.

»Aber Madame, üblich sind 7 Euro 50«, rief Ernestine aus.

Die alte Dame schien sie nicht gehört zu haben. Sie war bereits bei der hintersten Tür angelangt, die vom Flur abging, und öffnete sie. Modrige, kalte Luft drang in die Diele – ganz offensichtlich ging es hier in den Keller.

»Ich kann später mit ihr über den Stundenlohn reden«, flüsterte Walter Ernestine ins Ohr. »Mit Geld ist sie ein bisschen heikel.«

Ernestine hätte gern eine schneidende Bemerkung gemacht, aber sie sah deutlich, dass Walter es nicht leicht hatte in diesem Haus – und es wohl nie leicht gehabt hatte. Nun waren die Belgier für ihre Knausrigkeit bekannt (darin wurden sie höchstens noch von den Niederländern übertroffen), und es würde wohl lange diplomatische Verhandlungen brauchen, um die alte Dame umzustimmen.

Trotz ihrer stählernen Härte schaffte es Madame Goossens nicht mehr die Kellertreppe hinunter. Mit welker Hand drehte sie an einem alten Lichtschalter und deutete nach unten.

Schwaches Licht drang herauf.

»Sie dürfen gern hinuntergehen und sich umsehen. Ich möchte, dass der Keller vom Schimmel befreit wird. Zudem gibt es Anzeichen dafür, dass Mäuse an den Bücherkartons fressen, die mein Mann dort vor einiger Zeit abgestellt hat. Vielleicht können Sie mir sagen, wie viele Stunden Sie dafür veranschlagen.«

Ernestine spähte in die Katakombe. Die Luft war stickig und dumpf. Mit »vor einiger Zeit« hatte Walters Mutter vermutlich »irgendwann im Zweiten Weltkrieg« gemeint. Seither waren nicht mehr viele Menschen dort unten gewesen. Ernestine versuchte zu schätzen, wie viele Stunden sie benötigen würde. Wie lange hatte Herkules noch mal für die Augiasställe gebraucht?

Beim Hinuntergehen hielt sie sich am Treppengeländer fest, obwohl es so schmutzig war, dass sie sich, unten angekommen, die Hand am Mantel abwischte. Walter war oben bei seiner Mutter geblieben.

Eine weitere schwache Birne glomm an der Decke eines langen Backsteingangs, dessen Ende sich in völligem Schwarz verlor. Auf beiden Seiten gab es Durchgänge zu Vorratskellern, einem ehemaligen Kohlenkeller, einer Waschküche und zu einer Nische mit einem antiquierten Boiler, dessen Elektroleitungen aus der Bauzeit des Hauses zu stammen schienen. Über ihnen baumelte ein staubiges Christusbildchen – vielleicht zum Schutz vor einem Kurzschluss.

Ernestine sah sich in einem der Stauräume unter der Treppe um. Fast alle Kartons waren angeschimmelt. Als sie die Pappe anfasste, lösten sich stinkende Fetzen.

»Fährst du heute für die de Wasseiges?«, hörte Ernestine die alte Dame oben fragen, als sie gerade ein paar vertrocknete Mäuseköttel von einem Regalbrett wischte.

»Ja«, erwiderte Walter. »Ich werde den ganzen Abend unterwegs sein, fürchte ich. Versprich mir, dass du nicht auf mich wartest, Maman.«

Ernestine schlich sich ans untere Ende der Treppe, um besser lauschen zu können.

»Fährst du wieder nach De Haan?«

»Ja.«

De Haan. Ernestine war seit ihrer letzten Begegnung mit Boondael gar nicht dazu gekommen, über den Küstenort – und das Geschenk – nachzudenken. Dass nun darüber gesprochen wurde, schien irgendwie so unpassend. Hier kroch sie im Licht einer einsamen Glühbirne durch einen stinkenden Keller, und oben ging es um die de Wasseiges und den Terminplan ihres Chauffeurs.

»Alles in Ordnung da unten?«, rief Walter durch die Kellertür.

Ernestine zog sich wieder unter die Treppe zurück. »Natürlich! Ich schaue nur, was alles zu tun ist.« Sie schrie leise auf: Ein alter Regenmantel, der unter der Treppe hing, hatte sie von hinten umarmt.

»Walter, du solltest dich früh auf den Weg machen.« Madame Goossens versuchte ihrer rauen Stimme einen sanften Klang zu geben. »Um vier ist es schon wieder dunkel. Und nebelig. Die E40 ist gefährlich.«

»Ja, Maman.« Walter seufzte.

»Wie viele wirst du fahren?«

»Nur Arnaud.«

Arnaud … Ernestine rückte den Mantel auf dem Bügel zurecht. Plötzlich stand ihr wieder vor Augen, wie Harry sich zu dem blutleeren Baron durchgedrängt hatte, um ihm etwas zu sagen. Das unverbindliche Lächeln des Barons und dann sein scharfes Flüstern: *Nicht hier, wir reden später darüber.*

Blinzelnd stieg sie wieder zu der relativen Helle des Flurs auf. Walter erwartete sie in der Nähe der Haustür, seine Mutter war verschwunden.

»Maman sagt, Sie können nächste Woche anfangen.«

»Danke, ich werde es mir überlegen.« Ernestine wollte jetzt nicht länger über irgendwelche Arbeitsbedingungen diskutieren. Die Erwähnung De Haans hatte in ihr schillernde Fantasiegemälde von Harrys und Marshalls geheimer Villa und den erlesenen Partys entstehen lassen, und jetzt hatte sie nur den einen Wunsch: sich selbst ein Bild zu machen. Sicher war es reiner Zufall, dass Walter Baron de Wasseige später am Tag dorthin fahren würde. Immerhin diente der verschlafene Ort seit dem neunzehnten Jahrhundert als königliche Sommerfrische, und Aristokraten hatten sowieso überall Häuser. Wahrscheinlich fuhr Arnaud nur übers Wochenende in seine Villa in De Haan.

Ernestine sah Walter an, sein Gesicht hatte jetzt den grünlichen Schimmer der Energiesparbirne. Auf ihren Blick hin scharrte er mit den Füßen und rückte die Brille zurecht. Er muss etwas über diese Villa wissen, dachte sie. Er konnte doch nicht so blind sein, dass er mit Harry und Marshall im selben Quartett spielte und nichts bemerkte! Doch ihre Höflichkeit, ihre Herkunft und der Unwille, jemanden zu verletzen – den jeder Belgier von Geburt an ebenso mitbekommt wie seinen exzentrischen Humor und die Vorliebe für starken Kaffee –, hielten sie von genauerem Nachfragen ab.

Stattdessen beschloss sie, sofort nach De Haan zu fahren.

Sie durfte keine Zeit verlieren. Wie Madame Goossens so weise bemerkt hatte, würde es früh dunkel werden. Sie musste noch die Schlüssel zur Villa aus ihrem Dachstudio holen und vielleicht auch Stiefel und Handschuhe – jetzt im November konnte es an der Küste sehr ungemütlich sein. Ernestine würde den Zug von der Gare du Midi nach Ostende nehmen und danach die Küstentram nach De Haan. Nach fast dreißig Jahren Sommerferien dort kannte sie die Strecke auswendig.

An der Place Flagey brauchte sie nicht lange auf die Linie 81 zu warten. Ein marokkanischer Jugendlicher bot ihr einen Platz an, doch sie war zu ungeduldig zum Sitzen. Aus einer Eingebung heraus nahm sie ihr Handy und tippte Nellys Nummer ein.

»*Oui?*«

»Nelly!«

»Nesty, ich habe einen Kunden …«

»Ja, schon gut. Aber kannst du heute früher zumachen? Und mit mir an die Küste fahren?«

Unübliches Schweigen.

»Nelly, soll ich in ein paar Minuten noch einmal anrufen?« Ernestine überlegte, dass dieses Schweigen bei Nelly neuerdings doch gar nicht so unüblich war.

»Warum willst du an die Küste fahren?« Nelly klang kühl und knapp.

»Natürlich, um mir Harrys Villa anzuschauen! Weißt du noch? Ich hab dir nach meinem Termin bei Boondael davon erzählt.«

Noch einmal trat langes Schweigen ein.

Ernestine stieg an der Rue de Livourne aus der Straßenbahn aus und ging Richtung Rue Faider, das Handy immer noch am Ohr.

»Ich … ich kann nicht, Nesty«, stammelte Nelly. »Es tut mir so leid, aber samstags kann ich den Laden nicht früher schließen, das weißt du doch. Und außerdem … hab ich heute Abend etwas vor.«

»Ein Rendezvous?«

»Ich weiß nicht.«

Nun verfiel Ernestine in Schweigen. »Nun ja«, sagte sie schließlich. »Bis dann. Schönen Abend.«

Die Landschaft Flanderns hatte sich in den letzten drei Jahren, seit ihrem letzten Ausflug mit Nelly, nicht sehr verändert. Die geduckten Bauernhöfe, der quecksilbrige Himmel, der sich an den Feldrainen sammelte und jeden schwarzen, kahlen Baum wie ein Denkmal wirken ließ. Ernestine lehnte den Kopf ans Fenster und betrachtete die vorbeigleitende Marsch.

Sie versuchte, nicht allzu genau über ihr Tun nachzudenken. Das Schlimmste an diesem schlecht geplanten Abenteuer war, dass sie vergessen hatte, Boondael nach der genauen Adresse von Harrys Villa zu fragen. Und hier im Zug konnte sie die Telefonnummer seiner Kanzlei nicht herausfinden. Sie wusste nur, dass das Haus irgendwo am Stadtrand in den Dünen lag. Vielleicht genügte das schon als Information, denn dieses Privileg genossen nur wenige Häuser. Und die erreichte man wohl am besten von der Strandseite aus. Zu dieser Jahres- und Tageszeit keine besonders verlockende Aussicht.

Warum hatten Harry und Marshall diesen geruhsamen Badeort dem nahegelegenen schicken Knokke vorgezogen? Dessen Bemühen um Exklusivität hätte doch beiden besser entsprochen.

Kurz nach 16 Uhr kam der Zug in Ostende an. Das Nachmittagslicht hatte seine Kraft schon verloren, die Kirchtürme und Schiffsmasten trieben ziellos im sandigen Dämmer, die massigen Kanalfähren lagen wie Meeresungeheuer im Hafen. An einem Sommertag wäre der Bahnhof voller Urlauber gewesen. Doch heute schlugen die wenigen Reisenden den Kragen hoch und nahmen Kurs auf die Geschäfte und Bars, deren Lichter der Dämmerung tapfer trotzten.

Ernestine sah besorgt zum Himmel, während sie auf die Küstentram wartete. Hinter den Wellenbrechern verbreitete das Meer trotz der späten Jahreszeit noch ein seltsames Leuchten, und dieses Leuchten würde ihr helfen, den Weg über den Strand zu finden.

In der Küstentram saßen nur drei weitere Fahrgäste. Trotzdem hielt der Fahrer an sämtlichen Haltestellen, auch wenn manche davon nur einfache Wartehäuschen vor den Dünen waren, durch deren sandige Weiten pflichtbewusste Hundehalter ihre Lieblinge ausführten. Patrick hatte ihr einmal erzählt, die belgische Küstentram sei die längste Straßenbahn der Welt. Das hatte sie tief beeindruckt, und sie hatte sich vorgestellt, bis Moskau oder vielleicht Istanbul in ihr sitzenzubleiben, es jedoch nie gewagt, ihren Vater zu fragen, ob das wirklich möglich wäre. Jedenfalls hatte die kleine Bahn für Ernestine immer etwas Mystisches behalten.

Ernestine drückte ihre große Tasche an die Brust und ließ sich von der schaukelnden Tram wiegen. *Da, schau, Papa!* Sie hörte ihre eigene Kinderstimme. *Man kann schon fast das Meer sehen! Und da ist die Stelle, wo wir letztes Jahr das Zelt aufgebaut haben!* Doch Patrick hatte nur Augen für das weite Himmelszelt – das er sich das ganze Jahr lang über den roten Dächern gegenüber seiner Metzgerei vorgestellt hatte und dessen Glanz sich jetzt auf völlig unbelgische Weise in seinem dankbar nach oben gekehrten Gesicht spiegelte. *Papa, lass uns früher aussteigen und von Bredene aus laufen!* Ernestine hatte immer das Gefühl gehabt, keine Minute länger mehr damit warten zu können, das Meer zu begrüßen. Doch Patrick war nie darauf erpicht gewesen, früher auszusteigen, denn von Bredene nach De Haan musste man mindestens eine halbe Stunde am Wasser entlanglaufen – und noch länger, wenn man zwei alte Koffer, ein Zelt, einen Einkaufstrolley voller Plastikspielzeug und natürlich eine große Leinentasche voller Bücher zu befördern hatte.

Heute konnte sie endlich aussteigen, wo sie wollte.

Sie kam aus dem Fußgängertunnel, der den Bahnsteig mit dem Strand verbindet, und hielt die Luft an. Vor ihr lag eine große wirbelnde Leere. Es war gerade Ebbe und der Strand mindestens einen halben Kilometer tief. Der Wind blies stetig von Ostende her, sie würde ihn bei ihrem durch Sand und Wasser erschwerten Marsch nach De Haan hilfreich im Rücken haben. Zum Glück hatte sie in Brüssel noch rasch ihre Gummistiefel angezogen und brauchte sich vor Tümpeln und Wasserrinnen nicht zu fürchten.

Das Brausen des Windes mischte sich mit dem der Brandung zu einem einzigen gleichmäßigen Tosen. Sie zog die Kapuze über den Kopf, hängte sich die Tasche um und atmete dabei immer wieder tief die Luft ihrer Kindheit ein. Salzwasser, nasser Sand, metallische Gerüche nach Hafen und Schiffen, mitunter auch eine Duftwolke von einem der Schweinezuchtbetriebe im flandrischen Binnenland. Ein überwältigendes Elixier, dessen Hauptbestandteil Glück war und das es nirgends sonst auf der Welt so geben konnte.

Weit am Ende des Strands konnte sie schon die ersten Lichter von De Haan erkennen. Zahlreich würden sie nicht sein, denn während der Wintermonate hielt sich nur ein Drittel der Einwohner hier auf. Lediglich die Straßenlaternen und die erleuchteten Fenster der einen oder anderen Bar, in der es für die wenigen Standhaften Crêpes, Tee mit Rum und die lokalen Biersorten gab. Links von ihr sah man auf der See die Lichter der Schiffe auf dem Kanal. Ein Nebelhorn tönte traurig durch den Dunst. Über ihr drehten zwei Möwen ihre Loopings und flogen dann kreischend über die Dünen davon.

Sie beschloss, am Wasser entlangzuwandern, um einen guten Blick auf die Häuser zu haben. Sie wollte nicht unvorbereitet über die Villa stolpern oder einem Verwalter oder, schlimmer noch, einem Bewohner in die Arme laufen. Formal gehörte die Villa nun zwar zur Hälfte ihr. Aber da Marshall Ross Eigner der anderen Hälfte war, spielten solche Formalitäten keine große Rolle. Sie durfte nichts riskieren.

Auch Marshall musste einen Schlüssel haben, fiel ihr jetzt ein. Aber er würde so bald nach Harrys Tod keine Partys geben. *Ganz sicher nicht.* Trotzdem machte sie der Gedanke beklommen. Marshall Ross war der Letzte, von dem man Anstand und Mitgefühl erwarten durfte.

Das Dorf glich einer gestrandeten Fregatte aus einem anderen Zeitalter. Ernestine wanderte an verwaisten altmodischen Badehütten, schlaff herunterhängenden Windschutzmatten und verschlossenen Pommes-Buden vorbei. Sie erreichte das Ende des Deichs und spähte in den Dunst. Keine Lichter, keine Häuser mehr, so weit ihr Auge reichte. Nur der tiefe, lastende Winterhimmel und die Umrisse struppiger Bäume, die in der Ferne den Rand eines Naturschutzgebiets markierten.

Sie lief noch ein bisschen weiter am Strand entlang und suchte die Dünen nach irgendwelchen Lebenszeichen ab. So weit waren Patrick und sie nie gegangen. Einmal, als sie versucht hatte, ihn an der Hand weiterzuziehen, um die wildere Dünenlandschaft zu erforschen, hatte er sie zurückgehalten und war lachend mit ihr ins Wasser gelaufen. »Komm, *chérie.* Da leben nur reiche Leute. Die sind anders als wir. Wir verstehen deren Leben nicht und sie nicht unseres. Am besten lassen wir sie in Frieden.«

Fröstelnd zog sie den Mantel enger um sich. Sie war müde und hungrig und konnte sich in etwa vorstellen, wie sie in dem dunkelgrünen Mantel und den dunkelgrünen Stiefeln aussah: wie ein ergrauter Kobold, den es weit in die Ferne verschlagen hatte.

Was für eine verrückte Idee! Zu glauben, sie könne an einem Winterabend am Strand entlangwandern und genau das Haus finden, das sie suchte, obwohl sie noch nicht einmal den Straßennamen kannte! Wenn sie vom Strand wegging und die dunklen Straßen nach Harrys Villa absuchte, würde sie sich bald noch verlorener fühlen und in ihrem merkwürdigen Aufzug womöglich noch unangenehme Fragen beantworten müssen.

Dann hörte sie es: ein Klavier.

Der Wind hatte nur ein paar Töne herangetragen, aber es war ganz sicher ein Klavier. Mit gespitzten Ohren lief Ernestine noch einige Minuten auf die Geräuschquelle zu.

Ja, ein Klavier, das gestimmt wurde.

Sie suchte die Dünen ab. Wie fast überall an der Küste waren sie von gitterförmigen Windbrechern durchzogen und zum Schutz vor Erosion mit robustem Strandhafer bepflanzt. Auf der anderen Seite, der Dorfseite, war alles dunkel. Doch nach längerem Starren sah Ernestine in der ungefähren Richtung des Klaviers eine dichte schwarze Wand.

Sie ging darauf zu: Die Wand entpuppte sich als riesige Hecke. Hier und da schien Licht durch das Laub. Offensichtlich stand dort, fast gänzlich von Hecken und Zäunen verborgen, ein weitläufiges verwinkeltes Gebäude.

Ernestine blieb im Schutz der Dünen und lief über die schmalen Pfade zwischen ihnen. In einem anderen Leben hatte sie mit ihrem Vater an solchen Orten gepicknickt. In einer schönen windgeschützten Kuhle, als Hintergrundmusik nur das leise Rauschen des Strandhafers und als Beobachter die unvermeidliche hungrige Möwe.

Das Klavier war verstummt. Der Wind ließ plötzlich nach, und mit einem Mal waren erschreckend nah Stimmen zu hören.

Ernestine ließ sich auf den Dünenhang fallen. Ihr Herz raste. Langsam robbte sie hoch, bis sie über die Kuppe der Düne hinwegsehen konnte. Zu ihrer Überraschung war direkt vor ihr eine große Lücke in der Hecke, sicher, damit man von Terrasse und Festsaal einen schönen Blick aufs Meer hatte. Wenn sie jetzt aufstünde, hätte man vom Haus aus einen schönen Blick auf einen grünen Kobold mit großer Tasche.

Zwei Hausangestellte in schwarz-weißer Kluft schoben auf der Terrasse einen schweren Teakholztisch mit passenden Stühlen unter eine Markise.

»Du glaubst auch nicht, dass heute Abend jemand auf der Terrasse sitzen will, oder?«

»Nein. Es regnet gleich. Aber die Raucher gehen trotzdem raus. Stell ein paar Aschenbecher auf den Tisch.« Die beiden Frauen sprachen Englisch, die eine mit flämischem Akzent, die andere mit dem klangvoll rollenden »R« der Osteuropäer. Sie schoben eine Verandatür auf und gingen wieder ins Haus.

Ernestine rollte sich auf den Rücken und ließ sich etwa einen

Meter nach unten rutschen. Sie schaute in den undurchdringlichen Dunst auf. Die Frau hatte recht gehabt, leichter Regen hatte eingesetzt. Bald schon war ihr Gesicht von einem Feuchtigkeitsschleier bedeckt. Da fiel ihr die Thermosflasche mit Erdbeertee ein, die sie in letzter Minute in ihre Tasche gestopft hatte. Gierig angelte sie danach. Während sie dankbar ein paar Schlückchen Tee nahm, dachte sie über ihre Möglichkeiten nach.

Die Fragen bedrängten sie wie zudringliche Möwen:

War das wirklich Harrys Villa?

Wenn ja, was hoffte sie hier zu finden?

Wer wurde heute Abend erwartet?

Und natürlich:

Wenn hier etwas Verdächtiges vor sich ging, was würde sie unternehmen?

Sie trank noch einen Schluck Tee und richtete den Blick auf die See, um die Augen an die Dunkelheit zu gewöhnen. Das einzige Anzeichen für die Anwesenheit des Meeres waren die gelegentlich aufleuchtenden Schaumkronen in der Brandung.

Und dann schlug sie wieder den Kreis zur ersten Frage: *Was sollte sie tun, wenn es nicht Harrys Villa war?*

Ernestine verstaute die Thermosflasche und kroch zurück auf ihren Beobachtungsposten oben an der Dünenböschung.

Die Villa war offensichtlich neu, ein prächtiges, aber reizloses Gebäude. Der Empfangssalon wurde von zwei Messing-Kronleuchtern hell erleuchtet. Anscheinend hatte er eine hohe Decke, denn das Licht fiel aus zweistöckigen Fenstern über die Terrasse und den weitläufigen Rasen bis zum Rand der Dünen. In einer Ecke des Salons stand ein Stutzflügel. Der Klavierstimmer lehnte am Instrument, drückte mit der einen Hand die einzelnen Tasten und justierte mit der anderen die Tonhöhe. Es war also eine musikalische Darbietung geplant. Ernestine konnte verschiedene mit weißem Leder bezogene Sitzmöbel (die selbst aus der Entfernung teuer aussahen) erkennen und in der Nähe des Flügels eine Bar mit mehreren Hockern. Das Hauspersonal eilte kreuz und quer durch den Raum. Ernestine sah auf die Uhr: 17 Uhr 25. Wenn hier eine Cocktailparty vorbereitet wurde, würde sie vielleicht um 18 Uhr beginnen.

Die Terrassentür wurde aufgeschoben, und der Klavierstimmer trat ins Freie. Ernestine presste sich in den Sand. Bald darauf wurde der Geruch von Zigarettenrauch herangeweht.

»Ist der Flügel jetzt fertig?« Es war die osteuropäische Stimme, die ungeduldig von innen rief.

»Fast«, knurrte der Klavierstimmer.

»Mr Ross sagte, dass Miss Carrs Begleiter sich dieses Mal vor der Ankunft der Gäste eine gute halbe Stunde lang einspielen möchte.«

»Moment noch«, knurrte er. »Ich brauche eine Zigarette.«

Ernestine hob den Kopf. Der Klavierstimmer nahm noch einen gierigen Zug, schnippte die halb gerauchte Zigarette verärgert auf dic Wiese und ging wieder hinein.

Mr Ross.

Es war also die richtige Villa.

Miss Carr.

Dieser Name versetzte ihr einen lächerlichen Stich der Eifersucht. Plötzlich stand ihr die Erinnerung an die blau-goldene Erscheinung vor Augen, als wäre sie aus den dunklen Wellen aufgestiegen und schwebte jetzt vor ihr in den Dünen.

Ernestine konzentrierte sich wieder auf das Haus. Wenn es tatsächlich Harrys und Marshalls Villa war, ging es hier dann um noch mehr als um Musik? Und warum fand diese Einladung so bald nach Harrys Tod statt? Was war so wichtig an einem Konzert? Würde auch Gwendolyns Mann Reginald Masterson da sein?

Miss Carrs Begleiter würde sich *dieses Mal* gern früher einspielen …

Wie oft waren Miss Carr und ihr Begleiter hier aufgetreten?

II

Die unheilige Göttin

Patrick Vandermeer hatte seine Tochter, seit sie laufen konnte, jeden Sommer mit nach De Haan genommen. Sie folgten einer festen Tradition, zehn Tage im August und eine Woche in den Winterferien, ganz gleich, wie das Wetter war. Sie wohnten immer in derselben sehr einfachen Ferienwohnung im Erdgeschoss, direkt am Bohlenweg, genau gegenüber den letzten Badehäuschen. Patrick verwöhnte sie mit unter Sahnebergen begrabenen Waffeln und Fritten mit üppiger Mayonnaise. Sie verbrachten den ganzen Tag am Strand in ihrem Zelt, das sie vor den steifen Nordwinden schützte, und warteten auf den Mann mit den *beignets,* der, gekleidet wie ein Koch und in der Hand eine kleine Glocke, aus dem Nichts aufzutauchen pflegte. Ernestine liebte alles an der belgischen Küste, sogar das trübe braune Wasser, das die Zaubergabe hatte, jede Farbe anzunehmen, die sie sich in ihrer Phantasie vorstellte.

Jetzt, wo sie im Windschatten einer Düne auf den Beginn einer Abendgesellschaft wartete, schlug ihre Kindheit über ihr zusammen wie eine Woge. Sie grub ihre Finger in den feuchten Sand, ein herrliches Gefühl, das jahrzehntelang hatte schlummern müssen. Sie hob die offene Hand in den Wind und war genauso fasziniert wie als Kind, als sie fühlte, wie ihr Arm vom Segel ihrer kleinen Handfläche oben gehalten wurde.

Sie dachte wieder an die triste, enge Ferienwohnung und daran, wie ihr Vater in den langen dunklen Wintermonaten Münze um Münze gespart hatte. Um dieser kurzen Zeit an der See willen hatten sie selbst auf Freuden wie Kino- oder Restaurantbesuche verzichtet.

Plötzlich hörte sie wieder Klavierspiel, dieses Mal richtiges. Ernestine spähte über den Rand der Düne: Der Pianist, den sie vom Konzert im Château Rivage kannte, spielte sich ein. In der geräumigen Diele rechts des Salons tauchten die ersten Gäste auf.

Und dann überstürzte sich alles.

Der Pianist fiel in den Schatten zurück, als die Flügeltüren aufgestoßen wurden, um eine bunt funkelnde Flut einzulassen. Jetzt, zur Cocktailzeit, trugen die Frauen geschmackvolle Hosenanzüge und klassisch elegante Kleider, während die Männer in ihren üblichen perfekt geschnittenen Anzügen erschienen waren.

Der Wind trieb den Regen inzwischen schräg vor sich her, Ernestines Mantel wurde immer schwerer und begann nach nassem Schaf zu riechen. Wenn sie noch länger hier in den Dünen blieb, würde sie stinkend und völlig durchnässt nach Ostende zurückkehren.

Doch dann vergaß sie die nasse Wolle: Ein Mann mit silber werdendem Haar und Fliege war gerade in den Salon getreten.

Boondael!

Entsetzt beobachtete Ernestine, wie er sich affektiert lächelnd einen Weg zu den Männern an der Bar, vermutlich wichtigen Geschäftskontakten, bahnte.

Eine Entdeckung nach der anderen brach über Ernestine herein, während sie auf der kalten Düne lag: Arnaud de Wasseige (also wartete der arme Walter Goossens irgendwo draußen im Regen), Irving Geist, Harrys früherer Quartett-Kollege, und daneben echte Stars wie Botschafter Bowman mit ein, zwei Lakaien im Gefolge, ein bekannter TV-Serien-Held, dessen Namen Ernestine vergessen hatte, Prinz Sowieso (sie sahen alle gleich aus, feingliedrig und unterernährt), dessen Bild regelmäßig in den Boulevardzeitungen zu sehen war. Wenn sich solche Leute durch eine Menge bewegen, gibt es immer kleine Strudel, und

Ernestine verfolgte fasziniert, wie sich die Oberfläche hier und da kräuselte.

Dann trat eine weitere Berühmtheit ein, und jetzt gab es nicht mehr nur ein Kräuseln, sondern eine echte Bugwelle. Ernestine blinzelte: Ja, er war es, in Fleisch und Blut! Pierre Benoît Kohler, Chef der Acheron Finance Group, der Luxemburger Bankier, den sie im Château Rivage entdeckt hatte – der Mann, der den meisten Nachrichtenmeldungen zufolge seit mehr als zehn Jahren Investoren schröpfte.

Kohler neigte leicht den Charakterkopf, als er Arnaud begrüßte. Gleichzeitig hob er, um jemanden am anderen Ende des Raums zu grüßen, seine linke Hand und ließ dabei den goldenen Siegelring auffunkeln. Ernestine beobachtete dieses alte Machtspiel zwischen Geld und Herkunft und kam zu dem Schluss, dass Kohler mit seinen Milliarden weit mehr Verbeugungen und Respekt erhielt als der Prinz und der Baron.

In ihrem Versteck zog Ernestine die Kragenecken enger zusammen und fand Trost in dem Geruch nach nassem Schaf. *Kohler gehörte ins Gefängnis!*

Sie hatte die Gästeliste noch nicht verdaut, da erschien Gwendolyn Carr höchstpersönlich, eine strahlende Schönheit in knöchellangem Pelz, die, lächelnd und nickend, wie eine Yacht die Menge teilte. Als wären hier, in Harrys und Marshalls Villa, die Hochglanzseiten eines erlesenen Klatsch-Magazins lebendig geworden.

Natürlich ist es zum Teil auch meine Villa, dachte Ernestine ungläubig, aber ohne jede Begeisterung, denn sie wusste genau, dass die Kluft zwischen einer in den Dünen bibbernden Hausangestellten und einem Salon, in dem Leute wie Pierre-Benoît Kohler anwesend waren, von einer einfachen Sterblichen nicht überwunden werden konnte, schon gar nicht von einer, die sich ihren Lebensunterhalt mit Putzen verdiente.

Plötzlich spazierte Sébastien Balthasar in ihre Gedanken, als wäre er dort völlig zu Hause. Sie konnte das Bild seines strengen, aristokratischen Gesichts nicht verscheuchen. Sie war sicher, dass er, als er noch im Rampenlicht stand, auch bei solchen Gelegenheiten zugegen gewesen war, vielleicht sogar mit Gwendolyn Carr an seiner Seite. Ein Gedanke, bei dem ihr leicht übel wurde, genauso wie bei der Erinnerung an den albernen Brief, den sie gerade an Balthasar abgeschickt hatte, in dem sie ihm in Harrys Namen für das Cello dankte und sich (auch das noch!) dafür entschuldigte, dass sie auf seiner Treppe einen Eimer Wasser umgekippt hatte. Einen derart blöden Brief an jemanden zu schicken, der mit Fürsten und Diven verkehrt hatte! Und sie, eine einfache Putzfrau, war so kühn gewesen, ihn nach der Rachmaninow-Sonate zu fragen!

Ernestine konzentrierte sich wieder auf ihre Beobachtungen.

Und dann setzte ihr Herz aus.

Das bunte Treiben im Salon verblasste zu einem Schwarz-Weiß, aus dem einzig ein smaragdgrünes Kleid hervorstach, getragen von einer rundlichen, lebhaften Rothaarigen.

Nelly!

Sie robbte höher, um mehr zu sehen.

Nelly und Marshall, Händchen haltend.

Ernestine rang nach Luft. War Nelly so blind und Marshall so unmoralisch (und Amanda Ross derart abwesend), dass die beiden sich bei einer Party der besseren Gesellschaft so benehmen konnten? Ernestine war heiß geworden, sie schlug die Kapuze zurück. Aber wie unmoralisch war die bessere Gesellschaft an sich?

Die plötzliche Bewegung der Kapuze schien einem der Serviermädchen aufgefallen zu sein, sie trat mit ihrem Tablett ans Fenster und blickte Richtung Strand. Ernestine ließ sich fallen. Sie blieb einen Augenblick lang reglos liegen und robbte dann wie ein Soldat in die Mulde hinunter. Der schwere Mantel schob sich bis zur Taille hoch, zwischen ihren Zähnen knirschte der Sand.

Sie konnte kaum fassen, was sie gerade gesehen hatte. Nelly, ihre beste Freundin, ihre Vertraute! Sie hatte also die ganze Zeit alles über die Villa gewusst. Die gute leichtgläubige Nelly – in den Klauen dieses gefährlichen Schurken! In welche Geheimnisse mochte sie noch eingeweiht sein? Vielleicht sogar, ohne sie ganz zu verstehen? Wie sehr war sie mit Harry und Marshall vertraut – und in das verstrickt, was die beiden da womöglich angezettelt hatten?

Ob Harry mit seinem Freund eine Art High-End-Escort-Service hatte aufziehen wollen? Ernestine biss sich auf die Lippen. Aus der Entfernung ließ sich schwer sagen, ob eine der Frauen, die dort in der Villa ankamen, anrüchig wirkte. Doch angesichts der anscheinend respektablen VIPs in der Villa schien das wenig wahrscheinlich. Ein wenig halbseiden war ja nicht gleich Prostitution.

Ernestine blickte auf die dunkle See hinaus. Jetzt wurde ihr natürlich vieles verständlicher: Nellys Ausweichen, als sie ihr von dem Gespräch mit Boondael erzählen wollte, ihre Weigerung, mit an die Küste zu kommen, sogar, dass sie Marshall in der Nacht, in der Harry gestorben war, verteidigt hatte. Jedenfalls brauchte sich Ernestine nun nicht mehr ständig zu fragen, ob Marshall und Nelly etwas miteinander hatten oder nicht.

Sie holte die Thermosflasche aus der Tasche und trank den letzten Schluck Erdbeertee.

Das Konzert hatte begonnen.

Sie hockte sich auf die Fersen und lauschte. Gwendolyn Carr verlieh einem solchen Abend ganz sicher echten Glanz. In ihrer Stimme war etwas, das alles Sprechen und Denken überaus wirksam verstummen ließ, so dass die Stille der Menge zu einer eigenen Stimme wurde. Ernestine erkannte eine der Puccini-Arien aus dem Programm im Château Rivage. Das hingerissene Schweigen war bis in ihr Versteck zu hören.

Sie schob sich wieder auf ihren Beobachtungsposten, um die beiden Künstler beim Weben des Zauberteppichs zu beobachten.

Die Gäste umringten den Flügel oder gingen, am Champagner nippend, auf Zehenspitzen durch den Salon. Einige sprachen sogar leise miteinander, was angesichts der Qualität der musikalischen Darbietung erstaunte, doch Gwendolyn, in ihrem schwarzen Satinkleid – das Ernestine im Kontrast zur glänzend blonden Frisur von der Wirkung her etwas billig fand – verführerisch an den Flügel gelehnt, sang jetzt Unterhaltungsmusik: ein wenig Cole Porter und Gershwin.

Sie suchte wieder nach dem smaragdgrünen Kleid, und da war sie: Ernestines beste Freundin, die sich an Marshall Ross' Schulter schmiegte und mit dümmlicher Anbetung zu ihm aufsah. Nelly sah in dem Kleid umwerfend aus, womit sie ihrer Freundin in den Dünen – der es so kläglich misslungen war, diesem Kleidungsstück gerecht zu werden – fast ebenso viel Kummer machte wie mit ihrer Anwesenheit auf dieser Party.

Marshall schien die Frau, die an ihm hing wie eine Klette, gar nicht zu bemerken. Sein leidenschaftliches Interesse galt dem Mann neben ihm: Arnaud de Wasseige. Die beiden steckten die wohlfrisierten Köpfe dicht zusammen, und Marshall drückte Arnaud gerade eine Visitenkarte in die Hand.

Die teure Villa … die Geheimhaltung – die exklusive Gästeliste.

Ernestine schlug die Kapuze wieder über den Kopf und kuschelte sich enger in den Mantel. Irgendwie ergab das alles kein rechtes Bild. Kühn kroch sie über die Düne und drückte sich dann in den Schatten der Hecke.

Ein seltsames Bewegungsmuster an der Bar weckte ihre Aufmerksamkeit. Während des Gesangsvortrags nickte ein Mann, der müßig auf einem der Hocker saß, dem Barkeeper zu, der daraufhin diskret an eine Tür hinter der Bar klopfte. Die Tür wurde sofort von einem stiernackigen Mann in Schwarz geöffnet, der nur den Kopf schüttelte und die Tür wieder schloss. Einige Minuten darauf öffnete sich die Tür und ein Mann kam heraus (nicht der Stiernackige, sondern vermutlich ein Gast), woraufhin der Mann vom Barhocker eingelassen wurde. Ernestine beobachtete dieses seltsame Ritual, das sich während des Konzerts mehrmals wiederholte. Einmal setzte sich Arnaud de Wasseige auf den Barhocker, wartete und wurde eingelassen, nachdem Kohler, der gerade seine Brieftasche in die Brusttasche steckte, herausgekommen war.

Ihr Blick folgte der Terrasse bis zu dem Teil des Hauses, in den die Tür hinter der Bar führen musste. Er war völlig dunkel. Erstaunlich bei all dem Kommen und Gehen. Vielleicht waren die Fenster mit schweren Vorhängen verhängt?

Ernestine kroch näher, sie wagte sich bis an den Rand des Lichtkreises, denn plötzlich wollte sie unbedingt wissen, was in dem verdunkelten Raum vorging. Sie hielt sich im Schatten der Hecke und folgte ihr auf der Strandseite mehrere hundert Meter weit, so fühlte es sich jedenfalls an. Sie hatte den Regen im Rücken, das Geräusch der Brandung war lauter geworden. Inzwischen konnte sie den Weg nur noch ertasten, Zweige streiften sie, und sie stolperte über Wurzeln und Unebenheiten. Einmal fiel sie so heftig, dass sie Blut schmeckte. Ihre Lippe war aufgeplatzt.

Endlich hatte sie das Gefühl, auf der Höhe des verdunkelten Flügels angekommen zu sein.

Sie versuchte, einen Spalt in die Hecke zu drücken, doch die war so dick und undurchdringlich wie eine Mauer. Also hockte sie sich hin und tastete unten, wo die Zweige nicht so dicht waren, umher. Vielleicht konnte sie sich, wenn sie ein wenig grub, dort unten durchwinden.

Sie versteckte ihre Tasche in einem Loch und begann zu graben. Es ging überraschend leicht, obwohl sich der feuchte Sand unter ihre Fingernägel setzte und an ihren Wangen haftete.

Endlich hatte sie unter der Hecke eine Aushöhlung zustande gebracht.

Sie presste ihren Bauch hinein und wand sich durch. Zweige verhakten sich am Mantelstoff auf ihrem Rücken und schnellten dann elastisch zurück. Schwitzend und atemlos ließ sie sich auf der anderen Seite gegen die Hecke sinken.

Es war kein Laut zu hören. Vor ihr erstreckte sich eine große Rasenfläche, die bis zu dem verdunkelten Teil des Hauses reichte.

Ihr Herz jagte. Sie war hier ein Eindringling. Jeden Moment konnte jemand die Polizei rufen und sie verhaften und verhören lassen. Ängstlich tastete sie noch einmal nach ihrem Schlupfloch, denn ihr war plötzlich aufgegangen, dass der Besitz vielleicht von einem freilaufenden Hund bewacht wurde. War es überhaupt möglich, diese Rasenfläche unentdeckt zu überqueren?

Egal. Sie dachte nicht weiter nach, sondern rannte los. Das Gras war von der harten, rauen Sorte, die man in Küstennähe findet, und sie fürchtete, man könne es unter ihren Füßen knirschen hören.

Sie erreichte das Haus und duckte sich unter einem der Fenster dicht an die Wand. Zwar waren die Fenster auch in diesem Teil des Hauses groß und prächtig, aber sie endeten einen Meter über dem Boden, man konnte also unter ihnen entlangkriechen. Jetzt konnte sie Stimmen und Männerlachen hören. Und ständiges Gläserklingen. Durch irgendeine Öffnung drang der Geruch nach Zigarrenrauch. Doch die Fenster waren so gründlich verdunkelt wie vor einem Luftangriff. Inzwischen war die Musik im Salon verstummt.

Ernestine bewegte sich auf allen vieren bis zum Ende der Wand und spähte um die Ecke. Und da fand sie, wonach sie gesucht hatte: einen nachlässig zugezogenen Vorhang. Sie schmunzelte. Wenn Männer mit Stoff umgingen, war immer mit einer kleinen Unachtsamkeit zu rechnen. Ganz sicher hatte sich da ein Vorhangsaum irgendwo verfangen.

Ein schmaler Lichtstreifen fiel auf das struppige Gras.

Ernestine richtete sich leicht auf, bis sie durch den Spalt sehen konnte.

Der erste Blick war enttäuschend: Tisch- und Hosenbeine und

dicke, rauchgeschwängerte Luft. Ihr Blickfeld war stark eingeschränkt. Doch während sie noch vergeblich ihren Atem zu beruhigen versuchte, bemerkte sie zwischen zwei Ellbogen grünen Flanell und Karten mischende Hände. Auf einem Tisch nah am Fenster war ein Stapel von etwas, das wie weiße und rote Pokerchips aussah. Und daneben – weit aufregender – Stapel von Euroscheinen in Farben, denen Ernestine in ihrem Alltag selten begegnete: grüne Hunderter, gelbe Zweihunderter, violette Fünfhunderter. Violett schien die vorherrschende Farbe zu sein.

Der Stapel war hoch, allein auf diesem Tisch lagen vermutlich Tausende Euro.

Etwas Rundes, Schwarzes, Glänzendes nahm plötzlich ihren Sichtbereich ein, und Ernestine brauchte einige Zeit, bis sie erkannte, dass es sich um Gwendolyns satinbedecktes Hinterteil handelte, das sich auf einen Platz an einem der Tische zubewegte.

Ernestine lehnte sich wieder an die Wand.

Eine Spielhölle.

Ihr Herz klopfte wütend.

Nein, nicht Damen für eine Nacht, nicht Alkohol und schnelle Wagen.

Geld war die wahre Berufung des Mannes.

Und aus Gwendolyn Carrs Anwesenheit war zu schließen, dass sich auch Frauen von diesen papiernen Sirenen verführen ließen.

Ernestine biss sich auf die geplatzte Unterlippe.

Dies hier sind wirklich tückische Untiefen. Auf was für eine Reise habe ich mich in meiner Unbesonnenheit eingelassen? Wie soll ich je wieder freundlichere Gestade erreichen?

Sie spähte noch einmal hinein.

Das waren keine normalen Spieler, sondern Aristokraten, Vorstandsvorsitzende, Banker – viele der VIPs, deren Ankunft Ernestine verfolgt hatte, schienen sich hier an den Spieltischen abzuwechseln. Sie rutschte wieder nach unten und holte tief Luft. Irgendwie wäre es für sie vorstellbar gewesen, dass Harry einen

Escort-Service betrieben hätte. Aber *das?* Niemals. Marshall Ross, ja, der gewiss. Aber nicht Harry. Bei aller Aufgeblasenheit hatte er doch auch etwas zutiefst Anständiges gehabt. Bei derart dunklen Geschäften hätte er nicht mitgemacht. Ganz sicher hatte Marshall ihn mit hineingezogen und dazu gebracht, gemeinsam ein Haus in der ruhigen Umgebung von De Haan zu kaufen. Das Gespräch in der Bibliothek, das sie belauscht hatte, vermittelte ja einen guten Eindruck von Marshalls Überzeugungskraft. Ernestine hatte noch Harrys flehende, angstvolle Stimme im Ohr, als er verzweifelt versucht hatte, sich aus Marshalls Geschäft herauszuwinden.

Ich will einfach nichts mehr damit zu tun haben, das ist alles. Dafür habe ich nicht die Nerven.

Nein, Harry hatte wirklich nicht die Nerven dafür gehabt.

Und jetzt, wo Harry noch nicht einmal unter der Erde war, lud Marshall die Reichen und Schönen Belgiens zum Spielen ein. Wie viel von diesen Banknoten steckte Marshall in die eigene Tasche? Hatte er sich auch aus Harrys Anteil bedient? Genug, um Harry in den Ruin zu treiben?

Aus einer Eingebung heraus zückte sie ihr Handy, eins der einfachsten Sorte. Sie hatte sich lange gegen diese Anschaffung gewehrt und vor allem dagegen, sich zu deren Sklaven zu machen wie all die Leute, die sie auf der Straße telefonieren sah. Doch jetzt würde es als *ihr* Sklave zu etwas gut sein.

Sie kauerte sich unter die Fensterbank, drückte auf die Kamerafunktion und schoss durch den Spalt hindurch mehrere Fotos. Sie hatte allerdings keine Ahnung, was sie damit anfangen würde, wahrscheinlich wäre ohnehin nichts darauf zu sehen: eine Tischecke, die verwackelte Ansicht von jemandem, der durch den Raum ging, und vielleicht als Sahnehäubchen ein satinglänzendes Hinterteil.

Ein Geräusch unterbrach ihre Überlegungen.

Ein tiefes Bellen.

Sie steckte das Handy in die Manteltasche zurück. Sie hatte gerade noch Zeit, sich herumzudrehen, da raste schon eine struppige, tollpatschige Hundegestalt auf sie zu.

Jetzt ist es aus mit mir! Weglaufen hatte keinen Zweck, denn wenn sie es versuchte, würde dieses Tier sie sicher niederreißen und dann sein Zerstörungswerk beginnen.

Noch ein Bellen, und schon war er über ihr.

»Magnus«, rief es irgendwoher.

Ernestine drückte die Knie an ihre Brust und schloss schicksalsergeben die Augen. Nun blieb nur noch, auf den hellen Lichtkorridor zu warten, den man in solchen Augenblicken angeblich sah.

Ein Winseln.

Eine sehr feuchte Nase stieß in ihre Handfläche.

Vorsichtig öffnete sie ein Auge: Ein stattlicher dunkelbrauner Labrador starrte ihr ins Gesicht, offenbar in der Absicht, es zu lecken.

»Magnus!«, rief die Stimme von eben.

Bewegung auf der Terrasse.

Eine Frau rief etwas.

Eilige Schritte auf dem Holzboden der Terrasse.

Ernestine drückte sich flach ins Gras. Der Hund winselte wieder und schnupperte an ihrem Haar, eine klare Aufforderung zum Spielen.

Die eiligen Schritte näherten sich rasch. Ernestine saß in der Falle. Magnus würde ihr Verderben sein, wenn auch gottlob nicht so, wie sie befürchtet hatte.

»Der Hund muss ihn gesehen haben«, rief die Frau.

Ihn.

Natürlich, wer würde denken, dass sich eine Frau in einem Männermantel in einer dunklen Winternacht in den Dünen versteckte und Tee trank?

Ernestine sprang auf und rannte an der Mauer des verdunkelten Flügels entlang. Magnus schnappte spielerisch nach ihren Fersen. *Irgendwo vor dem Haus muss noch eine Öffnung in der Hecke sein.*

»Halt!«, brüllte ein Mann.

Ernestine sah über die Schulter zurück: Der stiernackige Mann, den sie an der Tür hinter der Bar gesehen hatte, war hinter ihr her. Den grotesk breiten Oberkörper vorgebeugt, stürmte er drauflos wie ein Büffel.

Sie raffte Patricks Mantel um sich und rannte weiter ums Haus, bis sie die Platten einer Auffahrt unter den Füßen spürte. Magnus verlor das Interesse an dieser langweiligen Rennerei und verdrückte sich in einen Busch, um sich zu erleichtern.

Ernestine sah nun die Lücke in der Hecke, dort war die Zufahrt und dahinter die menschenleere Dorfstraße. Sie sah auch Walter, der an einer glänzenden schwarzen Limousine lehnte und sie erschrocken anstarrte. Offenbar hatte er die winzige, von einem grauen Haarwust gekrönte Gestalt in dem Männermantel nicht gleich erkannt. Doch dann zeichnete sich Erkennen auf seinen blassen Zügen ab, und mit wilden Bewegungen, die man ihm gar nicht zugetraut hätte, winkte er sie die Auffahrt hinunter und nach links, in die Freiheit.

Der Büffel stürmte um die Hausecke.

»Da lang!«, brüllte Walter und zeigte die Auffahrt hinunter und nach rechts.

»Was?«

»Schnell! Sie ist da lang gerannt!«

»Sie?«

»Äh, ich meine, *er.*«

»Sind Sie sicher?«

»Ja! Er will zurück in die Stadt! Schnell!«

Ernestine, die das Ende der Zufahrt erreicht und nach links ins Dunkel verschwunden war, fragte sich, wie sie Walter je würde danken können. Edle Ritter waren Mangelware geworden, und man musste sie nehmen, wie sie kamen – auch wenn sie ihr

Haar über eine kahle Stelle kämmten und noch bei ihrer Mutter wohnten.

Sie blieb noch eine Stunde in den Dünen versteckt, um ihre Spur erkalten zu lassen, bevor sie ihre an der Hecke versteckte Tasche holte.

In der Villa war es ruhig geworden. Keine Musik mehr. Ein paar hungrige Gäste klaubten sich Unmengen Hors d'œuvres von den Tabletts, inzwischen unbekümmert um den Eindruck, den sie damit hinterließen. Ernestine beobachtete es über ihre Düne hinweg und wunderte sich, wie sichtbar das Haus war, wenn man seine Lage einmal kannte.

In dem guten Gefühl, dass der stiernackige Wachmann in De Haan unterwegs war, machte sie sich Richtung Ostende auf.

Jetzt hatte sie Gegenwind, was das Gehen stark erschwerte. Das Wasser stieg wieder und leckte immer höher über den Sand. Manchmal trat Ernestine unversehens in den weichen, wegrutschenden Boden eines Priels, dann lief ihr das Wasser in die Stiefel. Grausam, diese Nacht war wirklich grausam, dachte sie, während sie sich durch den Wind kämpfte. Das einzig Tröstliche war das sanfte Leuchten zwischen Himmel und Meer. Ansonsten war es eine feindselige Umgebung, die Gischtkronen der Wellen schienen ihr höhnisch zuzugrinsen.

Einmal brachen die Wolken auf, und zwischen ihren Fetzen erschien eine Mondsichel. Der Regen hörte auf. Ernestine setzte sich auf eine der Abwasserröhren, die aus der Stadt ins Meer hinausführten. Sie zog Patricks Mantel fester um sich und sog die feuchte Seeluft ein. Und da, als hätte sie es geahnt, erschien er plötzlich vor ihr wie an jenem unvergesslichen Nachmittag.

Es war ihr letzter gemeinsamer Urlaub. Ernestine war bereits jenseits der dreißig, doch angesichts dieser verlockenden weiten Sandfläche spielte das Alter keine Rolle. Bei Ebbe schien sich der Strand ins Unendliche zu erstrecken. Sie war zum Wasser gerannt wie als Kind.

Dort kauerte Patrick auf dem nassen Sand, kalte, braune Rinnsale umspülten seine Zehen. Am Himmel waren hundert Grautöne, und alle spiegelten sie sich im Meer. Anfangs schien er sie nicht zu bemerken, sein Blick war auf eine dunkle Wolkenbank gerichtet.

Ernestine kniete sich neben ihn und nahm liebevoll seine Hand. Er bewegte sich leicht in ihre Richtung und sagte: »Schau, *chérie*. Homer sprach von grauen Wellen. Vielleicht sind wir gar nicht so weit von Ithaka entfernt.«

Ernestine sah ihm ins Gesicht. Der Wind war von Westen her aufgefrischt, daher war nicht zu erkennen, ob es der prickelnde Sand war, der seine Wangen gerötet und mit Nässe überzogen hatte, oder der unendliche Mahlstrom seiner Träume. Seine blassblauen Augen schwammen, und Ernestine erkannte voller Schmerz, dass er unrettbar verloren war. War er schließlich dem Wahnsinn verfallen? Wie lange driftete er schon von ihr fort? Monate? Jahre? Sie drückte seine Hand fest zwischen ihren, und als er sich abwandte, wusste sie, dass er weinte. Der Anblick seiner bebenden Schultern zerriss ihr das Herz. Sie wusste, dass er Lebewohl sagte. Näher als hier, wo das Meer im Nebel wie Stahl glänzte, würde er den funkelnden Wellen seiner Träume nie kommen. Und er wusste, dass er sie zum letzten Mal sah. Wie sehr sie sich glichen, Patrick Vandermeer und sein Held Odysseus! Was machte es schon aus, dass der eine Fleisch hackte und der andere mit Göttern sprach? Beider Herz war so groß wie ein Segelschiff.

Nur dass Patrick nie nach Ithaka gekommen war.

Er wandte sich wieder an seine Tochter und zitierte verträumt:
… noch haben wir nicht der furchtbaren Kämpfe Ziel erreicht; es droht noch unermessliche Arbeit, Viel und gefahrenvoll …

»Du musst diese Kämpfe noch wagen, *chérie*«, hatte Patrick an jenem Nachmittag zu ihr gesagt, »ganz gleich, wie schwierig und mühevoll sie werden. Ganz gleich, wohin es führt.«

Ernestine stand vom Abwasserrohr auf und ging weiter den Strand hinunter.

Ich glaube, Papa, ich habe mich auf diesen Kampf eingelassen. Jetzt, wo ich über fünfzig bin, ist es auch an der Zeit, findest du nicht?

Sie hatte die Hälfte einer illegalen Spielhölle vermacht bekommen.

Sie war von einem flämischen Schläger verfolgt worden.

Sie wanderte an einem Winterabend über den Strand …

Ja, dachte sie, *Papa fände es gut.*

Sie kam erst nach 22 Uhr wieder in der Rue Faider an. Die große Holztür quietschte und dröhnte, und sie zuckte zusammen, weil sie fürchtete, sie könnte den Arzt geweckt haben. Diese Sorge hätte sie sich nicht zu machen brauchen. Im Wartebereich saß noch eine sehr dicke unglücklich wirkende Frau. Ernestine nickte ihr zu und ging zur Treppe.

Dieudonné platzte aus seinem Sprechzimmer heraus, um die Frau einzulassen, dabei bemerkte er Ernestine.

»Ah, Madame Vandermeer, einen kleinen Augenblick, bitte. Heute ist Post für Sie gekommen.«

Er verschwand wieder im Sprechzimmer und kam mit drei Umschlägen in der Hand zurück. Das Licht einer Wandleuchte fing sich in seinen Brillengläsern und erlaubte einen schrägen Blick auf seine vorstehenden Augen. Es war wie die Begegnung mit einem Tiefseefisch.

»Merci, Docteur.« Ernestine nahm ihm die Briefe ab.

Sie hatte bei der Post einen Nachsendeantrag für etwaige noch an Harrys Adresse geschickte Briefsendungen gestellt. Natürlich wurde ihr nichts nachgeschickt, abgesehen von ein wenig Reklame und hin und wieder einer Rechnung.

Was den dritten Brief besonders seltsam machte.

Er war an Monsieur Harry Bishop gerichtet. Eine einfache, bescheidene Handschrift. Und kein Absender.

Wahrscheinlich war er bei der Nachsendeprozedur irgendwie zwischen ihre eigenen geraten.

Ernestine wünschte dem Arzt einen guten Abend und ging leise die Treppe hinauf. Jetzt erst wurde ihr klar, welchen Anblick sie ihm geboten haben musste: sandverkrustet, zerzaust und stinkend wie ein Hochlandschaf.

Dieudonné beobachtete Ernestines Rückzug. »Versuchen Sie es mit Brennnessel-Tee, Madame Vandermeer«, rief er ihr nach. »Ein ausgezeichnetes Mittel gegen Erschöpfungszustände.«

Etwa um Mitternacht dieses Abends konnte Ernestine durch eins der Wunder, die uns die neuen Technologien manchmal schenken, drei grobkörnige, aber relativ deutliche Fotos auf ihrem Handy betrachten: eins von Marshall Ross, wie er gerade einen Stapel Pokerchips über einen grünen Tisch zog, eins von dem Satin-Hinterteil zwischen einem Männerknie und einer Tischkante und eins von einer nach einem Banknotenbündel ausgestreckten Hand, deren goldener Siegelring sich prächtig von dem Violett der Scheine abhob.

12
Ein Hase im Wald

Lieber Mr Bishop,

hoffentlich belästige ich Sie mit diesem Brief nicht zu sehr. Die amerikanische Botschaft in Brüssel nannte mir Ihren Namen. Gwendolyn Carr, meine Mutter, singt oft im Hause des Botschafters, und die Botschaftsangestellten meinten, Sie könnten mir ein wenig über sie erzählen.
Ich bin Journalistik-Studentin und möchte als Studienprojekt ein kleines Büchlein zum 25. Jahrestag des Debüts meiner Mutter an der Scala zusammenstellen. Ich kontaktiere so viele Freunde und Bekannte von ihr wie möglich und bitte sie um Beiträge in Form von Anekdoten, Erinnerungen usw. Wenn Sie auch dazu bereit wären, rufen Sie mich doch bitte unter der unten genannten Nummer an.
Ich danke Ihnen schon jetzt für Ihre Hilfe.

Mit besten Grüßen
Sophia Masterson

PS: Es soll eine Überraschung werden, sagen Sie also bitte meiner Mutter nichts davon, wenn Sie ihr begegnen.

Ernestine hatte den ganzen Sonntag gebraucht, um den Brief zu öffnen. Sie, die sonst in allem so klar und gewissenhaft war, sah sich jetzt mit einem schwer zu entwirrenden moralischen Problem konfrontiert: Durfte man einen an den Arbeitgeber gerichteten Brief öffnen? Durfte man einen an einen Toten gerichteten Brief öffnen? Und was, wenn der Arbeitgeber tot war?

Am frühen Abend hatte sie ihn schließlich aufgemacht.

Sophia Masterson.

Gwendolyn Carr und Reginald Masterson hatten also eine Tochter.

Wie alt mochte sie sein? Ernestine betrachtete die Handschrift: klein und regelmäßig, die Buchstaben wie aus Bescheidenheit dicht an dicht gereiht, keinerlei Kringel oder Manieriertheiten. *Eine Journalistik-Studentin …*, also war sie im Alter irgendwo zwischen achtzehn und fünfundzwanzig. Harry musste bei sehr vielen Carr-Konzerten in der Botschaft zugegen gewesen sein, wenn man Sophia an ihn verwiesen hatte.

Jetzt, nach der Entdeckung der Villa in De Haan – und schlimmer noch, der Vorgänge in diesem Haus, von Nellys Verrat ganz zu schweigen – war dieser Brief der jungen Sophia Masterson eine unerwartete Aufheiterung für Ernestine.

Sie angelte ihr Handy aus der Tasche und tippte die Nummer ein, die Sophia angegeben hatte.

»*Allô?*« Französischer Akzent, weiche, mädchenhafte Stimme.

»*Hello?* Sophia Masterson?« Ernestine beschloss, das Telefonat auf Englisch zu führen.

»Ja, am Apparat. Wer spricht da, bitte?« Vollkommenes britisches Englisch.

»Ich bin Ernestine Vandermeer.« Sie unterbrach sich. *Wer bin ich eigentlich? Ich brauche irgendeinen Titel oder eine Tätigkeit.* Daran hatte sie nicht gedacht. Wenn sie sich als Putzfrau vorstellte, würde sie das Mädchen vielleicht verwirren oder misstrauisch machen.

Schließlich entschied sie sich etwas unglücklich für: »Ich bin Harry Bishops Assistentin.« Putzfrauen konnten assistieren, eigentlich tun wir das sogar alle. »Sie haben meinem Arbeitgeber einen Brief geschrieben, der an mich weitergeleitet wurde. Mr Bishop ist kürzlich verstorben, müssen Sie wissen, und ich bin umgezogen.«

»Verstorben?« Das Mädchen schnappte nach Luft. »Oh, das tut mir schrecklich leid. Das wusste ich nicht. Ich wollte Sie wirklich nicht mit so etwas belästigen, Madame, bitte verzeihen Sie meine Zudringlichkeit.«

Ernestine lächelte. Diese Höflichkeit und die Stimme gaben ihr schon ein genaues Bild von Sophia: schmächtig, schüchtern und bescheiden. Das genaue Gegenteil ihrer Mutter also. Vielleicht schlug sie ihrem Vater nach.

»Aber nicht doch.« Ernestines Stimme hatte einen seltsam mütterlichen Beiklang. »Sie belästigen mich nicht. Ich fürchte allerdings, ich kann Ihnen bei Ihrem Projekt nicht helfen, weil ich Ihre Mutter nicht kenne.«

»Ohhh …« Es klang sehr enttäuscht. Dann versuchte es Sophia noch einmal: »Sie sind ihr also nie begegnet? Vielleicht mit Mr Bishop nach einem Konzert? Vielleicht haben Sie sie einfach übersehen?« Unglaublich, Sophia schien andeuten zu wollen, man könne Gwendolyn Carr tatsächlich so leicht übersehen wie ein Tablett mit Kanapees.

Ernestine zögerte. Sie wusste nicht, warum, aber dieses Mädchen machte sie sehr neugierig. Und sie musste sich eingestehen, dass ihre Eifersucht auf Gwendolyn angesichts dieser bezaubernden Tochter neue Blüten trieb. Sophia wirkte so liebenswert und wohlerzogen, so höflich und freundlich. Als Putzfrau wurde man selten so ehrerbietig behandelt.

Das Folgende schien aus dem Nichts zu kommen, aus einem bislang unbekannten Wagemut heraus – und dennoch: hatte sie sich nicht zwei Tage zuvor unter der Hecke einer Villa in De Haan (die ihr allerdings zur Hälfte gehörte) durchgegraben und war um Haaresbreite einem flämischen Büffel entkommen (wenn auch dank Walters wundersamem Eingreifen)? Sie hörte sich sagen: »Nun ja, Sophia, ich hatte das Vergnügen, nach einem Konzert in Château Rivage mit Ihrer Mutter zu plaudern. Mr Bishop und ich waren bei der Baronin de Wasseige eingeladen – vielleicht kennen Sie sie. Ihre Mutter sang göttlich. Die Begegnung mit ihr war eine große Freude für mich.«

»Sie sind mit Baronin de Wasseige befreundet?«, rief Sophia. »Unglaublich! Meinen Sie, Sie könnten mir zu einem Gespräch mit ihr verhelfen? Ich glaube, sie kennt meine Mutter ziemlich gut.«

Mit Baronin de Wasseige befreundet.

Ernestine nahm kurz das Handy vom Ohr und starrte es an, als wäre nicht sie, sondern dieses Gerät der Urheber solch monströser Lügen. *Bei der Baronin de Wasseige eingeladen.* Als hätte die Baronin Harry Bishops Putzfrau absichtlich eingeladen; als hätte die unvergleichliche Aristokratin auch nur die geringste Ahnung, dass Harry je bei ihr gewesen war. Hatte Ernestine wirklich behauptet, die Begegnung mit Gwendolyn Carr sei eine Freude gewesen? Welch ein Schwindel! Sie war auf allen vieren vor ihr gekrochen!

»Mrs Vandermeer?«

»Ja?«

»Könnten wir uns zu einem Gespräch treffen? Wenn Sie Mr Bishops Assistentin waren, wissen Sie doch sicher ein paar Sachen über meine Mutter?«

Ernestine erschrak bei dieser Frage – und auch über ihre eigene Falschheit. Sie wollte das Mädchen einfach nur kennenlernen, weiter nichts. Sicher war es kein Verbrechen, ein bisschen zu flunkern, um sich mit jemandem, auf den man neugierig war, im Café zu treffen.

»Ja, natürlich. Sehr gern. Wie wäre es … lassen Sie mich sehen …« Ernestines Stimme wurde leiser. Sie würde Sophia Masterson wohl kaum all ihre Putzstellen aufzählen. »Ich bin ziemlich beschäftigt. Aber wie wäre es Donnerstag am späten Nachmittag?« Am Donnerstag sollte sie bei Walters Mutter mit dem Reinigen des Kellers anfangen. Sie würde nicht allzu lange dort bleiben und vermutlich genug Zeit haben, sich zu Hause noch umzuziehen, bevor sie Sophia traf.

»Sind Sie auch Diplomatin?«

»Wie bitte?«

»Sind Sie auch im diplomatischen Dienst … ich meine, wie Mr Bishop?«

»O nein.« Ernestine fühlte sich unbehaglich in diesem wilder werdenden Fahrwasser. »Ich bin … nun ja … eher eine Beraterin in häuslichen Dingen, könnte man sagen.«

»Ah. Sie meinen so etwas wie eine Inneneinrichterin?«

Gleich würde sie in voller Montur vom Strudel in die Tiefe gezogen. »Haushaltsberaterin, so könnte man es vielleicht nennen.« Dann, verzweifelt: »Sophia, wo leben Sie?«

»Normalerweise in England. Ich studiere in Oxford. Aber ich bin für ein paar Wochen bei einer Freundin in der Nähe von Brüssel.« Sophia machte eine kleine Pause. »Meine Mutter weiß nicht, dass ich hier bin. Sie mag es nämlich gar nicht, wenn ich in Belgien bin.«

»Ach? Warum nicht?«

»Ich weiß auch nicht. Ich bin abgeschirmt von der Öffentlichkeit aufgewachsen. Ich nehme an, sie hatte Angst, es könne mir etwas zustoßen.«

Ernestine überlegte. »Zum Beispiel?«

»Nun ja, meine Eltern sind sehr bekannt. Ich denke, Kindern berühmter Eltern kann einiges zustoßen, deshalb hielt sie wohl das Klima in Oxford für gesünder. Ich bin sowieso lieber da. Dort verbringt auch mein Vater die meiste Zeit.« Hastig fügte sie hinzu: »Meine Eltern leben nicht etwa getrennt oder so. Sie treten nur weltweit auf und haben mehrere Wohnsitze.«

»Natürlich«, sagte Ernestine. »Ist es Ihnen möglich, ins Zentrum von Brüssel zu kommen?«

»Bis zur Stadtmitte brauche ich nur eine halbe Stunde.«

»Wunderbar! Kennen Sie das Café *Passiflore* gegenüber der Kirche an der Place de la Trinité?«

»Das finde ich leicht, keine Sorge. Sind Sie sicher, dass es Ihnen keine Mühe macht?«

»Ganz sicher. Sagen wir am Donnerstag, 16 Uhr?«

»Ja, vielen Dank! Und mein Beileid für den Verlust Ihres … Ihres *Kollegen,* Mrs Vandermeer.«

Als Ernestine noch vor der Morgendämmerung zur Villa Tosca aufbrach, war der Himmel schwer von Schnee. Die Wolken hingen so tief, dass das Licht der Straßenlaternen sich an ihren grauen kalten Bäuchen brach. Ernestine hatte ihre Handschuhe vergessen, und ihre Hände waren praktisch am Griff des Bissell festgefroren, als Sheila ihr die Tür öffnete.

Die Köchin war nicht in Plauderlaune. Sie hatte an diesem Tag eine wichtige Aufgabe, wie sie lässig verkündete, ein Mittagessen in einer diplomatischen Vertretung in der Stadt. Sie begrüßte Ernestine kaum. »Sie werden heute ganz allein sein«, sagte sie nur. »Es sei denn, wir zählen Arkadi mit.«

Ernestine stürzte sich in die Arbeit. Als Erstes reinigte sie das facettierte Glas in den Wohnzimmertüren mit Zitronensaft und Wasser. Das Mattglas im Musikzimmer war empfindlicher. Dafür verdünnte sie weißen Essig und Spülmittel mit Wasser, füllte das Ganze in die Sprühflasche aus Plastik, die sie immer in ihrer großen Tasche dabeihatte, und begann, die kleinen Scheiben eine nach der anderen vorsichtig mit dieser Lösung sauberzumachen. Um die Ecken hatte sich offensichtlich schon seit Jahren niemand mehr gekümmert, für jede Scheibe brauchte sie mindestens zehn Minuten.

Das Musikzimmer war zu verlockend, keine Studenten in Sicht – und übrigens auch kein Professor. Ernestine war insgeheim glücklich, so viel Zeit in diesem Raum, in dem Balthasars

Anwesenheit noch pulsierte, verbringen zu können. Sie schob den Bissell in vergessene Winkel, staubte die Regalwand ab und schrubbte auf allen vieren den Teppich unter dem Flügel, um seine Farbe aufzuhellen.

Auch jetzt hatte der Rhythmus eine befreiende Wirkung auf sie, und nachdem sie den Bissell einige Male hin und her bewegt hatte, eröffnete sich ihrem Geist eine helle, freie Aussicht.

Doch plötzlich war die Aussicht versperrt. Nelly. Marshall. Gwendolyn. Walter. Ernestine rieb noch heftiger, um die Eindringlinge zu vertreiben. Sie war nicht an Gesellschaft beim Putzen gewöhnt, schon gar nicht an so zahlreiche, es störte sie. Was sollte sie Nelly sagen? Und wie mit Marshall über den Verkauf von Harrys Hausanteil verhandeln – und dabei verbergen, dass sie wusste, wozu das Haus genutzt wurde? Und der arme Walter … Er wüsste sicher gern, was sie da in De Haan getrieben hatte, als sie wie eine gemeine Diebin wegrannte. Bei näherer Betrachtung allerdings schien es ihr durchaus möglich, dass er aus typisch belgischer Höflichkeit nie auf diesen Zwischenfall zu sprechen kommen würde.

Ernestine litt beim Gedanken an Nelly, ihre Kindheitsfreundin, die so fest in Marshalls Netz verstrickt war. Sie hätte sie ohrfeigen und zugleich in die Arme nehmen mögen. Dieser übersprudelnde Rotschopf war manchmal so kopflos. Wusste sie etwa nicht, was in der Villa vor sich ging?

Energisch staubte Ernestine den Flügel ab.

Geht Nelly mit Marshall ins Bett? Sehen seine Freunde in ihr nur ein Spielzeug, ein willkommenes Mittel gegen die Langeweile des Gesellschaftslebens?

Sie kroch unter das Instrument und polierte erbittert die Pedale.

Hat Nelly überhaupt noch Zeit für die Pralinenherstellung?

Ernestine wurde immer noch von dem Bild verfolgt, wie Nelly an Marshalls Arm hing. Also nahm sie allen Mut zusammen und angelte das Handy aus der Schürzentasche, um sie anzurufen. Doch Nellys Telefon war so gründlich abgestellt, dass sie nicht einmal eine Nachricht hinterlassen konnte.

Nun war der Eichenfußboden an der Reihe.

Die breiten Dielen leuchteten in tiefem, sattem Rot und bogen sich unter der Last des Alters. Ernestine besah sie sich, wieder auf allen vieren, aus nächster Nähe, um die seltsamen daumennagelgroßen Einkerbungen genauer zu studieren. Es waren zu viele, als dass sie von einer herabfallenden Tasse oder einem schweren Buch hätten stammen können. Vielleicht konnte ihr Sheila etwas dazu sagen.

Ernestine schritt durch den Raum und klopfte den Boden leicht mit dem Fuß ab. Normalerweise konnte sie so feststellen, ob die Dielen mit Polyurethan versiegelt worden waren und ob irgendwo morsche Stellen waren. Dann ging sie in die Küche, um einen geeigneten Lappen zu holen.

Sheila hatte ihr Reich blitzblank hinterlassen. Anerkennend musterte Ernestine die fleckenlosen Arbeitsflächen, das makellos glänzende Spülbecken, die wie Soldaten aufgereihten Zucker- und Mehlbehälter und Gewürzdosen.

Da erregte etwas im Garten ihre Aufmerksamkeit.

Am Ende, kurz vor dem Wald, brannte ein Feuer.

Sie ging zur Gartentür, um es genauer erkennen zu können. Eine drahtige schwarze Gestalt nahm einen Laubhaufen aus einer Schubkarre und warf ihn ins Feuer. Die Gestalt schürte es mit einem langen Stock, sprang zurück, als die Flammen höher schlugen, und bewegte sich dann mit Tänzerschritten zur Schubkarre zurück, um Nachschub zu holen.

Es sei denn, wir zählen Arkadi mit.

Ernestine starrte hinaus. Dieses Schauspiel aus Feuer, Winter und einer schwarzgekleideten und von Glück oder Schmerz getriebenen Gestalt hatte für sie etwas düster Slawisches. Sie erinnerte sich an eine Geschichte, die Patrick ihr einmal vorgelesen hatte, sie handelte von einem russischen Mädchen, das seine Hütte im Wald verlassen hatte, um Feuer zu suchen. Plötzlich erfasste sie der Sog dieser Szene, als wäre ein Buch aufgeschlagen worden. Sie holte ihren Mantel aus der Diele und ging hinaus in den Garten.

Arkadi bemerkte sie nicht. Sie ging so dicht an das Feuer heran, wie sie sich traute, doch erst als sie die Hitze schon im Gesicht spürte, fuhr er plötzlich herum und starrte sie grimmig an. Sie wich einen Schritt zurück.

Der Mann lächelte. Kein ansteckendes Lächeln, das man automatisch beantwortet, sondern eins voller Verzweiflung und Trauer – ganz zu schweigen von den unregelmäßigen gelblichen Zähnen, die an die Tasten eines Saloon-Klaviers erinnerten.

»Bonjour«, sagte Ernestine, wahrte jedoch vorsichtigen Abstand.

»Privjet«, erwiderte Arkadi. Das Lächeln verschwand. Aus dem knisternden und knackenden Feuer hinter ihm schossen Funken. Außerdem war da ein leises Zischen, und Ernestine merkte erst jetzt, dass es angefangen hatte zu schneien. Sie hob das Gesicht, um zu spüren, wie die Schneeflocken auf ihren Wangen schmolzen. Das konnte man in Belgien nicht jeden Tag erleben – nicht einmal jeden Winter.

Arkadi lächelte wieder. Der Schnee verfing sich in seinem schwarzen Haar und dem dichten Bart. Wie flehend hob er die Handflächen zum Himmel. Dann presste er die nassen Hände mit sichtlicher Freude an die Wangen. Wie sehr ein Russe in Belgien den Schnee vermissen muss, dachte Ernestine und hob ebenfalls ihre Hände den magischen Flocken entgegen.

Als wolle er eine Frage beantworten, die Ernestine noch gar nicht gestellt hatte, deutete Arkadi auf einen Pfad, der in den Wald führte, und sagte *»Professor«*. Er stocherte wieder mit dem Knüppel im Feuer und wiederholte *»Professor«*. Die Flammen schlugen immer höher. Erschrocken flogen Raben aus einer Buchenkrone auf.

Arkadi zeigte wieder auf den Pfad. »*Professor.*«

Ernestine nickte. Sie hatte nicht bewusst nach Balthasar gesucht, doch der Gedanke, dass er jetzt vielleicht durch den Wald spazierte, erfüllte sie mit unerlaubter Neugier. Sie musste schließlich auch an ihre Arbeit denken. Und sie hatte die Anweisung erhalten, sich von ihm fernzuhalten.

Dennoch bedankte sie sich bei Arkadi, schlug die Kapuze über den Kopf und ging auf den Pfad zu. Eigentlich hatte sie weiterputzen wollen. Doch dieses alte Märchen hatte wohl einen Zaubertrank enthalten, oder vielleicht lag es auch am Schnee, der einen zu Dingen trieb, die einem sonst nie in den Sinn gekommen wären.

Der Wald umhüllte sie mit einer weichen, stillen Umarmung. Es schneite nun stärker, der Schnee legte eine weiße Decke über Zweige, Mulden und Lichtungen.

Ernestine ging vorsichtig weiter. Der Pfad war sehr uneben, und sie konnte nicht erkennen, ob es gerade bergauf oder bergab ging. Die Eiskristalle prasselten leise aufs Laub. Das Prasseln verstärkte sich, um dann plötzlich zu verstummen, weil die Blätter bedeckt waren und nur noch Schnee auf Schnee fiel. Ernestine folgte dem Pfad, bis sie das Knistern des Feuers nicht mehr hören konnte. Dann blieb sie stehen und fragte sich, ob sie wohl Fußspuren im Schnee entdecken würde. Hatte Arkadi ihr sagen wollen, dass der Professor jetzt hier war? Oder kürzlich hier gewesen war?

Kommunikation gehörte offenbar nicht zu den Stärken des Gärtners. Sie würde zurückgehen.

Da sah sie plötzlich hinter einem dünnen Vorhang aus Schnee eine Gestalt mit einem breitkrempigen Hut. Er war vielleicht vierzig oder fünfzig Meter entfernt, flankiert von zwei mächtigen Buchen, zwischen denen ein Pfad tiefer in den Wald führte. Er stand sehr still und sah sie an. Sie hätte diese Gestalt überall erkannt, obwohl sie sie erst einmal gesehen hatte.

Balthasar zeichnete sich vor der verschneiten Landschaft ab, wie er sich vor dem blendenden Gegenlicht aus dem Dachgeschoss abgezeichnet hatte. Anscheinend waren weiße, schwebende Substanzen sein natürlicher Lebensraum.

Er bewegte sich viel schneller auf Ernestine zu, als ihr lieb war. Sie erstarrte wie der Hase angesichts des Jägers.

»Ich kann mir nicht vorstellen, dass es hier draußen viel zu putzen gibt«, sagte er kühl.

Ernestine senkte den Kopf. »Nein, Monsieur.«

»Haben Sie im Haus nicht genug zu tun?«

Sie sah auf ihre feuchten Schuhe. »Ich liebe den Schnee.« Sie sagte es mit solch kindlichem Freimut, dass Balthasars Gesichtsausdruck sich völlig gewandelt hatte, als sie wieder aufsah, von verwirrtem Unmut zu etwas, das fast Interesse war. Er sagte nichts, und seine Augen lagen im Schatten der Hutkrempe, so dass sie weder Farbe noch Ausdruck erkennen konnte. Aber wieder empfand sie diese tröstliche Wärme, die sie auf der Speichertreppe gefühlt hatte – ein Schweigen, das nichts verlangte und weit über jeden überflüssigen Versuch erhaben war, es zu füllen.

Balthasar machte einen Schritt auf sie zu. Er war groß, wenn auch keineswegs riesig, doch er hielt sich sehr gerade, und in seinem langen Mantel erschien er Ernestine so hoch wie die Bäume ringsum. Wieder erstarrte sie. Jeder vernünftige Hase hätte sich längst aus dem Staub gemacht.

»Ich habe Ihren Brief bekommen«, sagte er. »Sie fragten mich nach der Rachmaninow-Sonate.«

Das habe ich getan? O Gott! Habe ich diesen dummen Brief wirklich abgeschickt? Er muss mich für verrückt halten!

Balthasar schwieg, als wolle er ihr die nötige Zeit für diese Überlegungen geben. Als sie sich von ihren stillen Selbstvorwürfen erholt zu haben schien, sagte er: »Wenn Sie mögen, können Sie sich meine Aufnahme ausleihen. Sie steht auf dem untersten Bord im Musikzimmer, genau hinter dem Flügel. Es ist allerdings eine Langspielplatte. Haben Sie einen Plattenspieler?« Balthasar klang neutral, als habe er dabei auch anderes im Kopf und sei nicht sonderlich daran interessiert, ob Ernestine einen Plattenspieler hatte oder nicht.

Doch die Frage öffnete eine Schleuse in ihr. »O ja, ich habe einen! Er gehörte meinem Vater. Er liebte Musik, wissen Sie.« Die Worte sprudelten unkontrolliert aus ihr heraus, als hätten sie schon sehr lange darauf gewartet, endlich gesagt zu werden. »Als ich klein war, haben wir jeden Abend zusammen Musik gehört, in unserer Wohnung über dem Geschäft …«

Aber Balthasar hatte sich schon auf den Rückweg zum Haus gemacht. Ernestine sah betreten zu Boden. Dann folgte sie ihm in schicklicher Entfernung. Und in bitterer Reue. *Wie konnte ich nur so linkisch sein und mich so gehen lassen?* Tränen stiegen ihr in die Augen, sie wischte sie hastig weg.

Als er sich noch einmal zu ihr umdrehte, war sie so wenig darauf gefasst, dass sie fast mit ihm zusammengestoßen wäre.

Jetzt konnte sie seine Augen sehen: Sofort erkannte sie die leise Unruhe in ihnen, die so gar nicht zu seinem gemessenen Betragen passte. Da war sie wieder, die Verletzlichkeit, die sie bei ihrer ersten Begegnung gespürt hatte. Unmöglich zu sagen, wie tief sie ging und ob sie sich für immer in ihm eingenistet hatte. Trotz der frischen, munter machenden Luft, die Farbe in seine Wangen hätte bringen müssen, war sein Gesicht angespannt und marmorbleich. Verschlossen. Ernestine versuchte, den Blick abzuwenden, doch vergeblich. Dieser Mann war zutiefst unglücklich, und was immer dazu geführt hatte, hatte sich ihm in Fleisch und Blut eingeprägt, so dass er nur einige wenige Nebenkräfte mobilisierte, um das Gesicht zu wahren und den Alltag fortzusetzen.

»Was für ein Geschäft hatte Ihr Vater?«, fragte er.

Ernestine riss erstaunt die Augen auf. »Er war Metzger, Monsieur. Danke der Nachfrage.«

Balthasars Augen weiteten sich. Ihre Farbe war eine komplexe Mischung von Grün und Braun, und sie waren – für Ernestine, die Augen las wie der Seemann Wolken – beunruhigend tief.

»Ein Metzger …«, murmelte Balthasar und wandte sich abrupt ab. Er stapfte durch den Schnee davon. Jetzt schien er sie wirklich völlig vergessen zu haben.

Zurück im Haus, ging sie gleich zum Regal hinter dem Flügel und blätterte gierig die Platten durch. Sheila hatte recht: Die meisten Aufnahmen waren von Balthasar, wenngleich sie, den Fotos nach, schon einige Jahre alt waren. Die Rachmaninow-Aufnahme war leicht zu finden. Der Pianist war interessanterweise Reginald Masterson gewesen. Auf der Plattenhülle war ein Foto der beiden Männer mit ihren Instrumenten: Masterson schlaff und ernst, Balthasar hoheitsvoll und humorlos. Ernestine fragte sich, ob Sophia ihrem Vater nachgeriet, und ertappte sich bei der Hoffnung, dass sie es nicht tat.

Sie schob die Platten an ihren ursprünglichen Platz zurück, als ihr eine davon ins Auge fiel. Sie zog sie heraus: Gwendolyn Carr mit Puccini-Arien, darunter auch einige aus *Tosca.* Auf der Plattenhülle war die Sängerin in ihrer ganzen opernhaften Herrlichkeit zu sehen. Goldlamékleid und prachtvolles Diadem, Diamanten an den Ohren – *an einem sonnigen Tag sicher eine geradezu blendende Erscheinung,* dachte Ernestine. Die Diva streckte ihre Hände einer unsichtbaren Menge entgegen, deren Jubel sich in ihrem emporgehobenen, verzückten Gesicht spiegelte.

Ernestine drehte die Platte um, ihr Magen verkrampfte sich. Auf der Rückseite eine anmutig geschwungene Frauenschrift:

Für meinen Darling S. von G. Zur Erinnerung an all die himmlische Musik, die wir gemeinsam machen, auf der Bühne und dahinter!

Ernestine warf unwillkürlich einen Blick zur Tür. Ohne nachzudenken, stopfte sie Gwendolyns Platte zusammen mit Balthasars Aufnahme in ihre große Tasche. Beide fanden einen gemütlichen Platz zwischen dem Olivenöl und der Wasser-Sprühflasche.

Als sie den Raum verließ, waren ihre Hände feucht, und sie zitterten. Niemals, in all ihren Putzfrau-Jahren hatte sie etwas genommen, was ihrem Arbeitgeber gehörte, nicht einmal geliehen – denn sie wollte Gwendolyns Aufnahme nur leihen. Schon bei dem Gedanken fühlte sie sich ganz krank. Doch jetzt …

Welchen Einfluss hat diese Frau auf mich?

Ernestine ging nach unten in die Damentoilette und spritzte sich kaltes Wasser ins Gesicht. Dann blickte sie streng in den Spiegel. *Grauäugige Athene, von wegen.* Sie lachte bitter auf, als sie an die Göttin dachte, die in Château Rivage gesungen hatte. Allerdings trat Athene in vielen Verkleidungen auf – sie konnte eine Bettlerin sein, eine alte Frau und sogar ein Mann. Warum sollte sie nicht auch als Putzfrau auftreten? Homer hätte diese Verkleidung sicher gebilligt, wenn er daran gedacht hätte. Und andererseits Kirke: Sie nutzte ihre Schönheit nur, um Männer in ihr Bett zu locken. Nicht sonderlich originell, milde gesagt (obwohl sie außerdem die Gabe hatte, Männer in Schweine verwandeln zu können).

Bevor sie nachmittags nach Hause ging, suchte Ernestine in Sheilas Küche herum, bis sie das Regal mit den Tees fand: Earl Grey, Orange Pekoe, English Breakfast. Alles viel zu gewöhnlich für das, was ihr vorschwebte. Dann entdeckte sie den Jasmintee. Ja, der könnte richtig sein! Lindernd. Elegant. Verfeinert.

Sie bestückte ein Tablett mit einer kleinen Porzellankanne, einem gestrickten Teewärmer, einer Royal-Doulton-Tasse (zu feminin, aber sie fand nichts anderes), einem Silberlöffel (den sie auf der Untertasse unterzubringen versuchte, der aber immer hinunterrutschte, so dass sie ihn neben die Tassen legen musste), Zucker und Milch. (Trank man Jasmintee mit Milch? *Zut!* Er würde sie für noch dümmer halten als bisher schon.) Ernestine legte noch ein paar Mandelplätzchen auf die Untertasse und trug das Tablett die Treppe hinauf.

Eine endlose Treppe. Auf halber Strecke merkte sie, dass sie das Teesieb vergessen hatte, ließ das Tablett auf einem Fenstersitz und rannte zurück in die Küche, um eins zu suchen.

Endlich umrundete sie die letzte Kehre des Treppengeländers, und die weiße Tür tauchte vor ihr auf.

Lange stand Ernestine mit ihrem Tablett auf dem Treppenabsatz. Sie hatte das Cello den ganzen Tag nicht gehört. Vor ihrer Begegnung mit Balthasar hätte sie sich nicht vorstellen können, dass Stille für einen Musiker so viel Bedeutung haben konnte.

Sie stellte das Tablett etwa in der Mitte der letzten Stufenflucht ab. Das Dachfenster über dem Treppenhaus beleuchtete das Tablett wie ein Spotlight ein wichtiges Requisit auf der Bühne.

Ernestine stand ganz still da.

Dann lief sie ganz leise hinauf, klopfte an die weiße Tür und rannte die Treppe hinunter, als wäre ihr ein Gespenst auf den Fersen. Sie blieb erst auf dem Treppenabsatz über der Eingangshalle stehen. Das Herz hämmerte ihr in den Ohren, fast hätte sie das Öffnen der Speichertür überhört und Balthasars Ruf: »Danke!«

Als sie sich im Schnee auf den Heimweg machte, fühlte sie sich seltsam leichtfüßig. Zu denken, dass Balthasar vielleicht gerade jetzt ihren Tee trank! Als wäre sie wieder ein Schulmädchen und als würde ein ferner charismatischer Lehrer endlich einen Blick auf ihr Heft werfen.

Sie schlitterte über das Kopfsteinpflaster und stapfte an den Reihenhäusern vorbei zum belebten Kreisverkehr Boitsfort, um den sich verschiedene Cafés und Lebensmittelgeschäfte scharten. Die magische Aura der Villa Tosca verblasste schnell. Ernestine warf nun einen nüchternen Blick auf ihre Begegnung mit Balthasar. Er war kühl und distanziert gewesen. Seufzend fasste sie ihren Bissell fester. Vielleicht war es für Gwendolyn doch gut gewesen, dass sie Balthasar verlassen hatte. Er schien alles andere als verträglich zu sein. Und wenn Gwendolyn geblieben wäre, hätte sie nie eine so reizende Tochter wie Sophia bekommen.

Aber wie kann ein so distanzierter Mensch so leidenschaftliche Musik spielen?

Ernestine stand mit ihrem Bissell in der Hand an der verschneiten Ecke und dachte unter anderem über dieses Paradox nach. Die scharfen Ecken der Plattenhüllen stachen ihr durch die Tasche hindurch in die Hüften und erinnerten sie an ihre Verfehlung.

Jemand berührte ihre Schulter.

»Madame Vandermeer?«

13
Das Undenkbare

Juliens pummeliges Mondgesicht war unverkennbar.

In einer mütterlichen Aufwallung küsste Ernestine ihn auf die Wange. »*Bonjour!* Sind Sie auf dem Weg zu einer Cellostunde?«

Julien wischte ein paar Schneeflocken vom Cellokasten. »Ja. Ich habe diese Woche drei Mal Unterricht, und am Freitag muss ich vorspielen. Aber ich bin zu früh dran.«

Er wirkte ratlos. Die beiden standen unschlüssig mit Cello beziehungsweise Bissell am Kreisverkehr, Ernestine in ihrem zu weiten Mantel noch winziger neben dem großen, rundlichen Julien. Sie lächelte zu ihm auf: Der Schnee hatte ihm noch rosigere Puttenwangen gemalt, er wirkte jünger denn je. Ihr fiel auf, dass auch er seine Handschuhe vergessen hatte. Seine Hände waren genauso rot und steif wie ihre.

»Mit solchen Händen können Sie doch nicht spielen!«, rief sie. »Sollen wir uns nicht ins Warme setzen und einen Kaffee trinken?«

Julien sackte erleichtert zusammen. »O ja! Gern! Ich muss noch eine halbe Stunde totschlagen!«

Sie ließen sich an einem Tisch mit Blick auf den Kreisverkehr nieder. Julien parkte sein Cello am Fenster, und Ernestine stellte ihren Bissell daneben. Die beiden Instrumente schienen mit diesem Nebeneinander ganz einverstanden zu sein.

Julien und Ernestine bliesen sich in die kalten Hände und bestellten Cappuccino mit Schlagsahne.

Einige Minuten lang verhielten sie sich wie Fremde, die sie ja auch waren, zusätzlich getrennt durch Alter, Geschlecht und

Beruf. Doch obwohl Ernestine Julien in Sachen Klassenzugehörigkeit, Rang (ein Cellist steht auf der sozialen Leiter auf jeden Fall höher als eine Putzfrau – sogar ein Piccolo-Flötist wäre noch über ihr) und Eleganz des Mantels unterlegen war, sorgten ihre mütterlichen grauen Locken und ihr Gleichmut rasch für eine gute Atmosphäre.

Daher wagte sie die Bemerkung: »Es ist sicher etwas Besonderes, bei jemandem wie Sébastien Balthasar Cellostunden zu nehmen.« Sie sah sich beiläufig im Café um, um nicht zudringlich zu wirken. Es war nur eine Handvoll weiterer Gäste da. Das Lokal war von der Sorte, die Ernestine mochte: überall dunkles Holz und Kerzen und Kellner, die sich in einer Art anmutigem Foxtrott bewegten.

Ihr Kaffee kam. Ernestine bezahlte sofort, zur großen Erleichterung Juliens, der seine Geldbörse vergessen hatte.

»Ja, es ist beeindruckend.« Gedankenvoll tauchte er seinen Löffel in die Sahnehaube. »Eigentlich ist es fast unheimlich.«

»Unheimlich?«

»Ja, ich meine, Balthasar ist so berühmt. Und jetzt, wo er sich so abschirmt, hat man das Gefühl, in seine Privatsphäre einzudringen. Es ist natürlich ein Privileg. Aber vor dem Unterricht bin ich immer furchtbar nervös.«

»Es schadet nichts, wenn einem ab und zu ein bisschen unheimlich ist, es schärft die Sinne und Fähigkeiten.« Bedächtig rührte Ernestine die Sahne in ihren Kaffee und leckte dann den Löffel ab. Nicht zum ersten Mal fragte sie sich, wie in aller Welt Harry Bishop es geschafft hatte, bei Balthasar als Schüler aufgenommen zu werden.

»Was glauben Sie, warum hat Balthasar sich so von der Welt zurückgezogen?«, fragte sie.

Julien, den Mund voller Kaffee, zuckte die Achseln. Ernestine sah jetzt, dass der Junge deutlich über zwanzig war. Rings um die Augen waren Stressfältchen und darunter dunkle Ringe.

Sein Gesicht, so puttenhaft es auch auf den ersten Blick wirkte, war kein unbeschriebenes Blatt mehr. Es hatte sich etwas eingeprägt – und nicht ohne Leid. Vielleicht nahmen die meisten Musikergesichter nach einigen Jahren des Durchkämpfens einen solchen Ausdruck an.

»Jedenfalls ist er ein Rätsel«, sagte Julien. »Niemand weiß wirklich, warum er nicht mehr auftritt.«

Ernestine schwieg kurz. Würde Julien sich genauso verschließen wie Sheila, wenn sie zu viele Fragen nach Balthasar stellte?

Sie nahm das Risiko in Kauf. »Ich hörte, er sei nie darüber hinweggekommen, dass Gwendolyn Carr ihn verlassen hat.«

Julien gluckste. »Das sagen die meisten. Aber sie hat ihn vor über zwanzig Jahren verlassen. Sie haben nur etwa ein Jahr lang zusammengelebt. Und sicher ist es nicht der Grund, warum er keine Konzerte mehr gibt.« Julien trug jetzt einen Sahneschnurrbart, was seine Seriosität leicht minderte. »Viele meinen, dass Balthasar derjenige war, der die Beziehung beendete – dass er sie aus der Villa Tosca rausgeworfen hat.«

Ernestine starrte ihn an. »*Tiens, tiens.* Was Sie nicht sagen …«

»Jedermann weiß, dass Gwendolyn mit allen möglichen Männern ins Bett geht.« Julien wurde hochrot. »Oh! Pardon, Madame!« Erschrocken über seine Indiskretion legte er sich die Hand vor den Mund, entdeckte dabei den Schnurrbart und begann ihn wegzuwischen.

Ernestine lachte. »Machen Sie sich nichts draus. Ich habe es schon vorher von anderen gehört.« Sie hatte sogar Anzeichen dafür mit eigenen Augen gesehen, auch im Verhalten von Harry Bishop und Marshall Ross, aber jetzt war sicher nicht der rechte Moment, das zu erwähnen.

»In Musikerkreisen ist es allgemein bekannt«, fügte Julien hinzu. »Nicht allgemein bekannt ist jedoch, dass Gwendolyn ein paar Jahre später zu Balthasar zurückkehrte, um die Beziehung zu kitten.«

»Ach ja?« Ernestine hob Brauen und Stimme. Das hatte Sheila ihr verschwiegen. »Wie lange dauerte dieser Versuch?«

»Nun ja, im selben Jahr heiratete sie Reginald Masterson, sie kann also nicht lange geblieben sein.«

»Balthasar verschwand also vor vier Jahren aus der Musikszene, scheinbar grundlos.« Ernestines gemurmeltes Fazit war eher an sich selbst gerichtet als an Julien, wie eine Detektivin fügte sie laut denkend die Puzzleteilchen zusammen.

»Ich war bei Balthasars letztem Konzert dabei.« Diese Bemerkung Juliens kam unvermutet und hallte bedeutsam nach.

»Was?«

»Ja. Es war hier in Brüssel, im Palais des Beaux-Arts. Er spielte das Dvořák-Konzert mit dem Pittsburgh Symphony Orchestra. Es war ein Gala-Konzert im Rahmen eines amerikanisch-belgischen Festivals. Edouard Claes dirigierte. Es waren jede Menge Berühmtheiten da. Ich habe fünf Stunden lang im Regen gestanden, um eine Karte zu ergattern! Und als ich endlich reinkam, war es wie die Erfüllung eines Traums!«

»So …«, sagte Ernestine ungeduldig. Das Dvořák-Konzert und das Pittsburgh Symphony Orchestra waren ihr im Augenblick ziemlich egal.

Und dann sagte Julien: »An jenem Abend tat er das Undenkbare.«

»Wie meinen Sie das?«

»Er verließ das Podium.«

Ernestine runzelte die Stirn. »Natürlich, das tun alle nach dem Konzert.«

»Nein. *Nein.* Ich meine, *im* Konzert. Mitten im Adagio.«

»Mitten im Stück?«

»Ja. Madame Vandermeer, ich möchte nicht überheblich wirken, aber da Sie selbst nicht Musikerin sind, können Sie vielleicht nicht ermessen, wie weltbewegend so etwas ist. Ein Opernstar kann während der Aufführung krank werden und die Bühne verlassen. Aber ein Instrumentalist nie. Das wäre, als würde ein Herzchirurg den OP verlassen, obwohl der Patient noch mit offener Brust auf dem OP-Tisch liegt. Sogar schlimmer. Einen anderen Chirurgen kann man notfalls finden. Aber keinen anderen Cellisten. Damit ruiniert man sich seine gesamte Karriere.«

»Aber ein Herzpatient kann sterben. Das ist doch ein bisschen schlimmer, finden Sie nicht?«

Julien wedelte mit seinem Löffel herum. »Ja, schon. Aber ein Musiker meint zu sterben, wenn der Kodex verletzt wird.«

»Der Kodex?«

»Klassische Musiker leben nach einem sehr strengen Kodex. Es gibt Dinge, die man tun darf, und zwar auf eine bestimmte Weise, und es gibt andere Dinge, die man nie tun darf. Zum Beispiel, mitten in einer Aufführung vom Podium weglaufen. Glauben Sie mir, das wäre Selbstmord.«

»Aber Balthasar hat es getan – vor all diesen Leuten? Er ging einfach vom Podium?«

»Vor all diesen Leuten, einem Orchester, einem Dirigenten und Millionen von Fernsehzuschauern.«

»Was in aller Welt war passiert? War er krank?«

»Jedenfalls ist das nicht bekannt. Bis dahin war alles wunderbar gegangen. Er schlug einen in seinen Bann. Er spielte so herrlich, wie nur Balthasar spielen kann. Seine Bogenführung hat etwas, wofür man sterben würde: Ich meine, dieser Ton geht immer weiter, bis man das Gefühl hat, dass einem das Herz bricht.«

Ja, dachte Ernestine. Genauso hatte sich ihr Herz schon angefühlt, als sie nur eine Plattenaufnahme von ihm gehört hatte. Wie wäre es erst bei einem richtigen Konzert gewesen!

»Er hatte etwa die Hälfte des Adagios hinter sich.« Julien senkte um der Wirkung willen die Stimme. »Da hörte er plötzlich zu spielen auf und sackte irgendwie über die Saiten. Anfangs sah es aus wie ein Herzinfarkt oder so. Der Dirigent bedeutete dem Orchester aufzuhören. Inzwischen war Balthasar aufgestanden.«

»Und was passierte dann?«

»Der Dirigent wollte mit ihm sprechen, doch Balthasar schien ihn nicht zu hören. Er kümmerte sich nicht um das Orchester und das Publikum. Er kehrte dem Dirigenten einfach den Rücken zu und ging.«

Ernestine erinnerte sich an das, was sie noch nachmittags im Wald erlebt hatte: Balthasar schien ziemlich gut darin zu sein, anderen den Rücken zuzukehren und zu gehen.

»Danach muss im Saal ja die Hölle los gewesen sein«, sagte sie.

»Nun ja, es war gespenstisch. Das Publikum rührte sich einige Sekunden lang gar nicht, wie im Schock oder so. Das Orchester war auch erstarrt. Eine gruselige Stille. Und dann brach wirklich die Hölle los. Gerüchte flogen durch den Saal. Manche Leute drehten einfach durch. Nun ja, kein Wunder, die billigsten Karten kosteten 75 Euro! Ein gefundenes Fressen für die Kritiker.«

»Ja, aber der arme Mann«, verteidigte Ernestine Balthasar. »Er muss furchtbar krank gewesen sein. Oder Schmerzen gehabt haben. Oder etwas Ähnliches.«

»Ich weiß nicht. Später hörte ich von einem Freund, der im Beaux-Arts hinter der Bühne arbeitet, dass Gwendolyn Carr kurz vor dem Konzert da gewesen war.«

»Gwendolyn Carr?!«

»Ja. Sie scheint Balthasar etwa eine halbe Stunde vor Beginn des Konzerts besucht zu haben. Mein Freund soll die Künstler vor unbefugten Besuchern schützen. Er sagte, die Carr sei einfach unerträglich gewesen, habe ihn beleidigt und bedroht – wenn er sie nicht durchließe, werde sie dafür sorgen, dass er seinen Job verliere und so. Sie wissen ja, wie Diven sind.«

Ernestine nickte, sie hatte eine ziemlich genaue Vorstellung davon. »Also hat sie Balthasar irgendeine schlechte Nachricht überbracht.«

»Ich weiß noch, dass Balthasar sich ein paar Monate vor dem Konzert geweigert hat, einen Plattenvertrag mit ihr zu unterschreiben. Es wäre wirklich lukrativ gewesen. All ihre alten Langspielplattenaufnahmen sollten noch einmal auf CD herausgebracht werden, und das hätte ein Vermögen von Tantiemen eingebracht. Sie traten nicht mehr oft zusammen auf. Sie hätten nur eine Aufnahme als Schaunummer für die Werbung aufgenommen – Carr hätte eine Arie gesungen, Balthasar einen Satz aus einer Sonate gespielt, so in der Art. Zwei große Namen bringen mehr Verkäufe als einer … Sie wissen ja, wie das ist.«

Ernestine nickte und dachte, sie wisse vielleicht, wie das sei, aber es sei ihr doch zu hoch. »Ich kann mir nicht vorstellen, dass Gwendolyn ihn deshalb hinter der Bühne aufgesucht hat«, sagte sie. »Und wie Sie sagten, es war ja nichts Neues.«

»Das nicht. Aber die Carr war wütend darüber. Es war monatelang durch die Presse gegangen.«

»Vielleicht hat sie ihn auch mit etwas anderem erschreckt«, überlegte Ernestine. »War jemand gestorben, der ihm nahestand? Vielleicht war es das? Vielleicht wirkte sich der Schock erst mitten im Konzert aus. Manchmal verzögern sich solche Reaktionen. Aber warum sollte Gwendolyn derart darauf versessen sein, ihm so etwas kurz vor einem Konzert zu erzählen? Wie grausam!« Ernestine dachte an Balthasars erschöpftes, ausweichendes Verhalten, an die durchscheinende Verletzlichkeit. Als hätte ihm etwas seinen halben Lebensmut geraubt und als müsste die andere Hälfte mühsam weiterkämpfen.

»Ich glaube nicht, dass jemand gestorben war.« Julien schabte mit dem Löffel die letzten Sahnereste aus der Tasse. »Ich persönlich glaube, die Carr hat das Konzert absichtlich mit einer Neuigkeit sabotiert, von der sie wusste, dass er sich nicht so schnell davon erholen würde. Also wirklich grausam.«

»Dann die Nachricht von einem Tod.«

»Nein, Schlimmeres, glaube ich.«

»Was könnte denn schlimmer sein?«

Julien fixierte sie kopfschüttelnd über den Tassenrand hinweg.

»Keine Ahnung. Von der Nachricht, dass jemand gestorben ist, erholt man sich. Aber Balthasar hat sich nie richtig erholt.«

»Nun ja, er hat ja auch beruflich einen hohen Preis gezahlt.«

»Mag sein. Aber ich glaube nicht, dass es ihm viel ausmacht. Er hat sich seinen Ruf vor langer Zeit erworben. Ich denke, was immer er an jenem Abend erfahren hat, trägt er Tag und Nacht mit sich herum, und *das* macht ihn krank.«

»Dennoch«, wandte Ernestine ein. »Ich nehme an, als Berühmtheit möchte man berühmt bleiben – und nicht berüchtigt werden.«

Julien sah auf die Uhr. »*Mon Dieu,* ich muss los!« Er rappelte sich hoch, stieß gegen den Tisch und warf dabei seine leere Tasse um. Ernestine sah zu, wie er seinen Mantel zuknöpfte und sich das Cello über die Schulter hängte, aber in Gedanken war sie weit weg von diesen Trivialitäten. Sie saß in einem Gala-Konzert in der ersten Reihe und sah eifrig zu Balthasar auf, der, die Welt in den Händen, plötzlich vor seinem begeisterten Publikum zusammensackte.

»*Merci pour le café.*« Julien schüttelte Ernestine die Hand.

Sie stand nachdenklich auf. »Es war mir ein Vergnügen, Julien. Ich hoffe, es war Ihnen nicht lästig, über Ihren Beruf zu sprechen. Er ist so interessant – wenigstens für Außenseiter wie mich. Mein früherer Arbeitgeber hat bei Sébastien Balthasar gelernt, deshalb fand ich unser Gespräch besonders interessant.« Sie senkte den Blick. So eine Flunkerei, so zu tun, als wäre sie Harrys wegen an Balthasar interessiert!

»Ihr Arbeitgeber ist Cellist?«

»Nun ja, er war es gewissermaßen. Er ist kürzlich gestorben.«

Julien wurde rot. »Mein Beileid«, stammelte er. Er wandte sich unbeholfen zum Gehen und rammte mit seinem Cellokasten den Tisch.

Ernestine tätschelte ihm die Schulter, als sie hinaus in den Schnee gingen. Wie sehr die jungen Leute es hassen, wenn irgendetwas mit dem Tod zu tun hatte! Wann merkten sie, dass das

Leben und die ganze Art, wie man es lebt, stets mit dem Tod zu tun haben und damit, wie man über ihn denkt?

Am Kreisverkehr trennten sie sich. Julien marschierte die Kopfsteinpflasterstraße hinauf und Ernestine zur Straßenbahnhaltestelle. Sie verkroch sich zu den anderen vermummten und mit den kalten Füßen aufstampfenden Leuten unter das Glasdach. Es hatte wieder angefangen zu schneien, und die Temperaturen fielen stetig.

Sie starrte in die wirbelnden Schneeflocken. Welche Entdeckung mochte Balthasar an jenem Abend gemacht haben? Welche Neuigkeit war entsetzlich genug, um ein Konzert – und einen Ruf – zu zerstören? Hatte sich Gwendolyn für eine zerbrochene Beziehung rächen wollen? Oder für etwas anderes?

Ernestine bemerkte eine schwarze Limousine.

Sie hielt, halb auf dem Bürgersteig, auf einer der Zufahrten zum Kreisverkehr. Die Scheinwerfer waren eingeschaltet. Das war nicht weiter bemerkenswert. Doch der Wagen war besonders groß und besonders glänzend und hatte durch die getönten Scheiben etwas Verstohlenes und Bedrohliches.

Die Straßenbahn fuhr vor. Als sie sich von ihrem Sitzplatz aus noch einmal umsah, fuhr der Wagen langsam vom Bordstein, fädelte sich in den dichten Verkehr ein und folgte der Bahn über den Boulevard.

Als Ernestine nach Hause kam, saßen keine Patienten mehr im Wartebereich, was ihr, erschöpft, wie sie war, nur recht sein konnte. Normalerweise grüßte sie jeden, der in dem zugigen Dielenbereich saß. Manchmal nutzte einer der Patienten die Gelegenheit und klagte ihr sein Leid oder berichtete von seinen guten Erfahrungen mit den Behandlungsmethoden des Arztes. Auch Ernestine hatte Dr. Dieudonnés Rat befolgt und am Sonntagmorgen auf dem Marché du Midi getrocknete Brennnesseln gekauft. Tatsächlich fühlte sie sich beim Wischen schon viel vitaler.

Sie schleppte ihre große Tasche und den Bissell hinauf in ihre Mansarde. Dann verschloss sie die Tür mit dem einfachen Riegel aus Haken und Öse, der nicht einmal standgehalten hätte, wenn sich einer von Dr. Dieudonnés Kranken die Wartezeit mit Stehlen hätte vertreiben wollen. Das Haus fühlte sich heute Abend seltsam an. Das Alleinsein, sonst ein willkommener Gefährte, machte sie jetzt nervös.

Sie suchte in den Umzugskartons nach dem Plattenspieler ihres Vaters. Der war schnell gefunden, und sie stellte ihn auf den Küchentisch.

Dann zog sie die beiden Langspielplatten aus ihrer Tasche. Gwendolyns Platte schob sie unter einen Kartondeckel, irgendwie war ihr der Anblick unangenehm. Balthasars Platte jedoch hielt sie wie eine Reliquie in den Händen, bevor sie sie auflegte. Der erste Satz der Rachmaninow-Sonate begann, langsam, sehnsuchtsvoll und mit einer Intensität, auf die sie nicht gefasst gewesen war. Als würde sich ihr durch die Dunkelheit eine Hand entgegenstrecken.

In der Pause zwischen dem dritten und dem vierten Satz begannen plötzlich beunruhigende Gedanken in ihr aufzusteigen. Was geschah ihr da? Hatte sie sich in ihn verliebt – in diesen kühlen, überheblichen, schroffen Menschen? War es das? Oder war sie nur in sein Cellospiel verliebt?

Ein Geräusch riss sie aus diesen Träumereien.

Die schwere Holztür unten hatte gequietscht und gedröhnt.

Ernestine hob den Tonarm von der Platte und entriegelte ihre Wohnungstür. In Hausschuhen schlich sie sich bis zum nächsten Treppenabsatz hinunter und lauschte. Normalerweise hätte sie gar nicht auf das Geräusch geachtet. Es war Teil ihrer Abende geworden, und im Grunde gefiel ihr diese entfernte Gesellschaft der Patienten da unten. Der Doktor hatte jeden Abend Sprechstunde. Doch eben hatte niemand in der Wartezone gesessen.

Sie ging in ihr Zimmer zurück und verriegelte die Tür.

Wahrscheinlich hatte Dr. Dieudonné den Türöffner betätigt. Vielleicht sollte sie einmal mit ihm darüber sprechen. Es war nicht ungefährlich, dass er im Allgemeinen nicht aus seinem Sprechzimmer kam und nachsah, wer geklingelt hatte. Die Kriminalitätsrate in Brüssel war enorm gestiegen. Wachsamkeit war geboten.

Ernestine wollte gerade die Nadel wieder in die Rille setzen, als sie oberhalb der Diele Schritte hörte. Rasche, athletische Schritte, die immer näher kamen. Sie konnte das schwerere Geräusch, wenn ein Fuß einen Treppenabsatz erreichte, von dem raschen Staccato auf der nächsten Stufenflucht unterscheiden, das jedes Mal lauter war als das vorherige.

Die Schritte erreichten den Treppenabsatz unterhalb ihrer Mansarde. Eine kurze Unterbrechung, dann näherten sie sich weiter.

Um vor ihrer Tür zu verstummen.

14
Abendlicher Besuch

Sie schloss den Deckel des Plattenspielers und verharrte reglos. Außer Nelly wusste niemand, dass sie hier wohnte. Und Nelly hätte sie sicher angerufen und sich angekündigt. Zudem war in Anbetracht der jüngsten Ereignisse kaum mit ihr zu rechnen.

Es sei denn …

Ja, natürlich! Ernestines Herz schwoll an. Nelly war sicher gekommen, um alles zu erklären und sich für ihre dumme Heimlichtuerei zu entschuldigen! Sie sprang zur Tür, kämpfte mit dem Riegel und riss die Tür auf.

Draußen stand ein großer Mann.

Das Treppenhaus war sehr schlecht beleuchtet. Mit dem vom Dunkel verschluckten Gesicht und dem langen schwarzen Mantel schien er einen schwebenden Augenblick lang nur ein lebendiger Teil der Nacht zu sein.

Marshall Ross.

Er stand an der Schwelle und sah sie an.

»Woher wissen Sie, dass ich hier wohne?« Ernestine hauchte es fast, sie fühlte, dass sogar ihre Stimme von einem Zittern befallen wurde, und wagte deshalb nicht, lauter zu sprechen.

Marshall nickte grüßend und trat ungebeten in ihr Zimmer. Der Raum war sofort wie elektrisch aufgeladen.

»Walter Goossens hat mir gesagt, dass Sie umgezogen sind«, sagte er.

Ernestine beobachtete Marshall von der offenen Tür aus. Der marschierte in der Mansarde auf und ab. Die Ledersohlen knallten auf die Dielen, verstummten kurz über dem Pfauenteppich und knallten dann weiter. Marshalls Haar war wohlfrisiert wie immer, die weiße Strähne über der Stirn bestens zur Geltung gebracht. Vermutlich eine Idee seines Friseurs, denn das übrige Haar schien gefärbt zu sein. Der Duft eines Eau de Cologne hing in der Luft.

»Wollen Sie weglaufen?«, fragte er ironisch. Er sah sich mit gespielter Anerkennung um. »Ich sehe, Sie haben es sich nett gemacht, Ernie. Wirklich nett.« Er redete sie mit dem Spitznamen an, den Harry ihr gegenüber nur ein einziges Mal gebraucht hatte. Sie hatte ihn furchtbar gefunden.

Im grünlichen Licht der Energiesparlampe wirkte Marshalls Gesicht undurchdringlich und eher angespannt. Er blieb stehen und starrte Ernestine an. Sie starrte zurück, gequält von der Angst, ihre weichen Knie könnten völlig unter ihr nachgeben. Sie dachte an die dunkel glänzende Limousine am Kreisverkehr in Boitsfort und war nun sicher, dass er ihr nach Hause gefolgt war. Instinktiv blieb sie in der Nähe der offenen Tür.

»Ich bin hier, weil ich Ihnen ein Angebot machen will.« Er zog einen Stuhl unter dem Tisch hervor und setzte sich.

Ernestine ging interessiert auf ihn zu. »Ein Angebot?«

»Ja. Hugues Boondael sagte mir, Sie seien vor Kurzem bei ihm gewesen.« Marshall räusperte sich mit dem Timing eines Schauspielers. »Sie haben also von Harrys großzügigem Geschenk erfahren. Und etwas von seinen Schwierigkeiten. Armer Kerl. Der alte Harry wusste wirklich zu leben. Er konnte es nur nicht bezahlen.«

»Nicht jeder würde so leben wollen wie Monsieur Bishop, Monsieur.«

Marshall warf den Kopf in den Nacken und lachte. »Ja, Ernie, wir alle wissen, dass Sie es nicht wollten!« Sein Blick wanderte gemächlich über die kleine Gestalt und vermerkte das graue Kittelkleid und die weiße Schürze, die nach dem langen Arbeitstag gefleckt war wie ein Dalmatiner.

Ernestine reagierte nicht auf die Beleidigung. Sie kam sogar noch näher, was Marshalls Lächeln ersterben ließ. Geistesabwesend tastete er über die Schadstellen auf der Resopaltischplatte, nur wenige Zentimeter vom Plattenspieler entfernt, und Ernestine hatte plötzlich das dringende Bedürfnis, das Gerät zu beschützen. Man bedenke, Balthasar höchstpersönlich – wenn auch nur auf Vinyl – war diesem Schuft gefährlich nahe!

»Was wollten Sie mir anbieten, Monsieur Ross?«

»Mein Angebot? Ich möchte Ihnen einen anständigen Preis für Ihre Hälfte der Villa in De Haan anbieten. Ganz unter uns. Dann brauchen Sie sich nicht um solche Sachen zu kümmern wie eine Verkaufsanzeige und Notarsgebühren. Wir machen es einfach unter Freunden ab. Es müsste nicht mal beurkundet werden. Kinderleicht.«

Ernestine zog den anderen Küchenstuhl vor und setzte sich auf seine Kante. Eine Hand legte sie auf den durchsichtigen Deckel des Plattenspielers, um sich Mut zu machen. »Sie meinen, ohne die Beteiligung von Monsieur Boondael?« Sie dachte daran, wie der Notar in der Strandvilla herumstolziert war. »Aber er kümmert sich doch um Monsieur Bishops Angelegenheiten?«

»Oh, Ernie«, erwiderte Marshall. Er stand auf, streckte sich ausgiebig und begann wieder, auf und ab zu gehen. »Sie sind doch Belgierin! Ihr System hier ist so umständlich. Alles dauert ewig. Außerdem fallen immer hohe Steuern und Gebühren an. Und bei einem solchen Prestige-Objekt gibt es auch noch unerwünschte Aufmerksamkeit. Ich schlage Ihnen vor, das alles zu umgehen. Wir werden Boondael den Verkauf als *fait accompli* präsentieren. Dem wäre das egal. Der weiß, wie so was läuft.«

O ja, der weiß es sicher, dachte Ernestine. Witzig, dass jemand mit einer so akkurat gebundenen Fliege so krumme Geschäfte machen konnte.

Sie sah zu Marshall auf. Er strich sich nervös übers Haar. Sie war sich nicht ganz sicher, ob ihm die letzte Bemerkung über

Boondael nicht vielleicht unwillkürlich herausgerutscht war. Der Notar war offenbar über alles bestens informiert. Marshall hätte eigentlich versuchen sollen, Ernestine von etwaigen Besonderheiten dieser Villa abzulenken. Doch er hatte das Gegenteil getan.

»Aber wieso unerwünschte Aufmerksamkeit, wenn es doch nur um einen Anteil an einem Ferienhaus geht?«

»Ein Ferienhaus …«

»Nun ja, Monsieur Boondael sagte, es diene auch dazu, Partys zu feiern.«

»Partys …«

Diese Wiederholungen führten nicht recht weiter.

Ernestine beschloss, direkter zu werden. Sie hatte zu Recht das Gefühl, dass sie durch einen unerwarteten glücklichen Zufall die Oberhand gewonnen hatte.

»Ja, Mr Ross. Ich hörte, Sie und Mr Bishop hätten in der Villa gern Einladungen gegeben. Das meinten Sie wohl, als Sie sagten, er hätte zu leben gewusst. Und wirklich, er feierte für sein Leben gern, nicht wahr? Dennoch frage ich mich, wie er so viel Geld verlieren konnte nur durchs Feiern und Faulenzen am Strand. Finden Sie das nicht seltsam?« Die kleine Ansprache wäre ihr fast in der Kehle steckengeblieben, aber sie hatte sie tatsächlich zu Ende gebracht.

Die Wirkung war enorm.

Selbst im Licht der Energiesparbirne war deutlich zu sehen, wie Marshall erbleichte.

Von diesem Erfolg befeuert, ging Ernestine zu weit: »Monsieur Bishop ist nach einem Streit mit Ihnen gestorben. Ich habe mitgehört, das wissen Sie doch. Er wollte nichts mehr mit Ihren üblen Machenschaften zu tun haben. Doch Sie trieben ihn in die Enge. Sie beleidigten ihn. Sie hätten ihn genauso gut mit einer Pistole erschießen können! Das Ergebnis wäre dasselbe gewesen. Eigentlich müsste man Sie wegen Totschlags belangen, möglicherweise sogar wegen vorsätzlichen Totschlags!«

Sie rückte ihren Stuhl leicht zurück, fluchtbereit, falls er sich auf sie stürzen würde. Andererseits hätte sie mit ihren weichen Knien gar nicht weglaufen können. Jetzt ist es wirklich aus mit mir, dachte sie. Trotz ihrer mutigen Offensive hatte Marshall immer noch genug Trümpfe in der Hand.

Er trat zu ihr und tat etwas, das sie sprachlos machte. Er nahm ihre Hand und drückte sie spielerisch. Ihren Ausbruch ignorierte er.

»Liebe Ernie«, sagte er. »Das hier ist eine Nummer zu groß für Sie. Ich möchte Ihnen helfen, sehen Sie das denn nicht? Ich schlage vor, Sie nehmen mein Angebot an und belassen es dabei. Jemand wie Sie ist wohl kaum in der Lage, es ablehnen zu können.«

Jemand wie ich … Ernestine nahm gedankenvoll die Plattenhülle der Rachmaninow-Aufnahme in die Hand und betrachtete das Foto von Balthasar. Königlich, unvergleichlich, berühmt.

Jemand, der in einer völlig anderen Liga spielte.

Anscheinend war sie, wohin immer sie ging, von höheren Wesen umgeben, mit denen sie nie von gleich zu gleich würde Freundschaft schließen können. Nicht, dass sie auf eine Freundschaft mit Marshall erpicht gewesen wäre …

Sie dachte an Nelly, die so gutgläubig und dieser Schlange so willenlos ergeben war, und das *Jemand wie Sie* erschien ihr bei dem Gedanken an *jemanden wie ihn* nur wie ein angemessenes Gegenkompliment.

Er kam jetzt noch näher und beugte seinen athletischen Körper über den Plattenspieler, bis sein Eau de Cologne an ihrer Haut haftete. Einen Augenblick lang spürte Ernestine, was wohl all die anderen Frauen in Marshall Ross' unmittelbarer Nähe spürten: seine animalische Kraft, die eine Art Fieberschub in ihr auslöste.

»Am Samstagabend wollte jemand in die Villa in De Haan eindringen«, sagte er und blies ihr dabei seinen Atem ins Gesicht. Er roch schal nach Rotwein.

»Tatsächlich? Ein Einbrecher?« Ernestine wurde kalt. Hatte Nelly ihm erzählt, dass ihre Freundin einen Ausflug zur Küste plante? Dass Boondael Ernestine von Harrys extravaganten Partys erzählt hatte?

Marshall sah ihr unverwandt ins Gesicht. »Jedenfalls ist jemand auf dem Grundstück gewesen. Er kam vom Strand. Einer der Wachleute hat ihn verfolgt, aber ohne Ergebnis. Immerhin hat Walter Goossens ihn deutlich gesehen.« Marshall rückte ihr noch näher. »Walter meint, der Eindringling sei ein Mann gewesen.«

Jetzt war Ernestine diejenige, die aufstand und in der Mansarde auf und ab ging. Sie konnte Marshalls Mundgeruch nicht länger ertragen. Er wusste genau, dass sie an der Küste gewesen war und dass sie zumindest ahnte, was Harry und er im vergangenen Jahr getrieben hatten. Marshall würde diese Informationen bei ihr nicht für sicher halten.

»Wie viel möchten Sie mir denn für Monsieur Bishops – ich meine, *meinen* – Anteil an der Villa zahlen?«

»Fünfzigtausend Euro.«

Sie blieb abrupt stehen und starrte ihn an. *Fünfzigtausend Euro … Wie lange müsste sie dafür bei einem Stundenlohn von 7 Euro 50 Toiletten und Keller schrubben?*

Laut sagte sie: »Fünfzigtausend? Das nennen Sie ein anständiges Angebot für eine Villa in De Haan?« Wieder war sie erschrocken über ihren Mut.

»Eine *halbe* Villa.« Marshall nahm die Plattenhülle in die Hand und las den Text auf der Rückseite. Empört wollte sie ihm Balthasar entreißen, doch ihre Knie drohten erneut unter ihr nachzugeben. Sie blieb wie angewurzelt stehen.

»Kommen Sie.« Sein Ton war einschmeichelnd. »Was in aller Welt soll eine Putzfrau mit einem beträchtlichen Anteil eines großen Hauses anfangen?« Jetzt grinste er verächtlich. »Können Sie sich vorstellen, Ernie, wie wir beide Seite an Seite Gäste empfangen? Können Sie sich das vorstellen?«

Ernestine sagte nichts. Sie hörte ein leises Scharren und sah auf. Eine Taube stand auf der Dachluke und starrte Marshall mit dem herausfordernden Augenrollen an, das sie selbst gern zustande gebracht hätte.

»Vielleicht sollte ich endlich deutlicher werden.« Marshalls Stimme war jetzt dunkler. Er warf die Plattenhülle zur Seite und begann die winzige Küche zu inspizieren. In einem empörenden Verstoß gegen jeden Anstand, selbst dem zwischen Herrn und Dienstboten, öffnete er den Kühlschrank und wühlte in einer Schublade herum.

»Sie sollten sich Ihre Entscheidung sehr genau überlegen.« Er drehte sich langsam zu ihr um. »Oder ich kann nicht für Ihre Sicherheit garantieren.«

Ernestine strich sich die Schürze glatt. Sie sah ihn aus großen Augen an, was ihm sichtlich unangenehm war. »Versuchen Sie gerade, mein Schweigen zu kaufen, Monsieur Ross?«

»Gibt es etwas, worüber Sie schweigen sollten, Madame Vandermeer?« Seine Stimme klang tief und unheilverheißend.

»Sie haben mir gerade gedroht, wenn ich recht verstanden habe.« Ernestine war sicher, dass ihre Knie gleich völlig einknicken würden. Dann fiel ihr Blick auf den kleinen Homer-Band am Fußende ihres Bettes.

Keine Angst, meine grauäugige Athene! Scheue das Wagnis nicht! Jetzt hätte sie eigentlich nicht mit einem Besuch von Papa gerechnet. Aber er kam gerade recht. Unwillkürlich lächelte sie beim Anblick der zerlesenen *Odyssee,* und ihre Knie gewannen wundersam an Standfestigkeit.

»Was ist überhaupt mit Ihnen los?«, fragte Marshall schneidend.

»Bitte antworten Sie mir, Monsieur. Drohen Sie mir?« Marshall kam so rasch auf sie zu, dass sein Mantel hinter ihm aufwehte, obwohl es nur drei agile Schritte gewesen waren.

»Ich weiß nicht, was Sie in De Haan gesehen haben. Aber wenn Sie auch nur ein Sterbenswörtchen sagen, zu wem auch immer, bringen Sie sich in beträchtliche Gefahr, in sehr große Gefahr sogar.«

»Aha. Aber das bedeutet nicht, dass ich Ihr kleinliches Angebot annehmen muss.«

»Es bedeutet, dass Sie ernsthaft darüber nachdenken sollten – wenn Sie wissen, was gut für Sie ist.«

Ernestine straffte die Schultern. »Und was ist gut für *Nelly*? Sie amüsieren sich ein bisschen mit ihr, nicht wahr, Monsieur? Und dann lassen Sie sie fallen.«

»Das geht Sie verdammt noch mal nichts an!«

»Meine beste Freundin geht mich immer etwas an. Und das sollten *Sie* bedenken – wenn Sie wissen, was gut für Sie ist.«

Sie dachte, er würde sie schlagen, so erstickend kurz schien er davor. Und sie konnte nichts weiter tun, als aufrecht zu stehen, zurückzustarren und ihren Stolz so gut wie möglich zu wahren.

Doch Marshall bekam seinen Zorn unter Kontrolle. »Sollte ich herausfinden, dass Sie mit irgendjemandem über De Haan gesprochen haben« – er ließ endlich von ihr ab und bewegte sich zur Tür – »dann …«

»Dann?« Als bekäme sie nicht genug von diesem Nervenkitzel, reizte Ernestine das Spiel mit der Gefahr noch weiter aus. »Dann?«, wiederholte sie frech grinsend.

Doch das letzte Wort sollte Marshall behalten. Er legte den Kopf schief und lächelte fast mitleidig. »Dann werde ich dafür sorgen, dass Nelly etwas zustößt.« Es war ein Schlag in die Magengrube.

Marshall war schon halb die Treppe hinunter, als Ernestine wieder zu Atem kam. Die Tür quietschte und fiel dumpf dröhnend hinter ihm zu.

15
Brandungswellen

Ernestine versuchte unzählige Male, Nelly zu erreichen. Die Nummer schien endgültig stillgelegt worden zu sein. Hatte sie ein neues Telefon gekauft? Das alte verloren? Was tat sie gerade? *Und mit wem?*

Ernestine machte noch einen Versuch, Balthasars Rachmaninow zu hören, doch sie war zu rastlos und steckte die Platte schließlich zurück in ihre Hülle.

Sollte sie hingehen und Nelly persönlich warnen?

Doch das war heikel. Nelly und Marshall waren jetzt ein Paar. Wenn sie heute Abend noch zum Sablon ginge, würde sie dort ziemlich sicher auch Marshall antreffen. Und das wollte sie um jeden Preis vermeiden.

Ziellos wühlte Ernestine in den Bücherkartons. Sie begann die Bücher auf die Borde zu stellen, die sie aus Harrys Haus gerettet hatte, eine Tätigkeit, die sie sonst liebte, zu der ihr jetzt aber die Zeit oder vielleicht auch die Lust fehlte. Sie war zu müde, um die Bildfetzen festzuhalten, die ihr durch den Kopf gingen: Balthasar, der das Podium verließ; Nellys smaragdgrüner Busen, der sich an Marshall drückte; die verträumte Schneelandschaft rings um die Villa Tosca; die Raben, die wie Richter auf den Ästen hockten.

Die Regale standen unter der Dachschräge, und jedes Mal, wenn Ernestine aufstand, um ein weiteres Buch zu holen, stieß sie sich den Kopf an einem der massiven Dachbalken. Als sie mit Patricks Taschenausgabe der Shakespeare-Sonette in der Hand dastand und nach einem passenden Platz suchte, fand sie, sie habe für diesen Tag genug aushalten müssen, und nahm die Sonette stattdessen mit ins Bett.

Aber erst zog sie noch die Puccini-Platte unter dem Kartondeckel hervor.

Schuldbewusst drehte sie die Plattenhülle um und betrachtete das Foto von Gwendolyn in ihrem Goldlamé-Kleid. Was war nur in sie gefahren, als sie die Platte in ihre Tasche gesteckt hatte?

Seufzend legte sie sie wieder weg. Bleierne Schwere erfüllte sie. Natürlich würde sie die Platte zurückbringen. Und zwar bald. Sie wollte sie nicht einmal mehr hier in ihrer Mansarde haben, sie fühlte sich, als stünde die Göttin selbst irgendwo im Dunkel und rümpfte die Nase über diese erbärmliche grauhaarige, untersetzte Sterbliche. Die noch dazu das Vertrauen ihrer Arbeitgeber missbraucht hatte.

Ernestine legte sich aufs Bett und starrte durch die Dachluke in das kleine Rechteck Nacht. Im Halbschlaf dachte sie darüber nach, wie unterschiedlich man den Begriff Vertrauen doch auslegen konnte. Dabei sollte es gerade bei diesem Begriff nicht so konfus zugehen, dachte sie, während sie sich auf ihrem Metallbett herumwarf.

Nelly zum Beispiel. Wo hatte das Vertrauen geendet, wo die Täuschung begonnen? Oder konnte beides friedlich nebeneinander bestehen? Es gab keine klaren Antworten, nur weitere Fragen. Vertrauensbruch konnte ganz klein anfangen wie eine undichte Stelle im Dach. Es tröpfelt so vor sich hin, manchmal jahrelang, bis die Balken verrottet sind, und dann bekommt man es eines schönen Morgens kübelweise auf den Frühstückstisch.

Nellys Unerfahrenheit und Arglosigkeit hatten sie direkt unter die Kübel geführt. Es hatte unschuldig genug begonnen, mit einem Flirt über die Pralinen hinweg und Gesprächen über das belgische Wetter. Das konnte doch nicht schaden. Das brauchte man nicht einmal seiner Freundin zu erzählen. Doch Pralinen und das Wetter gingen bald in Abendessen, Ausflüge an die Küste und schließlich in ein Verhältnis mit einem verheirateten Geschäftsmann über. Und wenn die beste Freundin nicht *au courant* gehalten wurde, dann kam halt irgendwann der dickste Schwall über ebenjene herunter.

Ernestine drehte sich unbehaglich auf die andere Hüfte. Nein, dachte sie, Vertrauen unter Freundinnen war entschieden kein konfuser Begriff.

Sie setzte sich auf.

Nelly hatte ihrer Freundin etwas verheimlicht. Doch wie hatte Ernestine vergessen können, dass auch sie einmal ein Kapitel ihres Lebens zugeschlagen und es für immer zur Seite gelegt hatte, ein Kapitel, von dem sie nie jemandem erzählt hatte. Nur Patrick hatte davon gewusst, und sie hoffte innig, dass die Erinnerung daran seine derzeitigen schwerelosen Aktivitäten nicht beeinträchtigte. Für sie jedoch war jener Sommer in De Haan zu einem bitteren Denkmal ihres Junggesellinnenstands geworden.

Freddy de Wit war sein Name – ziemlich unauffällig für ein Denkmal. Er betrieb eine Frittenbude am Rand der Dünen von Bredene, nur ein Stück Strand von De Haan entfernt, und dort hatte ihn Ernestine im Sommer ihres dreißigsten Geburtstags kennengelernt.

Patrick hatte einen zweiwöchigen Extra-Urlaub für sie beide arrangiert, in ihrer üblichen Wohnung am Deich. Nelly hatte ihr ernste Vorhaltungen gemacht: »Du solltest allmählich mal allein Urlaub machen, Nesty – oder wenigstens mit einem Mann. Du bist immerhin dreißig!«

Doch ein Beiklang von Endgültigkeit in Patricks Stimme und die tiefen Furchen, die die Melancholie in sein Gesicht gegraben hatte, ließen Ernestine fürchten, es könne einer der letzten gemeinsamen Sommer mit ihrem Vater sein.

Sie ging allein am Strand spazieren, als sie das *Frites*-Schild über dem hohen Gras sah, der Tag ging zu Ende, und der Wind blies, wie immer um diese Zeit, streng und hartnäckig. Ihr Magen meldete sich, und sie beschloss, vor dem Rückweg ins Dorf noch eine Kleinigkeit zu essen.

Der Stand war geschickt in den Windschutz zweier Dünen gerückt, und ringsum saßen noch kleinere Grüppchen von Strandgutsammlern, die den Sand aus ihren hoch mit *Frites* und Mayonnaise gefüllten fettigen Papiertüten herauszuhalten versuchten.

»*Frites zonder sauce, asjeblieft.*«

Der junge Mann erkannte ihren Akzent sofort.

»*S'il vous plaît, Madame*«, antwortete er, schüttete eine ordentliche Portion der goldbraunen heißen Fritten in eine Tüte und reichte sie ihr.

Sie zahlte und aß dann ganz in der Nähe, in den Anblick der weißen Schaumkronen vertieft, die mit zunehmender Abenddämmerung immer weißer wurden. Sie spürte, dass der Mann sie beobachtete – war jedoch nicht sicher, ob aus Interesse oder aus Langeweile. Er war jünger als sie, und die Art, wie er sie »Madame« genannt hatte, wies auf einen – nicht unbedingt schmeichelhaften – Respekt vor ihrem Alter hin.

Sie nickte ihm noch einmal zu, bevor sie über den Strand zurücklief. Er antwortete mit einem breiten Lächeln. Das lange, schmale, blasse Gesicht, an sich keines zweiten Blickes wert, strahlte reinstes Vergnügen aus.

Zufällig trafen sie sich tags darauf beim Baden.

»Ich dachte, Sie arbeiten am Frittenstand.« Als sie ihn entdeckte, war Ernestine gerade aus dem Wasser zu ihrem Handtuch gerannt. Hastig wickelte sie es sich nun um die Beine, die ihrer Meinung nach viel zu kurz und formlos für eine öffentliche Zurschaustellung waren.

»Meine Schwester löst mich hin und wieder ab. Außerdem ist es heiß heute, und mir war nach einer Abkühlung.« Er grinste. Wieder diese arglose Fröhlichkeit. Sein Französisch war korrekt, auch wenn er es mit starkem Akzent sprach. Die belgische Küste ist eine etwas spezielle Gegend. Die Wallonen haben keine eigene Küste, deshalb müssen sie sich nach Flandern wagen, wenn sie an den Strand wollen. Die Flamen wiederum zeigen keine Abneigung gegen diese landsmännischen Invasoren. Schließlich bringen sie Geld mit, und davon verstehen die Flamen, ähnlich ihren niederländischen Cousins, einiges.

Es war wirklich heiß, der Wind war nur noch ein laues Lüftchen, über dem Wasser lagerte matter Dunst. Und am Himmel hing warm und fern die Sonne, eine blutleere Cousine des südlichen Sonnengestirns.

Freddy warf sich neben ihr auf den Sand, die langen Gliedmaßen ausgebreitet, die empfindliche nordeuropäische Haut bereits hellrosa von der Sonne. Keiner der Teile seines Körpers schien ins große Ganze zu passen, doch insgesamt bot er keinen unangenehmen Anblick. Seine Wangenknochen ragten aus dem Gesicht, und die abstehenden Ohren erinnerten an die einer Fledermaus. Seine Arme und Beine waren so lang, dass es irgendwie falsch aussah, wenn sie sich an den Ellbogen und Knien beugten. Es schien einzig seine unkomplizierte und offene Art zu sein, die ihn zusammenhielt.

Wenn man in einem solchen Zusammenhang von Büchern sprechen konnte, dann wäre Freddys Gesicht ein offenes Buch mit neuen, sauberen Seiten und einem nicht weiter bemerkenswerten Text gewesen. Ernestine konnte leichter darin lesen als in all den anderen Gesichtern, die sie bisher in ihrem Leben betrachtet hatte. An der Schlichtheit seiner Züge war nichts Beschämendes, ihre Freundlichkeit sprach Bände.

Sie trafen sich jeden Nachmittag, um zu schwimmen und am Strand spazieren zu gehen. Anfangs war alles ganz oberflächlich, die albernen Bemerkungen zweier Menschen, die die ersten Versuchsballons aufsteigen lassen. Sie redeten über den Strand und die Pommesbude, die Metzgerei und die Touristen, über die netten Deutschen, die gerade zu dieser Jahreszeit besonders zahlreich waren. Patrick grummelte, Ernestine sei neuerdings so auf Spaziergänge erpicht, wo sie doch früher gern neben ihm in ihrem Windschutzzelt gesessen und die gemeinsame Lektüre und das gemeinsame freundschaftliche Schweigen genossen habe.

Verstimmt stapfte er in der Wohnung herum, als sie abends nach Hause kam. »Bitte, meine grauäugige Athene, du kannst doch an diesem Jungen kein Interesse haben.«

»Bitte, Papa. Nenn mich nicht mehr so. Dafür bin ich zu alt.«

»In Ordnung. Aber trotzdem, du bist zehn von seiner Sorte wert. Was hat er denn in seinem Leben sonst noch getan, als eine Frittenbude zu betreiben? Hat er eine Bildung erhalten? Liest er Bücher? Ich glaube kaum, wenn das Gespräch, das ich heute mit ihm führen durfte, ein Urteil erlaubt. Auf mich wirkt er sehr gewöhnlich.«

»Du hast mir immer gesagt, das Geheimnis des Lebens liege im Gewöhnlichen, Papa.« Patrick antwortete nicht mehr, und sie brachte schweigend die kleine Wohnung in Ordnung und lauschte auf die Menschen, die nach dem Abendessen noch einen Spaziergang über den Deich machten: das schrille Geschrei übermüdeter Kinder und das träge Murmeln Verliebter nach einem weiteren Tag gegenseitigen Werbens unter der brennenden Sonne. Am dunklen Strand jenseits des Deichs rauschten die Wellen. Und auf dem Kanal blinkten die Lichter der Containerschiffe wie bei einem stummen maritimen Karneval.

Ernestine dachte über die Ironie des Schicksals nach, dass ein Metzger so strenge Anforderungen an die Bildung des Verehrers seiner Tochter hatte. Und überhaupt, was hatten Bücher schon mit dem Glück zu tun? War Patrick wirklich so glückselig in seiner selbsterschaffenen Aufklärung? Wo er sich jeden Tag in andere Welten versetzte, und das mit der Hilfe derselben Worte, die ihn schließlich erbarmungslos wieder in die kleine Welt zurückbrachten, aus der er aufgebrochen war? Wie schnell Glück doch auftaucht und wieder verschwindet. Wie ein Kolibri hinterlässt es nur die Illusion von Licht und Farbe und berührt unsere Hände so flüchtig, dass wir nur hoffen können, es im richtigen Augenblick zu ergreifen.

Eines Spätnachmittags breitete Freddy seine Jacke auf der windabgewandten Seite einer weichen Düne aus und zog Ernestine zu sich herunter. Sie war noch nie geküsst worden und staunte, dass man noch mit dreißig mitten im langweiligen normalen Leben eine solche freudige Erweckung erleben konnte. Natürlich hatte sie keinen Vergleich, aber ihr schien, dass nichts schöner war als dieses langsame, feuchte Spiel der Münder. Am liebsten hätte sie den ganzen Nachmittag damit zugebracht, etwa einen Meter über dem Sand zu schweben und an Freddys Lippen zu knabbern.

Aber es war nicht von Dauer.

Er begann das Handtuch von ihren Beinen zu zerren und heftig an den Trägern ihres Bikinis zu fummeln. Ungestüm wie ein Hengstfohlen zappelte er mit seinen langen Beinen und ließ Sand auf ihre Oberschenkel regnen. Bevor Ernestine wusste, wie ihr geschah, war ihr Handtuch völlig weg und mit ihm fast all ihre Prüderie und ein Großteil ihres Stolzes.

Der höfliche Flame war nicht mehr wiederzuerkennen. Mit seinem heißen, keuchenden Atem war er zu einer Art Polder-Untier mutiert. Er schleuderte den entscheidenden Teil ihres Bikinis weg, und als sie spürte, wie sich seine kalten, sandigen Finger an ihre ungeschützten Körperregionen herantasteten, kämpfte sie sich wie eine Ertrinkende unter seinem Körper hervor.

»Freddy!«, schrie sie, halb von den Trägern des Bikini-Oberteils erdrosselt. »Ich bin doch keine Kuh!« Sie sammelte ihre misshandelten Kleidungsstücke ein und stand auf. Freddy, benommen und reumütig, schien ehrlich zerknirscht. Später wurde ihr klar, dass es nicht so sehr die raue Behandlung gewesen war, die sie aufgebracht hatte, sondern der Gedanke, ihre Unschuld ausgerechnet an dieser Stelle, an einem kalten Strand und im Schatten einer Pommesbude, zu verlieren.

Sie sagte Freddy Lebewohl und taumelte über die Dünen zurück. Es sollte ihr letztes Treffen sein, obwohl er es noch nicht wissen konnte und sie nie imstande sein würde, den genauen Grund dafür zu nennen. Sie mochte Freddy – seine Ehrlichkeit, seine gute Laune und – jetzt, wo sie davor sicher war – seine unverfälschte, unbeholfene Leidenschaftlichkeit.

Ernestine seufzte wehmütig und wanderte durch die Dämmerung zurück nach De Haan. Sie streckte ihre offene Hand hoch in den Wind, damit ihr Arm von der gewölbten kleinen Handfläche getragen wurde. Doch die Hand fühlte sich leer an und der Arm erdenschwer. Es war, als hätte sie ein Flügel gestreift, als das Glück über den Strand davonflog.

Kein Zweifel, sie würde sich den Wünschen ihres Vaters fügen. Patrick hatte Freddy als Erbschleicher bezeichnet, was aus dem Mund eines einfachen Metzgers ziemlich verrückt klang. Doch er hatte es ihr erklärt: Er spreche nicht von dem Geld, das mit Schweinekoteletts und Frankfurter Würstchen erwirtschaftet worden war. Nein, *sie* sei sein Goldschatz, seine helläugige Athene – und Freddy könne ihr nicht das Wasser reichen.

Eine Stunde vor Tagesanbruch schlief sie endlich ein.

Wilde Träume verfolgten sie. Sie waren im Pralinengeschäft, Nelly und sie. Ernestine wollte ihr die Sache mit Freddy beichten und erklären, warum sie dieses Erlebnis zwanzig Jahre lang für sich behalten hatte. Doch statt sie hinter der Theke mit Mango-Pralinen zu trösten, war Nelly voll und ganz mit ihren Bewunderern befasst: Marshall Ross und Arnaud de Wasseige. Dann tauchten plötzlich auch noch Walter auf und – wie demütigend für Ernestine! – Balthasar, ein lüsternes Grinsen à la Harry Bishop auf den Lippen. Nelly präsentierte sich ihnen in ihrem apricotfarbenen Morgenmantel, der sich an ihre runden Hüften schmiegte. Anfangs gingen die Männer einfach nur im Geschäft umher, doch dann bildeten sie einen festen Kreis, der sich immer enger um Nelly schloss. Schließlich pressten sie sich an sie und zerrten an ihrem Morgenmantel, bis sie schrie. Jemand hob die Hand – Marshall? Arnaud? *Wer?*

Wie von einem Elektroschock getroffen, fuhr Ernestine in ihrem Bett hoch.

Nelly!

Sie warf die Decke zur Seite und schwang die Füße auf die kalten harten Bretter. Der Traum tobte in Kopf und Magen. Homer und Shakespeare polterten von der Bettdecke. Obwohl der Morgen noch nicht angebrochen war, war es draußen ungewöhnlich hell. Eine Taube scharrte über die Dachluke und ließ in ihrer Panik Schnee aufstieben.

Ernestine kletterte auf einen Küchenstuhl und öffnete eine Luke: überall Schnee. Sie atmete die saubere Luft mehrmals tief ein und begann sich besser zu fühlen. Langsam ließ der Traum sie los. Zuerst trug Brüssel den Hermelin mit eher schüchternem Stolz, so als wisse die Stadt nicht, wie man einem solchen Mantel gerecht wird. Doch dann, ganz Dame, strich sie sich, als der Morgen friedlich und kristallen anbrach, die Ärmel glatt und präsentierte der Welt ihr schönstes Gesicht.

16

Die Schwäne blicken zu den Sternen auf

Um 15 Uhr 24 am Nachmittag des folgenden Tages wurde Julien Buyl von Balthasar hinausgeworfen.

Ernestine wusste die Uhrzeit so genau, weil sie um diese Zeit zufällig die Messingteile in der Diele und die kleine Damentoilette putzte, die vom Salon abging.

Die Cellostunde war stürmisch verlaufen. Selbst die sonst so tolerante Sheila hatte die Küchentür mit einem *»Lord, what a noise!«* zugeknallt.

Das ganze Erdgeschoss hallte von einem brummenden, grollenden, jaulenden Cello wider. Ernestine konnte – mit Mühe – den langsamen Satz aus der Rachmaninow-Sonate wiedererkennen. Es erstaunte sie, dass der Junge, den sie für einen der begabteren Schüler Balthasars gehalten hatte, genauso schlecht zu spielen schien wie Harry. Sie versuchte sich Julien vorzustellen, körperlich verkrampft und angespannt, emotional befangen. Wie sollten sich unter solchen Bedingungen die inneren Weiten auftun? Sie konnte natürlich ihre eigene niedrige Arbeit nicht mit klassischer Musik vergleichen, aber jedes Mal, wenn sie bei Madame Luytens – diesem bösartigen, geizigen alten Drachen – geputzt hatte, hatte sich ihr Magen den ganzen Tag wie verknotet angefühlt. Da konnte sie noch so lange mit Scheuerlappen, Staubtuch oder Bissell arbeiten, um diese Verkrampfung zu lösen oder den Sauerstoffmangel auszugleichen – erst wenn sie später zu Hause an der offenen Dachluke stand, bekam sie wieder genug Luft.

»Das zweite b stimmt nicht!«, brüllte Balthasar, als stünde sein Student am anderen Ende des Gartens. Ernestine hatte Balthasar bislang noch nie laut sprechen hören. Hätte sie seine Stimme beschreiben sollen, hätte sie etwas von sanft und samtig gesagt.

Doch jetzt …

»Und bei dieser punktierten Halben müssen Sie den Bogenstrich besser einteilen!«

Armer Julien. Heute war nicht sein Tag.

»Reißen Sie sich zusammen! Nächste Woche haben Sie ein Konzert!« Es folgten drei oder vier Schlaggeräusche, die Julien offensichtlich zur Verlangsamung des anfangs panischen Tempos anregen sollten, was auch gelang, so dass sich das Cello für kurze Zeit normal anhörte.

Ernestine polierte eine Türklinke aus Messing, als ihr plötzlich aufging, woher diese harten Schläge stammten: von Balthasars Fuß.

Sie stand reglos an der Haustür, von wo aus sie durch das gewellte Glas die Bewegungen im Musikzimmer verfolgen konnte. Eine Gestalt – eindeutig Balthasar, zu erkennen an der königlichen Haltung und der selbst durch das Glas wahrnehmbaren Ausstrahlung – stand in der Mitte des Raums. Ein Bein war leicht angewinkelt, und plötzlich rammte er seinen Absatz in den Boden. Und zwar so oft, dass Ernestine Balthasar klar als den Schuldigen für die vielen Einkerbungen im Eichenparkett erkannte.

Es folgte Gemurmel von Julien und eine kurze Pause, bevor das Spiel wieder einsetzte. Besser jetzt, wie Ernestine fand.

Doch sein Lehrer war absolut nicht zufrieden. Das Cello verstummte wie totgeschossen.

Balthasar verschwand. Jetzt stand eine andere Gestalt dort, wo er eben gewesen war. Eine zusammengesunkene Gestalt ohne jede Ausstrahlung. Lehrer und Schüler hatten die Plätze getauscht.

Balthasar spielte die erste Phrase der Sonate. »*Hören* Sie, was Sie spielen, Julien! *Fühlen* Sie es! In dieser Musik ist so viel Sehnsucht, so viel Glut. Und das ist noch nicht alles …« Er spielte die Phrase noch einmal. »Was hören Sie darin?«, fragte er ärgerlich.

Julien sagte nichts. Dann scharrte er mit den Füßen und sagte demütig: »Leidenschaft?«

»Natürlich! Bei Rachmaninow findet man immer Leidenschaft. Aber hören Sie nicht auch das andere, diese Energie, die Sie an diesen Ort zwischen Himmel und Erde trägt?«

Julien hatte sie anscheinend nicht gehört.

Balthasar begann wieder zu spielen, er spielte den ganzen ersten Satz. Das Cello seufzte und sang unter seinen Händen. Ernestine, die nicht beim Trödeln ertappt werden wollte, polierte geistesabwesend den Schirmständer.

Das Spiel endete. Einige Sekunden lang war nicht das Geringste aus dem Musikzimmer zu hören. Julien hatte sich aus seinem Exil in der Raummitte nicht weggerührt.

Ernestine schlich, schön seitlich, um nicht gesehen zu werden, zur Glastür des Musikzimmers. Sie hatte das Gefühl, dass gleich etwas Wichtiges geschehen würde.

»Die Schwäne blicken zu den Sternen auf«, sagte Balthasar, fast *sotto voce.* Er wiederholte es, lauter, entschiedener: »Die Schwäne blicken zu den Sternen auf, Julien!«

Julien sagte nichts.

»Wissen Sie, worauf ich hinauswill?«

»Nein.«

»Es ist ein Zustand der Gnade, des Schwebens zwischen der Schönheit, die uns hier auf Erden umgibt, und der Schönheit dort oben, von der wir nur träumen können. Die Ekstase, die Qual großer Musik liegt darin, dass sie diesen Zustand einfängt.«

Julien, der immer noch zusammengesunken dastand, verschränkte die Arme.

»Versuchen Sie es noch einmal.« Balthasars Ton war jetzt salbungsvoll.

Ernestine draußen vor der Tür hielt den Atem an.

Julien gab sich einen Ruck. Er richtete sich auf, bohrte die Hände in die Hosentaschen und rief zu Ernestines Entsetzen: »Ich scheiß auf Ihre Schwäne!«

Balthasar kam in Sicht. Durch das wellige Glas wirkte seine Gestalt aufgeblasen und drohend. Er hielt immer noch Juliens Cello. »Was haben Sie gesagt?«

Doch Julien beschloss (Gott sei Dank, dachte Ernestine, deren mütterliche Instinkte erwacht waren), es beim Scharmützel zu belassen und keinen Krieg zu beginnen. Er sagte nichts, sondern nahm Balthasar das Cello aus der Hand und ging zum Flügel.

»Junger Mann, was haben Sie zu Ihren Gunsten vorzubringen?«

»Nichts.«

»Dann verlassen Sie sofort mein Haus!«

»Das hatte ich vor.«

Bei diesem Stichwort trat Ernestine den Rückzug in die Damentoilette an, gerade noch rechtzeitig, bevor Julien aus dem Musikzimmer platzte.

Sie hatte die Toilettentür nicht ganz geschlossen und konnte Julien im Spiegel über dem Waschbecken beobachten. Schwitzend und mit hochrotem Kopf hinkte er durch die Diele. Er nahm sich nicht einmal die Zeit, seinen Mantel anzuziehen oder seinen Cellokasten zu schließen. Er riss die Haustür auf und stürmte hinaus in die Kälte.

»*Attention, jeune homme!*«, rief Balthasar ihm nach. »Werfen Sie es bitte nicht mir vor, wenn Ihr Konzert nächste Woche ein Fiasko wird!«

»Hin und wieder kommt es vor.« Sheila säuberte die Arbeitsfläche neben der Spüle. Unter heroischem Fleischhacken und -klopfen hatte sie einen Rindfleischeintopf vorbereitet und räumte nun das Schlachtfeld auf. Die Küche roch nach Knoblauch, Zwiebeln und großer körperlicher Leistung. »Der Professor ist ein Perfektionist«, fügte sie hinzu. »Einmal hat er ein Buch nach einem Schüler geworfen. Stellen Sie sich das mal vor! Aber es war eine Ausnahme. Normalerweise benimmt er sich wie ein Gentleman.«

»Ja.« Ernestine fragte sich, welches Buch es gewesen sein mochte. »Aber auch die Perfektion hat Grenzen, vor allem, wenn man so jung ist wie Julien.« Sie nahm das Päckchen mit dem Jasmintee aus dem Schrank.

»Was tun Sie da?« Sheila trocknete sich die Hände ab und stemmte sie kriegerisch in die Hüften.

»Ich mache ein Tablett mit einer Kanne Tee fertig und bringe es zum Dachgeschoss hinauf.« Da erst fiel Ernestine ein, dass Sheila nicht zu Hause gewesen war, als sie es das erste Mal gewagt hatte.

»Das tun Sie nicht!«

»O doch.«

»Ich habe Ihnen gesagt, dass Sie nicht rauf dürfen, nur hin und wieder, um die Treppe zu putzen.«

Ernestine lächelte nachsichtig. »Aber ich war schon einmal oben, Madame Martin. Und wie Sie sehen, lebe ich noch. Ich hörte, wie der Professor nach oben ging, und ich glaube, nach diesem Aufruhr kann er eine kleine Erfrischung gebrauchen.«

Sheila kniff die Augen zusammen. »Nehmen Sie sich hier keine Freiheiten heraus. Ich kenne meinen Platz – und Sie sollten den Ihren kennen.«

Die Drohung lag schwer in der feuchten, knoblauchduftenden Luft.

Ernestine hielt inne. Es stimmte, wahrscheinlich hatte sie ihre Befugnisse schon überschritten, als sie das Tablett so üppig bestückt hatte, Teewärmer, Kekse, die schönste Tasse, die sie hatte finden können. Balthasar hatte ja nicht darum gebeten. Es war riskant gewesen – aber er hatte sich bedankt. Sheilas Bemerkung erinnerte sie daran, wie unsicher ihre neue Stelle war. Sie konnte es sich nicht leisten, auch nur eine Arbeitsstunde zu verlieren.

»Dann mache ich nur eine Tasse für mich«, sagte Ernestine, legte den Jasmintee zurück und nahm einen Teebeutel Earl Grey heraus.

»Ein weiser Entschluss.« Sheila wandte sich wieder dem dampfenden Rindfleischtopf zu.

Ernestine goss rasch den Tee auf und trug ihn in den Flur hinaus.

Denn sie wollte ihn natürlich hinauf zum Speicher bringen.

Noch bevor sie den zweiten Treppenabsatz erreichte, begann Balthasar zu spielen. Ernestine setzte sich auf den Fenstersitz und sah in den verschneiten Garten hinaus. Der Himmel über dem Schnee war den ganzen Tag über tiefblau gewesen, eine Kombination, die gemeinsam mit der arktischen Kälte und der Wintersonne, die ihre Strahlen in den Wald fallen ließ wie in ein Kirchenschiff, ganz Brüssel verzaubert hatte.

Er spielte die Sarabande.

Ernestine hätte angenommen, dass er seinen Ärger über Julien mit etwas Wilderem abreagiert hätte. Doch während sie zuhörte, spürte sie wieder, wie sich der weite Raum öffnete und mit jedem gedehnten Ton immer weiter und luftiger wurde. Zweifellos konnte Balthasar an diesem Ort, an den er sich mit seinem Spiel versetzt hatte, jede Menge Ärger loswerden.

Ernestine stellte den Tee neben sich ab und bewegte im Takt den Kopf vor und zurück. *Ein perfektes Tempo fürs Putzen,* dachte sie und freute sich über diese Entdeckung.

Sie brachte die Tasse bis zur selben Stufe wie beim Mal zuvor. Und auch dieses Mal schlich sie sich zur weißen Tür, klopfte an und machte sich rasch aus dem Staub. Jetzt wartete sie aber schon einen Absatz tiefer auf sein Dankeschön. Doch obwohl sich die Speichertür öffnete und die Tasse auf der Untertasse klapperte, gab es dieses Mal keinen Dank.

Tant pis, dachte sie. Vielleicht ist er enttäuscht, weil es diesmal kein schön zurechtgemachtes Tablett war.

Sie ging hinunter und sammelte Mantel, Tasche und Bissell ein. Normalerweise sollte sie um diese Zeit schon auf dem Heimweg sein, und sie wollte nicht länger im Haus herumtrödeln. Sheila hatte sehr deutlich gesagt, dass sie während der Unterrichtsstunden nicht putzen sollte.

Sie warf sich den alten Lodenmantel über, knöpfte ihn aber nicht zu, als sie zur Haustür hinausging. Sie war ein bisschen gekränkt und daher erhitzt. *Er lebt in einer anderen Welt,* schalt sie sich selbst. Ein ganzes Sonnensystem trennte ihn von ihrer äußeren, kälteren Umlaufbahn. Warum versuchte sie, diese Kluft zu überwinden? Bildete sie sich wirklich ein, sie könnte ihn über so viel luftleeren Raum hinweg erreichen?

Sie wollte gerade die Tür zuziehen, als Balthasar oben auf der Treppe erschien.

Geschmeidig kam er die letzten Stufen herunter.

»Sie lieben doch den Schnee«, sagte er.

Ernestine sah sich um, als hätte er jemanden hinter ihr angesprochen. Als klar war, dass sie weit und breit der einzige Mensch war, starrte sie ihn bloß stumm an.

»Wenn Sie Lust zu einem Waldspaziergang haben, könnten wir vielleicht einen machen. Ich müsste bloß erst meinen Mantel und meinen Hut holen.«

Ernestine setzte den Bissell auf der Schwelle ab. »Ich … ich hätte große Lust dazu, Monsieur.«

Er beäugte den Bissell. »Möchten Sie das nicht lieber im Haus lassen?«

Sie lächelte und reichte ihm den Bissell. »O ja, danke. Ich warte draußen. Bitte lassen Sie sich Zeit.«

Balthasar nahm ihr das Gerät so zögernd ab, als könne sich jederzeit ein Schuss lösen. »Schwerer, als man denken würde.«

»Nicht so schwer wie ein Cello.«

»Das vielleicht nicht. Aber mancher würde es für nützlicher halten.«

Sie umrundeten den schwarzen Fleck, an dem das Feuer gebrannt hatte, und schlugen den Weg zum Wald ein. Arkadi war nirgends zu sehen. Irgendwie wirkte das Gelände ohne den schwarzen Zauberer verlassen.

»Arkadi ist eine interessante Persönlichkeit«, sagte Ernestine vorsichtig und dachte dabei, wie selbstverständlich es sich anfühlte, an Balthasars Seite spazieren zu gehen. Sie bedauerte, dass sie die große Tasche nicht im Haus gelassen hatte, sie lastete schon jetzt recht schwer auf ihrer Schulter. Es hätte sie jedoch nichts – kein Unwetter, kein Erdbeben, nicht einmal irgendwelche Unannehmlichkeiten mit Handtaschen – von diesem Ausflug abhalten können.

»Ich kenne seine Familie seit vielen Jahren«, sagte Balthasar. »Sie hatten einige Schwierigkeiten in den Achtzigerjahren, als sie von Russland hierher umsiedelten. Wissen Sie, Arkadi war Tänzer. Aber es waren schwere Zeiten. Und schließlich ging die Familie zurück nach Russland.«

»Was hatte er an Familie?«

»Eine Frau.« Er unterbrach sich und rückte seinen Schal zurecht. »Und eine Tochter.«

»Warum ist er nicht mit ihnen zurückgegangen?«

»Ich weiß es nicht. Er ist nicht sehr gesprächig.«

Ernestine warf einen Blick zurück in den unbemannten Garten, wo sie Arkadi zum ersten Mal gesehen hatte. Sie konnte sich vorstellen, dass man eine Frau ziehen ließ. Aber eine Tochter …

Sie ging schneller, um mit Balthasar mitzuhalten.

»Er fing an zu trinken«, fuhr Balthasar fort, »und jetzt ist er … Nun, sagen wir einfach, er hat die Orientierung verloren. Es ist wirklich sehr traurig. Aber ich bin froh, dass ich ihn beschäftigen kann. Er arbeitet auch für das Château Rivage auf der anderen Seite des Hügels. Sie müssen allerdings auf der Hut sein bei ihm.« Ein neckender Ton hatte sich in seine Stimme geschlichen. »Im Sommer neigt er dazu, an Fenstern zu lauschen!«

»Spricht er nur Russisch?«

»Er spricht, offen gesagt, überhaupt nicht viel. Mit Sheila verständigt er sich mit Händen und Füßen.«

»Versteht er denn wenigstens, was die Leute zu ihm sagen?«

»Ich bin mir nicht sicher.« Balthasar zog die Hutkrempe tiefer. »Es könnte aber durchaus sein, wo er doch an Fenstern lauscht.« Ernster fügte er hinzu: »Die Baronin spricht ein wenig Russisch. Es ist seltsam bei Leuten wie Arkadi. Oft verstehen sie weit mehr, als man annimmt.«

Schweigend gingen sie weiter, inzwischen hatten sie den Wald erreicht. Ihr Atem schwebte gespenstisch in der kalten Luft. Hier lag der Schnee mindestens acht Zentimeter hoch – ein Rekord in diesem Teil Belgiens. Ernestine spürte, wie er ihr oben in die Schuhe hineinschmolz, obwohl sie hochgeschlossen und von viktorianischer Robustheit waren. Ihre dicken Strümpfe wurden immer feuchter. Doch ganz anders als bei dem Missgeschick mit dem umgekippten Eimer, nach dem sich ihr durchnässter Fuß angefühlt hatte wie eine Eisenkugel, wurden ihre Füße mit jedem Schritt leichter. Nicht nur, weil die Spätnachmittagssonne in leuchtenden Streifen auf den Schnee fiel, ein Anblick, der jeden aufgeheitert hätte. Auch Balthasars Anwesenheit neben ihr wirkte geradezu wie ein Anästhetikum. Hier war kein Schmerz mehr möglich.

»Wenn ich offen sein darf, Monsieur: Glauben Sie nicht, dass Julien ein bisschen zu jung ist, um die Sache mit den Schwänen zu verstehen?«

Balthasar blieb abrupt stehen. Er trug wieder den langen Mantel und den Filzhut, unter dessen breiter Krempe sein Gesichtsausdruck schwer zu erkennen war.

»Sie haben also an der Tür gelauscht, stimmt's? Ich dachte, man hätte Sie angewiesen, während der Unterrichtsstunden nicht in der Eingangshalle zu putzen?«

»Monsieur, bei allem gebotenen Respekt, ich hätte den Unterricht auch im nächsten Stadtteil verfolgen können.«

»So laut war es?« Ein Mundwinkel hob sich.

Ernestine sagte nichts. Sie gingen weiter, hinunter zu einem Bachlauf, überquerten ihn, liefen auf der anderen Seite wieder hinauf, vorbei an der Stelle, wo Ernestine am Tag vorher umgekehrt war. Hier waren die Buchen höher und älter. Wie auf altem chinesischen Porzellan bildeten sie zarte Muster vor dem Himmel. Die Sonne ging rasch unter und warf hinreißende Rosa- und Violetttöne auf den Schnee. Die Krähen kreisten und fanden sich zu ihrem altehrwürdigen Tribunal zusammen, bevor es Nacht wurde.

Ernestine fand ihre Stimme wieder. »Ich mache mir Gedanken wegen Ihrer Füße, Monsieur.«

»Wegen meiner Füße?«

»Ja. Sie hinterlassen tiefe Spuren im Parkett des Musikzimmers.«

Balthasar blieb wieder stehen und lachte. Er machte einen Schritt auf sie zu, und jetzt sah sie all die faszinierenden Grün- und Brauntöne seiner Augen, deren Blick sich in ihre senkte. Sie sah auch die tiefen Falten an den Augenwinkeln und die eingefallenen Stellen unter den Wangenknochen. Sébastien Balthasar schien es nicht gut zu gehen.

»Tatsächlich? Nun ja, wenn man jemanden wie Julien Buyl unterrichtet, muss man hin und wieder mit dem Fuß aufstampfen.«

»Dann hinterlassen Sie vermutlich auch in ihm Kerben.«

»Er wird darüber hinwegkommen«, rief Balthasar ärgerlich. »Und überhaupt, wem es nicht gelingt, seine Seele in sein Spiel zu legen, der kann gleich aufhören.«

»Aber Schwäne, die zu Sternen aufblicken … Das verlangt schon eine Portion Kultiviertheit.«

»Aber Sie haben es doch auch verstanden!«

Verwirrt hängte Ernestine die schwere Tasche von einer Schulter auf die andere. Meinte er, wenn jemand wie sie, eine unkultivierte Hausangestellte, es verstanden hatte, dann hätte ein gut ausgebildeter junger Mann wie Julien es allemal verstehen müssen?

In diesem Augenblick schwebte Patrick heran. Sie hörte, wie er sie im Vorüberschweben dazu anhielt zu träumen, aber das Alltägliche nicht zu vergessen. Sie schaute in die Baumwipfel auf, in der Hoffnung, ihm noch nachsehen zu können.

Kann man beides gleichzeitig? Kann man sich mit beiden Beinen auf dem Boden dennoch emporschwingen? Balthasar schien zu glauben, dass die Musik es konnte und dass sie uns mitnehmen konnte.

Balthasar erahnte ihre Überlegung sofort. »Es war als Kompliment gemeint«, sagte er.

»Oh?«

»Natürlich! Sie haben ganz offensichtlich gefunden, was auch die Schwäne gefunden haben: diesen herrlichen schwebenden Ort irgendwo zwischen Himmel und Erde. Den Ort, an dem das wahre Leben stattfindet. Ich finde diesen Ort durch die Musik.« Er machte eine respektvolle Pause. »Ich weiß nicht, wie Sie ihn finden.«

»Aber Monsieur, ich bin kein Schwan«, brach es aus Ernestine hervor.

»Nicht doch. Glauben Sie wirklich, alle Schwäne seien weiß und anmutig und hätten lange Hälse?«

»Ja, das glaube ich.« Sie wandte sich errötend ab.

»Dann haben Sie sich geirrt.«

Plötzlich taumelte er und fing sich an einem Baumstamm ab. Erschrocken griff Ernestine nach seinem Ellbogen.

»Monsieur, ist alles in Ordnung?« Er schien zu leiden. Sie ließ ihre Tasche in den Schnee fallen und hielt seinen Arm mit beiden Händen. Anscheinend rang er nach Luft.

Schließlich richtete er sich langsam auf. »Jetzt geht es wieder«, sagte er und nahm einen langen tiefen Atemzug, als wolle er es ihr beweisen.

»Sollen wir umkehren?«, fragte Ernestine, die nicht recht wusste, was sie sagen oder tun sollte.

»Gleich.« Unvermittelt nahm Balthasar eine ihrer bloßen Hände in seine beiden behandschuhten. »Ihre Hände erfrieren ja. Hier, nehmen Sie meine Handschuhe.«

Ernestine protestierte schwach, doch schon hatte er seine Handschuhe ausgezogen. Er schien nicht zu bemerken, wie dick und kurz ihre Hände waren, wie rot und strapaziert von der ständigen Arbeit und wie gesplittert die Fingernägel. Er hielt nur zuerst den einen Handschuh und dann den anderen in die Luft, und sie schob ihre Hände hinein, als hätte er ihr in den Mantel geholfen. Die Handschuhe waren aus dem weichsten Wildleder, das sie je gefühlt hatte, noch weicher als das Tuch, mit dem sie Klaviere polierte, und sie waren mit Kaninchenfell gefüttert. Natürlich waren sie für ihre Hände zu lang, aber das machte nichts. Niemand würde sich dagegen sträuben, im Luxus zu schwimmen.

Sie dankte ihm mit einem Blick aus ihren klaren grauen Augen. »Woher wissen Sie das über mich?« Sie versuchte, nicht auf Balthasars entblößte Hände zu starren, die durchscheinend blass und voller Muskeln und Adern waren.

»Ich sehe es daran, wie Sie sind. Wissen Sie, man weiß – ich weiß in dem Moment, in dem ein Schüler ins Musikzimmer kommt, ob er das mit den Schwänen versteht oder nicht.«

»Aber ich verdiene meinen Lebensunterhalt mit Toilettenschrubben, Monsieur.«

»Das spielt überhaupt keine Rolle. Sie könnten den ganzen Tag Gossen und Kloaken putzen und trotzdem die Schwäne verstehen.«

Sie nahm wieder seinen Ellbogen und führte ihn den Pfad entlang. »Fühlen Sie sich besser?«

Balthasar antwortete nicht, und Ernestine spürte, dass es auf diese Frage keine Antwort geben konnte. Schmerz und Sorge hatten in ihm ein Eigenleben entwickelt. Ob er Gwendolyn immer noch liebte? War es das? Wieder wurden Ernestines Hände kalt, obwohl sie in Balthasars Handschuhen so luxuriös geborgen waren.

Vielleicht irrte sich Julien, vielleicht war Gwendolyn diejenige, die die Beziehung beendet hatte, und Balthasar hatte sie im Jahr ihrer Eheschließung mit Reginald Masterson gebeten, noch einmal zu ihm zurückzukehren, sich jedoch eine weitere tragische Abfuhr geholt. Oder aber er kämpfte den süßen Todeskampf des Künstlers, der sich auf immer mit seiner Kunst streitet und versöhnt.

»Nun, wir waren bei dem Plattenspieler stehengeblieben, dem Sie in der Wohnung Ihres Vaters gelauscht haben«, sagte Balthasar, als wäre er nie gestrauchelt. »Über einer Metzgerei, wenn ich mich recht erinnere.«

Sie schlenderten gemächlich zur Villa zurück, und als sie an den Überresten des Feuers vorbeikamen, hatte Ernestine, fast ohne es zu merken, über das Geschäft geplaudert, über Schwester Assumpta, über die Bücher, die sie liebte, und die hypnotischen Wellenbewegungen der Platten ihres Vaters auf dem Plattenteller.

»Gestern Abend habe ich Ihren Rachmaninow gehört.« Sie konnte ja schlecht sagen, dass sie das Stück nicht ganz hatte hören können, weil einer der Geschäftspartner ihres früheren Arbeitgebers vorbeigeschaut und sie bedroht hatte.

»Und?«

»Und … nun … es war voller Schwäne!«

Das Haus kam in Sicht. Balthasar drückte ganz kurz ihre Hand, bevor er sie losließ und sich einige Schritte von ihr entfernte. Eine Geste, die Ernestine wieder benommen machte. Die seltsame Betäubung, die im Wald nachgelassen zu haben schien, schoss wieder in ihre Adern.

Und bewirkte eine unerwartete Aufwallung von Mut.

»Monsieur, warum geben Sie keine Konzerte mehr?« Ernestine war auf einen zornigen Ausbruch gefasst, wie Julien ihn über sich hatte ergehen lassen müssen, zumindest auf ein Aufstampfen mit dem Fuß oder das hoheitsvolle Abwenden, das Balthasar so meisterhaft beherrschte. Doch zu ihrer Überraschung sah er sie traurig an und fragte sehr freundlich: »Madame Vandermeer, haben

Sie schon einmal einen Menschen geliebt, ohne ihn zu kennen? Und ohne Aussicht auf ein Kennenlernen?«

Ernestine dachte kurz nach. »Ja.« Sie nahm an, dass er Gwendolyn meinte und das Raubtier, als das sie sich entpuppt hatte. Ihr fiel Nelly ein. »Ich habe einmal eine Freundin geliebt, aber ich glaube, ich habe sie nie richtig gekannt. Sie benahm sich schließlich in einer Weise, die ich schockierend fand. Ich hätte so etwas von ihr nie erwartet …«

Balthasar unterbrach sie ungeduldig: »Nein, nein. Ich meine, haben Sie je jemanden geliebt, ohne ihm je begegnet zu sein? Einfach, weil sie von seiner Existenz wussten?«

Ernestine hatte nicht die geringste Ahnung, was er meinen konnte. Sie bogen gerade um die Ecke der Villa. Gleich würde sie mit ihrem Bissell unter dem Arm fortgehen.

Bei diesem Gedanken fühlte sie sich wie eine Ertrinkende, als wäre noch so viel zu sagen, aber als bliebe nicht die nötige Zeit dafür, als würde sie Balthasar nie wieder so für sich allein haben. Was meinte er damit? Jemanden lieben, dem man nie begegnet war? Sie suchte verzweifelt nach einer Antwort, doch ihr fielen nur ihre kindlichen Verliebtheiten in Leute wie Robin Hood und Ivanhoe ein, denen sie tatsächlich nie begegnet war. Dennoch hatte sie sie leidenschaftlich geliebt. Aber er meinte natürlich etwas ganz anderes.

»Nein«, sagte sie schließlich. »Ich glaube, das ist mir nie passiert.« Sehr langsam, um jede göttliche Sekunde, in der sie das himmlische Kaninchenfell noch auf ihrer Haut spüren konnte, auszukosten, zog sie die Handschuhe aus und gab sie ihrem rechtmäßigen Eigentümer zurück.

Sie sagten nichts mehr. Ernestine holte rasch ihren Bissell aus der Villa und ging.

Sie stieg nicht an ihrer üblichen Haltestelle aus der Straßenbahn, sondern fuhr bis zu den Sablons. Dort hielt die Bahn genau vor dem Musikkonservatorium, gleich neben dem Park mit den kleinen Statuen und praktischerweise gegenüber von Nellys Pralinengeschäft. Ernestine wollte bei ihr vorbeischauen und alles Unausgesprochene zur Sprache bringen. Doch als die Straßenbahn wieder anfuhr und sie selbst so einsam neben ihrem Bissell stand, fühlte sie sich mit einem Mal nackt und verwundbar.

Sie huschte in den Hof des Konservatoriums, gerade noch rechtzeitig, denn Nelly trat in einem weißen Pelzmantel, den Ernestine nie zuvor gesehen hatte, aus dem Laden, gefolgt von Marshall Ross, der ihren Arm in festem Griff hielt.

17

Katakomben, mit Bier

Dem Goossensschen Keller konnte man nicht mit leerem Magen zu Leibe rücken, daher legte Ernestine am Donnerstag darauf einen Zwischenstopp in der Bäckerei an der Ecke ein und gönnte sich zwei Croissants und einen Espresso, bevor sie sich zur Place Flagey aufmachte.

Dieses Mal öffnete ihr Walter die Tür, sein Gesicht wirkte angespannt und besorgt.

Ernestine zögerte, er schien wirklich nicht in guter Verfassung zu sein. Das hatte natürlich etwas mit ihrer unglückseligen De Haan-Eskapade zu tun. Besser, sie sprach das heikle Thema gleich an. Doch Walter kam ihr zuvor.

»Maman geht es heute nicht gut.« Er verbeugte sich leicht vor Ernestine und ließ sie ins Haus. »Ich hoffe, Sie machen mit dem Staubsauger nicht zu viel Lärm.«

Ernestine trat in die Diele, sie war noch genauso düster und muffig, wie sie sie in Erinnerung hatte. Zum Glück hatte sie in ihrer großen Tasche einige ihrer schlagkräftigsten Waffen gegen unangenehme Gerüche und vor allem gegen den im Keller wuchernden Schimmel mitgebracht.

»Oh, das tut mir leid«, sagte sie. »Es ist doch hoffentlich nichts Ernstes?« Und dachte dabei: *Kann jemand wirklich so gentlemanlike sein, kein Wort darüber zu verlieren, dass er einen zuletzt dabei gesehen hat, wie man in einem Kapuzenmantel und mit einem flämischen Büffel auf den Fersen von einem exklusiven Grundstück an der Küste floh?*

»Sie hat einen schwachen Magen«, erklärte Walter. »Im Allgemeinen hilft dann eine Flasche Bier.«

»Bier?«

»Ja. Das Einzige, was bei ihr je gewirkt hat.«

»Nun, heute brauche ich ohnehin keinen Staubsauger. Außerdem habe ich immer meinen Bissell dabei, sein Geräusch ist eher beruhigend, finde ich. Vielleicht summt er Madame sogar in den Schlaf.«

Walter schob die Brille auf der Nase hoch und betrachtete den Bissell, enthielt sich aber eines Kommentars. Vielleicht hatte er genug von Ernestines seltsamen Gewohnheiten und wollte sich nicht auch noch mit dieser näher befassen.

»Walter? Ist da jemand an der Tür?« Die Stimme kam mindestens aus dem übernächsten Stock, aber ihre nasale Schärfe ging mühelos durch jede Wand. »Bring mir noch ein Kriek. *Vite.*«

Walter lehnte sich ans Treppengeländer und rief müde hinauf: »Gleich, Maman. Madame Vandermeer ist gerade gekommen. Sie will sich um den Keller kümmern.«

»Sag ihr, sie soll mit den Büchern und Zeitschriften anfangen«, befahl die nasale Stimme. Und dann, fast schrill: »Sag ihr, sie wird erst bezahlt, wenn die Mäuse weg sind.«

»Ja, Maman.«

Walter ging zur Kellertür. Alle seine Bewegungen hatten etwas Devotes, wobei nicht ganz klar war, ob es an seiner untergeordneten Stellung als Chauffeur lag oder an den mehr als fünfzig Jahren, die er unter dem Joch seiner Mutter verbracht hatte.

Er drehte am Lichtschalter und ging vor Ernestine die steile, schmutzige Treppe hinunter. Die glimmende Birne im Kellerflur ließ gerade noch die dunklen Höhlungen zu beiden Seiten erkennen. In jeder dieser Grotten drehte Walter an weiteren Schaltern und verhalf weiteren Glühbirnen zu einem schwachen Leuchten.

»*Voilà.*« Er schenkte Ernestine ein Lächeln, dessen Wattzahl in etwa der der Glühbirnen entsprach. »Damit Sie sich vorstellen können, was Maman meint. Wie Sie wissen, befinden sich die Bücher und Zeitschriften im letzten Abstellraum. Bitte entschuldigen Sie mich …« Mit eingezogenem Bauch glitt er in dem engen Flur an Ernestine vorbei. »Ich nehme nur noch ein Bier für meine Mutter mit.«

Ernestine spürte überraschenderweise eine elektrische Spannung in Walters Körper, als er sich dicht an ihr vorbeischob. Auf seiner Stirn glänzte in der schwachen Beleuchtung eine dünne Schweißschicht, und sie fragte sich, ob trotz der langen Jahre der Unterdrückung und erzwungenen Höflichkeit noch ein Rest Glut in ihm schwelte. Innerlich lächelte sie. Wahrscheinlich war es nur ihre Eitelkeit. Aber Belgier wie Walter waren dafür bekannt, dass sie unterirdische Quellen besaßen, und sie war sicher, dass Walters in ihrer Nähe leicht zu sprudeln begonnen hatten.

Er tauchte unter dem Türsturz des gegenüberliegenden Raums durch und kam mit einer Flasche Kriek wieder heraus, einem starken, trüben Kirschbier.

»Das kann Madame trinken, wenn sie sich nicht wohlfühlt?«, fragte Ernestine ungläubig. »Ich verkrafte es nicht einmal, wenn ich in Höchstform bin.«

»An solchen Tagen ist es das Einzige, was sie verträgt.«

Ernestine stellte ihren Bissell ab und holte verschiedene Flaschen und Pulver aus ihrer Tasche. Sie versuchte sich vorzustellen, was Dr. Dieudonné zu Madames Leiden und ihrer ungewöhnlichen Eigenbehandlung sagen würde. Womöglich würde er sie billigen – und sie sogar selbst ausprobieren, um sich von ihrer Wirksamkeit zu überzeugen.

Walter zog sich nach oben zurück, und Ernestine machte sich an die Arbeit.

Sie sah auf die Uhr. Dieser Keller entpuppte sich als schlimmer, als selbst Ernestine, die Bezwingerin zahlreicher katastrophaler Keller, vermutet hatte. Hoffentlich hatte sie sich nicht so sehr verschätzt, dass ihre nachmittägliche Verabredung mit Sophia in Gefahr geriet.

Der Abstellraum war eng und völlig zugeräumt, das niedrige Deckengewölbe aus Backsteinen von Spinnweben überzogen. Die Bücher und Zeitschriften stapelten sich auf Holzborden, die auf eiserne Träger montiert waren. Ernestine schnüffelte, der Schimmel war überall. Mit der Taschenlampe leuchtete sie die Ecken aus. Etwas großes Schwarzes schreckte auf und verschwand im Dunkel. Eine Spinne, wie sie vermutete, jedoch eine so große, dass sie vielleicht lieber eine Maus entdeckt hätte.

Das unterste Brett war einen guten Meter über dem Boden, so dass man problemlos mit dem Bissell darunter kehren konnte. Womit sie nicht nur eine Schmutzschicht entfernen, sondern auch sondieren konnte, ob sich dort weitere große Lebewesen befanden.

Nichts bewegte sich. Doch unter dem Kehrgerät schoss ein kleiner Hagel von Mäusekötteln hervor. Winzig und nahezu versteinert, rollten sie so gut, dass selbst der ehrwürdige Bissell sie nicht beim ersten Kehren erfasste. Ernestine fegte sie auf ein Kehrblech, erleichtert, denn das hohe Alter dieser Hinterlassenschaften berechtigte zu der Hoffnung, dass sich die Mäuse der Goossens grünere Auen gesucht hatten.

Sie leuchtete mit der Taschenlampe in den hinteren Bereich und entdeckte mitten in einem Haufen Gerümpel einen Kinderwagen mit großen Rädern und schmutzigem Verdeck. Sie zog ihre Gummihandschuhe an und bewegte ihn ein paar Zentimeter, was ihm ein trauriges Quietschen entlockte. Gerührt stellte sie sich den kleinen Walter in diesem Kinderwagen vor, vermutlich genauso kahl wie jetzt. Es war etwas überaus Ergreifendes an einem Fünfzigjährigen, dessen Kinderwagen immer noch im Keller stand und dessen Mutter ihn oben im Haus immer noch am Gängelband hatte. Sie nahm die Sprühflasche mit der Seifen-Teebaumöl-Lösung und machte sich über das Gerümpel – und besonders emsig über Walters Kinderwagen – her.

Dann wandte sie sich den Brettern mit den Büchern und Zeitschriften zu, die zumeist in unordentlichen Haufen abgelegt worden waren. Der Schimmel wurde mit ersten Warnschüssen aus einer Sprühflasche mit Teebaummixtur überzogen. Dabei überflog Ernestine die Titel in einem der Bücherhaufen: belgische Gesetzestexte aus den Fünfzigern, französischsprachige Werke wie *Steuerrecht und Besteuerungstheorie* und ein paar verrottete Taschenbücher, größtenteils französische Ausgaben von Agatha Christie und Ian Fleming. Monsieur Goossens senior war also Anwalt mit einer Schwäche für leichte Lektüre gewesen. Ernestine dachte an Walter und seine derzeitige Tätigkeit. Hatte er versucht, in die Fußstapfen seines Vaters zu treten, aber ohne Erfolg? Die Goossens schienen zu den Familien zu gehören, die ihre Kinder in eine vorgegebene Richtung drängen, vor allem, wenn sie nur ein einziges haben. Hatte sich Walter den Erwartungen seiner Eltern entzogen, indem er Bratsche spielen lernte?

Neben dem Waschbecken unter der Treppe fand sie einen Schrubber und einen Eimer, den sie hoch mit heißem Wasser füllte. Sie gab einige Verschlusskappen Zitronensaft und Essig hinzu und fing an zu wischen.

Slisch … Sluusch …

Die Beschäftigung mit Walters Vergangenheit und diesem Familienarchiv hier unten erinnerte sie wieder an die Menschen, die sie zu kennen geglaubt hatte. *Nelly, Papa, Harry, Walter …* Witzig, niemand kennt uns wirklich, dachte sie, während sie mit ihrem Lappen den richtigen Rhythmus zu finden versuchte. Jedenfalls nicht den wichtigen Teil, den man, wie bei einem Eisberg, nicht sieht. Jeder scheint ein geheimes Zweitleben zu führen. Nelly, Pralinenherstellerin, die sich mit undurchsichtigen Männern vergnügte; Patrick Vandermeer, Metzger und untröstlicher Träumer; Harry, liebenswürdiger, tollpatschiger Diplomat und Spielhöllenbesitzer. Und wer hätte vermutet, dass Walter so seelenvoll Viola spielte?

Slisch … Sluusch …

Und dann war da noch Ernestine. Metzgerstochter und Putzfrau. Wenige wussten von ihrer Bücherleidenschaft. Die meisten erlebten sie nur beim Putzen und steckten sie in die entsprechende Schublade.

Sie hatte ihren Rhythmus gefunden. Sie summte die Sarabande von Bach, und der Schrubber bewegte sich wie von selbst im Takt, vor und zurück, vor und zurück, während sie an Odysseus und seine tapferen Männer dachte, die in einem ähnlich trance-verwandten Rhythmus über die dunklen Wogen gerudert waren. Ernestine atmete die Zitrone-Essig-Duftmischung ein und lächelte. Je älter sie wurde, desto stärker schienen die Gerüche der Vergangenheit zu wirken. Sie fühlte sich in Harrys Villa zurückversetzt, in all die *maisons de maître,* die sie schon geputzt hatte, und vor allem in die *boucherie,* damals, als noch der Name »Patrick« auf dem Schaufenster geprangt hatte und als sie abends, während die kühle Luft angenehm durch die Tür drang, ihren Vater neben dem Bissell einhertänzeln sah.

Sie schob den Schrubber energisch unter ein Bord mit Zeitschriften.

Was war ihre eigene verborgene Seite? Musikliebhaberin? Bücherleserin?

Sie stützte sich einen Augenblick lang auf den Schrubber.

Menschenleserin?

Wieder kam diese sanfte, bedeutungsvolle Ruhe über sie, als wäre sie eigens die Kellertreppe zu ihr heruntergeschwebt.

Ach, du meine grauäugige Athene. Mit deinen Augen bist du ganz sicher eine Menschenleserin, chérie.

Der Schrubber stieß gegen ein Hindernis. Ernestine bückte sich und zog einen dicken Stapel schimmeliger Zeitschriften unter dem Regal hervor.

Sie hockte sich auf die Fersen und versuchte, die aneinanderklebenden Nummern durchzusehen. *Élegance,* die monatlich erscheinende französische Klatschzeitung, schien hier besonders gern gelesen worden zu sein, die Jahrgänge reichten weit zurück. Adressiert waren sie an Madame Marie-Françoise Goossens. *Die alte Dame hat also eine Schwäche für Klatsch! Und für Kirschbier … Wer hätte das gedacht?* Ernestine lächelte. *Noch so ein Eisberg …*

Sie löste eine der Zeitschriften aus dem Haufen, sie war etwa dreieinhalb Jahre alt. Ernestine drehte sie herum und schnappte nach Luft.

Zeitlose Schönheit und eine goldene Kehle: Gwendolyn Carr!, stand auf der Titelseite. Das Foto zeigte eine gebräunte, lächelnde Gwendolyn, die im gelben Chiffon-Kleid über einen palmenbestandenen Weg schritt, hinter sich eine kleine Menge von Fans.

Ernestine blätterte durch die Seiten. Feuchter Schimmeldunst strich über ihre Wangen, doch das störte sie jetzt nicht. Sie fand den Artikel und begann ihn, leicht schuldbewusst, zu überfliegen.

Langweilige Beschreibungen von Gwendolyns Lebensstil und ihrer Villa in Saint-Tropez, Auflistungen ihrer letzten Opernrollen; Bühnenfotos der Diva aus *Tosca* und *La Bohème;* sogar ein Bild, in dem sie mit drei Malteserhündchen an der Leine einen Strandspaziergang machte.

Nichts, was Ernestines detektivische Neugier befriedigte, doch auf der letzten Seite des Artikels fand sie endlich, was sie gesucht hatte: ein Foto von Gwendolyn und Balthasar.

Die Sängerin und der gefeierte Cellist Sébastien Balthasar in glücklicheren Zeiten, stand darunter.

Ernestine nahm ihre Taschenlampe und richtete sie direkt auf das Foto. Es musste etwa zwanzig Jahre alt sein. Gwendolyn hatte sich seither nicht sehr verändert, sie würde auf ewig die junge blonde Göttin bleiben, die ihr Altern lieber durch kunstvolle Täuschung verbarg, statt es der kundigen, sanften Hand der Natur anzuvertrauen.

Und Balthasar …

Ernestine betrachtete das scharfgeschnittene Gesicht. Er hatte damals natürlich mehr Haar gehabt, aber damals wie heute war es aus der Stirn gekämmt. Sein Gesicht war ohnehin von der Sorte, die einen nicht mehr auf die Haarfülle achten ließ, die hohen Wangenknochen, der tiefe, kluge Blick. Ernestine verglich diesen jüngeren Mann mit dem, der neulich mit ihr einen Winterspaziergang gemacht hatte, und die beiden schienen sich seltsam fremd. Nicht wegen des Alterungsprozesses, der, wie Ernestine dachte, eigentlich nur die besten Eigenschaften eines Menschen herausdestillierte und sichtbar machte. Nein, weil bei dem Mann auf dem Foto nichts von der dunklen Getriebenheit des Mannes im Schnee zu entdecken war.

Balthasar hatte eine Hand an Gwendolyns Ellbogen. Um seine Lippen spielte ein halbes Lächeln, als hätten die beiden eben noch über einen privaten Witz gelacht und müssten sich jetzt vor der Kamera zusammenreißen.

Ernestine ließ den Strahl der Taschenlampe über den Artikel wandern.

Noblesse und Eleganz: die perfekte Beschreibung für ein perfektes Paar. Doch leider gingen sie dann getrennte Wege, Madame Carr feierte ihre Triumphe auf der Opernbühne, Monsieur Balthasar konzentrierte sich ganz auf sein volles Konzertprogramm. Einige Jahre später begann Madame Carr ihre lange Zusammenarbeit mit Christian Dior. Als sie 1995 auf einer Änderung der Rocklängen für die Winterkollektion bestand, gab das berühmte Modehaus nach. Auch an der Beliebtheit der Chiffon-Abendkleider im Jahr darauf ist sie nicht ganz unschuldig …

Ernestine schüttelte den Kopf. *So ein Quatsch!* Sie blätterte um und suchte nach Substanziellerem.

Da waren noch weitere Fotos, zum Beispiel Gwendolyn mit Reginald Masterson, beide festlich gekleidet, offenbar auf ihrem Hochzeitsempfang. Wie hatte sie sich, nachdem sie jemanden wie Balthasar erobert hatte, mit diesem griesgrämig wirkenden feisten Pedanten einlassen können?

Auf einem anderen war sie mit der Baronin Aurélie de Wasseige in einem fürstlichen Park zu sehen, umrahmt von kunstvoll geschnittenen Hecken und im Licht der untergehenden Sonne, die sich in ihren Weingläsern spiegelte.

Der Text lautete: *Zwei enge Freundinnen im vertrauten Gespräch.*

Zwei enge Freundinnen …

Ernestine dachte an das Konzert bei den de Wasseiges – das schon so lange zurückzuliegen schien. Wie hatte sich Gwendolyn der Baronin gegenüber verhalten? Ernestine konnte sich nur noch an die herzliche und respektvolle Einführungsrede der Baronin erinnern. Und dann hatte die blau-goldene Vision alles andere überstrahlt.

Sie blätterte wieder zu dem Foto von Gwendolyn und Balthasar und sah sich den Hintergrund genauer an. Ihr Herz machte einen Sprung: Hinter dem Paar war die kunstvolle Kamineinfassung in der Villa Tosca zu sehen! Plötzlich erfüllte sich der leblose, stille Salon in ihrer Vorstellung mit Leben, sie sah Champagnergläser und Kanapees auf den Beistelltischen und hörte das Geplauder der vielen Gäste, höflich, geschliffen und heiter, nur vielleicht unterbrochen von einigen wenigen enthusiastischen Worten der Gastgeberin, die alle bat, sich wie zu Hause zu fühlen und den Abend nach Kräften zu genießen …

»Madame Vandermeer? Alles in Ordnung?« Walters Stimme mischte sich unter das Plaudern der Geister-Gäste in der Villa Tosca, und Ernestine brauchte einen Augenblick, um zu realisieren, dass sie noch, in der Gesellschaft von Schimmel und Mäusekötteln, im Keller der Goossens war.

Sie rappelte sich hoch. »Natürlich!«, rief sie zurück. »Es ist nur sehr viel zu tun.«

Doch Walter schien noch nicht beruhigt, denn sie hörte seine Schritte auf der Treppe. Sie konnte gerade noch mit dem Fuß den Zeitschriftenstapel unter das Regal schieben und nach ihrem Schrubber greifen, bevor er im Eingang des Abstellraums erschien. Seine Stirn wirkte zerfurcht und müde.

»Geht es Madame besser?«, erkundigte sich Ernestine.

»O ja, danke. Sie schläft jetzt. Wenn sie aufsteht, werde ich ihr ein wenig Bouillon kochen.« Walter blickte unschlüssig zu Boden. »Soll ich vielleicht lieber anderswo putzen?«

Er sah sie unsicher an, strich sich korrigierend übers Haar und schob die Brille auf der Nase hoch. Er schien allen Mut zu brauchen, um zu sagen: »Nein, nein. Sie machen das hier wunderbar.« Er schwieg kurz und strich mit der Fußspitze über eine Fliese. »Madame Vandermeer, ich wollte Ihnen nur sagen … Wenn ich irgendetwas für Sie tun kann … Was auch immer … Dann wäre es mir ein Vergnügen. Sie brauchen es nur zu sagen.« Walter richtete den Blick wieder zu Boden, um sich von diesem Ausbruch zu erholen.

Ernestine hatte ihn scharf beobachtet. Wie brachte er es nur fertig, dem Thema ihrer Begegnung in De Haan so auszuweichen? Doch plötzlich weiteten sich ihre Augen. Ja, sie war eine Menschenleserin. Und fast hätte sie etwas übersehen. Denn Walter hatte tatsächlich in der Runensprache eines belgischen Gentleman von ihrer Begegnung und auch von Ernestines Schwierigkeiten gesprochen und ihr zu verstehen gegeben, dass er für sie da war, wenn sie Hilfe brauchte.

»Oh, Walter. Das ist sehr nett von Ihnen. Ich weiß gar nicht, was ich sagen soll.«

Von ihrer Antwort ermutigt, sah er sie wieder an. »Sie brauchen nichts zu sagen. Was in De Haan geschehen ist, bleibt unter uns. Ich würde Sie nie –« Er unterbrach sich, und das Wort hing bedeutungsvoll in der modrigen Luft. »Ich würde Sie *nie* verraten. *Croyez-moi.*«

Er verbeugte sich und ging rückwärts aus dem Kellerraum. »*Bonne journée.*«

Ernestine rammte den Schrubber mehrmals geräuschvoll an die Wand, bis sie sicher sein konnte, dass Walter außer Hörweite war, und angelte dann wieder das *Elégance*-Heft unter dem Regal hervor. Ja, da stand etwas über die Katastrophe.

Wie die gesamte Welt der Musik war auch Madame Carr zutiefst erschüttert, als sie hörte, dass Sébastien Balthasar im letzten November aufgrund eines akuten Unwohlseins im langsamen Satz des Cellokonzerts von Dvořák abrupt die Bühne verlassen musste. Und dies, nachdem er es drei Monate zuvor abgelehnt hatte, einen lukrativen Plattenvertrag mit Madame Carr zu unterzeichnen.

Seufzend legte Ernestine das Heft zurück auf den verrottenden Stapel. Julien Buyl war vielleicht nicht die verlässlichste Quelle, aber wenn stimmte, was er sagte – dass Gwendolyn Carr Balthasar vor jenem schicksalhaften Konzert in seiner Garderobe aufgesucht hatte –, stand kaum zu vermuten, dass sie lediglich vorbeigeschaut hatte, um ihm über die Schulter zu spucken. Schließlich hatten sich ihre Wege schon etwa fünfzehn Jahre vorher getrennt. *Was hatte ihm Gwendolyn an jenem Abend mitgeteilt?* War sie immer noch wütend über den geplatzten Vertrag und daher auf eine Art Rache aus gewesen? Der Verfasser des *Elégance*-Artikels schien es nicht zu wissen. Die offizielle Version lautete nur, Balthasar sei krank geworden und habe sich nie ganz davon erholt.

Wer war Sébastien Balthasar wirklich? Gab es jemanden, der es wusste? In welchem Universum lebte er, und warum hielt er sich vom Rest der Menschheit fern?

Ernestine griff wieder zu Sprühflasche und Lappen und machte sich über die restlichen Bücher her. Dabei fiel ihr Juliens Cellostunde bei Balthasar ein. Sie konnte sich nicht mehr an alles erinnern, was der Professor zu seinem Schüler gesagt hatte, aber es war darum gegangen, dass Musik uns in einen Zustand der Gnade, einen Zustand zwischen Himmel und Erde versetzt und dass in dieser Welt Schwäne dahinglitten, die ihren Blick über diese Welt hinaus richteten.

Hmmm. *Außergewöhnlich.* Vielleicht verwandelte sich der Professor selbst in einen Schwan, wenn niemand dabei war.

Sie putzte hastig weiter. Sie hatte sehr viel Zeit mit dieser albernen Zeitschrift vertan.

Sie sollte Sophia Masterson um 16 Uhr treffen und würde spätestens um 15 Uhr 30 in der Rue Faider sein müssen, um sich frisch zu machen. Ernestine sah auf die Uhr: schon nach eins. Sie durfte keine Zeit mehr verlieren, wenn sie den Keller fertigputzen wollte. Ihr Magen protestierte leise. Das Mittagessen würde sie wohl auch ausfallen lassen müssen, nur gut, dass sie sich früh am Morgen die beiden Croissants gegönnt hatte.

Um 14 Uhr 35 war Ernestine mit dem Keller fertig und hatte alles wieder in ihre große Tasche gepackt. Sie hatte noch reichlich Zeit, um nach Hause zu gehen und sich auf das Treffen mit Sophia vorzubereiten.

»Madame Vandermeer.« Walter stand unschlüssig im dämmrigen Kellerflur. »Maman ist jetzt wach, sie bittet Sie, noch die Küche zu putzen, bevor Sie gehen.«

Ernestine starrte ihn an. Er sah sofort weg. Schon in guten Momenten hielt er dem Blick dieser großen grauen Augen nicht stand, und jetzt waren diese Augen voller Zorn.

»Aber ich habe noch einen anderen Termin! Ich kann die Küche heute nicht putzen. Madame sagte ausdrücklich, ich solle heute den Keller putzen.«

»Ja, aber …« In Walters Stimme klang etwas wie Panik an. »Sie möchte wirklich, dass Sie auch die Küche putzen, wenn Sie so freundlich sein möchten.«

Ernestine sah noch einmal auf die Uhr. Vielleicht würde sie die Küche noch schaffen, wenn sie sich sehr beeilte.

»Äh … Da wäre noch etwas …« Walter druckste herum.

»Ich muss mich jetzt wirklich ranhalten, wenn ich die Küche noch putzen soll.« Ernestine war sauer. Sie packte Bissell und Tasche und drückte sich an Walter vorbei, um hinaufzugehen.

»Ja, natürlich. Entschuldigen Sie bitte«, sagte er. »Ich wollte Ihnen nur sagen, ich weiß, dass Ihre Lage im Augenblick, nun ja, recht schwierig ist …«

Wovon redet er? Von meiner Flucht über die Dünen?

»Daher wollte ich Ihnen noch einen … *Job* vorschlagen. Ich möchte Ihnen aber nicht zu nahe treten. Und natürlich nur, wenn Sie Interesse haben.«

Einen Job …

»Meinen Sie eine Putzstelle, Walter?«

»Nun ja, nicht ganz.« Er ging auf die Treppe zu, die Ernestine schon halb hinaufgelaufen war, und musste jetzt zu ihr aufblicken – was ihm offenbar nicht das Geringste ausmachte.

»Wie Sie wissen, bin ich der Chauffeur der de Wasseiges«, fuhr er fort. »Und gestern erzählte mir eine der Köchinnen, dass die Baronin noch weitere Hilfskräfte für ihre Weihnachtsfeier braucht. Es sind nur noch wenige Wochen bis Weihnachten. Es ist immer ein ziemlich rauschendes Fest mit sehr viel Personal. Wenn Sie möchten, kann ich Ihren Namen auf die Bewerberliste setzen lassen, und dann lädt die Baronin Sie zu einem Gespräch ein.«

Zu einem Gespräch … Zu Walters Verblüffung schmunzelte Ernestine. Die Baronin hatte sie doch bereits kennengelernt! Aber ob sie sie ohne das smaragdgrüne Kleid wiedererkennen würde?

Sie fasste den Bissell fester. Wie würde es sich anfühlen, in einem Herrenhaus zu arbeiten, in dem sie einmal zu Gast gewesen war – wenn auch nur dank der Großzügigkeit eines Harry Bishop und in einem schrecklichen Kleid? Es würde doch sicher leicht sein, sich vom unbekannten Gast der Baronin in deren unsichtbare Dienstbotin zu verwandeln? Die de Wasseiges kannten jeden: Gwendolyn Carr, Sébastien Balthasar, Marshall Ross, Botschafter und Staatsmänner und Wirtschaftskapitäne aller Couleur.

Ein Todesfall, Drohungen – von einem sich recht seltsam verhaltenden Cellisten ganz zu schweigen … In den vergangenen Wochen war Ernestine auf einige ungelöste Geheimnisse gestoßen. Wenn man bedachte, was sie unter ihrer Tarnkappe im Château Rivage alles würde herausfinden können!

»O ja, natürlich, Walter. Vielen Dank. Ich würde mich freuen, wenn ich als Aushilfe für die Weihnachtsfeier der Baronin in Betracht käme.«

18
Turbulenzen

»*Godverdomme!*«

Es war der einzige flämische Fluch, den Ernestine kannte, und die Nonnen in Notre Dame des Misères hatten eine klare Meinung dazu gehabt. Doch manchmal tat er einfach gut, vor allem jetzt, wo sie sich an der Place Flagey in die Straßenbahn 81 quetschen musste.

Es war schon nach Viertel vor vier und gerade Schulschluss, beide Wagen der Bahn waren voller Schüler, deren pralle Büchertaschen noch zusätzliche zwanzig Prozent Volumen bedeuteten. Ernestine war verschwitzt, verschmutzt und verstimmt, also in einem Zustand, den sie sich für diese Uhrzeit nicht erhofft hatte. Und sie hatte nicht mehr genug Zeit, etwas daran zu ändern.

Madame Goossens hatte sie gnadenlos an die Kandare genommen.

Die alte Dame war von ihrem Krankenlager auferstanden, um Ernestine von der Küchentür aus höchstselbst zu überwachen. Eine Flasche Kriek in der Hand, deutete sie mit weit ausholenden Bewegungen auf die Stellen, die noch nicht sauber genug waren, und stärkte sich zwischendurch immer mal wieder mit einem Schluck für ihre Aufsehertätigkeit. Nun, da seine Mutter wieder auf den Beinen und Herrin der Lage war, hatte Walter sich nach oben verzogen.

»*Allez*, sehen Sie mal dahinten«, krächzte Madame Goossens. »Da müssen Sie noch mal ran!«

Ernestine blickte zu ihr auf und fand sie noch mumienhafter als bei ihrer ersten Begegnung.

»Dieses Fett lässt sich nicht so schnell entfernen.« Ernestine fuhr mit der Hand über die Wand hinter dem Herd. Tatsächlich waren alle Oberflächen von einem mit grauem Staub vermischten Fettfilm überzogen.

Sie suchte in ihrer Tasche und zog schließlich eine Sprühflasche heraus.

»Was ist das?«, erkundigte sich die alte Dame misstrauisch und nahm noch ein winziges Schlückchen.

»Teebaum- und Lavendelöl in Wasser, Madame. Das einzige Mittel, das ich gegen so viel Fett kenne.«

Die Belgier sind Weltmeister des Siedens in Fett: Pommes frites, paniertes Schweinefleisch, Steaks, alles schmurgelt in Öl, das weit über die Pfanne hinausspritzt. Ernestine dachte dankbar an ihren experimentierfreudigeren Vater, der vieles im Backofen gegart hatte.

Als Ernestine Madame Goossens und deren Küche endlich verlassen durfte, hatte sie beide gründlich satt.

Die Straßenbahn hielt auf dem Parvis de la Trinité vor der Kirche. Ernestine brauchte gar nicht mehr aus dem Fenster zu sehen, um zu wissen, wo sie war. Patricks früheres Geschäft war nicht weit entfernt, und jede Bäckerei, jede *librairie,* jedes Lebensmittelgeschäft – fast jeder Pflasterstein – war ihr seit Jahrzehnten vertraut. Die Rue Faider war nur acht Geh-Minuten von der Kirche entfernt. Anscheinend kehrte sie, was sie auch tat und wohin sie auch ging, immer in dieses nur einen Quadratkilometer große Gebiet zurück, in dem sie aufgewachsen war. Wirklich eine Heimat.

Ernestine machte sich ans Aussteigen. Der Bissell war zwischen zwei breithüftige Afrikanerinnen geraten, und der Warnton für das Schließen der Türen erklang schon, als sie noch mit aller Kraft am Griff ihres Kehrgeräts zog. Die beiden Frauen machten amüsiert Platz. »Was ist das denn, *ce truc-là?*«, erkundigte sich die eine kichernd. »Keine Ahnung«, erwiderte die andere. »Vielleicht etwas, um den Ehemann in Schach zu halten.« Die beiden lachten schallend, während Ernestine gerade noch rechtzeitig aus der Bahn stolperte.

Auf einer Bank vor der Kirche machte sie kurz Rast, um sich zu sammeln.

Als Erstes kramte sie ihr Handy heraus, um Nelly anzurufen, die zuletzt, mit Marshall Ross an ihrem Ellbogen, vor ihrer *chocolaterie* gesichtet worden war. Ernestine erinnerte sich an den üppigen Pelz, den ihre Freundin getragen hatte – höchstwahrscheinlich ein Geschenk von Marshall –, und schob den Gedanken weg, welche Gegenleistung Nelly wohl dafür erbracht haben mochte. Dann dachte sie an Marshalls Worte bei seinem abendlichen Besuch in ihrer Mansarde. Er hatte mehr oder weniger gedroht, Nelly umzubringen. Aber konnte jemand, der halbwegs anständig Geige spielte und so schöne Anzüge trug, Nelly wirklich etwas antun wollen?

Kälte machte sich in Ernestines Fingern breit. Die Mörder waren oft die, die man am wenigsten verdächtigte. Das wusste jeder Zeitungsleser. Mehrmals tippte sie Nellys Nummer ein, immer vergeblich.

Es blieben ihr nur noch sechs Minuten bis zum Treffen mit Sophia, und schon lief nichts mehr nach Plan. Sie nahm ein Tuch aus ihrer Tasche, besprühte es mit etwas Teebaum- und Lavendelöl und rieb sich damit über Hände und Nacken. Die duftenden Öle würden den Schweißgeruch verdecken, aber ihre Kleidung war damit noch lange nicht gewaschen und gebügelt. Sie würde während des ganzen Gesprächs den Mantel anbehalten müssen. Ihr Haar war vermutlich in einem desolaten Zustand. Sie fuhr sich mit den Händen durch die grauen Locken und sah zu ihrem Entsetzen zwei winzige Mäuseköttel herunterfallen.

Und was sollte sie zu Sophia – Gwendolyn Carrs Tochter – sagen? Sie erwartete doch eine »Haushaltsberaterin«, *nom de dieu!* Ernestine hatte keine Ahnung, was Haushaltsberaterinnen trugen oder worüber sie sprachen, aber sie war sich ziemlich sicher, dass sie nicht aussahen wie eine schmutzige untersetzte Frau mittleren Alters in einem zu großen Lodenmantel. Wie sollte sie erfolgreich vortäuschen, sie sei jemand, der Sophias Mutter kannte und Ergiebiges zu Sophias Hommage beisteuern konnte?

Ernestine straffte die Schultern, strich den Kragen glatt und überquerte die Straße.

Das *Passiflore* lag an einer Straßenecke genau gegenüber der Kirche und gehörte zu Ernestines Lieblingscafés. Kerzen standen in rubinroten, türkisen und bernsteinfarbenen Gläsern und ließen sie leuchten wie Edelsteine. Es war ein bekannter Treffpunkt für Künstler, Liebespaare und schicke Damen mittleren Alters, die auf dem Rückweg vom Fleischer eine Pause einlegten, aber auch für Rentner, die ihren schlecht geheizten Wohnungen entflohen und unter den wohlwollenden Blicken der beiden schwulen Besitzer, Marc und Didier, so lange bleiben konnten, wie sie wollten.

Innen an der Tür stand eine junge Frau: Sophia war anscheinend schon da. Didier hielt sich im Hintergrund und wartete darauf, dass die beiden Damen sich setzten.

»Madame Vandermeer?« Das junge Mädchen zog einen beigen Lederhandschuh aus und schüttelte Ernestine herzlich die Hand. »Ich bin Sophie Masterson. Wie schön, Sie kennenzulernen!«

Sie war achtzehn oder neunzehn, obwohl sie viel älter und vernünftiger wirkte. Sie sprach Englisch, jedoch so zurückhaltend und aufmerksam, als wäre sie jederzeit bereit, nötigenfalls ins Französische – oder auch in eine andere Sprache – umzuschwenken. Die helle, jugendliche Stimme vom Telefon passte wunderbar zu diesem Mädchen.

»Ich freue mich auch sehr, Sie kennenzulernen«, sagte Ernestine, obwohl sie vollauf mit ihrem sperrigen Gepäck beschäftigt war: Bissell, Tasche, Mantel – die beiden Ersteren hätten gar nicht hier sein sollen. Sie hatte sie in der Rue Faider lassen wollen, und jetzt musste sie sie nicht nur im Café unterbringen, sie musste sich auch noch eine Erklärung einfallen lassen, eine, die zu ihrer Tätigkeit als Haushaltsberaterin passte.

»Kann ich Ihnen etwas abnehmen«, fragte Sophia. »Den Mantel zum Beispiel?«

»Nein, vielen Dank.« Auf Didiers hilfreichen Wink hin bewegte sich Ernestine auf einen Tisch am Fenster zu. Sie klappte den Stiel des Bissell so um, dass er parallel zum Boden lag und nicht mehr so auffiel. Obwohl sie so beschäftigt war, vermerkte sie, dass Sophia sich bereits als echte Dame gezeigt hatte: Sie hatte nicht nur Ernestines seltsames Gerät höflich übersehen, sie hatte sich nicht einmal dazu geäußert, dass diese komische kleine Frau trotz der Hitze im Café ihren Mantel anbehalten wollte.

Sie setzten sich an den Tisch und lächelten sich höflich zu. Didier reichte ihnen die Karte; Ernestine blickte einmal kurz von der Liste der Kuchen- und Kaffeesorten auf, um Sophia zu betrachten. Gwendolyns Gespenst schien in das *Passiflore* geschwebt zu sein und jetzt am selben Tisch zu sitzen, so stark waren ihre Gene hier vertreten. Allein der Gedanke, dass Sophia aus demselben göttlichen Stoff gemacht sein könnte, verwirrte Ernestine, und sie wusste nicht, ob sie sich über diese extreme Ähnlichkeit freuen oder ganz im Gegenteil befürchten sollte, dass dieses Mädchen, das auf den ersten Blick so liebenswert und unschuldig wirkte, eines Tages genauso eine verwöhnte, eitle Kirke werden könnte wie ihre Mutter.

Doch die Befürchtung war wohl unbegründet. Sophia besaß zwar Gwendolyns sämtliche Eigenschaften. Aber alle Ähnlichkeiten waren wie destilliert und verfeinert, als hätte Gwendolyns Schöpfer, wer immer es gewesen sein mochte, einen kritischen Blick auf sie geworfen und sich zu einer zweiten, reineren Version entschlossen.

Sophias schulterlanges Haar war dunkelblond wie alte Bronze, glatt und fein und mit einer einfachen Spange zu einem Pferdeschwanz zusammengebunden. Sie hatte kleine, hellbraune Augen und, durch die strenge Frisur betont, die zartesten hohen Wangenknochen, die Ernestine je gesehen hatte. Sie trug einen dicken weißen Rollkragenpullover und eine graue Wollhose, und sie war so dünn, dass ihre Ellbogen und Schlüsselbeine selbst durch diesen geräumigen Pulli zu sehen waren. Ernestine fragte sich, ob sie vielleicht gerade eine schwere Krankheit überstanden hatte.

»Es ist so nett von Ihnen, dass Sie sich mit mir treffen, Madame, noch dazu so kurzfristig«, sagte Sophia. »Dabei weiß ich, dass Sie viel Arbeit haben.«

»Ja, das stimmt.« Ernestine konzentrierte sich ganz auf die Karte, in der Hoffnung, nicht erklären zu müssen, womit sie so viel Arbeit hatte.

»Müssen Sie bei Ihrer Tätigkeit als Innenarchitektin viel in Brüssel herumfahren?«

Du liebe Güte, Innenarchitektin … Was ist aus der Haushaltsberaterin geworden?

»Ja, ein wenig.« Noch vor dem ersten Schluck Kaffee hatte Ernestine zum ersten Mal gelogen.

»*Alors, Mesdames, est-ce que vous avez choisi?*« Didier stand wartend am Tisch. Sein Gesicht war von zu viel Sonne – oder zu viel Lachen – vor der Zeit faltig geworden. Er trug eine lange weiße Schürze und einen dicken Silberring.

»O ja«, sagte Ernestine. »Ich hätte gern einen Cappuccino. Mit Sahne, bitte.«

»Für mich nur einen Espresso, bitte«, sagte Sophia entschuldigend, als wäre es eine Zumutung für Didier.

»Möchten die Damen vielleicht ein Stückchen Kuchen dazu?«

Die Damen sahen sich an, doch keine von beiden gab der anderen zu erkennen, wie gern sie in Kuchen geschwelgt hätte. Sie lehnten ab.

Ernestine fragte Sophia nach ihrem Projekt. Sie war bezaubert von diesem Mädchen – ihrem Zartgefühl, ihrer Bescheidenheit, ihren tadellosen Manieren. Und von der Stimme, die hell und melodiös auf- und niederschwang wie ein Flötenchor.

»Wie ich schon am Telefon sagte, feiert meine Mutter den fünfundzwanzigsten Jahrestag ihres Debüts an der Scala, und ich dachte, es wäre eine wunderbare Ehrung – und ein gutes Studienprojekt –, Zitate von Leuten zu sammeln, die sie kennen. Es soll eine Überraschung sein, aber das habe ich Ihnen ja schon gesagt.«

»Nun, Ihre Mutter ist wirklich beeindruckend.« Ernestine klang etwas matt.

»Ja, ich weiß.« Sophia kicherte. Eine Strähne hatte sich aus der Spange gelöst, und sie strich sie hinters Ohr, worauf die Strähne sich ganz bezaubernd wieder selbstständig machte. »Bitte, wie haben sie sich kennengelernt?«

Ernestine starrte sie an. »Harry Bishop und ich?«

»Wie bitte? Nein. Sie und meine Mutter, natürlich.« Ein Schatten glitt über Sophias Gesicht.

»Ach ja, Ihre Mutter …« Ernestine sah sich um, vielleicht war ja Didier schon mit den Kaffees im Anmarsch. Zu ihrem Schrecken zog Sophia jetzt einen Stift und einen Notizblock aus ihrer Handtasche und sah Ernestine erwartungsvoll an.

»Zunächst muss ich festhalten, wer Sie sind und was Sie tun.«

»*Voilà,* meine Damen!« Auch hoch zu Ross hätte Didier kein besserer Retter aus der Not sein können. »Ein Cappuccino, ein Espresso.« Er stellte die Tassen auf den Tisch und eine Schale mit hausgemachten Mandelkeksen dazu. »*Bon appétit!*«

»Wie lange sind Sie schon Innenarchitektin?« Den Stift im Anschlag, wartete Sophia auf eine Antwort. »War das ein Thema zwischen Ihnen und meiner Mutter? Meine Mutter liebt Inneneinrichtung!«

»Lassen Sie mich nachdenken … Ich fing wohl nach dem Tod meines Vaters an, mich dafür zu interessieren.« Zitternd und bebend spann Ernestine an ihrer Geschichte, selbst überrascht über jedes Wort, das über ihre Lippen kam. Wer hätte gedacht, dass Lügen derart relativ sein konnte? Ihren wahren Beruf zu verschweigen, tat ihr wirklich weh – ein Märchen über Gwendolyn Carr zu erzählen, eine Frau, deren Einfluss auf sie ihr immer mehr widerstrebte, machte ihr hingegen nicht annähernd so viel aus.

Sie beugte sich über ihren Cappuccino und strich sich über das Haar – um sich gleich wieder abrupt aufzurichten. Ihr war gerade in den Sinn gekommen, dass da oben vielleicht noch ein Mäuseköttelchen stecken und womöglich auf die weiße Sahnehaube fallen könnte.

»Vor vier Jahren begann ich, für Monsieur Bishop zu arbeiten«, fuhr Ernestine fort, obwohl ihr allmählich mulmig zumute wurde. »Er hatte eine sehr schöne Villa in Fort Jaco. Und ich hatte so viele Ideen für die Gestaltung des Hauses, dass ich dachte, ich könne diese Ideen auch anderen zur Verfügung stellen.«

Das war wenigstens nicht ganz gelogen …

»O ja, natürlich.« Sophia machte sich eifrig Notizen. »Wie interessant!«

»Ihre Mutter und ich …« Ernestine nippte an ihrem Kaffee und tupfte sich mit der apricotfarbenen Serviette die Sahne von der Oberlippe. Sie hatte zu schwitzen angefangen und nutzte die Gelegenheit, sich auch kurz über die Stirn zu wischen. Der Kaffee war entsetzlich heiß.

»Ihre Mutter und ich sprachen über dieses und jenes.« Wie gern hätte Ernestine den Mantel ausgezogen! Doch erst bei unmittelbarer Erstickungsgefahr wäre sie bereit gewesen, dieser eleganten jungen Dame ihre schmutzige Putzfrauenkluft und damit ihre wahre Funktion zu enthüllen. Es war schon schlimm genug, dass der Lodenmantel so formlos und altmodisch wirkte.

»Möchten Sie Ihren Mantel ausziehen, Madame? Es ist doch recht heiß hier drinnen, finden Sie nicht?« Sophia schickte sich an, ihr aus dem Mantel zu helfen.

»O danke, aber lieber nicht. Ich habe mich gestern ein wenig verkühlt und behalte ihn besser an.« *Noch eine Lüge.* Schweiß tropfte an ihrem Rücken herunter.

»Wo sind Sie meiner Mutter zum ersten Mal begegnet?«

»Auf einem Empfang in Château Rivage.« Ernestine nahm erleichtert noch einen Schluck Kaffee. Das wenigstens stimmte. »Sie hat dort gesungen. Und danach unterhielten Monsieur Bishop und ich uns mit ihr.« Und wie sollte sie jetzt die Tatsache umschiffen, dass Gwendolyn Carr sich, wenn überhaupt, höchstens an eine komische Frau in einem grässlich grünen Kleid würde erinnern können, die auf dem Teppich der Baronin gekniet hatte?

»Welchen Eindruck machte sie auf Sie, Madame?«

»Ach, wissen Sie«, sagte Ernestine, als wisse das jeder und als sei es schon oft gesagt worden. »Sie war hinreißend und sang hervorragend.«

»Ja, aber wie *war* sie?« Sophias Augen glänzten ungeduldig. »Worüber haben Sie gesprochen? Was ist Ihnen an ihr aufgefallen? Etwas Persönliches wäre toll!«

Etwas Persönliches …

»Wir sprachen über griechische Mythologie«, stieß Ernestine verzweifelt hervor und betupfte sich noch einmal die Stirn.

»Griechische Mythologie?« Sophia setzte interessiert die Tasse ab.

»Ja.« Ernestine trank ihre Tasse in einem Zug aus und stellte sie mit so lautem Scheppern auf die Untertasse, dass die Leute an den Tischen ringsum erstaunt aufsahen. Was hatte sie da bloß wieder gesagt? Wie sollte sie sich je aus diesem Lügengespinst befreien?

»Ich sagte ihr, dass sie mich in ihren goldenen Sandalen an Athene erinnerte.«

»Oh, wie hübsch! Meine Mutter hat sich sicher sehr über diesen Vergleich gefreut. Ich habe nie darüber nachgedacht, aber sie hat etwas von Athene, nicht wahr?« Sophia begann hastig zu schreiben. Ihre Wangen waren vor Aufregung gerötet. Ihre lilienweiße und rosenrote Haut hätte Renoir zu seinen porzellanhäutigen Schönheiten inspiriert haben können. »Haben Sie denn klassische Philologie studiert, Madame Vandermeer, bevor Sie sich für Inneneinrichtung interessierten?«

»Ja, ich habe mich mit den Klassikern befasst …«, stammelte Ernestine, ganz verlegen über Sophias bewunderndes Lächeln.

Sie öffnete den obersten Mantelknopf, um ein wenig Luft einzulassen. Ein unangenehmer Geruch nach Fett und Schimmel stieg auf. In dem Treibhaus unter ihrem Mantel hatten Teebaumöl und Lavendelduft die Waffen gestreckt.

»Wissen Sie, sie trug an jenem Abend ein Kleid in Weiß und Blau und goldene Sandalen, sie wirkte wie eine Göttin auf mich.«

»So ein wunderbares Kompliment!«

Ernestines Augen wurden schmal. »Ja, vielleicht. Aber Göttinnen sind komplizierte Geschöpfe, Sophia.«

»Ja, das stimmt, Mutter ist kompliziert.«

Ernestine wusste zwar, dass es klüger gewesen wäre, diesen Aspekt nicht weiter zu vertiefen, doch es war stärker als sie. »Nehmen wir zum Beispiel Kirke«, sagte sie, als gäbe sie gerade Unterricht in griechischer Mythologie. »Sie war natürlich überwältigend schön. Aber auch verschlagen und opportunistisch.«

Sophias Lächeln wurde blasser. »Kirke verwandelte Männer in Schweine, nicht wahr?«

»Ja, aber bitte verzeihen Sie mir, ich bin ein wenig abgeschweift. Natürlich ließ mich die Schönheit Ihrer Mutter an eine Göttin denken.«

Sophia lächelte wieder. »Natürlich!«

Undenkbar, dass jemand über dieses Mädchen etwas Böses hätte sagen können. Je länger Ernestine mit ihr zusammen war, desto stärker wuchs ihre Überzeugung, dass Sophia Masterson zwar ein Span vom Goldklumpen ihrer Mutter sein mochte, dass dieser Span jedoch unendlich viel mehr wert war als sein Ursprung. In der Gegenwart dieser jungen Frau wurde Gwendolyns Schatten immer dunkler. Vielleicht stimmte Juliens Vermutung doch, und Balthasar hatte die Diva wirklich wegen einer groben Verfehlung aus dem Haus geworfen. Denn als sie ihn drei Jahre danach zurückzuerobern versucht hatte, war es ihr nicht gelungen. War das der Grund dafür, dass sie sich in Mastersons Arme geworfen hatte?

Doch sie durfte ihren eigenen Grund für dieses Treffen nicht aus den Augen verlieren: mehr über Gwendolyn Carr und insbesondere über ihre Beziehung zu Balthasar herauszufinden. Eigentlich war nicht anzunehmen, dass dieses unverdorbene Mädchen viel über die Affäre ihrer Mutter mit ihm wusste. Sie würde zwar den Cellisten kennen, allein schon, weil ihre Eltern mit ihm zusammengearbeitet hatten. Aber ob sie etwas über das abgebrochene Konzert wusste? Oder die Gründe für seine Zurückgezogenheit?

»Darf ich Sie nun etwas fragen?«, wagte sich Ernestine vor, als Sophia ihren Stift ablegte und einen Schluck Espresso trank.

»Ja, natürlich.« Das Mädchen strich sich wieder die widerspenstige Strähne hinters Ohr.

»Sind Sie je Sébastien Balthasar begegnet? Ich weiß, dass Ihre Mutter ihn kannte und mehrmals Platten mit ihm aufgenommen hat.«

Sophia biss sich auf die Lippen. »Ich bin ihm nie begegnet. Er und meine Mutter waren … befreundet, aber das war einige Jahre vor meiner Geburt.«

»Ich dachte nur, Sie wüssten vielleicht, warum er nicht mehr auftritt.« Ernestine wurde rot, und jetzt lag es nicht an der Hitze im Café. Sie hatte kein Recht, Sophia so auszufragen. Selbst wenn diese davon erfahren hatte, dass Gwendolyn an jenem Abend in Balthasars Garderobe gewesen war, würde sie kaum wissen, was genau sich zwischen den beiden Künstlern zugetragen hatte.

Sophia wickelte die Haarsträhne um ihren Finger und dann

rasch wieder ab. »Ich weiß gar nichts über Sébastien Balthasar, es tut mir leid, Madame. Ich weiß, dass er in Brüssel lebt. Aber ich bin in Oxford aufgewachsen und komme nur ganz selten nach Belgien.«

Ernestine ergriff diese Gelegenheit zu einem Themawechsel. »Ihre Eltern sind sicher viel unterwegs. Reisen Sie mit ihnen?«

Sophia schüttelte den Kopf. »Sie haben mich völlig aus dem Rampenlicht herausgehalten. Mutter sagte, wenn man so berühmt sei wie sie, brauche man nur ein einziges Mal etwas Privates zu sagen oder zu zeigen, und schon mache die Presse einem das Leben zur Hölle. Deshalb gibt es auch nirgends Bilder von mir.«

»Ich verstehe«, sagte Ernestine, aber eigentlich verstand sie nicht, warum man sein Kind – noch dazu ein so prächtiges – derart versteckte.

Sophias Miene heiterte sich auf. »Daddy ist oft zu Hause. Zurzeit dirigiert er in London, und ich sehe ihn fast jedes Wochenende.«

Daddy … Wie nett! Interessant, dass sie nicht »Mummy« sagte, wenn sie von Gwendolyn sprach.

»Singen Sie auch, oder spielen Sie ein Instrument?«

»O nein! Das überlasse ich meinen Eltern. Daddy hat mir allerdings ein paar Klavierstunden gegeben. Er ist ein phantastischer Pianist, müssen Sie wissen, und ein toller Dirigent.« Sophia strahlte vor Stolz.

»Ja, das weiß ich. Ich habe eine Platte gehört, die er mit Balthasar eingespielt hat.« Ernestine beobachtete Sophia, während sie sprach. An diesem Mädchen war etwas Überweltliches, fast Vergeistigtes. Sie hatte den Eindruck, dass Sophia mühelos in diesem schwebenden Bereich zwischen Himmel und Erde lebte, gemeinsam mit den Schwänen. Ihr Zartgefühl, ihre ätherische Leichtigkeit brachten etwas in Ernestine zum Klingen, aber sie hätte nicht zu sagen gewusst, was. Vielleicht so etwas wie Mütterlichkeit. Sophia schien auf diese besondere Art gezeichnet zu sein, bei der man einen Schauer des Erkennens verspürt, die man aber nicht zu benennen vermag.

»Ich möchte nicht indiskret sein, aber warum fragten Sie mich nach Sébastien Balthasar?« Sophia strich die Strähne wieder hinters Ohr und steckte den Notizblock weg. Offenbar war ihr journalistischer Ehrgeiz vorerst befriedigt.

»Ich bin gerade dabei ... die Villa Tosca ein wenig umzugestalten«, sagte Ernestine. »Dort lebt Balthasar. Und da ich weiß, dass Ihre Mutter ihn früher gut gekannt hat, dachte ich, ich frage einfach mal.«

Ernestine starrte verlegen aus dem beschlagenen Fenster. Und genau jetzt und hier, im Café *Passiflore,* wurde ihr bewusst, dass sie sich auf einer Art Mission für Balthasar befand, dass sie ihm irgendwie helfen wollte. Aber wobei eigentlich? Und wie? Eins war klar: Ihre Annahme, Sophia Masterson könne ihr dabei helfen, war irrig gewesen. Das Mädchen war anderswo aufgewachsen, in einer anderen Kultur, von anderen Menschen umgeben.

Ernestine bezahlte die Kaffees, und sie standen auf.

»Am Telefon erwähnten Sie, dass Sie Baronin de Wasseige persönlich kennen«, sagte Sophia, während sie ihren schicken Wollmantel anzog.

Ernestine klappte den Bissell wieder aus und hängte sich die große Tasche über die Schulter. »Persönlich ist vielleicht nicht das richtige Wort, es war ein sehr großer Empfang.«

»Oh, ich frage mich nur, ob ich nicht auch mit ihr sprechen sollte, sie und meine Mutter sind so gute Freundinnen. Ich dachte, Sie hätten vielleicht auch dort im Schloss zu tun, da Sie ja anscheinend in Brüssel bedeutende Kunden haben. Vielleicht könnten Sie mich der Baronin vorstellen? Sie und meine Mutter sind so gute Freundinnen!«

Ernestine unterdrückte ein Lächeln. Bedeutende Kunden! Wie sollte sie das Bild von Madame Goossens und deren Fetthölle von Küche aus ihren Erinnerungen verbannen?

»Ich bin sicher, Sie können die Baronin direkt anrufen – oder ihr einen kurzen Brief schreiben«, sagte Ernestine ausweichend. »Sie brauchen ja nur zu erwähnen, dass Sie Gwendolyn Carrs Tochter sind und Ihre Mutter überraschen möchten. Ich bin sicher, die Baronin wird Ihnen sehr gern helfen.«

Draußen vor dem Café blieben sie noch einmal stehen, und Ernestine küsste Sophia auf beide Wangen. »Es war so schön mit Ihnen. Ich danke Ihnen.«

»Ich danke *Ihnen,* Madame Vandermeer. Meiner Mutter wird es sehr gefallen, dass Sie sie mit Athene verglichen haben.«

Sie gingen, Sophia zu einem Audi, der einige Meter vom *Passiflore* entfernt parkte, und Ernestine in eine Seitenstraße, die zur Rue Faider führte. Ernestine hatte versprochen, sich zu melden, sollte sie ein Gespräch mit der Baronin de Wasseige für Sophia arrangieren können. Doch da sich ihr eigenes bevorstehendes Gespräch mit dieser Dame um das Servieren und Putzen auf deren Weihnachtsfeier drehen würde, war ihr nicht recht klar, wie sie die Sprache dabei auf Sophia bringen sollte.

Wie immer war Nellys Telefon auch diesmal den ganzen Abend ausgestellt. Ernestine hatte es gleich, nachdem sie von dem Treffen mit Sophia nach Hause gekommen war, versucht, dann noch einmal nach ihrem kargen Abendessen aus Nudeln und Reibkäse und schließlich viel später, als sie sich zum Ausruhen aufs Bett gelegt hatte.

Endlich, um 23 Uhr, erreichte sie ihre Freundin.

»Nelly?«

»Nesty?«

»Ja, ich bin's. Gott sei Dank! Ich versuche dich schon seit Tagen zu erreichen.« Dann, als ihr plötzlich klar wurde, wer noch in Nellys Wohnung über dem Pralinengeschäft sein konnte, fragte sie leiser: »Bist du allein?«

»Ja. Warum fragst du?«

»Nelly, hör zu. Ich habe dir doch von Harrys Villa an der Küste erzählt?«

Eine Pause. »Ja.«

»Aber du wusstest es schon, oder?«

Eine längere Pause.

»Oder?«

»Ja.« Ein kurzes Wort, doch voller Angst, Schuldgefühle und einem Flehen.

»Nun, *chérie,* wir müssen reden. Und zwar bald.«

Im Hintergrund war ein summendes Geräusch zu hören und dann etwas wie ein Scharren. »Das war die Klingel, Nesty, ich muss gehen.«

»Ist es Marshall?«

»Was?«

»Nelly, bitte! Wenn es Marshall ist, mach die Tür nicht auf!«

»Wovon redest du?«

Wieder war das Summen zu hören, diesmal länger, als würde der Besucher unten ungeduldig den Knopf gedrückt halten.

»Nelly, ich weiß, was da oben an der Küste vor sich geht! An dem Tag, als ich dich gefragt habe, ob du mitkommen wolltest, war ich da. Und ich habe dich da gesehen mit Marshall. Bitte lüg mich nicht mehr an!«

»Du hast mich da gesehen? Aber du warst doch gar nicht auf der Party!«

»Natürlich war ich nicht auf der Party! Ganz einfach, weil ich nicht eingeladen war – ich wusste ja auch nichts von dem Haus, bevor ich bei Maître Boondael war.« Ernestine atmete tief durch. Manchmal war Nelly wirklich etwas schwerfällig.

Nelly sagte nichts. Ernestine presste das Handy ans Ohr und hoffte, sie würde Türenschlagen hören oder vielleicht Nellys Stimme, die Marshall an der Sprechanlage sagte, er solle weggehen.

»Nelly?«

»Ja?«

»Ist er da?«

»Ich habe ihn gerade ins Haus gelassen.«

»*Godverdomme!* Nelly, er ist gefährlich! Er hat mich bedroht … Er hat dich bedroht! Er vermutet, dass ich über die illegale Spielhölle an der Küste Bescheid weiß.«

»Spielhölle?«

Ernestine starrte an die Speicherdecke und dann auf einen blassen Stern, der durch eine der Dachluken blinzelte. Sie konnte sich Marshalls Schritte auf der engen Treppe zu Nellys Wohnung vorstellen, elastisch und drängend. Er würde inzwischen schon an der Wohnungstür sein.

Es war gut möglich, dass Nelly nichts über das Glücksspiel wusste. Sie war Marshall immer schon sklavisch ergeben gewesen – in seiner Gegenwart hatte sie für nichts anderes Ohren und Augen. Die Einladung nach De Haan war sicher ein großer Spaß für sie gewesen – und eine Gelegenheit, mit dem grünen Kleid zu glänzen.

Und später würde Marshall bei Nelly den Preis dafür eintreiben.

Wie jetzt zum Beispiel in ihrem Bett.

»Wie lange nimmt Marshall dich schon mit an die Küste?«, fragte Ernestine.

»Oh, Nesty …« Nellys Stimme klang jetzt klagend. »Ich weiß nicht … Ich weiß es nicht …«

»Lass Marshall nicht in deine Wohnung!« Doch noch während sie es sagte, erkannte Ernestine, dass dies unmöglich war: An Nellys Wohnungstür war kein Schloss. Das einzige Schloss war an der Haustür unten im Erdgeschoss.

Ernestine schritt in ihrer Mansarde auf und ab. Mit einem Mal fühlte sie sich hellsichtig und entschlossen. Gebieterisch sprach sie ins Telefon: »Nelly, wir müssen uns treffen. Bald! Lass uns jetzt etwas verabreden, bevor Marshall bei dir ist. Einen neutralen Ort, an den er uns nicht folgen kann.«

»Wo?«

Ernestine dachte kurz nach. »In Notre Dame du Sablon.« Das war der einzige Ort, den Nelly leicht erreichen konnte, ohne die Stadt zu durchqueren und eine Entdeckung zu riskieren. Verzweifelt versuche sie sich an das Innere der Kirche zu erinnern. Manchmal waren die Nonnen von Notre Dame des Misères mit ihnen dorthin zur Messe gegangen, aber damals hatte sich natürlich keins der Mädchen für die Kirche interessiert, und Ernestine hatte sie seit ihrer Schulzeit nicht mehr betreten.

Dann kam ihr die Idee. »Nelly, erinnerst du dich noch an dieses schreckliche Gemälde? ›Die Enthauptung der heiligen Barbara‹?«

Wer hätte das vergessen können? Nach der Messe versammelte sich die Klasse im nördlichen Teil des Querschiffs zur heiligen Kommunion. Über den Mädchen dräute dann immer ein groteskes Bild: eine junge Frau, Barbara, die kauernd das weiße Fleisch ihres Nackens einem Soldaten mit Schwert darbot. Dieses ungesunde, leicht laszive Gemälde faszinierte die Mädchen vor allem deshalb, weil der Soldat mit dem Schwert eine mehr als flüchtige Ähnlichkeit mit Schwester Assumpta aufwies.

»Natürlich erinnere ich mich!«, rief Nelly.

»Gut, dann treffen wir uns in der Nische in der Nähe des Bildes – du weißt schon, in Richtung dieses riesigen geschnitzten Portals, durch das unsere Klasse immer ging.«

»Wann?«

»Morgen nach meiner Arbeit. Gegen 18 Uhr. Und sag Marshall bloß nichts von dem, was wir besprochen haben!«

Es kam keine Antwort mehr.

»Nelly?«

Die Verbindung war unterbrochen worden. Marshall war vermutlich in der Wohnung.

Es war schon lange nach Mitternacht, und Ernestine konnte immer noch kein Auge schließen. Stattdessen wurde sie von einer detailgenauen Vorstellung der Vorgänge in Nellys Wohnung verfolgt. Sie stellte sich vor, wie Marshall hereinmarschiert war und den teuren Kaschmirmantel auf das billige Ikea-Sofa geworfen hatte. Wahrscheinlich war er die Sorte Mann, die Frauen den Po tätschelt, und dann würde er Nelly den apricotfarbenen Morgenmantel ausgezogen haben …

Ernestine ohrfeigte sich selbst, um diese Bilder loszuwerden. Sie stellte den Wasserkessel auf und kletterte auf einen Stuhl, um ein Oberlicht zu öffnen: Es hatte angefangen zu tauen. Belgisches Tauwetter – das die Psyche genauso strapazierte wie das Schuhwerk und dessen komplexe Abläufe nur von den Ureinwohnern halbwegs eingeschätzt werden konnten. Man konnte Schuhe oder Stiefel tragen und beide Entscheidungen bereuen. Alles konnte im einen Moment sehr still und grau sein und im nächsten von einem feuchten Wind durchgerüttelt werden. Doch als sich Ernestine hinauslehnte und die kühle, jetzt mildere Luft einatmete, wusste sie, dass der nächste Tag einer von denen sein würde, die sie besonders liebte: Vom Schnee würde ein angenehm feuchter Dunst aufsteigen, es würde unaufhörlich von den Zweigen tropfen, und alles würde aussehen wie frisch gewaschen.

Es war schon nach eins. Hellwach und auf der Suche nach Beschäftigung griff Ernestine noch einmal nach Gwendolyns Puccini-Platte. Die für sie nur noch eine Quelle von Schuldgefühlen war. Sie musste sie bei nächster Gelegenheit unauffällig zurückbringen.

Ernestine betrachtete noch einmal das Foto auf der Plattenhülle. Dieses Mal mit anderen Augen. Jetzt suchte sie im Aussehen der Sängerin – dem platinblonden Haar und den zarten Wangenknochen, den Augen, dem Mund, sogar der Geste – nach Sophias Zügen. Doch Sophia war in diesem Bild nur als Geist vorhanden. Wieder überlief Ernestine dieser Schauer, dieser Hinweis auf eine andere geheimnisvolle Verbindung mit Sophia, die sie im Café gespürt hatte, aber nicht zu benennen wusste.

Seufzend legte sie die Platte gut sichtbar auf den Tisch, damit sie sie nicht vergessen konnte, wenn sie zur Villa Tosca aufbrach.

Als sie endlich einschlief, trug sie noch ihre schmutzige Arbeitskleidung, doch jetzt konnte sie nicht einmal der Geruch nach Fett und Schimmel vom Schlafen abhalten.

19

Zwischen Himmel und Erde

Am nächsten Tag kam ihr der Weg hinauf zur Villa Tosca vor wie ein Aufstieg im Hindukusch.

Du bist zweiundfünfzig! Was erwartest du?

Stimmt, antwortete Ernestine der strengen inneren Stimme. Was kann ich erwarten, wenn ich nicht schlafe, nicht ordentlich esse und Sorgen habe?

Sie war völlig außer Atem. Sie hatte nur vier Stunden geschlafen; die Hüfte schmerzte von dem Tauchmanöver, mit dem sie die Zeitschriften unter dem Regal im Goossenschen Keller hervorgeangelt hatte; ihre Augen waren vom langen Lesen in der Nacht rot und geschwollen. Und als Krönung des Ganzen hatte sie auch noch ihren Bissell vergessen, eine ungewöhnliche, wenngleich nicht ganz unwillkommene Fehlleistung, da sie nach dem Kampf gegen Fett und Schimmel bei den Goossens kaum noch die Arme heben konnte.

Zudem trug Ernestine heute auch noch zusätzliches Gewicht. Einen Großteil der Nacht hatte sie überlegt, wie Nelly und sie Marshall in der Kirche Notre Dame du Sablon würden entkommen können, wenn er sie verfolgen sollte. Gegen Morgen hatte sie die zündende Idee gehabt: Sie würde vor der Arbeit in dem kleinen Laden am Parvis de la Trinité zwei schwarze Stoffbahnen kaufen, und sie und Nelly würden sich als Nonnen verkleiden. Mit dem nötigen Abstand würde die Täuschung vielleicht gelingen. Marshall würde nicht nach einer Nonne Ausschau halten – das wenigstens war sicher.

Sie trat auf die Lichtung vor der Villa und trank die Welt in sich ein, auf die sie sich in der Nacht zuvor schon gefreut hatte. In der Auffahrt und auf den Wiesen lag noch Schnee, doch von den Bäumen, in denen das ständige Wispern des Wassers zu hören war, das sich seinen Weg zurück zur Erde suchte, war er schon verschwunden. In der Luft hing zarter, perlweißer Dunst. Ernestine legte den Kopf in den Nacken und schloss die Augen: Selbst die teuerste Kosmetik konnte mit dieser Gesichtspflege nicht mithalten. Der versonnen wirkende taubengraue Himmel war kaum vom Dunst zu unterscheiden, und alles, selbst die schwarzen Stämme im Wald, bekam weiche Konturen und schien schwerelos zu schweben. Keine scharfe Linie störte dieses Stillleben.

Nur Arkadis tintenschwarze, vor- und zurückschnellende Silhouette.

Er führte sein gewöhnliches Ballett auf, während er neben einem Komposthaufen aufräumte. Er brach einen Stock durch und entdeckte dabei Ernestine. Einige Sekunden lang stand er völlig still, dann winkte er mit einem der Stöcke. Ernestine erwiderte den Gruß, obwohl sie ihren schmerzenden Arm kaum über Brusthöhe heben konnte.

»Seine Familie kam aus Russland, noch bevor ich hier anfing – und ich bin auch schon mehr als zwanzig Jahre hier.« Sheila füllte einen Becher mit Tee und stellte ihn Ernestine hin.

Sie saßen an dem Tresen mit Blick auf die Wiesen, einer der seltenen kameradschaftlichen Momente, bevor sie mit der Arbeit anfingen. Der Köchin schien die untersetzte neue Kollegin immer noch nicht ganz geheuer zu sein. Sie hatte die Tatsache noch nicht verdaut, dass Ernestine Belgierin war und nicht einer der anderen Nationalitäten angehörte, die nach Sheilas Meinung besser für diesen Beruf geeignet waren. Polinnen, Brasilianerinnen, Portugiesinnen – die konnten arbeiten wie Ackerpferde, pflegte

Sheila zu sagen. Allerdings äußerte sie diese Vorbehalte nie gegenüber Ernestine selbst. Dennoch spürte diese den Zweifel, der die Köchin plagte. Sie spürte es jedoch auch sofort, wenn Sheilas Wachsamkeit nachließ, was durchaus häufig vorkam, und dann setzte sie ihr mit ihren Fragen zu.

»Sie sagten, er habe vor langer Zeit eine Ausbildung als Tänzer gemacht?«, fragte Ernestine.

Die beiden Frauen tranken ihren Tee und beobachteten den Schattenriss von Arkadis schlanker Gestalt, die, in jeder Hand einen Stock, ein paar anmutige Sprünge vollführte.

»Sehen Sie doch selbst«, sagte Sheila. »Arkadi ist ein komischer Bursche. Ich fühle mich hier im Winter wohler. Im Sommer treibt er sich zu häufig in der Nähe der Fenster herum. Angeblich, um die Pflanzen am Haus zu schneiden, aber ich bin sicher, dass er lauscht. Trotzdem, er ist harmlos.«

»Wie seltsam.« Ernestine legte die Hände um den Becher, während sie das *ballet russe* neben dem Komposthaufen verfolgte. Ein Rabe, die Fehlbesetzung eines schwarzen Schwans, glitt darüber hinweg.

»Sie haben doch keine Angst vor Arkadi, oder?«

»O nein!«

»Dann ist's ja gut.«

Arkadi, für einen Augenblick – wirklich nur für einen Augenblick? – wie besessen, verschwand mit einem Sprung im Wald. Unruhig starrte Ernestine auf die Bäume, bis er wieder auftauchte, jetzt ruhiger und mit einem großen Ast im Schlepptau.

Sheila bestand immer darauf, sofort nach dem Tee mit der Arbeit anzufangen. Ernestine musste sich also mit ihren Fragen beeilen. Sie hatte sich für ein Vorgehen auf Nebenwegen entschieden. Wenn sie statt des Themas, das sie eigentlich interessierte, ein anderes anschnitt, ließ sich Sheila die erwünschten Informationen manchmal leichter entlocken.

»Montags brauchen Sie mich also nicht?«, fragte Ernestine und kramte dabei in ihrer großen Tasche nach den Sprühflaschen und Lappen.

»Stimmt. Nur von Dienstag bis Freitag.« Die Köchin hatte begonnen, die Spüle zu scheuern.

»Aber hier ist doch so viel zu tun«, hakte Ernestine sanft nach.

»So ist die Regel. Ich habe sie nicht gemacht. Montags nicht, hat er gesagt.«

»Könnte ich nicht wenigstens für ein paar Stunden kommen? Wann genau ist der Professor denn weg?«

Sheila unterbrach ihr Schrubben und richtete sich mit vor Ärger gerötetem Gesicht auf. »Er geht gegen elf aus dem Haus. Aber ich habe es doch gesagt: Montags nicht!«

In der Hoffnung, dass die in ihre Arbeit vertiefte Sheila noch mit ein wenig mehr herausrücken würde, setzte Ernestine nach: »Wohin geht er denn?«

»Weg.« Die Köchin beendete das Gespräch, indem sie noch ein bisschen heftiger scheuerte.

»Ich verstehe«, sagte Ernestine. Sie sammelte ihre Putzsachen ein und beschloss, mit der Toilette in der Eingangshalle anzufangen.

»Vergessen Sie nicht, das Musikzimmer fertig zu putzen, bevor die Cellostunden anfangen.« Sheila wirkte verstimmt.

Heute wollte sich kein erleichternder Putzrhythmus einstellen; auch Harmonie und Melodie machten sich rar. Wenn sie ein Musikinstrument hätte spielen müssen, wäre es ihr dabei ziemlich übel ergangen. Immerhin hatte sie jetzt mehr Mitgefühl mit den armen Seelen, die sich zu Balthasar wagten.

Nach nur wenigen Minuten Putzen musste Ernestine sich auf dem Klodeckel eine Verschnaufpause gönnen. *Zut!* Wo war ihre übliche Energie geblieben? Am Nachmittag würde sie sich einen entlegenen Fenstersitz suchen und ein Nickerchen machen müssen. So etwas hatte sie während ihres ganzen Arbeitslebens noch nie gebraucht. Schon der Gedanke daran entsetzte sie. Aber heute könnte es zur ersten Ausnahme kommen.

Nelly stand im Mittelpunkt ihrer Sorgen. Wie würde sie auf die Nachricht reagieren, dass ihr kleines Abenteuer mit Marshall sie das Leben kosten konnte? Vielleicht hatte Marshall Ernestine nur erschrecken wollen? Doch er war keiner, der zum Spaß leere Drohungen ausstieß. Zumal er fürchten musste, dass jemand wusste, wie hart am Wind er in De Haan segelte.

Jemand wie Ernestine.

Sie fing an, den Dielenboden zu wischen. Immerhin hatte sie diese Fotos. Marshall und Pierre-Benoît Kohler (oder wenigstens seine Hand mit dem Siegelring). Die schwindelerregenden Stapel von Fünfhunderteuroscheinen und Pokerchips waren klar zu erkennen. Und dann gab es natürlich noch Gwendolyns Satin-Hinterteil. Aber alle Bilder waren etwas grobkörnig. Und es war nicht zu sehen, dass es sich um ein Privathaus handelte. Diese VIPs hätten sich auch in einem Kasino befinden können – in Ostende vielleicht oder sogar in Brüssel.

Sie stützte sich auf ihren Schrubber.

Sollte sie zur Polizei gehen?

Marshall war nicht dumm; er wusste, dass er Ernestine zum Schweigen bringen konnte, indem er drohte, jemandem zu schaden, den sie liebte – dass das sogar noch wirksamer war, als sie selbst zu bedrohen. Er wusste, wie loyal sie war, selbst Harry gegenüber. Als sie Marshall den Streit in der Bibliothek vorgehalten hatte, war ihm vielleicht sogar klar geworden, dass ihre Loyalität Harry gegenüber nach dessen Tod seltsamerweise eher stärker geworden war.

Nicht, dass Marshall ein Menschenleser gewesen wäre.

Eher ein Menschenkonsument.

Er ging mit ihnen um wie mit jedem Konsumgut, er kaufte sie, benutzte sie, schmückte sich mit ihnen und warf sie dann weg.

Sie sah auf die Uhr: fast Mittagszeit. Die Stunden bis zu ihrer Verabredung mit Nelly schienen endlos lang vor ihr zu liegen. Ihre unbesonnene Freundin war imstande, jederzeit alles Mögliche zu sagen. Und sie wusste, dass Ernestine an die Küste gefahren war, um die Villa zu sehen. Wenn sie es Marshall gegenüber erwähnt hatte, hatte er den nötigen Beweis für das, was er ohnehin schon vermutet hatte: dass Ernestine der Eindringling im Garten der Villa gewesen war.

Und jetzt musste er dafür sorgen, dass die beiden Frauen den Mund hielten.

14 Uhr 45. Sheila war unterwegs, um in Boitsfort Lebensmittel einzukaufen, als Ernestine Balthasars Tee zurechtmachte. Genau fünfzehn Minuten später brachte sie das Tablett hinauf zur Speichertreppe. Diese kleine Aufmerksamkeit war, sehr zu Sheilas Ärger, zu einem Ritual geworden. Denn der Köchin war der Speicher als heiliger Boden verboten worden. Niemand – wirklich niemand – durfte Balthasar stören, außer um einmal in der Woche die Treppe zu putzen. Jedes Mal, wenn Ernestine die Jasmin-Teebeutel aus dem Schrank holte und alles hübsch arrangierte, machte sich Sheila wütend an ihrem Herd zu schaffen. Es war eine solche Wohltat, dieses Ritual in Abwesenheit der Köchin auszuführen.

Sie hatte nur noch eine halbe Stunde, um das Musikzimmer vor der ersten Cellostunde fertig zu haben. Ernestine hatte die alten Eichendielen bereits mit dem Staubsauger (ein lautes Sakrileg, aber sie hatte ja ihren Bissell vergessen) und einem feuchten Tuch gereinigt, aber es war noch einiger Staub zu wischen.

Die Erschöpfung saß ihr in allen Gliedern. Sie ließ sich auf die Klavierbank sinken, um die Tasten und das Notenpult abzuwischen. Wie angenehm, im Sitzen putzen zu können! Sie ließ ihren Blick über das Bücherregal wandern, an dem sie, so kurz sie auch erst in der Villa Tosca angestellt war, schon viele schöne Stunden damit zugebracht hatte, jedes Buch, jede Platte und jede CD einzeln zu säubern. Und natürlich wusste sie genau, wo die Everyman-Ausgabe der *Odyssee* stand. Es war stärker als sie. Sie ging langsam hinüber und zog den Titel aus dem Regal. Er sah völlig anders aus als Patricks geliebtes Buch. Als er es ihr geschenkt hatte, war es schon voller Fettflecke, Wasserränder von den Badewannenaufenthalten, Eselsohren und sogar Bleistift-Anmerkungen gewesen. Balthasars Ausgabe dagegen hatte noch einen glatten, frischen Schutzumschlag und schien nicht oft in die Hand genommen worden zu sein. Das Buch glich seinem Eigentümer: zurückhaltend und recht verschlossen.

Ernestine hielt es nicht länger aus. Sie ließ sich auf den hellen Teppich fallen und seufzte dankbar. Diese Erleichterung! Sie lehnte sich mit dem Rücken an den Flügel und streckte die Beine aus.

Noch ein langer tiefer Seufzer.

Dann schlug sie das Buch auf.

Homer war immer für einen da. In guten Zeiten mit Seereisen und idyllischen Inseln, und in Zeiten der Erschöpfung bot die Ermattung des großen Helden Trost.

Ernestine fand die Stelle, die sie suchte.

Odysseus hatte sich nach zwei Tagen und zwei Nächten im *Getümmel der Wogen* mehr tot als lebendig an die Küste der Phaiaken gerettet und sich unter zwei miteinander verwachsenen Büschen ein Bett aus Laub gerichtet. Dort schlief er und schlief, umhüllt vom Schlaf, den Athene über ihn ausgegossen hatte. Ernestine las die Passage mehrmals. Auch sie hatte zwei Tage und zwei Nächte kaum geschlafen.

Sie blickte zu ihrem großen Flügeldach auf. Unter diesem mit Rippen versteiften Bauch fühlte man sich sicher und gut aufgehoben. Ja. Odysseus hätte sicher gern Schutz unter einem Flügel gesucht, denn er bot so viel Schutz wie die Büsche:

Nimmer durchstürmte den Ort die Wut nasshauchender Winde,
Ihn erleuchtete nimmer mit warmen Strahlen die Sonne
Selbst der gießende Regen durchdrang ihn nimmer …

Beim bloßen Gedanken ans Ausruhen fielen ihr die Augen zu. Auf diesem weichen Teppich konnte man sicher leicht ein Bett richten. Sie brauchte nur noch ein wenig Laub. (Vielleicht sollte sie mit Arkadi darüber sprechen.) Und mit ein wenig Glück würde Athene kommen und *ihr die Augen mit Schlummer* decken, um sie schneller *der schrecklichen Arbeit Qualen* zu entheben.

Der Teppich, die Stille im Raum, die Aura, die er noch hatte – all das war so entspannend. Ernestine begann einzunicken.

Sie dachte gerade darüber nach, ob sie sich nicht ganz hinlegen sollte, da hörte sie eine Stimme: »Es ist ein ziemlich dickes Buch. Es fertig lesen und das Haus putzen ist vielleicht ein bisschen viel für einen Tag.«

Sie rappelte sich hoch.

Balthasar …

Wann war er hereingekommen? Wie lange stand er schon da?

In schwarzem Rollkragenpullover und schwarzer Hose lehnte er lässig am Türrahmen. In seinem Tweedjackett waren alle Farben seiner Augen: dunkelgrün, braun, grau und noch weitere, schwer zu bestimmende Farbtöne. Neben all dem Schwarz wirkte sein Gesicht kreidig und die Hände wie weiße Vogelschwingen.

Ernestine stieß so heftig mit dem Kopf gegen den Flügel, dass die Saiten erklangen.

»Man muss vorsichtig sein, wenn man sich da unten herauswindet«, bemerkte Balthasar so lakonisch, als läge er selbst hin und wieder unter seinem Flügel. Sein Tonfall war nicht zu interpretieren. Die dunkle Kleidung verlieh seinem Charisma eine gewisse Strenge. Ernestine rieb sich den Kopf und sah ihm offen in die Augen. Heute schienen leichte Reflexe in ihren Tiefen zu spielen.

»Es tut mir sehr leid, Monsieur«, sprudelte sie hervor. »Sie haben ja gleich einen Schüler. Ich weiß selbst nicht, was über mich gekommen ist. Ich bin heute so müde, und ich dachte, ich könnte mich kurz ausruhen …«

»Der Schüler, der um halb vier kommen sollte, hat abgesagt. Und Sie können sich unter dem Flügel ausruhen, wann immer Sie wollen.«

Ernestine wusste nicht, ob sie ihm für dieses freundliche Angebot danken sollte. Sicher machte er sich über sie lustig. Sie stellte rasch die *Odyssee* wieder ins Regal und sagte lieber nichts.

»Eins Ihrer Lieblingsbücher?«, fragte Balthasar. Er ging auf sie zu. Er wirkte gesund und kräftig, nichts erinnerte an den kurzen Schwächeanfall im Wald.

»O ja. Vielleicht überhaupt mein liebstes Buch. Ich habe die gleiche Ausgabe – aber meine ist nicht annähernd so … so …«

»Ungelesen?«

Sie lächelte überrascht.

»Das sind übrigens nicht meine Bücher«, bemerkte Balthasar obenhin und strich leicht über die Rücken der Everyman-Bände. »Früher lebte hier noch jemand. Sie gehören ihr.«

Plötzlich fühlte Ernestine einen Stein in ihrem Magen. *Meint er Gwendolyn Carr?* Das Royal-Doulton-Geschirr und die rosa Kissen im Wohnzimmer, damit konnte sie leben. Aber Homer? Vielleicht gehörte Gwendolyn zu diesen Angebern, die ihre Bücher ausstellten, aber nicht lasen. Dann merkte Ernestine, dass der schwere Stein mehr mit Balthasar als mit Gwendolyn zu tun hatte. Sie sammelte Schrubber, Staubtuch und Sprühflasche ein. Wie hatte sie ihn nur für einen Homer-Leser halten können!

Sie ging eilig zur Tür.

»Ich persönlich mag am liebsten die Stelle mit dem alten Hund am Schluss«, sagte Balthasar. »Wo Odysseus als Bettler verkleidet ist und der Hund ihn an der Stimme erkennt.« Er stand mit dem Rücken zu ihr und stellte gerade Noten auf den Ständer vor dem Cellisten-Stuhl.

Ernestine fuhr herum.

Hatte er womöglich anderswo noch eine andere Ausgabe, die genauso zerlesen war wie ihre?

»Ja, die Stelle liebe ich auch«, sagte sie. Doch Balthasar drehte sich nicht herum, und sie sagte nichts mehr.

Als sie zur Tür hinausging, rief er ihr nach: »Sie können heute das Dachstudio putzen!«

Sie musste auf jedem Treppenabsatz stehenbleiben.

Den Eimer konnte sie leer mit hinaufnehmen, weil unter der Speichertreppe noch ein Waschbecken war, aber sie musste ihre große Tasche mit den Spezialmitteln, den Schrubber und den Fensterwischer mit dem langen Griff, verschiedene Lappen unterschiedlichen Gewichts und die Flasche Olivenöl tragen. Sie wusste nicht, was sie oben erwartete, wie die Oberflächen beschaffen waren und wie lange sie zu deren Reinigung brauchen würde. Sie durfte auf keinen Fall später als um 17 Uhr aufbrechen, denn Nelly würde um 18 Uhr in Notre Dame du Sablon auf sie warten.

Ernestine füllte den Eimer mit warmem Wasser und nahm die letzte Treppe in Angriff. Das Tablett mit der benutzten Teetasse stand auf der obersten Stufe, sie brachte es noch schnell hinunter zum nächsten Treppenabsatz und stand dann eine Weile in den durch das Oberlicht fallenden Sonnenstrahlen und versuchte, wieder zu Atem zu kommen. Schließlich öffnete sie die Tür.

Es war, als käme man aus völligem Dunkel, so blendend hell war das Licht in diesem Raum. Blinzelnd zog Ernestine ihre Siebensachen über die Schwelle.

Selbst jetzt, an einem Spätnachmittag im Winter, strömte das Licht durch sechs riesige Dachfenster und vier Giebelfenster, zwei an jeder Seite des Dachstudios. An den Balken hingen zahlreiche Strahler, doch die würde man erst spät am Abend brauchen.

Nachdem sich Ernestines Augen an die Helligkeit gewöhnt

hatten, war ihr erster Gedanke, dass sie hier nicht viel zu tun haben würde.

Außer mit dem riesigen Fußboden.

Der Raum war so groß wie ein Bankettsaal, mit hoher Holzdecke und einem honigbraun glänzenden Pitchpineboden, der an das Deck eines großen Schiffes erinnerte.

An Einrichtung gab es nur das für einen Musiker unbedingt Nötige: einen Stuhl mit gerader Rückenlehne, ein Klavier mit Holzhocker an einer Wand, einen Notenständer und ein Cello. Es lag auf der Seite und quer darüber war der Bogen abgelegt, als hätte der Cellist nur mal eben den Raum verlassen.

An den Wänden hingen Fotos, und Ernestine schritt den ganzen Raum ab, um jedes Bild genau anzusehen. Sie würde ein gutes Drittel ihrer Putzzeit hier damit zubringen, Balthasar in all seinem Glanz zu bewundern: nach Konzerten, bei der Entgegennahme von Preisen, bei Galadiners, neben Präsidenten, Königlichen Hoheiten und Musikern, von denen Ernestine wusste, dass sie sie eigentlich hätte erkennen müssen, und schließlich eines im Salon seiner Villa. Dieses Foto faszinierte sie, weil sie jeden Gegenstand im Schatten des berühmten Mannes identifizieren konnte: Aschenbecher, Beistelltischchen und die blaue Vase auf dem Fensterbrett, für die sie ein spezielles Reinigungsmittel brauchte. Sie bemerkte auch, dass Gwendolyn Carr nicht auf diesem Bild war. Tatsächlich hatte Ernestine ihren ersten Rundgang in der bangen Erwartung gemacht, überall Gwendolyn zu begegnen. Stattdessen sah sie sie nirgends, und zur Feier dieser Entdeckung machte sie noch eine zweite, gemächlichere Runde.

Zum Glück war der Boden so wenig verschmutzt, dass sie keinen Staubsauger brauchte. Für dieses schöne, alte Holz kam nur ihre bewährte Mischung aus weißem Essig und warmem Wasser, auf ein Tuch gesprüht, infrage.

Als sie, das Tuch um den Schrubber gewickelt, den Boden zu wischen begann, taten ihr die Arme seltsamerweise nicht mehr weh. Auch die große Fläche konnte sie nicht erschrecken. Ihr alter Rhythmus kehrte zurück – vielleicht von der Sarabande inspiriert, deren Geist noch im Raum schwebte.

Slisch … Sluusch …

Warum hatte Balthasar so kühl von der Besitzerin der noch druckfrisch wirkenden Homer-Ausgabe gesprochen? Er hatte sicher Gwendolyn Carr gemeint. Ernestine arbeitete sich über die honigfarbenen Dielen voran und fragte sich, nicht zum ersten Mal, worunter Balthasar so sehr litt.

Slisch … Sluusch …

Wie frei sie sich hier fühlte! Wäre sie eine Tänzerin, so würde sie jetzt tanzen, eine Pianistin, dann würde sie sich an dieses Klavier dort setzen, eine Künstlerin – nun, kein Maler würde dieses Licht hier verachten.

Aber sie war nichts dergleichen.

Sie wischte weiter. Und schon bald öffnete sich dieser weite, luftige Raum in ihr. Das war ihr Tanzsaal, ihr Klavier, ihre Leinwand. Sie war Putzfrau, und da sie gewöhnlich mit Eimer und Schrubber umging statt mit Klavieren und Staffeleien, musste sie sich eine eigene Art der Selbstverwirklichung erfinden.

War das Papas Problem gewesen? Hatte er keine Möglichkeit gefunden, sich auszudrücken, sich zu verwirklichen? War das der Grund dafür, dass er immer wieder das Messer abgelegt und in den Himmel gestarrt hatte? Was waren seine wahren Talente gewesen?

Ernestine sprühte noch mehr Essigwasser auf das Tuch.

Was waren *ihre* wahren Talente?

Vorsichtig umrundete sie das Cello und hielt auf allen Seiten einen halben Meter Abstand, um bloß nicht versehentlich mit dem Tuch gegen das kostbare Holz zu stoßen.

Sie zögerte.

Sie starrte auf das Instrument hinunter. Über Harrys Cello war sie hin und wieder mit einem Lappen gegangen, wenn es so auf dem Boden lag. Aber ob sie hier die rechte Befugnis hatte? Doch vielleicht ... Vielleicht konnte sie wenigstens ein paar Staubpartikelchen entfernen?

Keine Angst, meine grauäugige Athene! Scheue das Wagnis nicht!

Sie nahm ihr weichstes Tuch und berührte behutsam die geschwungene Flanke des Cellos. Dann wurde sie kühner und ergriff vorsichtig den Bogen an einem der zarten Enden: Ebenholz und Abalone. Nahm sie jedenfalls an. Sie hielt ihn zwischen zwei Fingern von ihrem Körper ab wie ein lebloses Tier, das aber vielleicht doch noch lebendig sein könnte, und wischte über die volle Länge des Cellos.

Sich vorzustellen, so ein Instrument gut zu spielen! Sich vorzustellen, mit seinem Klang etwas *sagen* zu können!

Auf einmal war sie niedergeschlagen. *Was sind* meine *Talente? Bin ich wie Papa nicht im Einklang mit meinem Beruf?*

Plötzlich richtete sie sich auf, als wäre er im Raum.

Mit deinen Augen bist du ganz sicher eine Menschenleserin, chérie.

Die Stimme klang so real, dass sie sich herumdrehte. Den linken Arm hielt sie immer noch vom Körper weggestreckt, zwischen ihren Fingern hing der Bogen.

Natürlich war da niemand.

Bis die Tür aufging und Balthasar hereinkam.

20

Vogelschwingen

Er drückte auf einen Schalter, und die Strahler gingen an.

Ernestine erstarrte. Sie hatte gar nicht bemerkt, dass das Tageslicht fast völlig aus dem Raum gewichen war.

»O hallo, Monsieur«, sagte sie, den Bogen immer noch in der Hand. Ihr schien, dass es vielleicht ein noch größerer Regelverstoß sein könnte, ihn wieder zurückzulegen. »Ich bin hier gleich fertig. Ich habe heute mein Kehrgerät vergessen, daher musste ich an manchen Stellen zweimal wischen.«

Balthasar schloss die Tür hinter sich, zog sein Tweedjackett aus und hängte es über die Türklinke. »Meinen Sie diesen mysteriösen Gegenstand, den Sie immer mit sich herumtragen?«

»In Amerika heißt er Bissell.«

Lachte er sie aus? Die Mundwinkel hatten sich wieder gekräuselt, doch der Blick blieb distanziert. Wie seltsam, dass er noch nichts zu dem Bogen gesagt hatte.

Stattdessen kam er zu ihr und nahm ihn ihr sanft aus der Hand.

»Ich glaube nicht, dass er beim Putzen sehr nützlich ist«, sagte er und legte ihn aufs Cello zurück.

Ein Meister der ritterlichen Untertreibung, dachte Ernestine, die nicht recht wusste, wie sie mit Balthasars trockenem Humor umgehen sollte.

»Bitte verzeihen Sie, Monsieur, ich habe nur gerade über das Cello gewischt. Ich hätte den Bogen nicht anfassen sollen.«

»Unsinn. Sie haben ihn richtig gehalten.«

Ihre Augen weiteten sich. »Wirklich?«

»Ja, am Frosch.«

Ernestine starrte ihn an. »Am Frosch?«

Sie hob den Schrubber auf und fing an, ihre übrigen Werkzeuge einzusammeln. Ihre Knie waren recht wackelig. War die Arbeit gestern bei den Goossens zu viel für sie gewesen? Oder waren es wieder die weichen Schulmädchenknie?

»Kann ich Ihnen helfen?« Balthasars Stimme hatte keinerlei ironischen Beiklang.

»Nein danke, Monsieur. Es ist alles in Ordnung. Ich komme gut zurecht.«

Da erst bemerkte sie, dass er etwas in der Hand hielt.

»Ich dachte, Sie würden sich das hier gern ausleihen – für den Fall, dass Sie in den nächsten Tagen keine Gelegenheit zu einer Rast unter dem Flügel haben.«

Jetzt lächelte er. Er hielt ihr den Homer-Band aus dem Musikzimmer hin.

Ernestine hielt noch den Schrubber in der Hand. Ihr Griff wurde fester. Wenn sie sich – in ihren Träumen – eine solche Szene ausgedacht hätte, dann ganz sicher ohne dieses Gefühl der Unruhe, das sie jetzt befiel. Ja, fast des Misstrauens. Hier stand Balthasar und bot ihr einen Homer-Band an! Das war besser als eine Umarmung, schöner als ein Kuss. Etwas, das sie nicht einmal zu träumen gewagt hätte. Und dennoch brachte sie keine Antwort über die Lippen.

Balthasar zog das Buch erstaunt zurück. »Ich verstehe es natürlich, wenn Sie das Buch lieber nicht ausleihen möchten.« Seine Stimme war jetzt kalt.

Ernestine wurde blutrot. »Oh, Monsieur, ich fühle mich sehr geehrt, wirklich. Ich weiß gar nicht, was ich sagen soll.«

Wie konnte einen kleinliche Eifersucht so undankbar machen?

Balthasar legte ihr das Buch oben auf die Tasche. »Nun, Sie könnten mir zum Beispiel sagen, wann Sie in Ihrem engen Zeitplan zum Lesen kommen. Von unserem Waldspaziergang her weiß ich noch, dass Sie eine große Leserin sind.«

»Ich lese abends noch lange, Monsieur.« Ernestine war selig, dass er ihr nicht böse war. »Manchmal auch, wenn ich eine Pause habe.« Sie dachte an ihre Pause unter dem Flügel und wurde wieder rot.

»Und wann denken Sie nach? Lesen nützt wenig, wenn man keine Zeit hat, über das Gelesene nachzudenken.«

Balthasar schob den Stuhl vom Notenständer zurück und lud sie mit einer Handbewegung zum Sitzen ein.

Sie zögerte kurz, folgte der Einladung dann aber gern.

Balthasar holte den Klavierhocker und setzte sich zu ihr. Er schlug die Beine übereinander und sah sie aufmerksam an.

Sie waren das Epizentrum des Raums. In alle Richtungen erstreckten sich die honigfarbenen, dank Ernestine nun sanft glänzenden Dielen, und sie fühlte sich wie auf hoher stiller See.

»Ich finde in einen Rhythmus, wenn ich putze.« Zum ersten Mal sagte sie es jemandem. Ihre Stimme hallte über die glatten Flächen.

»Einen Rhythmus …«

»Ja. Aber das kann doch für Sie nicht interessant sein, Monsieur. Wissen Sie, es geschieht, wenn ich scheuere oder aufwische. Bei ganz banalen Dingen.«

»Bitte sprechen Sie weiter. Es ist höchst interessant.«

Ernestine sah ihn groß an.

Balthasar stockte der Atem. »Sie haben ganz ungewöhnliche Augen.«

Sie ignorierte diese Bemerkung, obwohl sich ihr Herzschlag unangenehm beschleunigte. »Im Arbeiten finde ich einen gleichmäßigen Rhythmus. Nicht zu schnell und nicht zu langsam.« Sie beobachtete, wie die Farben in Balthasars eigenen ungewöhnlichen Augen während des Zuhörens wechselten. »Die Sarabande in Bachs D-Dur-Suite ist perfekt dafür.«

»Gütiger Himmel!«

»Ja. Übrigens sind Sie der Erste, den ich sie habe spielen hören.« Sie sprach jetzt flüsternd, als wäre es ihr nicht recht, wie der Raum jedes Wort verstärkte – vor allem die Worte, die mit Balthasar zu tun hatten.

»Hier? In der Villa Tosca?«

»Auf einer CD. Dann hier.«

Sie verfielen kurz in Schweigen.

»Ich erreiche bei meinem Wischen oder Scheuern einen Moment«, fuhr Ernestine jetzt befangen fort. Sie wandte sich von Balthasar ab. »Einen Moment, in dem sich etwas in mir öffnet – ein Raum, eine weite, luftige Aussicht … Anders kann ich es nicht beschreiben. Verrückt, nicht wahr?« Sie sprach so verhalten und vorsichtig, als würde sie Stück für Stück ihre Kleidung ablegen. Denn tatsächlich offenbarte sie sich bis in ihr Innerstes, obwohl sie durch eine Art angenehmer Narkose keinen Schmerz empfand, nur Balthasars wohltuende Aufmerksamkeit. »Ich fühle mich in diesem Raum so frei«, bekannte sie. »Ich kann dort denken und mich bewegen. Als fände ich dort das Wesen meiner selbst.« Plötzlich wandte sie sich ihm wieder zu und fragte fast unwirsch: »Ergibt das irgendeinen Sinn?«

»Absolut.«

Davon ermutigt, sprach sie weiter: »Im Wald sagten Sie, Sie könnten diesen … *Zustand* … durch die Musik erreichen. Sie verglichen ihn mit der Anmut von Schwänen, glaube ich.«

Ernestine richtete sich auf dem Stuhl mit der geraden Rückenlehne auf, als wäre sie ein Schulmädchen, das mit seinem Lehrer spräche. Ihr Herz jagte immer noch. Schweiß stand auf ihrer Stirn.

»Schwäne sind anmutig, das ja. Aber was mich an ihnen fasziniert, ist ihr Zustand der Gnade«, sagte Balthasar. »Sie haben dieses perfekte Tempo gefunden, von dem Sie gerade sprachen.« Er stand auf, um einige Noten zu ordnen, die auf dem Klavier verstreut lagen.

Ernestine stand ebenfalls auf, weil sie glaubte, das Gespräch nähere sich seinem Ende. Sie ging zur Tür.

»Werden heute Schwäne bei Ihnen spielen?«, fragte sie im Plauderton, eine Vertraulichkeit, die sie im nächsten Augenblick bereute.

Balthasar drehte sich zu ihr um. »Die finde ich neuerdings eher in der breiten Masse als in meinem Musikzimmer«, sagte er, offenbar war ihm die Frage nicht unangenehm aufgefallen.

»Tatsächlich?« Ernestine fragte sich, wann er diesen Kontakt zur breiten Masse wohl pflegte.

»Bei jedem, der dieses Gleichgewicht findet, diese Spannung, in der jedes Ding an seinen richtigen Platz kommt, sage ich mir: ›Da ist jemand, der die Schwäne versteht.‹«

»Was würden diese Menschen zum Beispiel tun?«

»Irgendwas – einfach leben. Nicht zu schnell und nicht zu langsam. Gleitend. Ich glaube, Arkadi hat es geschafft.«

»Arkadi?!«

»Ja. Der Garten ist seine Palette – seine Bühne. Ein wahrer Künstler.«

Ernestine dachte an Sophia, die trotz ihres zarten Alters sicher als ein Mensch gelten konnte, der dieses wunderbare Gleichgewicht gefunden hatte. Vielleicht werden solche Menschen schon so geboren, dachte sie, vielleicht hat Sophia diesen Zustand der Gnade geerbt. Bloß von wem? Sie war schon im Begriff, ihm von diesem Mädchen zu erzählen – und dass sie das Vergnügen gehabt hatte, sich ausführlich mit Gwendolyn Carrs Tochter zu unterhalten –, doch dann besann sie sich anders. Ob Balthasar sie je kennengelernt hatte? Wusste er überhaupt, dass Gwendolyn und Reginald Masterson eine Tochter hatten? Wie auch immer, sie hatte wenig Lust, die reine Luft hier oben mit Gwendolyns Namen zu verpesten.

»Wie macht sich Julien?«, erkundigte sich Ernestine mit eindeutig mütterlicher Sorge.

Balthasar seufzte gereizt. Jetzt wirkte er plötzlich fern und bedrohlich in seiner schwarzen Kleidung.

»Das Problem mit dem Jungen ist, dass er innerlich zu unruhig ist. Er ist von nervöser Natur, das passt schlecht zu langsamer Musik – und besonders schlecht zu gewissen Passagen bei Rachmaninow.« Er machte eine Pause. »Und er überschätzt sich.«

Balthasar schien vergessen zu haben, mit wem er sprach, denn er fuhr fort: »Jedes Mal, wenn man ein Stück spielt, sollte man es spielen wie beim ersten Mal, als hätte man keine Ahnung, wie man es spielen wird. Dann kommen die Schwäne. Wichtig ist, dass man sie nicht verjagt. Wenn man das tut, verengt man die Wege, beengt man sich selbst, bekommt man Angst. Wenn die Schwäne zu einem kommen, ist man zu Hause. Man selbst, die Musik … *alles* ist zu Hause.«

Balthasar durchquerte den Raum und stellte sich vor Ernestine. Sie sah zu ihm auf: Wie im Wald schien er vor ihr aufzuragen.

»Mein Vater hätte dieses Gefühl so schön gefunden«, sagte sie. »Er hielt immer Ausschau nach den Schwänen, wenn ich jetzt darüber nachdenke. Aber er konnte die kleine Welt der *boucherie* nicht verlassen. Ganz gleich, wie sehr er sich bemühte.« Sie blickte zu Boden. »Außer natürlich, wenn er Homer las. Dann … Dann …« Plötzlich füllten sich ihre Augen mit Tränen. »Nun, ich weiß nicht, wohin er ging.«

»Ach ja, Homer.« Balthasar nahm eine ihrer Hände und hielt sie kurz fest.

Bevor sie auf diese unpassende Geste reagieren konnte, hatte er sie schon wieder losgelassen und fragte:

»Möchten Sie Cello spielen?«

Ernestine fiel keine Antwort auf diese Frage ein, und er nahm ihr Schweigen für ein Ja.

Nie im Leben hatte sie sich unwohler gefühlt. Es war am ehesten vergleichbar mit einem Zahnarztbesuch.

Sie saß wieder auf dem Stuhl. Aber jetzt auf der Kante, beide Füße fest auf dem Boden. Ihr Rücken tat schon weh davon, dass sie ihn ohne Lehne so gerade halten musste. Balthasars Hand lag nun um den Hals des Cellos, während sie die richtige Position zu finden versuchte.

»Ja, so ist es gut«, sagte er, als hätte er seine Instrumente bereit und bäte sie jetzt, den Mund zu öffnen.

Von so Nahem wirkte das Cello riesig, fast grotesk. Aus diesem Blickwinkel war es größer als sie, und Balthasar musste den Stachel mehrmals einschieben, um es tiefer zu stellen. Seine Mundwinkel kräuselten sich. »Vielleicht wäre ein etwas kleineres Modell besser für Sie.«

Seine Hände waren genau vor ihren Augen. Wieder, wie nachmittags, als sie an der schwarzen Hose gelegen hatten, dachte sie an weiße Schwingen. Doch jetzt waren sie zu Leben erwacht und wanderten über das Cello wie die Hände eines Liebhabers, kundig und zärtlich, als wären sie mit jeder Stelle dieses Instruments vertraut und wüssten, welche Freuden dort zu finden waren.

»Da«, sagte er und legte ihre linke Hand auf das Griffbrett. Er hatte ihr gesagt, sie solle ihre Beine ein wenig spreizen, damit das Cello zwischen ihren Knien liegen könne. Sie trug ihre üblichen dicken Strümpfe, und ihr Rock bedeckte ihre Knie sogar noch, wenn sie saß. Aber vor einem Herrn, den sie nicht gut kannte – und selbst *wenn* sie ihn kannte –, spreizte sie gewöhnlich nicht die Beine. Ihr war ziemlich ängstlich zumute, außerdem war es so heiß. Zu allem Übrigen sollte die Oberkante des Cellos ihren Körper auch noch auf der Höhe des Brustbeins berühren. So hatte Balthasar es verlangt. Ernestine geriet in Panik bei dem Gedanken, dass er ihr auch dabei helfen würde.

»Ich denke, ich hab's«, presste sie zwischen den Zähnen hervor.

»Ja«, sagte er nachsichtig. »Ich glaube auch. Und jetzt entspannen Sie sich. Darauf kommt's an.«

Balthasar zog den Klavierhocker heran und setzte sich vor sie.

»Wissen Sie, mit diesen Händen könnten Sie eine gute Musikerin sein.«

Ernestine starrte ihn böse an. Gefangen, wie sie war, mit schmerzendem Rücken und einem Cello, das sich in ihre Brust bohrte, stand ihr der Sinn nicht nach unangebrachten Komplimenten. »Monsieur, jetzt machen Sie sich über mich lustig. Schmeicheleien machen mir keine Freude. Sie sind fast immer unwahr.«

Balthasar wurde steif vor Empörung. »Madame Vandermeer. Ich mache mich nie über Menschen lustig. Ich schmeichele ihnen auch nicht. Unwahrheiten sind nicht mein Stil. Hier ist die Wahrheit, wenn Sie sie hören wollen: Ihre Hände sind eher klein, kurz und stark. Dass alle Musiker lange schlanke Finger haben müssten, ist ein Mythos.«

»Aber Monsieur, Ihre sind doch …« Ernestine wagte die blassen Schwingen wieder ins Auge zu fassen. Balthasar lümmelte mit übergeschlagenen Beinen auf dem Hocker, das Kinn in eine Hand gestützt. Die andere lag ausgebreitet über dem Knie.

»Ja, ich weiß, wie meine Hände aussehen. Aber die von Pablo Casals sahen eher aus wie Ihre.« Für einen heiklen kleinen Moment schwieg Balthasar, hin- und hergerissen zwischen Verlegenheit und Sorge. Ernestine interpretierte das Schweigen sofort: Er war sich nicht sicher, ob ihr der Name Pablo Casals etwas sagte, und falls nicht, wollte er ihr Unwissen nicht herausstellen.

Sie lächelte ihm zu, endlich fühlte sie sich wohl. »Ja, ich habe von ihm gehört. Aber ich bezweifle, dass Casals' Hände so rau und rot waren und so viele Schrammen hatten.«

»Oh, das kann man nicht wissen.« Balthasars Augen tanzten vor Vergnügen. »Soweit ich weiß, war er in seiner Freizeit ein begeisterter Gärtner.«

Die beiden sahen sich plötzlich mit anderen Augen an. Es war, als hätten sie eine Zeitlang einen Berg bestiegen, jeder für sich auf seinem Weg, und wären schließlich unverhofft auf eine Stelle mit einer besonders schönen Aussicht gestoßen, die sie gemeinsam genießen konnten. Beide hielten den Augenblick ein wenig fest.

»Also.« Balthasar stand schließlich auf. Er nahm Ernestines rechte Hand, die nutzlos heruntergehangen hatte. »Heute nehmen wir noch keinen Bogen. Sie werden die Saiten mit dem Zeigefinger zupfen.«

Er beugte sich über sie und führte, seine Hand über ihre gelegt, ihren Finger über die Saite. Ernestine bemerkte das Netz der vorstehenden blauen Adern auf seinem Handrücken. Seine Haut fühlte sich heiß an, fast fiebrig, und seine Berührung war eine seltsame Mischung aus Sanftheit und zielbewusster Stärke.

»So«, sagte er und zupfte mit ihrem Finger an der Saite. Ein riesiger runder Ton drang aus dem Instrument.

Ernestine zuckte zurück. »Gütiger Gott! Das ist ziemlich laut, oder?«

Zum ersten Mal lachte er. »Versuchen Sie es selbst.«

Das tat sie.

Sie zupfte nacheinander alle Saiten. Jeder Ton hallte durch den leeren Raum wie ein Gongschlag durch einen Canyon. Das Schwingen erfüllte Ernestines Körper und summte durch ihren Kopf. Eine Wirkung, die nach immer neuer Wiederholung schrie. Sie stellte fest, dass sie gar nicht genug davon bekam, an den Saiten zu zupfen und das Beben des Cellos an ihrem Körper zu spüren.

Schließlich ließ sie ihre Hand doch sinken und seufzte. »Nun, noch zwanzig Jahre Üben, und ich könnte vielleicht Musik machen.«

Balthasar nahm ihr das Instrument sanft ab. »Das haben Sie bereits getan.«

Ernestine dankte ihm und ging zur Tür, um ihre Sachen einzusammeln. Eine verlegene Stille machte sich breit. Um sie zu füllen, sagte Ernestine: »Sie haben hier ja eine tolle Fotosammlung.«

»Ach, eigentlich ist sie gar nicht so beeindruckend.« Balthasar legte das Cello auf die Seite und den Bogen darauf.

»Sie müssen so viel von der Welt gesehen haben, Monsieur. Wenn ich bedenke, dass ich nie aus Belgien herausgekommen bin!« Lachend packte Ernestine ihre Flaschen in die Tasche.

»Ich weiß nicht. Jeder, der liest, umrundet regelmäßig die Erde.«

»Ja, aber dennoch …«

Balthasar hob die beiden letzten Putzmittel für sie auf. Eins davon war die Flasche Olivenöl. Er war so zartfühlend, sie nicht zu kommentieren.

»Soll ich Ihnen helfen, die Sachen nach unten zu tragen?«

»O nein, danke! Ich komme wunderbar zurecht.« Ernestine war verwirrt. Nie trug ihr jemand die Sachen.

Balthasar reichte ihr das Olivenöl. »Wissen Sie, Madame Vandermeer, diese Reiserei und der ganze Glamour sind so eine Sache. Wann immer ich irgendwo spiele, ganz gleich, wie groß der Konzertsaal ist und wie wichtig die Gelegenheit, denke ich die ganze Zeit darüber nach, wann ich wohl wieder nach Hause komme.« Er blickte über sie hinweg. *»Deine Heimat, dein Haus …«*

»Odysseus …«, murmelte sie.

Balthasar nahm ihre Hand und beugte kurz den Kopf darüber. Es war die ritterlichste aller Gesten, ein *baisemain* aus einer mittelalterlichen Heldensage. Seine Lippen hatten ihre Hand nicht berührt. »Sie haben viel von einem Schwan in sich, Madame Vandermeer«, sagte er und öffnete ihr die Speichertür. »Vergessen Sie das nie.«

17 Uhr 30 war längst vorbei, und Ernestine hatte nichts davon gemerkt. Wenn ihr jemand gesagt hätte, sie sei fünf Minuten im Dachstudio gewesen, und ein anderer, zwei Stunden, dann hätte sie beiden geglaubt.

Mit all ihren Sachen beladen, stapfte sie die Treppe hinunter. Balthasar war ihr immer noch ein Rätsel. Trotz seiner hohlen Wangen und der fiebrig heißen Hände schien er sich heute Nachmittag wohl gefühlt zu haben. Als hätte er nirgends sonst sein mögen. Vielleicht waren es die Heimat und das Haus, die ihn in den verfrühten Rückzug vom Konzertleben getrieben hatten, und nicht irgendwelche Verletzungen durch Gwendolyn Carr.

Sie würde zu spät zu dem Treffen mit Nelly kommen.

Der Gedanke machte ihr Angst. Ganz sicher lauerte Marshall irgendwo. Bis Ernestine alles zusammengepackt, durch die Dunkelheit den Hügel hinuntergelaufen und eine Tram erwischt haben würde, wäre es bestimmt schon nach halb sieben. Wenn Marshall das Pralinengeschäft beobachtet hatte, konnte er Nelly leicht in die Kirche gefolgt sein. Vielleicht versteckte er sich jetzt im Augenblick irgendwo in einer Kapelle, um zu sehen, was Nelly plante.

Hör auf mit diesen Hirngespinsten!, schalt Ernestine sich selbst. *Für Leute wie Marshall Ross ist Nelly ein kleiner Fisch … So wie ich übrigens auch. Er will uns nur erschrecken.*

Doch heute konnte Ernestine ihre innere Stimme nicht zum Schweigen bringen. Ein wohlhabender Mann in der Position von Marshall Ross fände es sicher weit einfacher, eine *chocolatière* und eine Putzfrau verschwinden zu lassen, statt lange mit ihnen zu verhandeln. Vielleicht hatte er irgendwo noch eine Villa übrig, um die Leichen zu verstecken …

»Sie haben sich Zeit gelassen, oben im Speicher, oder?« Sheila hatte Ernestine in der Eingangshalle abgepasst.

»Der Professor bat mich, oben zu putzen.«

»Ach ja, tatsächlich?« Sheila stemmte die Hände in die Hüften und sah Ernestine böse an. »Sie dürfen ihm seine Zeit nicht stehlen und sollen ihm überhaupt aus dem Weg gehen. Das habe ich Ihnen doch gesagt. Wahrscheinlich hat ein Schüler abgesagt, sonst hätte er Sie gar nicht im Haus haben wollen!« Sheila reckte das Kinn vor. »Aber Sie waren nicht gleichzeitig mit ihm im Dachstudio, hoffe ich?«

»Professor Balthasar hat nur nachgesehen, wie ich zurechtkam, Madame Martin.«

Ernestine wollte unbedingt weiter. Sie hatte keinerlei Lust, Sheila zu beschreiben, was sich im Dachstudio zugetragen hatte – sie hatte ja selbst keine klare Vorstellung davon.

»Ich muss wirklich los. Ich bin mit einer Freundin in der Stadt verabredet.« Sie zog die Kapuze über den Kopf und hängte sich die Tasche über die Schulter.

»Na, dann schönen Abend noch.« Sheila stapfte in die Küche zurück.

Ein eisiger Dunstschleier hing über der Einfahrt. Das Licht aus der Villa drang lediglich bis zum Waldrand durch die feuchte Luft, so dass der gewundene Pfad durch die Rhododendren nur im Blindflug passierbar war.

Aus einer Eingebung heraus blieb Ernestine am Anfang des Pfads stehen.

Sie drehte sich gerade noch rechtzeitig herum, um Balthasar in Hut und Mantel auf den Wald zugehen zu sehen, und verharrte überrascht. Eine sehr ungewöhnliche Zeit für einen Spaziergang. Und das an einem so dunklen, unfreundlichen Abend. Und wenn sie ehrlich war, gab es ihr einen kleinen Eifersuchtsstich, dass er ohne sie spazieren ging. *Idiotin! Du hattest deinen Spaziergang mit dem großen Mann. Du darfst dich glücklich schätzen, dass dieser eine stattgefunden hat. Weitere wird es bestimmt nicht geben.*

Sie machte sich wieder auf den Weg und rannte in etwas, das eine Menschengestalt sein musste.

Hoffte sie jedenfalls.

Überstürzt zog sie sich auf die Lichtung zurück, und da trat Arkadi aus dem Gebüsch.

Sein Saloon-Klavier-Lächeln leuchtete im Dunkeln noch gespenstischer. Alles andere von ihm verschwand in der Nacht.

»Arkadi!«, rief Ernestine. »Ich wusste nicht, dass Sie noch hier sind.«

Der Gärtner schleifte etwas an ihr vorbei, das nach einem ausgewachsenen halben Rhododendron aussah. Er ließ ihn fallen, als er Balthasar im Wald verschwinden sah. Arkadi starrte seinem Arbeitgeber nach und drehte Ernestine dabei unhöflich den Rücken zu.

»Nun, dann wünsche ich Ihnen noch einen schönen Abend«, sagte diese. »Ich muss jetzt los.« Diese einseitigen Gespräche waren seltsam effizient.

Doch Arkadi drehte sich wieder zu ihr herum, und Ernestine hätte fast ihre Tasche fallen lassen.

Sein Lächeln war verschwunden. Stattdessen gewann nun wieder das Getriebene, Düstere seines Wesens die Oberhand und er presste seine Faust ans Herz, als würde er sie anflehen. *»Dotschka«*, sagte er und zeigte dann auf die Stelle, auf der eben noch Balthasar gewesen war. *»Dotschka.«* Seine Stimme zitterte.

»Tut mir leid.« Ernestine tat es wirklich leid, dass sie ihn nicht verstand. »Was meinen Sie? *Dotschka?*«

»Da, da!« Arkadi nickte heftig. Sein schwarzer Bart tanzte auf und ab. Seine Augen glänzten fiebrig. Wieder presste er die Faust an die Brust und zeigte auf die Stelle, wo Balthasar verschwunden war. *»Dotschka! Dotschka!«*

Ernestine schüttelte den Kopf. »Arkadi, ich verstehe Sie nicht. Es tut mir so leid. Und ich muss jetzt gehen.« Sie zeigte auf den Weg durch die Büsche. »Ich muss …«

Arkadis funkelnde Augen erloschen, als hätte jemand das Licht ausgeschaltet. Er wandte ihr wieder den Rücken zu und starrte Balthasar nach.

Sie wünschte ihm *bonne soirée* und tastete sich durchs Gebüsch davon.

21

Zartbitterer Rosenkranz

Die Straßenbahn fuhr voll beladen den Hügel von Boitsfort hinauf.

Die Leute trugen schwere Einkaufstaschen und von Wochenendarbeit traurig geschwellte Aktenmappen. Wer Glück gehabt und einen Sitzplatz gefunden hatte, las oder starrte vor sich hin.

Ernestine gehörte zu den wenigen Glücklichen und nutzte die Gelegenheit, um die beiden schwarzen Stoffstücke zu begutachten, die sie zu ihren Putzmitteln gestopft hatte. Sie waren dick und rau. Wie sollten Nelly und sie je als Nonnen durchgehen? *Dieu!* Eine absurde Idee, wie aus einem schlechten Theaterstück. Die Dame in dem Laden hatte ihr versichert, dass jede Stoffbahn für eine durchschnittlich große Frau ausreichen würde. Was natürlich bedeutete, dass Nelly bestens bekleidet wäre, während Ernestine darin ertrinken würde. Vielleicht konnte sie den Stoff zweimal um sich schlagen oder ihn als eine Art satanische Brautschleppe hinter sich herziehen.

Sie rieb eine Stelle in der beschlagenen Scheibe blank und beobachtete den Verkehr in der Nähe der Straßenbahn. Keine Spur von der glänzenden Limousine. Was natürlich nicht bedeutete, dass Marshall nicht in der Nähe lauerte. Sie würde beim Verlassen der Bahn vorsichtig sein müssen.

Gegenüber von *Chocolatier Bertrand* stieg sie aus. Wie beim letzten Mal flitzte sie in den Hof des Konservatoriums und observierte mehrere Minuten lang die Umgebung. Eine letztlich witzlose Mühe: Alles und nichts wirkte verdächtig. Selbst die nach

Hause strebenden Musikstudenten schienen in ihren Instrumentenkästen Dinge aus dem Konservatorium herauszuschmuggeln.

Sie eilte über die Straße. Das Schaufenster des Pralinengeschäfts war dunkel: Nelly hatte geschlossen. Mit etwas Glück war sie bereits am vereinbarten Treffpunkt in der Kirche. Ernestine konnte nur beten (vielleicht half es im Falle dieser besonderen Umgebung), dass Nelly die Hoffnung noch nicht aufgegeben hatte. Es war schließlich schon nach halb sieben.

Leichter Regen hatte eingesetzt. Die Leute eilten durch die neblige Dunkelheit oder strichen eng an den Schaufenstern entlang, in der Hoffnung auf eine Brasserie, die ein frühes Abendessen anbot. Ernestine drückte sich in den Eingang der Buchhandlung gegenüber der Kirche und sah sich auf dem Platz um. Sie musterte jeden Mann, der zufällig einen langen Mantel trug, bis sie sicher war, dass keiner von ihnen Marshall war.

Dann hastete sie die Stufen zum großen Westportal hinauf. Notre Dame du Sablon saß auf ihrer uralten Parzelle wie ein Solitär auf einem Ring, für alle sichtbar, und sie wollte diesen Präsentierteller möglichst schnell verlassen.

Sie zog eine kleine Holztür auf, die quietschte und dröhnte. *Genau wie in der Rue Faider,* dachte Ernestine und hoffte, dass das Geräusch in nächster Zukunft keinen weiteren Besucher ankündigen würde.

Eine zweite, schalldämpfende Tür schloss den Straßenlärm aus.

Im Innenraum blieb sie stehen und nahm die Stille in sich auf. Zwei alte Damen schmückten den Altar mit Blumen, drei Touristen gingen durch den Mittelgang und starrten nach oben. Ansonsten schien der hallende Raum leer zu sein.

Ernestine huschte unter einer Reihe von Bögen und Orgelpfeifen zum nördlichen Querschiff, vorbei an kleinen Kapellen und der marmornen Verzweiflung einer Pietà. Die Bleiglasscheiben, die bei Sonnenschein in allen Farben strahlten, waren jetzt stumpf und düster. Die Luft war schwer von Melancholie, und unter den Gewölben nistete ein uralter Geruch nach Weihrauch.

Der Nordeingang wurde von einem riesigen, in Eiche geschnitzten Portal verdeckt. Dahinter lief eine Steinbank an der Wand entlang, und dort saß Nelly, nicht weit vom endlosen Leiden der heiligen Barbara entfernt.

Atemlos rannte Ernestine zu ihr. »Nelly, Gott sei Dank, dass du noch da bist! Es tut mir so leid, dass ich zu spät komme.«

Nelly sprang auf, und die beiden fielen sich in die Arme. Nelly begann sofort in die Falten des tröstlichen Lodenmantels zu schluchzen, und Ernestine zog sie wortlos in den Schatten des Portals. Dort waren sie relativ unsichtbar.

Einige Minuten lang saßen sie einfach nur dicht aneinandergedrängt da, dankbar, endlich zusammen zu sein, und beobachteten die Frauen, die am Altar die Blumen arrangierten.

»Weißt du noch, wie wir uns hier für die Kommunion aufstellen mussten?«, flüsterte Nelly. »Als Marie-Laurence bemerkte, dass der Soldat auf dem Bild so aussieht wie Schwester Assumpta, dachte ich, ich müsste sterben vor Lachen!« Sie wandte sich zu dem Bild um und starrte ihn an.

Ernestine hingegen starrte Nelly an. Ihre Freundin schien an Leib und Seele gelitten zu haben. Ihre üppigen Lippen waren vor Spannung schmal geworden. Ihre hübsche Rundlichkeit konnte zwar noch den falschen Pelz ausfüllen, doch ihr Teint war fahl, und am Haaransatz wuchs Grau unter dem feurigen Rot.

»Nelly, du steckst wirklich in Schwierigkeiten«, sagte sie liebevoll. »Wie bist du gestern Abend mit Marshall verblieben?«

Nelly zuckte die Achseln und schnaubte so geräuschlos wie möglich in ein Taschentuch. Offensichtlich fiel es ihr schwer, ihre alte Sorglosigkeit wiederzufinden. »Och, es war alles ganz normal«, sagte sie, immer noch ein wenig durch die Nase. »Er ist nur über Nacht geblieben, weiter nichts.« Verlegen blickte sie wieder auf das Bild.

Ernestine betrachtete Nelly und dachte unwillkürlich, dass ihre Freundin, speziell in ihrem aktuellen Zustand, einen Mann wie Marshall wohl nicht lange würde fesseln können. Sie mochte eine angenehme Bettgefährtin sein, doch Ernestine hatte während ihres langen Umgangs mit den oberen Zehntausend nie einen so eitlen Mann wie Marshall in Begleitung einer Frau gesehen, bei der man den grauen Haaransatz sah. »Nelly, ich brauche deine volle Aufmerksamkeit.«

Widerstrebend löste Nelly den Blick von der heiligen Barbara.

»Ist dir Marshall gefolgt?«

»Nein, ich glaube nicht.«

»Weißt du, was in De Haan vor sich geht?«

»Du meinst, in Marshalls Villa?«

»Marshalls und Harrys Villa. Eigentlich gehört sie sogar zur Hälfte mir. Sie waren zu gleichen Teilen Eigentümer. Und du warst neulich da. Ist dir nichts aufgefallen?«

»Nur dass Marshall ziemlich lange woanders war.«

»Bravo. Du machst dich.« Sarkasmus gehörte sonst nicht zu Ernestines Umgangston. Doch sie sah, dass Nelly nicht mit gewöhnlichen Taktiken aus ihrer Verblendung zu retten war.

»Nelly, hör zu. Ich war vorigen Samstag dort. Draußen, im Garten.«

»Draußen? Hast du dich versteckt?«

»Genau. Und spioniert. Ich habe gesehen, was in dem Teil des Hauses ist, der hinter der Bar liegt: eine illegale Spielbank. Ich habe es dir ja schon am Telefon gesagt, Nelly. Botschafter Bowman, Arnaud de Wasseige, Gwendolyn Carr und lauter solche berühmten Leute. Und weißt du, wer noch da war? Pierre-Benoît Kohler!«

Nelly sah sie ausdruckslos an.

»Du weißt doch, PBK! Der windige Banker von Acheron.« Ernestine dachte an die versteinerte Wellenfrisur und daran, wie dieser verbrecherische Poseidon die Hand gehoben und die Wasser im Salon geteilt hatte – ganz ohne Dreizack.

Nelly schien sich entfernt zu erinnern, sie sah Ernestine groß an. »PBK?«

»Ebender. Gwendolyns Konzert war nur ein Vorwand. Eine Ablenkung. Ich verstehe nicht viel vom Glücksspiel, aber es lag schrecklich viel Geld auf den Tischen, Hunderttausende Euro in bar. Ich habe es sogar durchs Fenster fotografiert.«

»Du hast *Bilder?«,* stieß Nelly hervor. Sie griff hastig in ihre Manteltasche und zog eine Handvoll Kaffeebohnen mit Schokoladenüberzug hervor.

»Hier.« Sie schüttete Ernestine die Hälfte in die Hand. »Die können wir jetzt gebrauchen.«

Einige Minuten lang kauten sie einträchtig schweigend Kaffeebohnen. Ernestine reihte ihre auf der Handfläche aneinander wie die Perlen eines Rosenkranzes, während sie nachdachte.

»Marshall glaubt, er kann mir Harrys Haushälfte billig abkaufen«, sagte sie. »Und dass er unser Schweigen – deins und meins – durch Einschüchterung erzwingen kann.«

»Hat Marshall dich dort gesehen?«

»Er weiß, dass jemand in den Park eingedrungen ist, und vermutet, dass ich es war.«

Die Eingangstür quietschte und dröhnte. Nelly und Ernestine sahen sich erschrocken an. Seit Ernestine gekommen war, hatte die Tür kein Geräusch von sich gegeben.

Ernestine stand auf und spähte durch das Kirchenschiff: Ein junges Paar war eingetreten, um die Kirche zu besichtigen.

Mit einem erleichterten Seufzer setzte sie sich wieder zu Nelly. »Gut möglich, dass Marshall uns gefolgt ist, Nelly. Wir müssen extrem vorsichtig sein.« Sie brachte es noch nicht fertig, Nelly zu sagen, dass Marshall – der Mann, mit dem sie die vergangene und vermutlich viele andere Nächte verbracht hatte – gedroht hatte, ihr etwas anzutun.

»Was sollen wir tun?«, fragte Nelly. Sie lehnte den Kopf an die Wand und ließ ein paar Kaffeebohnen in ihren Mund fallen.

Eine der alten Frauen stellte eine Vase auf die Marmorbalustrade am Altar, das Geräusch hallte durch die ganze Kirche.

»Ich denke, du solltest Brüssel für ein paar Tage verlassen«, sagte Ernestine. »Mindestens so lange, bis ich weiß, wie ich weiter vorgehen soll.«

»Aber ich kann das Geschäft doch nicht tagelang schließen«, rief Nelly, senkte jedoch auf Ernestines strafenden Blick hin sofort die Stimme. »Wo soll ich denn hin?«, flüsterte sie.

»Ich dachte an deine Cousine bei Namur. Wie hieß sie noch?«

»*Cécile?*«

»Ja, die meine ich.«

»Du machst Witze! Sie züchtet Ziegen. Sie ist völlig durchgeknallt. Und sie lebt in einem 187-Seelen-Dorf, hat Onkel Bertrand gesagt. Meinst du, da passe ich hin, Nesty?«

»Dann werden es eben 188 Seelen sein. Wenigstens wird dich Cécile vor Marshall schützen.«

»Vielen Dank, da versuche ich mein Glück lieber hier.«

»Nelly!« Ernestine bereute sofort, dass sie die Stimme erhoben hatte. Der Klang löste sich vom Steinboden und schwang sich zu den Lichtgaden empor. Die Frauen am Altar starrten sie an und legten rügend den Finger an die Lippen. Selbst das junge Paar sah in ihre Richtung.

»Nelly«, zischte Ernestine. »Marshall hat gedroht, dir etwas anzutun.«

Nelly wurde blass und legte die Hand vor den Mund. In ihren Augen stand Todesangst. »Was?«, keuchte sie. »Wann?«

»Er ist mir Dienstagabend nach Hause gefolgt. Ich wollte es dir vorher nicht sagen. Ich wollte dich nicht erschrecken.« Ihre Stimme wurde leiser.

»Oh, Nesty …«

»Marshall ist reich, mächtig und hat beste Verbindungen. Der frisst dich bei lebendigem Leibe. Bring dich in Sicherheit, solange es noch möglich ist.«

»Aber Nesty ...« Nelly blickte verträumt zu den Gewölben auf. »Er ist ein so wundervoller Mann, so charmant. Ein solcher Mann hat mir noch nie Beachtung geschenkt.«

Ernestine packte Nelly bei den Schultern und schüttelte sie zornig. »Hör auf mit diesem schmalzigen, romantischen Mist! Der Mann manipuliert dich! Er ist ein Schuft! Schaff ihn dir vom Hals!«

Das schien zu wirken, denn Nelly wandte den Blick wieder zur Erde und sagte: »Ich rufe Cécile an.«

»Gut. Und ich werde Marshalls schmutzige Geschäfte publik machen. Ich werde einen sehr hohen Preis für Harrys Haushälfte verlangen – oder die Öffentlichkeit alarmieren.«

Nelly riss unschuldig die Augen auf. »Aber Nesty, das kannst du nicht. Überleg doch mal, mit wem du dich da anlegst! Und du wirst auch Harry bloßstellen.« Sie senkte den Kopf. »Ich meine Harry, als er noch lebte.«

Ernestine schwieg. Natürlich! In ihrem Eifer, Marshall zu entlarven, hatte sie völlig vergessen, dass Harry mit im Spiel gewesen war. Sie hatte einfach angenommen, er habe sich durch den heftigen Streit mit Marshall und die Erklärung, nichts mehr mit diesen Machenschaften zu tun haben zu wollen, reingewaschen. Doch Harry und Marshall waren Komplizen gewesen, auch wenn Harry nur Marshalls Helfershelfer gewesen war. Seltsam, dass Ernestine gegenüber Harry jetzt, wo er nicht mehr lebte, solche Beschützerinstinkte entwickelte. Doch trotz dieser späten Zuneigung wusste sie, dass der Tod seine Schuld nicht völlig auslöschen konnte.

»Vielleicht hast du recht, Nelly. Trotzdem, ich werde Marshall in die Enge treiben!«

»Aber du hast selbst gesagt, dass er gefährlich ist. Nesty, du spielst mit dem Feuer! Warum sitzt du immer auf dem hohen Ross? Immer musst du den Leuten sagen, was gut und was böse ist.« Nelly kicherte. »Du hättest Nonne werden sollen.«

»Wo du gerade davon sprichst …« Ernestine griff in ihre Tasche.

Da quietschte und dröhnte die Kirchentür. Aus dem verhallenden Dröhnen wurden Schritte hörbar.

Klack … Klack …

Gleichmäßige, dynamische Schritte hallten durch das südliche Querschiff und verstummten regelmäßig an jeder Kapelle, als würde jemand methodisch die Kirche abschreiten und nach etwas suchen …

… oder nach jemandem.

»Schnell! *Vite!*« Ernestine zog den schwarzen Stoff aus der Tasche. »Wir müssen das anziehen.« Sie reichte Nelly eine Stoffbahn.

»Anziehen? Wieso?«

»Damit man uns nicht erkennt, Dummerchen!«

Ungläubig betrachtete Nelly das schwarze Leichentuch.

Ernestine hatte ihren Stoff schon über dem Kopf drapiert. Rings um ihre Füße kräuselte sich etwa ein halber Meter Stoff. Sie holte zwei große Sicherheitsnadeln aus ihrer Tasche, gab eine Nelly und steckte mit der anderen ihre eigene improvisierte Tracht unter dem Kinn zusammen.

Nelly fiel die Kinnlade herunter. »Sieht aus wie eine Burka. Du wirkst überhaupt nicht wie eine Nonne.«

»Das merkt niemand. So was sieht immer gleich aus.«

»Aber es ist nicht dieselbe Religion.«

»Darum geht es hier nicht! Ich habe nur das weiße Ding für den Hals vergessen, weiter nichts. Na los, zieh's über!«

Klack … Klack …

Vom Anblick ihrer Kostüme überwältigt, hatten sie vorübergehend den Grund für diese Verkleidung vergessen.

Die Schritte kamen jetzt wieder aus dem Hauptschiff und verlagerten sich dann ins andere Querschiff: dem, das zur Enthauptung der heiligen Barbara führte und damit auch zu ihnen. Der unbekannte Besucher überprüfte offensichtlich jede Seitenkapelle und Nische.

Klack … Klack …

Die Schritte kamen unerbittlich näher.

Ernestine huschte zu der dicken Säule an der Vierung und spähte gerade noch rechtzeitig hinter ihr hervor, um einen großen Mann in die kleine Kapelle mit der Pietà tauchen zu sehen. Sein Mantel legte sich in weichen Falten um seine Beine.

War es Marshall? Sie würde sich nicht die Zeit nehmen, es herauszufinden.

Sie huschte zu Nelly zurück, den schweren Stoff wie eine Schleppe hinter sich herschleifend.

»Ist er's?« Nelly klang eher traurig als ängstlich.

»Könnte sein.«

Einen Augenblick lang beäugten sie sich gegenseitig in ihren schwarzen Gewändern und mussten ein hysterisches Lachen unterdrücken. Dann blickten sie einhellig zur heiligen Barbara auf.

»Ich hoffe, ich ende nicht auch so wie sie mit meinem Kopf auf einem Teller«, wisperte Nelly.

»Das war doch Johannes der Täufer, Nelly. Hast du denn bei den Nonnen gar nichts gelernt?«

»Na ja, wenn einem der Kopf abgeschlagen wird, ist es auch egal, wo er landet.«

»Hör zu«, sagte Ernestine halblaut. »Geh heute Abend nicht mehr nach Hause. Geh durch die Seitentür dahinten raus.« Sie zeigte auf die andere Seite des Querschiffs. »Halt dich links und geh am Café *Wittamer* vorbei. Komm irgendwie am Museum entlang wieder zurück, immer schön durch die kleinen Straßen. Dann nimmst du die Linie 91 Richtung Charleroi und gehst in meine Wohnung. Verstanden? Geh NICHT nach Hause. Hast du Céciles Nummer auf deinem Handy?«

»Nein.«

»Macht nichts. Wir suchen sie später im Telefonbuch. Du musst morgen den ersten Zug nach Namur nehmen. Klingel, wenn du in der Rue Faider ankommst, der Doktor wird dich einlassen.«

Nelly nickte. »Was ist mit dem Geschäft? Und mit meinen Sachen?«

»Den Laden hast du ja schon abgeschlossen. Für ein paar Tage wird es schon gehen. Und du kannst dir Sachen von mir ausleihen.«

Nelly starrte sie entgeistert an.

Ernestine lächelte. »Entweder meine Röcke, *chérie,* oder Céciles Arbeitskluft.«

Nelly grinste und küsste sie auf beide Wangen.

»Jetzt geh«, flüsterte Ernestine.

»Oh, Nesty, was habe ich bloß getan?«

»Los!« Ernestine gab ihr einen freundlichen Stups, und Nelly stolperte in ihrer Verkleidung zum Seitenausgang. Die alten Damen legten ihre Blumen ab und sahen dieser höchst ungewöhnlichen Nonne nach, die sich nicht nur in der Tracht geirrt zu haben schien, sondern auch noch den Knicks vorm Altar vergessen hatte.

Ernestine wartete nicht lange ab, um festzustellen, ob der Mann Marshall war. Es war nicht anzunehmen, dass ein Tourist die Kirche derart methodisch besichtigte. Und Priester trugen gewöhnlich keine schicken Mäntel, jedenfalls nicht im Dienst.

Wenige Minuten nach Nelly huschte auch sie durch das Querschiff. Dieses Mal wirkten die Damen am Altar besorgt, als befürchteten sie eine Art Invasion, gegen die sie womöglich einschreiten müssten.

Ernestine schlurfte so schnell an ihnen vorbei, wie es die Umstände erlaubten. Sie warf sich die Tasche über die Schulter und steuerte den Eingang im südlichen Schiff an, durch den sie auch hereingekommen war.

Die Dezembernacht hatte schon die Herrschaft über die Stadt übernommen. Kleine Eiskristalle hingen im Dunst und scheuerten auf der Haut. Die Luft lag schwer und reglos in den Straßen, die Laternen verbreiteten ein gleichgültiges bläuliches Licht. Brüssel wirkte feindselig und abweisend. Ernestine stand auf dem Bürgersteig und überlegte, wie sie nach Hause kommen sollte. *Straßenbahn? Bus? Zu Fuß?*

Der schwarze Stoff isolierte sie völlig gegen die feuchte Kälte, eine angenehme Nebenwirkung. Sie atmete mehrmals tief durch, um ihre Nerven zu beruhigen, und sah sich um. Weit und breit keine Menschenseele. Hinter ihr ragte die dunkle Kirche auf. In der Stille konnte sie fast hören, wie sich die alten Steine noch einige Zentimeter tiefer in den Boden drückten. So etwas konnte man zu einem geschäftigeren Zeitpunkt nicht wahrnehmen. Nur in solchen ruhigen Augenblicken war der Herzschlag einer Stadt wirklich zu spüren.

Sie spähte die Avenue hinauf. Ein Mann hatte die Apsis der Kirche umrundet und kam rasch auf sie zu. Er trug einen langen Mantel – aber das taten viele gutangezogene Männer in der Stadt. Er war groß – auch das konnte ihm niemand verbieten. Aber er bewegte sich schwungvoll, voller Energie und Entschlossenheit, und das sah stark nach Marshall aus.

Eine Tram kam von der Place Royale herunter. Ernestine rannte genau vor ihr über die Straße, als sie vor der Haltestelle langsamer wurde. Ob der Mann auch auf die Straßenbahn zugelaufen war, wusste sie nicht, sie sah sich nicht mehr um.

Ihre schwere Tasche boxte sie ständig in die Seite, also brachte sie sie ebenfalls unter der improvisierten Tracht unter. Nach etwa hundert gefährlichen Metern hatte sie zu einem schleifenden Gang gefunden, der sie gottlob vorwärtsbrachte.

Ernestine schlich an den kleinen Statuen (warum wirkten sie heute Abend so vorwurfsvoll?) vorbei, bog dann um die Ecke und war endlich von der Kirche aus nicht mehr zu sehen. Mit dem Stoff über ihrem dicken Wollmantel war sie sicher ziemlich quadratisch und konnte aus der Ferne ebenso gut als wahnsinniger Hexer durchgehen wie als verzweifelte Nonne. Mit so jemandem würde sich niemand anlegen wollen, hoffentlich auch Marshall nicht.

22

In der Welt der Schatten

Cécile war von der Aussicht auf Besuch alles andere als erbaut.

»Ich habe so schon genug Arbeit mit den Ziegen«, brummte sie am Telefon. »Nelly wird mir nur im Weg sein.« Aber sie konnten sie schließlich doch überzeugen, wenn sie auch bis zum Montag warten mussten.

Das Wochenende zog sich, weder Ernestine noch Nelly wagten sich weiter als bis zum Geschäft an der Ecke. Am Montagmorgen um sechs hatten sie eine kleine Tasche mit Kleidern und Waschzeug von Ernestine gepackt und stiegen in die Straßenbahn zum Bahnhof.

Montag … Ernestine hatte das ganze Wochenende lang überlegt, was wohl am Montag geschehen würde, aber nicht Nellys wegen.

Er verlässt das Haus gegen elf, hatte Sheila gesagt.

Montags brauchten sie in der Villa Tosca niemanden, der sich um den Haushalt kümmerte.

Gegen elf …

Wenn Ernestine einfach dort vorbeischaute, um ein paar Sachen zu holen, die sie dort gelassen hatte? Würde sie Balthasar auf dem Weg zu seiner geheimnisvollen Verabredung sehen? Sie war so mit diesen Fragen beschäftigt, dass sie sich nicht einmal bemühte, Nelly zu trösten.

Den Zug um 7 Uhr 20 verpassten sie und mussten eine volle Stunde auf den nächsten warten.

»Wann, meinst du, kann ich zurückkommen?«, fragte Nelly

beim Abschied auf dem Bahnsteig weinerlich und sah sich um, als dächte sie an Flucht in letzter Sekunde.

»Ich rufe dich an, wenn sich die Lage ein wenig geklärt hat. Ich muss vorher noch einiges mit Marshall regeln.«

»Ja, aber wann?«

»Da kommt dein Zug!«

»Nesty!«

Ernestine drückte ihre Freundin an sich und verließ den Bahnsteig, noch bevor der Zug abfuhr. Sie hatte vor, zur Villa Tosca zu fahren, ohne dass sie sich regelrecht dazu entschlossen gehabt hätte: Sie wurde wieder von derselben undefinierbaren Energie angetrieben wie in der Nacht, als Harry starb, sie wusste einfach, dass sie hinmusste.

Es machte ihr durchaus Sorgen, dass sie ihre Tage um Balthasar herum plante. Es war unvernünftig. Doch als sie wieder in der Rue Faider ankam, war ihr einziger Gedanke, wann sie wohl zur Villa Tosca aufbrechen sollte. Die grundlegendere Frage, warum sie dorthin wollte und was sie dort zu erreichen hoffte, stellte sie sich seltsamerweise nicht.

Als die Eingangstür hinter ihr zudröhnte, hastete Dr. Dieudonné aus seinem Sprechzimmer.

»Madame Vandermeer!« Er wirkte etwas mitgenommen, seine dicken Brillengläser waren beschlagen, als hätte er gerade mitten in einer heiklen Konsultation gesteckt.

»Anscheinend haben Sie in letzter Zeit nicht die Treppe geputzt. Könnten Sie das bitte heute Vormittag tun?«

Ernestine wurde ganz schwach zumute. Das hatte sie vergessen.

»Auch mein Sprechzimmer müsste möglichst bald geputzt werden. Ich dachte, wir hätten uns auf zwei Mal in der Woche geeinigt.«

»Ja, *docteur.* Sie haben völlig recht. Es tut mir sehr leid. Ich hatte furchtbar viel zu tun.«

»Nun, die Treppe muss wirklich sofort geputzt werden.« Er

trat näher und betrachtete sie prüfend. »Ihre Augen sind ein wenig gerötet, Madame. Tauchen Sie Kamillentee-Beutel in warme Milch und legen Sie sie als Kompressen auf die Augen.«

Er verschwand wieder in seiner Praxis.

Ernestine rieb sich die Augen. Ja, sie fühlten sich so an, als könnten sie tatsächlich ein wenig gerötet sein. Vielleicht von all dem Staub. Staub war wie ein Gespenst, wer ihn aufstörte, wurde noch lange von ihm verfolgt. Sie sah auf die Uhr: Es war schon nach halb zehn. Sie würde die Treppe mit olympischer Energie putzen müssen. Und selbst dann würde sie es kaum schaffen, vor elf in der Villa Tosca zu sein. Höchstens mit einem Taxi. Aber das würde teuer werden, mindestens fünfzehn Euro, und eigentlich war ein solcher Luxus in ihrem Budget nicht eingeplant.

Die lange Treppe war voller Staubmäuse und Schmutz. Gleich außerhalb ihrer Speichertür begann sie die Stufen einzeln mit Handfeger und Kehrschaufel zu reinigen. Dann lief sie wieder nach oben, füllte einen Eimer und wischte die Stufen feucht nach. Es dauerte fast eine Stunde. Zum Umziehen blieb ihr nicht mehr genug Zeit. Sie konnte ihren üblichen Putzfrauenlook nur mit einer hastig übergezogenen hellblauen Strickjacke verschönern. *Warum tue ich das? Glaube ich, dass ich ihn sehen werde?* Rasch räumte sie die Putzmittel aus ihrer Tasche auf den Küchentisch und rannte dann mit leichterem Gepäck die Treppe hinunter.

Zehn Minuten später kam das Taxi.

»Zur Villa Tosca in Boitsfort«, sagte sie zum Fahrer.

»Wohin?« Der Fahrer fuhr halb auf den Bürgersteig und wartete auf eine Erklärung.

»O bitte, fahren Sie los! Fahren Sie erst mal nach Boitsfort. Sie wissen doch, wo das ist?«

Der Fahrer nickte und wickelte gemächlich einen Kaugummi aus. Er hatte den Taxameter noch nicht eingestellt, doch Geld war jetzt Ernestines geringste Sorge.

Würde Balthasar zu Fuß fortgehen? Oder den Wagen nehmen? Was tue ich da eigentlich? Ich muss verrückt geworden sein.

Endlich fuhren sie los.

Ernestine nahm selten ein Taxi, und wenn, dann ging es immer um etwas Dringendes oder Lebensbedrohliches wie bei Patricks Arztbesuchen in den letzten Wochen seines Lebens. Trotzdem hatte sie das Gefühl, dass diese Extravaganz jetzt angebracht wäre. Die unerklärliche Energie trieb sie auf dem ganzen Weg nach Boitsfort weiter.

Mit quietschenden Reifen fuhr das Taxi die steile Straße zur Villa Tosca hinauf. Ernestine saß auf der Kante des Rücksitzes und spähte über die Schulter des Fahrers. Eine Haarnadelkurve, dann noch eine, und der Wagen hielt. Links ging es steil hinunter in den Ort, rechts standen die Pfosten, die allen Fahrzeugen die Durchfahrt in den Wald verwehrten. Dahinter lag der gepflasterte Weg.

»*Zut!*«, rief Ernestine und dann, für sie völlig untypisch: »*Merde!*« Das hatte sie völlig vergessen: Mit dem Wagen kam man nur über den längeren Weg zur Villa, über die bewaldete Straße auf der anderen Seite des Hügels, vorbei am Château Rivage.

Wie hatte ihr das nur passieren können?

Sollte Balthasar nicht zu Fuß gehen, sondern den Wagen nehmen, würde sie ihn verpassen, wenn sie hier ausstieg.

»Die Villa ist da oben, aber …«, sagte sie.

»*Oui,* Madame?«

»Es könnte sein, dass ich jemandem folgen muss, wenn das für Sie in Ordnung ist.« Sie zögerte. »Machen Sie so etwas?«

Der Fahrer sah sie im Rückspiegel an, in seinen Augenwinkeln bildeten sich amüsierte Fältchen. »Sie meinen à la James Bond? *Mais oui,* Madame! Wo soll ich die Zielperson abpassen?«

Ernestine sah auf den Taxameter. Die Summe von 16 Euro 40 wartete auf das Klicken zum nächsthöheren Betrag. Sie seufzte.

Diese Eskapade konnte sie leicht den Gegenwert von fünf oder mehr Stunden Putzen kosten.

Sie leitete ihn zurück zum Kreisverkehr. Von da aus schien der Fahrer den Weg durch die kleinen Straßen zum Schloss hinauf zu kennen. Er lenkte den Wagen schwungvoll und geschickt durch die engen Kurven. Alle Gemächlichkeit war von ihm abgefallen. Seine Augen im Rückspiegel glänzten vor Eifer.

Das Château Rivage beherrschte die Hügelkuppe. Zwar waren manche Herrenhäuser weiter unten größer, doch das Schloss mit seinem herrlichen Park und besonders dem künstlichen See, von dessen *rivages,* Ufern, es seinen Namen hatte, überstrahlte sie alle.

Sie kamen gerade an den Schlosstoren vorbei, als ihnen ein anderer Wagen entgegenkam. Die Straße war eng, auf der einen Seite lag der Forêt de Soignes, auf der anderen der Schlosspark. Beide Fahrer mussten das Tempo drosseln und seitlich ausweichen.

Saß Balthasar am Steuer?

»Ist das der Wagen, dem ich folgen soll, Madame?«, fragte der Fahrer, den Fuß schon auf dem Gaspedal.

Ein dunkelblauer alter Mercedes glitt an ihnen vorbei, am Steuer saß ein blasser Mann.

»Ja!«, rief Ernestine. »Das ist er!«

Wie zur Bestätigung klickte der Taxameter auf 20 Euro.

Der Taxifahrer gab Balthasar ein wenig Vorsprung, dann wendete er geschickt und folgte ihm, aber unauffällig und in gewissem Abstand. Offensichtlich hatte der Mann in der Tat auch schon Fahrgäste wie James Bond befördert.

Die Verfolgung Balthasars erwies sich allerdings als ziemlich langweilig und dabei doch mühsam. Er bog unverhofft ab, fuhr bei Dunkelgelb über Ampeln und blinkte selten. Sie waren immer noch in der Gemeinde Boitsfort, als er vor einer kleinen Blumenhandlung stoppte und den Wagen mit laufendem Motor stehen ließ.

»Was macht er denn jetzt?«, fragte der Taxifahrer, dessen Begeisterung stark abgeflaut war.

Ernestine sah in ihrem Portemonnaie nach, sie hatte nur 36 Euro und ein wenig Kleingeld, das würde gerade mal für weitere zehn Minuten Spionieren reichen.

Balthasar kam mit einem Freesiensträußchen aus dem Blumengeschäft.

Ernestine biss sich auf die Lippen. Ganz offensichtlich war er mit einer Frau verabredet. Vielleicht zum Mittagessen. Sie sackte ratlos auf ihrem Sitz zusammen. Wie kam sie dazu, sich so in das Privatleben dieses Mannes zu drängen? Hätte nicht jeder halbwegs verständige Mensch begriffen, dass Balthasar einen Tag für sich ganz allein haben wollte, weil noch jemand anderes im Spiel war?

»Soll ich ihm weiter folgen?«, fragte der Fahrer ungeduldig.

»Ja, bitte.« Die Antwort kam ganz spontan wie aus dem Nichts. In ihrem Sumpf von Zweifeln hatte sie ganz vergessen, dass sie es sich zur Aufgabe gemacht hatte, Balthasar in jeder nur möglichen Weise zu helfen. Vielleicht würde er ihr ihre Einmischung nie verzeihen. Aber das machte jetzt nichts. Sie würde sich nicht von ihrer Mission abbringen lassen.

Und außerdem wollte sie all das Geld nicht umsonst ausgegeben haben.

Sowohl der Taxifahrer als auch sein Fahrgast waren ziemlich überrascht, als Balthasar, nachdem er noch weitere zwanzig Minuten durch die Stadt gekreuzt war, auf den Parkplatz des alten Dieweg-Friedhofs abbog.

»Halten Sie einfach irgendwo an«, sagte Ernestine so leise, als könne Balthasar sie hören. Sie sah ihn durch das Friedhofstor gehen. *Dahin also bringt er die Blumen.* Wem? Ist das der Ort, den er jeden Montag aufsucht?

Der Fahrer hielt auf einem freien Parkplatz vor dem Lebensmittelgeschäft gegenüber. »38 Euro und 60 Cent«, sagte er kühl, wahrscheinlich enttäuscht über diesen unspektakulären Ausgang der Beschattung.

Ernestine wurde blass und holte ihre Geldbörse hervor. Die 36 Euro hatten sich nicht vermehrt, seit sie sie zum letzten Mal gezählt hatte. Sie schüttete sämtliches Kleingeld in ihre Hand – der Fahrer erwartete nach seinen Bemühungen sicher ein Trinkgeld. »Monsieur, ich kann Ihnen nur 37 Euro und 53 Cent geben. *Mille excuses.* Ich habe einfach nicht mehr Geld dabei.«

Er drehte sich zu ihr um und starrte sie wütend an. »Dann muss es wohl reichen. Aber sorgen Sie nächstes Mal besser vor.«

Sie lief über die Straße, ohne noch einmal zurückzusehen. Noch nie war sie jemandem etwas schuldig geblieben. Einen Taxifahrer bitten zu müssen, ihr eine Schuld zu erlassen – auch wenn es nur ein guter Euro war –, war besonders kränkend. Ihr war, als symbolisierte diese kleine Summe ihre chronische Geldknappheit. Wenigstens hatte sie noch ihre Monatskarte, um mit der Tram nach Hause zu fahren.

Der alte Dieweg-Friedhof war schon seit über fünfzig Jahren sich selbst überlassen. Ernestine wusste das, weil ihr Vater sie einmal mit an das Grab von Georges Rémy alias Hergé, dem berühmten Erfinder von *Tim und Struppi,* mitgenommen hatte. Für die Beerdigung des Künstlers war eine Spezialgenehmigung erforderlich gewesen. Seit 1958 hatte es hier nur noch sehr wenige Beisetzungen gegeben, und seither hatte sich die üppige Natur den Friedhof langsam zurückerobert.

Der von hohen Mauern umgebene Gottesacker lag auf einem sanften Hang, die Hauptwege wurden noch gepflegt, aber ansonsten führten Trampelpfade zu den Gräbern und manchmal auch über sie hinweg. Selbst im Winter war alles üppig grün von Efeu, Eiben und anderen immergrünen Pflanzen, die über die einst liebevoll gepflegten Grabstellen wucherten. Die grüne Invasion brach Gräber und Steine auf, verhüllte Säulen und bedeckte Statuen und Sarkophage – man konnte sich schon ausmalen, wie ein künftiger Archäologe in Gummistiefeln über die grünen Wälle des untergegangenen Friedhofs stapfen und Vermutungen über die einstige Nutzung des Geländes anstellen würde.

Als kleines Mädchen war Ernestine von diesem Gedanken fasziniert gewesen. Selbst jetzt noch kam es ihr, als sie vom Hauptweg in einen Seitenweg einbog, so vor, als sei sie unversehens auf die Überreste einer vergangenen Kultur gestoßen. Eine Urne lugte aus dem dichten Efeu, eine weinumschlungene Säule ragte neben dem Weg auf. Plötzlich hörte sie ihre eigene Kinderstimme: »Papa, dies könnte Griechenland sein! Sieh doch, dahinten ist ein dorisches Kapitell! Meinst du, hier ist irgendwo einer der großen Helden begraben? Glaubst du das, Papa?« Und Patrick drückte nur wortlos ihre Hand, weil er ihr die Freude an diesen Phantasien nicht verderben wollte.

Balthasar war schon zwischen den Gräbern verschwunden gewesen, als Ernestine das Taxi bezahlt und den Friedhof betreten hatte.

Langsam ging sie durch die Alleen und atmete den herben Duft der immergrünen Pflanzen ein. Unter ihren Füßen knirschte leise der Sand. An jeder Ecke ging sie zunächst hinter den Büschen in Deckung und sah sich um, bevor sie in einen weiteren Gang einbog. Schon am Friedhofstor war ihr Plan in sich zusammengefallen. Die weinenden Statuen, die Friese mit ihren ernsten Themen und vor allem die bedrückend vielen Kindergräber verbreiteten Wehmut. Nun, da Balthasar so nah war, hoffte sie inständig, dass sie ihm nicht begegnen würde. Einen Weg wie diesen sollte er ungestört machen dürfen.

Sie zog sich hinter einen efeubewachsenen Obelisken zurück. *Was soll ich jetzt tun?* Vielleicht hatte sie schon den Grund für Balthasars Verzweiflung entdeckt. Dann hätte sie hier nichts mehr zu suchen und sollte nach Hause gehen. Sie schämte sich dafür, dass sie so weit gegangen war. Juliens Geschichte klang jetzt einleuchtender, auch wenn Julien ihrer Interpretation nicht zugestimmt hatte: Balthasar hatte vor vier Jahren einen lieben Menschen verloren, und Gwendolyn hatte es ihm kurz vor dem Auftritt schonungslos mitgeteilt.

Ratlos blickte sie zu dem kalten, stahlgrauen Himmel auf und kuschelte sich tiefer in den Lodenmantel. Über ihr ragte ein Kruzifix schräg nach oben, seinem Jesus fehlte ein Arm. Darunter starrte ein Kind auf einer braun gewordenen Fotografie durch die Blätter. Das Bild wurde wie so viele andere auf dem Friedhof von einer ovalen Glasscheibe geschützt, die wundersamerweise heil geblieben war. *Unsere geliebte Josephine, die uns im Alter von neun Jahren verlassen musste …*

Ernestine wandte sich zum Gehen.

Anfangs hörte sie die Stimme gar nicht.

Oder vielmehr hatte sie keinen Grund, sie für etwas anderes zu halten als den Nachhall von Patricks Stimme, die ihr, während sie Hand in Hand über den Friedhof wanderten, etwas zumurmelte. Eine freundliche Vorspiegelung ihrer Phantasie, die sich bald in Luft auflösen würde.

Doch das Geräusch hielt an.

Sie spähte hinter dem Obelisken hervor auf die Allee.

Ihr stockte das Herz: Balthasar war ihr so nah, dass sie ihm hätte etwas zuflüstern können.

Sie zog sich wieder hinter den Obelisken zurück.

»Letzte Woche fühlte ich mich nicht gut, deshalb konnte ich nicht kommen – es tut mir leid.« Das Vibrato seiner Stimme war das einer trauernd schwingenden Bassseite. Er sprach zu laut, als dass es ein einfaches Selbstgespräch hätte sein können.

Mit dem Rücken zu Ernestine kniete er vor einem Grab. Sie konnte den Stein sehen, die Inschrift jedoch nicht entziffern. Ein eingemeißelter Engel schien aus dem Stein und durch einen hohen romantischen Torbogen zu treten. Seine Schwingen waren so breit wie das Grab, in der rechten Hand hielt er eine Geige.

Balthasar nahm die verwelkten Blumen aus einer am Grabstein befestigten Metallvase, warf sie unter einen Busch und stellte stattdessen den frischen Freesienstrauß hinein. Jetzt erst fiel Ernestine auf, wie schnell Balthasar wieder aus dem Blumengeschäft gekommen war, offenbar hatte er nur einen für jeden Montag bestellten und bereits vorbereiteten Strauß abgeholt.

Er konzentrierte sich ganz auf seine Aufgabe. Ernestine hielt den Atem an: Klagend wie die eines anderen Helden bewegten sich seine Hände über dem Grab. In diesem Augenblick hätte er als Odysseus in der Unterwelt Totenopfer bringen können. *Lass nicht unbeweinet und unbegraben mich liegen*, hatten die Geister zu ihm gesagt, als sie ihn umringten, während er Milch und Honig, süßen Wein und Wasser um die Grube goss.

Schließlich stand Balthasar auf und bürstete sich den feinen Sand vom Mantel. Er war barhäuptig, und sein silbergraues Haar war elegant zurückgekämmt.

Dann stand er mit gebeugtem Kopf da, die weißen Hände hingen an seinem Körper herab. »Ich habe den Traum aufgegeben, dass sie eines Tages bei mir sein könnte«, sagte er. Und dann, tonlos, nach einer kleinen Pause: »Wie kann ich so weitermachen? Mich immer fragen, wie es ihr geht – und vor allem, *wo* sie ist –, dabei scheint sie doch anderswo glücklich zu sein. Was, wenn sie mich nicht haben will? Es ist doch offensichtlich für uns beide nicht gut, oder?« Er machte wieder eine Pause. »Aber das hast du mir schon die ganze Zeit gesagt, nicht wahr?« Er strich sich übers Haar und ließ die Hand dann wieder fallen. »Ich vermute, ich hätte es von Anfang an akzeptieren sollen. Aber es ist so wahnsinnig schwer, es zu akzeptieren … Und so verdammt schwierig weiterzumachen.«

Er schwieg. Ein Windstoß zitterte in den Efeublättern. Eine Zeder beugte sich über ihn und ächzte unter ihrem eigenen Gewicht. Die dunklen Zweige wiegten sich wie Adlerschwingen.

»Was nun?«, fragte Balthasar.

Ernestine zuckte zusammen. Fast wäre sie aus ihrem Versteck herausgekommen, denn es hatte sich so angehört, als wäre die Frage an sie gerichtet gewesen.

Doch er sprach weiter mit dem Grab. »Soll ich ihre Existenz einfach vergessen?« Wieder unterbrach er sich, wie um auf eine Antwort zu warten. Anscheinend erhielt er sie, denn er sagte: »Nein, ich weiß, dass ich das nicht tun kann. Ich werde nie vergessen können. Man kann es nicht ungeschehen machen, dass man etwas weiß. Welch ein Fluch Wissen sein kann!«

Balthasar stand einige Minuten schweigend und mit gebeugten Schultern da.

»Wie soll ich dann weitermachen?« Die Frage endete in einem Schluchzen.

Der Wind blies ihm den Saum seines Mantels gegen die Beine. Tief aus der Zeder kam eine Art rauer Seufzer, vielleicht das Flügelrauschen eines gerade landenden Raben oder eine Taube, die ihren Gefährten begrüßte.

»Nein, vermutlich hast du recht«, sagte Balthasar. »Ich muss versuchen, damit abzuschließen. Es wegzuschließen. Ich habe schon viel zu lange so gelebt.«

Ernestine sah sich nach den Vögeln in der Zeder um, doch dann wurde ihr klar, dass der Seufzer nicht von oben, sondern tief aus ihrem eigenen Innern gekommen war.

Balthasar wandte sich zum Gehen. »Dann bis nächste Woche, Vater«, sagte er und: »Ich beneide dich um deinen Frieden.« Er ging über den knirschenden Sand davon. Ein Windstoß und dann unheimliche Stille.

Ernestine tauchte aus ihrem Laubversteck auf und trat an das Grab.

Simon Balthasar

1919–1971

Premier lauréat du Concours Reine Elisabeth

Noch ein musizierender Balthasar. Und so jung verstorben.

Ernestine bewunderte die Freesien und das fein gemeißelte Gesicht des steinernen Engels. Auch Simon Balthasar hatte anscheinend eine Ausnahmegenehmigung bekommen, um hier begraben werden zu können, aber er war ja auch Erster Preisträger des Königin-Elisabeth-Wettbewerbs gewesen und damit wie sein Sohn eins der größten musikalischen Talente Belgiens.

Doch sie durfte nicht länger bleiben. Sie rannte an einer der Außenmauern entlang Richtung Ausgang. Vielleicht würde Balthasar nicht gleich gehen, vielleicht würde er auch noch im Wagen sitzen und nachdenken. Er durfte sie auf keinen Fall sehen, und deshalb musste sie den Friedhof unbedingt vor ihm verlassen.

Das Gelände stieg sanft an, und als sie den Weg zum Ausgang erreichte, war sie ziemlich außer Atem. Der Parkplatz wurde von der Friedhofsmauer verdeckt. Ob der Mercedes noch draußen stand, konnte sie also nur feststellen, wenn sie durchs Tor ging und sich damit völlig aus der Deckung wagte.

Sie blickte über den Hauptweg zurück. Auf halber Höhe des Hangs stand ein hohes Kruzifix, umgeben von mehreren Bänken. Auf einer saß eine einsame Gestalt in einem dunklen Mantel. Vielleicht Balthasar, obwohl er so schnell gegangen war, dass er seinen Wagen schon erreicht haben könnte. Aber vielleicht gehörte auch das zum Ritual: eine kurze Pause der Besinnung, bevor er ging.

Handyklingeln zerriss die Stille.

Erschrocken drückte sich Ernestine an ein Grabmal. Es war ihr Handy.

Sie kauerte sich hin und angelte es aus der Tasche. *»Oui?«*

»Madame Vandermeer?«

Walter Goossens.

Ernestine lehnte sich mit der Schulter an den kalten Granit. Der Grabdeckel war zerborsten und hatte sich verschoben. Sie war der Öffnung nah genug, um zu sehen, wie absolut undurchdringlich das Dunkel dort unten war. Auf ihrem Gesicht spürte sie den kalten Hauch der Erde und anderer nicht zu benennender Phänomene. Wirklich ein seltsamer Ort für eine Unterhaltung mit Walter Goossens.

»Was kann ich für Sie tun?«, fragte sie im Bühnenflüsterton.

»Könnten Sie bitte lauter sprechen, Madame? Ich verstehe Sie kaum.«

»Nein«, zischte sie mit zusammengebissenen Zähnen. »Kann ich nicht.«

»Nun, ich wollte Ihnen nur sagen, dass die Baronin Sie am Donnerstag nächster Woche zu einem Gespräch über die Arbeit bei ihrer Weihnachtsfeier empfangen wird.«

»Ach ja, das hatte ich vergessen. Die Weihnachtsfeier.« Ernestine verlagerte das Gewicht, um nicht mehr direkt im Brodem der Gruft zu stehen. Sie hatte Gerüche wahrgenommen, die sie als Profi für Sauberkeit wirklich nicht billigen konnte.

»Haben Sie alles verstanden, Madame?«

»Ja, Walter, natürlich. Ich könnte vorbeischauen, wenn ich in der Villa Tosca fertig bin. So gegen 17 Uhr?«

Walter zögerte. Jetzt erst schwante Ernestine, dass sie ein wenig liebenswürdiger und devoter hätte reagieren können. Bei einer Baronin schaute man nicht einfach nur »vorbei« – schon gar nicht als Dienstbotin. Und legte auch nicht selbst die Uhrzeit fest.

»Glauben Sie, das würde ihr passen?«, fügte sie hinzu.

»Ich werde Baronin de Wasseige fragen, ob 17 Uhr eine passende Zeit für das Gespräch ist«, antwortete Walter förmlich. »Wenn Sie nichts mehr von mir hören, ist alles in Ordnung.«

Ernestine richtete sich auf und schüttelte ihre steifen Beine aus. Sie spähte noch einmal um den Grabstein. Zu ihrer Erleichterung saß die Gestalt noch auf der Bank.

»Danke, Walter.« Sie legte auf, steckte das Handy in die Tasche zurück und entschloss sich zu einem dramatischen Sprint.

Sie sprang hinter dem Grabmal hervor und rannte, so schnell

sie konnte, auf das Tor zu. Wenn Balthasar aus der Entfernung etwas wahrnahm, dann nur die Bewegung, nicht den, der sie ausführte. Sie lief die Straße hinauf und vermerkte im Vorbeilaufen, dass der dunkelblaue Mercedes immer noch an der Friedhofsmauer parkte.

23

Entführung auf eine Insel

Nur wenige Häuserblocks entfernt war die Endhaltestelle der Straßenbahn-Linie 92, ein weiter, hübsch mit Bänken und Blumenbeeten gestalteter Platz – und mit wartenden Straßenbahnen, hinter denen man sich notfalls verstecken konnte.

Doch so weit kam Ernestine nicht.

»Madame Vandermeer?«

Sie blieb abrupt stehen. Sie hatte nicht bemerkt, dass der Wagen neben ihr fuhr. Ihre Gedanken waren bei dem Kindergrab gewesen und bei dem von Balthasars Vater. Nebengedanken hatten der Weihnachtsfeier der Baronin und der Frage, ob Nelly wohl gut angekommen war, gegolten. Es war einer dieser neuerdings sehr seltenen Momente, in denen sie keinen Gedanken für Sébastien Balthasar übrig gehabt hatte.

»Was für ein Zufall, dass ich Sie hier treffe!« Er war halb auf den Bürgersteig gefahren und ließ das Beifahrerfenster nach unten gleiten.

Ernestine beugte sich zu ihm hinunter. Sie sah ihm sehr aufmerksam in die Augen, um die Ironie zu entdecken. Aber sie war fast sicher, dass dort keine war. Glaubte er wirklich, es sei Zufall, ihr so nah am Dieweg-Friedhof zu begegnen?

»Da ist meine Bahn«, sagte sie wahrheitsgemäß. Sie hatte beschlossen, keine verfänglichen Netze mehr zu weben – wenn sie es vermeiden konnte.

»Vielleicht kann ich Sie ja irgendwohin fahren. Das ist doch angenehmer als die Bahn.«

In Ernestine tobte ein Kampf. Wenn sie zufällig doch die Ironie in seiner Bemerkung übersehen hatte, dann würde sie in diesem Wagen einem Mann ausgeliefert sein, der ihr alle möglichen unangenehmen Fragen stellen könnte. Vielleicht hatte er sie von der Bank aus gesehen, vielleicht hatte er auch das Handy klingeln hören. Aber ihr fiel nicht die geringste Ausrede ein.

»Na los, steigen Sie ein.« Er lehnte sich herüber, um ihr die Tür zu öffnen. »Ich bringe Sie nach Hause.«

Sie brachte nur ein »Vielen Dank« und »Sehr nett von Ihnen« zustande und stieg ein.

Auch wenn der Mercedes bei genauerer Betrachtung schon etwas mitgenommen war und die Innenausstattung aus Leder brüchig, so war er doch ein Klassiker und hatte all die Jahrzehnte, in denen er lediglich »alt« gewesen war, überlebt. Bei geschlossenen Fenstern durchzog die Andeutung eines Eau de Cologne die Luft, und es herrschte wohltuende, gedämpfte Stille. Der Wagen fuhr so ruhig, dass man es kaum merkte, als er vom Bordstein herunterglitt.

Ernestine legte den Sicherheitsgurt an und drückte ihre Tasche an die Brust. Sehnsüchtig blickte sie zu den wartenden Straßenbahnen hinüber. Balthasar täuschte sich, eine Bahnfahrt wäre weit angenehmer gewesen.

Trotz des feinen Ledergeruchs hatte sie das Gefühl, nicht frei atmen zu können. Ihr eigenes Element war ein völlig anderes als Balthasars, und im Augenblick vermisste sie es bitter. Seltsamerweise hatte sie das im Dachstudio nicht so empfunden – dabei waren sie auch dort ganz klar in Balthasars Element gewesen. Vielleicht weil ihr Handwerkszeug in tröstlicher Nähe gewesen war. Der Wagen jedenfalls wirkte kühl und fremd.

Sie sah zu ihm hinüber. Er fuhr mit aristokratisch erhobenem Kinn, um den Hals hatte er einen weinroten Schal geschlungen, die Hände steckten in schwarzen Wildlederhandschuhen. Einige Minuten lang sagten sie beide nichts.

Er weiß sicher, dass ich ihm gefolgt bin. Ich werde meine Arbeit in der Villa Tosca verlieren. Ich werde Madame Goossens um weitere Arbeit bitten müssen – zu Ausbeuterpreisen. Marshall wird sich nie auf einen angemessenen Preis für die Haushälfte in De Haan einlassen. Und warum sollte ich auch mit jemandem verhandeln, der meine beste Freundin bedroht hat? Ernestine biss sich auf die Lippen. *Ich werde so arm sein, dass ich zu Nelly ziehen muss. Und wer weiß, wie lange Nelly bei den Ziegen bleiben muss.* Bei diesen trüben Gedanken wurde Ernestine klar, wie wenig echte Freunde sie hatte. *Vielleicht muss ich die Nonnen von Notre Dame des Misères fragen, ob ich dort putzen darf. Eine ehemalige Schülerin werden sie hoffentlich nicht abweisen …*

»Haben Sie schon zu Mittag gegessen?«

Balthasars Stimme füllte den engen Raum.

»Gegessen?«

»Ja, normalerweise gehe ich montags im *Chalet Robinson* mittagessen. Möchten Sie nicht mitkommen?«

Das Mittagessen war Ernestines geringste Sorge gewesen. Außerdem war ihre Geldbörse leer, was die Schuldgefühle wegen ihres morgendlichen Abenteuers noch verstärkte. Aber vermutlich würde Balthasar das Essen zahlen wollen.

Sie kannte das *Chalet Robinson* von ihren Spaziergängen im Bois de la Cambre, einem angenehmen Waldgebiet mit einem großen See. Mitten im See lag eine kleine Insel, auf der als Ersatz für das niedergebrannte ursprüngliche Chalet aus dem 19. Jahrhundert ein neues Chalet-Restaurant erbaut worden war. Ein kleines Floß beförderte die Gäste dorthin. Sie hatte nie allein dorthin gewollt, und Patrick hatte es immer für zu exklusiv gehalten. Dass sie nicht einmal den einen Euro für die Fähre hatte, erfüllte sie mit einem Gefühl absoluter Hilflosigkeit.

»Ich weiß ja, dass Sie heute nicht bei mir arbeiten.« Balthasar nutzte ihr Schweigen. »Wenn Sie also nicht zu einer anderen Stelle müssen und noch nicht gegessen haben, wäre das doch eine gute Idee.«

Ernestine umklammerte ihre Tasche noch fester. »Das ist sehr nett von Ihnen«, blökte sie wieder, als wäre sie ein Fall für die öffentliche Wohlfahrt. Das zarte Einverständnis, das im Dachstudio zwischen ihnen geherrscht hatte, war wie in Luft aufgelöst. Sie fuhren weiter, als wäre es nun abgemachte Sache, dass sie mit ihm essen würde.

Ernestine ging die Szene auf dem Friedhof noch einmal durch und versuchte, sich einen Reim auf Balthasars Gespräch mit seinem Vater zu machen. (Die Unterhaltung an sich kam ihr nicht seltsam vor, schließlich hielt sie selbst fast täglich Zwiesprache mit ihrem Vater.) Nach wem suchte er? *Ich habe den Traum aufgegeben, dass sie eines Tages bei mir sein könnte …* Anscheinend nach einer Frau. *Soll ich ihre Existenz einfach vergessen?* Aber dazu war er natürlich nicht imstande. *Man kann es nicht ungeschehen machen, dass man etwas weiß.*

»Woran denken Sie?«, fragte er, ohne den Blick von der Straße zu wenden.

»Daran, wie allein wir alle sind.« Die Antwort kam wie von selbst, und sie bereute sie sofort. Er sagte nichts mehr und konzentrierte sich wieder aufs Fahren.

Sie betrachtete Balthasars schwarze Handschuhe auf dem Lenkrad und stellte sich seine Hände darin vor, die starken weißen Schwingen, die das Cello für sie gehalten und ihre Hände über die Saiten geführt hatten. Dann sah sie auf die Straße und ließ ihre Gedanken zur Musik wandern. Sie erinnerte sich an die magischen Welten, die der alte Plattenspieler ihres Vaters ihr erschlossen hatte. Musik konnte Paläste und Königreiche erstehen lassen, sie flößte Mut, Überzeugung und Hoffnung ein. Sie konnte einen dazu bringen, sich in die unmöglichsten Menschen zu verlieben und die geheimsten Gedanken zu offenbaren. War es das, was im Dachstudio geschehen war? Obwohl sie nur ein paar Töne auf dem Cello gezupft hatte? Ernestine erinnerte sich auch an das Schicksal der musikalischen Märchenwelten: Sobald die Stille einsetzte, konnten sie sich in nichts auflösen. Das musste doch auch Balthasar wissen. Wie konnte sie derart seine Zeit verschwenden?

Die Fähre, ein einfacher flacher Kahn an einem Unterwasserkabel, bedient von einem jungen Mann, der den einen Euro für die Hin- und Rückfahrt einsammelte und den Hebel umlegte, fuhr etwa jede Viertelstunde zur Insel hinüber. Die Überfahrt dauerte gerade mal anderthalb Minuten über das flache Wasser, das man leicht hätte durchwaten können.

Es warteten keine weiteren Passagiere außer einem aristokratisch wirkenden Herrn mit einem breitkrempigen Hut und einer sehr kleinen Frau mit grauen Locken und einem schlecht sitzenden Mantel. Eine blasse Sonne tauchte die Winterlandschaft in träumerische Ockertöne. Hier und da glänzten in dem schwachen Licht austern- und perlfarbene Eisstücke auf.

Balthasar studierte das Tagesmenü, das am Anleger angeschlagen war: *Biche aux champignons des bois, sauce à la moutarde, frites, dessert:* 25 Euro.

»Klingt doch ganz anständig«, meinte er und gab dem Fährmann die zwei Euro für die Überfahrt. »Was meinen Sie?«

»Sehr anständig.« Doch Ernestine dachte daran, dass sie sich dieses Wildbret mit Pilzen selbst hätte leisten können, wenn sie auf die morgendliche Verfolgungsjagd verzichtet hätte. Und dann dachte sie an Patricks unnachahmliche Art, Hirschlende zuzubereiten, die selbst mit Zusatzattraktionen wie einer Fähre, einer Insel und einem gutaussehenden Cellisten von *biche* à la Robinson Chalet nicht zu übertreffen gewesen wäre – zumindest was die Qualität des Essens anging.

Der Fährmann in seinem New-York-Sweatshirt steckte sich eine Zigarette an und lümmelte sich, eine Hand auf dem Hebel, in eine Ecke der Fähre.

»Nicht ganz Charon bei der Überfahrt über den Styx«, murmelte Balthasar. Ernestine betrachtete den Jungen und dachte, dass er in dem dünnen Sweatshirt frieren müsse. Es war sehr früh Winter geworden in diesem Jahr. Enten und Gänse schlitterten über das Eis und suchten nach offenen Stellen. In der Nähe des Anlegers auf der Insel trieben zwei Schwäne mit hypnotischer Gelassenheit auf dem Wasser.

»Wenn er Charon wäre«, sagte Ernestine und lehnte sich an die Reling, »dann wären wir verdammte Seelen und das da wäre der Hades.«

Beide betrachteten das Chalet im Schweizer Stil, das sich auf die Insel kuschelte wie eine brütende Henne, und lachten.

»Nun ja«, Ernestine warf ihrem mittäglichen Gefährten einen spitzbübischen Blick zu. »Wenn es im Hades Fritten und Senfsauce gibt, hätte ich nichts gegen einen Besuch dort einzuwenden.«

Die Fähre legte an. Als sie zum Chalet hinauf spazierten, nahm Balthasar ihre Hand. Was ihr seltsamerweise ganz natürlich vorkam, obwohl sie sich eben im Wagen noch so fremd gefühlt hatte. Vielleicht hatte sich während der Überquerung des Styx etwas Übernatürliches ereignet, und sie mussten beim Mittagessen mit weiteren Schicksalswendungen rechnen. Balthasar hatte die Autofahrerhandschuhe ausgezogen. Seine Hände fühlten sich nicht mehr so fiebrig an wie bei der Cellostunde, aber sie hatten noch diese besondere sanfte Kraft.

Ein Kellner in weißem Hemd und Fliege nahm ihnen am Eingang die Mäntel ab und führte sie in den Speisesaal.

»*Enchanté,* Monsieur. Hier entlang, bitte.« Er war so gut geschult, dass er Ernestines Aufzug nur im Vorbeigehen zur Kenntnis nahm. Am liebsten hätte sie, wie im Café *Passiflore,* ihren Mantel anbehalten, doch das schien hier nicht infrage zu kommen.

Balthasar ließ sie galant zum Tisch vorausgehen. Ein langer und von neugierigem Starren begleiteter Weg. Anscheinend hatte der Professor seinen festen Montags-Tisch in einer ruhigen

Ecke, direkt an einer Reihe von Fenstern mit Blick auf die andere Seite der Insel.

Die Leute wandten sich nach Balthasar um. Doch Ernestine hatte den Eindruck, dass es an seiner Haltung und dem scharfen Profil lag und nicht daran, dass sie ihn erkannt hätten. Auch nach ihr drehten sich die Leute um, aus den bekannten Gründen.

Sie ließen sich am Tisch nieder, und die übrigen Gäste widmeten sich wieder ihrem Essen.

»Möchten Sie den gleichen Wein wie sonst, Monsieur?«, fragte ein anderer Kellner. Er sah Ernestine an, als wäre er sich nicht sicher, ob sie zum Essen bleiben würde.

»Möchten Sie ein wenig Wein, Madame Vandermeer?«, fragte Balthasar.

Ernestine trank selten Alkohol. Doch Charon schien auf dem Weg hierher einen Zauber auf sie ausgeübt zu haben, denn sie hatte jetzt die größte Lust auf ein Glas Wein.

»Ja, gern«, sagte sie. »Ich überlasse die Wahl Ihnen.«

Der Kellner nickte ausdruckslos und zog sich zurück.

Das *Chalet Robinson* war die Sorte Restaurant, in dem alles in einem teils gleitenden, teils ruckartigen Ballett geschieht. Meistens übernahmen die Kellner das Gleiten und die Gäste die ruckartigen Bewegungen, doch manchmal kehrten sich die Rollen um, die Gäste kamen und gingen, und die Kellner servierten die dampfenden Teller jedes Mal mit einer leichten Verbeugung.

Ich sollte nach einer Stelle suchen, statt hier im Restaurant zu sitzen!, dachte Ernestine, als sie und Balthasar den ersten Schluck Wein tranken. *Sicher wird er mich gleich nach dem Mittagessen entlassen, weil ich in seiner Privatsphäre herumgeschnüffelt habe!* Und Ernestine wusste, niemand nahm den Schutz seiner Privatsphäre ernster als Balthasar.

Ohne viele Worte befassten sie sich mit ihrer *biche.* Während Ernestine die reichen Waldaromen einatmete, die von ihrem Teller aufstiegen, sah sie weiterhin Balthasar an. Sobald er aufblickte, senkte sie die Augen, um ihn dann wieder intensiv zu beobachten, sobald er wegsah. Ein anstrengendes Spiel. Ernestine spürte bereits, dass ein Glas dieses dunkel leuchtenden kräftigen Weins zu viel gewesen war. War es wieder Charons Werk? Später dachte sie, dass irgendeine teuflische Hand im Spiel gewesen sein musste, sonst wäre es nie so weit mit ihr gekommen.

Das Mittagessen begann absolut harmlos. Sie plauderten allgemein über Musik, Interpretationsstile, Komponisten. Ernestine konnte gerade so eben mithalten, sie erinnerte sich noch gut an Patricks Platten und sogar an die Texte auf den Plattenhüllen. Patricks Sammlung hatte die bekanntesten Klassiker enthalten, Beethoven, Brahms, Mozart.

»Ich war einmal bei einem Konzert von Gwendolyn Carr«, sagte sie im Plauderton. Ihre Wangen fühlten sich bereits sehr rot und heiß an. Was bezweckte sie eigentlich mit dieser Bemerkung? Dass er ihr von seiner Affäre mit Gwendolyn erzählte?

»Oh?«, sagte Balthasar nur und blickte kühl von seinen Fritten auf.

»Sie singt wunderschön.«

»Das stimmt.«

»Ich vermute, bei Ihrer Arbeit sind Sie vielen großen Künstlern begegnet.«

»Ja, ich habe einige kennengelernt.«

Wie sollte sie da widerstehen? »Darunter auch Gwendolyn Carr?«

Balthasar stellte sein Weinglas ab. »Sie stellen mir zu viele Fragen.«

»Oh, das tut mir leid.« Ernestine betupfte sich mit der gestärkten Serviette die Stirn.

Sie aßen schweigend weiter. Balthasar mit den gemessenen Bewegungen des Oberschicht-Belgiers, während Ernestine, die sich sonst vorwiegend von Brot und Nudeln ernährte, bei ihren nervösen Besteckbewegungen Mühe hatte, ein allzu lautes Klappern zu vermeiden.

»Vielleicht sollte ich Ihnen eine stellen«, sagte Balthasar unvermittelt.

»Wie bitte?«

»Vielleicht sollte ich Ihnen eine Frage stellen, Madame Vandermeer.«

Jetzt ist es so weit. Er fragt mich nach meiner Anwesenheit auf dem Friedhof. Er will wissen, ob ich ihm gefolgt bin. Es ist vorbei, ich könnte genauso gut einen letzten Bissen hinunterschlucken und gehen.

»Gewiss, wenn Sie möchten.«

In diesem überaus passenden Moment glitt der Kellner auf den Tisch zu. Er schenkte ihnen beiden Wein nach und nahm die leeren Teller mit.

Balthasar wartete, bis er weg war, und fragte dann: »Warum sind Sie Putzfrau, obwohl Sie doch offensichtlich über so viele Talente verfügen?«

Erleichtert sank sie in sich zusammen. Sie griff nach ihrem Weinglas und sagte: »Ich bin Metzgerstochter, Monsieur. Ich habe vierundzwanzig Jahre lang im Geschäft meines Vaters gearbeitet. Das Einzige, was ich wirklich konnte, war Fleisch schneiden und Böden schrubben. Sind das die Talente, die Sie meinen?« Sie fand ein gewisses grausames Vergnügen daran, ihn so aus dem Gleichgewicht zu bringen.

»Mir scheint, Sie haben noch andere Talente«, sagte er gelassen. »Ein Gefühl für Literatur zum Beispiel.«

»Falls ich dies und andere Talente hatte, so wurden sie nie gefördert.« Sie sah ihn über den Rand ihres Glases an. »Oder sprachen Sie von meinen Talenten als Cellistin?«

Er lächelte. »Ich sagte Ihnen doch, dass Sie gute Hände haben.« Wie um es zu betonen, griff er über den Tisch und drückte eine ihrer Hände auf das Leinentischtuch. Der Kellner hatte just diesen Moment zum Servieren des Desserts gewählt, drehte aber plötzlich ab, als hätte er etwas vergessen. Ernestine hatte schon während des ganzen Essens diese rücksichtsvolle Aufmerksamkeit bemerkt. Auch wenn die anderen Gäste Balthasar nicht kannten, so wussten doch offensichtlich alle Angestellten, wer er war, und respektierten ihn und seinen Wunsch nach Ungestörtheit.

»Wissen Sie«, sagte Balthasar. »Ich beneide Menschen wie Sie.«

Ernestine sah ihn fragend an. »Menschen wie mich?«

»Ja, Menschen, die wissen, was unter all diesen Äußerlichkeiten liegt.« Er deutete vage in den Raum.

»Ah, Sie meinen die Welt des Drecks und der Schufterei.« Sie lachte.

Er sah weg. »Vielleicht. Manchmal wirkt diese Welt echter als die des Glamours und der Reisen. Das Geld schränkt die Reichen nur ein, müssen Sie wissen. Reiche müssen sich so benehmen, kleiden und ausdrücken, wie man es von ihnen erwartet.«

Kein allzu schweres Schicksal, wie Ernestine, um eine Antwort verlegen, dachte.

»Menschen auf der anderen Seite des Zauns haben ja keine Ahnung, wie schwer das Leben der Leute mit Geld und Privilegien sein kann. Es muss erfrischend sein, weniger zu haben und es mehr zu schätzen.«

Ernestine zog ihre Hand weg. Das klang sehr nach Herablassung. »Es ist leicht, über Geldprobleme zu klagen, wenn man genug Geld hat.« Ernestines Wangen waren jetzt knallrot. Ihr Gesicht fühlte sich noch breiter an als sonst, und sie hatte eine kurze Vision von sich selbst als einer großen Rote-Bete-Knolle mit vielen grauen Trieben.

Auch Balthasars Wangen waren leicht gerötet. »Vielleicht. Aber was ich sagen wollte, ist, dass im Gewöhnlichen ein besonderer Geist waltet. Und ich denke, das verstehen Sie. Es gibt nicht viele Menschen Ihrer … Ihrer …« Er stockte.

»Meiner Klasse?«

Balthasar nahm die Herausforderung an und sah ihr in die Augen. »Na schön. Ja, Ihrer Klasse.«

»Was wissen Sie von meiner Klasse, Monsieur?« Ernestine richtete sich auf ihrem Stuhl empört auf, aber dennoch nicht ohne Bewunderung dafür, dass er das Risiko eingegangen und beim Thema geblieben war.

»Anscheinend nicht viel.« Nach einer kurzen Pause fügte er hinzu: »Wissen Sie, Musik kennt keine Klassen.«

Jetzt spielte er mit ihr. Und sie wusste nicht, ob sie ihm das verzeihen konnte. Und dann – sie wusste nicht, ob es am Wein lag oder an einer metaphysischen Einmischung (dergleichen schien es ja in jüngster Zeit häufiger zu geben) – hörte sie ihren Vater sagen: »Er hat recht, *chérie.* Du weißt doch, ich habe es immer gesagt: Das Geheimnis liegt im Gewöhnlichen …«

Ja, ja, sagte sie lautlos. *Ich weiß, nur im Gewöhnlichen findet man alles mögliche Ungewöhnliche.* Typisch Papa, in einem solchen Augenblick unerwartet aufzutauchen!

»Haben Sie etwas gesagt?«, fragte Balthasar. Sein Blick hatte sich aufgehellt. Ernestine erhaschte einen Blick auf das, was sie immer erhofft hatte: ein Aufbrechen der dunklen Wolken.

Der Kellner unternahm einen weiteren Versuch, das Dessert zu servieren. Dieses Mal mit Erfolg.

Sie griffen zu den Löffeln und brachen gleichzeitig durch die Kruste der *crème brûlée.*

»Meistens sind wir unsichtbar. Die Menschen meiner Klasse schinden sich unsichtbar, wir kämpfen unsichtbar mit unseren Geldproblemen …« Sie leckte an ihrem Löffel. »Wir träumen unsichtbar.«

»Träumen?« Balthasar legte seinen Löffel ab.

»Ja.«

»Kann man anders als unsichtbar träumen?«, fragte er mit echtem Interesse.

»Natürlich!« Ernestine war nun wirklich zornig. »Man kann Gelegenheit und Mittel haben, Träume wahr werden zu lassen, dann sind sie nicht mehr unsichtbar!«

Möglicherweise war Patrick noch irgendwo in der Nähe. Denn jetzt sprach sie nur noch für ihn. In ihrem Zorn stellte sie sich vor, wie ihre Ferien ausgesehen hätten, wenn sie unter der von Balthasar beklagten Last des Reichtums gelitten hätten, wenn sie wirklich nach Griechenland hätten reisen können. Sie versuchte sich Patricks Gesicht beim Betreten dieses heiligen Bodens vorzustellen. Wohin sie wohl gefahren wären? Auf eine Insel? Sicher nach Ithaka.

Sie fühlte sich inzwischen so beschwipst, dass sie nicht mehr genau wusste, ob sie das Glas gerade auf den Tisch stellte. Der Wein hatte seinen unvermeidlichen Zyklus fast abgeschlossen. Nachdem er Wohlbefinden, Anregung und Hellsicht geschenkt hatte, steuerte er Ernestine jetzt auf das letzte Stadium zu.

Denn im Detail war dieser Traum schon nicht mehr ganz so schön.

Was, wenn sie in einem verkommenen Hotel mit mürrischen Kellnern und schlechtem Wein gelandet wären? Patrick wäre vielleicht nachts an die felsige Küste gegangen, um sich die Landung seines Helden vorzustellen, und dabei über eine Colaflasche oder irgendwelche Betrunkene gestolpert. Oder er hätte träumend am Hafen gestanden, die Dieselabgase eingeatmet und in all diesen chemischen Gerüchen vergeblich den Duft von Thymian und Zypressen aufzuspüren versucht. Sein Traum wäre in sich zusammengebrochen. Vielleicht gingen Träume doch besser nicht in Erfüllung, dachte Ernestine.

Sie sah Balthasar an. Der Alkohol nahm ihr jetzt, nachdem er sie getröstet, angeregt und hellsichtig gemacht hatte, allen Mut. Sie beide konnten sicher nie Freunde sein – geschweige denn mehr. War es nicht genug, dass sie mit diesem noblen Menschen von gleich zu gleich gesprochen hatte? Jetzt konnte sie ihrer Wege gehen. Sie konnte für den Rest des Lebens glücklich von den Erinnerungen an die Begegnungen mit ihm zehren. Die konnte ihr kein Dieselgeruch und kein schlechter Wein verderben.

»Auf Ihre herablassende Art können Sie vielleicht Leute wie mich beneiden.« Ernestine hatte jetzt die Kontrolle über ihre Worte verloren. »Aber ich kann Leute wie Sie einfach nicht verstehen.«

Er richtete sich überrascht auf. »Wie meinen Sie das?«

»Ich meine, Sie können alles haben, was Sie möchten. *Alles.* Reisen, Häuser, Autos. Sie könnten alle Gwendolyn Carrs dieser Welt haben, wenn Sie wollten. Und dennoch wirken so wenige Menschen *Ihrer* Klasse glücklich. Wirklich, es ist eine Schande.«

Balthasar starrte sie ungläubig an. Seine Stirn war gefurcht. Er wirkte plötzlich erschreckend fern, zumal er mit keinem Wort antwortete.

Ernestine stand auf – etwas zu hastig. Sie musste sich für einige Sekunden an der Tischkante festhalten. »Danke für das Mittagessen«, sagte sie etwas schleppend. »Ich fürchte nur, Sie haben mit der falschen Dame gespeist.«

Ihr ungeordneter Rückzug durch den Speisesaal sollte nicht zu ihren schönsten Erinnerungen zählen. Wie ein steuerloses Boot trieb sie an Menschen und Gegenständen vorüber. Das Meer der Gesichter wellte sich an den Rändern. Köpfe drehten sich mit dem Aufblitzen eines Ohrrings oder einer Kette, mit einem verblüfften Lächeln oder einem aufgeregten Wispern.

Am Ausgang des Speisesaals stieß sie mit einem Tisch voller Speisekarten zusammen, die auf den Boden rutschten. Während ein Kellner sie aufsammelte, durchwühlte sie die Garderobe nach ihrem Mantel. Sie stieß die Tür des Chalets auf und taumelte die Stufen hinunter wie ein schiffbrüchiger Matrose, der wieder festes Land betritt.

Doch sie hatte vergessen, dass vor dem Festland noch ein weiteres Wasser überwunden werden musste.

Charon in seinem Sweatshirt saß entspannt an der Anlegestelle. Ganz schwach vor Erleichterung suchte Ernestine in ihren Taschen nach dem Fahrschein. Doch vergebens, Balthasar hatte ihren behalten.

Kälte kroch ihr in den Mantelkragen. »Ich fürchte, ich muss vor meinem Begleiter wieder nach Hause«, sagte sie zu dem jungen Mann. »Aber er hat meine Fahrkarte.«

Charon zuckte die Achseln. »Sind Sie hier rübergeschwommen?«

Ernestine sah ihn kopfschüttelnd an.

»Na also, dann haben Sie auch bezahlt. Es ist eine Rückfahrkarte.«

Nachdem das Geschäftliche besprochen war, überquerte der Fährmann mit seinem einsamen Flüchtling an Bord den winzigen Styx. Ernestine saß auf der vorderen Bank und vermied es zurückzublicken. Hatte Balthasar das Restaurant schon verlassen? Wie hatte er auf ihre Szene reagiert? Sie wollte es gar nicht wissen. Trotz dieser unwürdigen Flucht verspürte sie auch ein vages Triumphgefühl, weil sie es geschafft hatte, die Insel zu verlassen, bevor noch Schlimmeres passieren konnte. Wobei sie allerdings nicht wusste, was dieses Schlimmere hätte sein können.

Am neuviktorianischen Aussichtspunkt oben auf der Hügelkuppe sah sie doch über die Schulter. Am Anleger vor dem Restaurant wartete ein kleines Grüppchen, und etwas abseits stand sehr aufrecht ein Herr, dessen breitkrempiger Hut von weitem zu erkennen war. Der Fährmann hatte nach der Fahrt mit Ernestine bereits wieder kehrtgemacht, Balthasar würde in wenigen Minuten auf dem Festland sein.

Es gab zwei Fluchtmöglichkeiten: über die breitere, direktere, aber auch belebtere Allee durch den Wald oder über den schmalen, geraden und eher einsamen Pfad. Beide führten letztendlich zur Straßenbahn am Ende der Avenue Louise und damit nach Hause. Ernestine entschied sich für den Pfad, bedachte allerdings zu spät, dass man dort, eben weil er so gerade war, jeden Fußgänger trotz des Blätterdachs und der dunstigen Luft von weitem sehen konnte.

In ihrer Eile verpasste sie die Abzweigung zur Pelouse des Anglais und zur Straßenbahnhaltestelle. Als sie es merkte, drehte sie sich um. Unter den Bäumen kam eine schlanke Männergestalt rasch auf sie zu.

Sie blieb ruhig stehen und blickte ihr entgegen.

Der Mann wurde langsamer, er spürte, dass sie nicht mehr weglaufen würde. Als er vor ihr stehenblieb, blendete seine Ausstrahlung nicht nur die Umgebung aus, sondern auch alles, was sie vielleicht vorgehabt hatte.

»Es stand mir nicht zu, so mit Ihnen zu sprechen, Monsieur. Ich bitte um Verzeihung.« Ernestine hielt ihre Kapuze unter dem Kinn fest. Sie wollte sich jedoch nicht auf ein längeres Gespräch mit Balthasar einlassen und trat einen Schritt zurück. »Ich kann es verstehen, wenn Sie mich nicht mehr in Ihrem Haushalt beschäftigen möchten.«

Er packte sie am Arm, als sie an ihm vorbeigehen wollte.

»Erstens: Ich habe nicht mit der falschen Dame gespeist.«

Zwischen ihnen waren nur wenige Zentimeter, sie waren sich so nah, dass sich die Atemwolken aus ihren Mündern mischten, bevor sie zu den Bäumen aufstiegen. Balthasar ließ ihren Arm los, als klar war, dass sie keinen Fluchtversuch unternehmen würde.

»Es gibt viele Damen, die für diese Gelegenheit passender gewesen wären.« Sie trat einige Schritte zurück, um sich zu fassen.

Er ging nicht auf ihre Bemerkung ein. »Zweitens gibt es keinen Grund, warum ich Sie entlassen sollte. Sie haben nichts getan.«

»Ich habe Sie beleidigt.«

»Das schmälert Ihre Fähigkeit nicht, mein Haus sauber zu halten.« Seine Mundwinkel kräuselten sich, während er auf ihre Reaktion wartete. »Und es macht mir darüber hinaus überhaupt nichts aus, wenn Sie mich beleidigen – solange Sie dabei die Wahrheit sagen.«

Ernestines Kapuze rutschte herunter. Und offenbarte ihr ganzes offenes rundes Gesicht und ihre klaren grauen Augen.

Balthasar hielt den Atem an. Er trat zu ihr und nahm sie bei den Schultern. »Ich bin gern in Ihrer Gesellschaft, Ernestine. Darf ich Sie so nennen?«

Ihr versagte die Stimme, sie nickte nur.

Er führte sie zu einer Bank unter den Bäumen. Einige Minuten lang saßen sie schweigend nebeneinander. Schließlich sagte sie: »Wir kommen aus unterschiedlichen Welten, Sie und ich. Ich fürchte, wir fühlen uns beide in der Welt des jeweils anderen nicht sehr wohl.«

»Haben Sie sich unwohl gefühlt, als Sie neulich in meinem Dachstudio über Ihr Putzen und über Homer gesprochen haben?« Balthasar tat so, als seien das Gesprächsthemen, die ganz natürlich zusammengehörten.

Ernestine dachte nach. »Nein, das nicht. Erst später, als mir klar wurde, dass ich in Ihre Privatsphäre eingedrungen war und Ihnen Ihre Zeit geraubt hatte.«

»Glauben Sie mir, ich hätte Sie sofort hinausgeworfen, wenn ich das so empfunden hätte.« Seine Worte hatten einen kühlen Beiklang, als kämen sie aus einer eisigen Zone. Ernestine rückte ein wenig von ihm ab. Nicht zum ersten Mal fiel ihr auf, wie schnell dieser Mann die Temperatur wechselte.

Ihre Blicke begegneten sich. Ernestine sah, wie Balthasars Augenfarbe von Grün zu Braun zu Grau wechselte, immer abhängig vom Licht und davon, wie es von seinen tiefen Wassern gespiegelt wurde. »Wissen Sie, es stimmt, was ich über die Unsichtbarkeit meiner Klasse gesagt habe. Hier ein Beispiel: Ich bin Gwendolyn Carr tatsächlich einmal begegnet, nach dem Konzert, von dem ich Ihnen erzählt habe. Mit Harry Bishop, als er noch mein Arbeitgeber war. Und ich glaube, sie hat mich nicht einmal gesehen. Ich habe irgendetwas an mir, das … das mich anonym macht, wenn ich nicht Eimer und Putzlappen in der Hand habe.

Sie wollte bestimmt nicht unhöflich sein. Ich war einfach nur so weit von ihrer Sphäre entfernt, dass sie nicht das Gefühl hatte, mich zur Kenntnis nehmen zu müssen.«

»Sie hat Sie ganz bestimmt gesehen«, stieß Balthasar hervor. »Und ich kann Ihnen garantieren, dass Sie sich anonym fühlen sollten. Sie war bewusst unhöflich. Das ist ihre Art.«

Ernestine hatte nicht das Bedürfnis, ihn zu fragen, woher er das wusste.

Balthasar sprang von der Bank auf und begann, auf und ab zu gehen.

»Ich habe die Gwendolyn Carrs dieser Welt ›gehabt‹, wie Sie es im Restaurant so blumig formulierten. Aber glauben Sie mir, Ernestine, niemand würde mich um diese Erfahrung beneiden. Es sind Menschen, die andere nur benutzen, die manipulieren, die bis zum Letzten von einer Situation profitieren und dann weiterziehen.« Er blieb stehen und sah sie an.

Auch Ernestine stand auf. »Aber Sie lieben sie.«

Er trat näher. »Was reden Sie da?«

»Sie lieben sie, Monsieur, da bin ich sicher.« Sie zögerte. »Oder Sie hätten jetzt nicht so leidenschaftlich von ihr gesprochen.«

Balthasar ergriff sie wieder bei den Schultern, und dieses Mal drückte er sie an seine Brust. Es kam so plötzlich, dass sie meinte, das Herz müsse ihr stehenbleiben. Sie schloss die Augen und erwartete in seinen Armen gefasst ihr Ende.

»Sie sind tausend Gwendolyn Carrs wert«, hauchte er in ihr Haar. »Glauben Sie mir.«

»Das glaube ich Ihnen keine Minute lang«, murmelte sie. Als Antwort verstärkte er nur den Druck seiner Arme und legte die Wange an ihr Haar. Sein Mantel war dick und weich und roch nach Eau de Cologne, am liebsten wäre sie mindestens für eine Woche an diesem Ort geblieben. Sie öffnete die Augen, überrascht, dass sie noch auf beiden Beinen stand. Anscheinend erfüllte ihr Herz wacker seine Aufgabe. Zum Glück, denn jetzt ging

Balthasar noch einen Schritt weiter: Er hob ihr Kinn, beugte sich so weit wie möglich hinunter – also in Anbetracht des tief unten angesiedelten Ziels ziemlich weit – und küsste sie.

Ernestine schloss die Augen wieder. (Sehen half im Augenblick ohnehin nicht weiter.) Kein Mann hatte sie mehr geküsst seit Freddy de Wit, dem feurigen Fritten-Verkäufer, und das war schon fast ein Vierteljahrhundert her. Dennoch konnte sie sich an Freddys schlichte Leidenschaft erinnern, an den Flaum auf seiner Oberlippe und an das wunderbare Gefühl, über dem Sand zu schweben. In Balthasars Kuss spürte sie völlig anderes: Aufmerksamkeit, Zärtlichkeit, Interesse, Respekt … vielleicht nicht die typischen Zutaten rosaroter Liebesszenen. Doch sie lösten einen erstaunlichen Widerhall in ihr aus. In ihr war, und das ohne ihre Erlaubnis, eine Saite zum Schwingen gebracht worden, und sie spürte, dass sie die Schwingungen noch tagelang spüren würde – wenn sie überhaupt je aufhören würden.

Sie befreite sich aus seiner Umarmung. »Monsieur, ich muss jetzt gehen.« Sie wich seinem Blick aus.

Er verbeugte sich leicht und trat einen Schritt zurück. Eine lange klingende Stille stellte sich ein. Beide schienen bei weitem nicht imstande zu sein anzusprechen, was gerade geschehen war.

Ernestine wandte sich ab, sie fragte sich, ob ihre Knie sie noch bis ans Ende des Parks tragen würden.

»Soll ich Sie heimfahren?«, fragte er leise. Er griff nach ihrem Arm, zog sie sanft zurück und küsste ihr die Hand. Dieser *baisemain* war nicht ritterlich, sondern heiß und drängend.

»Nein danke. Ich brauche Bewegung.«

Sie trennten sich auf dem einsamen Weg, Balthasar ging zu seinem Wagen zurück, Ernestine zur Straßenbahn. Beide drehten sich mehrmals nach dem anderen um, von einem raschen Verlassen des Parks konnte also keine Rede sein.

Etwas an Balthasars Rückzug kam Ernestine vertraut vor, die

traurig wirkenden Schultern, die resignierte Haltung, und plötzlich erinnerte sie sich: *Arkadi*.

Sie lief hinter Balthasar her. »Monsieur, ich habe Sie etwas zu fragen vergessen.«

»Sébastien«, verbesserte er zärtlich.

»Oh, das könnte ich nicht«, sagte sie verlegen.

»Bitte.«

»Na schön.« Sie seufzte. »Sébastien.« Sie flüsterte es. Noch nie hatte sie einen Arbeitgeber mit dem Vornamen angeredet. Andererseits hatte sie auch noch nie einen Arbeitgeber geküsst. Vielleicht musste sie über neue Verhaltensmuster nachdenken.

»Können Sie Russisch?«

»Kein Wort. Warum fragen Sie?«

»Ich dachte nur, Sie wüssten vielleicht, was *dotschka* bedeutet.«

Balthasar sah sie fragend an. *»Dotschka?«*

»Ja. *Dotschka.«*

»Keine Ahnung. Wo haben Sie es gehört?«

»Ich weiß nicht mehr.« Warum hatte Arkadi hinter Balthasar hergestarrt, als er dieses Wort hervorstieß? Der Gärtner hatte so aufgewühlt gewirkt. Sie wollte ihn in nichts hineinziehen.

»Sollte ich es wissen?« Balthasar wirkte jetzt besorgt.

Sie zögerte. »Ich bin mir nicht sicher.«

»Ich glaube nicht, dass ich im Augenblick irgendetwas klar definieren könnte.« Er zog sie an sich. »Nicht einmal dich. Jemandem wie dir bin ich noch nie begegnet.«

»Das kann man so und so verstehen.« Sie lächelte im warmen Nest aus Kaschmir und Eau de Cologne.

Als er sie noch einmal küsste, war auch ohne Wörterbuch klar, wie er es meinte.

Der Aufstieg zu ihrer Mansarde ging fast über ihre Kraft, dabei war es nicht einmal halb fünf. Sie stellte ihre Tasche auf den Tisch und öffnete den Kühlschrank. Die erbärmliche Auswahl an

Nahrungsmitteln hatte sich seit Tagen nicht geändert: die übliche Schüssel mit kalten Nudeln, ein paar Möhren, zwei Becher Joghurt und ein halber Liter Milch. Sie wärmte ein wenig Milch auf und tauchte zwei Kamillentee-Beutel ein, um Dr. Dieudonnés Rezept gegen müde Augen auszuprobieren.

Keine zehn Minuten später lag sie auf ihrem Bett mit warmen Kompressen auf den Augen und einem Becher Erdbeertee neben sich.

Ihr Handy klingelte.

»Nesty? Wo bist du?« Aus dem Gerät krachte und zischte es, als riefe Nelly aus dem Ausland an.

»Zu Hause. Heute ist mein freier Tag. Bist du gut bei Cécile angekommen? Ich wollte dich schon angerufen haben, aber ich war beschäftigt.«

Mit einer illegalen Verfolgungsjagd, einer Spionageaktion auf einem Friedhof, einem Mittagessen mit einem Mann, der weit außerhalb meiner Möglichkeiten ist, und dann …

»Oh, Nesty. Cécile hat mich schon mitarbeiten lassen. Ich bin völlig fertig.«

»Was hast du denn gemacht?«

»Ställe ausgemistet!«

»Wie geht's den Ziegen?«

»Sie fressen alles auf. Sie haben alle Pralinen, die ich in der Handtasche hatte, aufgefressen und zum Schluss auch noch die Handtasche. Cécile sagt, wir müssten vor neun im Bett sein.«

»Ja, ich glaube, gemolken wird früh.«

»Früh?«

»Vor fünf Uhr morgens. Nelly, es ist gut, dass du zu tun hast.«

Angespanntes Schweigen. »Hast du dich mit Marshall getroffen?«

»Nein, aber ich werde es tun. Hab noch ein bisschen Geduld.«

Noch ein Schweigen. »Ich habe keine Ahnung, wie man Ziegen melkt.«

Nur wenige Minuten nach diesem spannenden Gespräch schlief Ernestine ein. Die Kompressen linderten enorm, sie durfte nicht vergessen, Dr. Dieudonné für diesen Rat zu danken. Die Träume, die sich nach einiger Zeit einstellten, waren nebulös und mehr von Farben und Texturen erfüllt als von Bildern. Sie streifte Wildleder und Satin, Leinen und Samt. Noch vor Tagesanbruch wachte sie auf, entfernte die Kompressen und ging wieder schlafen. Jetzt rannte sie im Traum über den Dieweg-Friedhof. Sie stolperte über Wurzeln, die sich grotesk über die Wege wanden, und Zweige peitschten ihr ins Gesicht und rissen ihr die Haut auf. Zu spät sah sie, dass ein steinerner Engel von seinem Sockel stieg und die Flügel ausbreitete. Er trug eine Mönchskutte mit Kapuze, die sein Gesicht verdeckte. Mit starken Männerhänden griff er nach Ernestine. *Sébastien …*, schrie sie. Doch der Engel antwortete nicht. Er zog sie immer näher an sich. Ernestine leistete Widerstand, bis ihre Arme erlahmten und ihr nichts anderes mehr übrig blieb, als sich von den kalten Schwingen umhüllen zu lassen.

24

Das passende Schuhwerk

Die Woche ging auf seltsam betäubte Weise weiter. Von Dienstag bis Freitag ging Ernestine in die Villa Tosca, arbeitete und ging wieder nach Hause, als hätte es den Montag nie gegeben. Sie schleppte ihren Bissell und die große Tasche herum, nahm die frühe 94er Bahn und kehrte im Dezemberdunkel nach Hause zurück, alles wie früher. Sheila hantierte wie gewöhnlich mit ihren Töpfen und Pfannen. Arkadi bewachte sein Feuer.

Wenn Ernestine die Speichertreppe hinaufschlich, um das Teetablett zu holen, waren Tee und Kekse immer verschwunden, doch Balthasar blieb beharrlich unsichtbar. Er gab mit keinem Zeichen zu erkennen, was die Ereignisse am Montag für ihn bedeutet haben mochten und ob ihm überhaupt klar war, welche Umwälzung es bedeutete, dass Ernestine nun Ernestine war und nicht mehr Madame Vandermeer.

Alles schien wie zuvor im Dunstkreis der Villa Tosca.

Und dennoch konnte nichts mehr sein wie zuvor.

Ernestine ging ihrer Arbeit nach, als wäre sie der einzige Mensch auf Erden, der die Ereignisse bezeugen konnte.

Am Donnerstag der folgenden Woche – an dem sie auch mit Baronin de Wasseige verabredet war – sollte sie den Salon putzen. Und zwar besonders gründlich.

»Am späten Nachmittag erwartet er einen Besucher«, sagte Sheila. Die Kamineinfassung müsse poliert und die silbernen Bilderrahmen, die Beistelltischchen und sämtliches Glas in den Türen auf Hochglanz gebracht werden.

»Bis wann muss ich mit dem Raum fertig sein?«, fragte Ernestine.

»Das hat er nicht gesagt. Sehen Sie einfach zu, dass Sie gegen halb vier draußen sind.«

Ernestine fragte nicht, wer erwartet wurde. Die Köchin würde es ihr ohnehin nicht sagen – wenn sie es überhaupt selbst wusste. Schon die Tatsache, dass ein Besucher – und kein Celloschüler – erwartet wurde, war ungewöhnlich genug. Als sie die Politur in die geschnitzten Blätter und Früchte rieb, dachte sie wieder an den Artikel in *Elégance.* Sie stellte sich vor, sie stünde dort, wo Balthasar neben Gwendolyn gestanden hatte, seine Hand an ihrem Ellbogen. Sie erinnerte sich an das amüsierte Lächeln, das auf den Gesichtern der beiden gelegen hatte, und fragte sich, ob sie und Balthasar im *Chalet Robinson* auch so einen vertrauten Moment gehabt hatten. *Natürlich nicht!,* dachte sie bedrückt, eine solche Vertrautheit wächst erst mit der Zeit.

Wie viel Mühe sie sich auch gab, der Salon wirkte nach dem Putzen nie bewohnt. Der zusätzliche Glanz des polierten Silbers und Glases ließ ihn nur noch künstlicher wirken. Manchmal fand sie hier Spuren von Balthasars Aufenthalten, eine nachlässig gefaltete Zeitung oder eine Tasse mit nach Haselnuss duftenden Kaffeeresten. Sie musste zugeben, dass sie beim Aufräumen solcher Dinge eine schulmädchenhafte Freude empfand. Doch an diesem besonderen Nachmittag fragte sie sich niedergeschlagen, ob sie ihr Glück immer nur in den von ihm hinterlassenen Spuren finden würde statt in seinen Armen, ein Erlebnis, das bei näherer Betrachtung wohl eher den halluzinogenen Wirkungen der Waldpilze zu verdanken war. Nein, dachte sie, solche Freuden würde sie wohl nie erleben. Hatte sie nicht gelesen, dass die Götter den Sterblichen ihr Glück neideten?

Sie ging noch einmal mit Essig und Zitronensaft über die Glastüren und packte ihre Sachen zusammen. Gleichmäßiger Regen hatte eingesetzt, und sie dachte mit wenig Freude an den steilen

Pflasterweg durch den Wald und an die einsame Straße, wo das Taxi Balthasars Wagen begegnet war.

Sie spritzte sich in der Damentoilette kaltes Wasser ins Gesicht und betrachtete sich dann im Spiegel. Nach dem langen Arbeitstag bot sie keinen besonders hübschen Anblick. Doch wenn sie ihre Locken zurechtdrückte und ein wenig Puder auf die glänzenden roten Wangen auftrug, mochte es für die Baronin reichen – schließlich kam sie nicht als Gast. Ob sich die noble Dame überhaupt daran erinnern würde, dass sie Ernestine schon einmal als Gast empfangen hatte?

Sie rief Sheila noch einen Abschiedsgruß in die Küche und warf einen letzten langen Blick die Treppe hinauf. Seit sie im Bois de la Cambre auseinandergegangen waren, hatte sie nicht mehr mit Balthasar gesprochen, sie hatte weder sein Cello gehört noch ihn in den Wald gehen sehen. Er schien aus der Villa verschwunden zu sein, vielleicht hatte er sich im Dunst aufgelöst, der über der Lichtung lag. Sie sah zum ersten Treppenabsatz auf, zu dem zarten Luftschleier dort oben, und fragte sich, ob Balthasar vielleicht auf andere Weise kommen und gehen konnte als die Normalsterblichen.

Der Regen fiel inzwischen sehr dicht. Sie nahm die Tasche unter den Lodenmantel und zog die Kapuze über. Aus Arkadis Feuer stiegen große, graue Rauchwolken auf, die mit Zweigen und Laub allein nicht zu erklären waren. Wahrscheinlich Rauch aus einer Höhle in der Unterwelt, dachte Ernestine, wo Arkadi hin und wieder Kraft für seine düsteren Tänze schöpft.

Unter solchen Überlegungen erreichte sie das Tor, wo ihr plötzlich auffiel, dass sie ihren Bissell vergessen hatte. Es war noch vor vier. Vielleicht konnte sie ihn nach dem Gespräch mit der Baronin noch holen und mit nach Hause nehmen. Jedenfalls konnte er nicht bleiben, wo er war: mitten im Salon.

Sie zückte ihr Handy und rief Sheila an. »Na schön«, sagte diese. »Ich stell das Ding in die Küche. Warum lassen Sie es nicht einfach bis morgen hier?«

»Ich fühle mich einfach wohler, wenn ich ihn bei mir habe. Er ist immerhin eine Antiquität.« Aber wen in der Villa Tosca interessierte das schon?

Der Weg über die regennassen, glitschigen Pflastersteine war mühsam und gefährlich. Doch schließlich erreichte sie die Auffahrt von Château Rivage, über die sie nur wenige Monate zuvor neben Harry ins Schloss gegangen war. Schuhe, Kleid, Mantel, Tasche: Alles war anders. *Auch die Frau, die dies alles trug,* dachte sie. Sie hätte allerdings nicht zu sagen gewusst, in welcher Weise diese Frau sich geändert hatte …

Sie erinnerte sich noch an den prachtvollen Eingang, doch heute würde sie natürlich eine andere Tür benutzen.

Zu ihrer Freude entdeckte sie Walter, der vor den Garagengebäuden einen Wagen polierte.

Eilig ging sie zu ihm. »Wie schön, Sie zu sehen, Monsieur.«

Er legte den Lappen ab und tippte sich an die Chauffeursmütze. »Madame Vandermeer, *bonjour.*« Nach einem kurzen Augenblick fügte er mutig hinzu: »Sie sehen heute sehr gut aus.« Dann fing er sofort wieder an, den Wagen zu wienern, um von diesem unschicklichen Temperamentsausbruch abzulenken.

»Danke, sehr nett von Ihnen. Durch welchen Eingang muss ich gehen?«

Er wies mit dem Lappen auf die Seite des Hauses. »Da entlang, denke ich.«

Durch die Tür, die Walter ihr gezeigt hatte, herrschte reger Verkehr. Ein wunderschönes muschelförmiges Art déco-Vordach aus Glas und Eisen wölbte sich über die Stufen und das mit Kisten und Kästen und manchmal sogar Aktentaschen hin und her eilende Personal. Bis zur Party waren es noch zehn Tage, aber Walter zufolge wurden Hunderte von Gästen erwartet. Ernestine sah, dass sie nur ein winziges Rädchen im Getriebe dieses Festes sein würde.

Sie dankte Walter und ging schon auf den Seiteneingang zu, als sie jemanden quer über die Auffahrt auf sich zulaufen sah. Anscheinend war die junge Frau gerade aus dem Haupteingang gekommen und hatte Ernestine trotz der großen Entfernung erkannt.

»Madame Vandermeer! *Hello!*«

Schwung und strahlende Anmut … Sophia. Ernestine hätte sie auch aus der doppelten Entfernung allein am Gang erkannt. Die Elfenbeinwangen hatten eine rosige Frische, und unter dem beigen Wollmantel war ein cremefarbener seidiger Hosenanzug zu sehen.

»Sophia, was machen Sie denn hier?« Ernestine umarmte sie. Dies erschien ihr völlig natürlich, obwohl sie wieder einmal ein kleidungstechnisches Problem hatte, denn jetzt roch der durchgeregnete Lodenmantel entsetzlich nach Schaf.

»Ich bin Ihrem Rat gefolgt!«, rief Sophia. »Ich schrieb der Baronin eine Karte, und schon am nächsten Tag rief sie mich an! Stellen Sie sich vor! Ich denke, ich habe jetzt alle nötigen Informationen für die Festschrift.« Ihre dunklen Augen leuchteten vor Begeisterung über diesen Erfolg.

»Das freut mich«, sagte Ernestine und sah sich nach Walter um, der mit dem Rücken zu ihnen ein Rad abwusch, aber so mechanisch, als müsste er sich aufs Zuhören konzentrieren.

»Und Sie?«, fragte Sophia.

»Ich? Ach, ich bin hier, um ein wenig zu … *beraten.*«

»Im Château Rivage?«

»Ja. In etwa zehn Tagen gibt es hier eine große Weihnachtsparty, und ich soll mit der Baronin über … über ihre Vorbereitungen sprechen.«

»Ach so. Was für einen interessanten Beruf Sie doch haben, Madame Vandermeer! Die Baronin war gerade noch in der Eingangshalle. Wollen Sie nicht gleich klingeln?« Sophia deutete in die Richtung, aus der sie gerade gekommen war.

»Ja, danke, das werde ich machen. Ich muss nur rasch noch zum Küchenpersonal und nachschauen, ob da alles nach Plan läuft.«

»Natürlich.« Sophia küsste sie auf beide Wangen und machte sich auf den Weg zu ihrem Wagen.

»Und wohin geht es jetzt?«, rief Ernestine ihr nach.

»Heim!« Es klang so melodiös. »Nach Oxford.«

Ernestine ging zum Seiteneingang und blickte noch einmal an der schönen Backsteinfassade empor, um die vollkommenen Proportionen der Fenster und Balkone, der Balustraden und Ziergiebel zu bewundern.

Dies hier ist Balthasars Welt, dachte sie mutlos. Ungeachtet all seines Geredes darüber, wie erfrischend es sein müsse, weniger zu haben und es mehr zu schätzen, gehörte er, ob er wollte oder nicht, zu dieser exklusiven Welt. Ob nun wegen seiner eigenen künstlerischen Leistungen oder wegen seines Vaters, an Orten wie diesem würde Sébastien Balthasar immer willkommen sein.

Und wie war es mit den anderen, Arnaud, Marshall, Boondael, Gwendolyn? Arnaud war klar als adeliges Treibhausgewächs zu erkennen; Marshall hatte sich den Weg mit Yale, einem sehr großen Unternehmen und einem Familienvermögen geebnet; Boondael kannte alle Reichen und verhalf ihnen regelmäßig zur Steuerflucht und Ähnlichem; und Gwendolyn … nun, jemand mit ihrem Aussehen, ihrer Berühmtheit und ihrem Talent hatte überall Zutritt.

Ja, es gab viele Wege durch die Türen von Château Rivage, dachte Ernestine. Einer davon war der, eine Dienstbotentracht anzuziehen.

»Und Sie sind?«

»Ernestine Vandermeer, Madame.«

Die androgyne Gestalt im grauen Hosenanzug tippte mit ihrem Stift methodisch auf ihrem Klemmbrett nach unten. Sie ging so weit nach unten, dass Ernestine schon fürchtete, ihr Name könne auf der Liste fehlen. »Ah, da sind Sie ja. Ganz unten. Eine Last-Minute-Bewerbung, nehme ich an?« Die Frau sah Ernestine über ihre Schildpattbrille hinweg an.

»Ja, Madame.«

»Die Weihnachtsparty ist immer die wichtigste gesellschaftliche Veranstaltung hier im Schloss. Ist Ihnen das bewusst?«

»Ja, Madame.«

»Baronin de Wasseige legt Wert darauf, jedes Mitglied des Personals, auch wenn es nur für einen Abend ist, persönlich auszuwählen. Es darf keine Verstöße gegen das Protokoll geben. Und der Sicherheitsdienst ist sehr wachsam. Späte Bewerbungen sind immer verdächtig.«

Ernestine blickte auf ihre Schuhe, das schien ihr die angemessenste Antwort.

»Warten Sie hier.« Die Frau verschwand durch eine Schwingtür.

Ernestine saß derweil in einer Küche, wie sie sie noch nie gesehen hatte.

Drei oder vier Öfen, kilometerlange Arbeitsflächen, drei doppeltürige amerikanische Kühlschränke, Oberschränke und Unterschränke – und das alles aus Edelstahl. In ihrer unmittelbaren Umgebung waren mindestens ein Dutzend Menschen emsig bei der Arbeit, stapelten Tabletts, sortierten Weinflaschen, zählten Servietten oder polierten Besteck. Ernestine dachte an ihre beiden elektrischen Kochplatten und den dürftig gefüllten kleinen Kühlschrank – war das das »erfrischend Wenige«, das Balthasar an ihrem Lebensstil so bewunderte?

Das androgyne Wesen marschierte wieder herein. »Hier entlang. Sie können Ihren Mantel da auf dem Haken lassen«, sagte sie mit einem verächtlichen Blick auf Patricks Lodenmantel.

Ernestine folgte ihr durch mehrere Korridore und noch eine Küche, bevor sie in die geräumigen Empfangsräume kamen. Die Frau, dünn, aber muskulös, marschierte mit dem Eifer eines Feldwebels, und die einfache Gefreite Ernestine hatte mit ihren kurzen Beinen einige Mühe, Schritt zu halten.

Im Geschwindmarsch durchquerten sie den großen Salon, in dem Gwendolyn Carr nach ihrem Konzert Hof gehalten hatte.

Ernestine war sich vage bewusst, an derselben Stelle über den Teppich mit den exotischen Vögeln zu laufen, an der sie ihren Schiffbruch erlitten hatte, aber jetzt musste sie sich schon wieder beeilen. Alles flog leicht verwischt vorüber, Teppich, zwei Kandelaber, die sich auch in Versailles gut gemacht hätten, vergoldeter Stuck und bestickte rosa Sessel.

Der Feldwebel verlangsamte endlich den Schritt und öffnete eine Glastür zu einem Wintergarten. Ernestine folgte ihr und unterdrückte einen Ausruf der Bewunderung. Sie hätte in einer Miniaturausgabe der Königlichen Gewächshäuser in Laeken stehen können. Die Kuppel aus Eisen und Glas war genauso zierlich und üppig gestaltet wie das Vordach über dem Dienstboteneingang, nur eben viel, viel größer. Feuchte, von undefinierbaren süßen Düften schwere Luft ballte sich unter dem Glasdach. Unter der zentralen Kuppel stand irgendwie unpassend eine kleine, mit hellblauem Damast bezogene Sitzgruppe auf einem ovalen Teppich.

»Sie können hier auf die Baronin warten«, sagte der Feldwebel und verschwand.

Ernestine setzte sich auf die Kante eines reich verzierten Stuhls, der sich jedoch als sehr unbequem erwies. Also stand sie auf und umkreiste, ihre Tasche an sich gedrückt, die Sitzgruppe. Die Minuten vergingen – zehn, fünfzehn. Schließlich gab sie ihre Runden um den Teppich auf und wagte sich in einen Seitengang.

Überall rote, weiße und rosa Weihnachtssterne. Darüber funkelten Lichterketten zwischen Koniferen und Palmen, Fici und Philodendren; sie wanden sich um einen Brunnen und durch dichtes Gebüsch und tauchten alles in feenhaftes Licht.

Das Gewächshaus ging auf die Rasenflächen des Parks hinaus. Sie waren im Dunkeln nur noch als düstere Weiten zu erkennen, und in der Ferne glänzte kalt der See. Ernestine legte die Stirn an die Glasscheibe.

Das ist meine Chance, dachte sie. Wenigstens würde sie jetzt, selbst unsichtbar hinter ihrem Tablett, Harrys frühere Welt genau in Augenschein nehmen können. Sie würde sicher eine Bemerkung über die Vorgänge in De Haan auffangen. Wer weiß? Vielleicht käme sogar PBK, und sie könnte ihr Tablett mit Horsd'œuvres nah genug an ihn heranmanövrieren, um seine Gesten und Worte zu interpretieren. Wie sie all dies Wissen gegen Marshall einsetzen und vielleicht Harrys Ehre wenigstens zum Teil retten konnte, wusste der Himmel. Aber sie würde in die See des Verrats stechen, und das Gewöhnliche sollte ihre Verkleidung sein.

Ernestine schrak zurück: Die Dunkelheit draußen hatte eine Form angenommen.

Sie starrte hinaus. *Arkadi.* Nur wenige Meter entfernt harkte er die Nadeln unter einer Kiefer zusammen. Er bewegte den Rechen in kleinen Kreisen, als wollte er damit Geister beschwören. Balthasar hatte ja gesagt, dass er manchmal hier arbeitete. Er wandte ihr den Rücken zu und wirkte irgendwie gedrückt. Seine dunkle Kleidung verschmolz mit der Abenddämmerung, während er sich resigniert und kraftlos über den Rechen beugte. Sie hatte gerade angefangen, über Arkadis herzzerreißendes »Dotschka« nachzudenken, da schrak sie schon wieder zusammen.

»Ist da jemand?« Eine gebieterische Stimme durchschnitt die Vegetation.

Ernestine eilte zur Sitzgruppe zurück.

Mitten auf dem Teppich stand eine schmale, elegante Frau. Sie wirkte verstimmt.

Ernestine durchfuhr ein Schauer. Sie hatte beinah vergessen, dass auch die Baronin klein und grauhaarig war. Dennoch, die Unterschiede herrschten vor. Frauen konnten auf sehr unterschiedliche Weise klein, grauhaarig und um die fünfzig sein, wie gerade deutlich bewiesen wurde.

Die beiden gaben sich die Hand und setzten sich auf die damastbezogenen Sesselchen.

Die kleine Baronin trug nicht schwer an ihrem gewichtigen Titel. Ernestine frischte ihre ersten Eindrücke vom Konzert auf:

schlank, manikürte Hände, lebhafte blaue Augen, unvergleichliche Eleganz. Ihr gesellschaftlicher Schliff hatte noch die Frische der Überzeugung. Ihre Präsenz gebot über einen Bereich, der weit über ihre körperliche Größe hinausging, sicher eine ihrer besten Waffen. Selbst bei dieser wenig offiziellen Gelegenheit trug sie ein Schneiderkostüm und spitze Wildlederschuhe.

»Sie arbeiten derzeit in der Villa Tosca, habe ich gehört.« Auch die Baronin war mit einem Notizbuch bewaffnet, wirkte aber nicht so militant wie der Feldwebel.

»Ja, Madame.«

»Arbeiten Sie auch anderswo?«

Ernestine zögerte. Madame Goossens als etwaige Referenz würde nur ihre Fähigkeiten beim Entfernen von Fett, Schimmel und Spinnen unterstreichen. Damit war ihr nicht gedient.

»Nur hier und da mal stundenweise«, sagte sie vage.

»Aber Sie haben auch Erfahrung im Servieren?«

»Ja, Madame. Allerdings wurde ich meistens als Putzfrau beschäftigt.«

Die Baronin legte den wohlfrisierten Kopf schief. Sie war zu wohlerzogen, um Ernestine von oben bis unten zu mustern – erkennbar jedenfalls. Dennoch sah sie sie so prüfend und verwirrt an, dass Ernestine ein heraufdämmerndes Wiedererkennen vermutete.

»Haben Sie Ihr ganzes Leben lang geputzt?« Die Baronin ließ nicht locker. »Darf ich so indiskret sein und nach Ihrem Alter fragen?«

»Zweiundfünfzig«, antwortete Ernestine. »Ich habe in einer Metzgerei gearbeitet, bis ich fast vierzig war.«

»*Tiens, tiens!* Was Sie nicht sagen! Dann könnten Sie ja vielleicht auch in der Küche helfen.«

»Gern, Madame, wenn Sie mich dort brauchen können.«

Auch Ernestine betrachtete ihr Gegenüber. Knochenbau, Füße, Friseur, Erziehung und sicher auch alle Freunde trugen den Stempel höchster Qualität. Eine Aristokratin war entschieden eine Summe ihrer Teile, dachte Ernestine, und sie würde nie einen einzigen solchen Teil besitzen, geschweige denn eine Summe solcher Teile sein. Dennoch entdeckte sie im Gesicht der Baronin die gleiche angespannte Wachsamkeit, die sie bei vielen reichen Frauen gesehen hatte. Diese Damen mussten so vieles in Schuss halten: Haar, Haut, Figur, Kleidung, Haus, Personal … Bald schon glichen sie seltenen Vögeln und ihre Häuser prachtvollen Volieren. Baronin de Wasseige wirkte müde in ihrem Federkleid. Ernestine fand es bedrückend, an ihrem Gesicht abzulesen, auf einem wie hohen Ast sie saß und wie groß ihre Angst vor einem Absturz war.

Sie wurden in höchst unerwarteter Weise gestört.

Ein kräftiger schokoladenbrauner Labrador trabte herein und steuerte fröhlich sabbernd auf Ernestine zu.

»Magnus!« Die Stimme der Baronin stieg um eine Oktave. Ungläubig beobachtete sie den Hund, der liebenswürdig an Ernestines Hand schnüffelte. »Wie seltsam. Das ist der Hund meines Sohnes. Normalerweise schließt er Fremde nicht so schnell ins Herz.«

Ernestines Augen weiteten sich. Sanft schob sie den Hund weg.

»Sind Sie ihm schon einmal begegnet?«, fragte die Baronin.

»Nein, ich glaube nicht, Madame«, log Ernestine.

»Vielleicht an der Küste. Arnaud macht gern lange Wanderungen mit ihm am Strand in De Haan. Kennen Sie De Haan?«

»Etwas«, wieder log Ernestine ein bisschen.

Magnus schnüffelte flüchtig an der Baronin und kam zurück, um sich auf Ernestines Füßen niederzulassen.

Das Abenteuer an der Küste stand ihr wieder vor Augen. Der Hund hatte die Wirkung starken Kaffees, und kein Detail war verblasst. Sie schmeckte noch die kalte, salzige Luft, sah Gwendolyns satinglänzenden Hüftschwung. Doch das eindrücklichste Detail war – abgesehen von den Banknotenstapeln auf den Spieltischen natürlich – ebendieser Hund. Er hätte ihrem Schicksal eine gänzlich andere Wendung geben können, wenn er – um es so auszudrücken – ein wenig professioneller vorgegangen wäre. Ernestine wäre vermutlich – nein, ganz sicher – verhaftet, vorgeladen und vielleicht sogar wegen Einbruchs verurteilt worden.

Hatte die Baronin ihren Sohn an jenem Abend an die Küste begleitet? Ernestine hatte sie von den Dünen aus nicht gesehen. Vielleicht hatte Arnaud seiner Mutter nichts von Marshalls Party erzählt.

Ernestine beugte sich zu Magnus hinunter und tätschelte ihn. »Danke, dass du mich nicht verraten hast«, flüsterte sie mit verstohlenem Lächeln. Er klopfte mit seinem dicken Schwanz auf den Boden und leckte ihr die Hand.

Die Baronin blickte von ihrem Notizbuch auf. »Nun, wenn Magnus dafür ist, dann ist die Angelegenheit wohl geregelt.« Sie stand auf und beendete damit das Einstellungsgespräch. Magnus rappelte sich hoch und nach ihm Ernestine. Auch für den Hund schien das Gespräch beendet zu sein, ein abschließendes Schnüffeln an Ernestines Hand, und schon trabte er Richtung Küche davon.

»Bitte seien Sie am 21. um halb vier, also eine halbe Stunde vor dem eigentlichen Arbeitsbeginn da. Sie werden noch eine passende Uniform bekommen, und Dorothy wird Ihnen sagen, was vor der Party geputzt werden muss. Haben Sie sie schon kennengelernt?«

Ernestine schüttelte den Kopf. »Nein, Madame.«

»Dann werden Sie sie am 21. kennenlernen. Sie ist meine verlässliche kleine Philippinin, sehr kräftig. Und beim Putzen unvergleichlich.«

Innerlich zuckte Ernestine zurück: Als wäre von einem Staubsauger die Rede gewesen!

»Wahrscheinlich wird es spät«, fuhr die Baronin fort, während sie aus dem Gewächshaus gingen. »Es ist eine Open House Party, die Gäste kommen irgendwann zwischen 18 und 21 Uhr. Sie werden länger bleiben müssen, vielleicht bis nach 22 Uhr. Der Lohn beträgt 200 Euro. Sind Sie damit einverstanden?«

»Ja, Madame, danke.« Das entsprach zahllosen Stunden bei den Goossens.

Sie gingen durch den großen Salon ins Atrium. Ernestine bewunderte die doppelte geschwungene Treppe, den riesigen Fliesenboden und den über ihr schwebenden Murano-Kronleuchter, als hätte sie sie nie zuvor gesehen. Das war damals eine andere Frau gewesen, eine Hochstaplerin, die in geliehenen Schuhen hinter Harry hergehumpelt war und die Rolle einer Assistentin gespielt hatte. Jetzt folgte Ernestine der Baronin gelassen über das schwarzweiße Schachbrett. Wirklich seltsam. In der Rolle einer Dienerin fühlte sie sich zu Hause.

Schicke Schuhe passten ihr nie wirklich gut.

Unter dem Kronleuchter drehte sich die Baronin zu ihr um. Die lebhaften blauen Augen wanderten jetzt ungeniert über die neue Angestellte. »Sind wir uns nicht schon einmal begegnet?«, fragte sie.

»Ja, Madame. Vor einigen Monaten kam ich einmal zu einem Ihrer Konzerte. Aber ich war eigentlich kein Gast.« Ruhig hielt Ernestine dem Blick der Baronin stand, endlich fühlte sie sich dieser Aristokratin gegenüber unbefangen. Es war seltsam erleichternd, sich auf ihrer eigenen sauberen Ebene zu bewegen, in bequemen Schuhen und mehr oder weniger im Tempo der Sarabande.

Das Gesicht der Baronin erhellte sich. »Ah, jetzt erinnere ich mich! Sie waren mit einem Mann aus der Botschaft da, Sie waren seine – was war es noch? – seine *Assistentin,* glaube ich. Stimmt das?« Ihr Gedächtnis war phantastisch, wenn man bedachte, dass an jenem Abend Hunderte Menschen auf dem Empfang gewesen waren. Vor lauter Bewunderung verstummte Ernestine für einige Sekunden.

»Harry Bishop war mein Arbeitgeber, Madame. Er ist im Oktober gestorben.«

»Oh, das tut mir sehr leid. *Sincères condoléances.«* Nach einer respektvollen Pause fragte die Baronin: »Sie sagten, Sie hätten lange als Putzfrau gearbeitet. Waren Sie nie verheiratet?«

»Nein, Madame, dieses Glück hatte ich leider nicht.«

»Nun, es ist nicht immer ein Glück.«

Um die geschminkten Lippen der Baronin lag ein leicht ironischer Zug. Selbst jetzt, wo der riesige Rangunterschied überdeutlich war, spürte Ernestine eine gewisse stillschweigende Verbindung zwischen sich und dieser Frau. Die Baronin brachte ihr durchaus keine besondere Empathie entgegen, aber sie schien ein echtes Interesse an ihr zu haben. Als hätte der Gärtner einen besonders anspruchslosen Busch hereingeschleppt und dessen besondere Qualitäten gerühmt.

Die Baronin neigte ihren Kopf leicht Richtung Ausgang, begleitet von einer kleinen Geste. Es bedurfte keiner Worte. Ernestine senkte den Blick und bewegte sich auf die Tür zu.

Dort gaben sie sich noch kurz die Hand, doch bevor Ernestine sich endgültig verabschiedete, fiel ihr Blick auf Arkadi, der nachdenklich Laub auf den Wiesen vor dem Gewächshaus harkte.

»Madame, ich meine mich zu erinnern, dass Sie Russisch sprechen«, sagte Ernestine so beiläufig wie möglich.

Die Baronin versteifte sich bei dieser sehr persönlichen Bemerkung. »Ein wenig, ja.«

»Darf ich Sie vielleicht etwas fragen? Wissen Sie zufällig, was das Wort *dotschka* heißt?«

Die Baronin trat zwei Schritte zurück, um die Tür schließen zu können. »Warum möchten Sie das wissen?«

Ernestine zögerte. »Neulich verwendete jemand diesen Ausdruck, und ich fragte mich, was er wohl bedeuten könnte.«

»Dotschka?«

»Ja, Madame.«

Die Tür war schon fast geschlossen, als die Baronin antwortete: »Nun, es heißt ›Tochter‹.«

25

Schicksalhafte Vergesslichkeit

Natürlich, dachte sie, während sie auf dem Weg zu ihrem Bissell dem eisigen Dunst trotzte, Balthasar hatte doch von Arkadis Tochter gesprochen. War das Mädchen von einer verzweifelten, entwurzelten Mutter gegen den Willen des Vaters wieder nach Russland gebracht worden? Das allein hätte Arkadis Melancholie erklärt. *Der arme Mann!*

Oben auf der Kuppe angekommen, sah sie, dass hinter den Dachgeschossfenstern der Villa Tosca Licht brannte. Balthasar übte wohl. Oder er dachte nach. Oder beides. Sie schlitterte über die harten Pflastersteine. »Lieber Sébastien.« Dieses eine Mal schwelgte sie darin, es laut auszusprechen. Du hast die ganze Zeit von Arkadis Tragödie gewusst und ihn bei dir aufgenommen, obwohl du dich selbst verzweifelt nach jemandem sehntest.

Sie dachte wieder an Balthasars Worte am Grab seines Vaters.

Ich habe den Traum aufgegeben, dass sie eines Tages bei mir sein könnte …

Sie …

Ernestine kämpfte sich über die letzte holprige Pflasterstrecke.

Sicher meinte er Gwendolyn, diese Kirke. Welcher Mann würde nicht davon träumen, dass sie zu ihm zurückkäme?

Sie sind tausend Gwendolyn Carrs wert …

Ernestine errötete bei der Erinnerung an diese Worte, die sicher unüberlegt geflüstert und später bereut worden waren. Natürlich hatte sie ihm nicht geglaubt, nicht einmal in seiner betäubenden Umarmung. Es war am Montag geschehen, heute war Donnerstag, und Balthasar hatte seither kein Wort mit ihr gewechselt. Keine Frau mit auch nur einem Quäntchen Selbstwertgefühl würde einen solchen geflüsterten Unsinn glauben.

»Madame Vandermeer?«

Sie wollte gerade am Tor der Villa Tosca klingeln, da tauchte ein sehr weißes Vollmondgesicht aus dem Nebel auf.

»Oh, Julien, hallo! Was führt Sie an einem so ungemütlichen Abend her? Doch sicher keine Cellostunde.« Noch während sie sprach, sah sie, dass da kein Cello war, nur ein vom Nebel durchweichter, atemloser und nervöser pummeliger Cellist.

»Ich wollte zu Balthasar«, keuchte er.

»Jetzt? Er erwartet Besuch – vielleicht ist er schon da. Ich glaube nicht, dass der Professor Sie so ohne vorherige Anmeldung empfängt.«

Julien schob mit seinen Turnschuhen das nasse Laub hin und her. »Ich muss wirklich mit ihm sprechen.«

»Kann ich ihm etwas ausrichten? Ich muss noch etwas holen, bevor ich heimfahre.«

Julien biss sich auf die Lippen und sah sie von der Seite an. »Ich wollte mich bei ihm entschuldigen.«

»Wofür?«

»Für das, was ich über die Schwäne gesagt habe.«

Ernestine erinnerte sich wieder an die stürmische Cellostunde und Balthasars Vortrag über Schwäne.

»Wir haben uns ja seit Ihrer letzten Stunde gar nicht mehr gesehen. Wie war Ihr Konzert?«

»Schrecklich.«

»Das tut mir leid.«

»Aber jetzt verstehe ich es.«

»Was verstehen Sie?«

Juliens Pausbacken wurden dunkelrot. »Nun, ich war halb durch den Rachmaninow. Nichts funktionierte, wie es sollte. Ich war mit dem Pianisten nicht zusammen, alles lief aus dem Ruder. Und dann geschah etwas Seltsames: Ich fiel in eine Art Zwischenwelt.« Julien hob hilflos die Hände. »Ich weiß auch nicht ... Ich war woanders. Das Tempo war richtig, der Klang, das Gefühl, einfach alles. Die Musik trug mich an diesen Ort, von dem Balthasar gesprochen hat.«

»Was für einen Ort?«, fragte Ernestine, obwohl sie es längst wusste.

»Zwischen Himmel und Erde. Wie Balthasar gesagt hat.« Julien wirkte ein bisschen verlegen. »Wissen Sie ...« Er wurde noch röter. »Wo die Schwäne zu den Sternen aufblicken.«

»Ach so. *Den* Ort meinen Sie.« Ernestine sah ihm sehr prüfend ins Gesicht. Keine Spur von Ironie, kein unterdrücktes Grinsen. Nur eine liebliche, unbeholfene Gefasstheit, die sich vielleicht eines Tages in Weisheit verwandeln würde.

»Wenn Sie möchten, werde ich versuchen, ihm zu sagen, dass Sie sich bei ihm entschuldigen wollten.«

Julien lächelte sie strahlend an. »Das wäre toll!«

»Aber ich kann nichts versprechen. Ich habe den Professor schon seit Tagen nicht mehr gesehen.«

Sie trennten sich. Sheila hatte auf den Öffner gedrückt, und Ernestine tastete sich über den schlammigen Pfad durchs Gebüsch. *Wer weiß? Vielleicht sehe ich ihn nie wieder.*

»Ach, Sie sind's«, sagte Sheila verdrossen. »Ich dachte, Sie wären der Gast.«

»Nein, bin ich nicht«, antwortete Ernestine nicht minder verdrossen. Sie zog den nassen Mantel aus und hängte ihn mitsamt ihrer Tasche über den Schirmständer. »Allerdings ist gerade jemand gekommen, ich hörte eben einen Wagen. Hat es noch nicht geklingelt?«

»Nein, hat es nicht«, sagte die Köchin ausdruckslos und wischte sich die mehligen Hände an der Schürze ab. »Seine Lordschaft hat mich angewiesen, Scones zum Tee zu backen, mehr weiß ich auch nicht.«

Sheila stapfte wieder Richtung Küche. »Kommen Sie«, rief sie über die Schulter zurück. »Holen Sie sich Ihr verdammtes Gerät, bevor es noch später wird.«

Just als die beiden Frauen die Küche erreichten, klingelte es.

Sie sahen sich mit einem langen, bedeutungsschweren Blick an. Keine von ihnen sprach, keine machte eine Bewegung Richtung Eingangshalle. Zwar kamen fast täglich Celloschüler, doch Besucher waren ungewöhnlich. Ein solches Ereignis musste Vorbote großer Dinge sein.

»Wird der Professor jetzt herunterkommen?«, fragte Ernestine schließlich leise.

»Natürlich. Aber vorher muss jemand die Tür aufmachen, sonst ist es unhöflich.«

Wieder sahen sie sich an. Sheila hielt es länger aus.

Ernestine gab nach. »Ich mach auf.«

Sie ging durch die Eingangshalle. Das Licht der Haustürlampe fiel durch die Glasscheiben auf den Mosaikboden, der von der letzten Olivenöl-Behandlung noch sanft glänzte.

Die Haustürlampe beleuchtete noch etwas anderes: eine hohe, imposante Gestalt vor der Tür.

Zwischen Ernestine und der Gestalt waren nur noch Holz und Glas. Dennoch zögerte sie. Sie hatte durch die obere Scheibe geblickt und glitzernde Juwelen und glänzendes Haar gesehen. Die Gestalt trug etwas Helles, Voluminöses.

Sie öffnete die Tür.

»Das wurde aber auch Zeit! Es gibt also doch noch Leben in diesem Haus!« Die Gestalt trat sofort ein und übernahm die Herrschaft über die Halle.

Ernestine führte instinktiv das Zwei-Schritte-zurück-Manöver aus. Auf Grobheit war sie noch nie eingegangen, jedenfalls nicht im Beruf.

Langsam blickte sie an der Gestalt aufwärts: schicke Lederstiefel, langer Pelzmantel, ein lässig über die Schultern geworfener Seidenschal und – jetzt musste Ernestine sich fast den Kopf verrenken – ein Paar funkelnder blütenförmiger Ohrgehänge unterhalb einer Kuppel blonden Haars. In das Gesicht konnte sie nicht sehen. Aber sie hatte es ja schon gesehen, darüber nachgedacht, davon geträumt und viel zu oft Neid empfunden. Diese gemeißelten Züge gehörten zu einer Welt, deren Fußböden sie nie wischen, geschweige denn frei betreten würde.

»Ist Balthasar da?« Gwendolyn Carr schritt durch die Halle. Ihr irgendeinem silberfarbenen langhaarigen Tier gestohlener Pelz schien den halben Raum einzunehmen.

»Guten Abend, Madame«, sagte Ernestine. »Werden Sie vom Herrn Professor erwartet?«

»Himmel noch mal! Natürlich! Hat er es Ihnen nicht gesagt? Nun rufen Sie ihn doch!« Gwendolyn starrte auf Ernestine hinunter wie auf ein widerspenstiges Kind. Sie schien sie nicht wiederzuerkennen.

Plötzlich hörte man Schritte über die vielen Treppen der Villa Tosca herunterkommen, Schritte, die Ernestine unter Tausenden erkannt hätte: schwer und langsam vor der Speichertür, leichter auf den Treppenabsätzen und nach unten hin immer schneller werdend. Sie war nie lange genug in der Halle geblieben, um Balthasar oben auf der Treppe auftauchen zu sehen.

Jetzt jedoch machte sie eine Ausnahme.

Sie öffnete Gwendolyn die Tür zum Salon. »Darf ich Ihnen den Mantel abnehmen, Madame?«

Der Gast schlüpfte aus dem langhaarigen Ungetüm und packte es Ernestine auf die vorgestreckten Arme. Diese konnte kaum über den weichen Berg hinwegsehen und hatte, nachdem sie den Garderobenschrank glücklich erreicht hatte, alle Mühe, ihn so hineinzustopfen, dass sie die Tür zubekam.

Gwendolyn wanderte in den Salon, als wäre sie hier zu Hause – was sie ja auch viele Jahre zuvor gewesen war. Unter dem Pelz waren ein schwarzer Rock (der für eine Frau ihres Alters zu kurz war, wie Ernestine dachte), schwarze Strümpfe und eine rotviolette Samtjacke mit einer Wasserfall-Brosche aus Perlen zum Vorschein gekommen.

Ernestine stand unschlüssig an der Tür, während Gwendolyn eine Inspektionsrunde durch den Raum machte und hier ein Kissen und da eine Vase zurechtrückte.

Müsste ich ihr jetzt Tee anbieten? Leicht verstimmt beobachtete Ernestine diese Korrekturen an ihrem Werk.

»Madame Vandermeer?«

Sie wandte sich um. Balthasar stand am Fuß der Treppe, die Hände in den Hosentaschen. Seine Haltung strahlte ungewöhnliche Festigkeit, fast Verärgerung aus. Er war gekleidet wie bei Ernestines abenteuerlicher Cello-Stunde: schwarzer Rollkragenpullover, schwarze Cordhose und Tweedjackett. Zudem trug er den verschattetsten, verschlossensten Gesichtsausdruck, den Ernestine je bei ihm gesehen hatte.

Da sie nicht wusste, wie sie ihn ansprechen sollte, blickte sie nur auf ihre Schuhe.

»Sind sie trocken?«, fragte er etwas schnodderig und ohne jede Wärme.

Ihr Blick schoss zu ihm auf. Sie hatte gehofft, wenigstens ein winziges Funkeln in seinen Augen oder vielleicht das vertraute Kräuseln seiner Mundwinkel zu sehen.

Doch seine Augen waren nicht auf sie gerichtet. Er starrte über ihre Schulter hinweg.

»Hallo, Gwen«, sagte er tonlos.

Ernestine sah sich nach ihr um.

Gwendolyn Carr lehnte verführerisch im Türrahmen des Salons. Sie hatte die Arme verschränkt und ein Knie und eine Hüfte vorgeschoben. Ernestine starrte sie an: Es war genau dieselbe Haltung wie in De Haan, als die Göttin verführerisch am Flügel gelehnt und jeden Mann im Raum in ihren Schweinekoben gelockt hatte.

»Komm doch herein, nur keine Scheu«, sagte Gwendolyn, als wäre sie die Gastgeberin und Balthasar gerade angekommen.

Balthasar ging an Ernestine vorbei wie an einer Topfpflanze. Er verschwand im Salon und schloss die Tür hinter sich.

»Die streicht schon seit ein paar Tagen ums Haus«, sagte Sheila, während Ernestine ihren Bissell aus einer Ecke der Küche holte. »Erst hat sie am Dienstag angerufen und dann gestern.«

»Ich verstehe.« Ernestine klappte das Gerät an seinem Stiel zusammen. »Sie wollte also eingeladen werden.«

»Nun, er konnte es ihr ja kaum abschlagen, oder?« Sheila schnaubte. Sie beugte sich über den Backofen und zog ein Blech Scones heraus. Als sie sich wieder aufrichtete, war ihr Gesicht knallrot. »Er hat ihr doch jahrelang nachgetrauert.«

»Ja, so heißt es.« Ernestine wischte ein wenig Staub von der Kuppel des alten Kehrgeräts. Plötzlich stand ihr vor Augen, wie Patrick es auf dem Boden der Metzgerei in Gang zu setzen pflegte. Das Sirren und Brummen der Bürsten hatte ihr stets gefallen, doch vor allem liebte sie das sonderbare Tanzen ihres Vaters beim Putzen – das rhythmische Verlagern des Gewichts von einem Fuß auf den anderen, den Shimmy seiner Hüften, die Melodien, die er dabei summte. Und sie selbst hatte sich auf ihrer Bank im selben Rhythmus gewiegt, bis sie beide eine kaum definierbare Erfüllung fanden: Schwerelosigkeit. Oder Gnade. Was genau, hätte sie nicht sagen können. Nur dass es gewöhnlich nicht in einer Metzgerei anzutreffen war. Erst Jahre später wurde ihr klar, dass solche Momente der Erfüllung oder Gnade immer dann kamen, wenn man am wenigsten auf sie gefasst war.

Und erst jetzt, als sie den Bissell in Sheilas Küche betrachtete, kam ihr der Gedanke, dass Patrick vielleicht doch mit den Schwänen getanzt haben könnte.

»Wahrscheinlich hat sie beruflich in Brüssel zu tun«, unterbrach Sheila, die gerade das Teetablett zurechtmachte, ihre Gedanken.

»Glauben Sie, die beiden wollen ihre Beziehung wieder aufnehmen?« Ernestine spannte sich innerlich so an, dass es wehtat.

»Könnte sein.« Sheila legte ernst den Kopf schief. »Natürlich müsste sie vorher ihren Mann loswerden. Oder ... vielleicht auch nicht ...«

Ernestine hielt die Küchentür auf, und die Köchin segelte mit dem Tablett davon in Richtung Salon.

Wenn ... Wenn ...

Dieses Wörtchen sagte sich Ernestine immer wieder selbst vor, nachdem sie an diesem Abend die Villa verlassen hatte.

Wenn sie den Bissell nicht vergessen hätte, hätte sie vielleicht nie von Gwendolyns Besuch erfahren.

Wenn Sheila die Salontür nicht einen Spaltbreit offen gelassen hätte, hätte Ernestine das Gespräch nie belauschen können.

Wenn ... Wenn ...

Sie ging gerade auf den Schirmständer zu, um Mantel und Tasche zu holen, da hörte sie Gwendolyn sagen: »Du siehst recht gut aus, Seb.«

Es gab keine Antwort, nur das Klirren einer Tasse gegen die Untertasse und die allgemeinen Teeserviergeräusche. Der Kronleuchter brannte und verlieh den Pastellfarben zusätzlichen Glanz, der durch die frisch polierten Glastüren strahlte. Doch die facettierten Glasoberflächen verzerrten alle Bewegungen und Distanzen. Nichts war, was es zu sein schien.

Seb. Ernestine schauderte bei diesem Kosenamen. Sie hielt sich seitlich von der Glastür, damit nicht auch ihre Bewegungen von den teuflischen Scheiben erfasst wurden. Sie zog den immer noch feuchten Mantel an und hängte sich gerade die Tasche über die Schulter, als Gwendolyn wieder das Wort ergriff:

»Es ist zu lange her, Seb. Viel zu lange.« Sie klang sanft und reumütig. Balthasar hatte nichts gesagt, seit Ernestine in die Diele geschlichen war.

Jemand rührte heftig in einer Tasse.

»Zu lange seit wann, Gwen?« Balthasars Stimme klang monoton.

»Seit … Seit dem Missverständnis zwischen uns.«

»So nennst du es also?«

»Seb, bitte …«

»Das ist zwanzig Jahre – und vermutlich ebenso viele Liebhaber – her, oder?«

»Das ist nicht fair!« Gwendolyns Stimme schwoll arienartig an. »Ich war jung und naiv. Du hättest mich nicht so hinauswerfen dürfen. Wir hätten miteinander sprechen sollen. Ich weiß, ich habe Fehler gemacht.«

Ernestine lehnte sich ungläubig an die Wand. Jemand, der solche Pelze trug, räumte doch keine Fehler ein?

»*Fehler?* Wohl eher Fehlkalkulationen. Du hattest schon was mit Masterson, noch bevor du im Jahr darauf zu mir zurückkamst«, sagte Balthasar. »Was ist passiert? Hat er dich hinausgeworfen?«

Gwendolyn ging nicht darauf ein. »Ja, ich hatte Kontakt zu Reginald, als ich noch hier wohnte. Aber nur beruflich.«

»Ich wusste gar nicht, dass sich dein Beruf auch in Betten abspielt.« In das facettierte Glas kam Bewegung. Balthasar war aufgestanden. »Witzig«, sagte er. »Als du vor ein paar Tagen anriefst, dachte ich, du wolltest kommen, um dich zu entschuldigen.«

»Ach? Weil ich in einem Augenblick jugendlicher Unbesonnenheit von Reginald verführt wurde?«

»Wohl kaum. Das ist Schnee von gestern, jedenfalls für mich. Außerdem hast du ihn geheiratet, das ist sicher Strafe genug.«

»Wofür dann?« Gwendolyn schien es wirklich wissen zu wollen.

»Für das, was vor vier Jahren passiert ist, natürlich.«

»Das Konzert, meinst du?« Alle Sanftheit in der Stimme war metallischer Verwunderung gewichen.

»Ja, genau. Hast du es vergessen?«

»Ach komm, Seb. Warum sollte ich für ein schlechtes Konzert verantwortlich sein?«

»Du weißt genau, dass du verantwortlich warst! Und es war nicht schlecht, es war eine echte Katastrophe.«

Gwendolyn stand vom Sofa auf. Ernestine konnte sich nicht länger zurückhalten und lugte durch eine der Facetten am Rand der Tür.

»Ich kann nichts dafür, dass du so dünnhäutig bist.« Gwendolyn stand jetzt vor der kostbaren Kamineinfassung, und Ernestine dachte an das Foto in *Elégance,* auf dem die beiden an derselben Stelle gestanden hatten: als heitere Verschworene.

Balthasar blieb stehen. Er stand neben einem der Lehnstühle und sah seiner Besucherin ins Gesicht. Bei den nächsten Worten lag das in seiner Stimme, worauf Ernestine die ganze Zeit gehorcht und wovor sie sich gefürchtet hatte: die gequälte Zärtlichkeit, mit der er im Wald in ihr Haar geflüstert hatte. Sie sehnte sich nach diesem zärtlichen Klang, aber er sollte ihr gelten, nicht dieser Frau.

»Ich habe dir nur erlaubt, dieses Haus heute noch einmal zu betreten, weil ich dachte, du würdest dich vielleicht – vielleicht! – entschuldigen. Aber ich sehe, ich habe mich getäuscht. Du wusstest, dass ich mich von dem, was du mir an jenem Abend sagtest, nicht erholen würde – nie und schon gar nicht in den zwanzig Minuten vor dem Dvořák-Konzert. Du hast dir meine Dünnhäutigkeit zunutze gemacht, Gwendolyn. Und weshalb? Weil du wütend darüber warst, dass ich diesen blöden Plattenvertrag nicht unterzeichnet hatte, und dich irgendwie an mir rächen wolltest?«

Gwendolyn lachte. Ernestine erschrak über diese bittere Heiterkeit. »So sehr hat mich die Sache mit dem Vertrag gar nicht aufgeregt.«

»Also hast du meinen Ruf einfach nur zum Spaß ruiniert?«

Es folgte langes, aufgeladenes Schweigen.

»Oh, Seb …« Gwendolyn ging zu ihm und legte ihm die Hand an die Wange. »Es war unbedacht, ich weiß. Ich hätte es dir nicht an diesem Abend sagen dürfen. Aber ich war so aufgeregt, dass ich nicht klar denken konnte. Ich hatte mich mit Reginald gestritten. Und ich dachte, der Schock über diese Nachricht würde dich dazu bringen, mich zurückzuwollen. Du weißt doch, dass ich Reginald nie geliebt habe.« Sie schlang ihm die rotsamtenen Arme um den Hals. »Jedenfalls nicht so wie dich.«

Balthasar machte sich von ihr los und ging zum Fenster. »Warum bist du hier, Gwen?«

»Ich dachte, wir hätten vielleicht noch Gemeinsamkeiten. Vor allem, wenn man bedenkt …«

»Wenn man was bedenkt?«

»Was wir gemeinsam erschaffen haben.«

Ernestine drückte sich die Nase am Glas platt. Die Scheibe beschlug, sie konnte nichts mehr sehen. Sie zog den Kopf ein Stückchen zurück, damit die beschlagene Stelle sie nicht verriet, und ließ dabei die viel zu schwere Tasche von der Schulter in den Ellbogen gleiten.

Balthasar klang sehr müde, als er sagte: »Meinst du unsere Aufnahmen?« Nach einer kurzen Pause fügte er hinzu: »Oder unsere Tochter?«

Ernestine schnappte nach Luft. Mit einem dumpfen Knall landete die Tasche auf dem Fliesenboden.

Gwendolyn ging zur Tür, spähte durch die Glasscheiben und kehrte wieder in die Mitte des Raums zurück.

Ernestine war erstarrt. Sie wartete einige angsterfüllte Momente. Dann nahm sie Tasche und Bissell und huschte an der Salontür vorbei zur Damentoilette.

Sie ließ die Tür einen Spaltbreit offen und machte vorsichtshalber kein Licht.

»Oh …«, flüsterte sie. »Oh … Sie haben ein Kind …«

Gwendolyns Stimme drang an ihr Ohr: »Du hast damals vor

dem Konzert selbst gesagt, dass unsere Tochter es dort, wo sie ist, besser hat.«

»Hatte ich denn eine Wahl?« Balthasars Stimme donnerte plötzlich. »Du versteckst unser Kind fünfzehn Jahre lang. Dann tauchst du aus heiterem Himmel vor einem meiner wichtigsten Konzerte auf und erzählst mir von ihr.« Er holte Luft. »Und jetzt meinst du, es könnte sich lohnen, zu mir zurückgekrochen zu kommen.«

Balthasar schwieg. Dann sagte er voller Verzweiflung: »Du hattest nicht einmal den Anstand, mir ihren Namen zu sagen.« Er rang sich jedes Wort einzeln ab.

»Sophia«, sagte Gwendolyn leise. »Sie heißt Sophia.«

»Sophia …«, wiederholte Balthasar halblaut. »Ein schöner Name.«

Ernestine sank auf den Fußboden der Toilette. *Sophia …*

Plötzlich ganz schwach, lehnte sie sich an die Kloschüssel. Ihre Hände wurden auf dem Fliesenboden kalt, ihr Herzschlag war kaum noch zu spüren.

Sophia ist seine Tochter.

Sie schloss die Augen.

Natürlich. Die feingemeißelten Züge. Die Wangenknochen. Die hätte Sophia zwar auch von Gwendolyn geerbt haben können. Aber den Geist und Charakter niemals.

Überwältigt legte Ernestine das Gesicht in die Hände. Jetzt verstand sie den seltsamen Widerhall, den Sophia in ihr ausgelöst hatte, ein Oberton, den ihr Vater ihr mitgegeben hatte und der durch sie hindurchklang.

Haben Sie schon einmal einen Menschen geliebt, ohne ihn zu kennen? An jenem verschneiten Nachmittag war ihr die Frage komisch vorgekommen, aber Balthasar hatte sie wörtlich gemeint.

Das also hatte alles Leben aus diesem Mann herausgepresst, in den sie, sie musste es sich endlich eingestehen, bis über beide Ohren verliebt war.

Balthasar hat sein eigenes Kind nie kennengelernt.

Sie zog die Knie an die Brust. Tränen liefen ihr über die Wangen. Endlich hatte sie durch einen weit klaffenden Spalt einen Blick in Balthasars dunkle Schattenwelt werfen können. Seine Melancholie entsprang einem so tiefen, so kalten Ort, dass er durch kein Licht, keine Wärme erreichbar schien.

Ich habe den Traum aufgegeben, dass sie eines Tages bei mir sein könnte.

Er hatte Sophia gemeint, nicht Gwendolyn.

Ernestine wusch sich das Gesicht mit kaltem Wasser und reimte sich zusammen, was sie für die Wahrheit hielt:

Gwendolyn hatte Sophia neunzehn Jahre zuvor, während ihres kurzen zweiten Aufenthalts in der Villa Tosca, empfangen und war dann wegen ihres Verhältnisses mit Masterson von Balthasar aus dem Haus geworfen worden. Dafür hatte sich Gwendolyn mit homerischer Leidenschaft gerächt: Sie hatte Balthasar die Wahrheit verschwiegen und Sophia als Mastersons Tochter aufgezogen. Und dann hatte sie ihm – vielleicht ihres Mannes überdrüssig oder wütend über den geplatzten Vertrag, vielleicht auch nur, um mit Balthasars Zuneigung zu spielen – vor einem seiner wichtigsten Auftritte die Existenz Sophias enthüllt und dabei gewusst, dass es ihm wegen seines extremen Zartgefühls unmöglich sein würde, sich einer Fünfzehnjährigen, die nichts von ihm wusste, aufzudrängen und dass dieser Schmerz sein Untergang sein würde. Ziemlich sicher hatte sich Balthasar vier Jahre lang selbst zerfleischt, hatte vier Jahre lang mit der Last einer zerstörten Karriere und dem Schatten einer Tochter, der ihn Tag und Nacht durch die Stille der Villa Tosca begleitete, im Exil gelebt. Selbst ein weniger sensibler Mann hätte diesem Druck nicht ohne weiteres standgehalten.

Ernestine trocknete sich das Gesicht ab und sah in den Spiegel. Ein schmaler Lichtstrahl fiel durch den Türspalt. Sie sah erschöpft und hilflos aus, bei Frauen ihres Alters keine gute Mischung. Sie dachte an die funkelnde Erscheinung im Salon. Würde es Gwendolyn gelingen, Balthasar zurückzugewinnen?

Ernestine starrte in ihr Gesicht, als könne es sich plötzlich verwandeln. *In was?* In Schönheit? In Züge wie Gwendolyns, die mit dem Alter noch schöner wurden?

Deine Augen sind voller Licht, meine kleine Athene! Was kannst du mehr verlangen?

Patrick Vandermeer hatte äußerliche Schönheit bei Frauen nie gemocht. Er pflegte seiner Tochter zu zeigen, wie manche Schönheiten sich im Vorbeigehen eitel im Spiegel der Schaufensterscheiben bewunderten, und machte sich über sie lustig. Als Ernestine herangewachsen war und sich nicht mehr zu einer Schönheit entwickeln konnte, war ihr Vater froh darüber gewesen. Er überschüttete sie mit Lob für ihre hellen Augen und ihre Intelligenz, für ihre Verständigkeit, ihren Mut und ihre Beharrlichkeit. Denn diese, sagte er, seien viel mehr wert als Juwelen.

Ernestine ließ den Blick sinken. Patricks Nähe brachte sie zum Erbeben, einen kurzen Augenblick schwelgte sie darin. Dann hängte sie sich resolut die Tasche über die Schulter.

Sie wollte gerade in die Diele hinaustreten, als die Salontür aufflog und Balthasar auftauchte wie ein Springteufel.

»Seb, bitte!« Gwendolyn eilte ihm hinterher, die Absätze ihrer Stiefel hämmerten auf den Fliesenboden. »Bitte, ich möchte um Verzeihung bitten …«

Ernestine sah durch den Türspalt, wie sie sich an Balthasars Arm hängte, doch der schüttelte sie ab wie eine lästige Fliege.

»Du warst immer eine meisterhafte Betrügerin, all diese listigen Frauengestalten, die du in den Opern verkörpert hast – auf mein Wort, sie passten wunderbar zu dir!«

»Seb, es ist noch nicht zu spät für uns. Reginald und mich verbindet nichts mehr.«

»Es ist etwa neunzehn Jahre zu spät! Und außerdem verbindet dich durchaus etwas mit ihm! Ihr habt eine Tochter – hast du das vergessen? Du solltest die Täuschung ihretwegen besser fortsetzen, findest du nicht? Wäre es nicht schrecklich für sie zu erfahren, dass ihr der wahre Vater verwehrt wurde? Dass der Mann, den sie immer für ihren Daddy gehalten hatte, nicht ist, was er zu sein vorgab?« Er machte eine kurze Pause. »Weiß Masterson, dass er nicht ihr Vater ist?«

Gwendolyn wurde ungewöhnlich still. Nach einer Weile sagte sie: »Nein.«

Balthasar steckte die Hände in die Hosentaschen und starrte auf seine Füße. »Also, wo ist sie, Gwen? Wolltest du mir das überhaupt sagen? Oder wolltest du mich nur ein wenig leiden lassen?«

Gwendolyn erwachte wieder zum Leben. »Ich wollte es dir tatsächlich sagen. Notfalls sogar auf den Knien vor dir rutschend. Aber ich sehe, du bist immer noch zu stolz. Na, dann viel Glück, Seb. Viel Glück in deinem erbärmlichen Exil.« Plötzlich stürmte sie unter wütendem Absatzgeklapper auf den Garderobenschrank zu. »Jetzt wirst du sie nie kennenlernen.« Gwendolyn riss ihren Pelz aus dem Schrank. »Du wirst in diesem Haus verfaulen. Für nichts und wieder nichts.« Sie stand unter der Haustürlampe. Ernestine konnte sehen, wie ihre Augen heller funkelten als die Edelsteine an ihren Ohren. Sie war nur vier Schritte von ihr entfernt.

Balthasar sprang vor, packte Gwendolyn bei den Schultern und schrie: »Wo ist sie, Gwen? *Wie geht es ihr?*« Seine Stimme brach. Der Schmerz darin schlug wie eine Welle über Ernestine zusammen. War diese Frau noch menschlich? Selbst Kirke hatte hin und wieder Mitleid mit ihren Opfern.

Gwendolyn löste sich aus seinem Griff und zog mit den gewohnten fließenden Bewegungen ihren Mantel an. »Das wirst du nie erfahren.«

»Raus!« Balthasars Stimme war nur noch ein Knurren. »*Raus!*«

»Gib mir erst die Platte zurück, die ich dir geschenkt habe«, sagte sie fast neckend. »Die Puccini-Platte. Die Widmung war, milde gesagt, unpassend. Ich nehme an, sie ist noch da, wo ich sie hingestellt habe?«

Sie wartete die Antwort nicht ab, sondern riss die Glastüren zum Musikzimmer auf. Balthasar folgte ihr, mit dieser Wendung hatte er offensichtlich nicht gerechnet.

Ernestine stahl sich aus der Toilette. *Schnell weg, bevor du in dieses Drama verwickelt wirst. Sonst verlierst du deinen Job. Und, schlimmer noch, Balthasars Freundschaft.*

Innerlich stöhnte sie. *Welche Freundschaft?*

Sie hatte den Schirmständer noch nicht erreicht, da hatte ihr Gewissen bereits die Oberhand. Wie hatte sie nur die Puccini-Platte auf dem Küchentisch vergessen können? Was hatte sie davon abgehalten, die Platte einzupacken und zurückzustellen, bevor jemand ihr Fehlen bemerken konnte?

Ernestine umfasste ihre Tasche fester. Schweiß trat ihr auf die Stirn. Während des ganzen Dramas eben hatte sie ihren Mantel angehabt. Bislang hatte sie sich gefühlt wie ein verspäteter Theaterbesucher, der nur noch die letzten Szenen einer Tragödie verfolgen kann und es nicht wagt, den Mantel auszuziehen, weil er sich nicht durch irgendwelche Geräusche den Unmut der anderen zuziehen will.

Doch jetzt wurde sie anscheinend wieder von dieser koboldhaften Energie angetrieben, denn von nun an konnte Ernestine ihre Impulse nicht mehr unterdrücken.

Sie folgte Balthasar und Gwendolyn ins Musikzimmer.

»Sie stand doch auf diesem Bord, oder?« Gwendolyn, auf allen vieren, zerrte Langspielplatten aus einem unteren Regalfach. In ihrem Pelzmantel wirkte sie wie ein wildes Tier aus dem Wald, das jetzt im Musikzimmer herumschnüffelte.

»Ich glaube schon.« Balthasar klang sehr resigniert.

»Aber da ist sie nicht.«

Gwendolyn prüfte eine Platte nach der anderen und warf sie auf den hellen Teppich.

»Ich habe sie ausgeliehen, Madame.«

Ernestine sprach mit großer Autorität. Sie war selbst überrascht, wie sie die Göttin zum Schweigen gebracht hatte.

Gwendolyn stand auf. Balthasar starrte seine unverschämte Haushälterin nur entgeistert an.

»Es tut mir schrecklich leid«, sagte Ernestine. »Ich habe sie mir schon vor einigen Tagen … ausgeliehen. Professor Balthasar hatte mir erlaubt, die Rachmaninow-Sonate mit nach Hause zu nehmen, und da sah ich zufällig Ihre Puccini-Aufnahmen, und …«

»Sie haben ihn nicht um Erlaubnis gefragt?« Gwendolyn starrte erst sie, dann Balthasar wütend an: »Du erlaubst es deinen Dienstboten, wertvolle Aufnahmen einfach so mitzunehmen?«

Balthasar straffte die Schultern und stand sehr ruhig da. »Madame Vandermeer, wo ist die Puccini-Platte?«, fragte er.

»Auf meinem Küchentisch. Ich habe sie dorthin gelegt, damit ich nicht vergesse, sie zurückzubringen.«

»Warum haben Sie mich nicht erst um Erlaubnis gefragt?«

»Siehst du? Sie hätte nie zugegeben, dass sie sie mitgenommen hat, wenn ich sie nicht gesucht hätte.« Sie ging drohend auf Ernestine zu. »Sie haben sie gestohlen, nicht wahr?«

In diesem Augenblick erschien Sheila in der Tür zur Diele. »Oh, Verzeihung, ich habe nur gerade abgeräumt. Normalerweise ist um diese Zeit niemand im Musikzimmer.« Sie konnte ihre verzehrende Neugier kaum verhehlen.

»Ah, Sheila, wo Sie gerade da sind, können Sie uns vielleicht bei der Aufklärung helfen.«

Gwendolyn ging an Ernestine und Balthasar vorbei und baute sich vor der Köchin auf. Ernestine blickte einmal kurz zu Balthasar auf. Er fing diesen Blick auf, doch in seinen Augen lag kein Rettungsangebot.

»Ist diese Frau die Putzfrau?«, fragte Gwendolyn.

»Ja, Madame.«

»Ist sie zuverlässig?«

»Das dachte ich.« Sheila wandte sich an Ernestine und kniff die Augen zusammen. »Was haben Sie denn angestellt?«

»Sie hat eine Platte gestohlen. Eine sehr wertvolle«, erklärte Gwendolyn.

Von Balthasar kam keine Rettung.

»Solche Leute beschäftigst du jetzt, Seb? Du solltest sie auf der Stelle entlassen.«

»Madame Vandermeer, ich habe Ihnen erlaubt, die Rachmaninow-Platte auszuleihen.« Balthasars Stimme klang so fern, als hätte der größte Teil seiner Persönlichkeit den Raum bereits verlassen. »Es war ein besonderes Angebot von meiner Seite, und ich hatte gedacht, Sie wüssten es zu würdigen und würden nicht noch andere Gegenstände mitnehmen.«

»Ich wollte sie sofort zurückgeben«, stieß Ernestine hervor. »Ich habe es nur vergessen.« Sie versuchte, möglichst reumütig zu wirken, doch ihr Zorn brodelte gefährlich nah unter der Oberfläche. Gwendolyn hielt Balthasar an einer goldenen Leine. Sah er das denn nicht? Oder hatte er nach der Szene im Salon einfach keine Widerstandskraft mehr?

»Ich werde sie gleich morgen früh zurückbringen. Es tut mir wirklich sehr leid.«

»Sie werden morgen nicht mehr kommen, auch nicht an einem anderen Tag«, befahl Balthasar. Alle sahen ihn erstaunt an. »Es bleibt mir keine andere Wahl, als Sie zu entlassen.«

Niemand sagte etwas.

Niemand rührte sich.

Endlich machte Ernestine mit dem Mut der zur Unrecht Beschuldigten einen Schritt auf Balthasar zu und sah ihm prüfend ins Gesicht. Nicht flehend. Auch nicht zornig. Doch mit dem Staunen eines so summarisch Verabschiedeten.

Er wich ihrem Blick aus.

Das Geschirr auf dem Tablett schepperte, als Sheila in die Halle zurückging.

»Ein weiser Entschluss, Seb.« Gwendolyn fegte an den anderen vorbei aus dem Musikzimmer.

Ernestine stand Balthasar allein gegenüber. Geistesabwesend strich sie mit einem Fuß über den alten Eichenboden, den sie wohl nie wieder wischen würde.

»Es tut mir so leid«, flüsterte er, »aber ich hatte wirklich keine andere Wahl.«

Später konnte sie sich nicht mehr erinnern, wie er bei diesen Worten ausgesehen hatte. Sie wusste nicht einmal mehr, ob Gwendolyn nach ihr das Haus verlassen hatte oder ob der üppige weiße Pelz vor ihr durch die tropfenden Rhododendren gegangen war.

Doch Ernestine erinnerte sich, *Adieu* zu Balthasar gesagt zu haben.

Und als sie endlich in der Straßenbahn nach Hause saß, erinnerte sie sich an noch etwas anderes: ihren Bissell, den sie schon wieder im Stich gelassen hatte. Diesmal in der Damentoilette.

26

Molto agitato

Patrick war jedes Jahr vor Weihnachten mit ihr ins Stadtzentrum gefahren, um die Weihnachtsdekoration auf der Grand Place zu bewundern. Und sie hatte die kindliche Freude daran nie abgelegt: das erste Auftauchen der riesigen lichterstrahlenden Tanne, die kleinen Holzhütten des Weihnachtsmarkts in den alten Gassen, die zum Platz führten. Die Lichterketten von Häuschen zu Häuschen waren Ernestine als Kind vorgekommen wie Schätze: Perlen, einst der Schmuck einer Seegottheit, deren Zauber sie noch immer von innen erleuchtete.

Es war keine bewusste Entscheidung, sie blieb einfach in der Straßenbahn sitzen, sie fuhr an ihrer Haltestelle vorbei, dann an Nellys, bis zur Place Royale, von wo aus sie der Menge folgte, die den Mont des Arts hinunterflutete.

Dotschka.

Ernestine erinnerte sich daran, wie Arkadi seine Faust an die Brust gepresst und Balthasar nachgestarrt hatte, der im verschneiten Wald verschwand. Sie hatte gedacht, er habe seine eigene Tochter gemeint, doch jetzt war sie sicher, dass er Balthasars Tochter gemeint hatte.

Sie bog in die Rue du Marché aux Fromages ein. Die Straße war voller Restaurants aller Nationalitäten, türkische, griechische und libanesische Küche. Es duftete nach Kumin und Oregano, und die Besitzer versuchten sie in ihre Lokale zu locken: »Hey, *petite coquette, viens manger!*« Sie eilte weiter, musste jedoch lächeln und ermunterte die Männer damit zu weiteren Scherzen.

Wie hatte der Gärtner von Sophia erfahren?

Im Sommer treibt er sich zu häufig in der Nähe der Fenster herum.

Vielleicht enthielt Sheilas Bemerkung die Antwort. Doch an wessen Fenstern hatte er es gehört? Wohl kaum an Balthasars.

Ernestine näherte sich der Grand Place. Seit ihrem letzten Besuch hier (mit Nelly, vermutete sie, aber genau wusste sie es nicht mehr) waren schon Jahre vergangen. Aus den Straßen und Gassen drängten sich die Menschen auf den Platz und schoben sie vorwärts. Vor der Maison du Cygne blieb sie stehen, benommen vom Stimmengewirr. »Victor Hugo sagte, dies sei der schönste Platz der Welt, *chérie*«, hatte Patrick ihr einmal bei einem solchen vorweihnachtlichen Besuch zugeraunt. »Haben wir nicht Glück, dass wir so nah an diesem Platz leben?«

Vielleicht hatte Arkadi auch an den Fenstern von Château Rivage gelauscht. Das war schon wahrscheinlicher. Schließlich waren die Baronin und Gwendolyn befreundet (jedenfalls, wenn man *Elégance* Glauben schenken konnte). Vielleicht hatte sich Gwendolyn der Baronin in einem schwachen Moment im Gewächshaus anvertraut, und Arkadi hatte irgendwo in der Nähe Büsche beschnitten.

Gedankenvoll blickte sie an dem riesigen Weihnachtsbaum hoch. Vielleicht hatte Arkadi gar nicht vor irgendwelchen Fenstern herumgelungert. Vielleicht hatte Balthasar sagen wollen, dass der Russe mit seiner großen Seele auch seherische Fähigkeiten hatte.

Die Christbaumkugeln waren fußballgroß und strahlten wie Hunderte von kleinen Sonnen. Ernestines Herzschlag beschleunigte sich beim Anblick des riesigen Baums, der festlich gestimmten Menge und der Häuser selbst, die, herrlich verziert und vergoldet, vertraut beieinanderstanden wie die reichen Kaufleute, die sie einst bewohnt hatten.

Sie schlenderte über den Platz. Der Abendhimmel hatte sich beruhigt. Die letzten Regenwolken lösten sich zu dunklen Bändern auf, zwischen denen hier und da indigoblaue Flecken aufschienen. Ernestine sah zu, wie das Indigo sich verdüsterte und die Statuen auf den Dächern langsam verschwammen.

Plötzlich überkam sie Arkadis Leid und die Art, wie er diese Bürde mit so viel Anmut und Schwung durch Balthasars Garten trug und in kurze Höhenflüge der Kunst verwandelte.

Tränen traten ihr in die Augen, doch sie galten nicht mehr Arkadi, es waren Tränen völlig unerwarteten, atemlosen Zorns – auf Balthasar, auf seine verkorksten Beziehungen und den erstickenden Verfall seiner Schattenwelt. Vor allem jedoch machte es sie zornig, wie er sie in diesen Schatten gelockt, wie er sie umarmt und ihr geschmeichelt hatte, um ihr dann die Tür zu weisen.

Hastig verließ sie den Platz über die Rue au Beurre.

Am Ende der Straße, bei der kleinen Milchmädchenfigur, begann der Weihnachtsmarkt. Ernestine kaufte sich am nächstbesten Häuschen einen Glühwein, um ihre Nerven zu beruhigen. Die Lichterperlen warfen einen angenehm silbrigen Lichtkreis um den Stand. Es gab auch Sauerkraut und Würstchen, aus den heißen Bottichen stiegen essig- und knoblauchduftende Schwaden. Ernestine konnte nicht widerstehen, sie war ausgehungert. Sie lehnte an der Theke, verdrückte eine Bockwurst mit Brötchen, nippte an ihrem Glühwein und wartete darauf, dass sich der Knoten in ihrem Herz löste.

Balthasar hat mich entlassen – der Mann, der mich noch vor wenigen Tagen in den Armen gehalten hat.

Sie nahm einen größeren Schluck und versuchte das Gefühl des Angekommenseins zu vergessen, das sie in seiner Umarmung überwältigt hatte. Sie hielt die Nase über den Becher und atmete die betörenden Gewürze des Weins tief ein. Balthasar hatte gesagt, sie sei tausend Gwendolyn Carrs wert. So ein Unsinn!

Langsam beruhigten sich ihre Nerven.

Sicher wusste Balthasar, dass sie die Platte nicht gestohlen hatte.

Natürlich wusste er es. Aber er steht unter der Knute dieser Kirke. Er hat gesagt, er habe keine andere Wahl gehabt, als mich zu entlassen.

Bevor ich ging, sagte er immerhin, es tue ihm leid. Also glaubt er noch an meinen Anstand.

Sie versuchte sich zu erinnern, in welchem Ton sich Balthasar entschuldigt hatte. In dem zärtlichen, inständigen Ton, den er im Wald angeschlagen hatte? Sie nahm noch einen Schluck Glühwein, doch der Alkohol und die Gewürze waren zu nichts mehr nutze, sie vernebelten nur die Erinnerung an Balthasars letzte Worte im Musikzimmer.

Seufzend stellte sie den Becher auf den Tresen, zahlte und wollte sich wieder auf den Weg machen. Doch plötzlich stockte sie.

Eine hochgewachsene Gestalt stand genau außerhalb des Lichtbogens.

Ernestine spähte in das Gedränge.

Da waren natürlich viele Gestalten, Touristen, Studenten, Leute, die von der Arbeit nach Hause gingen, Leute mit ihren Kindern im Schlepptau oder auf den Schultern, wo der Nachwuchs Waffeln mit Schlagsahne verzehrte. Alles spazierte, aß, lachte.

Nur die hochgewachsene Gestalt rührte sich nicht.

Ernestine trat näher. Vielleicht überstürzt, denn der Glühwein hatte inzwischen alle Nervenenden erreicht, und ihre Bewegungen wurden weder von lahmen Armen noch müden Beinen behindert. Es war so angenehm, als ließe man sich auf den Wellen treiben.

Sie sah sich noch einmal im Gewimmel um, da stand niemand.

Ein Schauer überlief Ernestine: das Bild Marshalls in seinem langen dunklen Mantel. Aber das war natürlich absurd. Dieses Mal hatte sie niemand verfolgt, dessen war sie sicher.

Zum Schutz gegen die Taschendiebe drückte sie ihre Tasche noch enger an den Körper und machte sich auf den Heimweg. Sie beschloss, sich noch einmal um den Platz zu drängen und dann durch die Nebenstraßen den Mont des Arts hinaufzulaufen. Sie hatte zu viel Glühwein getrunken und brauchte frische Luft.

Gedankenverloren wanderte sie am Zentralbahnhof vorbei.

Die Vorstellung, am nächsten Morgen nicht zur Villa Tosca zu fahren, war wirklich schmerzhaft. Ihr schoss der Gedanke durch den Kopf, Balthasar habe vielleicht nicht gemeint, was er gesagt hatte, er habe sie gar nicht entlassen, sondern nur Gwendolyn mit seiner Autorität beeindrucken wollen. Aber sie konnte sich schlecht vorstellen, ihn anzurufen, ihm zu sagen, sie verstehe seinen Ärger – und ach, nur so nebenbei, könnte ich meinen Job wiederhaben?

Ernestine steuerte die elegante Treppe an, die am Konzerthaus hinauf zur Rue Royale führte. Wäre sie nicht so tief in Gedanken gewesen, hätte sie vielleicht die glänzende Limousine bemerkt, die langsam davonfuhr, als sie die Rue Ravenstein überquerte, und dann in einiger Entfernung hielt, als wolle jemand sichergehen, dass sie wirklich die Treppe nehmen würde.

Aber sie hatte sie nicht bemerkt, sie dachte an Madame Goossens und ihr Haus, das einen Retter wie Ernestine bitter nötig hatte, auch wenn sie unter ihrem Wert bezahlt werden würde.

Eine rasch zunehmende durchdringende Feuchtigkeit legte sich über die schon im Dunkeln liegenden Stufen. Abgesehen von einem Pärchen, das sich an seinen heißen Küssen wärmte, war Ernestine völlig allein.

Bald wäre die Wintersonnenwende. Ernestine blickte zu den fernen kalten Sternen auf. Patrick hatte ihr alles über die längste Nacht des Jahres erzählt, in der man, wie er sagte, die Dunkelheit ebenso sehr ehren müsse wie das Wunder des Lichts. Sie hatte sich von der Ehrfurcht ihres Vaters vor diesem besonderen Tag anstecken lassen.

Ernestine erreichte das obere Ende der Treppe. Gleich in der Nähe war eine Straßenbahnhaltestelle, und sie sah auf dem Fahrplan nach. Außer ihr wartete niemand, doch die Bahn würde bald kommen. Auf der gegenüberliegenden Straßenseite schlummerte dunkel der Parc de Bruxelles.

Als der Wagen auftauchte, dachte sich Ernestine nichts dabei.

Sie war in die Betrachtung der Linden-Spaliere versunken, die sich rings um den Park zogen. Die kahlen, schwarzen Äste spreizten sich zu horizontalen Linien, in Ernestines Augen ein rücksichtsloser Eingriff in die Natur. Doch hinter den Linden konnten sich die Kronen der Kastanien und Platanen frei über den Wegen, Brunnen und den vielen Statuen entfalten.

Erst als der Wagen hielt, wurde Ernestine aufmerksam.

Die Scheinwerfer blieben eingeschaltet, was ihr seltsam vorkam, es war, als suchten sie den breiten Boulevard ab. Der Wagen war weit genug entfernt, um harmlos zu wirken, doch so nah, dass Ernestine sehen konnte, wie schnittig er war und wie stark er im Licht der Straßenlaterne glänzte.

Sie zog sich in das Wartehäuschen zurück.

Das ist nicht möglich, dachte sie. *Er wird mich doch nicht einfach so verfolgen.*

Sie zog die Kapuze über den Kopf, als könnte ihr der Mantel so etwas wie Unsichtbarkeit verleihen. Einem zufälligen Beobachter jedoch, der die gnomenhafte Frau in einem zu großen Männermantel über die Rue Royale in den dunklen Park hätte eilen sehen, wäre wohl kaum das Wort »unsichtbar« durch den Kopf geschossen.

Genauso wenig wie dem Fahrer der glänzenden Limousine.

Die menschenleeren Wege wurden nur von schwachen Lampen erhellt.

Im Sommer war der Parc de Bruxelles eine willkommene Oase in der staubigen, hektischen Stadt vor seinen Toren. Ein Netz von Wegen führte zu Brunnen und schattigen kühlen Lichtungen, auf denen man einer steinernen Artemis oder einem versonnen auf seinem Sockel sitzenden Philosophen begegnen konnte.

Im Winter zog sich der Park in sich selbst zurück. Die langen, geraden Alleen endeten im Dunst, von den dunklen Bäumen tropfte es, und die Statuen schienen in ihrer eigenen Zeit gefangen und weder Stein noch Fleisch.

Ernestine begann zu rennen. Unter ihren Füßen knirschte es laut durch den Dunst. Ihre feinen Sinne waren aufs Höchste angespannt; sie brauchte sich nicht umzusehen, um zu wissen, dass ihr jemand folgte. Sie bog nach rechts ab und bereute diese Entscheidung sofort. Denn dieser Weg führte zu einer Senke, wo sich nachts Drogendealer zu versammeln pflegten, die jede vorbeikommende Frau (nicht nur die jungen, hübschen) als Freiwild betrachteten.

Dann blieb sie aus einem Impuls heraus stehen und wandte sich um.

Sie blickte die Allee hinunter, über die sie gekommen war. Die Lampen warfen weiches, geisterhaftes Licht auf den Weg. Nur scharfe Kanten konnten sich in der nassen, schweren Luft abzeichnen: Bänke, Lampen, Steinvasen.

Und gewisse menschliche Gestalten.

Diese zum Beispiel: Ihr langer Mantel zog eine lange, klare Linie.

Unter einer Lampe blieb sie stehen, Ernestine erkannte eine silberne Strähne im Haar. Sie sahen sich über einen großen Abstand hinweg an. Auf diesem stillen, einsamen Weg hätten sie die beiden letzten Erdenbewohner sein können, die es ohne jede Wärme und Nahrung hierher verschlagen hatte und die sich ihrer Verbundenheit nur zu bewusst waren.

Irgendetwas hinderte Ernestine daran, sich vom Fleck zu rühren.

Scheue das Wagnis nicht …

Dieser Abend war eigentlich zu ungemütlich, als dass Patrick hätte unterwegs sein können. Aber offenbar kümmerte ihn das Wetter nicht sehr. Ernestine straffte die Schultern und wartete darauf, dass Marshall näher kam. Was er auch tat, aber in aller Ruhe. Er schlenderte über die Allee, als ginge er an einem Sommernachmittag auf einen Eisstand zu.

Ernestine fröstelte. Nicht aus Angst – die hatte Patrick verscheucht (oder auch der Glühwein) –, sondern angesichts der Stromlinienförmigkeit Marshalls. Er bewegte sich so geschmeidig wie ein Politiker, der sich keine Ecken und Kanten erlauben kann, wenn er sich in die immer engeren privilegierten Kreise hineindrängt.

»Was machen Sie hier?« Es kam barscher heraus, als Ernestine gewollt hatte.

Marshall blieb einige Meter entfernt stehen. Er schien nicht das Bedürfnis zu haben, ihr seine Präsenz aufzudrängen, er verhielt sich wie ein Raubtier, das die Beute sicher in die Enge getrieben hat und sich daher mit dem Auffressen Zeit lassen kann.

»Ich war gerade zu einem Empfang unterwegs, da sah ich Sie in den Park gehen«, sagte er freundlich.

Ernestine quittierte diese offensichtliche Lüge mit Schweigen.

Er machte einen Schritt auf sie zu. »Ich nehme an, Sie wollen Harrys Anteil an der Villa immer noch nicht verkaufen.«

»Das stimmt.«

Marshall lächelte herablassend. »Mir scheint, Sie haben wenig Alternativen. Oder herrscht so große Nachfrage nach arbeitslosen Putzfrauen?«

Ernestine wich erstaunt zurück. Wie hatte er so schnell von ihrer Entlassung erfahren? Als Informationsquellen aus der Villa Tosca kamen nur Sheila und Gwendolyn infrage. Bei Letzterer war es wahrscheinlicher, dass sie mit Marshall gesprochen hatte. Ob sie Bettgenossen waren?

»Wie wollen Sie sich aus Ihrer Lage retten?« Marshall fragte so beiläufig, als sei es reine Plauderei ohne echtes Interesse an ihren Plänen.

»Die fünfzigtausend Euro, die Sie mir angeboten haben, entsprechen nur einem Bruchteil des Werts. Das wissen Sie.«

»Immerhin hätten Sie sich damit vor dem sozialen Absturz

bewahren können. Für jemanden wie Sie ist das ein hübsches Sümmchen.«

Ernestine starrte ihn wütend an, ihre grauen Augen blitzten. »Was wissen Leute wie Sie vom Absturz?« Später dachte sie, wie einfach es doch gewesen war, in Marshalls Augen zu starren. Bei Balthasar fiel es ihr schwer. Wie oft hatte sie auf ihre Füße geblickt, wenn sie vor ihm gestanden hatte. Denn seine Augen waren wie tiefe Brunnen voller unbekannter Gefahren, man durfte sich nicht zu weit über den Rand beugen. Bei Marshall hingegen war es, als starrte man auf eine Mauer, allerdings eine Festungsmauer, die man ohne geeignete Waffen nicht bezwingen konnte.

Deshalb kostete es Ernestine durchaus Mut zu sagen: »Monsieur Ross, entweder Sie geben mir hundertfünfzigtausend, oder …«

Er hob die Brauen. »Oder was?«

Man hörte eine Straßenbahn vorbeirumpeln. *Meine Straßenbahn,* dachte Ernestine in einer dieser geistigen Ausweichbewegungen, die großer Stress auslösen kann. *Jetzt muss ich eine halbe Stunde auf die nächste warten.*

»Oder was?«, wiederholte Marshall.

Sie richtete sich so hoch auf, wie es ihr möglich war. Ihre Wangen brannten. Plötzlicher Wagemut beflügelte sie, als wären ihr die Glühweinreste in ihren Adern zu Hilfe geeilt.

Sie holte tief Luft. »Oder ich entlarve Sie, so wahr ich hier stehe. Ich weiß noch nicht, wann und wie, aber ich werde es tun. Sie wissen, dass ich in De Haan war und alles gesehen habe. Sonst hätten Sie Nelly nicht bedroht.«

Ernestine drückte ihre Tasche an die Brust, damit ihre Arme nicht zu heftig zitterten.

»Ich bin mir nicht sicher, dass Sie dazu in der Lage sind, Ernie.«

»Warum nicht?«

Marshall bückte sich und wischte etwas Sand von seinem teuren Schuh. »Weil ich herkam, um Ihnen zu sagen, dass ich die Villa bereits verkauft habe.«

Ernestine sank in sich zusammen wie ein angestochener Luftballon. »Das ist doch nicht möglich«, murmelte sie. »Wann haben Sie das getan?«

»Das spielt eigentlich keine Rolle, oder? Entscheidend ist, dass wir beide nichts mehr miteinander zu tun haben. Ich fürchte, daran können Sie nichts mehr ändern.«

»Aber Sie können Harrys Anteil nicht ohne meine Erlaubnis verkaufen! Er hat ihn mir übertragen! Ich bin der rechtmäßige Eigentümer!«

»*Ich* kann es vielleicht nicht. Aber ein guter Notar kann es.«

Hugues Boondael. Ernestine spürte, wie die Wogen über ihr zusammenschlugen. »Sie … Sie …«, stammelte sie. »Das ist schlicht und einfach Diebstahl.«

Sie fühlte sich so ohnmächtig. Der Notar hatte jedes rechtliche Hindernis in Marshalls Weg umgangen – zweifelsohne für einen hübschen Anteil. Sie würde nie erfahren, wie viel sie für die Villa bekommen hatten. Wenn Marshall überhaupt die Wahrheit sagte. Alle Hoffnung auf irgendeinen Verkaufserlös war nun zunichte. *Ich Idiotin. Warum habe ich nicht gleich die fünfzigtausend Euro angenommen?*

Wenn sie die Sache selbst in die Hand nehmen und Boondael herausfordern wollte, mit welchen Waffen denn? Mit den Blitzen aus ihren Augen? Mit ihrer gerechten Empörung? *Nein, Papa,* dachte sie und blickte in den nächtlichen Park. *Du täuschst dich, ich bin keine Athene. Ich kann keine Blitze aus meinen Augen schleudern, ich kann nicht nach meinem Speer greifen und Boondael und Marshall das Fürchten lehren.*

Immerhin hatte sie die Beweisfotos. Sie waren sehr grobkörnig, aber vielleicht konnte ein geschickter Anwalt mit ihnen Klage gegen Marshall erheben. Doch jetzt, wo sie ihm nachts in einem einsamen Park gegenüberstand, waren belastende Fotos vielleicht kein passendes Gesprächsthema.

»Dann nehmen Sie sich doch einen Rechtsanwalt und gehen

Sie gegen mich vor.« Marshalls Ton war fast neckisch. Er warf sogar einen Blick auf seine Uhr und sah sich über Ernestines Schulter hinweg nach dem nächsten Ausgang aus dem Park um.

Ernestine fing sich ein wenig. »Ich habe nichts zu verlieren. Ich werde die illegale Spielbank auf jeden Fall anzeigen. Dann geschieht Monsieur Bishop vielleicht ein wenig Gerechtigkeit. Er wollte nichts mehr mit Ihren schmutzigen Geschäften zu tun haben. Denken Sie doch an all die VIPs, die ich in Ihre Villa gehen sah, Monsieur Ross – oder vielmehr in *meine* Villa! Botschafter Bowman, Arnaud de Wasseige und so weiter.« Ernestine zitterte am ganzen Leib. »Die würden sich nicht freuen, wenn ich mit dem Finger auf sie zeigen würde!« Der Wind blähte die Segel ihres Schiffleins und hob es über den Wellenkamm. Jetzt gab es kein Halten mehr, auch nicht, als es in das nächste Wellental eintauchte.

Marshalls Augen verengten sich. »Seien Sie vorsichtig, Ernestine Vandermeer. Das ist jetzt nicht mehr Ihre Kragenweite.«

»Das ist mir verdammt egal!«, schrie Ernestine, obwohl ihr das Herz wild gegen die Rippen klopfte. »Ich stehe kurz vor dem Absturz, wie Sie so treffend sagten. Ich werde Sie alle bloßstellen.«

Langsam und kreisend rieb Marshall sich die behandschuhten Hände. »Eins haben Sie nicht beachtet: Ich weiß, wo Nelly Legrand ist.« Er hatte seine Stimme zu einem Flüstern gesenkt – einem, das man auch noch in der letzten Reihe eines Theaters gehört hätte.

Ernestine starrte ihn an. Sicher bluffte er. »Das können Sie gar nicht wissen!«

»Soweit es Sie angeht, weiß ich es. Sie können nämlich das Risiko nicht eingehen, dass ich es weiß – oder? Also gibt es nichts, was Sie gegen mich unternehmen könnten.«

Dann drehte Marshall sich um und machte sich langsam auf den Rückweg. Er sah sich noch einmal nach ihr um und rief: »Es bringt nichts, wenn Sie etwas publik zu machen versuchen. Das

Haus ist verkauft. Und wem würde man glauben, einer arbeitslosen Putzfrau oder dem stellvertretenden Generaldirektor einer großen Aktiengesellschaft? Viel Glück, Ernie. Mir scheint, Sie werden es brauchen.«

Ernestine sah zu, wie er im Dunst verschwand. Um die Lampen bildeten sich Lichthöfe. Der Park, reglos wie ein Gemälde, schien auf etwas zu warten. Auf die Wintersonnenwende vielleicht. Oder auf das schwache Pulsieren eines fernen Sterns – als Hoffnungsbotschaft für die Frau, die zitternd unter den Bäumen stand.

27

Die Schleuse zum Mahlstrom

Nach dem Anruf bei Sheila hatte Ernestine ihr Handy ausgeschaltet, und als sie zu Hause ankam, waren sieben verpasste Anrufversuche Nellys auf der Liste.

Sie rief zurück und knallte dabei einen Joghurtbecher auf den Küchentisch. »Nelly, ist bei dir alles in Ordnung?« Erschöpft ließ sie sich auf einen Küchenstuhl fallen.

»*Nom de dieu!* Wo warst du?« Nelly klang so, als hätte sie wochenlang Ziegen in der Sahara gehütet und stieße jetzt auf ihre erste Oase.

»Ja, ich weiß, tut mir leid. Wie läuft es mit Cécile?« Noch bevor Ernestine die Frage ganz ausgesprochen hatte, hörte sie Nellys genervtes Ausatmen.

»Ich stinke Tag und Nacht nach Ziegen. Ich gehe um halb neun schlafen. Und ich kenne Onkel Bertrands ganze Familiengeschichte. Möchtest du etwas daraus hören?«

Ernestine lachte. »Nein danke. Vielleicht ein andermal.«

»Ach, und dann habe ich noch etwas herausgefunden.«

»Was?«

»Erinnerst du dich noch an den Notar, der die Übertragung der *chocolaterie* von Onkel Bertrand auf mich geregelt hat?«

Ernestines plötzlich kalte Hand tastete über den Küchentisch. »Du meinst Hugues Boondael?«

»Ja, genau. Anscheinend hat er bei der Transaktion einiges eingesackt. Kein Wunder, dass fast kein Geld für die Weiterführung des Geschäfts übrig geblieben ist!«

Ernestine schwieg. Womit sollte sie beginnen, wenn sie Nelly alles erzählte? Damit, dass Boondael auch sie betrogen hatte, indem er Marshall dabei geholfen hatte, Harrys Geschenk an ihr vorbei zu verkaufen?

Eine Taube lief scharrend über die Dachluke und spähte herein. Ernestine blickte auf. Sie hatte vergessen, die Krümel zu verteilen, die normalerweise von ihrem Abendessen übrig blieben. Der gebieterische Blick des Vogels verlieh ihm einen Augenblick lang eine erstaunliche Ähnlichkeit mit der Baronin de Wasseige.

»Nelly, hast du etwas von Marshall gehört?«

»Ja«, antwortete Nelly zögernd. »Er hat mich mehrmals angerufen.«

»Weshalb?«

»Er will natürlich wissen, wo ich bin.«

Voller Panik fragte Ernestine: »Hast du es ihm gesagt?«

»Nein.« Es klang nicht ganz überzeugend.

»Bist du sicher?«

»Natürlich bin ich sicher. Glaubst du mir etwa nicht?«

Ernestine stand auf und suchte im Brotkasten nach ein paar Krumen. »Hoffentlich kann ich das.« Das Handy noch am Ohr, stieg sie auf einen Stuhl und öffnete das Dachfensterchen. Marshall hat ganz sicher geblufft, dachte sie, als sie sich über die Dachziegel lehnte und der Taube die Krumen zuwarf. Diese begann leicht beleidigt mit ihrem Abendessen.

»Nesty, bist du noch dran?« Nellys Stimme klang klagend.

»Ja.« Ernestine spürte bereits, dass Nelly Marshall doch von ihrem Aufenthaltsort erzählt hatte. *Merde!* Nelly hatte noch nie ein Geheimnis für sich behalten können.

»Ich muss dir was sagen, Nesty …«

»Ist gut, ich weiß es schon, Nelly. Wie viel hast du ihm gesagt?«

»Nun ja …«

Ernestine stellte sich den ratlosen Blick in den Augen ihrer Freundin vor.

»Er kennt den Namen des Dorfes. Und er weiß, dass ich bei meiner Cousine auf einem Ziegenhof wohne.« Nellys Stimme wurde heiterer. »Aber ich hab ihm natürlich nicht die Adresse gegeben. Für wie dumm hältst du mich?«

Jetzt war es Ernestine, die tief ausatmete. »Nelly, was meinst du, wie viele Ziegenhöfe es in einem 187-Seelen-Dorf gibt?«

Nelly dachte nach. »188 Seelen mit mir.«

»Jetzt hör mal zu«, fuhr Ernestine sie an. »Morgen Nachmittag nimmst du den Zug zurück nach Brüssel. So habe ich genug Zeit, mir auszudenken, wohin du jetzt gehen kannst. Und, Nelly?«

»Ja?«

»Nimm keinen Anruf mehr von Marshall an! Verstanden? Morgen sag ich dir, wo du wohnen wirst.«

»Oh, Nesty! Meinst du, es wird alles wieder gut?«

Ernestine seufzte. Sie stützte die Ellbogen auf die Dachpfannen und sah zu, wie die Taube die Brotkrumen hin und her stieß. Fast hätte sie ihrer Freundin gesagt, sie sei keineswegs sicher, dass alles gut werden würde, schon gar nicht, nachdem Marshall sie mit seiner Gewissenlosigkeit konfrontiert und ihr den baldigen Ruin angekündigt hatte. Fast hätte sie ihr gesagt: Ich wurde von meinem Arbeitgeber hinausgeworfen, von einem Mann gedemütigt, in den ich verliebt bin, von einem Opernstar zur Schnecke gemacht, und meine Zukunft könnte leicht darin bestehen, Fett von Madame Goossens' Küchenwänden zu kratzen. Findest du das gut?

Doch sie sagte nichts dergleichen. Stattdessen betrachtete sie die letzten indigoblauen Flecken am Himmel, die im Horizont versickerten. Für einen Augenblick hielt das Universum den Atem an, und die indigoblauen Teiche verharrten. Dann setzte sich die Erde wieder in Bewegung und schob das letzte Licht fort. Diese Verneigung vor dem Einbrechen der Nacht und das Privileg, sie sehen zu dürfen, gaben ihr die Kraft zu sagen:

»Ja, *chérie.* Alles wird gut. Ich rufe dich morgen an. Schlaf schön.«

Noch vor Morgengrauen weckte sie der Wind, der an den Dachluken rüttelte. Begleitet wurde dieser Wind von einem heftigen Temperatursturz. In der Dachkammer war es eiskalt, als sich Ernestine kurz nach sechs aus dem Bett quälte. Dr. Dieudonné hatte etwaige Funktionsstörungen der Heizung angekündigt. »Was erwarten Sie?«, hatte er einmal gefragt, als sie nach einem langen Arbeitstag all die Stufen zu ihm hinuntergestiegen war und ihn gebeten hatte, die Heizkörper reparieren zu lassen. »Sie zahlen keine Miete, Sie putzen nur meine Praxis und das Treppenhaus.«

Trotzdem hatte er ihr einen kleinen elektrischen Heizlüfter geliehen, und davon war ihr warm ums Herz geworden. Sie wusste schließlich, dass die Heizkörper in ihrer Mansarde aus dem Zweiten Weltkrieg stammten und nicht mehr zu reparieren waren. Dr. Dieudonnés Ratschläge oder kleine Handreichungen waren übrigens immer herzerwärmend. Er war einer dieser seltenen Heilkundigen, deren Gabe sich auch auf die Alltagskommunikation auswirkte. Ob er ihr nun einen Heizlüfter lieh oder ihre Post annahm – es half.

Ernestine fiel nichts Besseres ein, als ihre übliche Kluft und dicke Strümpfe anzuziehen und wie gewöhnlich zur Straßenbahnhaltestelle zu gehen. Sie hatte all ihren Mut zusammengenommen und beschlossen, noch einmal zur Villa Tosca zu gehen, um die beiden Schallplatten und den schönen Homer-Band zurückzugeben und ihren Bissell abzuholen. Wenn diese Demütigung überstanden wäre, würde sie hoffentlich nichts mehr mit der Villa Tosca – und ihrem Eigentümer – zu tun haben.

An dem Bäckereistand an der Place Stéphanie kaufte sie sich zwei *pains au chocolat* und einen doppelten Espresso zum Mitnehmen. Ein Windstoß trieb sie vor sich her zur Haltestelle. Ihre von allen Spezialmitteln befreite große Tasche flatterte praktisch im Wind. Die Platten und der Homer-Band nahmen zwar ein wenig Platz ein, wogen aber leicht.

Während sie von ihren *pains au chocolat* abbiss und am Espresso nippte, kreisten ihre Gedanken. Vor allem um die Begegnung mit Marshall.

Dumme Gans, beschimpfte sie sich innerlich. *Wie willst du ihn denn entlarven? Willst du auf eine Polizeiwache gehen? Einen Fernsehreporter anrufen? Nette Idee, einen Wirtschaftskapitän zur Strecke zu bringen. Aber wie?*

Außer ihr wartete niemand, und Ernestine musste dem Straßenbahnschaffner ein Zeichen geben, damit er sie nicht übersah und weiterfuhr.

Marshall hatte natürlich recht. Einer arbeitslosen Dienstbotin, auch wenn ihr Unrecht geschehen war, würde niemand Glauben schenken. Vielleicht, wenn sie jung und hübsch gewesen und ungerecht behandelt worden wäre. Aber nur ungerecht behandelt? Keine Chance.

Deine Augen sind voller Licht, meine kleine Athene!

Daran wenigstens konnte auch das Alter nichts ändern!

Erstaunlich, dass Sheila überhaupt den Toröffner betätigte, als sich Ernestine an der Sprechanlage meldete.

Das Schloss klickte und die Flügel schwangen auf. Ernestine blieb einen Augenblick lang stehen. Mit einer Art Sehnsucht dachte sie an das erste Mal, als sie hier gestanden hatte, neben sich Walter mit Harrys Cello. Sie dachte an Walters blasses Lächeln, an seine kühle Wange, die die ihre beim Abschied berührt hatte, und daran, wie er diesen Abschied hinausgezögert hatte. Dann wurde ihr klar, dass nicht Walter diese nostalgische Sehnsucht ausgelöst hatte, sondern ihre Lebenssituation damals. Zwar war gerade ihr Arbeitgeber verstorben und sie selbst sozusagen obdachlos gewesen, also in keiner beneidenswerten Lage. Doch es hatte noch keine Villa Tosca in ihrem Leben gegeben, keinen Arkadi, keine Sophia, keine Gwendolyn – und vor allem keinen niedergeschlagenen, leidenden Weisen in seinem lichtschimmernden weißen Dachstudio. Wie geradezu kinderleicht ihr Leben damals gewesen war!

Sheila ließ sie vor der Haustür warten. Ernestine nahm es als Teil der – freilich unverdienten! – Strafe geduldig hin, schließlich gab es allerlei zu beobachten.

Arkadi, schwarz vor all den Erdtönen, harkte einen Weg am Gemüsegarten mit so präzisen, komplexen Tanzschritten, als wäre der Rechen ein Ballettpartner. Auch rings um ihn schien alles in Bewegung. Am ekstatischen, leuchtend blauen Himmel jagten Wolkenfetzen dahin. In den hohen Buchen brauste und toste es.

»Ach, Sie wollen sich also entschuldigen. Bisschen spät, würde ich sagen.«

Bei all diesem Tosen hatte Ernestine das Öffnen der Tür überhört. Sie drehte sich um und stand vor einer ausnehmend mürrischen Sheila.

»Ich wollte die Platten zurückgeben.« Ernestine zog sie aus ihrer Tasche. »Und dieses Buch.« Sie holte auch das Buch aus der Tasche. »Ich habe leider schon wieder meinen Bissell vergessen, unten in der Damentoilette.«

»Ja, ich weiß. Ich hab ihn in die Küche geholt.«

Ernestine wollte eintreten, doch Sheila hielt sie brüsk auf. »O nein, tut mir leid. Ich habe strikte Anweisung, Sie nicht ins Haus zu lassen.«

Ernestine lächelte ungläubig. »Von wem? Vom Professor? Oder von …«

»Madame Carr? Nein. Die ist kurz nach Ihnen gegangen.«

»Also von Professor Balthasar.« Ernestine fühlte sich entsetzlich verstoßen.

»Stimmt.«

»Darf ich wenigstens kurz mit ihm sprechen?«

»Es geht ihm heute gar nicht gut. Ich habe ihm das Essen hinauftragen müssen.«

»Wieder sein altes Leiden?«

Sheila stemmte die Hände in die Hüften. Anfangs schien sie die Frage nicht beantworten zu wollen, doch dann gewann ihre Freude an den Angelegenheiten anderer wieder die Oberhand. »Er ist in schlimmer Verfassung«, sagte sie leise. »Ich glaube nicht, dass ihm zu helfen ist. Es ist diese Frau, die einfach so vorbeikommt und gleich wieder verschwindet. Er ist am Boden zerstört.«

»War er beim Arzt?«

»Er geht nie zum Arzt.«

Ernestine blickte in die wogenden Baumkronen auf, und auch in ihr tobte es: Gwendolyn hatte sich in Balthasars Arme zurückzuschmeicheln versucht. Und nachdem dies misslungen war, hatte sie sich den Namen der Tochter entlocken lassen, war aber verschwunden, bevor er ihren Aufenthaltsort erfahren konnte.

»Warten Sie hier«, befahl Sheila. »Ich hol dieses Teufelsgerät. Geben Sie mir die Platten und das Buch.«

Ernestine händigte ihr die Sachen aus, und Sheila schlug ihr die Tür vor der Nase zu.

Ernestine schlenderte über die Auffahrt und sah zu Arkadi hinüber. Er blickte auf, hob die Hand und beugte sich wieder über seinen Rechen, bevor er ihr Zurückwinken sehen konnte.

Der Wind wartete, bis Arkadi einige ordentliche Laubhäufchen zusammengeharkt hatte, und machte diese Bemühungen dann zunichte, indem er das Laub wieder auseinanderwirbelte. Doch Arkadi schien es nicht zu kümmern, wie ein unbekümmert tanzender Sisyphos mühte er sich weiter.

Die Haustür ging auf, und Sheila knallte den Bissell auf die oberste Stufe, ohne sich nach Ernestine umzusehen.

Das Geräusch durchschnitt das Brausen des Windes.

Arkadi blickte auf.

Ernestine konnte trotz der Entfernung erkennen, dass sein Blick auf sie gerichtet war. Sie nahm ihren Bissell und steuerte den Weg durch die Rhododendren an, als sie plötzlich Arkadi wild gestikulierend auf sich zurennen sah.

Sie blieb überrascht stehen. Sie war sich nicht sicher, dass sie einer weiteren Begegnung mit dieser schwarzen russischen Seele würde standhalten können.

Atemlos und hustend kam er bei ihr an. *»Pozhalujsta«*, keuchte er und zeigte auf die Villa. *»Professor. On bolen!«*

»Arkadi, bitte. Ich kann Sie nicht verstehen. Und ich muss wirklich los.«

Er strich sich mit der schmutzigen Hand über den schwarzen, struppigen Bart. In seinen dichten Locken steckte ein dünner Zweig wie ein Bleistift hinter dem Ohr eines Buchhalters.

Ernestine nickte ihm höflich zu und wandte sich zum Gehen.

»Pozhalujsta«, schrie er und griff nach ihrem Ellbogen. Eine Geste, die selbst bei diesem beständig am Abgrund der Verzweiflung tanzenden Mann verzweifelt wirkte. *»Professor!«*

Ernestine erinnerte sich daran, wie er sie zum ersten Mal mit dem Wort »Professor« aufgehalten hatte, und er hatte recht gehabt: Balthasar war wirklich durch den verschneiten Wald gelaufen. Auch mit der *dotschka* hatte er recht gehabt, weit mehr, als Ernestine je vermutet hätte.

Sophia …

Arkadi zog sie zur Villa zurück.

»Nein«, sagte sie brüsk. »Dahin kann ich nicht zurück, ich arbeite nicht mehr hier.«

Er entblößte seine Saloon-Piano-Zähne. Anscheinend war er wieder zu Atem gekommen, denn mit wenigen leichten Sprüngen überquerte er die Auffahrt, um an der Hausecke, wo er von der Haustür aus nicht zu sehen war, stehenzubleiben. Wieder grinste er und winkte sie zu sich.

»Arkadi«, murmelte Ernestine. Doch er hatte ihren Widerstand schon überwunden. Was sollte ihr noch geschehen? Ein zweites Mal konnte man sie schlecht entlassen.

Sie griff nach ihrem Bissell und folgte Arkadi zu einer Kellertreppe an der Seitenmauer der Villa. Sie stutzte: Bei all ihrem emsigen Putzen war ihr diese Tür nie aufgefallen.

»Professor«, flüsterte Arkadi und zeigte hinunter zur Tür.

»Arkadi, ich darf nicht ins Haus zurück«, flüsterte sie. »Verstehen Sie mich?«

»Da, da!« In zwei Sätzen war er die Treppe hinunter, er bewegte die Klinke, die Tür war nicht abgeschlossen.

Neugierig folgte ihm Ernestine. »Wollen Sie damit sagen, ich könnte den Professor durch diese Tür erreichen?«

»Da!« Arkadi nickte heftig. Sein Grinsen erhellte noch die schwärzesten Winkel seines Gesichts.

Auf Zehenspitzen ging Ernestine über die Schwelle. Düsternis und Schimmel schlugen über ihr zusammen. Sie sah sich betreten um. *Wieso habe ich hier unten nie geputzt?* Dann wandte sie sich um, weil sie Arkadi nach dem weiteren Weg fragen wollte, doch der war schon verschwunden.

Sie ging in den Kellerraum und gab ihren Augen Zeit, sich an das Dämmerlicht zu gewöhnen. Es war eher ein Souterrain als ein Keller, eine Art Lichtdunst sickerte durch die schmutzigen Fenster, ein trübes Gegenstück zu dem Licht oben im Haus.

Sie entdeckte eine weitere geschlossene Tür.

Sie zögerte. Arkadi wollte, dass sie zu Balthasar ging; er schien auch zu wissen, welche Gefahren damit verbunden waren. Erst jetzt ging Ernestine auf, dass auch Arkadi seine Stelle verlieren konnte, falls sie eben beobachtet worden waren.

Sie öffnete die Tür zum Haus und stand vor einer langen, steilen Treppe nach oben.

Die Hand auf der Klinke, zögerte sie. *Was will ich eigentlich da drinnen? Balthasar in seiner Not zur Seite stehen?* Wahrscheinlich konnte ihm im Augenblick niemand helfen. *Ihn um Verzeihung bitten?* Sicher nicht!

Ihre Hand glitt von der Klinke. Sie schwankte. Immerhin hatte er sich entschuldigt. Nur wenige Meter von der rasenden Blondine im Pelz entfernt hatte er zu Ernestine gesagt: *Es tut mir so leid … ich hatte wirklich keine andere Wahl …*

Sie atmete scharf aus. Jeder hat die Wahl! Oder etwa nicht?

Doch dann schüttelte sie ihre Überlegungen ab. Dass sie die Schwelle zur Villa überschritten hatte, gab ihr zusätzlichen Mut. Ihre Mission lag klar vor ihr: Balthasar finden, selbst wenn sie an seine Schlafzimmertür klopfen müsste. Sie würde ihn wegen der Entlassung zur Rede stellen. Und wenn er sie dieses Mal nicht hinauswarf (sofern er sie überhaupt einlassen würde, natürlich), würde sie seinen Schmerz zu lindern versuchen und ihm zumindest von ihrer Begegnung mit Sophia erzählen.

Ernestine tastete sich die Treppe hinauf, Licht anzuknipsen wagte sie nicht, sonst sah womöglich jemand einen Lichtstreifen unter einer Tür. Hinter dem Ausgang zum Erdgeschoss lag die Küche, sie hörte Sheila etwas hacken.

Als sie die nächsten Stufen in Angriff nahm, stieß der Bissell gegen das Holz. Sie erstarrte, doch das Geräusch war in Sheilas emsigem Hacken untergegangen.

Sie schlich weiter zum ersten Stock, hier sah sie, als sie vorsichtig die Tür öffnete, den Fenstersitz auf dem Treppenabsatz. Kurz danach stand sie vor dem breiten Flur im zweiten Stock, von dem viele Schlafzimmer abgingen. Welches davon Balthasars war, wusste sie jedoch nicht. Eine der Türen, zu einem rückwärtigen Raum, war zweiflüglig.

Sie blieb noch an der Tür der Dienstbotentreppe stehen, umklammerte ihren Bissell und lauschte ins Haus. Sie hatte es selten so still erlebt. Ihre eigene Arbeit brachte natürlich Geräusche mit sich, und oft war ein Cello zu hören, entweder das Balthasars, das die oberen Räume mit seinem Zauber erfüllte, oder das eines Schülers, der vergeblich die Schwäne zu erreichen versuchte.

Doch jetzt schlief die Villa. Nicht einmal der Wind, der draußen alles unter sich zwang, hatte Zutritt.

Sie roch die Gefahr, bevor sie sie hörte. Kaffee – duftend nach gerösteter, fast schon verbrannter Haselnuss, wie Balthasar ihn liebte.

Von der Treppe hörte man schwere, langsame Schritte und das Klingeln von Porzellan auf einem Tablett.

Ernestine zog sich hinter die Tür zurück und spähte durch einen Spalt. Der Kaffeeduft wurde stärker, und ihr lief das Wasser im Mund zusammen, denn der doppelte Espresso vom Morgen hatte längst seine Wirkung verloren.

Sheila stapfte die letzten Stufen hinauf und blieb oben kurz stehen, um wieder zu Atem zu kommen. Dann trug sie den Kaffee zu der zweiflügligen Tür. Sie klopfte zweimal kurz an.

Keine Antwort.

Sheila wartete einige Sekunden, dann stellte sie das Tablett vor der Tür ab und ging mit resigniertem Kopfschütteln zurück.

Sobald Sheilas Schritte verklungen waren, schlüpfte Ernestine hinter der Tür hervor. Der dicke, in allen Edelsteinfarben leuchtende Orientteppich dämpfte jedes Geräusch, als sie zu der Doppeltür lief. Sie neigte den Kopf dicht an die Tür und hob die Hand zum Klopfen. Aromatischer Dampf stieg aus der silbernen Kaffeekanne zu ihren Füßen. Dachte sie wirklich, er würde ihr die Tür öffnen? Sie gar in sein Schlafzimmer lassen?

Ihr Herz bäumte sich gegen solche Gedanken auf, und sie klopfte. Zufällig auch zweimal.

Eine Stentorstimme rief: »Sheila, haben Sie Erbarmen, stellen Sie das Tablett auf den Boden und gehen Sie!«

Ernestine gab der imaginären Sheila Zeit zum Weggehen, dann klopfte sie wieder: viermal, um sich von der Köchin zu unterscheiden.

Hinter der Tür brach eine Art Tumult los, wütendes Scharren, irgendetwas schlug gegen eine harte Oberfläche, jemand fluchte laut. Bevor Ernestine noch den Mantel glattziehen konnte, flog die Tür auf.

Balthasar erstarrte im Türrahmen.

Auch Ernestine wurde starr. So hohläugig und verschattet hatte sie selbst dieses blasse Gesicht noch nie gesehen. Dieser Mann schien alle Verbindungen zu irdischen Dingen aufgegeben zu haben, die feingemeißelten Züge waren nun scharf wie die eines Adlers, ein weinroter Morgenmantel hing erschreckend lose von den spitz gewordenen Schultern.

»Hallo, Monsieur«, sagte Ernestine zaghaft und versuchte ihr Erschrecken zu verbergen. »Hoffentlich störe ich nicht allzu sehr.« Sie stellte den Bissell ab, hob das Tablett auf und präsentierte es ihm. »Das hat Sheila für Sie zurechtgemacht.«

Er schwieg. In dem langen Morgenmantel wirkte er viel größer und dünner, als er war. Ernestine dachte daran, wie heftig er sie umarmt hatte, wie stark sich seine Arme angefühlt hatten. Er schien nicht mehr er selbst zu sein.

Balthasars Hand lag auf der Türklinke, als könne er die Tür jeden Moment zuknallen. Heftige Bewegungen hinter ihm zogen Ernestines Blick auf sich. Durch ein riesiges Fenster sah man auf den Garten und den Wald, dessen Baumkronen den Himmel peitschten. Das Geräusch füllte Balthasars Schlafzimmer mit einem beständigen Rauschen.

»Wollten Sie mein Schlafzimmer putzen?«, fragte er schließlich mit einem Seitenblick auf den Bissell. »Ich dachte, Sie arbeiten hier nicht mehr.«

»Ja, das stimmt. Ich bin nur gekommen, um die Platten und das Buch zurückzugeben und mein Kehrgerät zu holen.«

»Wo sind die Platten und das Buch?«

»Sheila hat sie ins Musikzimmer zurückgebracht.«

»Sheila hat Sie also ins Haus gelassen?«

Ah, jetzt würde es sicher schwierig. Ernestine blickte zu Boden. Jetzt nur noch die Wahrheit, ermahnte sie sich innerlich.

Als sie aufblickte, waren Balthasars Augen leer und ausdruckslos.

»Nun … Arkadi hat mich hereingelassen«, brachte sie mühsam hervor. Es war, als hätte sie sich einen Splitter gezogen, anfangs tat es ein bisschen weh, doch jetzt fühlte sie sich sehr erleichtert.

»Arkadi?« Balthasar hob die Brauen.

»Ja. Wissen Sie, Sheila wollte mich nicht einlassen …«

»Sie können den Kaffee auf den Tisch am Fenster stellen«, befahl Balthasar, als wäre sie eine Hotelangestellte. Plötzlich schien ihn nicht mehr zu interessieren, wie sie ins Haus und bis zu seiner Schlafzimmertür gekommen war.

Ernestine ging rasch zu dem großen Fenster und stellte das Tablett auf einem alten Mahagonitisch ab. Dabei ließ sie ihren Blick durch den Raum gleiten. Vielleicht war das ihre einzige Chance, ein Bild von Balthasar in seinem privaten Heiligtum im Herzen zu bewahren.

Ein prächtiger Orientteppich bedeckte den größten Teil der Eichendielen. Zwei sympathisch durchgesessene dunkelrote Armsessel am Fenster. Ein Mahagonischreibtisch mit Schreibfläche aus grünem Filz. An einer Wand ein einfaches schmales Bett mit einem dunkelblauen Samtüberwurf. Am beeindruckendsten aber waren die Bücher, die sich beiderseits eines grauen Marmorkamins vom Boden bis zu einer sehr hohen Stuckdecke erstreckten. Auch die Bücherregale waren aus Mahagoni und schienen auf eine innige Verbindung des Raums mit der Natur und dem Wald vor seinen Fenstern hinzudeuten.

Ernestine schob die Hände in die Manteltaschen und sah Balthasar an. Er stand mit verschränkten Armen mitten auf dem Teppich. Seine Hände wirkten geisterhaft auf dem weinroten Samt seines Morgenmantels.

»Warum geben Sie mir nach dem, was gestern geschehen ist, überhaupt noch die Ehre eines Besuchs?« Diese Worte brachten sie fast aus dem Gleichgewicht.

»Ich freue mich, dass Sie es als Ehre empfinden«, sagte sie vorsichtig.

»Meine Lage ist … nun ja, kompliziert. Ich kann von Ihnen nicht erwarten, dass Sie sie verstehen.« Balthasar löste die Arme und ging auf sie zu. Er setzte die Fingerspitzen aufeinander und dehnte die Hände, als wollte er gleich Cello spielen. »Madame Carr kann sehr schwierig sein. Es war nicht der rechte Augenblick, ihr zu widersprechen.«

»Natürlich.« *Als ob meine Lage einfach wäre,* hätte sie am liebsten gesagt. Aber so konnte man einem Kranken nicht zusetzen, zudem war ihr Ärger über die Entlassung angesichts seines Zustands längst verflogen.

Er ging an ihr vorbei ans Fenster. Das blutleere Winterlicht spiegelte und vertiefte seine Blässe. Bleierne Traurigkeit überkam Ernestine. Nie hatte sie erlebt, dass jemand so krank aussah. Nicht einmal ihr Vater. Nicht einmal am Morgen des Tages, als sie ihn am Küchenfenster gefunden hatte. Es kam ihr so vor, als hätte die Auseinandersetzung mit Gwendolyn Balthasars Beziehungen zum Leben gekappt und als triebe er unrettbar der Schleuse zu einem gewaltigen Mahlstrom entgegen.

Was würde es schon nützen, jetzt über Sophia zu sprechen? Es war nicht abzusehen, wie sie reagieren würde. Ernestine dachte an Sophias jugendlich-schwärmerische Zuneigung zu Reginald Masterson, den sie immer für ihren Vater gehalten hatte. Vielleicht würde sie die Wahrheit gar nicht glauben, vielleicht würde sie Balthasar nicht anerkennen wollen. Eine solche Zurückweisung würde ihn für immer in diese düsteren, schwefeligen Tiefen befördern.

In einer unerhörten Grenzüberschreitung trat Ernestine neben ihren Arbeitgeber und nahm sanft seine Hand. Er wurde steif vor Überraschung. Einen Augenblick lang lag ihre breite, rote Hand unsicher an seiner blassen Handfläche. Doch als sie gerade zu fürchten begann, sie sei zu kühn gewesen – sie dürfe kein zweites Mal eine Geste der Zuneigung von Balthasar erwarten –, nahm er ihre Hand in seine beiden. Sie sah ihm suchend ins Gesicht und atmete erleichtert auf, als sie etwas darin aufflackern sah.

»Ich weiß gar nicht, wie ich Sie jetzt ansprechen soll, Monsieur«, sagte sie leise. »Unser Mittagessen, unsere Begegnung im Wald … Die Dinge schienen sich danach … *verändert* zu haben.«

Er drückte ihre Hand, doch die Berührung hatte nichts Drängendes, sie war eher unkonzentriert. Sie hoffte, dass er sie wieder an sich zog, sie sehnte sich schmerzlich danach. In seinen Armen hatte sie für einen kurzen Moment die Besinnung verloren wie nie zuvor. Außer vielleicht bei der Musik von Schubert. Oder Rachmaninow. Die Wirkung war die gleiche: eine Beglückung, bei der einem Hören und Sehen verging, eine himmlische Belagerung, die sie herbeisehnte und wieder und wieder erleben wollte.

Doch Balthasar ließ ihre Hand los. Er sagte nichts.

Der Wind draußen füllte das Schweigen wie eine vorüberfahrende Lokomotive.

»Diese Sache mit dem Ruhm ist nicht echt, wissen Sie«, sagte Balthasar, als hätte es den innigen Moment nicht gegeben. »Die Leute verhalten sich in einer Weise, die sie für nach üblichem Standard akzeptabel halten. Aber natürlich ist es nicht akzeptabel.«

»Mit den ›Leuten‹ meinen Sie die Reichen und Berühmten, nehme ich an? Menschen wie Sie und Madame Carr zum Beispiel?« Ernestine nahm die Gesprächseröffnung mutig an. Dadurch, dass sie Balthasar herausforderte, konnte sie nichts mehr verlieren, höchstens ein gutes Zeugnis, das ihr bei der Suche nach künftigen Putzstellen helfen könnte.

»Ja, vermutlich meine ich die Reichen und Berühmten«, antwortete Balthasar. »Dass Sie nicht zu diesen Leuten gehören, Madame Vandermeer, ist einer der Gründe dafür, dass ich Sie jetzt in mein Zimmer gelassen habe.« Er machte eine Pause. »Und zum Mittagessen eingeladen habe.«

Ein Windstoß rüttelte wütend am Fensterrahmen.

»Und was mögen die anderen Gründe sein?«, erkundigte sich Ernestine, nachdem der Wind abgeflaut war.

Balthasars Stimme klang ein wenig herausfordernd. »Der eigentümliche Wunsch herauszufinden, wer Sie sind.« Sie sah das vertraute Kräuseln der Mundwinkel, seine Augen verengten sich. »Außerdem ist hier in diesem Zimmer schon lange nicht mehr Staub gewischt worden.«

Ernestine lächelte schief. Balthasar war ja so geschickt darin, mit seinem trockenen Witz wieder die Oberhand zu gewinnen. *Herausfinden, wer ich bin? Kommt er sich vor wie ein Naturforscher, der eine fremde Spezies untersucht?*

Sie kümmerte sich nicht weiter um seine Stichelei. Patrick hatte unerwartet das Wort ergriffen, und sie musste ihm zuhören: »Du solltest dich von den Reichen und Berühmten fernhalten, *chérie.* Sie sind anders als wir. Wir verstehen deren Leben nicht und sie nicht unseres. Am besten lassen wir sie in Frieden.«

»Sie müssten mich erst wieder einstellen, wenn Sie möchten, dass dieses Zimmer ordentlich geputzt wird«, stichelte Ernestine zurück und unterbrach Patrick damit recht unhöflich. Außerdem konnte sie mit diesem Kommentar Sheila sanft eins auswischen, denn die putzte nie ordentlich. »Was das andere angeht …«

»Herausfinden, wer Sie sind?«

»Ja, genau.«

»Hätten Sie Lust auf einen Waldspaziergang?«

Ernestine legte überrascht den Kopf schief. »Bei allem Respekt, Monsieur, aber Sie sehen nicht so aus, als sollten Sie bei diesem Wetter durch den Wald spazieren.«

»Nun dann.« Balthasar wirkte plötzlich lebhafter. Er nahm die Kaffeetasse und schenkte die einzige Tasse voll. Haselnussduftwolken stiegen auf, und Ernestine lief das Wasser im Mund zusammen. Doch dann fiel ihr etwas auf: Die silberne Kaffeekanne in Balthasars Hand zitterte. Blaue Adern spannten die durchscheinende Haut, als wäre die Anstrengung fast zu groß. Erschrocken beobachtete sie, wie er sich mühte. Ja, seine Hände waren seine Schwingen, nur sie ermöglichten ihm das Fliegen, und wenn sie geschwächt oder verletzt waren, würden sie nie die Kraft haben, ihn vor dem Mahlstrom zu retten.

Ernestine versuchte sich zu sammeln. Ihre ursprüngliche Mission gewann wieder an Fahrt. *Ich muss es ihm sagen! Wenn er weiß, dass ich Sophia gesehen habe, dass sie ihm näher ist, als er denkt, wird er sicher wieder kräftiger, dann hat er den Mut, Kontakt zu ihr aufzunehmen. Das könnte sein Leben für immer ändern. Vielleicht tritt er dann sogar wieder auf!* Bei dem Gedanken, dass sie diese Wunder für Balthasar möglich machen könnte, ging ihr das Herz auf.

Und doch lauerten an allen Wegbiegungen Gefahren. Was, wenn sie Sophia nicht mehr fände? Sie war bereits wieder in Oxford, und Ernestine hatte keine Anhaltspunkte für ihre Adresse. Und es gab noch eine andere, kurvenreiche Gefahr: Gwendolyn. Was, wenn Sophia aufgrund von Ernestines Zutun ihren wahren Vater anerkannte und womöglich zu ihm zog? Der Zorn der Diva würde keine Grenzen kennen.

»Hoffentlich ist er noch heiß.« Balthasar setzte die Kaffeekanne ab. »Wir haben nur eine Tasse. Vielleicht können wir uns abwechseln, Sie sind auf jeden Fall zuerst an der Reihe. Milch und Zucker?«

Sie sind anders als wir, chérie …

Ernestine schwankte. Sie fühlte sich so wunderbar gefangen in diesem Zimmer aus Holz und Natur, es war, als wäre sie wieder in Balthasars Armen, aber sie wusste, dass sie sich daraus befreien musste.

Am besten lassen wir sie in Frieden …

Sehr widerwillig bewegte sie sich auf die Tür zu. »Ich muss wirklich gehen, Monsieur. Ich habe noch etwas zu erledigen. Und ich glaube, Sie brauchen Ruhe. Bitte …« Sie deutete scherzhaft auf den Kaffee, den sie nicht kosten würde. »Der Kaffee ist ganz für Sie.«

»Madame Vandermeer, *je vous en prie.*« Balthasar stellte die Tasse auf das Tablett.

»Ich habe gedacht – ich habe gehofft –, ich sei Ernestine für Sie. Auf Wiedersehen, Monsieur.«

»Bitte warten Sie!« Balthasar ging rasch zu dem großen Mahagonischreibtisch und öffnete die oberste Schublade. Er hielt ihr einen Umschlag hin, auf dem schwungvoll »Madame Ernestine Vandermeer« stand. »Das habe ich Ihnen geschrieben, ich wollte irgendwie Ihre Adresse herausbekommen und es Ihnen schicken. Aber nachdem Sie wie durch ein Wunder an meiner Tür erschienen sind, von einem wirklich sehr günstigen Wind hergetrieben …« Er machte eine Handbewegung zum Fenster hin. »… würde ich Ihnen den Brief gern persönlich übergeben.«

Sie errötete und nahm den Brief. »Danke.« Mehr war nicht zu sagen. Doch im letzten Augenblick fiel ihr noch etwas ein.

»Fast hätte ich vergessen, es Ihnen zu erzählen, Monsieur. Julien bat mich, Ihnen zu sagen, dass er den Ort endlich gefunden hat, von dem Sie sprachen – Sie wissen schon, diesen Ort zwischen Himmel und Erde, wo die Schwäne sind.« *Ein Glück, dass wenigstens Julien ihn gefunden hat,* dachte sie bitter.

Sie ging aus dem Zimmer und schloss die Tür hinter sich, bevor Balthasar reagieren konnte.

Zum Glück bemerkte sie noch den Bissell, der mutterseelenallein auf dem Orientteppich im Flur stand, sonst hätte sie ein drittes Mal in die Villa Tosca zurückkehren müssen, um ihn zu holen.

28

Dotschka

Liebe Ernestine,

was Sie neulich im Musikzimmer erleben mussten, war schändlich, und ich bedaure es zutiefst. Ich kann mir kaum vorstellen, wie demütigend es für Sie gewesen sein muss, so an den Pranger gestellt und entlassen worden zu sein. Ich kann dazu nur sagen, dass Sie manches über meine Lage nicht wissen – und ich möchte auch nicht, dass Sie es erfahren. Es ist für mich schon schwer genug zu ertragen, ich möchte es nicht auch noch erklären müssen.
Was an diesem Nachmittag geschah, hängt mit einer sehr langen und traurigen Geschichte zusammen, auf die ich jetzt nicht eingehen kann. Sie könnten meinen, das hätte etwas mit unserer unterschiedlichen Stellung zu tun und ich wollte meiner Haushälterin keine Details aus meinem Privatleben erzählen. Doch nichts könnte weiter von der Wahrheit entfernt sein. Denn für mich sind Sie wie die Musik: eine vitale Kraft, die in keine Klasse und keine Hierarchie gehört.
Vielleicht wissen Sie schon, dass ich seit einiger Zeit an einer Krankheit leide. Sie ist nicht heilbar, sie ist nicht einmal körperlich. Niemand kann mir helfen. Ich büße dafür, dass ich zu lange von einer zerstörerischen Frau festgehalten wurde. Einmal bin ich ihren Fängen entronnen, doch sie stahl mir einen Teil meiner Seele. Ich fürchte, jetzt ist es zu spät, um wieder ein ganzer Mensch zu werden.
Ich möchte mich auch für die Freiheiten entschuldigen, die ich mir

im Wald herausgenommen habe. Ich empfinde den größten Respekt Ihnen gegenüber, und ich hoffe, ich habe Sie zu nichts verleitet. Ich nehme an, mich packt einfach die Leidenschaft, wenn ich einem Schwan begegne!
Ich wollte Ihnen sagen, dass Sie mit Ihrer Entlassung nichts zu tun haben. Sie sind einem Mahlstrom gefährlich nah gekommen, und ich hoffe inständig, dass Sie ihm entkommen sind. Es ist zu Ihrem Besten, wenn Sie sich nicht mehr in der Villa Tosca aufhalten. Es gibt weit gesündere Arbeitsplätze für Sie. Ich schreibe Ihnen sehr gern eine Empfehlung, sollten Sie sie für eine neue Stelle gebrauchen können.
Ich wünsche Ihnen alles Gute.

Mit großer Hochachtung
Sébastien Balthasar

Ernestine steckte den Brief in den Umschlag zurück. Sie lehnte den Kopf an das Fenster der Straßenbahn und ließ sich von ihr wiegen.

Sie war auf dem Weg zur Place Flagey. Nelly wartete auf ihren Anruf, um zu erfahren, was sie tun sollte, wenn sie am Nachmittag in Brüssel ankam. Vielleicht war Walter nicht einverstanden mit dem, was Ernestine ihm vorschlagen wollte, aber sie wusste nicht, an wen sie sich sonst hätte wenden können. Und es erschien ihr angemessen, ihm ihre Bitte persönlich vorzutragen.

Ich fürchte, jetzt ist es zu spät, um wieder ein ganzer Mensch zu werden.

Die Bahn stoppte ruckend und mühte sich dann dumpf stöhnend den Hügel zur Place Flagey hinunter.

Aber es ist *heilbar, Sébastien,* dachte sie. Ihre Schläfe rollte leicht auf der Scheibe hin und her. *Sie ist dir näher, als du dir vorzustellen vermagst. Vielleicht sogar hier in Brüssel. Ich habe sie selbst gesehen. Sie ist so schön wie deine Melodien.*

An der Place Flagey stieg sie aus.

Sébastien, nein, es ist nicht zu spät!

Eilig lief Ernestine durch die leicht heruntergekommenen kleinbürgerlichen Straßen zu den Goossens. Sie erbebte bei einem plötzlich auftauchenden Gedanken: Das Schicksal hatte ihr gerade die wahre Natur ihrer Odyssee enthüllt, eine Aufgabe, die sich bislang nur nebelhaft gezeigt hatte, im Zwielicht oder in zufällig unter Kellertreppen gehörten Bemerkungen.

Es ist nie zu spät, Sébastien. Bitte warte. Ich werde sie finden und zu dir bringen.

Walter öffnete die Haustür.

»Madame Vandermeer!« Er wirkte bestürzt.

»*Bonjour*, Monsieur. Es tut mir leid, dass ich so ohne jede Vorwarnung auftauche.«

»Gibt es ein Problem mit Ihrer Arbeit auf Château Rivage?«

Ernestine sah ihn ratlos an. »Wie bitte? Ach, das! Nein, nein. Ich bin hier, um Sie um einen sehr großen Gefallen zu bitten.«

Sie hatte alle Segel gesetzt und steuerte klar auf ihre Mission zu. Château Rivage lag nicht auf ihrem Kurs. Noch nicht jedenfalls. Und dieser Besuch bei Walter war nur ein kurzes Einlaufen in einen Zwischenhafen. Ihr Ziel war die hohe See. Genauer gesagt, Sophia.

Walter trat in die Diele zurück. »Möchten Sie nicht hereinkommen?« Er verbeugte sich, und Ernestine bemerkte überrascht, dass die sonst so sorgfältig verteilten Strähnen verwegen zu einer Seite gekämmt waren und freie Sicht auf die kahle Stelle gewährten. Zufall oder mutige Entscheidung?

»Walter, wer ist da an der Tür?« Die bekannte nasale Stimme.

»Es ist Madame Vandermeer, Maman!«, rief Walter müde hinauf. Er seufzte und fügte, an Ernestine gewandt, hinzu: »Sie ist immer noch nicht ganz in Ordnung.«

»Das tut mir leid. Vielleicht eine Überdosis Kriek?«

Walters sonst so bleiche Wangen liefen zartrosa an. »Ja, vielleicht.«

Wieder mischte sich die nasale Stimme von oben ein: »Was will sie?«

»Ich sag's dir gleich, Maman«, rief Walter. *»T'inquiètes pas!«*

Ernestine trat näher an Walter heran, um nicht von den scharfen Ohren im Obergeschoss gehört zu werden. »Walter«, flüsterte sie, »Sie haben mir, glaube ich, überaus großzügig Ihre Hilfe angeboten, sollte ich sie brauchen.«

Walter blickte respektvoll zur Seite. Das Zartrosa spielte jetzt ins Flamingopink. »Ja, so ist es. Was immer ich für Sie tun kann, Madame.«

»Ich würde jetzt gern von diesem Angebot Gebrauch machen, wenn es Ihnen recht ist. Es ist sehr dringend.« Ernestine wartete darauf, dass er ihr in die Augen sah. Das konnten nicht viele, besonders, wenn diese Augen ihren schönsten Athene-Glanz hatten. Auch Walter machte da keine Ausnahme.

»Ja?«, fragte er mit leichtem Tremolo.

»Walter, ich suche verzweifelt nach einem Obdach.«

»Ach?« Er war ganz hoffnungsvolle Aufmerksamkeit.

»Für eine gute Freundin von mir.«

»Ach.« Er fiel wieder in sich zusammen.

»Diese Freundin, Nelly Legrand, ist ein bisschen in der Klemme. Sie … Nun, sagen wir einfach, jemand hat ihr ein Unrecht angetan, und sie braucht einen sicheren Ort, bis dieses Unrecht in Ordnung gebracht ist.«

»Sie meinen, eine Art Versteck?«

»Ja, so eine Art.«

»Vielleicht vor einem Mann?«

»Vielleicht.«

Endlich sah Walter ihr in die Augen, und Ernestine wünschte, er hätte es nicht getan, denn in seinen sanften braunen Augen lag ein erschreckend lebhaftes Verständnis.

»Hat es etwas mit den Geschehnissen in De Haan zu tun?«

Sie wurde steif.

Er sah sie freundlich an und sagte dann mit einer Entschiedenheit, die Ernestine in ihrer Vermutung bestärkte, dass seine neue Haartracht ein Akt der Rebellion war: »Madame Vandermeer, wie Sie wissen, habe ich gesehen, was in De Haan geschehen ist. Sie waren eindeutig in einer verzweifelten Lage.«

»Ja, das stimmt.« Ernestine hatte nicht die geringste Ahnung, worauf er hinauswollte.

»Wie Sie wissen, verlangt meine Stellung als Chauffeur äußerste Diskretion. Als ich die Stelle antrat, nahm mir Baron de Wasseige sogar eine Art Eid ab: dass ich sowohl über seine Fahrten an die Küste schweigen würde als auch über die anderen Leute, die dort eingeladen waren, als auch …«, mit einem Blick auf die Treppe senkte er die Stimme, »… über das, was sie dort taten.«

Ernestine verschlug es fast die Sprache. »Sie wollen damit sagen, Sie wissen, was in De Haan vor sich geht?«

Walter blickte wieder zur Treppe. »Ach, bitte.« Er schob sie auf die erste der geschlossenen dunkelbraunen Türen zu. »Lassen Sie uns dort drinnen weiterreden.«

Sie traten in das Wohnzimmer, in dem Madame Goossens Ernestine einem kurzen Verhör unterzogen hatte. Es war alles unverändert. Wie wahrscheinlich schon seit neunzig Jahren. Der Geruch nach Fisch und schalem Bier hatte sich für alle Zeit in Vorhänge und Polster eingenistet.

Walter zog für Ernestine einen Stuhl unter dem Eichentisch hervor und setzte sich, plötzlich wieder käsig, neben sie. »Madame Vandermeer, wie Sie vielleicht wissen, habe ich vier Jahre lang in Monsieur Bishops Streichquartett mitgespielt, etwa so lange, wie Sie bei ihm beschäftigt waren.«

»Ja, ich weiß.« Ernestine wurde leicht ungeduldig. Sie hatte keine Zeit für diesen höflichen Pas-de-deux. »Worauf wollen Sie hinaus?«

»Nun, außerhalb der Quartett-Proben hatte ich praktisch keinen Kontakt zu Harry und Marshall, aber während der Proben sprachen sie manchmal von ihren … *fragwürdigen Aktivitäten.*« Die beiden letzten Wörter waren kaum zu hören gewesen.

»Mit den ›fragwürdigen Aktivitäten‹ meinen Sie das Glücksspiel, nehme ich an«, drängte Ernestine.

Walter wurde regelrecht grau im Gesicht. »Ja, das stimmt, Madame. Sie haben es vielleicht selbst entdeckt, als Sie dort …«

»… eingedrungen sind?«

Walter nickte.

»Haben Sie es als Chauffeur oder als Bratschist herausgefunden?«

»Als beides.« Über Walters Gesicht spielte ein halbes Lächeln. »Es kann praktisch sein, zwei Hüte zu tragen, nicht wahr?«

»Ja«, murmelte Ernestine und dachte an die verschiedenen Hüte, die sie in den vergangenen Wochen aufgesetzt hatte.

»Ich habe den Baron und Marshall manchmal zusammen an die Küste gefahren, aber ich konnte natürlich nichts von ihren Gesprächen hören, wenn sie die Trennscheibe hochfuhren. Aber Harry – verzeihen Sie, dass ich so über einen Verstorbenen spreche – war während der Proben weniger diskret. Ich erfuhr einiges über die Vorgänge an der Küste.«

»Warum wollten Harry und Marshall Sie im Quartett haben, wenn doch die Gefahr bestand, dass dort über ihre illegalen Geschäfte gesprochen wurde?«

Walter schüttelte nachsichtig den Kopf, als hätten Harry und Marshall sich wie ungebärdige Kinder aufgeführt. »Mir fallen nur zwei sehr einfache Gründe ein: Sie tranken während der Proben zu viel, und …« Er lächelte schüchtern. »Gute Bratschisten sind dünn gesät.«

»Und Irving Geist?«

»Er war auch oft mit in De Haan. Er gehörte dazu, aber nur als junger Trittbrettfahrer.«

Ernestine versuchte, diese Informationen zu verdauen. »Der Einsatz muss sehr hoch gewesen sein, wenn auch Pierre-Benoît Kohler mitgemacht hat«, sagte sie und fügte auf Walters überraschten Blick hin hinzu: »Ja, ich habe ihn gesehen. Ich nehme an, er hat die Behörden ferngehalten und alle in Marshalls Villa vor strafrechtlicher Verfolgung geschützt.«

Walter sah sie resigniert an. »Er ist einer der mächtigsten Männer in Europa. Und einer der größten Verbrecher. Leider hat ihn seine Macht bisher immer geschützt.«

Walter bot Ernestine etwas zu trinken an, doch sie lehnte höflich ab. Dann saßen die beiden schweigend am Tisch, bis Ernestine sagte: »Walter, Marshall hat meine Freundin Nelly entsetzlich ausgenutzt. Sie ist sehr gutgläubig, und Marshall kann sehr … sehr gewandt sein, wie Sie wissen.«

Walter bestätigte Marshalls Gewandtheit mit einem kurzen Nicken. Ernestine spürte sein Unterlegenheitsgefühl sofort. Sie erkannte, dass der soziale Abstand zwischen Marshall Ross und Walter Goossens fast dem himmelweiten Unterschied zwischen ihrer und Gwendolyns Schönheit entsprach.

»Nelly hat sich auf eine Romanze mit Marshall eingelassen. Sie haben mit Marshall und dem Baron sicher auch einmal eine lebhafte Rothaarige zur Küste gefahren?«

Wieder nickte Walter.

»Nun, Marshall hat herausgefunden, dass ich in De Haan war. Ich habe ihm gedroht, alles publik zu machen – das illegale Glücksspiel und welche VIPs er in die Villa einlädt.« Ernestine machte eine Pause. »Und er hat mir geschworen, dann würde Nelly etwas zustoßen.« Sie schwieg noch einmal. »Ich glaube, er will sie dann umbringen.«

Walter stand auf und spähte durch einen Spalt in der Gardine auf die Straße hinaus. »Das ist wirklich schlimm.«

Ernestine erzählte ihm möglichst komprimiert die Geschichte von Harrys Hinterlassenschaft, ihrer Weigerung, diese für fünfzigtausend Euro – eigentlich ja ein Schweigegeld – zu verkaufen, und von ihrer Entlassung in der Villa Tosca – also die gekürzte Geschichte ihrer kleinen explodierenden Welt.

Walter wandte sich vom Fenster ab. In dem von den Gardinen gefilterten Licht wirkten seine Züge runder, was seinem Ernst eine besondere Freundlichkeit gab. »Wie ich schon sagte, werde ich alles tun, um Ihnen zu helfen. Mademoiselle Legrand kann hier so lange wohnen, wie sie möchte. Ich sorge für ihre Sicherheit.«

Die beiden Verschwörer sahen sich in die Augen, beiden war bewusst, was als Nächstes kam.

Madame Goossens.

»Ich werde es Maman irgendwie erklären.« Walter klang sehr zweifelnd.

»Wenn Sie Nelly nur für ein paar Tage unterbringen könnten – wenigstens bis zu der Weihnachtsfeier im Château Rivage am 21. Das Haus ist so groß.« Doch auch Ernestine konnte ihre Zweifel nicht abschütteln. Wenig überzeugt stammelte sie: »Es macht Ihrer Mutter doch sicher nichts aus.«

Sie ging aus dem Wohnzimmer.

Walter eilte ihr nach. »Was haben Sie am 21. vor, wenn ich fragen darf?«

Ernestine schüttelte ihm die Hand und berührte zum Abschied kurz seine Wange mit ihrer. Geheimnisvoll lächelnd sagte sie: »*Unermessliche Arbeit, viel und gefahrenvoll.*«

»Ja, Nelly, ich weiß.« Ernestine atmete schwer in ihr Handy, als sie von der Place Flagey aus den Hügel hinaufmarschierte. Sie hatte zwanzig Minuten vergeblich auf eine Straßenbahn gewartet und konnte nicht länger stillstehen. »Es ist doch nur für kurze Zeit«, sagte sie beruhigend. »Bis zum 21. Das ist heute in einer Woche.«

»Aber bei *Walter?*« Der Name fiel, als wäre er eine Dornenkrone. »Diesem wichtigtuerischen Chauffeur mit der Bratsche?«

»Nelly, komm. Du kennst ihn doch gar nicht.«

»Aber du hast ihn mir oft genug beschrieben, weißt du noch? Und das hat mir gereicht.«

»Nelly, du hast drei Möglichkeiten. Erstens: Du bleibst bei Cécile und ihren Ziegen, wo Marshall dich finden könnte. Zweitens: Du kommst zu mir, wo Marshall dich ganz sicher findet. Drittens: Du gehst zu Walter und seiner Mutter, wo dich niemand je finden wird.«

Keine Reaktion. Ernestine überquerte die Avenue Louise, das Handy ans Ohr gepresst, und fühlte sich einen Augenblick lang wie eine puritanische, blau- und dickstrümpfige Unterart der Geschäftsleute, die hier mit an der Wange klebendem Telefon umherwanderten.

»Gut, dann nehme ich die dritte.« Nellys Stimme klang verzweifelt.

»Dann brauchst du nur Folgendes zu tun …«

Ernestine gab ihr eine detaillierte Beschreibung des Wegs vom Bahnhof zu Walters Haus und ermahnte sie, sich nicht zu weit von der Place Flagey zu entfernen und das Haus überhaupt möglichst selten zu verlassen.

Ernestine beendete das Gespräch, indem sie liebevoll, aber fest sagte: »Ich sollte dich auf keinen Fall besuchen, *chérie.* Marshall dürfte immer noch sehr an meinem Woher und Wohin interessiert sein. Schließlich ist er mir schon einmal nach Hause gefolgt. Wir wollen ja nicht, dass er mir auch zu Walter folgt, oder?« Wie so oft, wenn sie Nelly zu etwas zu bewegen versuchte, was diese nicht wollte, kam es ihr vor, als spräche sie mit einem Kind.

»Nesty, das klingt alles so gruselig.«

»Es wird alles gut, du wirst schon sehen«, sagte Ernestine, obwohl sie genau wusste, dass man so etwas eigentlich nicht versprechen konnte, wenn man sich auf ein großes und gefahrvolles Abenteuer einließ. »Walter ist ein echter Gentleman.« Das wenigstens wusste sie mit Sicherheit.

Ernestine beschloss, Sophia abends, wenn diese ihre Vorlesungen hinter sich hätte, auf dem Handy anzurufen. Wobei ihr noch nicht klar war, wie sie am Telefon ein so überaus heikles Thema wie eine bislang unbekannte Vaterschaft anschneiden sollte.

Sie hatte den Punkt einer Mission erreicht, an dem die ursprüngliche Absicht – in diesem Fall die Rettung Balthasars vor dem Mahlstrom – verklärt und überhöht wird und so praktisch jedes Mittel zum Zweck heiligt. Ihre Liebe zu Balthasar hatte alle weiteren Überlegungen ausgeblendet, zum Beispiel die Frage, was geschähe, wenn Sophia oder sogar Balthasar durch ihre Bemühungen einen irreparablen Schaden davontrügen. Einer jungen Frau, die man kaum kannte, sagen zu müssen, dass ihr Vater nicht ihr wahrer Vater war, erschien ihr ein relativ kleiner Einsatz, wenn sie damit den geliebten Mann der Verzweiflung entreißen konnte. Die junge Frau dazu zu bringen, den wahren Vater anzuerkennen, war schon kein ganz so kleines Unterfangen mehr, aber diesen Gedanken verbannte sie einstweilen.

Den größten Teil des Nachmittags verbrachte sie damit, Dr. Dieudonnés Treppe und Praxis zu putzen. Er hatte an diesem Nachmittag keine Sprechstunde, sondern kümmerte sich um Patienten im Krankenhaus, so dass sie einige ruhige Stunden mit Staubwedel und Schrubber zubringen konnte.

Nach zwei Stunden begannen ihre Kräfte zu erlahmen.

Ernestine wischte über das Telefon und polierte zum zweiten Mal die glänzende große Tischplatte, bevor sie sich schuldbewusst auf Dr. Dieudonnés Stuhl sinken ließ. Offensichtlich verließ sie der Mut für ihre große Mission. Wie sollte sie es Sophia sagen? Sollte sie nicht lieber ein Treffen arrangieren? Oder sie nach ihrer Adresse fragen und ihr einen Brief schreiben? Ja, das war sicher besser. Schließlich möchte niemand am Telefon erfahren, wer sein wahrer Vater ist.

Ihre Entschlossenheit war ins Wanken geraten.

Mutlos ging sie zum Abschluss mit ihrem langstieligen Staubwedel noch einmal über die oberste Kante des hohen Türrahmens, und dabei fiel ihr ein kleiner Rahmen auf. Sie musste den Kopf in den Nacken legen, um den Zweizeiler zu lesen:

Der ungenannte Wunsch, von Leben und Land nie gewährt,
Jetzt, Reisender, segle vorwärts, zu suchen und zu finden.
Walt Whitman, 1871

Der Aufstieg zu ihrer Mansarde dauerte beträchtlich länger als sonst, und das lag nicht nur an ihren müden Beinen, sondern auch an Monsieur Whitman, dessen Worte ihr nicht aus dem Sinn gehen wollten.

Erst nach 21 Uhr setzte sie sich schließlich mit ihrem Handy an den abgestoßenen Küchentisch.

Jetzt, Reisender, sagte sie sich.

Aber sie konnte nicht *vorwärts segeln* und Sophia anrufen. Sie konnte es einfach nicht.

Schließlich stieg sie auf einen Stuhl und öffnete ein Dachfensterchen. Sie warf ein paar Brotkrumen hinaus, und schon tauchten aus dem Nichts zwei Tauben auf wie Abendessensgäste, die der Chauffeur vor der Tür abgesetzt hat. Auf die Tauben konnte man immer zählen. Wie schade, dass die Menschen nicht so zuverlässig sind, dachte sie.

Von den roten Dächern und dem windpolierten Himmel Brüssels gestärkt, tippte sie schließlich Sophias Nummer ein.

Diese nahm den Anruf sofort an. »*Hello?*« Allein dieses Wort klang wie eine Flötenmelodie.

»Ja, *hello* Sophia. Hier ist Madame Vandermeer aus Brüssel. Ich weiß nicht, ob Sie sich erinnern. Ich war Harry Bishops …«

»Aber ja, natürlich! Wie schön, von Ihnen zu hören, Madame Vandermeer. Wie geht es Ihnen?«

Ernestine wurde schwankend. Niemand fragte je, wie es ihr ging. »Sehr gut, danke der Nachfrage.«

»Kann ich irgendetwas für Sie tun, Madame? Ist Ihnen vielleicht noch etwas für die Festschrift eingefallen?«

Ernestine wusste nicht mehr, wie sie dieses Gespräch in die richtige Richtung lenken sollte. »Ich … Ich wollte Ihnen etwas erzählen«, stammelte sie. Dieser erbärmliche Anfang nahm ihr selbst allen Mut.

»Ach ja?« Sophias Stimme hob sich bezaubernd. »Worüber denn?«

»Über Ihren Vater.« Ernestines Schifflein ging noch im Hafen unter.

Sophia zögerte. Die Stimme wurde tiefer. »Ist etwas nicht in Ordnung? Ist ihm etwas zugestoßen?« Jetzt klang sie ängstlich.

»Nein, nein, nichts dergleichen. Er ist … Nun … Da gibt es etwas, das Sie vielleicht nicht über ihn wissen.«

»Etwas Schlimmes?« Sophia klang wie ein kleines Mädchen vor der Gute-Nacht-Geschichte.

»Nein, gar nicht! Etwas Wunderbares. Finde ich jedenfalls. Könnten wir uns vielleicht treffen, um darüber zu sprechen?«

»Ich bin im Augenblick in Oxford.«

»Ja, ich weiß. Vielleicht schreibe ich Ihnen dann am besten einen Brief.«

»Nein, warten Sie!«, rief Sophia. »Fast hätte ich es vergessen: Nächste Woche bin ich in Brüssel, Baronin de Wasseige hat mich zu ihrer Weihnachtsparty eingeladen. Werden Sie auch da sein? Wo Sie sich doch in Château Rivage um die Inneneinrichtung kümmern und so?«

Ernestine biss sich auf die Lippe. »Ja, ich werde auch da sein«, sagte sie langsam. Und, noch langsamer: »Aber in einer anderen Eigenschaft.« Sie hoffte, dass Sophia mit ihren tadellosen Manieren taktvoll genug sein würde, nicht zu fragen, in welcher.

Was zu ihrer großen Erleichterung der Fall war. »Wollen wir

dann am 21. miteinander sprechen?«, schlug Sophia vor, wieder mit dieser herzlichen Hebung der Stimme. »Ich bin ja so neugierig, was Sie mir zu sagen haben, Madame Vandermeer. Ich bin sicher, wir finden uns in der Menge.«

Ja, bestimmt, dachte Ernestine. Ich bin die mit dem weißen Schürzchen, die kleine Toasts mit Kaviar und Salami serviert.

29
Unsichtbare Göttin

Herrisch und streng brach der Tag der Wintersonnenwende an. Aller Nebel, sämtliche feuchte Winde der letzten Wochen hatten sich zu einem erbarmungslosen Angriff versammelt. Die Sonne folgte dem Plan der Natur und blieb auf der anderen Seite des Globus. Von nun an würde das Wetter den Menschen nur noch dunkle, nasse, böse Streiche spielen.

Die Baronin hatte Ernestine angewiesen, eine halbe Stunde vor dem eigentlichen Arbeitsbeginn zu erscheinen, um sich eine Uniform und ihre Anweisungen abzuholen. Ihre Aufgaben schienen vage, eine Mischung aus Putzen, Essen und Getränke bereitstellen und servieren, soweit sie verstanden hatte.

All das würde sie gern tun. Doch die Umsetzung ihres eigentlichen Vorhabens musste noch Form annehmen. Anders gesagt: Sie hatte auch nicht ansatzweise einen Plan. Würde sie einen kritischen Moment abwarten müssen, bis Athene (oder eine mindere Gottheit, da war Ernestine nicht wählerisch) an ihrer Seite erschiene und ihr verschlüsselte Anweisungen gäbe? Wie sollte sie sich Sophia zu erkennen geben? Haushaltsberaterin, Innenarchitektin, Dienstmädchen – nach so vielen Wandlungen würde Sophia ihr doch nichts mehr glauben, und schon gar nicht, dass Sébastien Balthasar ihr Vater war.

Und Marshall Ross? Sie hatte illegale Machenschaften entdeckt. Sie hatte sogar ein paar Beweisfotos geschossen. Aber was wollte sie damit? Ihn erpressen?

An einem kleinen Kreisverkehr machte Ernestine eine kurze

Verschnaufpause und lehnte sich an das Tor einer Nachbarvilla, woraufhin der zuständige Wachhund sie zähnefletschend durchs Gitter anknurrte.

Sie hatte noch etwa zwanzig Minuten Zeit und nutzte sie, um die Fotos aus De Haan noch einmal anzuschauen. Sie waren sehr grobkörnig und erlaubten bei genauerem Hinsehen keine eindeutige Identifikation. Auch nicht der Eigentümerin des satinglänzenden Hinterteils, es sei denn, man hatte besagtes Hinterteil persönlich gesehen. Und die anderen beiden Fotos …

Es würde schwer zu beweisen sein, dass es Marshall Ross war, der den Stapel Pokerchips über den Tisch zog (obwohl Ernestine ihn schon an der arroganten Kopfhaltung erkannt hätte). Die Hand mit dem Siegelring hingegen war eine andere Geschichte. Wer sonst trug einen solchen Ring? Doch allein mit dem Foto seiner Hand würde man jemanden wie PBK nicht belangen können, seine Anwälte würden sie auslachen.

Ernestine tippte zum ersten Mal seit Tagen die Nummer ihrer Freundin ein. »Nelly? Wie geht es dir bei den Goossens?«

»Och«, erwiderte Nelly lässig. »Gar nicht so schlecht.«

»Was treibst du denn so?« Diese Frage hatte Ernestine schon seit Tagen beschäftigt. Womit konnte man sich bei den Goossens die Zeit vertreiben? Mäuse jagen? Fisch essen?

»Nun, wir stehen eher spät auf.« Es klang schwelgerisch. »Wirklich angenehm, nachdem ich bei Cécile mit den Ziegen aufstehen musste. Wir vertilgen riesige Frühstücke mit Würstchen und Waffeln, und danach spielen wir Karten und sehen fern. Solche Sachen eben.«

Ernestine musste das erst einmal verdauen. »Mit Walter?«

»Meistens mit der alten Dame.«

»Mit Madame Goossens?!«, schrie Ernestine. Der Wachhund hinter dem Tor jaulte warnend auf. »Das meinst du nicht ernst«, fügte sie leiser hinzu.

»Doch. Sie ist wirklich ein Original, Nesty«, sagte Nelly. »Aber anders, als man auf den ersten Blick denkt. Sie hat mich dazu gebracht, Kriek zu trinken und diese blöden Klatsch-Zeitschriften zu lesen, du weißt schon, *Elégance* und so.«

»*Tiens, tiens.* Und wie steht es mit Walter?«

»Oh … Walter …« Sie verstummte für einige Sekunden. »Weißt du, Nesty, du hattest recht: Er ist wirklich ein Gentleman.«

»Spielt er auch Karten und sieht fern?«

»Erst wenn er Bratsche geübt hat. Und dann hat er noch seine Chauffeurtätigkeit. Und stell dir vor, Nesty, er hat mir sogar angeboten, nach meinem Geschäft zu sehen, solange ich mich versteckt halten muss.«

»Wie nett von ihm! Versteht er was von Pralinen?«

»Ich hab ihm genau erklärt, was er in den Kühlschrank stellen und wie er die Crème-fraîche-Pralinen aufbewahren soll. Ich kann es mir einfach nicht leisten, dass alles verdirbt.«

»Mach dir darum nicht zu viele Gedanken, *chérie.* Dein Leben ist wichtiger als alle Pralinen.«

»Wichtiger als Mango-Sahne-Pralinen?«

Darüber musste Ernestine erst nachdenken, was ihrer Ausstrahlung anscheinend alles Bedrohliche nahm, denn als sie unwillkürlich ihren Arm an das Tor presste, winselte der Hund und versuchte, ihr die Hand zu lecken.

»Das ist natürlich eine sehr schwere Entscheidung, *chérie,* stell mich besser nicht vor die Wahl.« Sie lachte liebevoll.

Während sie nach dem Gespräch munter den Hügel hinanschritt, dachte sie über dieses Wunder nach – Nelly und Madame Goossens frühstückten freundschaftlich miteinander und tranken zusammen Kriek. Das Leben war eben voller Überraschungen, und manche davon waren sogar schön.

Das Nachmittagslicht ließ nach, der Dunst nahm zu, und in den weitläufigen Parks der Nachbarschaft kehrte schon die Abendruhe ein. Ernestine klingelte am Tor von Château Rivage und wurde von einem Torwächter eingelassen.

Als Ernestine den Park des Herrenhauses betrat, schien alles zu sein wie am Abend von Gwendolyn Carrs Konzert: die dunklen Zedern, die klassische Schönheit des Hauses, ihre knirschenden Schritte auf der Zufahrt. Doch heute schien eine Spannung über den Gebäuden und Rasenflächen zu liegen. Vielleicht wegen der Vorbereitungen auf das große Fest. Oder es war das Zeichen einer höheren Macht, dass ein gefahrvolles Abenteuer bevorstand. Oder aber, dachte Ernestine, als sie auf den Seiteneingang zuging, die Erde steht gerade, am Punkt der weitesten Entfernung von der Sonne, still, und in einer Stunde werden die Elemente in ihrer ganzen entfesselten Wucht ihre eigene Weihnachtsparty feiern.

»Und Sie sind …?« Der grau gekleidete Feldwebel litt anscheinend an Gedächtnisstörungen.

»Ernestine Vandermeer, Madame.«

»Ja, ich erinnere mich. Sie stehen auf der Liste.« Sie tippte auf ihr Klemmbrett und unterzog Ernestine einer kurzen Musterung. »Folgen Sie mir.«

Sie gingen durch verschiedene Flure, durchquerten die schon vor Aktivitäten summende Schlachtschiff-Küche und landeten schließlich in einem Raum mit vielen Spinden und Bänken, einer Art Diener-Umkleide.

Der Feldwebel ließ Ernestine an der Tür stehen und verschwand.

Eine kleine, olivenhäutige Frau tauchte auf und hielt ihr die Hand hin. »*Hello,* ich bin Dorothy«, sagte sie auf Englisch und lächelte dabei ein anscheinend auf ihrem Gesicht festgewachsenes kindliches Lächeln. Es war dieselbe Frau, die am Abend des Konzerts das Tablett getragen hatte. *Zwei Schritte rückwärts, Drehung, gesenkter Blick …*

»Wir sind uns bei meinem letzten Besuch hier begegnet.« Ernestine schüttelte ihr herzlich die Hand. Diese Frau würde ihre Waffengefährtin in der bevorstehenden Schlacht sein.

»Hier ist deine Uniform.« Dorothy öffnete ein Spind und zeigte auf ein kurzärmeliges schwarzes Kleid – das für Ernestines Geschmack zu kurz war –, eine weiße Rüschenbluse und -schürze und eine Art Spitzenkrönchen, das einer Haushalts-Schönheitskönigin nach erfolgreich bestandenem Staubwisch-Wettbewerb gut zu Gesicht gestanden hätte. Bei Letzterem wagte Ernestine zu fragen, ob sie es nicht unauffällig im Spind vergessen könne. Doch Dorothy war entsetzt: »O nein, das musst du tragen. Die Baronin legt großen Wert darauf. Hast du Erfahrung im Servieren?«

Ernestine räusperte sich. »Ganz sicher, Dorothy. Ich bin mit einem Tablett in den Händen zur Welt gekommen. Außerdem kann ich Staub wischen und saugen, schrubben und notfalls den Blick senken. Keine Sorge, ich werde heute Abend perfekt funktionieren.«

Irgendwie ahnte sie, dass sich diese Worte vielleicht rächen könnten.

Ernestine war mit einer letzten Inspektion der Front betraut worden, bevor die ersten Gäste kamen, und sie erfüllte diesen Auftrag ehrfürchtig, aber auch mit listigen Hintergedanken. Das Haus sah wunderbar aus, alles war, auf Hochglanz poliert, an seinem Platz. Der strahlende Weihnachtsbaum ragte zwischen den beiden geschwungenen Treppen bis zum zweiten Stock.

Ernestine überquerte die weitläufigen Böden – Fliesen, Parkett, Orientteppiche – und konnte keinen Makel finden. Die listigen Hintergedanken jedoch wurden eher sorgenvoll. Wo sollte sie sich hier verstecken, um alles beobachten zu können? Was tun, wenn Sophia sie beim Servieren von Häppchen entdeckte? Und vor allem: Was tun, wenn sie PBK und Konsorten tatsächlich nah genug kommen sollte, um etwas über deren illegale Geschäfte an der Küste aufzuschnappen?

Diese und andere Fragen beschäftigten sie, als sie wieder ihren

Platz an der Edelstahl-Arbeitsfläche einnahm, um, wie all die anderen neben ihr, die Horsd'œuvres auf ihrem Tablett zu arrangieren. Sie und Dorothy sollten an der Wand in der Eingangshalle Aufstellung nehmen und die Gäste bedienen, sobald diese von ihren Mänteln befreit wären.

Eine Klingel schrillte durch die Küche: die Ersten trafen ein.

Doch das Küchenpersonal hatte im Augenblick noch ein anderes Problem. Unruhe war in den Reihen ausgebrochen.

»Schafft diesen Hund raus!«, schrie jemand.

»Magnus, komm her, na komm schon«, rief ein anderer.

Doch der Hund hatte schon gefunden, wonach er gesucht hatte.

Sein Schwanz klopfte begeistert gegen Ernestines Bein, während er zur Begrüßung an ihr hochsprang.

»Magnus!«, zischte sie. »Raus hier!« Was er natürlich als Einladung interpretierte, sich einen der kleinen Anchovis-Toasts von ihrem Tablett zu schnappen.

Gerade in diesem Augenblick marschierte der Feldwebel mit dem Klemmbrett herein. »Madame Vandermeer!«, schrie sie, als wäre Ernestine die Missetäterin.

Doch die Truppen waren abmarschbereit, Ernestine hatte gerade noch Zeit, Magnus' unerhörten Fauxpas zu vertuschen, und schon segelte sie durch die Schwingtüren ihrem Schicksal entgegen.

Sie stellte sich neben Dorothy und einen sehr großen Ficus an die Wand.

»Dein Spitzenhäubchen sitzt schief«, flüsterte Dorothy, unbeirrt den Weihnachtsbaum anlächelnd.

Ernestine versuchte, die Sache mit einer Hand in Ordnung zu bringen und das Tablett mit der anderen weiterhin waagrecht zu halten.

»Dorothy«, flüsterte sie zurück. »Es gibt da ein paar Leute, denen ich aus dem Weg gehen möchte. Könntest du die vielleicht bedienen, wenn sie kommen?«

Dorothy starrte Ernestine aus eifrig geweiteten Augen an. »Steckst du in irgendwelchen Schwierigkeiten?« Das Lächeln wirkte jetzt weniger mechanisch.

»Nein, eigentlich nicht«, erwiderte Ernestine gelassen. »Aber ich könnte in welche geraten, je nachdem, wie sich dieser Abend entwickelt.«

Diese Ankündigung war fast zu viel für Dorothy. Sie biss sich aufgeregt auf die Lippen und vergaß sogar zu lächeln.

Leichte Schritte näherten sich.

Die beiden Frauen nahmen Haltung an.

Ohne das geringste Zeichen des Wiedererkennens schwebte die Baronin an ihnen vorbei. Ernestine und Dorothy beugten respektvoll den Kopf.

Als Ernestine wieder aufblickte, entdeckte sie nur wenige Meter entfernt, was sie gefürchtet hatte: die Ankunft der Familie Masterson.

Einen Augenblick lang schweiften Ernestines Gedanken zu ihrer ersten Soiree in diesem Haus ab. Wo gerade Gwendolyn stand, hatte sie in Nellys smaragdgrünem Kleid gestanden. Sie wusste noch, wie leidenschaftlich sie sich gewünscht hatte, gut darin auszusehen, und wie sie hatte einsehen müssen, dass dieses – und jedes gleichartige – Kleid an ihr niemals gut aussehen würde, wie viel Mühe sie sich auch gäbe.

Gwendolyn trug ein sensationelles grünes Kleid, das im Gegensatz zu Nellys Leihgabe jedoch einen Großteil seiner schimmernden Grüntöne der schattigen Bucht einer griechischen Insel entlehnt zu haben schien. Und über der Bucht schwebte die Sonne, ein kunstvoller, golden schimmernder Haaraufbau.

»Du siehst umwerfend aus!« Die Baronin, selbst sehr elegant in hagebuttenfarbener Seide, klatschte bewundernd in die Hände. »Und die liebe Sophia …« Sie küsste sie auf beide Wangen. Neben ihrer strahlenden Mutter wirkte Sophia so schlicht und bescheiden, als wäre sie selbst Dienstbotin. Doch bei genauerem Hinsehen erwies sich der schwarz paspelierte Hosenanzug aus weißer Seide als exquisites Understatement, passte also perfekt zu ihr.

Reginald Masterson, rundlich und mit etwas griesgrämigem Blick, bildete das Schlusslicht.

Ernestine zog sich vorsichtig hinter die große Topfpflanze zurück, sie wollte sich jetzt lieber nicht auf die Unsichtbarkeit der einfachen Leute verlassen. »Dorothy«, flüsterte sie. »Ich möchte von den Leuten, die da gerade gekommen sind, auf keinen Fall gesehen werden. Könntest du sie bitte bedienen? Und sie vielleicht auf die andere Seite des Baums zum Champagnertisch lotsen?«

»Natürlich!« Mühelos schlüpfte Dorothy in die Rolle des Dr. Watson und ging mit ihrem Tablett auf die Neuankömmlinge zu, die bereits Kurs auf den Champagner genommen hatten. Nur Sophia blieb ein wenig zurück und sah sich suchend um.

Im Eingang zum Gewächshaus begann ein Streichquartett zu spielen. Ernestine versuchte trotz des schweren Tabletts und der beengten Verhältnisse hinter dem Ficus herauszuhören, was gespielt wurde. Anscheinend ein englisches Weihnachtslied.

Das mit den Heiligen Drei Königen.

Hieß nicht einer von ihnen Balthasar?

Sie rief sich sofort mit einem *Schluss jetzt!* zur Ordnung und verließ ihr Versteck, um ihre Häppchen anzubieten.

Zu ihrer anfänglichen Freude war sie tatsächlich unsichtbar. Niemand sah ihr in die Augen oder nahm auch nur ihre Anwesenheit zur Kenntnis. Gesehen wurden nur das Tablett und die Horsd'œuvres. Welche Freiheit wir normalen, unscheinbaren Menschen doch genießen, dachte sie, während sie durch die Menschen ging und ihre Choreographie des Nähertretens und Entfernens ausführte. Eine Freiheit, die den Schönen und Berühmten nicht gegönnt ist. Vielleicht war es das, was Balthasar bei unserem Essen im *Chalet Robinson* gemeint hat, dachte sie leicht schuldbewusst. Die Privilegierten teilen die Menge und sind sofort sichtbar. Wie anstrengend das sein muss! Wie viel angenehmer es doch ist, sich mit einem Tablett und unbemerkt unter den Menschen zu bewegen, als wäre man eine als Bettlerin verkleidete Göttin.

Sie geriet in die Nähe von Arnaud de Wasseige, Irving Geist, Hugues Boondael und anderen, die sie noch von Harrys Partys kannte, und niemand tauschte auch nur einen Blick mit ihr. Hugues Boondael, mit perfekt gebundener rotgrüner Paisley-Fliege, sah durch sie hindurch wie durch Glas. Doch je unsichtbarer sie wurde, desto mehr machte sich der beunruhigende Gedanke in ihr breit, diese Menschen hätten sie durchaus gesehen, unterstellten ihr jedoch Absichten, die sich schlecht mit dem Tablett in ihren Händen vertrugen.

Sie machte einen halbherzigen Versuch, in Sophias Nähe zu gelangen, zog sich dann jedoch hinter den Weihnachtsbaum zurück, um die Familie unbemerkt beobachten zu können. Und zwischen zwei Glaskugeln sah sie, was sie lieber nicht gesehen hätte: eine herzliche, aufmerksame Zuneigung zwischen Vater und Tochter. Sophia nahm eine Olive aus einem Schälchen und steckte sie ihrem Vater spielerisch in den Mund. Das griesgrämige Gesicht des Dirigenten heiterte sich beträchtlich auf, er lächelte sogar kurz und zog sie dann näher an sich heran, um ihr etwas ins Ohr zu flüstern. Sie lächelte zurück, zwirbelte dabei jedoch geistesabwesend die widerspenstige Strähne und sah sich dann wieder im Raum um.

Sicher sucht sie nach mir, dachte Ernestine. *Aber jetzt kann ich wirklich nicht mit ihr sprechen. Ich muss sie allein abpassen.*

Ihr sank der Mut. Ganz offensichtlich verstanden sich Reginald Masterson und seine Tochter bestens. Es war verzweifelt klar, dass Sophia ihren Vater liebte ... *diesen* Vater jedenfalls. Wie sollte Ernestine es da mit ihrem Gewissen vereinbaren, sich zwischen die beiden zu drängen?

Die Eingangshalle begann sich zu füllen. Fröhliches Gelächter mischte sich unter das Stimmengesumm. Sie ging durch den Musiksalon, wo sich einzelne Gäste zu plaudernden Grüppchen zusammengefunden hatten, sie hoffte, vielleicht für einen Moment im Gewächshaus der Musik lauschen zu können.

Doch so weit kam sie nicht.

»Ernie? Sind Sie's?«

Sie fuhr herum. Marshall stand allein mitten auf dem Parkett und sah sie ungläubig an.

Ernestine senkte kurz den Blick, *sehr gut gebohnert,* dachte sie, doch dann sah sie ihm fest in die Augen. Und Marshall, der auf sie zuschlenderte, blieb wie von diesen klaren grauen Sternen gebannt in einigen Schritten Entfernung stehen.

»Monsieur Ross, möchten Sie ein Kanapee?«, fragte sie mit nur einer Spur Ironie.

Er kam näher und nahm sich eins von ihrem Tablett.

»Schön, dass Sie ein wenig Arbeit gefunden haben«, sagte er. »Ich hätte Sie mit diesem Ding auf dem Kopf fast nicht erkannt!«

Ernestine tastete nervös nach ihrem Krönchen. Es saß schon wieder schief. Sie rückte es gerade, ließ ihn aber dabei nicht aus den Augen.

»Ein weiser Entschluss, Ernie, dass Sie nach Arbeit gesucht und sich die Sache mit dem Haus aus dem Kopf geschlagen haben. Sie müssen sich auf das konzentrieren, was für Sie das Beste ist.« Sein Gesicht unter der weißen Strähne hatte etwas Raubvogelartiges.

»Ich habe es mir nicht aus dem Kopf geschlagen«, sagte sie, doch ihre Entschlossenheit wankte. *Jetzt, Reisender,* flüsterte sie sich zu. Doch vergeblich. Sie brachte einfach nicht den Mut auf, Marshall zur Rede zu stellen, ihm von den belastenden Fotos zu erzählen und von ihrem Plan, die Behörden zu informieren, wenn er Nelly weiterhin bedrohte.

»Nelly hat also die Ziegenfarm verlassen?«, nuschelte Marshall mit kanapee-vollem Mund.

Ernestine starrte ihn überrascht an. »Woher wissen Sie das?«

Er lachte nur und entfernte sich lässig in Richtung der Tür, durch die Gwendolyn in aller Pracht geschwebt war. »Ich weiß mehr, als Sie sich vorstellen können, Ernie. Sie kümmern sich jetzt besser wieder um die Gäste.« Seine hohe Gestalt zog sich zurück, begegnete auf der Schwelle jedoch einer noch höheren – mit sandfarbenen versteinerten Haarwellen.

PBK.

Jetzt trieb Ernestines Schifflein hilflos auf dem Parkett. Sie hatte weder Speer noch ambrosische Sandalen, nicht einmal Ruder, mit denen sie sich in einen Hafen hätte retten können. Nur ein Tablett voller Kanapees und ein Spitzenkrönchen zum Beweis ihrer absoluten Bedeutungslosigkeit.

»Ross!« Kohler legte eine Hand auf das Schulterpolster von Marshalls Anzug und drückte es. Er schien sich jedoch weniger auf Ross zu konzentrieren als auf die Suche nach einer vielleicht wichtigeren Persönlichkeit, die womöglich im Raum war. Ernestine konnte sich vorstellen, wie enttäuscht er war, als er entdeckte, dass im Augenblick nur noch eine grauhaarige Dienstbotin anwesend war. Für einen Mann wie Kohler war der Raum also im Grunde leer.

»Wie wär's mit einem Abstecher zum Buffet?«, fragte Marshall ehrerbietig und warf dabei einen Blick auf Ernestine, der zu deren Überraschung leicht besorgt wirkte. *Hat er Angst, ich könnte etwas zu PBK sagen?* Der Gedanke, dass dies durchaus möglich war, brachte ihr Tablett zum Zittern.

»Gleich«, sagte Kohler barsch und zückte sein Handy. Doch sein Blick war immer noch auf die grauhaarige Dienstbotin gerichtet.

Ernestine klammerte sich am Tablett fest. Und dann sah sie Kohler geradewegs in die Augen, was er sichtlich nicht gewohnt war. Er war selbst Marshall überlegen, wie das Gespräch eben deutlich gemacht hatte, und Ernestine fragte sich, wer wohl auf einer noch höheren Stufe stehen könne als Kohler – vielleicht Kronos, der Herrscher der Welt. Ja, dachte sie mit dem Hauch eines Lächelns. Wie passend! Der Tyrann Kronos, der aus Angst vor der Entmachtung seine eigenen Kinder verschlang. Wie viele Investoren mochte Köhler in seiner Gier verschlungen haben? Wie viele Behörden hatte er in seine Machenschaften verwickelt und dann außer Gefecht gesetzt, wenn sie ihm nicht gehorchten?

Kohler, der in Ernestines hellen grauen Augen etwas entdeckt hatte, was er nicht bestimmen und daher vielleicht nicht kontrollieren konnte, machte zwei Schritte rückwärts, als habe er gerade Kanapees angeboten.

Marshall, erschrocken über diesen schwachen Moment des Gottes Kronos, geleitete ihn wortlos aus dem Raum.

Ein Grüppchen Festgäste schob sich in den Salon.

»Sabine? Sind Sie's? *C'est pas vrai!*«, rief eine dralle Dame der Gesellschaft und pflückte im Vorbeigehen ein Mini-Würstchen im Brotteig von Ernestines Tablett. Die mutmaßliche Sabine wandte sich um, winkte fröhlich mit ihrer Sektflöte und stöckelte dann hüftschwenkend auf die Würstchen-Lady zu. »Du meine Güte! Denise, nicht wahr? Aus dem Beaux-Arts? Das Balthasar-Konzert?«

Ernestine, eigentlich schon auf dem Rückzug, stockte. Ihr Herz stolperte. Dann warf sie sich wieder in die Schlacht und manövrierte ihr Tablett in die Nähe der Damen. Sie stellte sich dicht vor die Wandvertäfelung und starrte, die Ohren aufs Äußerste gespitzt, leer vor sich hin.

»Ja, genau! Das Balthasar-Konzert.« Denise versuchte, das Würstchen im Teig durchzubeißen, schob es dann aber komplett in den Mund, als sie die Krümel auf ihr Dekolletee regnen sah. »Welch ein Desaster! Mein Mann hat versucht, das Eintrittsgeld zurückzubekommen, aber es ging nicht.«

»Ja, ich weiß.« Sabine nippte am Champagner. »Wir haben es auch versucht. Aber trotzdem, so etwas persönlich erlebt zu haben! Haben Sie gehört, wie es Balthasar inzwischen ergangen ist?«

»Nein.« Denise bemerkte plötzlich Ernestines Tablett in ihrer Nähe und langte nach dem nächsten Würstchen im Teig.

»Nun, vor einigen Wochen habe ich erfahren, dass er schwer krank ist.«

»*Was?*«

»Ja, tatsächlich! Ich weiß nichts Genaueres, aber anscheinend sogar todkrank!«

Ernestine sackte gegen die Wandvertäfelung, das Tablett bekam Schlagseite. *Sterben!* Nein, das kann nicht sein, dachte sie und versuchte sich wieder aufzurichten. Bei ihrem Überraschungsbesuch in seinem Schlafzimmer war er blass gewesen. Schwach. Aber … *sterbend?*

Ich büße dafür, dass ich zu lange von einer zerstörerischen Frau festgehalten wurde. Einmal bin ich ihren Fängen entronnen, doch sie stahl mir einen Teil meiner Seele. Ich fürchte, jetzt ist es zu spät, um wieder ein ganzer Mensch zu werden.

Oh, Sébastien, stöhnte sie innerlich, als sie an diese Sätze in seinem Brief dachte, *nein, das kann nicht sein. Warte … Bitte, warte …*

»Ernestine!«

Sie straffte sich. Es war Dorothy, ohne jedes Lächeln.

»Ernestine, komm bitte sofort mit! Du musst eine Kiste Château Gobert aus dem Weinkeller holen. Sonst ist niemand frei, und ich muss jetzt ein Tablett Champagner fertig machen. Schnell! Ich erklär dir, wo du hinmusst.«

Mechanisch, mit gefährlich schrägem Tablett und absturzgefährdetem Spitzenkrönchen, folgte Ernestine Dorothy.

30

Der Tag der Abrechnung

Der Weinkeller der de Wasseiges konnte nur durch eine Außentür an der Zufahrt betreten werden. Wenige Meter vom Dienstboteneingang entfernt führte eine kleine Treppe hinunter zu einer schlichten Holztür.

»Die Tür ist immer abgeschlossen.« Dorothy gab Ernestine einen langen Eisenschlüssel, mit dem man in einer anderen Epoche auch einen Kerker hätte verriegeln können. »Beeil dich. Die Kiste ist schwer, aber du dürftest es schaffen. Der Château Gobert ist ganz leicht zu finden: in der letzten Nische, gleich neben einem Stapel Verpackungsmaterial.« Dorothy lächelte aufmunternd und ließ Ernestine zur Hintertür hinaus.

Die Elemente hatten sich schon zu ihren nächtlichen Riten versammelt. Ein spielerischer Wind trieb in Böen eisigen Regen über die Zufahrt. Außerhalb der warmen Lichtinseln, die aus dem Haus und dem Garagengebäude fielen, war in all dem Schwarz nichts zu sehen, keine Bäume, Hecken oder Waldränder.

Ernestine schlug schützend die Arme um den Oberkörper und rannte zur Tür des Weinkellers. Ihr Geist schwebte nur noch über dem, was sie tat, als wäre er schon da, wohin sie sich so sehnlich wünschte: an Balthasars Seite.

Sie sah zum Garagengebäude hinüber. Unter den Lampen glänzten die Limousinen wie große Meeressäuger. Chauffeure kamen und gingen, holten Wagen, setzten sie um oder rannten in die Garage, um etwas Warmes zu trinken. Ernestine meinte, Walters Glatze irgendwo aufleuchten zu sehen, war sich aber nicht sicher. Sicher erkannte sie nur den aus dem Haus verbannten Magnus, der unglücklich im Gebüsch herumschnüffelte.

Sie ging die sechs Stufen zur Holztür hinunter und versuchte, den Schlüssel ins Schloss zu bekommen, vergeblich.

Sie hätte sich gar nicht zu bemühen brauchen.

Die Tür war nicht abgeschlossen.

Sie sah sich noch einmal nach hinten um, ob jemand in der Nähe war oder gerade jemand zurückkam, um das vergessene Abschließen nachzuholen.

Die Tür klemmte an einer Ecke, Ernestine stemmte sie auf und ging dann noch weitere sechs Stufen in den Keller hinunter. Aus einem Grund, den sie erst später als göttliches Eingreifen erkennen sollte, ließ sie die Tür einen Spaltbreit offen.

Die Tiefen waren schwach beleuchtet. Vor ihr erstreckte sich ein langes Gewölbe, vielleicht noch länger als der Salon darüber. Das Ziegelgewölbe überspannte einen breiten Mittelgang mit vielen offenen Seitenkammern. Über dem Mittelgang hing eine Reihe Lampen, doch sie brannten nicht. Ernestine hatte den Drehschalter oben an der Tür gesehen, aber gemeint, es sei hell genug, um sich zu orientieren, auch wenn sie die Lichtquelle nicht identifizieren konnte.

Die offene Tür machte ihr Sorgen, ganz offensichtlich war jemand hier gewesen. Leise ging sie den Gang hinunter und blickte an den deckenhohen Flaschenregalen empor. Viele Flaschen lagen unter einer dicken Staubschicht, dem edlen Schmutz von Wein, der nicht gestört werden durfte.

Ihre Augen gewöhnten sich an das Dämmerlicht, und sie entdeckte eine besonders staubige Flasche. Sie wischte mit dem Finger über das Etikett: Barbeito Malvasia Madeira – von 1875.

Sie ging weiter auf die Lichtquelle zu.

Ob jemand da war? Ihre Handflächen wurden kalt. Oder hatte der Letzte vor ihr vergessen, das Licht auszuschalten?

Sie sprang hinter das Regal mit dem Madeira.

Da war ein Geräusch gewesen, kein menschliches. Ein geradezu übernatürliches, ein Schreien und Grunzen zugleich. Ein schnaufendes Ausatmen wie von einem längst ausgestorbenen Urwaldgeschöpf.

Mit angehaltenem Atem und gespitzten Ohren presste sich Ernestine an das Weinregal.

Keine Worte, nur tierische Laute. Sie ließ den Kopf gegen die Flaschen sinken, denn gerade war ihr eine nicht unbedingt willkommene Erinnerung durch den Kopf geschossen: Freddy de Wit, wie er im Schatten seiner Frittenbude grunzend auf ihr lag.

Das Grunzen verstummte, schockierende Worte erhellten seinen Ursprung:

»O bitte, hör auf!« Melodiöses Lachen, das Rascheln von Papier oder Plastik und dann: »Wir müssen zurück zu den anderen.«

Gwendolyn Carr.

Ernestine schnappte nach Luft. Und das Schlimmste: Die beiden Partyschwänzer hielten sich auch noch in der letzten Kammer auf – wo der Château Gobert lag.

»O Darling, nur einmal noch, bitte. Erzähl mir nicht, du hättest keine Lust.«

Marshall Ross … offenbar der Urheber der tierischen Laute. Das Pärchen sprach schleppend, als hätten sich die beiden bereits am Château Gobert gütlich getan. Ernestine spähte um die Schmalseite des Regals. Seltsam, dachte sie, wie sehr sich die Freddys und Marshalls in dieser Situation gleichen. Auch die Lust ist ein gesellschaftlicher Gleichmacher.

»Hilfst du mir mit dem Reißverschluss?«, flötete Gwendolyn. Weiteres Scharren und Kichern, noch ein wenig Stöhnen und dann kamen die beiden viel früher, als Ernestine erwartet hätte, durch den langen Gang.

Ernestine zuckte zurück und stieß mit der Schulter gegen eine der Flaschen Barbeito Malvasia Madeira. Diese rutschte aus ihrer Kuhle, hielt sich einen spannungsgeladenen Moment noch auf der Kante des Regals und zerschellte dann am Boden.

Das Pärchen erstarrte mitten im Gang.

Ernestine trat aus ihrer Nische und sah die beiden an. Zu ihren Füßen bildete sich eine tiefrote, duftende Pfütze.

»So was, Ernie, seltsam, Sie hier zu treffen.« Marshalls Stimme war zu grell, seine Augen glänzten zu stark.

Gwendolyn schien neben ihm zu schweben, der Faltenwurf des Chiffonkleids war so perfekt, als wäre es nie geöffnet und zur Seite geworfen worden. Ihre Frisur hingegen hatte sich aus der Verankerung gelöst und an ihrem Rücken hing wie ein Plastik-Pferdeschwanz ein Stückchen Verpackungsmaterial.

»Haben Sie eine Vorstellung davon, was dieser Madeira wert ist?«, fuhr Gwendolyn sie an.

»Durchaus«, erwiderte Ernestine freundlich.

Diese Gelassenheit verschlug der Diva zeitweise die Sprache. Ernestine auch. War ihr Athene endlich in Gestalt einer Weinflasche zu Hilfe gekommen?

»Ich soll eine Kiste Wein hochholen«, fuhr Ernestine fort, als hätte sie nicht gerade eine Kostbarkeit aus dem Weinkeller der Baronin zerbrochen. Sie ging jedoch nicht an den beiden vorbei zur letzten Nische. Irgendetwas gab ihr das Gefühl, sie müsse stehenbleiben. Zuerst nämlich hatte sie noch eine andere Aufgabe zu erledigen. Ganz sicher war Athene an ihrer Seite. Denn sie spürte, wie sich ihre Segel auf geheimnisvolle Weise mit Wind füllten, als sie sagte:

»Monsieur Ross und Madame Carr, ich habe vor, Sie bei den Behörden anzuzeigen wegen der illegalen Spielbank an der Küste und wegen des illegalen Verkaufs der Haushälfte, die mir Harry Bishop ausdrücklich übertragen hatte.«

Die beiden starrten sie stumm an. Im Weinkeller herrschte eine Spannung wie vor dem Zusammensturz eines bereits gesprengten Gebäudes.

Marshall warf lachend den Kopf in den Nacken. »Das meinen Sie nicht ernst, Ernie! Ich habe es Ihnen doch schon im Park gesagt, wissen Sie noch? Wer würde einer Putzfrau eine derart lächerliche Geschichte glauben?!«

Gwendolyn griff nach seinem Arm und fiel in sein Lachen ein. »Los, komm, Darling, lassen wir sie in Ruhe putzen.«

»Ich habe Beweise.« Ernestine zitterte, aber sie wich um keinen Zentimeter.

Wieder erstarrten die beiden.

»Beweise?«, fauchte Gwendolyn. Ihr fragender Blick wanderte von Ernestine zu Marshall und wieder zurück.

»Fotos«, sagte Ernestine.

Wieder herrschte diese besondere Spannung im Keller.

Marshall lachte noch einmal, aber nicht mehr ganz so herzlich. »Wie zum Teufel meinen Sie das?«

»Ich habe durch einen Vorhangspalt Bilder von Ihrer illegalen Spielhölle gemacht. Ich hatte zufällig mein Handy dabei.«

Wieder Schweigen.

»Es gibt ein Bild von Ihnen. Und eins von Monsieur Kohler … Das heißt, von seiner Hand.«

»Wie viel wollen Sie?«, schrie Marshall und machte einen drohenden Schritt auf sie zu.

»Wie bitte?«

»Sie haben mich verstanden! Wie viel wollen Sie? Es geht doch immer ums Geld – besonders den Leuten, die keins haben.«

Jetzt lachte Ernestine. Ihr war schlecht, sie schwitzte und zitterte, aber sie brachte immerhin ein leises Glucksen zustande. Denn in diesem Augenblick war ihr absolut klar, dass kein Haus, mochte es noch so teuer und noch so schön gelegen sein, so viel wert sein konnte wie Nellys Wohlergehen und Balthasars Glück. *Niemals.*

»Oh, ich möchte Ihr Geld nicht, Monsieur.« Immer noch schwellte der Wind ihre Segel. »Ich möchte nur, dass Sie meine Freundin Nelly in Ruhe lassen. Und …« Sie wandte sich an

Gwendolyn: »Madame, ich möchte, dass Sie Ihrer Tochter sagen, wer ihr wahrer Vater ist, und dass Sie sie zu ihm bringen, bevor es zu spät ist.«

Marshall starrte Gwendolyn an. Die Luft knisterte. »Gwen, was hat das zu bedeuten?«

Gwendolyn beugte sich drohend über Ernestine. »Sie kleines …!« Mitten im Satz versagte ihr die Stimme, sicher zum ersten Mal in ihrem Sängerinnenleben.

In diesem Augenblick wäre mit allem Möglichen zu rechnen gewesen – zum Beispiel hätte nach so vielen kleinen Explosionen das Haus endlich in sich zusammenfallen können –, nur nicht mit diesen zwei eindrucksvollen Initiativen:

Die erste kam von Gwendolyn, die sich auf Ernestine warf.

Die zweite von einer haarigen Kreatur, einem *deus ex machina* in Gestalt von Magnus, der die Kellertreppe herunterschoss. *Dem Himmel sei Dank, dass ich die Kellertür offen gelassen habe!*

Magnus stürzte zähnefletschend und mit einem mächtigen grollenden Knurren auf Gwendolyn los. Allerdings schien er mit dem weiteren und grausameren Verlauf solcher Attacken nicht unbedingt vertraut. Hochzufrieden darüber, die Situation gerettet zu haben, stand er zwischen seiner Freundin Ernestine und der Chiffon-Erscheinung, verlor aber ein wenig die Kontrolle, indem er mit dem Schwanz wedelte.

Ernestine floh Richtung Ausgang.

»Fass!«, schrie Gwendolyn. Doch Magnus hatte sich anscheinend wieder seiner Pflichten besonnen, denn Ernestine hörte einen weiteren Schrei und dann das Reißen von teurem Stoff. Oben auf der Treppe warf sie einen kurzen Blick zurück und sah Gwendolyn mit einem Fetzen grünem Chiffon in der Hand und Marshall, der auf den Knien Magnus wegzulocken versuchte.

»Ernestine, was ist los? Was machst du? Wo ist der Wein?«

Dorothys Fragen drangen so langsam in Ernestines aufgewühlten Geist, dass sie sie kaum hörte. Sie saß auf der Bank in der Dienstboten-Umkleide, zog dankbar die rüschenbesetzte Serviertracht aus und ihr bequemes altes Kittelkleid über. Die Spitzenkappe riss sie mit besonderer Genugtuung herunter und pfefferte sie auf den Boden.

»Ernestine?« Dorothy wartete verzweifelt auf eine Antwort.

»Ja, ich weiß, es tut mir leid«, sagte Ernestine wie in Trance. »Ich gehe, Dorothy. Du musst jemand anderen Wein holen schicken. Danke, dass du in allem so nett warst.«

»Aber …«

Ernestine hüllte sich in Patricks Lodenmantel, noch nie war er ihr so warm und tröstlich erschienen wie jetzt. *»Good bye«*, sagte sie nur und ging durch die Küche in Richtung Dienstboteneingang. Sie war sicher, dass Gwendolyn und Marshall inzwischen wieder zur Party zurückgekehrt waren, um nicht ins Gerede zu kommen.

Sie wollte gerade hinausgehen, als etwas in ihr widerhallte.

Jetzt, Reisender …

Sie zog die Kapuze über. Am besten verscheucht man solche inneren Stimmen, dachte sie. Sie hatten sie immer nur in Schwierigkeiten gebracht. Es war an der Zeit, Balthasar und auch Sophia zu vergessen, zu erwägen, ob Harry Bishop seinen Besitz nicht jemand anderem hatte vermachen wollen (oder hätte vermachen sollen), und wieder in ihr altes Leben zurückzufinden.

Jetzt, Reisender!

Dieses Mal klang es lauter, ernster. Patrick? Sicher würde er in einer solchen Nacht nicht unterwegs sein. Außerdem glaubte sie nicht, dass er Whitman gelesen hatte. Und Athene hatte nach ihrem Eingreifen im Keller sicher auch keine Zeit für Dichtung.

Wie aus eigenem Entschluss übernahmen nun ihre Beine kurzzeitig das Kommando.

Segle vorwärts …

Sie rannte zurück in die riesige Küche. *Na, endlich hörst du auf mich!*, schien etwas in ihr zu sagen.

Am verblüfften Personal vorbei lief sie durch die Schwingtüren in die Empfangsräume. Gerade noch rechtzeitig. Denn die Mastersons waren schon im Aufbruch.

»Wie schön es war!« – »Was für eine wunderbare Weihnachtsfeier!« – »Einfach herrlich!« Solche und noch andere Sätze wurden von Gwendolyn und in geringerem Maße auch von Sophia hervorgestoßen, während Reginald seine Zustimmung durch ernstes Nicken bekundete. Die Baronin, Ziel all dieser Komplimente, stand mit ausgebreiteten Armen da, als wollte sie die ganze Familie umarmen.

»Madame Vandermeer!« Sophia hatte sie als Erste entdeckt.

»Sophia!« Ernestine eilte auf das Grüppchen zu.

Andere Gäste, die ein heraufziehendes Drama witterten, zogen sich unter angeregtem Plaudern in den Schutz des Weihnachtsbaums zurück. Darunter einer, turmhoch und mit sandfarbenem Haar, der besonderen Abstand hielt, wie Ernestine bemerkte.

Als Gwendolyn den dunkelgrünen Kobold entdeckte, versuchte sie, ihre Tochter zur Tür zu ziehen. »Komm, Darling! Wir müssen gehen!«

»Aber Mutter! Das ist eine Freundin von mir, Madame Vandermeer, die bekannte Innenarchitektin. Ich glaube, du kennst sie auch!«

Allerdings kennt sie mich, dachte Ernestine. Aber nicht, wie du meinst, du zauberhafter, naiver Schatz.

»Innenarchitektin …?« Gwendolyn starrte Ernestine an, und alle anderen taten es ihr nach. Dann kam Bewegung in die Diva, sie zerrte Sophia zur Tür und verdeckte sie dabei fast mit ihrem riesigen, sich bauschenden Pelz.

»Mother!«

Die Mastersons waren schon auf der Treppe und dann auf der Auffahrt. Ernestine fegte unhöflich an der Baronin vorbei zur Tür, zögerte dann aber auf der obersten Stufe.

Die Familie war verschwunden. Doch dann entdeckte sie sie. Sie rannten zur Garage, und Reginald rief nach seinem Wagen.

»Sophia!« So laut hatte Ernestine noch nie geschrien.

Sophia drehte sich vor der Tür einer großen Limousine zu ihr um. »Madame Vandermeer!«

Ernestines hastige Schritte knirschten auf der Auffahrt, als sie auf den Wagen zustürmte. Ein Windstoß riss ihr die Kapuze vom Kopf. Kalter Regen prasselte auf den Kies. Aus dem Augenwinkel sah sie, wie mehrere Chauffeure sich an der Ecke des Garagengebäudes sammelten, darunter auch Walter.

»Einsteigen!«, schrie Gwendolyn. Sie öffnete die hintere Tür und drängte ihre Tochter in den Wagen. Der weiße Pelz wogte grotesk im Wind.

»Sophia, hören Sie!«, rief Ernestine, als sie am Wagen ankam. »Ich muss Ihnen etwas sagen! Bitte, fahren Sie noch nicht!«

Doch Reginald Masterson verwandelte sich unverhofft in einen Formel-1-Fahrer. Der Motor heulte auf.

Sophia ließ ihr Fenster herunterfahren. Ihre silbrige Blässe glomm aus dem Wageninnern. Ihr Gesichtsausdruck verriet völlige Verwirrung.

»Sophia …«, schluchzte Ernestine.

Masterson trat das Gaspedal durch, der Wagen schoss in einer Kiesfontäne vorwärts.

Trotzdem schaffte es Ernestine, lange genug nebenherzulaufen, um zu schreien: »Ihr wahrer Vater ist Sébastien Balthasar! Bitte gehen Sie zu ihm! Er ist sehr krank. Er sucht Sie schon seit vier Jahren. Er hat Sie immer geliebt!«

Der Wagen raste davon.

Als er unter den vom Wind gepeitschten Zedern hindurchfuhr, sah Ernestine am Rückfenster eine blasse Hand winken, ob als Zeichen des Verstehens oder des Abschieds, war fraglich.

Ernestine stand nach Atem ringend mitten auf der kreisförmigen Auffahrt des Herrenhauses und folgte dann, ohne sich weiter um die Schaulustigen in der Haustür zu kümmern, schluchzend und keuchend der Spur der Mastersons. Sie hatte die Kapuze nicht wieder über den Kopf gezogen, ihre Locken waren bereits durch und durch nass. »Bitte, mach, dass sie ihn besucht ... Bitte ...«, flehte sie die Nacht an und möglicherweise auch die unsichtbaren Mächte, die diesem Abend eine solche Bedeutung gegeben hatten.

Sie bog in die einsame Straße ein, die durch den Wald zur Villa Tosca führte. Natürlich wollte sie dort nicht klingeln. Es war nicht einmal der kürzeste Weg zur Straßenbahn. Aber die Straße war eine Sackgasse, niemand würde von Château Rivage aus diesen Weg einschlagen, schon gar nicht bei diesem Wetter.

31
Prélude

Drei Mal fiel sie auf der abschüssigen Kopfsteinstraße. Überhaupt war ihr Gehen mehr ein Stolpern, es war so dunkel, dass sie Unebenheiten erst zu spät erkannte.

Sébastien …

Sie stürzte hart auf ein Knie und schrie auf. Ganz sicher hatte sie sich jetzt den Strumpf zerrissen und wahrscheinlich auch die Haut aufgeschürft.

In der Villa brannte zu Ehren der Wintersonnenwende nicht das geringste Licht. Die Elemente tobten im Wald. Dunkelheit. Nässe. Ausgelassen feierte die Natur das Jahresende.

Ernestine sah im Vorbeigehen durchs Tor: leblose Leere starrte zurück. Außer ihr gab es nur Geräusche: das Prasseln des Regens und das knarrende Aneinanderschaben von Ästen.

Ob er nicht zu Hause ist? Oder krank? Ernestine hinkte auf die Sperren zu, die das Ende des Kopfsteinpflasters markierten. *Ist er tot?*

Kälteschauer überliefen sie, erst war es nur ein leichtes Zittern in den Schultern und Oberschenkeln, dann verkrampfte sich ihr Oberkörper in einem echten Schüttelfrost. Sie war durchnässt, ihr Kopf eiskalt, ihre Kehle brannte, eine tüchtige Erkältung kündigte sich an.

Sie erreichte den Kreisverkehr in Boitsfort. Gerade hatte eine Straßenbahn die Haltestelle verlassen und fuhr jetzt den Hügel hinauf. Ernestine sah auf den Fahrplan. Nein, bei dieser Kälte konnte sie nicht zwanzig Minuten auf die nächste warten.

Inzwischen unkontrollierbar zitternd, schleppte sie sich bergauf.

Als sie rechts die düstere Masse der Kirche St. Hubert aufragen sah, tauchte plötzlich eine eindrucksvolle Limousine neben ihr auf. Das Fenster wurde heruntergefahren.

»Madame Vandermeer?«

Walter! Ernestine wäre vor Erleichterung fast zusammengebrochen. Wie Cognac floss seine Stimme durch ihre eisigen Adern.

»Walter!«, rief sie. Sie ging auf den Wagen zu, strauchelte aber und musste sich am Auto abfangen.

»Madame, ist alles in Ordnung?« Walter sprang aus dem Wagen, öffnete die Beifahrertür und half ihr vorsichtig auf den Sitz. »Sie fühlen sich ganz fiebrig an. Ich bringe Sie sofort nach Hause.«

»Danke, das ist sehr nett von Ihnen«, flüsterte Ernestine. Sie hatte keinen Funken Energie mehr. Dennoch fragte sie schwach, woher er gewusst habe, dass er sie hier finden würde.

»Ich sah, wie Sie das Gelände des Herrenhauses nach rechts verließen, aber ich konnte nicht gleich weg. Als ich endlich im Wagen war, hatten Sie schon das untere Ende des Kopfsteinwegs erreicht, und ich musste die andere Strecke nehmen, um Sie einzuholen.«

»Wem gehört diese Limousine?«, fragte Ernestine noch fast unhörbar. Mit einem leisen Aufstöhnen lehnte sie den Kopf ans Fenster.

»Arnaud de Wasseige. Aber keine Sorge, ich bringe den Wagen zurück, noch bevor er merkt, dass er je weg war.«

Doch Ernestine hörte ihn nicht mehr, sie war ohnmächtig geworden.

Walter trat entschlossen aufs Gas, eine Hand hatte er am Lenkrad, mit der anderen stützte er Ernestine.

Es ist komisch mit der Zeit, dachte sie, während sie sich unablässig auf ihrem Bett hin und her wälzte. *Stunden vergehen wie Sekunden, und Sekunden können ewig dauern. Die zwei Wochen mit Papa in De Haan waren immer im Nu vorbei. Doch Balthasars Sarabande – das Stück ist sicher nur ein paar Minuten lang, aber an diesen Gestaden könnte man ein Leben verbringen. Vielleicht hat Monsieur Einstein dieses Phänomen nicht hinreichend genau erklärt.*

Wie lange liege ich schon hier im Bett?

Tage vielleicht. Sie hatte mehrmals einen Wechsel zwischen Tag und Nacht bemerkt, was zu dieser Jahreszeit in Brüssel gar nicht so einfach war. Jemand hatte auf einem der abgestoßenen Küchenstühle Wasser an ihr Bett gestellt, und dann war ein Kräutertee aufgetaucht. Außerdem hatte ihr jemand aus den nassen Sachen und in ihr Nachthemd geholfen. Hoffentlich nicht Walter, aber andererseits: War das wirklich wichtig? Wir verlassen diese Welt, wie wir in sie kommen, nackt und bloß. Nicht, dass sie gerade jetzt die Absicht gehabt hätte, die Welt zu verlassen.

Sie schlief und schlief. Sie konnte gar nicht anders. Sobald sie ihre Augen öffnete, fühlte sie sich unendlich matt, und in jeder Körperzelle brannte der Schmerz. Dem war am leichtesten zu entkommen, indem man einfach die Lider schloss. Und die Träume – sie waren so wunderschön! Warme, seidige Wellen voller Sonnenreflexe. Ein Cello, es wurde in einem weißen Raum mit einer Gewölbedecke gespielt, an den Fenstern wehten schwerelose weiße Gazegardinen. Eine dunkel und lang ausklingende Glocke, eine Art Seelenmassage, ihr Klang wurde zu einem sich golden in die See ergießenden Fluss.

Nach und nach setzte sie die Welt ihrer Mansarde wieder zusammen. Wenn sie auf der linken Seite lag, konnte sie einen der verschlissenen Pfauen auf dem Teppich betrachten. Lag sie auf dem Rücken, konnte sie zusehen, wie sich die Schneeflocken auf den Dachluken niederließen und eine vernachlässigte Taube traurig hereinblickte. Morgens, wenn das Fieber nicht so hoch war, konnte sie die Augen lange genug offen halten, um die Dachbalken und die unlogischen Mäander der Elektroleitungen zu studieren. Und wenn sie sich herumdrehte, konnte sie die Titel von Patricks Taschenbüchern lesen. All diese Beobachtungen waren von so großer Bedeutung, als wäre sie nach vielen Monaten aus einem dunklen Keller befreit worden und könnte jetzt die ersten Früchte der Kultur genießen.

Sie wurde durch ein schattenhaftes Kommen und Gehen am Leben gehalten. Am Abend der Wintersonnenwende hatte Walter ihr die Treppe zu ihrer Mansarde hinaufgeholfen. Vermutlich jedenfalls, sie konnte sich an nichts erinnern. Am nächsten Tag war er mit Nelly wiedergekommen und die beiden hatten rings ums Bett eine Art Ballett mit Flüssigkeiten und püriertem Obst aufgeführt, sich gedämpft unterhalten und immer wieder die Decke aufgeschüttelt.

»Habe ich Weihnachten verpasst?«, fragte Ernestine eines Morgens heiser.

»Ja, *chérie.*« Nelly streichelte ihr über die feuchte Stirn. »Aber mach dir nichts draus. Das gibt's alle Jahre.«

»Hast du Marshall gesehen?«

»Nein. Ich glaube, er ist nicht mehr in der Stadt.« Nelly machte sich umständlich am Bettzeug zu schaffen. »Aber Hugues Boondael hat im Geschäft vorbeigeschaut. Um dir ein Angebot für das Haus zu machen.«

Ernestine stützte sich mühsam auf einen Ellbogen. Ihre Schläfen begannen wild zu klopfen. »Nein! *Nein!*«, keuchte sie. »Ich will nichts damit zu tun haben!«

»Aber Nesty! Denk doch mal an das Geld!«

»Eigentlich gehört es mir doch gar nicht, Nelly – nicht auf anständige Art. Und außerdem, sobald das mit der Spielhölle publik wird, wird mein Name hineingezogen.« Sie warf einen Blick auf Patricks Taschenbücher. »Und Papas Name.«

Nelly kehrte niedergeschlagen an den Küchentisch zurück, neben dem unsicher Walter stand.

»Nelly?«, krächzte Ernestine und trank einen Schluck Kräutertee.

»*Oui, chérie?*«

»Würdest du so gut sein und die Tauben füttern?«

Nelly nahm ein altbackenes Croissant aus dem Brotkasten, kletterte auf den verbliebenen Küchenstuhl und öffnete die Dachluke. Dabei wehten ein paar Schneeflocken aufs Krankenbett und lindernd auf die heiße Stirn der Patientin. So krank diese auch war, es fiel ihr dennoch auf, dass Walter eine schützende Hand um Nellys Ellbogen legte, damit die *chocolatière* beim Taubenfüttern nicht vom Stuhl fallen konnte.

Walter und Nelly! Unfassbar!

Ernestine drehte sich lächelnd in ihrem Bett um. Wer hätte das gedacht? Aber man durfte eben die unberechenbare Magie des Lebens nicht außer Acht lassen. *Walter und Nelly:* sicher einer dieser funkelnden Schätze, nach denen man Ausschau halten musste.

Ernestine vertrieb sich die Zeit damit, die Schritte auf der Treppe zu erwarten und zu erraten, zu wem sie gehörten. Walters Schritte waren knapp, behutsam und ehrlich. Nellys unregelmäßig, sie stoppten auf jedem Treppenabsatz. Kamen die beiden zusammen, dann wurden sie erheblich verlangsamt, denn sie plauderten während des gesamten Aufstiegs, manchmal lachten sie sogar.

Nelly und Walter mussten Dr. Dieudonné etwas gesagt haben, nicht nur von Ernestines Krankheit, sondern auch, was die Heizung anging, denn eines Tages kamen schwerere Schritte die Treppe herauf. Dr. Dieudonné klopfte einmal laut an die Tür und stand schon im Raum, noch bevor Ernestine ein »Herein« herausbrachte. Er trat rasch an ihr Bett und ließ sein Fischauge über sie gleiten.

»*Achillea millefolium*«, murmelte er und stellte einen Krug auf den Stuhl neben ihrem Bett. »Trinken Sie möglichst viel davon.«

Verblüfft bemerkte Ernestine einen Hammer in der Hand des Arztes.

»Darf ich fragen, was Sie damit vorhaben?«, fragte sie schwach.

Doch Dr. Dieudonné stand schon am Heizkörper, einem Vorkriegs-Monstrum, das sich viele Jahre nicht mehr gerührt hatte. Der Arzt schlug mehrmals kräftig mit dem Hammer auf das Ventil. Die Tauben flatterten erschrocken davon, sicher bis in die nächste Gemeinde, doch aus dem Heizkörper hörte man ein schwaches, sickerndes Geräusch.

»So ist es besser«, sagte Dr. Dieudonné befriedigt und verließ die Mansarde, ohne Ernestine Gelegenheit zum Dank zu geben.

Am späten Nachmittag desselben Tages, der Abend dämmerte schon, waren wieder Schritte zu hören.

Ernestine erwachte gerade aus einem langen Traum, der weit weniger angenehm und erfrischend gewesen war als die vorherigen. Sie hatte darin herauszufinden versucht, was – oder wer – ihr auf Château Rivage zur Seite gestanden und es ihr ermöglicht hatte, Marshall und Gwendolyn zur Rede zu stellen und sogar Sophia – wenn auch in letzter Sekunde – über ihren wahren Vater aufzuklären. Das alles ließ sich nicht nur durch die Freundlichkeit eines philippinischen Dienstmädchens und eines undisziplinierten Labradors erklären.

Die Schritte waren auf dem zweiten Treppenabsatz angekommen.

Ernestine kannte sie nicht und döste wieder ein. Sicher wollte jemand zu Dr. Dieudonné.

Im Halbschlaf quälte sie sich mit allen möglichen Fragen: Wie sollte sie der Baronin das mit dem kostbaren Madeira erklären? Und warum sie so überstürzt von der Weihnachtsfeier weggelaufen war? Sie hatte nicht die geringste Ahnung. Aber es war auch nicht wichtig. Man würde sie nie für den Abend bezahlen – und nie wieder dort beschäftigen.

Die Schritte waren vor ihrer Tür angekommen. Es klopfte vier Mal, leise und gleichmäßig.

Ernestine wälzte sich im Bett herum, schlug die Augen auf und sagte: »Herein.«

Später sollte sie sich erinnern, wie verwundert sie darüber war, dass aus einem dunklen Flur so viel Licht strahlen konnte. Vielleicht noch eine Frage an Monsieur Einstein. Für Ernestine war es schon schwer genug, die Abweichung von der Norm zu erklären, die Sébastien Balthasar zur Tür ihrer Mansarde geführt hatte. Als wäre die Sonne plötzlich irgendwo in der Nachbarschaft von Pluto aufgetaucht.

Balthasar zog Mantel und Hut aus, legte beides über den Küchentisch und ging auf ihr Bett zu.

Ernestine setzte sich überrascht auf, doch ihr wurde so schwindelig, dass sie gleich wieder ins Kissen sank.

»Wie haben Sie mich gefunden?« Sie formte die Worte mit den Lippen, selbst Flüstern wäre über ihre Kraft gegangen.

Er antwortete nicht, sondern setzte sich auf die Bettkante. Ihre Hände lagen reglos auf der Decke, vorsichtig hob er eine an seine Lippen.

»Sie sind sehr heiß.« Er runzelte besorgt die Stirn. »Ihre Freundin Nelly Legrand sagte mir, dass Sie krank sind. Wie lange schon?«

Ernestine musste erst nachdenken. »Ich weiß es nicht so genau. Es fing am 21. an. Am Tag der Weihnachtsfeier bei den de Wasseiges. Den wievielten haben wir heute?«

»Den 27.« Er legte ihr prüfend den Handrücken an die Schläfe.

Auf dem abgestoßenen Küchenstuhl lag ein feuchtes Tuch. Er trug es in die Küchenecke, hielt es unter den Wasserhahn, wrang es aus und legte es ihr sanft auf die Stirn.

»Danke«, murmelte sie. »So ist es viel besser.« Und dann: »Sie sind also nicht todkrank.« Als wäre es eine absolut folgerichtige Fortsetzung des Gesprächs.

»Nicht, dass ich wüsste.« Seine Mundwinkel kräuselten sich. »Aber vielleicht sollte ich diese Frage lieber Ihnen stellen.«

»Ja, ich sehe bestimmt aus wie der Tod.« Ernestine sah ihn ehrfurchtsvoll an. War das wieder ein Eingreifen, das sie den Göttern verdankte? Stand die verkleidete Athene vor ihr? Oder war es eine Fieberphantasie, die Dr. Dieudonnés Kräutersud bald vertreiben würde?

Balthasar drückte ihr die Hand – mit dieser seltsamen sanften Kraft, die nicht so leicht nachzuahmen war, nicht einmal von einer Göttin. Nein, das musste echt sein. Doch zugleich merkte sie trotz ihres geschwächten Zustands, dass dieser Mann ein völlig anderer Sébastien Balthasar zu sein schien. Seine Bewegungen waren rasch und sicher. Seine Haut war absolut nicht mehr bleich. In seinen Augen glommen weder Schmerz noch Zweifel. *Es liegt am Schnee,* dachte Ernestine. *Bei Schnee sehen die Leute immer besser aus.*

Doch trotz dieser sichtbaren Veränderungen fand Ernestine nicht die Worte für die Frage, die ihr seit seinem resoluten Eintreten in ihr Zimmer auf der Seele brannte. *War sie bei dir, Sébastien? Wie war es? Ist sie nicht wundervoll?*

Balthasar goss etwas von Dr. Dieudonnés Gebräu in ein Glas. Er half ihr, sich aufzusetzen, und stopfte ihr das Kissen in den Rücken. Auch Nelly hatte all das in den letzten Tagen für sie getan, doch einem Mann wie Balthasar hätte Ernestine es nie zugetraut. Dennoch kam diese Fürsorglichkeit so von Herzen, als hätte sie in einem versteckten Winkel seiner Seele nur darauf gewartet, endlich ans Licht zu kommen.

Während sie an dem bitteren Kräuteraufguss nippte, sah er sich um. *»Deine Heimat, dein Haus.«*

»Bitte keine Ironie.« Sie sah auf den verschlissenen Pfauenteppich. »Ich habe nicht die Kraft, mich zu wehren.«

»Es war absolut nicht ironisch gemeint.« Balthasar lächelte ihr zu.

»Bitte gehen Sie weg, wenn Sie über meine Wohnung spotten wollen.« Schon bei dieser leichten Aufregung begann es in Ernestines Kopf zu pochen. »Sie können sich ja nicht vorstellen, was für eine Nomadin ich war: Ich habe mich um so viele Häuser gekümmert, die mir nie gehören würden. Harry Bishops Haus war die Erfüllung eines Traums. Aber am Ende auch nur eine Schimäre. Diese Mansarde hingegen …«

»Ist schön«, beendete Balthasar den Satz für sie.

»Das ist jetzt aber eine dreiste Lüge, Monsieur.«

»Überhaupt nicht.« Er beugte sich vor und küsste sie auf die Stirn. »Schön, weil Sie hier sind!« In seinem Blick lag ein Leuchten, das sie nie zuvor gesehen hatte, und sie wusste, dass dort keine Lüge sein konnte.

Balthasar stand auf und begann, den Mantel anzuziehen.

»Aber Sie wollen doch nicht schon gehen!«, rief Ernestine.

»In einer Stunde bin ich zurück.«

»Aber …«

»Ich habe Ihnen etwas mitzuteilen.«

Die Schritte, die sich eine Stunde danach näherten, waren langsamer und schwerer, und zwei oder drei Mal hörte man einen hohlen Aufschlag.

Diesmal trat Balthasar ein, ohne anzuklopfen. Er hatte sein Cello vorsichtig die ganze Treppe hinaufgetragen und war wütend auf sich selbst, weil er an den Treppenkehren angestoßen war.

Er sah zu Ernestine hinüber, und sein Ärger verflog. Er setzte das Cello ab und kam zu ihr ans Bett. Sie setzte sich wieder auf, sehr blass und angespannt, aber lächelnd.

»Sie sehen schon besser aus!« Er warf Mantel und Hut wieder auf den Tisch.

Sie starrte das Cello an, sagte aber nichts dazu. »Bitte sagen Sie mir, Sébastien«, begann sie, errötete dann jedoch bei der Nennung seines Namens und sah weg.

»Bitte sag meinen Namen, so oft du magst, es gibt dir gleich eine gesündere Gesichtsfarbe!« Balthasar lachte. Er machte sich in der winzigen Küche zu schaffen, setzte Wasser auf und suchte im Schrank nach Kaffee. Er schien sich absolut zu Hause zu fühlen, sein Talent erstreckte sich offensichtlich auch auf ganz banale Tätigkeiten.

»Kennst du diesen Ort zwischen Himmel und Erde, von dem du gesprochen hast?«

»Ja.« Balthasar maß mit einem Löffel Instantkaffee in eine Tasse.

»Nun, was ich eigentlich wissen wollte …« Ernestine zögerte. »Bist du schon dort gewesen?« Sie nahm noch einen Schluck von Dr. Dieudonnés Zaubertrank und betrachtete das Cello. Es wirkte ein wenig gequält, so ganz allein in seiner Ecke.

»Wo die Schwäne sind, meinst du?«

Ernestine nickte.

»Ein paar Mal, ja.« Balthasar setzte sich mit seinem Kaffee zu ihr auf die Bettkante. »Musik ist harte Arbeit. Im Allgemeinen halten sich die Schwäne fern. Aber ich denke, das liegt in der Natur der Kunst. Man sucht lange und findet selten.«

»Mein Vater hat viel Zeit damit verbracht, nach diesem Ort zu suchen, denke ich. Er träumte von ihm – eigentlich war er ständig in Tagträumen gefangen. Ich glaube, seine Traumwelt hatte etwas mit Griechenland zu tun.«

»Ist er je dorthin gekommen?«

Ernestine starrte ihn an, plötzlich war ihr etwas eingefallen. Sie kämpfte sich im Bett hoch.

»Was treibst du da?« Erschrocken stellte Balthasar seinen Kaffee neben den Schafgarbentee und packte Ernestine an den Schultern. »Lehn dich an«, befahl er und drückte sie sanft ins Kissen. »Bitte, du bist noch sehr schwach.«

Tatsächlich, zum Widerstand fehlte ihr die Kraft. »Siehst du den hellbraunen Band dort?«

Er hockte sich vor das betreffende Regal und fand das Buch sofort. »Ah, Homer«, sagte er leise. »Mit Liebe und oft gelesen, das sieht man.« Er schlug Patricks zerlesenen Band auf und blieb gebannt stehen, als er die Widmung las.

Für meine liebe Ernestine

Mögest Du Deine eigene magische Odyssee finden, auch wenn Du Ithaka nie verlässt.

Dein Dich liebender Papa

»Mein Vater hat Brüssel nie verlassen – nicht einmal in seinem Herzen.« Ernestine lächelte Balthasar an. »Auch ich werde Ithaka wohl nie verlassen!«

»Er hat also seine eigene Odyssee nie gefunden«, sagte Balthasar so vorsichtig, als wollte er sie nicht aufregen.

»Nein, ich glaube nicht.« Ernestine schwieg ein paar Sekunden, bevor sie hinzufügte: »Ich schon, glaube ich.«

Sie wechselten einen langen verständnisinnigen Blick.

Balthasar legte das Buch aufs Bett und packte sein Cello aus. Dann nahm er den anderen Küchenstuhl, stellte ihn etwa in die Mitte des Pfauenteppichs und setzte sich zum Spielen hin.

»Ich wusste nicht, wie ich dir sonst danken sollte«, sagte er schlicht und zupfte anmutig an den Saiten, um sie zu stimmen.

Ernestine legte sich wieder aufs Kopfkissen, schon ganz erschöpft von ihren vielen Sitzversuchen.

»Mir danken?«, flüsterte sie.

»Dafür, dass du mir Sophia gebracht hast.«

Ernestine schloss die Augen. Tränen quollen unter den Lidern hervor, als sie fragte: »Sie hat dich also besucht?«

»O ja.«

»Verlief die Begegnung gut?«

»Es war eigentlich keine Begegnung. Es war mehr ein Wiederfinden. Als hätten wir uns längst gekannt.«

»Wie wunderbar, zwei Väter zu haben.« Als Ernestine daran dachte, dass sie schon so lange keinen mehr hatte, flossen weitere Tränen.

»Ich bin unsagbar glücklich, einer dieser Väter zu sein. Und das verdanke ich alles dir.«

»Ich würde es immer wieder tun«, wollte Ernestine sagen, aber entweder hatte sie zu leise gesprochen oder es nur gedacht, jedenfalls hatte Balthasar es nicht gehört, er begann schon zu spielen.

»Dies ist das Prélude der letzten Cello-Suite von Bach – der mit der Sarabande, die du so sehr liebst.«

»Prélude?«, fragte Ernestine schläfrig.

»Ja, ich dachte, unter anderem bräuchten wir einen neuen Anfang.«

Die Musik schien irgendwo in ihr zu entspringen und sich nach außen zu verbreiten statt andersherum. Dic Mansarde hatte die perfekte Akustik für das Cello. Der Klang war voll, intensiv und doch präzise, mit jenem zusätzlichen Widerhall, der die Moleküle in Schwingungen versetzt. *Ich fühle mich schon besser.* Ernestine ließ sich seufzend in ihre Benommenheit zurückfallen. *Ich muss Dr. Dieudonné fragen, ob dieses Haus von einem Cellisten entworfen wurde.*

Als Balthasar zu Ende gespielt hatte, legte er das Instrument auf den Teppich und nahm einen cremeweißen Umschlag aus dem Cellokasten. Er setzte sich wieder auf die Bettkante und stellte den Brief zwischen Dr. Dieudonnés *Achillea millefolium* und Patricks Homer. Dann streichelte er Ernestines graue Locken und küsste sie schließlich sanft auf die Lippen. »Ich liebe dich, mein kleiner Schwan.«

Sie war schon eingeschlafen. Doch eine Taube konnte alles bezeugen, sie hatte schon eine ganze Weile auf der Dachluke gestanden und das Ganze neugierig beäugt.

Epilog

Unterwegs zu den Schwänen

Lieber Sébastien,

dank Dir so sehr für Deinen Brief. Ich weiß kaum, was ich sagen und wie ich darauf antworten soll. Was zwischen uns geschah, hat sich mit den Ereignissen der letzten Monate für mich zu einem solchen Wirrwarr entwickelt, dass ich kaum zu hoffen wage, wir könnten unsere Freundschaft fortsetzen, wie Du vorschlägst. Natürlich hast Du mir nicht nur Deine Freundschaft angeboten, und ich bin nicht so naiv, dass ich es nicht gemerkt hätte! Du sollst wissen, dass ich mir nichts Schöneres wünschen kann. Aber (und hier legte Ernestine den Stift ab, um die plötzliche Vision von Freddy de Wit, wie er sie auf den Sand presste, zu verscheuchen) *ich bin, wie Du weißt, eher altmodisch. Könnten wir das Ganze also vielleicht mit einem Tee (oder natürlich Kaffee, wenn Dir das lieber ist) beginnen?*
Tausend Dank dafür, dass Du geholfen hast, mich gesund zu pflegen, und mir sogar angeboten hast, meine rechtlichen Angelegenheiten in Ordnung zu bringen. Aber da gibt es nichts mehr zu regeln, ich habe nämlich jeden Kontakt zu Marshall Ross und Hugues Boondael abgebrochen. Dieses Kapitel ist für mich abgeschlossen. Und ich habe ein neues begonnen: als leitende Hauswirtschafterin im Château Rivage. Ich habe die Baronin wohl mehr beeindruckt als schockiert … Ich schreibe diesen Brief also zum Teil vielleicht auch, um Dir zu sagen, dass ich meine Stelle in der Villa Tosca fristlos aufgeben möchte.

Lieber Sébastien, es ist so lieb von Dir, mir anzubieten, Dich und Sophia auf der Konzertreise durch Amerika zu begleiten. Ich kann Dir gar nicht sagen, wie glücklich ich darüber bin, dass Du wieder auftrittst und dass Sophia dabei sein wird. Aber keine Sorge: Ich werde Dich erwarten, wenn Du an die heimischen Gestade zurückkehrst. Vielleicht nicht auf dem »schwellenden Lager«, aber doch mit einer Tasse Haselnusskaffee (anbei ein Päckchen im Voraus).

Deine Dich liebende Ernestine